世界经典文库

世界二十大名著

图文珍藏版

欧洲批判现实主义文学的奠基作 世界读者喜爱的灵魂哲学诗

红与黑

[法]司汤达⊙著

马博⊙主编 华爱玲⊙译

第五册

线装书局

图书在版编目（CIP）数据

红与黑 / (法) 司汤达著；马博主编. -- 北京：
线装书局, 2016.1（2021.6）
　（世界二十大名著）
ISBN 978-7-5120-2006-1

Ⅰ.①红… Ⅱ.①司… ②马… Ⅲ.①长篇小说－法
国－近代 Ⅳ.①I565.44

中国版本图书馆CIP数据核字(2015)第258788号

红与黑

作　　者：［法］司汤达

主　　编：马　博

责任编辑：高晓彬

出版发行：线装书局

　　地　址：北京市丰台区方庄日月天地大厦B座17层（100078）

　　电　话：010-58077126（发行部）010-58076938（总编室）

　　网　址：www.zgxzsj.com

经　　销：新华书店

印　　制：北京彩虹伟业印刷有限公司

开　　本：710mm×1040mm　1/16

印　　张：28

字　　数：340千字

版　　次：2021年6月第1版第2次印刷

印　　数：3001－9000套

定　　价：4980.00元（全二十册）

线装书局官方微信

目　录

导读 …………………………………………………………………… （1）

上卷 …………………………………………………………………… （3）

  第一章　小城 ……………………………………………………… （4）

  第二章　市长 ……………………………………………………… （7）

  第三章　穷人的福祉 ……………………………………………… （10）

  第四章　父与子 …………………………………………………… （14）

  第五章　谈判 ……………………………………………………… （17）

  第六章　烦闷 ……………………………………………………… （23）

  第七章　情缘 ……………………………………………………… （30）

  第八章　小小风波 ………………………………………………… （38）

  第九章　乡村一夜 ………………………………………………… （44）

  第十章　雄心勃勃与家境苦寒 …………………………………… （51）

  第十一章　一个晚上 ……………………………………………… （54）

  第十二章　一次旅行 ……………………………………………… （58）

  第十三章　网眼长袜 ……………………………………………… （63）

  第十四章　英国剪刀 ……………………………………………… （67）

  第十五章　雄鸡一唱 ……………………………………………… （71）

  第十六章　第二天 ………………………………………………… （74）

  第十七章　第一助理 ……………………………………………… （78）

  第十八章　国王巡临韦里埃 ……………………………………… （82）

  第十九章　思想使人痛苦 ………………………………………… （92）

  第二十章　匿名信 ………………………………………………… （100）

  第二十一章　和主人的对话 ……………………………………… （104）

  第二十二章　1830 年的作风 …………………………………… （115）

  第二十三章　一个官员的苦恼 …………………………………… （124）

  第二十四章　省会 ………………………………………………… （136）

  第二十五章　神学院 ……………………………………………… （142）

  第二十六章　人世间或富人所缺 ………………………………… （149）

  第二十七章　初尝人生 …………………………………………… （157）

世界经典文库

世界二十大名著

目录

图文珍藏版

第二十八章　迎圣仪式 …………………………………………（161）

第二十九章　初次升迁 …………………………………………（167）

第三十章　野心勃勃的人 ………………………………………（180）

下卷 …………………………………………………………………（194）

第一章　乡居情趣 ………………………………………………（195）

第二章　初涉上流社会 …………………………………………（204）

第三章　最初的路 ………………………………………………（210）

第四章　德·拉莫尔府邸 ………………………………………（213）

第五章　感觉敏锐和一位诚信的贵妇人 ………………………（223）

第六章　表达的方式 ……………………………………………（225）

第七章　痛风病又犯了 …………………………………………（231）

第八章　使人与众有别的勋章是什么 …………………………（238）

第九章　在舞会上 ………………………………………………（247）

第十章　王后玛格丽特 …………………………………………（255）

第十一章　年轻姑娘的统治 ……………………………………（263）

第十二章　他是丹东吗 …………………………………………（267）

第十三章　阴谋企图 ……………………………………………（272）

第十四章　年轻姑娘心中所想 …………………………………（280）

第十五章　这是个圈套吗 ………………………………………（285）

第十六章　凌晨一点钟 …………………………………………（290）

第十七章　一把古剑 ……………………………………………（296）

第十八章　残酷时刻 ……………………………………………（300）

第十九章　滑稽歌剧 ……………………………………………（305）

第二十章　日本花瓶 ……………………………………………（312）

第二十一章　秘密集会 …………………………………………（317）

第二十二章　讨论 ………………………………………………（322）

第二十三章　教士·树林·自由 ………………………………（329）

第二十四章　斯特拉斯堡 ………………………………………（336）

第二十五章　道德的指责 ………………………………………（342）

第二十六章　道德之爱 …………………………………………（348）

第二十七章　教会中最好的职位 ………………………………（351）

第二十八章　曼侬·莱斯戈 ……………………………………（354）

第二十九章　苦恼 ………………………………………………（358）

第三十章　滑稽剧院包厢 ………………………………………（362）

第三十一章　令她恐惧 …………………………………………（366）

第三十二章　老虎 ………………………………………………（370）

第三十三章　偏爱的地狱……………………………………（375）

第三十四章　工于心计之人…………………………………（380）

第三十五章　风暴……………………………………………（386）

第三十六章　可悲的细节……………………………………（391）

第三十七章　在主塔楼里……………………………………（397）

第三十八章　权势人物………………………………………（401）

第三十九章　深谋远虑………………………………………（406）

第四十章　平静………………………………………………（410）

第四十一章　审判……………………………………………（414）

第四十二章　……………………………………………………（420）

第四十三章　……………………………………………………（425）

第四十四章　……………………………………………………（430）

第四十五章　……………………………………………………（436）

世界经典文库

世界二十大名著

目录

图文珍藏版

导　读

　　司汤达(1783~1842),法国批判现实主义文学的创始人。本名亨利·贝尔,1783 年 1 月 23 日出生于法国格勒诺布尔城,7 岁丧母,从小受外祖父影响,很早便阅读了伏尔泰、孟德斯鸠等人的著作,年轻时曾加入拿破仑军队,先后随拿破仑南征北战,波旁王朝复辟后被扫地出门,在意大利旅居 7 年,开始从事写作,完成《海顿、莫扎特、梅达斯太斯的生平》《意大利绘画史》等。1822 年,匿名为英国报刊撰写巴黎的通讯报道,这些文章在他死后集成《英国通讯集》,1823~1825 年,发表文艺论文《拉辛和莎士比亚》,提倡"现实主义"创作方法,此后创作了一系列小说《阿尔芒斯》《红与黑》《红与白》《巴马修道院》,其中最负盛名的是《红与黑》和《巴马修道院》。

　　《红与黑》是 19 世纪法国第一部重要的现实主义杰作,对 19 世纪欧洲文学产生了深远的影响。小说叙述了主人公于连的追求、奋斗和失败,反映了波旁王朝复辟时期小资产阶级青年的命运,作者司汤达曾说:"这部小说并非小说……,而是认认真真地描写 19 世纪初 30 年代压在法国人民头上的历届政府所带来的社会风气。"1830 年《红与黑》的发表,确立了司汤达在法国文学史和世界文学史上的崇高地位,"红"与"黑"小说原名《于连》,1830 年 5 月,在校印期间改名为富有象征意义的《红与黑》,但对红与黑的含义,解释各不相同,可谓仁者见仁,智者见智,有人认为"红"指拿破仑时代的军装,"黑"指神父的教服;有人认为"红"指法国大革命和拿破仑战争的英雄时代,"黑"指卑鄙、可耻的复辟王朝统治时代;有人认为"红"象征于连炽热的心灵和他那像一团火一样旺盛的精力,"黑"象征复辟王朝的黑暗、伪善。"一百个读者有一百个哈姆雷特","红"与"黑"到底象征什么,还是让读者读完小说后去揣摩、理解吧!

上　卷

真实，残酷的真实
　　　　——丹东

世界经典文库

世界二十大名著

红与黑

图文珍藏版

第一章

小　城

　　　　置万物于一处，事情并不坏，可笼子里就不那么快乐了。

　　　　　　　　　　　　　　　　　　——霍布斯

　　韦里埃小城可算得上法朗什—孔泰最美丽的小城之一。一幢幢白房子，耸立着尖尖的红瓦屋顶，星罗棋布在一片山坡上；一丛丛苗壮的栗树，勾勒出这山坡的曲折起伏。城墙数百步外，杜河源源流过。这城墙早年为西班牙人所建，如今已是一片废墟。

　　韦里埃的北面有高山庇护，那是汝拉山脉的一支。十月天气刚转冷，嶙峋的维拉山峰便已是白雪皑皑。涧水奔流，穿过韦里埃，然后汇入杜河，为无数锯木厂提供了水利驱动；这是一种简易作坊，大多数与其说是市民不如说是乡民的人倒凭借它们获得实惠。但这个小城致富的根源不在锯木业，而只靠织造"米卢斯"的印花布，自拿破仑失败以来，城里的房屋差不多已修葺一新。

　　一进城，人们就听到噪声四起，令人晕眩，那声音是从一部模样可怕、隆隆作响的机器发出的。二十个笨重的铁锤，因急流冲击水轮，时起时落，把路面都震得动摇起来了。每个铁锤不知击冲出几千枚铁钉。当铁锤起落之间，一些天真漂亮的小姑娘，把小铁砧送到铁锤下，一瞬间就砸成铁钉。这活儿看起来笨拙，但是刚刚到法兰西和瑞士毗邻的山区的游客看了，不免少见多怪。倘若这位游客走进韦里埃，打听这座连街上行人耳朵都要震聋的制钉厂是谁的，别人准会拖长腔调说："嗬！那是市长先生的。"

韦里埃的大街，从杜河河岸直通小山的山顶。游客只要稍做停留，十有八九会遇见一位身体高大、神色匆匆的大人物。

一见到他，所有路上的行人都连忙脱帽致敬。这位得过许多勋章的骑士身穿一身灰色的衣服，头发斑白，大脑门，鹰钩鼻，总之，五官还算端正。初次见面，人们甚至还会觉得他不但有村长的尊严，而且保持着一个四十八岁或五十岁的人身上应有的某种可爱之处。但是不久这位巴黎的游客就会因他那种趾高气扬和保守偏狭的神态而感到不快。人们最终了解到这个人的才干，只局限于做到分文不差地收人家的欠债极为准时，偿还自己的欠债则拖得越迟越好。

这就是韦里埃市长德·雷那尔先生。他步履庄重地穿过街心，走进市政厅，转眼就在游客面前消失。不过，这位游客如果继续漫步，再往上走一百步，他便会看到一座外表格外美丽的房子。再往远处看，便是一条由勃艮第的群山构成的天际线，好像天设地造地安排在那里让人一饱眼福似的。这一胜景使游客逐渐淡忘开始使他感到沉闷的那种对金钱孜孜以求的污浊气息。

有人告诉他，这座房子是德·雷那尔先生的，它不久前建成；市长先生之所以能拥有如此一座用坚固大理石料盖成的府邸，是得益于他开办制钉厂获得的大笔利润。市长先生的祖籍据说是西班牙，有悠久的历史，也有人说远在路易十四征服此地之前，就在这里定居了。

1815 年以来，他觉得当工业家有点不体面，因为这一年他已是赫赫有名的韦里埃市长。这座华丽的花园，一层紧挨一层，渐次伸展到杜河岸边，每一层的平台都砌有护墙，这即是德·雷那尔先生苦心经营生铁买卖得到的报酬。

在法国，您别期望看到像在德国的莱比锡、法兰克福、纽伦堡等工业城市附近那种明媚如画的花园。在法朗什—孔泰，谁家的庭院越是造得高，越是在自己的地产上堆起一层又一层的石块，就越能受到左邻右舍的敬佩。德·雷那尔先生的花园，庭院森森，尤其因为圈进几块不惜重金买来的地皮而格外令人青睐。譬如，这个锯木厂在杜河岸边占的优越位置，您一旦走进韦里埃，它就引起您的注意，您还注意到在屋顶的一块木板上，用硕大无朋的字体写着索莱尔这个名字，而在这个锯木厂六年前占用的那块地皮上，此刻人们正在为市长大人的花园修建第四层平台的护墙。

市长先生固然傲慢，他还是不得不跟老索莱尔——那个阴冷固执的农民打交

红与黑

图文珍藏版

道,不得不付给他大笔的金光闪闪的硬币并征得他的同意把工厂迁往别处。至于那条给锯木厂提供动力的公共溪流,德·雷那尔先生利用他在巴黎的影响,也让它改道了。他得到这一恩惠,是19世纪20年代大选后的事。

为了调换到老索莱尔的一阿尔邦地,市长先生把离杜河河岸往下五百步的四阿尔邦地给了他。尽管这一地段的位置对经营松木板生意十分有利,但是索莱尔老爹(自从他发了财,人们就这样称呼他),还是千方百计地利用他邻居的急性子和土地占有欲,敲诈了6000法郎。

这笔交易,事后颇遭当地精明人士的非议。有一次,那是四年后的一个礼拜天,雷那尔先生身着市长的礼服从教堂出来远远瞧见老索莱尔身旁围着他的三个儿子,望着他直发笑。这一笑使市长先生醒悟过来,从此他不免常想也许那笔交易不必花那么多钱也可成交。

每年春上,有一帮泥水匠,穿过汝拉山谷前往巴黎。在韦里埃,如想赢得众人敬重,一方面是多造围墙,一方面是千万不可重用这帮泥水匠从意大利带来的图样。哪位业主一时轻率采用这种新花样,就会永远落得个"没头没脑"的坏名声;并且在那些明智、稳重的人心目中体面扫地,而在法郎什—孔泰能左右舆论,毁誉他人的恰恰正是这些人。

事实上,这类聪明人往往言辞尖锐充满专制色彩。正是因为专制这个恶劣的词儿,对那些在被称为伟大的共和国的巴黎生活过的人来说,旅居这些小城才让人无法忍受。舆论(众口铄金的舆论)的专横,在法国的小城里如同在美利坚合众国一样愚蠢。

第二章

市 长

<blockquote>
权势！先生,这难道还不算什么？愚人的敬重,孩童的惊奇,富者的艳羡,圣贤的轻蔑!

——巴尔纳夫
</blockquote>

杜河水面上方,大约百步之遥,沿山坡有一条公共散步道。道旁非常有必要修筑一条长长的挡墙,这对沽名钓誉的行政长官德·雷那尔先生来说,真是万幸! 地势绝佳,此处成了法兰西最美好的风景之一。但是每当春上,雨水冲刷出条条沟壑,路面坑坑洼洼,简直寸步难行。人人虽感不便,倒成全了德·雷那尔先生:修筑一座二十尺高,三十到四十特瓦兹长的挡墙,他的德政即可垂范千秋。

为了这堵挡墙,德·雷那尔御驾亲征,三上巴黎,因为前任内务部长公开表示过,他就是死也要抵制在韦里埃修建公共散步道。如今,路墙已砌得有三尺多高了,而且,好像为了与所有的前任和现任部长抗衡,此刻正用大理石石板装饰墙面。

有多少次,我的前胸紧紧依靠发出蓝色光芒的光滑石板,心里犹念昨夜抛别的巴黎舞场,终目俯视杜河流域:在河的左岸,有五六重曲折的岩壑,其间无数涓涓细流依稀可辨。这些小溪,一路奔泻跳荡,便像瀑布似的飞泻而下,最后汇入杜河。山里的阳光,异常酷热。烈日当空,每当游客坐在这平台上静思遐想,梧桐叶影足可遮蔽他的美梦。这些梧桐长势迅猛,绿得发蓝的浓荫,是市长派人在长长的路墙后面运泥培土的结果,因为他不顾市议会的反对,把散步道拓宽了六尺(尽管他是保皇党人,我是自由党人,在这件事上,还是要称赞他),因此韦里埃乞丐收容所幸运的所长——瓦勒诺先生,跟市长所见略同,都认为这段平台堪与巴黎近郊的圣日耳曼昂莱相媲美。

　　至于我呢,对这条"忠信大道"还是有一点微词,尽管有十七八处大理石板上镌刻着路名,而这些路牌,又为德·雷那尔先生赢得了一枚勋章,我所要指责当局者,是在"忠信大道"上的蛮横作法,替生机盎然的梧桐修枝打杈,甚至削掉树冠梢。桐叶应该长得碧翠茂盛像在英国通常见到的那样,如今却给修剪得低低的、圆圆的、平平的,跟普通的蔬菜毫无差别。但是,市长大人的意志不可违背;凡市府辖区内的树木,一年两次必遭无情的剪削。当地的自由党人声称,也许是有些夸大,自从助理神父马斯隆定下规矩,剪削下的树枝统统归他所有,一班替公家干活的园丁,下手就越狠毒了。

　　这位年轻的神父是几年前贝桑松派来的,用以监视谢朗神父和附近的几个教士。有一位年老的军医,曾参加过征讨意大利的战争,退役后在韦里埃住下——照市长的看法,此人生前既是雅各宾派,又是拿破仑派——居然埋怨起市长,说不该把这些美丽的树七砍八斫,糟蹋得不像样子。

　　"我喜欢树荫,"德·雷那尔先生回答的口吻高傲得适可而止,因为对方是得到过荣誉团勋章的外科大夫。"我喜欢树荫,我的树只有这样修剪,才能树茂荫浓。我无法想象,一棵树除非像胡桃树那样有用途,倘不是有利可图,种了它干什么呢?"

在韦里埃,"有利可图"是一句至理名言。这四个字,足以表达四分之三以上居民的习惯看法。

"有利可图"在这座风景宜人的小城,成为决定摆布一切的理由。外地游客来到这里,进入凉爽而秀丽的山谷,醉心于林壑之美,定会首先想到,当地居民对美肯定特别敏感。他们其实倒也少谈起他们家乡风景的美丽,我们不能说他们不重视;但是正因为那可以招揽游客,让游客花钱喂饱旅店的老板,老板们则通过纳税,把一部分利润呈供给市长。

这一日,秋高气爽,德·雷那尔先生挽着妻子,沿着忠信大道闲步走去。德·雷那尔夫人一边倾听丈夫正经的谈话,两眼却紧盯着三个孩子的一举一动,十分担心。大儿子约莫十一岁,接连几回跑到墙堤那边,好像要爬上去。只听见娇美温柔的一声传来:"阿道尔夫。"孩子才放弃大胆的想法。德·雷那尔夫人,是一位三十上下的少妇,妩媚动人。

"他说不定会后悔的,这位堂堂正正巴黎来的先生,"德·雷那尔先生气呼呼地说,脸色显得比平时苍白,"要知道,我在巴黎并非没有朋友……"

关于外省的人情世故,虽说我打算写上二百页,不过我还不至于那么蛮横霸气,忍心让读者诸位受罪,领教一番外省人的长篇累牍的谈话。

这位令德·雷那尔头痛的人物不是别人恰是阿佩尔先生。两天前,居然给他动出脑筋,不仅溜进了乞丐收容所和监狱,而且还参观了市长等社会达官贵人开办的慈善医院。

"不过,"德·雷那尔夫人怯生生地说,"既然你们办慈善事业,清正廉明,那位巴黎先生怎么又会吹毛求疵呢?"

"他们是专门来散布流言蜚语的,然后写成文章,登载在自由党人的报纸上。"

"那种报纸,你可不是从来都不看吗?"

"但是那些雅各宾派的大作,老有人谈论,分散我们精力,妨碍我们干正经事。至于我,是一辈子也不会饶了那个神父的。"

红与黑

图文珍藏版

第三章

穷人的福祉

一个富有德行,不搞阴谋的教士乃是乡村的福音。

——弗勒里

韦里埃的神父已年届八十,可是由于山区空气清新,他的身体仍旧健壮,性格还坚强。应当说明一下,他随时有权访问监狱、医院甚至乞丐收容所。阿佩尔先生由巴黎方面介绍,来见这位神父,正是凌晨六点钟抵达这个充满异国情调的城市。他一到,就直接去了神父家。

谢朗神父看完贵族议员,本省最大的地主德·拉莫尔侯爵写给他的介绍信,陷入了沉思。

"我年事已高,在这里又受到大家的尊敬",谢朗神父沉吟片刻喃喃而道:"他们也许还不敢吧!"他立刻朝巴黎来的先生转过身去,虽说他已经一大把年纪,可双眼还是闪烁着火一样的热情,表明乐于去干一件冒险的好事。

"先生,请跟我来! 不要在狱卒面前尤其在乞丐收容所的管事面前发表任何意见,无论我们看到了什么。"阿佩尔先生明白他遇到了一位正直勇敢的好人,他紧跟着这位可敬可佩的神父参观了小城的监狱、医院和收容所,提出了许多问题。尽管回答千姿百态,他还是努力忍住,没有流露出半点指责的神情。

参观持续了好几个小时。神父邀请阿佩尔先生共进午餐,阿佩尔先生不好意思过多打搅他的好心同伴,推辞地说有好几封信要写。三点钟前后,他们俩结束了视察收容所便去参观监狱。他们看见狱卒站在监狱的门口,这是一个六尺高的大块头,罗圈腿,一张萎缩的脸因恐惧而令人恶心。

"喂！先生，"他一看见神父，就立刻问道："跟您在一块的这位可不就是阿佩尔先生吗？"

"是又怎么样？"神父反问他。

"昨天我接到一份紧急命令，是省长大人专派一名宪兵骑马跑了一夜送来的，指示我不准许阿佩尔先生进入监狱。"

"告诉您，努瓦鲁先生，"神父说道，"这位同我在一起的游客恰恰是阿佩尔先生。您承认吗？无论白天黑夜，我都有权到监狱里来，而且欢喜叫谁陪我来，就叫谁陪我来。"

"是的，神父先生，"狱卒耷拉着头低低地说话，俨然一只巴儿狗受到棍棒的威胁。"不过，教士先生，我有老婆孩子，要是有人告发，他们就会撤了我的职，我可是全靠这活儿度日的。"

"我也不愿意丢了我的职位。"善良的神父说道，声音渐渐激动起来。

"那可不同了，"狱卒急了，"您嘛，谁不知道您有八百里弗的年薪供养，一份绝好的产业……"

这就是事情的原委，可两天来弄得满城风雨，众说纷纭，有人还添枝加叶，竟把韦里埃小城的一切仇恨私怨都挑动起来。德·雷那尔先生和夫人之间的一场小纠纷正好也由此而生。早晨，德·雷那尔先生由乞丐收容所所长瓦勒诺陪同，到了神父家，向他表示强烈的不满。谢朗先生没有任何后台，深深感到他们那番话的严重性。

"好吧，先生们！我已经八十岁了，人民会看到我将是小城被革职的第三个神父。我来到这里已有五十六年，我几乎为本城所有居民行过洗礼，要记得我刚来时，韦里埃不过是小村镇一座。我每天在这里为年轻人主持婚礼，连他们的祖父的婚礼也是由我主持的。我把韦里埃当作我的家，但是我决不因为恐惧离职而拿良心去做交易，也不会使我强迫接受别的指令。我看到这位外乡人时心里想：'这个人来自巴黎，他可能是一个自由党人，可自由党人到处都是，他对我们的穷人和囚犯又能有什么损害呢？'"

这时，德·雷那尔先生的指责，尤其是乞丐收容所所长先生的指责，变得更加厉害。

"那好，先生们！撤了我的职吧！"年老的神父叫了起来，连声音都在发抖，"可是，我还是要住在这里。你们知道四十八年前我就继承了一份田产，每年有八百里弗的收入。我将来就靠它过日子。我在任职时清正廉明,先生们,你们听着,也许正因为如此,我才不害怕有人要革我的职。"

德·雷那尔先生一向跟他的夫人生活美满。但是,他不知道怎样回答妻子怯生生地提出的这个问题:"究竟这位巴黎来的先生会对囚犯有什么危害呢?"他简直要发火了,正在这时,妻子突然惊叫了一声。原来她的第二个儿子已爬上墙堤的栏杆,他在上面跑着,尽管这墙离那边的葡萄园地有二十多尺高。德·雷那尔夫人担心惊动孩子以致摔下墙来,不敢继续谈话题。那孩子得意扬扬,最后终于看见母亲为自己急得脸色惨白才跳到散步道上,向她跑过去,母亲自然责备了他。

这个小小插曲,改变了他们谈话的主题。

"我决心把锯木匠的儿子索莱尔弄到家里来,"德·雷那尔先生说道,"孩子们变得太淘气了,我们自己都管不住了,索莱尔可以帮我们管一管。他是个年轻的教士,精通拉丁语,他会使孩子们学有所进,因为谢朗神父说过他的性格坚强。我打算付他三百法郎的薪水,还管吃喝。我以前对他的品行不免怀疑,他是那个获得荣誉勋章的老外科军医的宠信,这老头自称是表亲,来到索莱尔家吃住。其实,这个人很可能是自由党人的奸细。他说咱们山里的空气有利于医治他的哮喘病,可是这一点并未得到证实。他参加过布奥拿巴特在意大利进行的所有征战,据说他从前甚至还签名反对帝国。就是这个自由党分子给小索莱尔教拉丁语,并且把自己带来的大批书籍留给他。依常理,我从骨子里面没有想过让木匠的儿子和咱们的孩子在一起。可恰恰就在我们最后翻脸的那次争执的前一天,谢朗神父告诉我,索莱尔研究神学已长达三年之久,还准备进修道院进修,如此说来,他就不是自由党人,而是一位拉丁语学者了。"

"这样安排还有另一个好处,"德·雷那尔先生一边说,一边用外交家的神情盯着妻子,"瓦勒诺不久为他家的四轮轻车买了两匹诺曼底好马,就得意得很哪。可他还没给他的孩子请家庭教师呢。"

"他极有可能把咱们这一位抢走呀。"

"这么说来你已同意我的计划啦!"德·雷那尔先生喜形于色,表示感谢妻子出了的绝妙主意,"行,事情就这么决定了。"

"噢!天!亲爱的,这么快就拿定主意了!"

"这是因为我办事向来干脆果断,神父早已领教过了。我们不必熟视无睹,在我们这周围全都是自由党人。所有这些印花布商人全都嫉妒我,这点我敢肯定;他们中有两三个早已发了财。好吧!我倒有兴趣让他们瞧瞧,德·雷那尔先生的孩子怎样在他们的家庭教师的带领下去散步。这会令人尊敬。我祖父常对我们说,他小时就有过家庭教师。我为此要花掉一百个埃居,但这应当看作保持身份地位必不可少的花费!"

这个突如其来的决定使德·雷那尔夫人深深地陷入沉思。她身材高挑,丰满匀称,是当地有名的美人儿。正如山里人公认的那样,她仪态朴实,举止优雅又富有青春活力,这种天真活泼的自然风韵在巴黎人眼里简直会唤起温馨浪漫的快感。德·雷那尔夫人如果自己知道她是有如此魅力的话,她一定会拘谨难当。她心里从来没有过卖弄风情和装腔作势的念头。据说瓦勒诺所长先生一度追逐过她,但没有成功。这越发显示出她的纯洁品德,因为这位瓦勒诺先生年轻强壮,风流倜傥,面色红润,颊髯又黑又密,他粗野放荡,破嗓门,在外省则称得上美男子。

德·雷那尔夫人生性腼腆,表面上看来情绪乖戾;瓦勒诺先生举止轻薄,特别容易引起她的反感。她厌恶韦里埃人所谓的快乐,而人们则把这当作她自傲于出身门第。她不把名声放在心上,对来访的人越来越少而暗自高兴。老实说,在城里太太们的眼里她简直是个傻瓜,因为她对丈夫从来不要心计,错过了许多好机会,没有让他从巴黎或贝桑松捎带几顶漂亮的帽子。她自己心里想,只要让她独自一个人在美丽的花园散散步开心,她也就没什么抱怨的了。

她心地单纯,从不对丈夫评头品足或讨厌他。她有意或无意地认为,夫妻间本应如此,也没什么更温馨更美好的婚姻关系存在。她喜欢先生,特别是跟她谈起孩子教育计划时。她准备让大儿子参军,二儿子作法官,三儿子当神父。总之,同她所认识的所有男人相比,德·雷那尔先生还不像他们那般令人讨厌。

她对丈夫的评价合情合理。依赖从叔父那儿学来的五六个笑话,韦里埃的市长先生得了个好名声:聪明,尤其是举止优雅。他这位叔父革命前在奥尔良公爵的步兵团里服务,去巴黎参加了公爵的沙龙活动。他在那里还见过蒙德松侯爵夫人,著名的让利夫人,王宫建筑师迪克雷先生。这些人物反复地出现在德·雷那尔讲述的轶事里。不过,讲述这些陈年老账也成为他的一个重负,一段时期,有关奥尔良家族的故事他只在重要场合才向人们讲述。加之他对人总是彬彬有礼(只有谈到金钱时算个例外),于是顺理成章地被视为韦里埃小城最富贵族风度的人物了。

第四章

父与子

如果事情真是这样,那难道是我的罪过?

——马基雅弗利

"我的妻子确实有头脑!"次日凌晨六点钟,德·雷那尔市长一边自言自语,一边下坡往索莱尔的锯木厂走去。"虽然我跟她提到这件事,借以保持我们的优越地位,可是我就是没有想到如果我不雇用老锯木匠精通拉丁语的小教士索莱尔,那个满肚子坏主意的收容所所长可能会跟我想到一块儿去,先于我把他抢走。那样,说起他孩子的家庭教师,他可就会洋洋自得……这个家庭教师一旦属于我,他还用穿教士的黑道袍吗?"

德·雷那尔正一本正经地思考这个疑虑,忽然远远地看见一个农民。那人身高近六尺,一大早似乎就在忙着量他那些堆放在杜河纤道上的木材。他看见市长先生走过身旁,似乎不大高兴,他的木材堵塞道路是违章的。

这个人就是索莱尔老爹。德·雷那尔先生向他提出聘用他的儿子于连的想法后,他又喜又惊。可是在听的时候,却故意假装闷闷不乐和毫无兴趣的样子,这一带山区的居民极善于用这种表现掩饰他们的精明。他们曾是西班牙统治时代的农奴,至今仍保留着埃及农民的那种面部表情。

索莱尔最初的回答不过是他一套背得圆熟的客气话。笨拙的笑容越发显露出他的无奈和虚伪。这个乡下老头儿倒是精明,他打心里想,为什么显赫的市长大人要雇用不中用的儿子呢?他本来最不喜欢于连,可偏偏是于连,德·雷那尔先生愿意用出乎意料的三百法郎年薪雇用他,而且还管吃管住,甚至提供衣服。关于衣服这一项,索莱尔老爹灵机一动突然提了出来,德·雷那尔先生还是表示接受。

这个要求让市长先生颇感惊愕。按常情,他寻思:"索莱尔对我的建议应该非常满意,可他并非这样,很显然,一定有人向他提出过聘用他的儿子的想法,这个人除了瓦勒诺那个家伙还会是谁呢?"德·雷那尔催促索莱尔立刻把事情定下,但他毫无办法,狡猾的老顽固坚决不同意,他声称征求一下儿子的意见,好像在外省,一个有钱的父亲真的要征求身无分文的儿子的意见,而不仅仅为了走走形式。

水力锯木机安装在河边的一座木棚里,架在四根粗壮木柱上的屋架支撑着棚顶。棚子中间八到十尺高的地方,一条锯子时起时落,一个极简单的机器把木料送到锯子下面。河水推动着大轮盘然后引带这机器的两部分活动起来,一个是锯子升升落落,一个是将木材轻轻推向锯子的机械动作,锯子再把木材锯成木板。

索莱尔老爹走近他的工厂,用粗野的嗓门喊叫于连,但是没有人应答。他只看见两个大儿子在那里工作;他们都是粗大的汉子,挥舞着笨重的斧子,劈开松木然后送到大锯旁。他们目不转睛地瞄着木头上的墨线记号,每次斧子落下,飞起雪片似的木屑。他们没有听见父亲的喊声。索莱尔老爹走进厂棚,在锯子旁于连平时工作的地方寻找,可是找不着他。后来他看见了他,在离锯子五六尺高的地方,骑在棚子屋顶下的一条横梁上。于连没有一心一意地看机器转动,而是在埋头读书。这世界上再没有比读书的事情更激起索莱尔老爹的反感了。于连力单身薄,不适合干体力活,比不上两个哥哥,这一点,老索莱尔倒是原谅,但他恨透了读书的爱好,因为他只字不识。

他接连喊了于连两三声,还是没有回答。年轻人的注意力完全集中在书本上,这种注意力远远强于锯子的噪音,以至于他父亲的怒吼都没听见。后来,老索莱尔不顾自己年迈,一纵身跳上正待锯开的那根粗大木头,跃上支撑屋顶的横梁上。他一拳打过去,将于连手头的书打落到河里面。他第二拳同样凶猛有力,像小圆球似的落在于连头上,这一下使得于连险些失去平衡。如果不是他父亲用左手抓住他,他早已跌出很远,掉在正在转动的机器的铁轴中间碾成肉饼。

"哼!懒东西!你看锯的时候还读那些破书?晚上去神父那儿瞎混的时候再读吧,那该是你看书的时候。"

于连被打得晕头转向,满脸是血,还得回到锯子旁自己的岗位上。他的眼里噙着泪水,肉体的痛苦自不待言,更重要的是那宝贝书已经丢了。

"下来,畜生,我有话跟你说。"机器的噪音仍然使于连听不见这命令。他父亲已经下来,不愿再爬到机器上,便找了一根打胡桃的长棍抽他的肩膀。于连脚刚一着地,老索莱尔就推推搡搡把他往家里赶。"天知道,他又要把我怎么样了。"年轻人寻思。他一边走,一边伤心地望着小溪,他的书就掉在那里,那是他最喜欢的《圣赫勒拿岛回忆录》。于连双颊绯红,眼睛低垂,他是个比较文弱的青年,面部的轮廓不太匀称,但还清秀,还有一只鹰钩鼻子。眼睛又大又黑,安静时显露出凝思和热情,而此刻正闪烁着凶恶仇恨的目光。深褐色的长头发盖住了大半个额头,发怒时凶相毕露。人的相貌无数,然而稍具个性的就较少了。他的身材匀称修长,更多地显示便捷轻灵而非力量。自孩提时代起,他那极端沉思的神情和苍白的脸色,就使他的父亲担心他会夭折,或者将成为家庭的负担。家里人都看不起他,他也恨父亲和两个哥哥。礼拜天在外面玩耍,他老是挨打。

不到一年以前,他那张漂亮的脸才开始博得年轻姑娘们几句赞许的话。于连被当作弱者备受轻蔑,然而他敬佩老军医敢于同市长先生谈论不该剪削梧桐树枝。

这位外科医生有时付钱给老索莱尔,让他的儿子跟他学习拉丁语和历史,即他所知道的1796年的意大利战役。在他离世以前,他把他的荣誉团十字勋章,他的半饷欠款和三四本书赠给了于连。其中最珍贵的那一本已经掉进了市长先生利用其影响使之改道的溪流中。

于连刚踏进门槛,双肩便被父亲强有力的手抓住,他吓得发抖,等着挨揍。

"老实回答我,不要瞎扯淡。"乡下佬用粗暴的声音训着他,一边用手扳过他的身子,像小孩玩弄铅制士兵一样。于连那双又大又黑的眼睛盯着老木匠两只凶狠的灰色小眼睛,老木匠似乎想把他的灵魂深处看个清清楚楚。

第五章

谈　判

欲速则不达。

——恩尼乌斯

"老实告诉我,不要扯谎,你这个书呆子! 你是在哪儿认识德·雷那尔夫人的。你又是怎样认识她的?"

"我从来没跟她交谈过,"于连回答,"除了在教堂里,我从来没有见过这位夫人。"

"你这个无耻的家伙,你一定瞧过她啦?"

"从来没有。您知道,我在教堂里只看上帝。"于连接着说,脸色却很正经,以为这样可以避免再次挨打。

"这里边一定有什么蹊跷,"狡黠的老农反驳道,随后沉默了片刻,"该死的家伙:我对你永远会一无所知。其实,你马上该滚蛋了。我的锯木厂只会经营得更好。你讨了神父先生或别的什么人的欢心,给弄到了一个美差。去收拾一下行李,我领你去市长先生家,你就要给他的孩子当家庭教师了。"

"这差事能给我带来些什么?"

"管吃,管穿,还有三百法郎的年薪。"

"我才不愿意去给人家当家仆。"

"畜生! 谁叫你去当仆人? 难道我想让自己的儿子去当仆人?"

"可是,我跟谁在一块吃饭?"

这个问题很让老索莱尔为难,他觉得不能再谈下去,言多难免说错话。于是对于连大动肝火，骂声不绝，说他只顾吃。最后撇下他找另外两个儿子去了。

过了一会儿，于连看见他们各自靠在斧头上正在商量些什么。于连看了很久，觉得猜不出什么，又怕被别人撞见，就往锯子的另一侧走去。他想好好考虑一下这个将要改变他命运的意外消息，但是他无法静下心来，他正在设法想象如何来描绘他将在德·雷那尔先生的漂亮房子里看到的东西了。

他心里想："我宁可放弃这一切，也不可能沦落到和仆人一起吃饭的地步。我父亲想强迫我，那我就去死。我身边有十五六个法郎的积蓄，我今晚就可以出逃，走小路两天就可以到贝桑松，虽说路上有巡警，我也不必害怕，到了那里我可以当兵，我还可以去瑞士，如果必要的话。不过，这么一来我的前途全没有了，雄心壮志完了，当教士这个飞黄腾达的美好职业也给葬送了。"

于连厌恶跟仆人一起吃饭并非天生如此，为了飞黄腾达，他可以昧着良心做事。他的这种厌恶得之于卢梭的《忏悔录》。他全靠这本书来想象世界该是怎样。《大军公报汇编》和《圣赫勒拿岛回忆录》也都是他崇拜的"经典"。为了这三本书，他赔上性命都行。他绝不相信任何别的一本书。他相信老军医的话，认为别的书籍都是骗人的谎言，是流氓无赖为了升官发财而写出来的。

于连有一颗火热的心。记忆愚蠢又惊人。他看出他的前途取决于神父谢朗，为了讨得他的欢心竟把一部拉丁文的《新约全书》背下，他还能熟背德·梅斯特尔先生的《教皇论》，虽然他并不怎么信服这两本书。

好像有一种默契似的，索莱尔和他儿子这几天都避免交谈。傍晚，于连到神父先生那儿去上神学课，他认为把别人向他父亲提出的奇怪建议告诉神父是不够谨慎的。"也许这是个圈套，"他想，"应该装作已经忘了的样子。"

第二天一大早，德·雷那尔便派人来叫老索莱尔，老头让他等了一两个小时，一进门便百般道歉，又百般表示敬意。他提出了各种各样的建议，终于弄明白儿子将同男女主人一块儿吃饭，如有客人则和孩子们在另一间房子里面就餐，便提出更多的附加条件，他心里还有稍许怀疑，便提出让他看看儿子睡觉的地方。那是一个布置得整洁宽敞的房间，已经有人正忙着把孩子们的床往里边搬了。

这个场面令老头儿大受启发，他立刻要求看看儿子要穿的衣服。德·雷那尔先生打开抽屉，拿出一百法郎。

"拿这笔钱到迪朗先生的店里去定做一套黑衣服。"

"如果他将来不再担任家教的任务,这套衣服还能留给他吗?"乡下佬说这话时顾不了礼貌问题。

"当然。"

"好吧!"索莱尔老爹慢吞吞地说道,"那么,我们只留下一件事情要商量了,就是您打算给他的钱。"

"怎么啦?"德·雷那尔先生有点生气地大声说道,"我们昨天就谈好了:我付三百法郎的年薪。我想这已经太多了。"

"这是您给出的价钱,我不否认。"索莱尔老爹说话的声音放慢了,然后他用一种只有那些没有见过法朗什—孔泰的乡下佬的人才会感到惊讶的机智接下话题,眼睛紧盯市长大人。

"在别的地方,我们可要划得来。"

一听这话,市长先生连脸色都变了,但马上恢复了平静。他们足足谈了两个小时,双方都异常谨慎,毫无轻率的话。最后乡下佬的狡黠胜过有钱人的狡黠,因为后者抛开狡黠也可生活。所有关于于连新的生活的各项条件都规定好了,不但每年年薪是四百法郎,而且还要预先支付,每月初一就是支付的日子。

"就这样吧!我每月给他三十五法郎。"德·雷那尔先生说。

"为了凑个吉利的数,"乡下佬的狡黠又派上了用场,"像市长这样既富又仁的人士,一定会加到三十六法郎的。"

"行了!不要再啰唆了!"德·雷那尔先生说道。

这一次由于怒火中烧,市长先生的声音变得强硬起来。乡下佬这才明白他该停止得寸进尺了。现在轮到了德·雷那尔先生进攻了。乡下佬很想替儿子领取第一个月的薪水,但是德·雷那尔怎么也不同意。德·雷那尔先生忽然想起,他必须把这次谈判中他起到的作用告诉妻子。

"请把刚才交给您的一百法郎退还给我,"他有点生气地说道,"迪朗先生还欠我的钱。我会亲自领您儿子去定做衣服的。"

经过这番较量后,索莱尔又乖乖巧巧地讲起客套话,他足足又啰唆了一刻钟。最后,他看也没什么别的便宜可占了,只好告辞。他最后的鞠躬庄重得体。

临别时,他叮嘱了一声:"我回头就把我的儿子送到您的府第上来。"

每当市长先生的子民们想讨好他,都是这么称呼他的房子。

索莱尔回到锯木厂以后,怎么也找不到他的儿子。于连担心大祸临头,半夜里就出了门。他急着为他的书本和荣誉团勋章找个安全的地方。他把这些东西都送到一个年轻的木材商那里,此人名叫富凯,住在韦里埃城外的山坡上,是他的朋友。

他回来时,父亲向他骂道:"该死的家伙,天知道你将来是不是争口气,会把这么多年的饭钱还给我!赶快收拾你的那堆破烂,滚到市长先生那里去吧。"

于连感到惊奇,居然没有挨打,赶紧溜走。但是他一看不到他那可怕的父亲就放慢了脚步。他认为到教堂转一圈对他的伪善有好处。

这个词可能会令读者感到惊奇,在采用这个可怕的词之前,这个年轻的乡下人曾经历过漫长的心灵拷打。

还在小时候,他曾经看见过第六龙骑兵队从意大利归来,身披白色大氅,头戴饰有黑色鬃毛的头盔,从意大利归来。他看见他们将战马拴在他父亲窗前的铁栅栏上,这使他发疯般爱上了军人的职业。后来,他又心潮澎湃地倾听专攻外科的老军医给他讲述洛迪桥、阿尔科拉和里沃利等战役的故事。他注意到这位老人的眼睛,朝自己的十字勋章发出火一般明亮的光芒。当他年满十四岁时,韦里埃开始修建教堂,对于这样一个小城来说,教堂可以说是华丽无比了。特别是那四根大理石柱子令他惊叹不已。这四根石柱曾在治安法官和年轻的教士之间挑起深仇大恨,它们因此而出名。那位助理神父是贝桑松省城派来的,他的使命据说是为圣会做密探工作。治安法官为了这事险些丢掉自己的饭碗,至少舆论界是这么说的。他怎么敢同一位神父争吵起来?这位神父据说每两周要去贝桑松省见主教大人一次。

治安法官原来膝下儿女成行,那时他宣判的几宗案子看起来都不大公正,所有这些判决都是对阅读《立宪主义者报》的居民给予处分。立场正确的一方获得了胜利。其实这本不过是三五个法郎的问题而已,但是这样一笔极小的利润,碰巧也落在于连的教父,一个铁钉商人的头上。这个人生气极了,大叫大吵:"如今世道不成体统!这从哪里说起,二十多年来大家一直把治安法官当作大好人看待呢!"不过那位外科老军医,于连的朋友已经谢世了。

打那以后,于连不再提拿破仑的名字:他宣布要当神父。大家经常看到在他父亲的锯木厂里,手捧教士借给他的拉丁文《圣经》,孜孜苦读。这位善良的老人,对于连神速的进步欣喜若狂,整夜整夜地给他讲授神学。于连在他面前总是流露出极度的虔诚。他那姑娘般的脸,如此苍白、温柔,谁又能猜透他心灵深处蕴藏着不可告人的秘密呢?对于连来说,出人头地首先必须离开韦里埃小城,他恨他的故乡。他在这里的耳闻目睹,使得想象力都快僵化了。为了飞黄腾达,他甘冒九死一生的危险。

小时候,他也曾激昂奋发而雄心勃勃。他做着甜蜜的美梦,他梦见有一天他看见巴黎的美女,他用自己的英勇行为挑起她们的注意。他为什么不能被其中的一位所钟爱?波拿巴,还在贫寒时期,不也被那位著名的博阿尔内夫人爱上了吗?多年以来,他在日常生活里,几乎时时刻刻都在暗想,波拿巴不过是个出身卑微的下层军官,但他凭一把宝剑就主宰了世界。这个想法给自认为生不逢时的他带来安慰,又使他在快乐时倍感快乐。

韦里埃教堂的兴建和治安法官的判决书使他恍然大悟,他从此有了一个念头,好几个星期像发了疯一般,最后他这个念头被至高无上的威力完全制服了。一个充满激情的人自认为他所创造的第一个念头往往会具有这样的威力。

"波拿巴名扬天下之日,正是法国遭受侵犯之时,战功不仅必要而且时髦。可如今一些四十来岁的教士就有十万法郎的年薪,相当于拿破仑的那些著名将领收入的三倍。一定有人支持他们。看看这位治安法官,这么聪明这么正直这么年长,因害怕开罪一个三十岁的神父就损了自己的名声。我应当做教士。"

他学习神学已经两年,新的虔诚正风行,一次那股撕咬他的灵魂的火突然冒出,揭去了他的假面孔。那是在谢朗先生那里有许多教士参加的一次晚餐上,善良的神父把他介绍给大家,他却突然疯狂地赞美拿破仑。事后,他把右臂吊在胸前,说是翻转枞树干脱了臼,这种不快的姿势他保持了两个月。这次惩罚以后,他才宽恕自己。瞧,这个十九岁的年轻人,外表柔弱看上去只有十六七岁,正夹着小包,走进韦里埃华丽的教堂。

他觉得这教堂阴森、幽静,教堂的窗户都挂上了深红的帷幔,阳光透过,产生出一种神圣庄严的令人眩目的光线。于连战战栗栗。教堂里只有他一人,他在一把漂亮的椅子上坐下,这把椅子上面饰有德·雷那尔先生家的纹章。

于连注意到跪凳上有一张印有文字的小纸片摊开着好像有意放在那儿叫人看。他看了看,只见上面写着:

路易·让莱尔在贝桑松的处决及临刑前的细节……

这张纸已经撕破。在纸的背后,上面的开头还写着几个字:第一步。

"谁会把这纸片留在这儿?"于连说道,"这个可怜的不幸儿,"他叹了口气,"他的名字最后两个字和我的相同……"他随即便把纸片揉成一团。

从教堂走出,于连看见圣水钵旁的圣水被窗上的红色帷幔反光照上去像鲜血一般。于连因想起自己的恐惧而感到羞愧。

"我不是一个懦夫!"他自言自语,"拿起武器!"

这个词,在老外科军医讲述战争故事时经常被提起,对于连来说,就是英雄气度的表现。他立刻迈开大步,朝德·雷那尔先生的房子走去。

虽说下了最大的决心,但当他在二十步以外望见那所房子时,一种不可抗拒的恐惧又把他的内心攫住了。住房的铁栅门敞开,他必须进去。

进入房子,心里恐慌的还不止于连一人。德·雷那尔夫人生性胆小,一想到这个陌生人要来到家里,而他的职业决定着他从今以后要置身于她和孩子们之间,她就忐忑不安。她是习惯让孩子们在她的卧室里面睡觉的。这天早上,当看到孩子们的小床被搬到教师住的大房间时,她已经流了不少泪水。她向丈夫请求把小儿子斯塔尼斯拉斯—格扎维埃的小床搬回她的房间,但是市长先生没有答应。

妇女的敏感在夫人身上已发展到极致。她想象一个最令人讨厌的家伙,粗俗而且蓬头垢面,只是因为会拉丁文就被请来当孩子们的家庭教师,为了这种野蛮的语言,她的孩子们很可能挨责备和打骂。

第六章

烦　闷

我不知道我是谁,也不知道我在做什么。

——莫扎特(《费加罗》)

远离男人的目光时,德·雷那尔夫人有着与生俱来的活力和优雅。她以这样的姿态,从面对花园的落地窗边走出来,瞥见大门附近有一张青年农民的面孔。那人几乎还是个孩子,面色十分苍白,还刚刚哭过。他身穿洁白的衬衫,腋下夹着一件一尘不染的紫色平纹格子花呢上衣。

这青年农民肤色白皙,那么温柔致使浪漫的德·雷那尔夫人起初还以为是个女扮男装的姑娘有什么事来求市长先生的;她很同情这个可怜的人儿。他站在门前,有些不敢去拉门铃。德·雷那尔夫人走上前去,暂时忘却了家庭教师的出现给她带来的苦恼。于连面对着门,没有注意到她走过来,不过耳畔传过来一声温柔的声音使他不禁轻轻一颤。

"孩子,您到这儿来有什么事?"

于连猛地转过身子。他被德·雷那尔夫人充满魅力的目光所打动,不显得那么拘谨了。很快,他对她的美貌惊羡不已,忘乎所以。德·雷那尔夫人重复了一遍问话。

"我就是那个家庭教师,夫人。"他还是回答了她,对自己的眼泪深感惭愧,尽力把它们拭干。

德·雷那尔夫人仍伫立不动。俩人距离很近,相互注视着。于连以前没有见过一个衣着如此讲究的人,尤其是一位美若天仙的女人温和地跟他说话。德·雷那尔夫人望着青年农民脸上的大颗泪珠,脸色由苍白转为红润。她很快笑了起来,情形宛如一个姑娘欢快之中带点疯劲儿。她暗自嘲笑自己,想象不出心里的兴奋。怎么! 这就是想象中的那个衣衫褴褛来训斥和打骂孩子们的穷教士!

"怎么,先生,"她临别时说了句,"您懂拉丁语?"

于连对"先生"这个称谓倍感意外,不由考虑了一会儿。

"是的,夫人。"他的回答怯生生的。

德·雷那尔夫人喜出望外,壮着胆子问于连:"您不至于要训斥那些小孩吧?"

"我! 我怎么会训斥他们?"于连迟疑着问:"为什么?"

"不是吗? 先生,"她沉默了片刻后,声音越发激动,"您可以答应我吗? 您一定要好好待他们。"

听人庄重地称自己"先生",而且出自一个如此尊贵的夫人,这是出乎于连意料之外的。在他少年时代的梦想里,他常对自己说,任何一位有身份的女人只有当他穿上一身漂亮的衣服时才会赏脸跟他说话。德·雷那尔夫人却全然不同,她看到的只是于连稚嫩的肌肤,又大又黑的眼睛以及他那漂亮的头发,他的头发比平时更鬈曲,他为了让头脑保持清醒刚才把头在公共水池里浸泡过。她欣喜不已,为自己的孩子们的担忧终于消退,以前她还以为这个家庭教师冷酷无情呢! 现在可好了,他腼腆得像个女孩子。对德·雷那尔夫人这个柔情似水的人来说,她先前的忧虑和眼前事实简直大相径庭。最后,她终于从惊讶中恢复过来。看见自己在家门口和一个几乎只穿着衬衫的青年在一起而且近在咫尺,不觉又吃了一惊。

"咱们进去吧,先生。"她显得比较难为情。

在德·雷那尔夫人的一生中,从来没有一种纯洁的愉快感觉这样深刻地打动她的心,也从来没有经历过这样令人不安的担心后,突然出现令人欣慰的现实。她走进门厅,立刻将身子转向还在战战栗栗的于连。德·雷那尔夫人觉得于连看见一个这样漂亮的家时流露出的惊讶神态,使他显得更加可爱。她简直不能相信自己的眼睛,她尤其觉得,他本应该穿一身黑长袍才行。

"先生,您真的懂拉丁文?"她停住脚步向他询问。因为这太令人幸福了,她生怕自己弄错了。

德·雷那尔夫人这句话,伤害了于连的自尊心,他刚才的快乐感觉一下子快消失掉了。

"是的,夫人,"他回答的尽是装出冷漠的样子,"我的拉丁文赶不上神父先生,不过有时他却夸奖我比他高明。"

德·雷那尔夫人发现于连的样子很可怕,她站在离他两步远的地方,她走近他轻轻地说:

"在起初几天,即使他们不会功课,您也不会打骂孩子们,是吗?"

这样温柔的声调,差不多是出于请求而且是从这样美丽的妇女口中发出,立刻使于连差不多忘记了家庭教师的身份。德·雷那尔夫人的脸靠近他的脸,他闻到了她的衣服的香味,这对一个穷困的乡下青年来说,简直不可思议。于连面红耳赤叹了口气,有气无力地说:"放心吧,夫人,我会遵照您的安排。"

这时,德·雷那尔夫人对孩子的担忧已完全消失,也正在这个时候,她注意到于连真是非常的美。他那女孩子似的面容和局促的窘态对一个本来就十分羞涩的妇女来说并不怎么令人可笑,而一般人认为男性美所必备的雄性粗犷反而使她害怕。

"先生,您多大年纪?"她问于连。

"快满十九岁了。"

"我的孩子才十一岁。"德·雷那尔夫人说道,这时她已定下心来,"他差不多可以做您的朋友了,您好好地跟他交谈。有一次他父亲只轻轻地打了他一下,结果孩子足足病了一星期。"

"和我相比真有天壤之别!"于连暗暗想,"不就是在昨天吗,我还被父亲给揍了一顿。这些有钱人的孩子多么幸福。"

这时,德·雷那尔夫人已经看清楚了在这个家庭教师的内心发生了细微的变化,她认为他只是羞怯而已,便想鼓励鼓励他。

"您叫什么名字,先生。"她问他。于连感觉她说话的声音和神态美得无法形容。

"我叫于连·索莱尔,夫人。这是我第一次走进一个陌生人的家,我有些害怕,我需要您的保护。在最初几天里,我还有许多事情请求您原谅。我因为太穷上不起学校。除了表哥,外科军医荣誉团的成员以及谢朗神父外,我就没跟别人交谈过。神父先生,他可以保证我的人格。我的哥哥经常打我,您千万不要相信他们说我的坏话。原谅我的一切过错吧,夫人,我从未怀有恶意。"

于连说这一段话时,激动的心情渐渐平静下来,他仔细地看了德·雷那尔夫人一眼。女性的风韵并非刻意追求,如果是浑然天成的话,那么更会产生绝妙的效果。于连颇具欣赏女性美的能力,他这时简直可以发誓说德·雷那尔夫人只不过二十岁。他立刻有一个大胆的想法:亲吻她的手。不过立刻他又担心起来。他暗自说道:"这也许是因为我太胆小怕事,我不去做一件对我有益的事情,使得这位美丽的夫人心头减少一点对一个刚刚离开锯木厂的贫困工人的轻视。"兴许于连多少有些受到美男子这个称号的鼓励,这个词是六个月以来,每逢星期天,他从几位年轻姑娘的谈话中听来的。当他内心在犹豫不决时,德·雷那尔夫人向他讲了关于怎样管教孩子们的几句话,于连竭力克制着自己,这使得他的脸色又变得苍白起来。他勉为其难地说:

"永远不会的,夫人,我可以对天发誓我永远不会打您的孩子。"

他说完这些话,他大胆地拿过德·雷那尔夫人的手送到自己的唇边。这个举动令她非常吃惊,她觉得很不成体统。天气很热,她的胳膊赤裸裸地藏在披纱下面,当于连把她的手送到自己唇边时,她的胳膊几乎全露在外面。几分钟以后,她开始责备自己,她感觉自己的生气已经很迟了。

德·雷那尔先生听到他们在外面说话,连忙从自己的房间出来。他摆出在市政厅为人家主持婚礼时那种既庄严又慈祥的架势,向于连说道:

"最关键的是当你还未见着孩子们时我得跟你好好谈谈。"

他把于连带进一间工作房内,还留住了他的夫人,她原想让他们两人单独谈谈。德·雷那尔先生把门关上后坐了下来,神态严肃。

"神父先生告诉我,您是一位品行端正的人,在我们这儿大家都会尊敬您的。假如您工作出色,将来我还可以帮助您成家立业。我希望您以后不要见到您的父母和朋友,因为他们的言行举止对孩子们不太适合。这里的三十六个法郎是您第一个月的薪水,不过您得保证,一文钱也不能交给您父亲。"

德·雷那尔先生对那个老头十分讨厌,因为在上次谈判中,他连市长先生也敢敲诈。

"现在,先生,我命令这儿所有的人都称您为先生,您将会体会到做一个正派人的好处。不过,现在,先生您只穿件短衣服,让孩子们看见影响很不好。仆人们,谁见过他没有?"市长先生转头问夫人。

"还未见过,亲爱的。"她带着沉思的神情回答。

"那太好了。请您把这个穿上。"他向这个有些傻头傻脑的年轻人说道,随即把自己的一件小礼服送给了他。"现在我们一块儿去迪朗先生家吧!"

一个多小时以后,德·雷那尔先生领着一位全身穿黑衣服的新家庭教师进来,他看见市长夫人还坐在原处。德·雷那尔夫人看见于连回来,心头平静多了。她看了他一会儿不再感到害怕。可是于连还未曾想到她,虽说他对命运和人世怀有戒备心思,他的心灵眼下还是一个孩子的心灵。自从三小时前他在教堂里恐惧不安的那一刻起,他觉得已经过去了许多年头。他发现夫人冷冰冰的,知道正为吻她的手而生气。但因为身穿的衣服已经与往日很不同了,他便油然生发出傲慢心情,有点得意而忘形。他有些想掩饰心头的欢乐,一举一动都别扭和狂乱。德·雷那尔夫人用惊奇的目光注视着他。

"庄—重—点,先生。"德·雷那尔先生对他说,"如果您想得到孩子们和仆人们的尊敬。"

"先生,"于连回答,"这身新衣服令我全身不自在。我是个可怜的乡下佬,一直穿短上衣。如果您愿意的话,我现在想把自己关到房间里去。"

"这个新的收获你感觉如何?"德·雷那尔先生对夫人说道。

她出于一个近乎本能的,自己还未意识到的动机,向丈夫隐瞒了内心的想法。

"说实话,我对这个乡下佬一点也不像您那么得意,您的殷勤会让他变得傲慢,不出一个月您就会辞退他的。"

"好吧!我们现在就打发他走,至多是多花我一百法郎罢了,能够让韦里埃的居民从此看到德·雷那尔先生家里的孩子们有了一个家庭教师,那也是值得的。不过老是让他穿着短上衣,这个目的也就永远达不到。打发他走的时候,我当然要他留下刚刚在呢绒店定做的黑礼服。至于我在成衣店给他买的那套他现在正穿上的,就送给他算了吧。"

于连在他的房子里面呆的那段时间,德·雷那尔夫人只觉得是片刻而已。孩子们听说已经有了家庭教师,就向妈妈问个不停。末了,于连出现了。他活像是换了一个人。说他不庄重是不适当的,他简直是庄重的化身。他被介绍给孩子们,他跟他们说话的神态连市长大人也惊叹不已。

"我来到这里,先生们,"他结束讲话时向他们说,"是为了给你们讲授拉丁文。你们知道背诵吗?这是一本《圣经》。"他说着就拿出一本黑皮封面的三十二开的精装书来,"这里主要讲述耶稣基督的故事,被人们称作《新约全书》。以后我会经常让你们背诵,你们也可以要求我背诵。"

他们的长子阿道尔夫接过了书。

"随便打开一页,"于连说,"告诉我某一页的头行的一个字来。我来背诵它,它是世间一切人的行动指南,一直背到您让我停下。"

阿道尔夫随便翻开一页,于连便背诵了整整一页,轻松得如同说法语一样。市长先生得意地朝夫人望了望。孩子们见父母很惊诧,他们也圆睁着眼。一个仆人来到客厅门口,于连继续背诵。仆人静立一刻,随即走开了。不一会儿,夫人的贴身女仆和厨娘来到了门口,这时阿道尔夫翻开了第八页,于连背诵得还是依旧流畅。

"啊,天啊!多漂亮的教士!"厨娘自言自语,她是个虔诚的教徒。

德·雷那尔先生的自尊心破裂了。他再也顾不得考问这个家庭教师,只是忙于在记忆里搜寻几句拉丁文。最后总算念出一句贺拉斯的诗。于连的拉丁语知识仅仅局限于《圣经》,他皱了皱眉头:

"我为之献身的圣职不允许我去读一个方外之士的作品。"

德·雷那尔先生引用了好几句所谓的贺拉斯的诗句。他给孩子们解释贺拉斯，可孩子们已经对于连佩服得五体投地，根本没注意到他在说些什么。他们都在看着于连。

仆人们仍旧待在门边。于连认为应当继续延长考验时间，便对最小的一个孩子说：

"斯塔尼斯拉斯—格扎维埃先生也应指出一段来让我背诵。"

小斯塔尼斯高兴极了，勉强把某段书的第一个字念了出来，于连却背出了整整一页。对于胜利的市长大人来说这真是满意得不得了，在于连背诵《圣经》时，诺曼底骏马的主人瓦勒诺先生和专区区长夏尔科·德·莫吉隆先生也来拜访了。这使于连获得了"先生"的称呼，从此以后仆人们没谁敢叫他乡下佬了。

当天晚上，韦里埃的居民都涌到市长大人府上来看稀奇的事情。于连敬而远之地回答他们的询问。他的美名一下子传遍全城，以致德·雷那尔先生担心被别人抢走，赶快跟他签订了为期两年的合同。

"不，先生，"于连冷冷地回答，"如果您想辞退我，我必须离开。合同束缚了我，对您却没有限制。这不太公平，我不会签订的。"

于连机灵善于应付，他来到德·雷那尔先生家还不到一个月，连市长大人也尊敬起他来。神父谢朗已经同德·雷那尔先生和瓦勒诺先生吵了嘴，也就自然不会泄露于连对拿破仑的尊称，于连本人一提起拿破仑也是愤愤不平的。

第七章

情　缘

要想动其情，必先伤其心。

——一个现代人

　　孩子们都十分尊敬于连，但于连一点也不喜欢他们，他的心思另有寄托。不管小家伙们多么调皮，于连倒从来没有厌倦的情绪。冷淡、公正、无动于衷，但很受人喜欢，因为他的到来可以把家中的沉闷气氛一扫而光，他是一位相当优秀的家庭教师。他心中充满着对上流社会的憎恶和厌倦，他被卷入这个社会阶层其实只被安置在餐桌的末端，这可能是他憎恶和厌倦的原因。在一些盛大隆重的宴会上，他要付出极大的代价才能克制心头对身边人们的仇恨。尤其是在圣路易节那天，瓦勒诺先生在德·雷那尔先生家夸夸其谈，于连差一点儿要发怒起来，便借口要照看孩子，一人溜到花园里去了。"竟然这样地颂扬清廉，"他愤愤不平地想，"嘴上说得动听。可自他掌管赈济款以来，自家的财产倒翻了二三倍，大家还对他表示敬重、赏识，真是下流卑贱！我敢打赌，就连救济孤儿的钱他也要搜刮去，比起别的穷人来，没爹没娘的可怜人，苦难的负荷更重，岂容再侵犯！啊，这些吸血鬼啊！这些吸血鬼啊！唉！我原本是弃儿！我父亲恨我，两个哥哥恨我，全家人都恨我。"

　　在圣路易节前几天，于连独自一人在小树林里散步念经文，这个树林名叫观景台，位置在忠信大道的上方。突然，他看见自己的两个哥哥从一条幽静的小道走过来，但他已经来不及躲开他们了。这两个粗俗的锯木工人一看见弟弟穿的漂亮衣服和整洁的仪表以及那种他对他们俩人的真实轻蔑神态，一下子嫉妒心大发，上前揪住于连，将他打个头破血流，几乎休克过去。这时，德·雷那尔夫人陪同瓦勒诺先生和专区区长先生一块散步,正巧也来到这座小树林。德·雷那尔夫人看见于连躺在地上一动也不动,以为他已经死去,惊恐万状,这神情简直要引起瓦勒诺先生的嫉妒。

瓦勒诺先生未免杞人忧天。于连觉得德·雷那尔夫人非常漂亮,可让他生憎恨心的正是她的美貌,因为她是他飞黄腾达的路上的一块礁石,他差点儿因这毁掉前程。他尽量保持少跟她说话,以让她忘记他头一次吻她手的那股激情。

德·雷那尔夫人的女仆爱莉莎,自从看到这个年轻的家庭教师以后就一见钟情,她常常向女主人提起他。爱莉莎对于连的爱慕终于招致一个男仆对他的仇恨。一天,他听见这个人对爱莉莎说:"自打那个肮脏的家庭教师来了之后,您不再想跟我说话了。"于连不该遭如此侮辱,可出于一个漂亮青年的本能,他越发注意讲究打扮。瓦勒诺先生对他的仇恨也在日益增长,公开声称说这样刻意追求打扮对一个年轻教士是不大合适的。除了这身教衣以外,于连穿的也就是成套服装。

德·雷那尔夫人发现于连跟爱莉莎小姐的交谈比往日多了,后来她听说这些交谈是因为于连的衣服少得可怜而引起的。他的衣服太少了,不得不送到外面去洗。正是在这些小事上,爱莉莎可以帮帮他。德·雷那尔夫人没有料到他如此贫穷,这深深触动了她。她想送给他一些礼物,但是她不敢。这种内心矛盾是于连第一次给她带来的痛苦。在这以前,于连的名字对她来说,一直是一种纯洁的、纯精神的快感的化身。她因于连的贫困而苦恼,于是就向丈夫提出送一些衣服给他作礼物。

"真是开玩笑!"德·雷那尔先生说,"我们对一个人很满意,他替我们干活也干得不错,这时怎么要送他礼物? 只有在他不好好干的时候为激发他的热情,给他送些礼物才合算。"

德·雷那尔夫人觉得这种对待问题的方法很不光彩,在于连未来到她家前,她还未曾注意到丈夫的这一点。每当她看到教士穿着干净整洁但异常朴素时,她都会在心里对自己说:"多么可怜的孩子,他是怎么做到这步的呢?"

渐渐地,她对于连贫困的处境不再心痛,而是产生了怜悯的感情。

德·雷那尔夫人是这样的一个外省人,在初次见到她的头半个月里,您完全会把她当成一个傻瓜。她没有什么人生经验,不善言谈。她生性优雅而高傲,一种追求幸福的本能使她一般不大注意粗俗人的任何举措,而她已经被命运抛置到他们中间了。

假如她多多少少接受过一点教育,她就会因天性纯朴和思维敏捷而引起人们的注意。可是她是一个富有的继承人,她是在修女的教养中长大的,她们狂热地崇拜"耶稣圣心",对与耶稣会作对的法国人怀有刻骨的仇恨。德·雷那尔夫人卓具才识,很快便把在修道院学到的那些无意义的东西忘得一干二净,可是由于她没有用任何东西来补充它们,最后还是一无所长。作为大宗财富的继承人,她过早地受到别人的奉迎,加之她虔诚地信仰宗教的信念,这就使她的性格内向孤独。她表面上看去温和谦逊,能克制自己的意志。韦里埃小城的男人常常要求自己的女人以她为榜样,德·雷那尔先生也为之而骄傲。其实,这只不过是由她的高傲心情而造成。一个因傲慢而被人用来做榜样的公主,她对那些贵族子弟在她身边所作所为的注意同这个百般温柔、谦逊的女人对丈夫的一言一行的注意相比,不知强多少倍。在于连来到家里之前,她真正注意到的只是她的孩子们。他们的小小疾病、小小苦痛、小小欢乐都一点一滴地占据她的心灵,而当年她在贝桑松修道院时,她崇拜的唯有天主。

有一件事情她不愿向任何人提起,那就是:只要她的任何一个孩子发高烧,她也会急得发高烧,好像孩子已经死去一样。婚后前几年,她常常把内心的担忧向丈夫倾诉,可是只得到一阵粗俗的笑声,肩膀的耸动,再加上几句嘲弄女人的痴情的陈词俗语。这一类嘲笑,尤其是在孩子们生病的时候,对德·雷那尔夫人来说好比一把尖刀插在心头上。这就是她所得到的报偿,不再是年轻时她在修道院常常听见的阿谀逢迎的甜言蜜语。她的教育是用痛苦作代价的。她实在太自傲甚至在女友德尔维尔夫人面前也不提起这类伤心事。在她的内心深处,她认为瓦勒诺先生和专区区长夏尔科·德·莫吉隆都跟她的丈夫一样:粗俗,对一切与金钱、地位和勋章无关的东西毫无兴趣,对和自己相抵触的意见不共戴天。德·雷那尔夫人觉得这个世界上所有的男人天生如此,就如同他们穿皮靴戴毡帽一样正常。

许多年以后,德·雷那尔夫人仍然不习惯同这些守财奴们相处,而她又是迫不得已一如既往地生活在其中。

青年农民于连成功的机会到了。他觉得在这种既高贵又骄傲的心灵的怜悯里,享受到了无穷的甜蜜,充满新鲜的气息和迷人的快乐。她很快就原谅了他的极端无知和粗俗的举止。她觉得于连的话值得一听,哪怕是讲述极普通的一件事情,甚至一只可怜的狗过街时被疾驰的农家货车给压死的事情。这一悲惨故事,只引起市长大人高声大笑,而德·雷那尔夫人已经注意到了于连两道弯弓形的黑黑的浓眉紧锁在一起。她依稀感觉到只有在这个年轻教士的心里才存在着慷慨、仁慈和高尚。她把这些美德在高尚灵魂里激起的全部好感,甚至赞美之情都全部倾注在他身上。

如果是在巴黎,于连对德·雷那尔夫人的态度可能会变得单纯起来;不过在巴黎爱情只是小说的产儿。这位家庭教师和他羞怯的女主人很可能会从三四本小说甚至从剧院演唱的情歌中找到对他们的处境的说明。这些小说会给他们描绘应该扮演的角色,指点如何仿效的方法。于连的虚荣心迟早会驱使他这样去做,虽说他对这毫无兴趣,也许一旦实行他还是在生气呢。

在阿韦龙和比利牛斯的小城里,一件小事随着炎热的天气一起膨胀,往往变成大得不得了的事情。而在我们这暗淡的天气下,情形就相差很大。一个贫穷的年轻人之所以会野心勃勃,是因为他高尚的心灵使他需要享受金钱带来的某些欢乐,每天看到一个三十来岁无比贞洁的女人一心照看她的孩子,决不模仿小说而行事。在外省,一切都进展得缓慢,一切都是自然生成。

一想到贫困的年轻家庭教师,德·雷那尔夫人常常激动得热泪盈眶。有一天,她正泪如雨下,于连在她的眼前出现了。

"哦!夫人,发生了什么不幸的事了吧?"

"不,我的朋友,"她回答,"把孩子们叫来,咱们散步去。"

她挽起他的胳膊,紧靠着他,那样子很让他感到惊奇。这是她头一回称他"我的朋友"。

散步快要结束时,于连发现她的脸红了起来。她放慢了脚步。

"您也许已经知道了。"她说,眼睛不敢注视于连,"我是贝桑松一位极富的姑妈的唯一继承人。她总是送礼物给我……我的孩子的学业都有进步……惊人的进步,我想请您接受一件小小礼物以表达我的谢意。不过几个路易而已,用它给您做些衣服。可是,"她补充道,脸越发红了,于是缄口不语。

"什么,夫人?"于连问道。

"这件事,"她低下头接着说,"没有必要告诉我丈夫。"

"我是个小人物,夫人,可我并不卑贱,"于连停住脚步说,眼含愤怒,身子也挺得笔直,"这是您没有想过的。关于我的薪水问题,我如果对德·雷那尔先生有半点隐瞒,那我就连仆人也不如。"

德·雷那尔夫人简直惊呆了。

"自从我来到这里以后,"于连接着说,"市长先生已五次付给我三十六法郎,我随时可以让先生看我的支出账。给别的什么人看也行,甚至是一直讨厌我的瓦勒诺先生。"

这次散步以后,德·雷那尔夫人一直脸色苍白,身子瑟瑟发抖,散步一结束,俩人都找不到什么话题来继续中断了的谈话。在于连孤傲的心里,德·雷那尔夫人变得越来越不可理喻,她对他还是很尊重,很欣赏,她为此还受到斥责。她借口想弥补她对他的无意创伤,容许自己去体贴他。这些方式很奇特,德·雷那尔夫人为此整整高兴了一个星期。于连的愤怒终于慢慢平息,他从中没有辨别出任何与个人好感相似的地方。

"唉,这些有钱人天生如此,"于连想,"他们侮辱别人,而后假献殷勤,以为这样就可以弥补一切。"

德·雷那尔夫人的心情仍太激动,她太天真,尽管她决心已下,还是建议送些礼物给于连,以及她如何遭拒绝——告诉了丈夫。

"什么?"德·雷那尔先生怒火中烧,"您竟能容忍一个仆人这样拒绝您的建议?"

德·雷那尔夫人为"仆人"二字而震惊,他继续说道:"这样说吧,夫人,如同已故的历代亲王给他的新娘介绍他的全部侍从那样,所有这些人,他对她说道,都是我们的奴仆。我给您念贝桑瓦尔《回忆录》里这段话,主要是为了维护我们的地位。只要不是贵族,要在您家里生活,还拿一份工资,都是您的奴仆。我现在就去跟于连先生讲几句,并且给他一百法郎。"

"啊!我的朋友,"德·雷那尔夫人战栗不已,"千万别当着仆人的面给他!"

"是的,那样他们可有理由嫉妒他了。"她的丈夫一面说一面走开,心里想着这笔钱。

德·雷那尔夫人跌在一座椅子上,难受得几乎要晕倒了。"他要去羞辱于连,而这正是我一手造成的!"她开始痛恨她的丈夫,双手捂住了脸。她暗下决心:以后不再将心里话讲出来。

再次见到于连，她全身发抖，胸口抽搐，一句话也说不出来了。窘迫中，她握起了他的双手。

"喂！我的朋友！"她终于说出了话，"您对我的丈夫还满意吧？"

"当然满意！"于连苦笑着，"他给了我一百法郎。"

德·雷那尔夫人疑惑地看了看他。

"让我挽着您吧。"她说话的勇气于连从未见过。

她壮起了胆子，竟敢一直来到韦里埃的一家书店里，尽管这家书店的老板背了个自由党人的臭名声。她在那里，为孩子们挑了十个路易的书，这些书她知道是于连十分喜欢的。她要求孩子们在他们分到的书里写上自己的名字。德·雷那尔夫人对于自己用这种方法弥补自己的过错深感高兴，于连却被书店里面琳琅满目的书迷住了。他从前从未敢踏进这么一个世俗的地方，他的心在颤抖。他没有去猜想德·雷那尔夫人在想些什么，而是在苦苦思索他这个神学学生想什么法子才能得到这几本书。最后他有了一个主意：他可以机智地劝说德·雷那尔先生，让他明白应该将那些出生于外省的著名绅士的历史，拿来给他的孩子们做法文译成拉丁文的练习。一个月以后，于连的努力终于成功了。事情进展得天衣无缝，以致不久，他还敢提起一件让高贵的市长难以接受的事情：向书店订购一批书，为这个自由党人财富的增加做贡献。德·雷那尔先生完全赞同，他的长子日后进入了军事学院，谈话里面听人说起一些书名，聪明的做法是让他现在就 de visu 这些书。不过，于连看到，市长大人怎么也不想深入一步。他怀疑其中有不可告人的秘密，可他想不出是为什么。

"我想，先生，"他一天对市长先生说，"一位可敬的贵族，比如雷那尔家的人，让他的大名出现在书店肮脏的账簿上，那有伤大雅。"

德·雷那尔先生的面容开朗。

"对一个可怜的神学学生说，"于连的语气显得无力，"假如他的名字出现在租书店的账簿上同样不光彩。自由党人会指责我阅读下流的书籍，他们甚至还会在我的名字下写上这些可恶的书名。可是又有谁会知道呢？"

但是，于连的阴谋未得逞。他看到市长脸上阴云密布。他不再说话。"我可为难了这个家伙。"他自言自语。

几天以后，孩子们当着父亲之面问于连在《每日新闻》上预告什么书。

"为了不让雅各宾派获得大肆宣传的机会,"年轻的家庭教师说,"同时为了让我回答阿道尔先生的提问,我建议您可让最低下的仆人去书店订购。"

"这主意还不错。"德·雷那尔先生显然十分高兴。

"不过应当明确规定,"于连说,他那严肃得几乎痛苦的神情,对看到自己渴望成功的人再合适不过了。"应当明确规定,仆人不能订任何一部小说。这些危险的书,一旦弄进贵府会引诱仆人们做坏事。"

"您倒是忘记了那些政治小册子了。"德·雷那尔先生傲慢地说。他很想掩藏他对这个奇妙的折中方法的佩服,而这个方法恰是他的家庭教师发明的。

这样一系列的谈判构成了于连的生活。他对这些谈判的成功非常感兴趣,远远超过关心德·雷那尔夫人明显流露出来的对他的偏爱,这种感情本来只有他才能看出来。

于连往日的精神状态现在在韦里埃市长先生的家里又恢复了。在这里,如同在他父亲的锯木厂一样,他极端轻视跟他生活在一块儿的人们,同时也遭他们的仇恨。专区区长,瓦勒诺先生,以及市长的其他朋友,总要对他们眼皮下发生的事情议论一番。于连几乎每天都可以看到,他们的观点与现实相比差距多大。他认为可以称赞的行动,别人却偏偏要指责。他常常在心里做出这样的反驳:"他们不是怪物,就是傻瓜!"有趣而又使人感到骄傲的是,他们经常压根儿不理会他们究竟说些什么。

他平素只跟老外科军医说话才坦诚。不过他的一点见解也只限于拿破仑的几次意大利战役和外科学。他年轻、勇敢,喜欢老军医详谈最痛苦的手术,他心里对自己说:"我是不会讨厌的。"

在德·雷那尔夫人第一次想跟他谈与孩子们教育无关的话题时,他却谈到了外科手术。她吓得连脸都发白了,求他不要再说下去了。

于连在别的方面一无所知。因此在与德·雷那尔夫人的相处中,只要两人单独在一起就会出现令人不可想象的沉默。在客厅里,不管他的态度多么谦逊,她总能从他的目光中看出一些东西:他在智力上高出所有来他家的客人。跟他单独待在一处,她发现一旦面对他就十分紧张。这让她心神不定,因为从女人的直觉出发,她已经感觉到了这种紧张绝不是温柔使然。

从老外科军医对他历经的上流社会的介绍中,于连的心中生发出一个莫名其妙的想法。根据这个想法，他认为同一个女人待在一块只要出现沉默，便构成了对他的侮辱，仿佛这沉默是他的一大过错。俩人单独交谈时，这种感觉更让人不安甚至痛苦。单独面对一个女人，男人该说些什么？在这方面，他脑子里充满最夸张、最具西班牙特色的想法，这使他在慌乱之中冒出些令人无法接受的念头。他的心灵如同在云雾里穿行，但是他又不能摆脱最失面子的沉默。所以，在陪德·雷那尔夫人和孩子们长时间的散步时，他的心灵受着煎熬，他的神态更加严肃了。他在心里看不起自己。假如他一旦开口，他的表达几乎荒唐透顶，他认为这是令人痛苦的事情。尤其更坏的是，他看不到自己的荒唐之处，并努力来夸大它。其实他自己看不见的眼睛的表情漂亮而且又饱含激情。它好像是天才演员的表演，有时还会赋予事物原来不具备的魔力。德·雷那尔夫人发现，只要跟他单独在一起，某件事情已经分散了他的注意力，他不再寻思要怎样修饰赞美之辞他的谈话才娓娓动听。到她家的朋友们不能向她提新鲜事物，于连闪耀的智慧之光已经令她心驰神往。

拿破仑倒台后，向女人献殷勤已经从外省习俗中消失。人们担心丢掉自己的饭碗，坏家伙们纷纷在圣会中寻找靠山，虚伪的行为迅速传播开去，连自由党人也毫不例外。人们已备感烦闷只剩下两种欢乐：读书和种地。

德·雷那尔夫人是一个富贵的虔诚教徒姑妈的继承人，十六岁上嫁给一位可爱的绅士，一生未尝体验到，也未尝见过点滴与爱情多少相似的感情。只有她的忏悔神父善良的谢朗先生在针对瓦勒诺先生对她的穷追不舍时，才跟她谈论过爱情，而且被他描绘得下流卑俗。所以在她眼里，爱情即是卑鄙的淫荡的化身。她也偶尔阅读几本小说，可她把其中对爱情的描绘看作例外，甚至是子虚乌有的事情。正因为对爱情一所无知，德·雷那尔夫人才觉得自己很幸福，脑子里想着于连，却也觉得这没有什么值得责备的。

第八章

小小风波

于是便有叹息，因压抑而更深沉，还有偷偷一觑，因觊

觎而更甜美，还有火一样的羞红，虽然不是出于犯罪。

——《唐璜》第一章第七十四节

德·雷那尔夫人的禀赋天性以及眼前的幸福，使她的心情开朗得像天使般温柔，只有想到女仆爱莉莎时，她的心情才稍稍变坏。这位姑娘最近得了一笔遗产，她去找谢朗神父谈心时，吐露出想嫁给于连的打算。谢朗神父着实为朋友的幸福而高兴，谁知于连对提婚之事，一口谢绝，使神父先生极为惊讶。

"我的孩子，你对自己的心思，应当多加留意，"神父先生皱着眉头说。"这一大笔财产足足可以维持温饱的生活了。假若你是为了虔诚信教，而对此不屑一顾，我当然要向你表示祝贺。我在韦里埃当神父，至今已有五十六年了；然而，根据某种事实来说，我的职务很快就要给撤销了。这件事重重地打击了我，不过好歹每年还有八百法郎的收入。我讲这一个细节，是为了告诉你，不要对神父的职业抱什么幻想。如果想攀附权贵，天国永生的希望也就破灭了。要想飞黄腾达，必定搜刮民财，奉迎区长、市长、名流，投其所好，为他们奔波。这种做法，即被认为处世有方。对世俗中人来说，生活的艺术不一定就和灵魂的救赎永远水火不容。不过，对于我们所从事的职业来说，就应该有一个选择，要么追求人间的富贵，要么向往天国的幸福，此外没有中间路可走。去吧，我亲爱的朋友，仔细考虑一番吧，三天之后，你给我一个答复。我痛苦地看到，在您的灵魂深处，郁积着一股阴暗的热情，表明您还没有那种教士必备的克制功夫和舍己救人精神。以你的智慧，我完全相信你的

前程将一片光明,不过允许我说一句实话,"善良的神父说到这里,眼含泪水,"作为一个教士,我很担心您的灵魂是否能得救。"

于连为自己动了感情而深感内疚:这是他有生以来第一次感受到为人所疼爱,他痛哭了一场,后来还跑到韦里埃山上的大树林里号啕大哭。

"我为什么会落到这般地步?"终了,他问自己,"我感到,我将为谢朗神父死一百次而终生无悔,然而他刚才向我证明我不过是傻瓜一个。我要瞒骗的无过于他。而他却明察秋毫。他所说那郁积的感情,正是我丰富的热情。他认为我不配当教士,正好在我放弃五十路易的薪水,想使他就我的虔诚美言几句的时候。"

"今后,我将凭借性格的坚强可靠作基础。"于连想,"谁能说我只是在痛哭中求快乐!那个证明我是傻瓜的人,我仍然是多么地敬爱他呀!"

三天后,于连终于为自己找到了借口。这本该是他第一天就想好的。这个借口,纯属诽谤,但诽谤又怎么样?他故意装腔作势,向神父表白,其中有个不便说明的理由——因为涉及第三者,使他一谈到婚事,就不拟考虑。这等于说爱莉莎品行不正了。谢朗神父在于连的神情中发现有一种暧昧的世俗热情,这种热情与年轻教士的宗教激情是大不相同的。

"小朋友,"谢朗神父说,"我看你,与其做一个没有信仰的教士,还不如做一个博学多才受人爱戴的乡村绅士好。"

于连对这个劝诫,回答得很圆满,至少体现在措辞上:他夸夸其谈,把一个胸怀宗教热情的年轻教士所知道的词汇全部搬上,只是他说话的腔调和眼睛里蕴藏的火焰,却不免使神父先生感到十分不安。

我们其实也不应该对于连的前途过分悲观,他的圆滑和审慎兼具,把一套虚伪的论调编造得天花乱坠,在他这个年纪,已属非凡。至于那声调和手势,因为他一直居住在乡间,还没有见过大世面。今后,一旦接近大人物,那无论是架势还是措辞,都是教人叹为观止的。

德·雷那尔夫人感到不可思议的是,女仆前不久得到一大笔钱财,心情却不是更加快活。只看到她三天两头去见神父先生,回来时总是泪眼汪汪。后来,爱莉莎还是就自己的婚事跟女主人谈了谈。

德·雷那尔夫人听了,还以为自己生病了呢。人像发了热似的,夜不能寐。只有看到女仆或于连在自己跟前,才觉得恢复了健康。她日夜想念着他们,想像他们婚后的幸福生活。一个小家庭就靠五十路易来维持生活,固然很穷,但在她的心目中却很具有迷人的色彩。于连很可能到专区首府布雷去当律师,离韦里埃有十五里路,在这种情况下,还可以偶尔一见。

德·雷那尔夫人真的以为自己将要发疯,她把这情况告诉了丈夫,后来真的病倒了。当天晚上,她的女仆进来服侍,她发现姑娘正在哭泣。当时,她很讨厌爱莉莎,对她很不客气,但马上又求她原谅。这时,爱莉莎哭得更厉害了,她说如果主人愿意的话,她打算把自己的不幸故事说一说。

"您说吧。"德·雷那尔夫人说道。

"唉,夫人,他拒绝了我,一定是有坏人向他说了我的坏话,他肯定相信了。"

"究竟是谁拒绝了您呀?"德·雷那尔夫人轻轻喘了口气。

"夫人,除了于连先生,还有谁呢?"爱莉莎回答道,一面又低咽了起来。"神父先生没能说服他,神父先生觉得他不应该以她曾经做过女仆为理由,就把一个正经的姑娘拒绝了。于连的父亲,只不过是个木匠,再说,他本人在未来夫人家以前生活又是怎样的呢?"

德·雷那尔夫人没有继续听下去,太多太沉重的幸福感使她无法用理性来判断它了。她要求爱莉莎重复着于连是否确实拒绝了,而且是那种肯定的态度,表明决不允许他在这一个明确的决定上改变主意似的。

"我愿意为您做最后的努力,"她向女仆说道,"我打算向于连说说。"

第二天早餐以后,德·雷那尔夫人用了整整一小时功夫,语调极其温柔地为她的情敌进行辩护,并且看到爱莉莎小姐的财富和爱情始终遭到于连的拒绝。

渐渐地,于连摆脱了交谈的拘谨,很风趣地回答了德·雷那尔夫人的良言规劝。她毫无抵抗力了,面对着幸福,在这么多失望的日子以后,现在她的灵魂整个儿被幸福包围,她感到有些晕眩。当她恢复过来回到自己房里时,她把左右的人都打发走了,她感到异常惊奇。

"难道我已经爱上于连了吗?"她终于这样对自己说。

这个发现,在平时,一定会因为惭愧而心里不安,而此刻对她来说,只不过像着了魔一样,好像和她毫不相干似的。她的灵魂被刚才经历过的事情拖累了,只觉得没有什么感觉可以来服务最为热情的情绪。

德·雷那尔夫人很想做点什么。可是她又深深地陷入了疲倦的睡眠里。一觉醒来,她没有平时的紧张。她太幸福了,不愿把事情往坏处想。天真、单纯,这位善良的外省女子,无论出现怎样的变化或不幸,从来都不曾因为少许感慨而折磨自己。在于连到来以前,她只是一心照顾家务,而在远离巴黎的地方,这就是贤妻良母的命运。德·雷那尔夫人对于激情,就像我们对于中彩票一样,这无疑是一种骗局,只有疯子才去碰这种幸福。

晚餐的钟声敲响了,于连领了孩子们回来。德·雷那尔夫人听到于连的声音,脸顿时涨得绯红。自从心里爱上了他,她变得机灵了,为把脸红的原因说得明白,她抱怨头痛得厉害。

"女人天生如此,"德·雷那尔先生回答道,笑声粗鲁,"女人这台机器,老是需要修修补补。"

这类打趣的话,德·雷那尔夫人已经听惯了。但他那说话的腔调真是叫她生了气。为了散散心,她瞧了瞧于连的脸,即使于连是天下最丑的男人,她也立刻会爱他。

德·雷那尔先生十分用心地模仿宫廷人士的生活习惯,每逢阳春佳日,他就带领着全家住到韦尔吉这个小乡村,它是因为布里埃尔的悲剧而闻名于世。在距离古代哥特式教堂美丽的遗址大约一百步远的地方,德·雷那尔先生购买了一座古城堡,它有四座塔楼和一个仿土伊勒里宫公园设计的花园,围着小花园,种了不少黄杨树,园内小径边栽种着栗树,每年修剪两次。在附近一块园地,种满了苹果树,可以散步。果园的尽头还种有十来棵胡桃,枝叶茂盛,它们差不多有八十多尺高。

"这些可恶的胡桃树,"德·雷那尔先生每逢妻子称赞它们时总这样说,"它们每一棵使我失去半阿尔邦的收成,要知道在胡桃树荫下,长不出麦子。"

乡村景色对德·雷那尔夫人来说好像是新奇之物。她高兴得几乎发狂,洋溢的激情给了她智慧和果断。在来到韦尔吉的第三天,德·雷那尔先生因为公务回城,德·雷那尔夫人就自己拿钱雇些民工。原来是于连向她建议,用沙子环绕果园铺成一条小道,直达胡桃树底下,孩子们一大早可以在这里散步,免得鞋子被露水弄湿。这个方案从提出到完成,还不到二十四小时。这天,德·雷那尔夫人跟于连一块指挥民工干活,感觉异常愉快。

韦里埃的市长从城里返回以后,发现这条路修好了,非常惊奇。他这次突然返回也令德·雷那尔夫人感到吃惊。因为她几乎忘记了他的存在。在此后两个月,德·雷那尔先生谈到一项重要的修缮工程计划,不征求他的同意就事先动工,这很令他生气。只是有一点他还稍满意,那就是钱是由夫人自掏腰包的。

她逍遥自在,每天都陪着孩子们在花园里玩耍,有时还捉捉蝴蝶。他们做了一些浅色的纱罩用来捕捉可怜的"鳞翅目昆虫"。这个冷僻粗陋的学名,是于连教给夫人的。因为他特地从贝桑松买回生物学家戈达尔先生的名作,于连给她讲了这些昆虫的生活习惯。

于连还准备了一大张硬纸板,狠心把昆虫用大头钉钉在上面。

德·雷那尔夫人和于连总算有了一个话题,往日因沉默而生发的痛苦已烟消云散了。

尽管他们谈的都是一些小事情,不过两人都怀着浓厚的兴趣。这种活泼的生活既繁忙又欢快,大家都喜欢,只是爱莉莎小姐忙于家务是个例外。"哪怕是最高兴的时候,在韦里埃举行舞会,"她说,"夫人也没有如此精心打扮,她现在每天可要换两三次衣服。"

我们无意去奉迎任何人,但不能否认,德·雷那尔夫人肤如白玉,她让人做的衣裙,低胸又露出胳膊。她身材匀称,这身打扮最合适不过。

"夫人,您从来没有这么漂亮过!"来韦尔吉吃饭的韦里埃朋友们这样说。(当地人恭维人一向如此)

有件奇特的事情令我们难以置信。那即是德·雷那尔夫人并不是有意打扮自己。她喜欢这么做,但也没有特意加以思索,只要不跟孩子们和于连一块捉蝴蝶,她就跟爱莉莎缝衣服。她只回韦里埃一趟,那是为了想买到从米卢斯运来的夏装。

她回韦尔吉时,带来了一位少妇,她是她的表亲德尔维尔夫人。自从结婚以来,她和德尔维尔夫人的关系渐渐亲密起来,她们是从前在修道院的伴侣。

德尔维尔夫人听了表妹那些疯狂的想法,觉得非常可笑。"我要是单独一人的话,我不会这样想的。"她说。对这些在巴黎会被人叫作肮脏念头的奇特想法,德·雷那尔夫人跟丈夫在一起时,好像是说了傻话而感到羞惭,德尔维尔夫人的出现却给了她勇气。她给女友讲她的想法,起初还为难,可两人相处久了,她的思想便渐趋活泼,没有孤寂的一个上午转眼逝去,两人都十分愉快。这次旅行,德尔维尔夫人发现,她表妹已不像以往那么快乐,但远比往日幸福。

自来乡下以后,于连变得真像一个孩子,抓起蝴蝶来,跟他的学生一样兴奋。

他曾多次克制自己,玩弄伎俩,现在只身一人,远离别人的目光,且本能地不惧怕德·雷那尔夫人,置身于世间最美的群山之中,他尽情地享受着年少时特别激扬的生存快乐。

德尔韦尔夫人一来韦尔吉,于连就看出她对他很友好。他急忙领着她去胡桃树下新修小道的尽头看风景,那风景即使比不上瑞士和意大利湖泊的动人景色,至少也是毫不逊色的。如果爬上几步之远的陡坡,大家即刻就走到了幽深的溪谷边,周围栽有茂盛的橡木树,它们一直蔓延到了小河边。于连自由、幸福,俨然成了这家的国王,引两位朋友来到悬崖尽头,享受欣赏美景的无限欢乐。

"这对我们来说就像听莫扎特的音乐一样。"德尔维尔夫人说。

在于连看来,两个哥哥的嫉妒,脾气极坏的专制父亲破坏了韦里埃的四周风景。在韦尔吉,所有这些伤心事将不复存在。他生平头一回不要面临自己的敌人。德·雷那尔先生经常不回家,于连可以大胆看他的书了,他无须把灯小心地藏到倒置的花瓶中,也可以尽情地睡觉。白天,他常利用上课的机会来到悬崖上,那些书是他行动的指南,欢乐的源泉,他从中找到了幸福和欢乐以及弥补他的心灵的创伤的慰藉。

拿破仑对女人的议论以及那时代关于流行小说的争论,使于连第一次获得了新的见解,这些思想对这个年龄阶段的青年来说已不足为奇。

盛夏已来临。大家都到离房几步远的一棵大菩提树下乘凉。夜黑沉沉的,于连每天谈得兴高采烈,尽情享受同年轻女人谈天的乐趣,他的手挥动起来了,碰到了德·雷那尔夫人的手,那只手放在一张新油漆过的木椅靠背上面。

她的手很快地抽回去了。于连心里想,他必须不让这只手缩回去。他以为这是他的责任,想到它可能成为别人的笑柄,或者说不达目的将会再次让他生发自卑之心,他的心头的欢乐几乎片刻便化为乌有。

第九章

乡村一夜

盖兰先生的狄多,多么动人的素描啊!

——斯特罗姆贝克

次日于连见到德·雷那尔夫人时,他用惊异的目光注视着她,俨然是面对他的敌人。他正要与她进行搏斗。这种与昨天迥然不同的目光使得德·雷那尔夫人如在云里雾里:她对他一向和善,而他却生了气。她无法将目光从他身上移开。

好在有德尔维尔夫人在场,于连这样可以少说些话,多想想心里的事情。这整整一天只是做一件事:就是阅读那本神奇的书,用来增强身心。

他把孩子们的学习时间大大地缩短,后来德·雷那尔夫人来到了跟前,一想起要竭力捍卫自己的荣誉不受损失,他就下定了决心,今晚一定要她把自己的手留在他的手里,不让它缩回去。

夕阳西下,关键时刻渐渐逼近,这使于连心跳加剧。夜幕降临,他感到一阵快乐,好像感觉到胸口一块沉重的大石已经移开。天空中飘荡着大团大团的乌云,闷热的气息扑面而来。也许一场暴风雨即将来临。两位女朋友的散步时间很长。她们晚上的一切行动,于连都觉得难以捉摸。她们特别喜欢这种天气,对某些异常敏感的心灵来说,这种天气似乎可以增强爱的温馨。

大家终于坐了下来,德·雷那尔夫人紧挨着于连,德尔维尔夫人坐在她的女友身旁。于连想着他试图要做的事,所以一语不吭。他们的谈话越来越沉闷。

"难道我第一次去参加决斗就这样软弱和不幸吗?"于连在心里问自己,因为他既不相信自己也不相信别人,他必须审视一下自己的精神状态。

在这致命的痛苦之中,他觉得遭受任何其他危险都要比现在好一些。他无数次盼望德·雷那尔夫人突然有什么事,迫使她离开花园回到屋内。他极力克制自己,以致讲话的声音都显得嘶哑起来。一会儿,德·雷那尔夫人的声音也颤抖起来了,但是于连还没有注意到这一点。责任观念与怯懦心理的交战是那样的强烈,致使于连除了他自己以外,别的事都注意不到了。城堡的钟楼上,九点三刻的钟声已经敲过了,但是于连还是不敢有所行动。于连开始谴责起自己的软弱来,他暗自说道:"等十点钟的钟声一响,我一定执行我在这一整天里耿耿于心的今晚必须执行的计划,否则我就回到自己的房间,用手枪打死自己。"

在焦急等待的最后几分钟,于连过分紧张,几乎麻木。从屋顶上空终于传来了十点的钟声,这沉重的钟声,每响一下都在击打着他的胸膛,使他心惊肉颤。

当十点钟最后一响的余音还在空中萦绕时,于连伸出手把德·雷那尔夫人的手握住,她感觉到了,一下子把手缩回去。于连这时不知道该怎样为好,又伸手把她的手抓住。虽说他很激动,他握着的那只手异常冰冷,这引起了他的注意,他紧紧捏住了它;她做了最后一次努力,想抽回手,但这只手还是紧紧地握在于连手里了。

他的心思完全被幸福的激流淹没了,这并不是他爱着德·雷那尔夫人的缘故,而是一场可怕的痛苦已经宣告结束。为了使德尔维尔夫人不至于发现疑点,于连认为他必须开始说话,于是他的声音又洪亮又有劲。德·雷那尔夫人的声音则恰恰相反,由于紧张而抖动起来,她的女友还以为她病了,建议她回到屋子里面。于连觉得情况不好,如果德·雷那尔夫人回到客厅里,那我一定又要回到白天那个可怕的处境里去了。我握住这只手的时间还太短,不能说我已经胜利了。

当德尔维尔夫人再次提议要回到客厅时,于连更加用劲地握住那只手,这手已经完全交付给他了。

德·雷那尔夫人已站了起来,但她又坐下,有气没力地说道:"说实在的,我感到有点不舒服,不过外面的新鲜空气对我有帮助。"

这句话证实了于连眼下达到顶点的幸福:他高谈阔论,忘记了自己的虚伪。两位女友听了他的谈话,觉得他可算得上世界上最可爱的男子了。不过这还要一点儿勇气,因为对于这些相对雄辩的口才来说还太突然。一阵凉风吹来,正是暴风雨来临的先兆,德尔维尔夫人已被这风吹得疲倦了,于连十分担心她一个人要先回客厅,这样他就得和德·雷那尔夫人单独在一块儿。他只是偶然有过这么一股鲁莽劲头,迫使他去行动,但是他觉得哪怕是在德·雷那尔夫人面前说出一句最简单的话也是超出了自己的能力。即使她的责备极其轻微,他也是失败的,他的胜利也最终粉碎。

对于连来说,最幸福的算得上是这天晚上,他那动人的夸张的议论,博得了德尔维尔夫人的赞叹,而她在平时以为于连是一个毛手毛脚的孩子,并不讨人喜欢。至于德·雷那尔夫人她把手放在于连手里,她什么也不想任其自然。菩提树很高大,相传是勇猛的查理亲手所种,在这棵大树下度过的几个小时,对德·雷那尔夫人来说是一个幸福的时代。她心情舒畅地聆听菩提树叶被风吹动的飒飒声,而近地面的树叶尖滴下的水珠,滴滴答答,多么的清脆悦耳。于连没有留意这一足可令他心安的情况,德·雷那尔夫人因为要动身去帮助她表姐扶起她们脚边被风吹倒的花盆,不得不从于连那儿把自己的手抽开,但是当她刚刚重新坐下来,她又极自然地把手伸了过去,好像他们之间已达成了默契。

夜半的钟声早已敲响,他们终于要离开花园,各自分散。德·雷那尔夫人还沉浸在爱的幸福里,兴奋异常。她天真无知,毫无良心自责。她快活得夜不能寐,而于连睡得极沉,因为整整一天心头的骄傲与怯弱之战已经把他折腾得疲惫极了。

第二天凌晨五点,有人把他叫醒,他几乎已经忘记了德·雷那尔夫人,要是知道了这一事实,她肯定会很痛苦的。他已经完成了他的责任——一个英雄所该完成的事业。这个想法令他幸福无比,他把房门紧紧锁上待在房间里,怀着无法形容的乐趣阅读有关拿破仑丰功伟绩的历史。

午餐的钟声传来,他还在读大军的报纸。他已把昨天的胜利抛在脑后。当他下楼向客厅走去时,他傻傻地自言自语:"应该告诉这个女人,我爱她。"

他正盼望着遇见一双多情的眼睛,不料却发现了德·雷那尔先生的一张严肃的面孔。德·雷那尔先生从韦里埃回来已经有两个小时了,他看到于连整个上午都不去管孩子们的功课,大为不满,怒形于色。当市长大人发起脾气,并认为别人应该好好看他发脾气的神情时,再也没有比他的脸色更难看的了。

丈夫的每一句尖酸刻薄的话,德·雷那尔夫人听了,心胸绞痛。至于于连呢,他还沉浸在兴奋之中,还在回味在他眼前发生的持续着几个小时的一件件大事,因此一开始就不注意德·雷那尔先生对他大发脾气。最后,他用生硬的语气说:

"我刚才不舒服。"

这种回答的口吻即使一个脾气比市长先生好的人也会被激怒的。他对于连的回答,就是想马上把他赶走。不过他强忍住了,他想起了自己的座右铭:凡事勿躁。

"这个傻瓜,"他心想,"他在家里我已经给他弄出了点名气来了,瓦勒诺先生会把他请去的,或者他跟爱莉莎结婚,在这两方面,他都会暗暗地嘲笑我的。"

尽管他有这些明智的想法,他的不满情绪还是无法打消,他的粗言暴语已经渐渐激怒了于连。德·雷那尔夫人差一点没哭出声来。她刚吃完午饭,就请于连挽着她的手臂去散步,她很亲热地靠着于连的胳臂。她向于连好话说尽,于连低声回答:

"这都是有钱人的作风!"

德·雷那尔先生紧跟他们后面,他的出现使于连更加生气。于连突然发现德·雷那尔夫人依靠他的胳膊样子特别,他对这很反感,便猛然把她推开,抽开自己的手臂。

好在德·雷那尔先生没有瞧见这种无礼的举动,德尔维尔夫人却注意到了;她的女友的眼泪夺眶而出。这时,碰巧德·雷那尔先生瞥见一个乡下小姑娘从一条不经常走的小路,穿越果园角落,他便拾起一块小石子急忙向她追去。

"于连先生,我请求您克制一下吧,要知道,我们人人都有发脾气的时候。"德尔维尔夫人急急地说。

于连冷冷地看了她一眼,有一丝轻蔑的神态从他的目光飘过。

这眼色使德尔维尔夫人感到惊异,假如她明白这表情的真正意义,她会更加惊异的,她可以从中发现一种极端残酷的复仇的迷糊的愿望。世界上有许多罗伯斯庇尔,也许正由这样一些屈辱的挫折所造成。

"您的于连真凶狠,他把我吓坏了。"德尔维尔夫人低低地向她朋友说。

"他有理由发火,"她的朋友回答,"他使孩子们学习进步,一个早上不为他们上课也没什么关系,我看男人都是无情的。"

德·雷那尔夫人生平第一次有对她的丈夫进行报复的想法。于连对有钱人的极端仇恨也快爆发了。幸亏这时德·雷那尔先生叫来园丁跟他一块用一捆捆荆棘堵住穿越果园的那条踩出来的小路。此后,于连受到了细微的体贴,可是他老是缄口不语。德·雷那尔先生一离开,她俩就说累了,一人挽住他一只胳膊。

他夹在两个女人中间,她们因内心的慌乱而满脸绯红,露出窘态。于连脸色苍白,神情阴郁。这已形成奇异的对比。他蔑视这两个女性,也蔑视一切含情脉脉的感情。

"怎么!"他暗自说,"为了完成我的学业,我连五百法郎的存款都没有! 啊!滚蛋吧!"

他太认真于这些严肃的想法,她们俩的殷勤话只是偶尔传进他的耳根,他很难听进去,他觉得这些话只是毫无意义、愚蠢、软弱,一言以蔽之充满女人气。

没有话还得找话,又想让谈话生动有趣一些,于是德·雷那尔夫人说到她丈夫从韦里埃回来时,只不过他从一个佃户那里买了些玉米皮(在当地,人们用玉米填充床衬)。

"我丈夫不会回到这里了,"她说,"他要和园丁、男仆一块儿把全家的床衬都换过。今天上午,他已把二楼的床衬都换成玉米皮了,现在他还在三楼呢。"

于连的脸色突变,他用古怪的神情望了望德·雷那尔夫人,马上拉着她快走了几步,德尔维尔夫人让他们走开了。

"救救我吧。"于连对德·雷那尔夫人说,"只有您能够救助我了,因为您知道那个男仆我恨得要命。我应该向您坦言,夫人,我有一幅肖像。我把它藏在那张床的床衬里。"

听了这话,德·雷那尔夫人的脸色马上苍白。

"夫人,这个时候只有您才能走进我的房间,别让人发现,在床衬最靠近窗户的那一个角落,您摸一摸,有一个小纸盒子,它是很光滑的,黑颜色。"

"那里面有一幅肖像!"德·雷那尔夫人几乎站不住脚跟。

她的神色沮丧,立刻被于连察觉,他见机行事:"我还要向您求个情,夫人,我求您别看这个肖像,它是我的秘密。"

"这是个秘密。"德·雷那尔夫人重复道,声音很微弱。

尽管她在那些只为财富自傲并只会对金钱利益感兴趣的人中间长大,爱情却已经使她的心灵变得宽宏大量。德·雷那尔夫人被深深地伤害了,却仍然单纯、真诚,向于连提出了几个必须提出的问题,确保任务顺利地完成。

"就是说,"她临走时对他说,"一个小圆盒,纸板做的,黑颜色,外表光滑。"

"对,夫人。"于连用男人面临一切危难时的严峻神态回答。

她爬到城堡的三楼,神情紧张面色苍白,如赴刑场一样。更坏的是,她觉得自己好像要昏倒过去,但一想到要帮助于连,便又有了力量。

"我必须弄到那个盒子。"她心里想,同时也加快了脚步。

她听见丈夫正在于连的房子里跟男仆说话。庆幸的是他们很快就走到孩子们的卧室里面。她掀开被褥,手伸进草垫,因为用力过猛,划伤了指甲。她平时对这类小痛小伤很在乎,现在却没有注意到指甲已被划伤,正在这时,她摸到了那个光滑的纸盒。她抓起纸盒,马上从房里消失了。

她暗暗庆幸自己没有被丈夫撞见,刚从恐惧中摆脱出来,那盒子又令她胆战心寒,她几乎又要昏倒。

"也许于连是爱上什么人了,我手头拿着的正是一位女人的画像。"

德·雷那尔夫人坐在套间里的一把椅子上,又爱又恨。她的极端无知倒是帮了她的忙,惊奇也冲淡了她的悲伤。于连突然走进来,一把夺过盒子,连一句谢谢都没有就跑进自己的房间,点起火来把它烧毁。他脸色惨白,神态悲观,他可能把刚才的事情想得太严重了。

"拿破仑的肖像,"他摇着头对自己说,"藏在一个对篡位者怀有深仇大怨的人的房间里!还是被德·雷那尔先生发现的,他是那么偏执,又是那样的被我激怒!最不小心的是,我竟然在肖像后面的白纸上亲笔写了几行字!我的极端的钦佩之情无可置疑!但偏是这种仰慕之情每一次表露时还注明了日期!可就在前一天还有一次呢!"

"我的名誉将一落千丈,毁于一旦!"于连一面对自己说一面看那盒子燃烧,"我的全部财产就是荣誉,我就靠它度日……再说,这是怎样的一种生活啊,伟大的天主!"

一个钟头以后,疲惫以及自我怜惜都令他有点感动。他碰见了德·雷那尔夫人,他拉着她的手,用从来没有过的真诚吻它。幸福使她的双颊绯红,但是,几乎同时,嫉妒之心令她愤怒地推开于连。于连的自尊心遭如此一击,他顿时愣住了。他看出德·雷那尔夫人只不过是一个有钱的人,他轻蔑地抽开她的手,独自走开。他来到了花园里,若有所思地散步,一会儿,他嘴角边露出一丝苦笑。

"我在这里散步,安闲得很,我可以自由支配自己的时间。我不去管孩子们的功课!我要承受德·雷那尔先生的辱骂,他也许是对的。"于是他急忙跑进了孩子们的房里。

那个他非常喜爱的最小的孩子亲近他,这使于连心中的痛苦略微减轻。

"这个孩子还不曾轻视我。"于连心想,但是他又立刻意识到这种想法是一种新的软弱,"这些孩子们亲近我,就仿佛亲近他们昨天新买来的小猎狗一样。"

第十章

雄心勃勃与家境苦寒

> 不过热情隐藏得再深,也会暴露无遗,而暴露它的甚至就是隐藏它的黑暗,恰似最黑暗的天空乃是最猛烈的暴风雨的先兆。
>
> ——《唐璜》,第一章七十三节

德·雷那尔先生察看了所有的卧室,最后又返回到孩子们的房间里,仆人们抱着草垫跟在他后面。这个人的突然闯进,对于连来说无异于烈火喷油,一触即发。

他比平时更苍白,更阴沉,他一个箭步走上前去。德·雷那尔先生站住了,看了看他的仆人们。

"先生",于连问道,"您相信请任何一位家庭教师,您的孩子也会取得这样的进步吗?如果您的回答是一个不字,"于连不等雷·那尔先生有说话的机会,继续说道,"您就不能责备我,说我耽误了孩子们的功课。"

德·雷那尔先生刚一定神,便从这个青年农民讲话的奇怪口气里得出了一个结论,认为他的口袋可能藏有更加美妙的建议,他要离他而去了。于连越说越气愤:

"先生,我可不是离开了您就没法活了。"

"看到您如此激动,我真有点气愤。"德·雷那尔先生吞吞吐吐地说。仆人们离他大约十步之遥,已在收拾孩子们的床铺。

"您不应该这样对待我,"于连怒气冲冲地说,"您应该仔细考虑那些话,对我构成了多么大的伤害,而且是当着夫人们的面!"

德·雷那尔先生明白于连需要的是什么,内心的矛盾残酷地斗争着。而于连简直气疯了,嚷嚷道:

"先生,离开您的家,我并非没地方可去。"

听到这话,德·雷那尔先生仿佛已看到于连已经安顿在瓦勒诺先生的家里。

"好吧,先生,"市长大人终于叹了口气,神情好像是刚做了一场痛苦的外科手术,"我同意您的意见。从后天起,也就是从下个月一号,我每月给您五十法郎的薪水。"

于连真想哭出来,感到不可思议,他的愤怒一下子就没有了。

"这畜生我对他还太客气了!"于连心想,"无疑,这是一个极其卑劣的灵魂所能表示的最大歉意了。"

孩子们目睹这场争论,惊骇不已,连忙跑到花园里告诉他们的母亲,说于连非常生气,不过以后每月能够拿到五十法郎。

于连同平时一样,跟着孩子们走开,他不愿看见德·雷那尔先生,让他独自在那里生气。

"瓦勒诺先生又让我多花了一百六十八法郎,"市长先生暗暗地想,"他承办孤儿院一事的给养问题,我必须说几句重话不可。"

一会儿,于连又和德·雷那尔先生碰面了。

"我要去找谢朗先生谈谈心,我有幸告知先生,我会离开几个钟头。"

"嗳,亲爱的于连!"德·雷那尔先生皮笑肉不笑地说,"去一整天都行,还可以加上明天,我的好朋友,您还可以借用园丁的马,骑到韦里埃去。"

"很明显,"德·雷那尔先生想,"他准是给瓦勒诺家送回信去了。他什么话也没有留下,不过年轻人脾气大得很,让他的头脑冷静冷静吧。"

于连很快出门,爬上了后面大山的树林里,这片大树林是从韦尔吉到韦里埃的必经之路。他不想马上就去谢朗先生家,并被迫去扮演那种伪善的角色,他需要冷静地思考自我,回顾一下激荡的情绪。

"我赢了!"一旦远离众人耳目,置身于大树林,他便得意扬扬,"我真的打了个大胜仗!"

这句话逼真地讲出了他的灵魂所向,因而他渐渐显出几分宁静神态。

"我现在,每月可要拿五十法郎的薪水了,德·雷那尔先生一定是怕得很。但他又担心什么呢?"

"一个有钱有势的人,一小时以前,我曾对他大发脾气,究竟有什么令他担心呢?"对这个问题的思考,使于连的心情更加平静了,他在树林里走着,有那么一段时间,他简直沉醉于周围赏心悦目的美景中。大块的光溜溜的岩石从前从山上滚落到林中,高大的山毛榉长得如同这些岩石一样,岩石的阴影下面,凉爽宜人,但在三步以外,就是烈日炎炎,要小憩在那儿简直不可思议。

于连在岩石的阴影下小憩了片刻,然后再往上爬。沿一条羊肠小道走了不多久便登上了百丈悬崖,于是便有了"一览众山小"之感,身凌绝顶,他哭了,他孜孜以求的也便是这么一种境界。山上空气新鲜,他的心情随之而静穆,欢乐。在他心目中,韦里埃的市长俨然永远代表那些有钱有势的专横之徒,但于连觉得此时他心中的愤激的仇恨没涉及个人恩怨,如果他不再是他,他便把那城堡,那狗,以及那个家庭统统忘记。"不知为何缘由,他能够做出那么大的牺牲,每年给我多加五十多个埃居,真不简单! 刚才,我总算死里逃生。一天当中两次胜利,不过第二次胜利也无所谓,不过也应当考虑他为什么那么慷慨解囊。唉,这些难以捉摸的问题,等待明天好好想想吧。"

于连挺立在大岩石上,仰望苍穹,八月的骄阳,光芒四射。岩石下面的田野里,蝉鸣阵阵,当鸣唱稍停,周围便一片静幽。脚下方圆二十里的原野,雄鹰不断地从绝壁间展翅高飞,他看见天空中有一圈一圈的身影掠过。于连的眼神不禁随飞翔的鸷鸟流转。它们安详有力地搏击,令于连惊羡不已,他渴慕这种力量,渴慕这种孤独。

这就是拿破仑的命运。有朝一日,他也会重蹈此种命运的覆辙吗?

第十一章

一个晚上

就连朱丽亚的冷漠也含着温情,她的小手微颤,轻轻抽
出他的掌心,而留下的那轻轻一捏,那么温婉飘柔,令人心
颤,令人迷离。

——《唐璜》第一章第七十一节

他最后还是得到韦里埃走一趟。他一出教士的住宅,碰巧遇到了瓦勒诺先生,便连忙给他说了增加薪水的事。

回到韦尔吉后,于连等到天黑后,方才下楼到花园去。这一整天他的精神受到了太多强烈的情感的冲击,觉得非常疲惫。想起两位夫人,心里又忐忑不安:"对她们说什么好呢?"他看不出来,自己的视野就那么窄,他关注的那些鸡毛蒜皮的事,通常也就是女人们感兴趣的那些东西。有时,于连变得呆呆的,不但德尔维尔夫人不理解他,他的朋友德·雷那尔夫人也理解不了他,而她们讲的话,他有时也只能半通半懂。这就是魅力的作用吧,如果可以这样说,就可见激情的伟大,这股激情现在正震撼着这位年轻的野心家。风暴几乎每天都在这怪人的心里掀起。

这晚上,于连走进花园时,做好了准备,想听听一对可爱的表姐妹的想法。她们正焦急地等着他来,他在平时那个位子上坐了下来,挨着德·雷那尔夫人。过了一会儿,便已暮色沉沉。那只粉白的手就放在他身旁的椅背上,他想握住她。那手有些犹豫,最后还是缩了回去,像是生气了。于连想:这样也还不错。兴致勃勃地聊着天,没想到这时听见雷那尔先生的脚步声近了。

上午的那些粗话,还响在耳边。于连暗想:"这家伙发了财就把好处全给占了,

如果当着面把他妻子的手抓过来,不就把他耍了吗？对,我就这么做,谁叫他那样蔑视我。”

于连本来就性子急躁,这时候更沉不住气了。他顾不上考虑其他的事了,急急地想让德·雷那尔夫人乖乖地把手留在他手里。

德·雷那尔先生满腹怨气地谈起了政治问题,韦里埃有两三个工业家,现在比他钱多,要在选举中跟他唱对台戏。德尔维尔夫人侧着耳朵在听。于连听得心烦,把椅子往雷那尔夫人那边靠了一靠。夜色遮掩了所有的动作,他大起胆子,把手放在离那只露在衣服外边的玉臂很近的地方。这时他的心乱了,情不自禁地把脸蛋靠近这只胳膊,双唇紧紧地吻了一下。

德·雷那尔夫人颤抖起来:她丈夫离他们只有四步远！她急忙把手递给于连,同时又把他推远了一点。德·雷那尔先生还在对无能者和雅各宾党人大发横财愤愤不已之时,于连则对那任由他握着的手狂吻不止,至少在德·雷那尔夫人看来是狂吻。而这可怜的女人在昨天那个命运攸关的日子拿到了证据,这个她爱恋着却又不承认的男人在爱着别人！但在于连不在家的一整天里,又有一种剧烈痛苦折磨着她,让她胡思乱想。

“怎么！我在恋爱,”她对自己说,“我动情了！我,一个有夫之妇,在爱另一个男人！不过,”她继续想下去,“我对丈夫从来没有过这样疯狂的痴情,它让我无法不去想他。其实,他不过是个对我怀着敬意的孩子而已！这种痴情不久就会如过眼云烟。即使我对他有点感情,又关我丈夫什么事呢？我跟于连谈的,都是些瞎想的事,我丈夫听了也烦。他只关心自己的公务。反正,我也没拿他的什么东西给于连。”

这个率真纯洁的灵魂并未受到任何虚伪的污染,它不过是在一种未曾经历过的激情面前迷乱了。她在自欺,但自己却不知晓,不过道德的本能已经使她受了惊吓。于连出现在花园的时候,她正心绪不宁,脑海里翻云覆雨。她刚听见于连说话的声音,就看见他在自己身边坐了下来。幸福是如此美妙,她顿时感到心摇神荡。这十五天来,这幸福与其说令她迷乱,还不如说令她新奇。一切都是那么出乎意料。然而,过了一会儿,她又想:“难道于连在这里,就可以把他的一切过错一笔勾销吗？”她害怕起来了,把被于连握着的手抽了回来。

那狂热的吻,是她从来没有经历过的,让她一下子忘了他可能在爱着另外的女人。顷刻之间,在她的心目中于连已不复为一个有罪之人了。那种由疑而生的剖心之痛已经过去了,一个做梦都没有想到的男人就在她眼前,她拥有了爱情的兴奋和疯狂的快乐。这是一个美好的夜晚,人人心情都舒畅,只有韦里埃市长例外,因为他忘不了那几个发了迹的工业家。于连不再想他的勃勃野心,也不去思考他那难以付诸现实的远大蓝图。美色如此令人迷醉,这于他而言还是生来头回遇到。在一种与他的性格很不相合的迷糊而甜蜜的梦幻之中,他沉迷了,轻轻地摩挲着那只美极而令他怜爱的手,恍惚间听到椴树的叶子在晚风中沙沙作响,远处杜河磨坊里有几条狗在叫。

但这种情感,仅仅是一时兴之所至,并非激情。他唯一觉得痛快的就是回到自己的房里,重新捧起那本心爱的书。一个人在二十岁的时候,他对世界的看法以及他在世上将有何作为,才是最为重要的。

一会儿他又放下了书。由于想念拿破仑的胜利,他在自己的胜利中看到了崭新的东西。他心里想:"是的,我打了个胜仗,但应该乘胜前进。趁这个骄横的贵族向后退却的时候,要把他的傲气彻底摧毁。这才是真正的拿破仑作风。现在我就去向他请三天假,去拜访我的朋友富凯。如果他要拒绝,我就摊牌说不干了,到底他会让步的。"

德·雷那尔夫人一夜都没合眼。她觉得到现在为止她还没有真正地生活过。于连拿起她的手狂吻,这种她无法摆脱的感觉实在太幸福了。突然她想到一个词:通奸。最低贱的放荡以及与感官之爱有关的各种恶劣的观念,纷纷涌入她的想象。这些观念力图使她对于连那温柔神圣的形象以及对爱情幸福的想象失去光彩。一个可怕的未来在她眼前展现,她看见自己为人们所不齿。

这是一个可怕的时刻,她的灵魂到了一个完全陌生的地域。昨天她还在领略那未曾经历过的幸福,此时一下子就坠入一种难以忍受的不幸之中。她从来没有想到过会有这种伤痛,以至于神志昏乱起来了。有一会儿,她想向丈夫坦白自己怕是爱上于连了。这倒可以谈谈他了。幸亏她记起在结婚前夕,她姑妈给她的一个忠告,那就是向丈夫讲心里话是危险的,因为毕竟丈夫是一家之主。她极痛苦地绞着自己的双手。

她纠缠在痛苦的矛盾中。一下子担心于连不爱她了,一下子又害怕那罪恶感,好像明天她就要被拉上韦里埃广场上的示众柱,去当众宣布她的通奸行为。

德·雷那尔夫人对人生没一点经验,即使她的理智全在,也分不清在天主眼中有罪跟在公众面前受到辱骂之间有什么差别。

　　奸淫这个丑恶的观念,以及她所理解的这一罪恶所引来的种种耻辱,这些念头终于让她松口气的时候,她和于连天真的生活在一起的甜蜜,又被卷进了于连别有所爱的可怕念头。于连怕丢掉头像,怕头像牵连旁人而急得面色发白的样子历历如在眼前。她头一次在这张平静而高贵的脸上发现了恐惧。他还从来没有为她或她的孩子动过情。这一新的痛苦,已经达到一个人所能承受的最大强度。德·雷那尔夫人不觉中竟叫了一声,把她的侍女从梦中惊醒了。忽然她看见床边出现了一盏灯,那是爱莉莎。

　　"他爱的是您吗?"狂乱之中她喊了出来。

　　爱莉莎发现女主人处于可怕的慌乱中,大为吃惊,幸好她根本没留意女主人这句奇怪的问话。德·雷那尔夫人自知失言,便对女仆说,"我发烧了,大概给烧糊涂了,你陪陪我吧。"她得克制自己,也就完全清醒过来了,她不那么痛苦了;半睡眠的状态夺去了她的理智,现在理智又得以恢复了。为了不使女仆盯着她,她让她念报纸。这姑娘用单调的声音读着《每日新闻》上的一篇长社论,德·雷那尔夫人做了个合乎妇道的决定:再见到于连时,她要对他表示冷淡。

第十二章

一次旅行

风雅之士在巴黎,刚毅之士在外省。

——西哀士

第二天清晨五点,德·雷那尔夫人还没露面,于连便已向她丈夫请到了三天假。于连还是改了初衷,想见她一面,只为那漂亮的纤手。他下楼到花园里,等候良久,还不见德·雷那尔夫人的影子。不过如果于连真爱她,当然会看到二楼半掩的百叶窗后面,她正用额头抵着玻璃出神地望着他呢。最后,不顾信誓旦旦,她还是决定到花园里去。她平日里苍白的容颜焕发出鲜艳的红光。这个天真的女人,心里显然并不平静。一种自我克制着的,甚至是愤怒的感情,使她沉静的表情有些走样,而正是这种超越了世上一切庸俗利益的表情,使这天仙般的容颜生色不少。

于连急忙走近她。那双美丽的胳臂,祖露在匆忙之间披上的披肩下,让他惊叹不已。一夜的辗转,使她对外界的一切更加敏感了,而清晨的凉意,则似乎使她的姿容更加迷人,对于于连而言,这样端庄动人而又有着下层阶级不具备的沉思美的女人,似乎启示了一种从未感受到的力量。他的全副神情都倾注于她的美艳,目不转睛,倒把原本期待中的友好问候给忘了。不过她故意表现出来的冷淡令他很是吃惊,甚至可以看出,她想让他回复到原来的地位。

愉快的微笑从他的唇上消失了。他想起了他在上层社会,特别是在富有的贵妇人眼里的地位。顿时他的脸上只剩了傲气和自懊。他觉得恼透了,为了她迟了一个多钟头才出发,结果只得到这样屈辱的对待。

"世界上只有傻瓜才会生别人的气,"他暗想,"石头往下落是因为它有重量。

难道我永远做个小孩子？什么时候我养成了这么个好习惯，仅仅为了他们的钱就为他们效劳？如果还要叫他们看得起，自己也看得起自己的话，就要让他们清楚，我和他们，不过一穷一富，但是我的灵魂要比他们的灵魂纯洁得多，而且我的高洁，也不是他们的小小恩惠或轻蔑所能等价的。"

这类感想一股脑涌进年轻的家庭教师心中，他那说变就变的脸上现出孤高和冷酷的神色。德·雷那尔夫人反倒乱了方寸。她原本打算在见面时表现得冷淡疏远，这时又转为关切。之所以关切，是因为她发现了于连神色的变化。平时早起碰见时互致问候和谈论天气的套话，在俩人之间都扯不起来了。热情还没有扰乱于连的理智，他迅速地找了个办法，让德·雷那尔夫人明白他跟她的友情还淡得很。他根本就不提起要去旅行的事，向她行了个礼，转身就走了。

她看着他走开，他的目光头天晚上还那么可爱，现在她却见到了一种阴沉的傲慢，她神情有些发愣了。这时，她的大儿子从花园深处跑出来，拥抱着她说：

"我们放假啦，于连先生出门旅行了。"

一听这话，德·雷那尔夫人心都凉了，像要死去一般。她讲道德，使她不幸；她软弱，使她更为不幸。

这桩新发生的事，把她的心全占了。她已无法再去想那经过一夜痛苦才做出的贤惠决定。眼前的问题是，这个可爱的情人，不再是怎样抗拒他，而是永永远远地失去他了。

该到餐室去吃早餐了，令她感到痛苦的是，德·雷那尔先生和德尔维尔夫人尽谈于连出门这事儿。韦里埃市长注意到于连请假时口气很硬，里面有名堂：

"这个年轻人的口袋里一定有什么人给他的聘书。不过，这人就算是瓦勒诺先生，要拿出六百法郎数目的钱来也会有些没底气的，因为这笔钱每年都得支付呀！昨天在韦里埃大概有人提出宽限三天用来考虑。所以今天早上为了避免给我答复，这位年轻的先生就进山去了。跟一个傲慢无礼的工人都得屈尊相商，今天我们已到了这般地步！"

德·雷那尔夫人暗想："我丈夫不知道他把人家伤得有多深，既然连他都认为于连要离开，那我还怀疑什么呢？啊，一切都已成定局！"

为哭个痛快，也免得去理会德尔维尔夫人问来问去，她借口说头疼得厉害，往床上休息去了。

"女人就是这样，"德·雷那尔先生老调重弹，"这些复杂的机器总会在什么地方出些毛病。"说完，带着嘲弄的神色走开了。

当德·雷那尔夫人偶然遭遇爱情，为此而受折磨时，于连却在秀峰叠起的最美丽的景色中兴致勃勃地赶路呢。他要翻越韦尔吉北部最高的山脉。他走的小道穿过高大的山毛榉树林，越走越往上升，在高山的山坡上形成了蜿蜒曲折的山路。这山的北面，便是杜河流域的谷地了。不久，行人放眼四望，便看到杜河在他脚下的丘陵之间缓缓流向南方，直达远方勃艮第和博若莱一带肥沃的原野。这个年轻野心家不管对大自然的胜景的感受力有多迟钝，此刻也不经意地停下脚步观赏眼前壮美的景色。

他终于到达了这座高山的山顶。山顶旁有一条近路通往一个幽谷，他的朋友——年轻的木材商富凯就住在那里。于连并不急着去见富凯或其他人。像一只鸷鸟伏在山顶光秃秃的岩石之间，他可以远远地看见任何走近的人。他发现有一个小山洞在一堵垂直的峭壁上，飞跑几步，他一下就钻进了洞里。他的眼里闪出了快乐的光芒，叹道，"在这里，世上所有人都伤不到我了。"他突然有了个念头，怎么不就在这里把自己的想法写下来呢。这些想法，在任何别的地方，对他都有相当危险。他取了一块方石板充做写字台。他运笔如飞，周围的一切都视而不见。最后他才注意到，太阳已经在远方的博若莱群山后面渐渐沉没了。

"我为什么不就在这里过一夜呢？"他自言自语，"我有面包，我也有自由！"一听到自由这个伟大的词，他的心顿时激动起来。他伪善，即使在富凯家里也感到不自在。在岩洞里，于连双手枕头，眼望原野，他觉得一辈子还没有这么快意过，他为自己的梦想和自由而陶醉了。无意间，他看见落日斜晖一道一道地消逝了。夜色苍茫，心也迷茫，他幻想着将来到巴黎将遭遇的奇遇。首先邂逅的当然是一位美女，其姿色与才华都胜出在外省遇见的所有女人。他疯狂地爱着她，也为她所爱。如果他要暂时与她相别，那是为了求取功名，让自己更值得她爱。

在巴黎上流社会庸俗的现实中培养起来的年轻人，就算有于连那样的想象力，他的浪漫幻想到这地步只会受到冷酷的嘲讽；壮举将随不可得的希望消逝，取代它的是众所周知的格言："一个人只要不守住他的情妇，一天之内就可能戴两三次绿帽子！"而乡下小伙子在他和英雄业绩之间，只见到机会的缺失，不见其余。

而黑夜代替了白昼。到达富凯住的村庄，还得走上两里多路。在离开小山洞之前,于连点起火,小心地把写的东西全烧掉了。

午夜一点,他敲响了大门,把他的朋友吓了一跳。他发现富凯正忙着记账。这是个高个子年轻人,身材很不协调,面部轮廓粗硬,鼻子极大,不过在不讨人喜欢的外表下有一颗善良的心。

"这么突然来找我,是和你的德·雷那尔先生闹翻了吗?"

于连把昨日里的事情恰如其分地说了说。

"你就和我留在一块吧,"富凯对他说,"我晓得你跟德·雷那尔先生、瓦勒诺先生、莫吉隆专区区长和谢朗教士都认识,也很清楚他们的狡猾习性,我看你完全可以去干拍卖行了。你的数学比我强,就给我记账。我这买卖挺能赚钱的。我一个人怎么也顾不过来,又怕找个骗子做同伙,所以我每天都有很多好买卖不能做。还不到一个月,我让米肖·德·圣达芒赚了六千法郎,我和他已经有六年没见着了,一天我是在蓬塔利埃的拍卖行里偶然碰上的。这六千法郎,朋友,你为什么不能去赚呢?至少也有三千法郎吧。如果那天你和我在一起,我会出高价承包砍伐那片树林的,他们所有人都会让给我。跟我合伙吧!"

这个建议不中于连的意,使他不快。富凯过着单身生活,于是两位朋友像诗人荷马笔下的英雄一样共同准备夜宵。吃饭的时候,富凯把账本给于连看,向他证明他的木材生意有多赚钱。富凯很看重于连的才能和性格。

当于连终于单独待在富凯的松木小屋时,他暗想,"这倒是的,我可以先留在这里赚上几千法郎,然后再瞄准机会当兵或当神父,这得依那时法国的时尚而定。有了一小笔钱,一切鸡零狗碎的难题都会迎刃而解。在山里过孤独的生活,多少可以不想我对那些沙龙客人们特别在意的事情的无知。富凯不愿结婚,可又总是对我说,生活孤单了,无趣味了。显然,如果他想找个没有投资的同伙,那是他希望有个永不分离的伙伴。"

"难道我要欺骗好朋友吗?"于连生气地嚷道。这个人通常把虚伪和寡恩作为谋求安全的法宝,这一次却不允许自己对一个爱他的人有半点不够高尚的念头。

而于连突然间又高兴起来了,他有了拒绝的理由。"什么!要我猥猥琐琐地浪费七八年时间!到那时我都二十八了;而在这个年纪,拿破仑早已完成了他一生中最为辉煌的大事。当我为了木材生意四处奔忙,去讨几个下三烂的骗子的欢心,悄无声息地挣到那几个小钱,谁还能保证我还有那份扬名天下的雄心?"

第二天早上，于连很冷静地给了善良的富凯答复，说从事圣职的志向使他不能从命。富凯惊讶万分，他还以为合伙做生意的事早已搞定了呢。

"但你想过没有，"富凯反复对他说，"我要你来合伙，或者说白点，每年我出给你四千法郎，怎么样？你偏要回德·雷那尔先生家，而他不过把你看成鞋底的烂泥！等你手头有了两百路易，谁还能拦你进神学院？我还可以告诉你，以后我还可以给你弄到咱们城里最好的圣职。因为，"说到这，他把声音压低了，"某某先生，某某先生烧的木材都是我供应的。我拿最优质的橡木供给他们，他们只付白木的价，投资在这上面，再好不过了。"

什么也说不动于连当神父的志向，富凯只好认为他有点神经了。第三天一大早，于连告别他的朋友，到山峦峭壁间逗留了一整天。他又到了那个小山洞，但内心里已不再平静，它被富凯的建议给赶走了。像赫丘利一样，但不是要在善恶之间，而是要在安适的平庸和年轻的英雄梦之间做出抉择。"如此看来，我还远远谈不上有坚毅的意志，"他对自己说，最让他痛苦的就是对自我的怀疑，"我还不是块做伟人的料，既然花八年功夫挣面包，我都还担心把创造伟业的力量消磨掉。"

第十三章

网眼长袜

小说,是人们在沿途行走时可以拿在手里鉴照的镜子。

——圣雷阿尔

于连又望见了夕阳残照下的韦尔吉老教堂遗址,才醒悟打前天晚上以来压根儿没想过德·雷那尔夫人。"那天离开她家时,这女人提醒我,我们之间相距太远,她只把我当作木匠的儿子。毫无疑问,她想通过这点来向我表明,悔不该在头天晚上让我握了她的手!……不过那只手确实好看!这女人的目光有着怎样的一种妩媚,怎样的一种高贵呀!"

有可能和富凯一起经商致富,这对于连想问题很为有利,他不必再像以前那样,因为愤懑,或因为感到自己穷就低人一等而常常走火入魔。他仿佛站在高高的海岬上,指点江山,甚至可以说,他已然超越贫富之别;不过他所谓的富,也就是小康而已。虽然他远没有哲人的境界来衡量自己的境遇,但他足以自知,经过这次短暂的山中旅行,自己与以前已有所不同了。

德·雷那尔夫人请他讲讲这次旅行的见闻,他只略略说了说。德·雷那尔夫人听的时候,极度慌乱不安,让他惊异不已。

富凯曾几番筹划结婚又几番恋爱失败,两位朋友就这个话题在夜里谈了很久。富凯的幸福到得早,又发觉自己并不是唯一被爱的人。这些事都让于连惊奇,学到了很多新知识。他平时生活得很孤独,陷入想象和怀疑之中,也就与一切可以获得教益的机会离得很远了。

于连不在的这段时间里,生活对于德·雷那尔夫人来说,不过是接踵而来的各种无法忍受的折磨,她真的生病了。

德尔维尔夫人看见于连回来了,便对她说,"你特别要注意,这样不舒服,今晚就别到花园里去了,湿漉漉的空气会加重你的病的。"

德尔维尔夫人看到她的女友穿上了新从巴黎买来的小巧鞋子和网眼长袜,心里很惊讶。德·雷那尔夫人常常因为穿得太朴素而受到丈夫的奚落。这三天以来,德·雷那尔夫人唯一的消遣,就是把一块时髦的漂亮布料裁成一身夏装,并让爱莉莎赶快缝好。于连回家几分钟后这件衣服才缝好,德·雷那尔夫人马上就穿上了。她的朋友已经不再怀疑,心想,"这不幸的女人,她爱上谁了!"她也就明白了德·雷那尔夫人莫名其妙的毛病。

德尔维尔夫人看到她和于连说话时,脸色红一阵白一阵,眼睛焦急地盯着年轻家庭教师的眼睛。德·雷那尔夫人时刻期待着他给出解释,是去还是留。谁知道于连根本提都没提这码事,他根本就没想过这问题。内心里挣扎了半天,德·雷那尔夫人终于开口了。那颤抖的声音里,可以听得出激动的情绪:

"你是不是要离开你的学生到别的地方去?"

德·雷那尔夫人支吾的声音和眼神让于连震惊。"这女人爱上我了,"他心想,"对这一时的软弱,她的高傲一定会让她后悔。一旦她知道我不会离开,待我又会傲慢起来。"不同的地位观念,闪如电光,于连看得清楚。他犹豫着答道:

"这些孩子这样可爱,出身又这样高贵,要离开他们我会很难过的。但也许不得已要这样,每个人都有自己要做的事啊。"

吐出出身又这样高贵(这是于连新学到的一句贵族用语)这几个字,于连心里很是反感。

"在这个女人眼里,"他心想,"我不属于出身高贵者。"

德·雷那尔夫人听着他说话,心里欣赏他的才气,他的英俊。但听到他的话中有离去之意,她的心都碎了。于连不在家的那段日子,韦里埃的朋友们到韦尔吉来聚餐,都争相恭贺她,说她丈夫有幸发掘了一名奇才。这倒不是因为他们了解孩子们有什么进步,而是因为于连能背《圣经》,而且背的是拉丁文,这一点就已经让韦里埃的人们佩服有加,这种佩服也许可以延续百来年。

于连从不跟人搭讪,对这一切也就不知道。如果德·雷那尔夫人稍稍冷静一些,便会想到对他赢来的赞誉表示祝贺;而于连的自尊心得到满足之后,对她就会更加温和,更何况她那件新衣服,于连觉得很好。德·雷那尔夫人自己对这件漂亮衣服也颇为自得,加上听了于连几句赞美之辞,便表示想到花园去转转;可很快就说身体无力走不动了。她挽起旅行者的胳臂,然而,胳臂相触,不但没给她增加什么力气,原来那点力气也没有了。

天黑了。大家刚坐下,于连就用他以前的便利,大胆地把他的嘴唇凑近德·雷纳尔夫人的胳臂,握住了她的手。他想到的并不是德·雷那尔夫人,而是富凯对情妇们的大胆;出身高贵的概念还堵在心头。有美丽女人握着他的手,他也感觉不到一点快意。对于这个晚上德·雷那尔夫人很明显地表达出来的情感,他压根儿就不感到自豪,更不用说感激。漂亮、雅致和艳丽,对他而言,基本上无所谓。心地纯朴,不抱什么怨恨,无疑会让一个人青春留驻。可惜世上大多数漂亮女人,姿色往往未老先衰!

整个晚上于连都不太高兴,以前他还只是怨社会的不合理,而富凯告诉他一条致富的卑鄙道路之后,他又怨起自己来了。他一味沉思,虽然时不时跟两位贵妇搭搭话,可后来竟不知不觉把德·雷那尔夫人的手放开了。这个举动让这可怜的女人心乱如麻,从这儿她看到了命运的不祥征兆。

如果知道于连有一腔深情,她的德性也许可以依赖,去抵制他。然而她时时刻刻都担心要失去他。情动于心,她竟然又把于连随意搁在椅背上的手抓住了。这个举动,唤起了小伙子的勃勃野心,他恨不得让那些骄傲的贵族们来亲眼看看;每次宴会上,他只与孩子们坐在餐桌末端,而贵族们总是以俯视的神态看他。“这女人不敢再瞧不起我了,”他想道,“在这个关头,我应该对她的美貌表示仰慕,有责任去做她的情人!”在富凯没有向他倾诉他的情事以前,他根本不会有这般想法的。

这个突然的决定让他的心情畅快起来。他心想:“这两个女人中,我非得要一个。”他觉得追求德尔维尔夫人要更好些,这并不是因为她更可爱,而是因为在她看来,他总是一个有才气学问的受人尊重的家庭教师,而不是像德·雷那尔夫人初次见到的那样,是一个胳膊下夹着一件呢子上衣的木工。

而正是那小木工模样,害羞得满脸通红,站在大门外不敢按铃的样子,让德·雷那尔夫人想起来最有吸引力。

继续审视自己的处境,于连觉得不应该存有征服德尔维尔夫人的企图;德·雷那尔夫人对他钟情,德尔维尔夫人大概已知一二。他不得不再考虑德·雷那尔夫人。他暗想，"那么我对这个女人的性情的了解究竟有多深？不过就这些而已：我旅行之前去握她的手，她把手缩了回去，现在我把我的手缩回来，她却把它握住，并且握得紧紧的。这真是个好机会，让我把她曾对我的轻蔑，都还给她。天知道她的情人有多少！她之所以看中我，不过因为大家见面容易罢了。"

唉，这就是过分发展的文明造的孽！一个二十岁的年轻人，要是受过点教育，心就远离了自然的境界；不顺应自然，爱情往往就成了令人心烦的义务了。

"我尤其应该在这女人身上得手，"于连那小小的虚荣心继续往前想，"等以后我发迹了，有人来嘲笑我干过家庭教师的低下工作，那我可以跟他说，是爱情让我接受了这个位置。"

世界二十大名著

红与黑

图文珍藏版

于连又一次分开了他和德·雷那尔夫人的手，后来又握住她的手，紧紧握住。他们回到客厅时，已将近午夜了，德·雷那尔夫人小声问他：

"你要离开我们吗？你要走？"

于连叹了口气，说道：

"我实在该走的，因为我发疯般爱上了你，这当然是个错误……对一个年轻教士来说，这个错误多么严重啊！"

德·雷那尔夫人这时候斜着靠在了他的胳臂上，她放任极了，连她的脸蛋上都感到了于连脸蛋的热气。

这个后半夜，对于两个人来说完全不同。德·雷那尔夫人心潮澎湃，因为高尚的心灵而欢欣不已。一个风流的少女早早地谈起恋爱，便会渐渐习惯于爱情的烦扰。德·雷那尔夫人没读过什么小说，爱的幸福，对她来说是全新的。没有什么忧虑来扫她的兴，她甚至没有去想未来的处境。她祈望着，自己十年之后还会像今天这样幸福。必须对德·雷那尔先生绝对忠诚的贞洁观，几天之前还让她深为苦恼，而现在已起不了半点作用，它就像一个讨厌鬼被主人打发走了。"我永远也不会答应于连什么的，"德·雷那尔夫人对自己说道，"以后的生活也会像这个月一样，他永远只是个朋友。"

第十四章

英国剪刀

一个十六岁的姑娘本来艳若玫瑰，可她还要去涂胭脂。

——波利多里

至于于连，实际上富凯的建议已经冲散了他的幸福感，他什么主意也拿不定了。

"唉！也许我缺乏个性，我如果在拿破仑手下，不会是个好士兵。不过，"他转念一想，"跟女人勾搭勾搭，也可以有些小乐趣。"

还好，即使这点小事，于连的内心与他夸张的言辞也很不一致。他见到德·雷那尔夫人时有些害怕，因为她的衣服太光彩耀人了。这件衣服在他看来，就是在巴黎也可以领一时风骚。他的骄傲自大，使他不肯随便碰运气，去凭一时灵感行事。根据富凯所谈到的以及在《圣经》上读到的关于爱情的一丁点儿知识，他拟定了一个详细的作战计划。尽管他不愿承认，事实上他确实紧张，于是把方案写了出来。

第二天早上，有一刻工夫，他和德·雷那尔夫人单独地待在一块，她问道：

"除了于连这名字以外，你难道就没有其他的名字了吗？"

这句故意显示好意的问话，于连竟不知道该如何回答才好！因为这种情况他的计划不曾考虑到。如果没有订个计划这种笨事的话，凭于连活泼的头脑本来足以应付，意外的变化只会刺激他敏捷的观察力。

他一下子就变得傻头傻脑，并且还夸大了这种笨拙。德·雷那尔夫人很快就谅解了他。他认为这是他老实的具体表现。平时在她看来，这人虽说很有才气，可就少了这种老实的态度。

　　"我对你那小家庭教师可很不放心，"德尔维尔夫人几次对她说，"我觉得他什么时候都在思考问题，他的行动也好像是有所预谋似的。这人有些阴险。"

　　于连不知道怎样回答德·雷那尔夫人的问话，很是苦恼，觉得这是奇耻大辱。

　　"像我这种人，有失败自己就得补救。"趁大家正从这个房间走到另一个房间，他认为自己有责任去给德·雷那尔夫人一个吻。

　　对他们俩无论哪一个，没有比这个吻更不适宜，更不愉快，更不谨慎的了。差一点他们就被人撞见了。德·雷那尔夫人认为他疯了。她吓坏了，尤其感到有失体统。这愚蠢的动作让她想起了瓦勒诺先生。

　　"如果我跟他单独待在一块，"她心想，"会发生什么事呢？"她的贞洁观又跑了回来，因为爱意已经消散了。

　　于是，她总是设法让一个孩子留在她身边。

　　这一天于连郁郁不乐，他的全部时间都用来实施那个愚蠢的计划了。他每次看德·雷那尔夫人都想探个究竟。不过，他还不至于蠢到连自己不可爱都看不出来，更不用说把人迷倒。

　　德·雷那尔夫人见他如此笨拙又如此鲁莽，太惊讶了。"这是一个有才气的人在爱情上表现出来的羞怯呀！"她这般想过来，心中说不出的快乐，"难道他真的还

世界经典文库

世界二十大名著

红与黑

图文珍藏版

从来没有被我的情敌爱过?"

吃完午饭,德·雷那尔夫人回到客厅去招待布雷专区的区长莫吉隆先生。她坐在一个高高的小绣架上做手工活,德尔维尔夫人坐在她的身边。就在这样醒目的位置,而且是光天化日之下,我们的英雄以为机会来了,把靴子伸过去踩德·雷那尔夫人漂亮的脚;而她那穿着刚从巴黎买回的网眼长袜和新式鞋,显然正引着风流区长的视线。

德·雷那尔夫人害怕极了,故意让她的剪刀、绒线团和针掉下来,这样一来,于连的举动就可以遮掩过去,像是看见剪刀往下落,笨笨地想去挡。恰好这把美国剪刀砸断了,于是德·雷那尔夫人连连表示可惜,还怪于连坐得跟她不够近。

"你比我还先看到剪子掉下来,你应该挡得住,但你的好心剪子没挡着,倒狠狠地给了我一脚。"

这一切骗过了专区区长,却骗不过德尔维尔夫人。"这年轻人长得漂亮却会弄这一套,"她暗想,"照外省首府的规矩,这类错误是决不能原谅的。"德·雷那尔夫人一找到机会就给了于连警告:

"小心点,我命令你这样。"

于连觉察出自己的笨拙,大为光火。他权衡了半天,想拿定是不是应该对"我命令你"这句话发火。他真是够笨,否则不会这样想:"如果与孩子们的教育问题相关,她可以对我说我命令你这样;但答复我的爱情,她应该待以平等。没有平等不可能有爱……"于是,迷离反复,他尽想一些关于平等的格言了。他愤愤地吟着前几天刚从德尔维尔夫人那里学来的高乃依的几句诗:

> ……………………爱情
> 创造平等,不用再去找它。

于连平生还未曾有过情妇,却一心要扮演唐璜的角色。他在这一天里的表演,真是蠢到极致。他只有一个正确的想法,他对自己,对德·雷那尔夫人都讨厌。看到夜色渐临,想到在沉沉暗夜里他又要在花园里坐到德·雷那尔夫人身边,就不免忐忑不安。他告诉德·雷那尔先生,他要回韦里埃去看望谢朗神父。一吃过晚饭,他便走了,直到深夜才返回。

在韦里埃，他正好碰见谢朗神父在搬家。神父终于给撤职了，马斯隆助理神父代替了他的职位。于连帮善良的神父搬完了家，他决定写封信给富凯，说自己从事圣职的不可抵御的志向曾经阻止自己接受他的好意，而现在看到这样不公平的事例，也许不入教会对他的灵魂获救更为有利。

于连对自己这份机灵很得意，他利用韦里埃的神父被撤职的事情给自己留一条后路，如果心中可悲的谨慎胜过了英雄豪情，他还可以回过头来做生意。

第十五章

雄鸡一唱

爱情一词,拉丁文里叫 amor。起点是爱情,终点是死亡。但在此之前,是不绝的痛苦惆怅,悲泣,欺诈,罪恶和伤感……

——《爱情颂歌》

于连平日里自认为很聪明。如果他真是聪明,那么,他就该为自己第二天韦里埃之行的效果深感庆幸。原来,因为人这么一走,他的笨拙也就被大家忘了。这天,他还是难有快乐的心情。快到傍晚时候,一个荒唐念头冒上心头,他马上拿出少见的大胆去告诉德·雷那尔夫人。

大家刚在花园里坐下,不等天全黑下来,于连就把嘴凑近德·雷那尔夫人的耳边,也不管她的名誉是否会受损害,对她说道:

"夫人,晚上两点钟,我要到你房里去,我有件事要跟你谈。"

于连心提到了嗓子眼里,很怕他的请求会被接受;引诱者的角色对他压力很大,要按他的性子,会躲进房里好几天,不再见这些夫人们。他清楚,自己昨天高明的举动已经把前一天的美好形象给破坏得干干净净了,他现在不知向哪位圣者乞灵。

德·雷那尔夫人回答于连的无礼请求时,的确生气极了,没有半点夸张的意思。于连确信在她简短的回答中可以捉摸到轻蔑的意味。在她很轻的回答声中,他确信听到了一个"呸"字。于连借口有事要对孩子们说,直接到他们的房里去了。回来后,他坐在了德尔维尔夫人身旁,与德·雷那尔夫人离得远远的,这样就不能够去握她的手了。这晚的话题很正经,于连应对自如,只在一小会儿出现了沉默,这当口他也是挖空了心思。"怎么不能想个好办法出来,"他暗自寻思,"迫使德·雷那尔夫人再对我表示表示亲热,这样的表示三天前让我认定,她是属于我的!"

于连把事情几乎弄得无可救药,丧气极了。不过,如果成功了,也许更让他不知所措。

半夜分手时,他的悲观让他确信,德尔维尔夫人在蔑视他,德·雷那尔夫人对待他的态度也是差不了多少。

他心情糟糕透了,感到了屈辱,没有半点睡意。放弃一切的伪装,放弃一切的计划,与德·雷那尔夫人日日相守,像小孩子一样为每天的一星半点快乐而满足,这他连想都不想。

他处心积虑,构想妙法,而没过多久,他又觉得这些办法荒唐可笑。总之他在痛苦中煎熬,尤其在城堡的钟敲了两下以后。

钟声惊醒了他,就像雄鸡一啼把圣彼得惊醒了一样。他明白已经到了处理最难承担的大事的时刻了。自从他把那无礼的请求提出来以后,就再也没去想了,它所受的遭遇太惨了!

"我跟她说过两点钟到她那里,"他一边起身一边对自己说,"我可能即粗鲁又没有经验,像个乡下佬的儿子,德尔维尔夫人已经对我暗示得很清楚了,但至少我不是软骨头!"

于连有理由对自己的勇气感到幸运,他还未曾让自己做过比这更难做的事。打开房门时,他颤抖得厉害,两只脚都快架不住了,不得不靠在墙上。

他没穿鞋,走近德·雷那尔先生的房门前,听了听,里面的鼾声清晰可辨。他不禁失望起来,因为他没有借口而不去她的卧室了。可是,天哪,他要到她的卧室里去干什么呢?他没有任何计划。就算有,当时他心里那样乱糟糟的,也无法做到。

最后,带着比走向死亡还要痛苦千倍的心情,走入通往德·雷那尔夫人房间的那条小过道。他伸出颤抖不止的手推开了房间,发出了吓人的声响。

房间里还有一点亮光,一盏守夜灯点在壁炉下边。于连没想到还有这个新的不幸。德·雷那尔夫人见他进来,急忙跳下床来。"你疯了!"她喊道。房里混乱了一会儿。于连已把一切虚妄的计划抛开,恢复了他的本性,既然不能获取这样一个可人儿的欢心,对他而言,实在是人生最大的不幸。而对她的指责,他的回答只是跪在她的脚下抱住她的膝头。她的话说得很为严厉,于连泪如雨下。

几个小时之后,于连走出了德·雷那尔夫人的卧室,我们可以用小说的笔法来说,他已经没有什么要求取的了。事实上,他那套笨拙的计划没有给他带来胜利,而他所唤起的爱意以及她迷人秀色在他身上引起的感触带给了他胜利。

然而,在那最温柔的时刻,这个成了骄傲的牺牲品的古怪家伙,仍想扮演一个善于征服女性的角色,他那令人难以置信的能力,破损了自己的可爱天性。他不在乎自己荡起的欢情,也不在乎那使欢情更为浓烈的悔意,时刻呈现在他眼前的只有责任的观念。如果他离开了给自己制定的理想范式,他就会落下痛心的悔恨和永远的笑话。总而言之,使于连得以超越常人的东西,恰好妨碍着他品味匍匐于身边的幸福。就像一个年方十六的少女,为了去参加舞会,放着天生丽质不用,竟蠢蠢地去涂脂抹粉。

德·雷那尔夫人看到于连出现,吓得灵魂都出了窍,接着残酷的折磨袭来了。于连的泪水和绝望使她不能控制自己了,甚至在已经没有什么办法可以拒绝于连时,她还真出于愤怒把他推得远远的,然后又扑进他的怀抱,这些做法事前毫无计划可言。她确认自己犯了不可饶恕的罪行,应入地狱,为了逃避地狱凄惨的幻象,她抱着于连百般抚爱。总之,就幸福而言,我们的英雄不再缺什么了,要是他懂得怎么享受,甚至在刚刚征服的女人身上那灼人的温热就不少。于连走了,让她战栗的狂热爱意还没有消退,同时让她深受磨难的悔意也还留驻于心头。

"天哪!所谓的爱情,所谓的幸福,就这个样子吗?"于连回到寝室后首先想到的就是这个问题。追求了很久的东西现在终于得手了,于连现在的境况真是又是惊,又是忧。平时他习惯于追求,现在已经没有什么好追了,那些刚过去的事情,又还构不成回忆。于连像一个参加完阅兵式的士兵,回来后仔仔细细地把他的行动检查了一遍。

"我的责任,我已经完成得无可挑剔了吗?我这个角色,是不是扮得很成功?"

是什么角色?一个在女人面前频频得手的角色。

图文珍藏版

第十六章

第二天

> 他用唇去吻她的唇,还用手去梳理她的乱发。
>
> ——《唐璜》第一章第一七〇节

　　幸亏德·雷那尔夫人太激动和惊慌,没有发现于连的笨拙,给他保住了脸面。顿时这个男人已成了她在这个世界上的全部。

　　看到晨光初吐,她催于连赶快离开:

　　"啊! 天哪,要是我丈夫听到了半点响动,那我就完了。"

　　于连倒还有时间酝酿词句,他记起了一句话:

　　"你对你的生活后悔吗?"

　　"啊! 这时候我真后悔! 可我一点也不后悔认识你。"

　　于连觉得要显出自己的尊严,故意在天亮时才大摇大摆回屋去。

　　他的想法很荒唐,要表现出自己是个情场老手,仔细地研究自己的细节动作。这些思索对他大有用处,在吃早饭重新见到德·雷那尔夫人的时候,他的举动很谨慎,算得上是杰作。

　　而德·雷那尔夫人呢,则一看见他脸就红了,不看他呢又一刻也挨不过去。她意识到了自己的不安,可是又欲盖弥彰,于连只抬起眼来看了她一次。开始,德·雷那尔夫人还很欣赏他的慎重,后来,发现只凝望了一次以后便再也没有了,她不禁慌乱起来,"难道他不再爱我了吗?"她心里寻思,"唉! 对他来说我太老了,我比他要大十岁啊。"

　　从餐厅走向花园的路上,她紧紧握住了于连的手。这一举动可不寻常,他很吃惊,眼睛望着她,洋溢着热情,因为吃早饭时,他觉得她漂亮非凡,虽然当时低着头没看她,但全部时间都在品味她的迷人的魅力。这目光给了德·雷那尔夫人莫大安慰,尽管还不能除掉她的不安;但她的不安却几乎全部除掉了她对丈夫的愧疚。

早餐期间,做丈夫的什么也看不出来,可德尔维尔夫人却不一样:她认定德·雷那尔夫人就要堕落了。整整一天,出于友情,她坚决果敢地不惜采用隐晦的表达,把她表妹要冒的风险描绘得很是丑恶可怖。

德·雷那尔夫人急着想和于连单独待在一起,问他是否还爱她。虽然她生性温和,但有好几次她差一点告诉她的女友她有多烦人。

这天晚上,在花园里德尔维尔夫人做了巧妙的安排,她自己坐在了德·雷那尔夫人和于连的中间。德·雷那尔夫人本来想好了一幅幸福的场景:她紧握着于连的手,然后把它送近自己唇边,可现在连说一句话的机会都没有了。

这个意外事情越发让她焦躁。她悔恨交集。她曾经埋怨于连昨晚潜入她的寝室太莽撞,这时候又怕他今夜不再来。她很早就进了寝室休息。但她实在等不住了,于是走到于连的房门,把耳朵贴在上面听。她觉得这样做真是卑贱之极,外省有一句谚语说的就是这种事。

仆人们还没有全睡下来。为慎重起见,她终究回到了自己的寝室。两个钟头的等待,差不多是两个世纪的苦刑。

可于连对他所谓的责任忠实极了,给自己规定的任务,他不会不一件件认真完成。

时钟刚敲过一点,他悄悄溜出房门,确信主人已经睡着了,便进了德·雷那尔夫人的寝室。这一晚,他在情人那里感到了更多的幸福,因为他没有每时每刻地惦记着要扮演什么样的角色。他的眼睛可以用来看,耳朵可以用来听了。德·雷那尔夫人向他谈起了自己的年纪,让他更觉得心情安定一些。

"唉!我大了你十岁,你怎么会爱我呢?"她毫无力气地向他唠叨着,因为这种想法对她来说有压力。

于连没想到还有这样的牵挂,而且看起来还挺实在的,因而他几乎忘了怕别人看笑话的忧惧。

同时,出身低下就是做情人也是劣等的这种愚蠢的想法在他的心里也没了踪影。于连的欢欣让他怯怯的情人渐渐把心放了下来,她又感到了幸福,并且又有了评鉴她的情夫的能力。幸亏他这次没有了那些做作的神色,这些是把前夜的幽会看成一次胜利,而不是欢情。要是她体察出他是在故意做样子,这可悲的发现会把所有的幸福冲得一干二净。因为除了年龄的不相称外,她还看不出有什么别的原因。

虽然德·雷那尔夫人从来没有想到什么爱情观念,但在外省只要谈到婚恋,除了贫富悬殊之外,年龄上的差距一直是人们开玩笑的老话题。

几天里,于连挟持他那个年龄段特有的所有热情,发狂般投入了爱恋。

"得承认,"他心想,"她的灵魂善良如天使,天下再难找到这样漂亮的女人了。"

他差不多把扮演角色的想法全忘了。在恣意欢情的时候,他甚至把他心里的担忧全告诉她了。这些倾诉把他所唤起的热情推向了高峰。"那么,我绝对没有情敌了!"德·雷那尔夫人畅快地想。她大起胆子问他,那幅他很看重的头像究竟画的什么人,于连起誓说那是个男人的肖像。

当德·雷那尔夫人冷静得足以思考时,她相当惊讶,这世上竟然还存在着这般幸福,而她以前居然连想也没想过。

"啊!"她心想,"如果十年前我就认识了于连,那时的我还够得上美丽呢?"

于连根本就想不到这些。他的爱情仍是一种野心,一种占有的快乐,像他这样一个被人瞧不起的穷小子竟能占有这样高贵美丽的女人。他举止之间的爱慕,他对情人容貌的赞美,终于让她在年龄差距这个问题上稍微放心了些。假使她稍微懂些处世经验——在较为开化的地区,女人到三十岁就已经知道处世了——那她一定会为他们的爱情能否继续下去而担忧,因为这种爱情看来是靠着好奇心和自尊心的满足来维系的。

抛开他的野心的时候,于连就带着一腔热情去打量他的情人,甚至她的帽子、衣裙。它们的香气,他嗅了又嗅,总也没个够。他打开嵌着玻璃镜的衣橱,在那里一站就几个小时,欣赏着橱内整洁而华美的衣物。他的情人依偎在他身边,凝望着他,而他则望着这些仿佛婚礼前新郎送的彩礼。

"我真可以嫁这么一个男人啊!"德·雷那尔夫人有时这样想,"多有热力的心!跟他在一起生活,该有多好!"

至于于连,还从来没有这样接近过妇女这些可怕的家伙。他想,"就是在巴黎,也不会有比这更漂亮的东西了!"因此,对眼前的福分,他没有什么非议的理由。德·雷那尔夫人衷心的赞誉,热恋的狂热,经常让于连忘记那些无用的理论。这些东西在私情开始那会儿弄得他拘束死板,甚至很可笑。虽然他还脱不掉那些虚伪习气,但有的时候,他发现向一位仰慕他的贵妇人承认自己对众多琐碎礼节根本不了解,未尝不是一种大乐事。他的情人的地位似乎让他的身价也水涨船高。至于德·雷那尔夫人,她认为在一些小节上,对这位富有才气的以后肯定有出息的年轻人加些点拨,也很有意思。就连莫吉隆区长和瓦勒诺先生也不禁要夸他几句,在这一点上,他们看起来还不算太蠢。至于德尔维尔夫人,则根本不想要做同样的表示。她对其间情形已经猜着了,又感到无计可施,看到自己明智的劝说反而惹这个糊涂了的女人的怨愤,她只得离开韦尔吉。她没有说明原因,其他的人也就避而不问了。德·雷那尔夫人为此而掉了几滴眼泪,不久便感到快乐倍增了。德尔维尔夫人一离开,她便差不多整天单独跟情人待在一块了。

　　于连也很愿意守在这位情人身边,品味这份温情,因为他一个人单独待久一点,富凯那个关乎命运的建议便会来纠缠他。新的生活开始那几天,他这个从来没有爱过,也从来没有被人爱过的人觉得做个诚实的人很痛快,差点向德·雷那尔夫人和盘托出了他的野心,到目前为止,这玩意一直是他的根性。富凯的建议一直诱惑着他,他挺想向她请教请教,但是一件小事的发生,使一切坦白的机会都没有了。

第十七章

第一助理

> 唉,这青春的恋情多像时阴时晴的四月天气,太阳光芒
> 刚照临大地,不一会儿就遮上了一片乌云。
>
> ——《维洛那二绅士》

一天傍晚,夕阳西沉的时候,于连在果园的深处,避开那些让人生厌的人,坐在女友身旁陷入了沉思。"这样美好的时光,"他想,"还能有多长?"他又想到了谋职这个必须解决的难题。他为人生厄运而叹息,它结束了一个穷小子的童年,又耽搁了他早期的青春年华。

"啊!"他放高了声音,"拿破仑确实是上帝为法兰西青年们派来的人!谁能取代他的地位?没了他,那些不幸的人怎么办才好呢?就算比我多几个钱也没用,有几个埃居刚够受良好的教育,但还有够用的钱在二十岁时买个人替他服兵役,让自己全力投入到事业中去!"他叹了口气,接着说,"不管怎么办,这个摆脱不了的记忆让我们永远也高兴不起来!"

突然,他看见德·雷那尔夫人紧锁了双眉,露出冰冷轻蔑的模样。于连的这种想法,她以为只有仆人才会有。她自己一直生长在富贵的圈子里,因此便认为于连也理应跟她一样。她爱于连胜过爱自己的生命千百倍,根本就不会考虑金钱问题。

于连怎么也没想到她会这么想。她紧锁的双眉让他回到现实中来。他脑子反应快得很,话锋一转,马上让这位在草坪长凳上挨着他坐的贵妇人知道,方才他说的那些话,是从这次旅行时他的卖木材的朋友那里听来的说法。这些都是些异端的言论。

"就是！以后别跟那些人混在一块了。"德·雷那尔夫人的话语里依然有些冰冷，这神情突然取代了那再温情脉脉不过的表情。

她的皱着的眉头，也许可以看作对她自己不慎重举止的反悔，这使于连的幻想头一次受到打击。他心想，"她善良，也温柔，待我的情意也浓，但她是在敌对的阵营里长大的。他们特别怕我们这个教育良好却没有足够的钱闯荡事业的有胆识的阶级。这些贵族，如果让我们拿了同样武器跟他们拼，还不知道他们会是怎么个样子：比如说，像我这样的人，假如我来做韦里埃的市长，在内心的善良和忠诚方面不会比不上德·雷那尔先生！什么助理神父，什么瓦勒诺先生和他们所有的阴谋手段，我要把他们全清理掉！正义将在韦里埃获胜！他们的本事对我构不成障碍，他们不过胡乱碰运气罢了。"

这一天，于连的幸福本可以继续下去。我们的英雄不敢坦然而对。一定得有战斗的勇气，而且要马上动手。于连刚才的话，让德·雷那尔夫人感到吃惊，因为她那个圈子里常有人说起，罗伯斯庇尔在下层阶级那里受过良好教育的青年的支持下卷土重来，是很有可能的。德·雷那尔夫人冷冰冰的神态保持了好一阵子，好像故意给于连看的。那些不合时宜的话，她听了感到不舒服，接着又担心说了那些令他不快的话。这种担忧明朗地露在她脸上，当她心情开朗没有这些烦忧的时候，她的容颜多么清丽端庄啊。

于连不敢再无所顾忌地梦想了。他冷静了一些，不再那么恋恋不舍，他发觉到她寝室里去看她太不慎重。让她到他这里来要更好些，如果有仆人看见她夜晚在房里走动，可以拿出二十种理由来解释。

不过这样安排也不方便。于连从富凯那里收到一些书，在书店他这样的学神学的学生是绝对买不到的，他也敢在晚上看。他常不情愿就为了一次约会而中断他读书，比如果园里的那次的前一个晚上，他因为等待而无法静下心来读书。

因为德·雷那尔夫人，于连对这些书有了新的把握。他大胆地向她提起很多小问题。一个出生在上流社会之外的年轻人，不论他的天分有多高，如果不明了这些小事情，理解便会马上停滞不前。

通过一个对爱情毫无所知的女人获得这种教益，实在是件幸事。这样，于连可以直接看到当代社会的真实，而不至于被与社会有关的过去譬如两千年前的记载，或者是六十年前伏尔泰和路易十五时代的记载所蒙蔽。最令他高兴的是，一层面纱在他面前落下,他看清了韦里埃正在发生的一些事。

首先显露出来的,是两年来以贝桑松省府长官为核心谋划的一个错综繁复的阴谋。这个阴谋得到了巴黎一些最负盛名的人写来的众多信件的支持,目的是让本地最热衷于宗教的德·穆瓦罗先生当选韦里埃市长的第一助理而不是第二助理。

跟他竞争的人是一位有财力的制造商,必须得把这个人压下去,给他第二助理的位置。

于连在无意中曾听到当地上层社会的人士来德·雷那尔先生家吃饭时说的那些含含糊糊的话,现在明白了是怎么回事。这个特权阶层为推举第一助理的人选谋划,而城里其他的人,特别是自由党人,甚至没有想到这事儿有可能发生。正如众所周知,这件事重要的原因在于韦里埃大街改成王家大道后,这条街东面的路面要向里缩九尺多。

话说德·穆瓦罗先生有三座房子应该缩进去。如果他当上了市长第一助理,然后在德·雷那尔先生当选议员之后他升为市长,那么他就可以敷衍一下,把他那占用了公共道路地盘的房子加些修葺,便可以再保持百来年了。德·穆瓦罗先生虽然是个以正直虔信著称的人,但大家相信他还是会见机行事的,因为他有一大群孩子要养。在那些应该收缩的房子里面,有九座是归韦里埃城的显贵所有的。

在于连看来,这个阴谋比起丰特努瓦战役的历史来还要重要;丰特努瓦战役这名字是他刚从富凯寄来的一本书上读到的。自从晚上去神父家读书的五年来,他知道了许多让他吃惊的事情,但由于谨慎谦虚是神学学生最为重要的品德,因此他就不每事必问了。

一天,德·雷那尔夫人打发侍候她丈夫的一个仆人去办一件事,那人正是于连的老冤家。

"但,夫人,今天是这个月最后的一个星期五。"仆人的回答很古怪。

"去吧。"德·雷那尔夫人说。

"对了。"于连说,"他要去那个干草库吧,那里过去就是教堂,最近里面又开始礼拜了,他们在弄什么?我一直猜不出这个谜。"

"那是一个很有用但却古怪的组织,"德·雷那尔夫人答道,"那里面不准女人进去,我只知道里面的人互相以兄弟相称道。就拿这个仆人的例子来说吧,他到那里去找的是瓦勒诺先生，不要看瓦勒诺先生骄傲得很，你的仇家圣让和他以你我相称，瓦勒诺先生不仅不生气，还用同样的腔调回答他。假如你想知道他们在里面干什么，我可以问一下莫吉隆先生和瓦勒诺先生其中的细节。我们发给每个仆人二十法郎，就为了将来有一天他们把我们脖子割断。"

时光转瞬即逝。于连品尝着情人的姿态魅力，把他那郁积于心的野心淡忘了。由于他们属于敌对的阶层，因此他不能拿那些令她讨厌的事情来给她讲，也不说合乎情理的话，这样一来，无形之中增添了她赐予他的快乐，也加强了她控制他的能力。

孩子们很懂事。他们在跟前时，于连和德·雷那尔夫人只能用冷静而理性的话语交谈。这时候，于连往往显得温顺可爱，两眼凝视着她，闪烁着绵绵深情，听她娓娓而谈社会界的人情世故。有时候讲着讲着比如一件修路或供应食品这样的巧妙的诈骗故事，德·雷那尔夫人会突然失神，找不着边际了。于连便抱怨了起来，她居然像对自己的孩子一样用亲密的姿态哄他。因为有些日子，她猛然地会产生一些幻觉，以为自己像爱自己的孩子们一样爱着他。她不是总在解答着他那些稚嫩的问题吗？这些林林总总的事情，一个出身世家的孩子在十五岁时就全知道了。但过一会儿，她对他又佩服得不得了。他的才气震动了她，她看得越来越分明，那就是这个年轻的教士以后一定会成为一个伟人。她似乎已经看到他做了教皇，做了像黎塞留一样的首相。

"我能活着看你成就大业吗？"她问于连，"是伟人必然会有他的位置，朝廷和教会都需要人才。"

第十八章

国王巡临韦里埃

难道你只能被当作一具丢了灵魂,缺失热血的尸身抛弃在那里吗?

——主教在圣克莱芒教堂的演讲

九月三日晚上十点,一个宪兵沿着大街骑马飞奔而来,把韦里埃全城的居民都惊醒了。他送来了消息,说国王将在星期天巡临韦里埃而当天已是星期二。省长下了命令,要组织一支仪仗队,把欢迎的场面尽量弄得隆重盛大一些。一个特使被紧急派往韦尔吉。德·雷那尔先生当天晚上就赶回来了,他发现全城都闹腾起来了。各人都有自己的打算,那些闲得无事之徒抢先租了阳台,以便观赏国王入城的仪式。

但是这支仪仗队由谁来指挥呢? 德·雷那尔先生马上领会到,为了顾及那些将要往后缩的房屋的利益,由德·穆瓦罗先生来指挥仪仗队是至关重要的事。这样他就可以顺理成章地当上第一助理。德·穆瓦罗先生的虔诚是无可挑剔的,但他从来没有骑马的经验。三十六岁的他胆小极了,既怕从马上摔下来又怕人家笑话。

早上五点钟,市长派人把他请来了。

"你能明白,先生,我想听一听你的意见,就像你已经身居高位了。这是大家的共同心愿,所有正直的人都会这么想。在我们这个不幸的小城里,实业最红火,自由党人却家财万贯,他们现在做梦都想拥有权力,他们会不择手段以达目的。我们必须得以国王的利益、王朝的利益,特别是神圣的教会的利益为重。先生,在你看来,指挥仪仗队的重任让谁来担任呢?"

尽管对骑马怕得很,德·穆瓦罗先生终于还是像一个殉道者一样接过了这个光荣任务。"我到时会妥帖应付的。"他对市长保证。时间不够充足,只能够用来料理好制服。这些东西还是七年前一位亲王到来时穿过的。

早上七点,德·雷那尔夫人带着于连和九个孩子从韦尔吉回来了。她看见自由党人的太太们挤满了整个客厅,张扬着党派协调的主张,还请求她在德·雷那尔先生那里帮忙在仪仗队里替她们的丈夫们弄个位置。其中有一位还说,如果她丈夫没有入选,会因为失落伤感而败落。德·雷那尔夫人把这群人打发走了,她似乎忙得不可开交。

于连对她神神秘秘又不跟他说发生了什么的做法感到吃惊又懊恼。"我早就想到了,她家里一旦有了迎接国王的荣幸,就会把爱情抛置在脑后了。"于连想着,不禁有些痛苦,"这么一折腾她也不知东南西北了。得等到她的脑海里不再有那些等级观念纠缠时,她才会重新爱我。"

不过奇怪的是,他反而更爱她了。修缮房屋的工人们挤满了整个府院,于连等了很久。还没找到跟她说一句话的机会。终于,他看到她拿着他的一件衣服从他的房里出来。周围没人,于连想跟她搭上几句,她不听,跑开了。"爱上个这样的女人,我真蠢,野心让她变得跟她丈夫一样差不多疯狂了。"

事实上她要疯狂得多,她最大的希望,就是要看到于连把那身沉闷的黑道服脱掉,就只一天也行,但她从来没有向于连提起过,因为怕他不高兴。谁也想不到,天真的她竟然有这么厉害的手腕,她先后得到了德·穆瓦罗先生和专区区长莫吉隆先生的认可,请于连做仪仗队队员,而不用其他五六个年轻人,他们都是富人家的儿子,其中至少有两个人在品德方面都可以做模范。瓦勒诺先生本来打算把他的马车借给城里最美丽的女人,亮一亮他的诺曼底骏马,现在也同意借一匹给于连,这个他最痛恨的家伙。所有这些仪仗队队员,都有一套自家的或借来的漂亮的天蓝色制服,肩上佩戴着银质的上校衔肩章,这些都在七年前辉煌过一次。德·雷那尔夫人想做一套新的衣服,时间只有四天了,要派人到贝桑松去定做制服、武器、帽子等一个仪仗队队员的全套物品,然后再取回来。最有意思的是,德·雷那尔夫人认为在韦里埃给于连缝一套新装,实在有失谨慎。她有意让于连和全城的人都惊讶万分。

世界经典文库

世界二十大名著 红与黑

图文珍藏版

完成了组织仪仗队和发动民心的工作后，市长便着手于安排隆重的宗教典礼了，因为国王想在经过韦里埃时去朝见圣克莱芒的遗骨，它保存在离城一里左右的布雷—勒奥。官方希望出席的神职人士越多越好，这是一件难办的事情。刚走马上任的神父马斯隆先生根本就不希望谢朗先生出现。德·雷那尔先生认为这不太恰当，但说了一通也毫无作用。德·拉莫尔侯爵的祖先做本省省长有比较长一段时间，他已被钦定随国王来巡视。侯爵与谢朗神父相交已有三十年。他一来韦里埃，必然要问起谢朗神父的状况，要是他知道谢朗神父已被撤职，肯定会领上所有的随从，到神父隐居的小屋造访。这种事情太令人尴尬了。

"如果他出现在我的神职人员中间的话，"马斯隆神父答道："那我在韦里埃和贝桑松都要丢尽脸面。这个詹森派教徒，我的天主！"

"无论您怎么说，亲爱的神父。"德·雷那尔先生反驳道，"我不能让韦里埃市府受到德·拉莫尔先生的凌辱。你还不太了解他的为人，在朝廷里他有模有样，可一来到外省，就成了一个挑刺的人，专门做些使人难堪的事。他可以为了找乐就让我们在自由党人面前丢脸。"

经过三天的商讨，直到周六的下半夜，马斯隆的骄横态度才开始转变，因为市长已经一改和风细雨的态度而变得雷厉风行了。于是，便要写一封信给谢朗神父，措辞恳切，请他来参加布雷—勒奥的遗骨瞻拜典礼，如果他的高龄和病体允许的话。谢朗先生为于连求得一份请帖，让他以助理祭祀的身份跟随左右。

星期天天刚亮，附近山区的成千上万的农民就来了，挤满了韦里埃的大街小巷。天气不错，只是下午三时许，人群有点骚动。人们看到了烽火燃烧在离韦里埃两里路远的崖壁上。这信号意味着国王已跨入本省地域。顿时，钟声齐鸣。一座本城西班牙旧炮也连发四弹，以示欢庆。城里几乎一半居民已爬上了屋顶。女人们挤在阳台上观望。这时候，仪仗队出动了。光芒四射的制服引来了人们的赞誉，每个人都在队伍里认出了自己的亲人或朋友。大家都在嘲笑德·穆瓦罗先生的胆小如鼠，他那谨慎的手随时都准备着去抓马鞍。而有一件醒目的事让大伙儿不去理会其他的事了，那就是一位英俊非凡的小伙子走在第九排第一位，他身材修长，开始大家还没有把他认出来。不一会儿，有人愤激不已地叫了起来，另一些人也为之惊异得瞠目结舌。大家认出来了，这位骑着瓦勒诺先生家的诺曼底骏马的年轻人不是别人，正是木匠的儿子于连！大家这下把愤恨都冲着市长来了，特别是那些自由党人。凭什么就把扮成教士的小木匠延请为仪仗队员，难道仅仅因为他是他家孩子们的家庭教师？为什么把其他的先生给挤了出去，他们可是有财力的实业家啊！"这个从烂泥堆里爬上来的大胆毛猴，"一个银行家的太太说，"要让这些先生好好教训他才是！"旁边一个人说道，"这人很阴险，还带着一把刀子，弄不好还会拿刀砍他们的脸呢！"

贵族阶层的议论更可怕。贵妇们都在猜测这个极不合适的决定是否由市长一人拍板的。一般而言，大家都清楚，市长很藐视出身低贱的人。

人们对他议论纷纷的时候，于连觉得自己是这个世界上最幸福的人。他生性胆大，因而他骑马的姿态比城里大部分年轻人都要好。从女人们的眼神里，他看得出来大家在谈论他。

他的肩章特别亮，那是因为它是崭新的；他的马不时昂首直立，他得意极了。

骑马经过古城墙时，那尊小炮突兀一响，把他的马惊出了队伍，令他喜不自胜。幸亏他竟然没有摔下来，感到自己可算是英雄。他就是拿破仑的传令官，正冲向敌军的炮兵阵地。

有一人比他更幸福。开始她在市政厅的窗口看他走过，后来登上四轮敞篷马车，迅捷地绕了过弯，刚好碰上他的马带着他冲出队列，吓得她一阵胆寒。随后她的马车飞快地从另一道城门冲出，进入国王要经过的大道上，在滚滚红尘中跟着仪仗队，离他们二十步开外。当市长荣幸地向国王致颂词时，成千上万的农民齐声高呼着："国王万岁！"一个小时过去了，国王听完所有的致辞准备进城，那尊大炮又响了几声。这下子出了事，出事的不是那些曾经在莱比锡和蒙米赖战场上经受过考验的炮手，而是未来的市长第一助理德·穆瓦罗先生。他的马随随便便就把他给扔在大路上唯一的一个泥坑里，因此人们为此忙碌了一阵，因为必须将他拉出泥坑，国王的车辆才能通过。

国王的御车等停靠在金碧辉煌的新教堂前，这天，教堂里全部高悬着深红色的帷幔。国王在这里就餐以后，将乘车瞻拜举世闻名的圣克莱芒遗骨。国王一到教堂，于连便骑马飞奔到德·雷那尔先生的官邸。他喘着气，急忙脱掉漂亮的天蓝色军装，卸下军刀和肩章，重新穿上那套黑衣服。随后他蹬上马，不一会儿便赶到了位于景色迷人的山包上的布雷—奥勒修道院。"狂热引来这么多农民。"于连心里想。在韦里埃就挤不下了，现在这古老修道院一带还有一万余人。大革命时期对艺术性建筑弃若敝屣,它的大部分在此期间都被破坏了。王朝复辟以后,对修道院重新加以装修,比以前更壮观,宗教奇观的传说又传开了。于连找到了谢朗神父,神父责备了他一顿,交给他一件黑袍和一件白法衣。于连利索地穿好,跟随神父去拜见年轻的德·阿格德主教。这位主教是德·拉莫尔先生的一个侄儿,最近才走马上任,并且被指定来负责国王瞻拜神骨一事,但人们怎么也找不着这位主教。

教士团已经等得快失去耐心了,他们站在古修道院阴阴地哥特式回廊里,静候他们的主持。这次瞻拜活动召集了二十四位神父,相当于布雷—奥勒的旧教会。1789 年以前,旧教会由二十四位议事司铎组成。神父为主教过于年轻这件事惋惜了很久。后来他们认为应该由教务会长老出面拜见这位主教。告诉主教国王很快驾临,他们该到合唱席上就位了。谢朗先生年纪最长,被推选为教务会长老。尽管他对于连很生气,他是招手叫于连跟他去。于连身着宽袖白法衣,看上去还相称。并且不知教会用了什么装扮办法已经把他那漂亮的卷发梳得光溜溜的了。不过,还是有点疏忽,在长长的黑袍下,稀疏可见仪仗队员踢马的马刺,这让谢朗先生更为生气。

他们走近主教的住处,几个衣着华贵的仆人对他们爱理不理地说"主教大人不接见人。"谢朗神父向他们解释,说他以布雷—勒奥教务会长老的尊贵身份,是可以随时拜见主祭的主教的,仆人听了只是一笑哂之。

仆人的无礼激起了于连的傲气。于是他跑遍了修道院的所有宿舍,见门就撞。有一扇极小的门,他一撞就开了。里面是净修室,周围都是主教的贴身侍从,一个个身着黑袍,项挂金链。他们看见于连行色匆匆,还以为是主教召见的人,就把他放进去了。他向前走了几步,来到一间哥特式大厅,厅堂里很暗,四面墙壁上都钉着暗黑色的橡木板,涂了一扇窗户外,其他的尖弓形窗子都用砖块给堵死了。这些粗糙的泥水活,跟周围古式华丽的板壁相比,真是可怜巴巴。这个大厅是 1470 年勇敢的查理公爵为了救赎自己灵魂而修建的,两端安放着雕刻精美的活动木椅,这个大厅得到勃艮第派的文物学家的称赞。在木椅上面,人们还可以发现用五颜六色的木块拼嵌起来的图案,摹画着《启示录》里的各种异象。

往日的富丽堂皇,被裸露的砖石和白花花的石灰弄得减色不少,这种状况让于连大为感慨。他默默无语地驻足观看。在厅堂的另一端靠着唯一的那扇透光的窗户,他看见了一面饰着桃花心木框的活动镜子。一个年轻人站在离镜子三步左右的地方,穿着紫袍和镶花边的白法衣,但没戴帽子。这件家具放在这种地方,不免有些突兀,可以肯定,它是从城里带来的。于连觉得这年轻人带着怒气,他对镜子做着祝福的姿势,一脸的严肃相。

"这意味着什么?"于连心里揣测,"难道就让这个年轻的神父来举行预备仪式吗? 或许他是主教的秘书……他也许会像主教的那些仆人一样骄横无礼……无所谓,等我上去试试再说。"

顺着长长的大厅,于连放慢步伐向前走去。眼看着那孤零零的窗户,盯着年轻人无数次的重复祝福动作,那动作很缓慢,却一直没有停下来。

于连走近他身边时,更看清了他的脸上有些不悦。那镶着花边的白法衣,华美无比,让于连不由自主地在离镜子几步远的地方停下了脚步。

"得同他谈谈,这是我的责任。"他心里想。他已被大厅的富丽景象所打动,但一想到将要听人家说出难听的话来,事先就感到颇为不安。

年轻人从镜中看到了他,转过身来,脸上由阴转晴,温和地问他:

"那么,先生已经把它弄好了吗?"

于连有些摸不着边际。等那年轻人转过身来面对他,于连看见了他的胸前挂着的十字架:原来他就是德·阿格德主教!"这么年轻,"于连心想,"最多只比我大六七岁……"

他为他的马刺感到羞愧。

"主教大人!"于连畏怯地答道,"我是教务会长老谢朗先生派来的……"

"哦,谢朗先生,有人向我大力推荐过他。"主教客气地说,这让于连心里高兴,"不过,请你原谅,先生,我把你当成给我送主教帽的那位了。在巴黎时没把它包装好,上面的银沙网全弄坏了。这样给人的印象不会太好,"年轻的主教面带忧色,"而且还让我干着急。"

"如果大人允许的话,我就去把主教帽取回来吧。"

于连漂亮的双眼得到了回应。

"去吧,先生"主教礼貌地回答,"我马上就要。让教务会的先生们等着,我实在过意不去。"

于连走到大厅中央,回头又看见主教在做着祝福的手势。"这是为了什么?"于连想着,"肯定是教会中为将要举办的典礼要做的准备工作吧。"他先到仆人呆的净修室时,他看见主教帽正在他们手里拿着。他们眼见于连目光炯炯地盯着自己,不禁把主教帽递给了他。

于连拿着主教帽,心中十分得意,他放慢脚步穿过大厅,毕恭毕敬地捧着主教帽。他看见主教坐在镜子前面,应该说很累的右手可还不时地做着祝福的动作。于连帮他把主教帽戴上。主教摇了摇脑袋。

"嗯,很稳,"他满意地对于连说,"请你稍站远一点,好吗?"

于是,主教快步走向大厅中央,然后又悄悄走向镜子前面,脸上又带了怒色,开始庄重地做着祝福动作。

于连一下愣了,他想知道这是为什么,但又不敢问。主教突然间站住了,看着于连,怒气已消退:

"你看我的帽子怎样,先生?合适不合适?"

"很合适,大人。"

"是不是太靠后了点?太往后靠看起来挺笨拙。不过太低了也不行,压着眼睛了,就会像军官戴的筒帽。"

主教说着又重新开始一边走着,一边做着祝福的动作。

"现在我明白了,"于连终于大悟,"他是在练习祝福的动作。"

过了半响,主教说:

"我准备妥当了。先生,请你去通知长老和教会其他先生吧。"

不一会儿,谢朗先生领着两位最年长的神父从一扇雕饰富丽的大门进来,于连起初竟没有注意到。这次,于连按他的地位待在最后一位。神父都挤在门口,于连只能从他们的肩上看见主教。

主教缓缓穿过大厅,当他走到门口时,神父们排成了行。经过一阵骚乱以后,队列开始前行,并且高唱赞美诗。主教位于谢朗先生与另一位老年神父中间,走在最后。作为谢朗神父的随从,于连挤到了主教的身边。队伍随着布雷—勒奥修道院的回廊前移,虽然天气晴朗,但长廊还是有些阴湿。人们终于来到了修道院回廊的门口。看着如此宏大的场面,于连简直有点缓不过神来了。主教的年纪轻轻唤起了于连的野心,以及主教的敏感和儒雅气度,让于连心潮起伏。主教的这种礼貌和德·雷那尔先生完全是两回事,即使在德·雷那尔先生心情很好的时候。"社会地位越高,"于连心想,"就越有这种气质优雅的人。"

队伍从侧门走进了教堂,突然一声轰响在教堂古老的拱顶激起了回音,于连还以为房子要往下塌了。其实仍旧是那尊小炮,八匹马刚刚把它飞速拖到这里,莱比锡的炮手们便一齐把它摆好,每分钟放五响,就像面对着普鲁士人。

然而这庆贺的炮声于连不再注意,也不再去想拿破仑和他的功勋了。"这样年轻就当上了阿格德的主教!"于连心想,"但是阿格德又在什么地方呢?做主教年薪该有多少呢?恐怕有二三十万法郎吧。"

主教的仆人这时拿来一顶极为富丽的华盖,谢朗先生拿起了华盖的一根支撑竿,不过实际上是于连举起来的。主教就在华盖下站着。他的神色老练,令我们的英雄佩服得五体投地。他心想:"一个人只要心思灵巧,没有做不成的事情。"

国王终于驾临。于连在最近的地方一睹尊容,感到有福气。主教充满热情地向国王致了颂词,同时没忘记面对国王带上点恰当的诚惶诚恐的神情。

我们不必再唠叨这次布雷—勒奥典礼的盛况了,接下来的半个月本地各家报纸的篇幅差不多被这方面的消息占满了。于连从主教的颂词了解到,国王就是勇敢的查理的后代。

事后,于连的任务就是审核这次典礼的账务。德·拉莫尔先生不仅为他侄儿取得了主教的职位,而且为表示大方还承担了全部的费用。仅仅布雷—勒奥一地的典礼就耗掉了三千八百法郎。

在主教致辞和国王答词之后,国王便来到华盖下,很虔诚地跪在祭台旁的一张垫子上。于连坐在下面一级阶梯上,靠在谢朗先生脚边,就像罗马西斯廷教堂里枢机主教身边牵捧衣裾的人。这时感恩辞齐声唱起来,香雾弥漫,炮声震人,农民都陶醉在欢快和虔诚之中。这样一天,就是一百期雅各宾派报纸的宣传也会黯然失色。

于连离国王只有六步左右,国王确实是在全心全意地祈祷。他头次注意到了一个身材矮小而目光犀利的人,穿着一套几乎没有绣花的衣服。但是在这套简洁非凡的衣服上佩戴着一条天蓝色的绶带。他比其他大臣都接近国王,那些大臣衣服上全披金戴银,在于连看来,差不多把料子遮掉了。后来于连才知道原来他就是德·拉莫尔先生。他觉得他倨傲无比,目中无人。

"这位侯爵大概不会像俊美主教那样有礼有节,"于连暗想,"唉,教士的职位可以让人变得温文尔雅。但国王是来瞻拜遗骨的,我却不见遗骨的踪影。圣克莱芒遗骨放在哪里呢?"

旁边的一个小执事告诉他,人们怀敬的遗骨安置在大堂顶部的一个灵堂里。

"那么灵堂又是什么呢?"于连寻思。

但他不想问下去,他更聚精会神了。

根据礼仪,凡是君王瞻拜遗骨的时刻,主教一般不用议事司铎跟随。但德·阿格德大人走上灵堂时,叫上了谢朗神父,于连大起胆子跟了上去。

爬上一段长长的楼梯之后,来到一扇狭小的门前,那门框是哥特式的,用黄金镀得光芒夺目,像是前一天才完工的。

门前跪着二十四位少女,她们都是韦里埃富家姑娘。开门之前,主教也在这些美丽的姑娘中间跪着。他高声祈祷时,少女们打量着他的美丽花边,俊雅气质和年轻温和的容貌,欣赏得没完没了。这场景让我们的英雄把理智抛到脑后,这时,他甚至可以至诚地为宗教裁判而战斗。门突然洞开,灵堂里火光闪亮。那祭台上点着一千多支蜡烛,分成了八排,中间用花束成行隔开。名贵的香从灵堂的门口飘出,浓郁扑鼻。重新镀金的灵堂狭小而极高。于连注意到祭台上的白烛竟然高过十五尺。少女们见了惊叹不已。灵堂的门厅只准许二十四位少女,两位神父以及于连进入。

很快,国王驾临,后面紧跟德·拉莫尔先生和侍卫长。侍卫们都守护在外面,跪拜于地,同时按剑致敬。

国王向前直奔,扑着跪向拜垫。这时,于连才紧贴着镀金门,从一位少女赤裸的臂旁下瞧见圣克莱芒的美妙迷人的塑像。塑像藏在祭台的下面,身着罗马士兵的军装,脖子上有一条很宽的伤口,血好像正从那里流下来。艺术家的才能在这发挥到顶峰地步:临终前的双眼微闭,神态安详又温和。那一撮刚长出的短胡须使那动人的嘴增色不少,嘴半开半闭像是正在祈祷什么。于连身边的一位少女被感动得泪涌而下,一滴热泪正好洒在于连的手背上。

祈祷,穆静庄严。周围十里外的村庄里的钟声,依稀可闻。祈祷了一段时间,德·阿格德主教请求国王允许他致辞。主教宣读了简洁而生动的演说,结束时的几句话素朴有力,效果很妙。

"年轻的女教徒们,你们永远不要忘记,当今世上最伟大的君王跪在万能之主的仆人面前。这些仆人在世上软弱无力,被欺凌侮辱,被杀戮,就像你们所看见的,圣克莱芒的伤口还在流血,但在天国他们是胜利的。年轻的女教徒们,你们将永远铭记这一点,是不是。你们要永远憎恶那些背弃天主的人。永远地忠于如此伟大、如此可畏但又如此宽容的主!"

说到这里,主教威严地立起了身。

"你们应诺了吗?"他向她们伸出双臂问道,显出深切地受感动的样子。

"我们应诺。"年轻的姑娘们齐声答道,个个挥泪如雨。

"我以可敬畏之主的名义,接受你们的应诺。"主教用激昂的语调说。典礼到此结束了。

国王本人也哭了。事后很久,于连平静下来,向人们询问罗马送给勃艮第公爵的善良的菲利普的遗骸安置在哪儿。那人告诉他就藏在那美妙动人的蜡像里边。

国王再加隆恩,赐允那些随从他进入灵堂的少女们每人佩戴一条红色缎巾,上面绣着"憎恶异端邪教,永远敬仰天主"的字样。

德·拉莫尔先生让人给农民们发了一万瓶葡萄酒。这个晚上,在韦里埃,自由党人也以此为契机各处张灯结彩,以示庆贺,这让保王党人感到十分落伍了。国王在离开之前,还专程访问了德·穆瓦罗先生。

第十九章

思想使人痛苦

> 荒唐的事情天天有,让人看不到激情造成的真正不幸。
>
> ——巴尔纳夫

于连在把原有的家具重新放回德·拉莫尔先生住过的房间时,他拾到了一张很厚的、叠成四折的纸。他在第一页的下方读到这样一行字:

谨呈法兰西德·拉莫尔侯爵先生,法兰西贵族院议员,王家各种勋章的获得者,等等,等等。

这是用厨娘那种粗大字体写的一份呈文。

侯爵大人:

我平生遵守宗教的原则。93年围城期间,我在里昂,冒着枪林弹雨之险,这是个可怕的回忆。我领圣体,每个礼拜天,还上教堂望弥撒。从来没有不履行复活节的义务,哪怕在可怕的93年期间也是如此。我的厨娘——革命前我有不少用人——星期五守斋。我在韦里埃受到大家敬重,我敢说我是应该受到尊重的。在宗教仪式行列中,我在华盖下,走在本堂神父和市长先生旁边。每逢重大活动,我手中举着自费购买的蜡烛。有关这一切的证明书,在巴黎都存放在财政部门。我请求侯爵先生把韦里埃彩票销售处交由我负责,这个职位很快就会空出来,因为现在主管人病得不轻,而且在选举中投票也不好,等等。

德·肖兰

呈文边上,有一条批语,署名为德·穆瓦罗。批语是这样开头的:

"昨日我曾十分荣幸地说起过提出这项要求的善良的人。"等等。

"这么说来,连肖兰这个蠢材也起着开导作用,在指点我该走什么路了。"于连暗忖。

国王驾幸韦里埃之后的一个礼拜内,王上啦,阿格德主教啦,德·拉莫尔侯爵啦,一万瓶葡萄酒啦,可怜的德·穆瓦罗先生摔下马啦,他想得勋章没得到,在跌伤一个月才从家里走出来啦,相继引发许多传说,愚蠢的解释,可笑的争论等等,等等。但一周以后,仍有一件事大家议论纷纷,那就是把于连,一个木匠的儿子,选进了仪仗队这样一件有伤风化的事。关于这个问题,最好听听那些富裕的印花布制造商的议论,他们每天早晚都在咖啡店中鼓吹平等,把嗓子都喊哑了。据说,那个骄傲的德·雷那尔夫人,就是这件丑事的制造者。原因吗?索莱尔小神父那双俊眼和那张嫩脸就可充分予以说明了。

回到韦尔吉不久,最小的孩子斯塔尼斯拉斯——格扎维埃发高烧了。这一下使得德·雷那尔夫人悔恨不已。她生平第一次连续不断地责怪自己不该坠入情网。似乎神灵显迹,向她点明她犯了一个如何不可饶恕的罪过。尽管她对宗教笃信不疑,但直到此刻,她没想到自己在天主眼中罪孽会有多深重。

从前,她在圣心修道院时,曾热烈地敬爱过天主。如今,她又深深地害怕他。在她的恐惧中没有任何理智的东西。这就使撕裂着她的灵魂的斗争变得更加可怕。于连发觉,稍许和她讲点道理,不但不能让她平静下来,反而会惹她生气;她从中看见的是地狱的语言。不过,于连自己也很爱小斯塔尼斯拉斯,他跟她谈谈他的病,就受到欢迎,因为病情很快变得严重。这时,持续不断的悔恨几乎弄得她无法入睡;她始终缄口不言,即使她开口说话,肯定是要向上帝和世人供认她犯下的罪行。

"我求您,"当他俩单独在一块时,于连对她说,"千万别向任何人谈起,就让我一个人做您悲痛的知情人吧。如果您仍爱我,就别说,您的话不能让斯塔尼斯拉斯退烧。"

　　然而他的劝慰全无效果,他不知道德·雷那尔夫人头脑里想的是要平息嫉妒的天主的义愤,必须要么恨于连,要么眼睁睁地看着儿子死去。因此她感到无法恨她的情人,所以才这般痛苦。

　　"离开我吧,"有一天,她对于连说,"以上帝的名义,离开这个家吧。您在这儿,我儿子会没命的。"

　　"上帝惩罚我,"她低声补充道,"他是公正的,我尊敬他的公平,我的罪孽是可怕的,我未曾受过良心的谴责,这就是背叛上帝的第一个表现,我应加倍地受到惩罚。"

　　于连被深深地打动了。他从她的话中看不到虚伪,也看不到夸张。"她认为对我的爱会要了儿子的命,而这可怜的女人爱我远胜于爱儿子!是啊,毫无疑问,悔恨会把她折磨死的,这可感到情感的伟大。但是我怎么能激起这样一种爱情呢,我,如此贫困,如此缺少良好的教育,如此无知,有时我的举止又怎么这样鲁莽?"

一天夜晚，孩子的病情突然恶化。凌晨两点钟左右，德·雷那尔先生来看他，孩子被烧晕了，脸十分红，认不出父亲。突然，德·雷那尔夫人跪倒在丈夫脚下。于连看出她就要把一切全说出来，就要把自己永远毁掉了。

幸亏这奇怪的行为让德·雷那尔先生厌烦了。

"得了！得了！"他说着就走开了。

"不，你听我说，"他的妻子跪在他前面高声喊道，使劲拉住他，"我告诉你全部事实真相。是我害了我儿子。我给了他生命，现在又害了他。上帝惩罚我，我在上帝眼中是个杀人凶手。我该毁掉自己，羞辱自己，也许只有这种牺牲才可平息上帝的愤怒。"

如果德·雷那尔先生想象力丰富，他本该会明白一切。

"胡思乱想，"他一面说，一面离开他的妻子，她正要抱住他膝头，"全是胡思乱想！于连，等天一亮就派人去请大夫。"

说完，回房睡觉去了。德·雷那尔夫人跪倒在地，几乎晕过去了，于连想扶她，猛地被她推开。

于连呆住了。

"这就是所谓通奸！"他心里暗想道，"难道那些极端狡诈的神父们可能是……正确的吗？这些人自己劣迹累累，难道还能懂得别人不懂的真正罪行理论吗？太奇怪啦！……"

德·雷那尔先生离去已有二十分钟。在这期间，于连一直看着他心爱的女人，她头依靠在小孩的床边，一动不动，像失去知觉一般。"这个天分极好的女人，因为认识了我，才会到如此悲惨的地步。"他心中想道。

"时间过得很快。我能为她做些什么呢？应该做出决断。我现在已不足道。世人和他们卑鄙的装腔作势对我算得了什么？我能为她做什么呢？……离开她？可那会让她一个人遭受最残酷的痛苦折磨。她那个木头丈夫，对她是弊多于利。他会对她说一些难听的话，他生来就是粗鲁的；她会变成一个疯子，从窗口跳下去。"

"我要是扔下她不管，她会将所有真相全都告诉他。谁晓得呢？虽说她给他带来一笔遗产，说不定仍要闹得沸沸扬扬。她会把全部真相告诉那…那个马斯隆神父，天哪！他会借口一个六岁小孩生病，整日待在这里，不会没有企图的。她因痛苦和惧怕上帝,会忘记她对这个人所了解的一切,只看到他是个神父。"

"你快走开。"德·雷那尔夫人突然睁开眼来叫道。

"我可以牺牲一千次我的生命,也要知道怎样做才对你是最有益的,"于连回答道,"我从未像现在这样爱过你,我心爱的人儿;或者不如这样说,正是从这一刻起,我才钟爱你就像你值得我钟爱的那样。远离了你,而且明知道你是因我而痛苦,我将何以自处呢?不过,我的痛苦又算得了什么呢。我走,好,我的爱人。不过如果我离开你,不再照顾你,不再时刻处在你和你丈夫之间,你会把所有一切全告诉他,会把自己毁了。要知道,他会卑鄙地把你从家中赶出去的时候,整个韦里埃,整个贝桑松,都议论这件事情。一切谴责都要加到你头上,你永远也洗不清这一耻辱……"

"我要求的就是这个,"她站起身喊道,"我会痛苦,再好不过。"

"不过,如果这事闹大了,你丈夫也会倒霉的!"

"我就要糟蹋自己,我甘愿掉进泥坑,这样也许可让我的儿子得救。这样丢人现眼,人人都看得见,也许是一种公开的赎罪行为。用我怯弱的心灵来判断,这不就是我对天主所能做到的最大牺牲吗?……或许他能够接受我对自己的羞辱,把我的儿子给我留下来!你给我指出一种更加痛苦的牺牲办法吧,我会马上照办。"

"还不如我来惩罚自己呢。我也有罪。要不要我进特拉伯苦修会?那儿严格的苦修生活,也许可以让您的天主息怒……啊!斯塔尼斯拉斯的病但求我能代替他承受……"

"啊!原来你也喜欢他,他。"德·雷那尔夫人说,同时站起来扑进他怀中。

可是,她又惊恐地推开他。

"我相信你,我相信你。"她重又跪下,继续说,"啊,我唯一的朋友!你为什么不是斯塔尼斯拉斯的父亲呢?那样的话,我爱你胜过爱我儿子,就不是什么可怕的罪过了。"

"你愿意让我留下,从今我只如弟弟一样爱你?这是唯一合乎情理的赎罪办法,它能够消除万能之主的怒火。"

"而我,"她突然站起来,双手捧住于连的头,跟她的眼睛隔开一点距离,"而我,把你当弟弟一样喜欢,可以吗?我能做到吗?"

于连听了眼泪涌了上来。

“我听你的，”他扑倒在她脚下，“我听你的，不管你要我做什么，这是我剩下的唯一可做的事情，我的头脑完全糊涂了，看不到任何可采取的办法。如果我离开你，你会向你丈夫坦白一切，你毁了，你的儿子也跟着毁了。出了这种丑事，他永远不会被任命为议员。如果我留下，你会以为是我害了你儿子，你也会伤心得要命。你愿意尝试一下我离开你的后果吗？如果你愿意的话，我就为我们的罪孽而惩罚自己，离开你八天。我可以在你指定的地方度过这八天。例如，在布雷——勒奥修道院里，不过，你得对我发誓，我不在时你什么也别向你丈夫说。你得想到，如果你承认了，我就再也不能回到你身边了。”

她答应了他，他走了，可是过了两天就被叫了回来。

“没有你在眼前，我几乎没法遵守誓言。要是你不在这儿，时刻用目光要求我守口如瓶，我会向丈夫说的。啊，这可怕的生活，每一个小时，都如漫长的一天。”

最后苍天对这个可怜的母亲发了善心。斯塔尼斯拉斯慢慢度过了危险期。但是爱情的坚冰已经被打破，她的理智已认识到她的罪行是多么深重。这理智无法再恢复平衡。悔恨继续折磨着她，它在一颗这样真诚的心里只能如此。她的生活在天堂与地狱之间摇摆：看不到于连就如入了地狱；俯在他脚边时就如进了天堂！

“我也不抱任何幻想了，”即使她敢于全身心地陶醉于爱情时，她也这样对他说，“我要下地狱了，不可避免地下地狱了。你还年轻，是受了我的诱惑，上帝会宽恕你；但是我，该下地狱。在某种迹象中，我看到了对我的惩罚。我确实害怕；在地狱面前，谁能不害怕呢？不过在内心深处我丝毫也不后悔。要是需要重犯错误的话，我会再犯这个错误的。只要我活着时上帝不惩罚我和我的孩子，我得到的就比我值得得到的多了。但是你呢，我的于连，”她紧接着又兴奋地说道，“你幸福吗？你觉得我爱你爱得够吗？”

于连深为疑虑和倨傲所折磨，特别需要一种做出牺牲的爱情，但面对一个如此重大、无可置疑的、时刻都准备好了的牺牲，这性格与自尊再也受不了了。他非常爱德·雷那尔夫人。“她虽出身高贵，而我是农民的儿子，她却爱我……我在她的身边，并非一个身兼情人的仆人。”疑虑一消除，于连就陷入爱情的种种狂热之中，也陷入爱情难以忍受的变幻莫测之中。

“至少，”她见于连对她的爱情仍有怀疑时，就嚷道，“在我们将要在一起度过的短暂时光里，我要使你非常幸福啊！让我们抓紧时间吧，也许我明天就不再是你的了。假如上天要在我的孩子们身上惩罚我，就算我努力为爱你而活着，努力不认为是我的罪孽连累了他们，那我也做不到。这样的打击之后我是活不下去的。即使我愿意，我也不能，我会发疯的。"

"唉！你的过错我能揽过来，由我一个人承受，就像当初你能慷慨地打算替斯塔尼斯拉斯发烧那样，那该多好呀！"

这一精神上的巨大变化，改变了于连对他的情人的感情的性质。他的爱情，不再是仅仅对美貌的迷恋和占有的骄傲了。

在这之后，他们的幸福有了一种更高尚的品位；燃烧他们心灵的火焰也达到一种更剧烈的程度。他们有过一些充满疯狂的亢奋时刻，在世人眼中，他们似乎更加幸福了。然而，当深恐于连爱她爱得不够成了德·雷那尔夫人唯一的担忧时，他们再也没有相爱初期的那种美妙的平静，那种没有阴影的喜悦和单纯的幸福。他们的幸福，有时看去像是犯罪。

在最快活，表面上也最平静的时刻，德·雷那尔夫人会突然痉挛地抓住于连的手，嚷道："啊！我的天！我看见地狱了。多可怕的刑罚呀！我是罪有应得。"她抱住他不放，像常青藤攀在墙上一样。

于连竭力劝她平静下来，但毫无用处。她抓住他的手，在上面印满了吻。然后，又重新跌进阴沉的梦境，"地狱"，她说，"地狱对我是个恩惠，那么我还可以在世上同他一起生活几天。可是，地狱就在这世上，那就是孩子的死……然而，以这为代价，我的罪恶也许可以赎清……啊，伟大的主！别用这样的代价来宽恕我。这些可怜的孩子并没得罪您；我，只有我，有罪的唯有我一个人：我爱着一个不是我丈夫的男人。"

随后，于连看到德·雷那尔夫人有些时候心情也比较平静。她力图控制自己，不愿让心上人的生活受到毒害。

在恋爱、悔恨、欢娱的互相更送中，他们的日子过得如闪电一般快。于连也已失去了冷静思考的习惯了。

爱莉莎小姐到韦里埃去打一桩小小的官司。她发现瓦勒诺先生对于连很不满，她也恨这个家庭教师，于是常常和他谈起于连来。

"我把实话说出来，先生，就会断送我的前途的！"有一天她对瓦勒诺先生说，"主人们在大事上总是一致的……有些隐情，可怜的下人要是说出来的话，他们永远不会原谅……"

　　瓦勒诺先生的好奇心不耐烦了,他巧妙地缩短她这些套话,而后便听到了他的虚荣心最不能忍受的事情。

　　这个本地最高贵的女人,六年来他曾向她献过多少殷勤,而倒霉却是有目共睹;这个如此傲慢的女人,她的蔑视曾令他多次脸红,现在居然找了个打扮成家庭教师的小工人做情人。使这位贫民收容所所长先生感到最难堪的,是德·雷那尔夫人把这个情人爱得像宝贝似的。

　　"再说,"贴身女仆叹口气补充道,"于连先生毫不费力地就征服了她,他对夫人始终保持他那冷冰冰的态度。"

　　爱莉莎虽然只是到了乡村以后才知道这件事,但她相信他们的私情早就开始了。

　　"一定是因为这件事,"她满怀怨恨地补充道,"所以那时他才不愿娶我。我真是个大笨蛋,我还去和德·雷那尔夫人商量,求她去跟那个家庭教师为我说几句好话!"

　　当天晚上,德·雷那尔先生收到城里寄来的报纸和一封十分长的匿名信,信中异常详尽地向他详述了发生在他家中的事。于连看到德·雷那尔先生在读这封浅蓝色信纸写的信时,脸色苍白,并恶意地看了他一眼。整个晚上,市长先生的心情没有恢复宁静。于连为了讨好他,问了他一些勃艮第最显赫家族的家谱问题,结果也是徒劳。

第二十章

匿名信

> 调情时不要太无所顾忌,再坚挚的盟誓在血液里,也不
> 过是火中燃烧的禾草。
>
> ——《暴风雨》

临近午夜离开客厅时,于连抓住时机对他的情人说:

"今晚我们就别碰面了,你的丈夫已起疑了。我敢说,他一边读一边叹息的那封长信是封匿名信。"

幸好于连一回到寝室就把房门锁上了。德·雷那尔夫人有个糊涂的想法,认为这一警示不过是不想见他的借口而已。她确实是迷糊了,还是像往常一样的时刻来到他的门前。于连听到过道里的响动,便马上把灯熄了。有人在用力地推门,是德·雷那尔夫人,还是妒意已起的丈夫?

第二天一大早,平日里看护于连的厨娘送来了一本书,封面上用意大利文写着几个字:见一三〇页。

于连对这莽撞的举动惊恐不已,他翻到一百三十页,发现上面用别针别着一封信。信是在匆忙之中写好的,连拼法的错误也顾不上了,泪水浸透了纸张。平时德·雷那尔夫人的拼法都比较准确,这一细微差别使于连深为感动,而忘了她那不慎重的举动。

今晚你不愿接纳我了,是吗?有时候,我真觉得自己看不到你的灵魂深处。你的目光令我胆寒,我怕你。天哪!难道你从来就没有爱过我?

如果真是这样,倒还不如让丈夫发现我们的感情,把我给关起来,在乡下的一间牢房里,离开我的孩子们。也许天主要这样惩罚我。我不久将要死去。可是你却变成了一个不可理解的怪人。

你不爱我了吗?你对我的疯狂,我的悔恨已经厌烦了吗?你这个没有信仰的家伙。你想把我毁了吗?告诉你一个简而又简的法子。去吧,去把这封信在韦里埃城里公布,或者更简省一点,送给瓦勒诺先生一个人也行。你跟他说我爱你;不,不要用这样不敬的词。跟他说,我倾慕你!我的人生是从见到你的那天开始的。跟他说,就是在少女那无所顾忌的时代,我也没有梦想到你会赐给我的幸福。为了你,我牺牲了一生的清白;为了你,我牺牲了自己的灵魂。你一定清楚,我牺牲远不止这些。

但他能明白什么叫作牺牲吗,他这种人?告诉他,是为了刺激他,告诉他我不惧怕这些坏人,我在这个世界上唯一的不幸,就是使我至今对生命恋恋不舍的那个人变了心。把生命作为牺牲奉献出去,从此不必再为孩子们担惊受怕,对我而言,是多么快乐啊!

不须怀疑,亲爱的朋友,如果是匿名信,肯定是那个讨厌的家伙写的。六年以来,这家伙一直用粗鲁的大嗓门,用跃马疾驰的炫耀,用骄狂自大,用对他的优点的不停唠叨来纠缠我。

有没有匿名信?可恨的东西,这正是我要跟你商量的;不过,你做得对。也许这是最后一次紧紧地抱你在怀里了,我无法再一个人独自思考问题了。以后我们要寻求快乐,就没有那么容易了。对你来说,这会引起不快吗?是的,你没有从富凯那里收到有趣的书的时候是这个样子的。牺牲既已做出,明天,不管是否存在匿名信,我都要跟丈夫说,我接到了一封匿名信。他得马上重金酬谢你,寻找一个冠冕堂皇的借口,立刻把你送回你父母家里。

唉!亲爱的朋友,我们将要分开半个月,也许一个月!好吧,我说句讲良心的话:你肯定也会痛苦的,不会亚于我。总而言之,只有这个法子,才能抵消匿名信的后果。我丈夫收到的关于我的匿名信,这也不是第一封了。唉!我都一笑哂之!

我这一举动的所有目的,就是要让我丈夫相信,信是瓦勒诺写的,我敢肯定是他写的。你离开这里以后,一定要住在韦里埃。同时我也要想法子让我丈夫也到城里住上半个月,就是为了向那些蠢货表明,我和我丈夫和气得很。你到了韦里埃之后,要跟大伙交朋友,甚至跟自由党人。我相信,城里的那些夫人都会追求你的。

你不要生瓦勒诺先生的气,也不要像有一天你跟我说的那样,要把他的耳朵割掉,相反,你要对他和颜悦色。重要的是让韦里埃的人,都相信你要到瓦勒诺先生或别人家里去做家庭教师。

这是我丈夫绝对无法容忍的。就算他决定容忍了,那也行,至少你住在韦里埃,我还可以与你不时见面。我的孩子们都那样喜欢你,他们会去看你的。伟大的主!我感到我更爱我的孩子们了,因为他们爱你。这是如何的悔恨啊!这一切不知将如何收场……我也迷糊了……总之,你要懂得为人处世;跟那些粗俗的人温和些,礼貌些,不要看人不起,我跪下来求你,我们的命运,是由他们来决定的。一刻也不要迟疑,我丈夫会根据公众舆论为准则来对付你的。

现你要为我准备一封匿名信,你要有耐心,还要有一把剪刀。把你将要看到的字从这本书里剪下来,然后把它们用胶水贴在我给你的一张浅蓝色信纸上,这封信算是瓦勒诺先生给我写的。你要应付别人的搜查,把你剪过的书烧毁。假如找不到现成的字,要耐心地一个字母一个字母地拼。为了不增加你的负担,我把匿名信写得很短。唉!如果你果真像我所担心的那样,不再爱我了,那么我的信是多么长啊!"

匿名信

夫人:

你的那些见不得人的事,大家全知道了;那些有意遮拦的人也已经受到了警告。出于我对你还留存的一些友情,我要你与那个乡下小子一刀两断。如果你在这事上还算聪明,听我忠言,那你的丈夫将相信他收到的匿名信是个骗局,别人就不会再怪他了。你得清楚,你的秘密我都一清二楚;颤抖吧,不幸的女人!从现在起,你应该在我面前表现得乖乖的。

当你贴好信上的字句之后(你认出了所长先生讲说的腔调了吗?),你就从房间里面出来,我会等你的。

我要到村里去,回来时神色惊慌。事实上,这已经让我心慌意乱了。伟大的主!我在弄什么名堂啊!这一切,都是因为你猜测来了一封匿名信。总之,我将神色惊惶地把这封信交给我丈夫,说那是一个不曾谋面的人交给我的。你呢,就带着孩子们到树林中的路上去散步,直到吃晚饭的时候再回来。

你在悬崖上会看见鸽楼。如果一切顺利,我就会挂上一张白手帕;否则,就什么都没有。

负心人,出去散步之前,难道你的鬼精灵让你想不出一个办法来对我说一声你爱我!不管出了什么事,有一件事你可以肯定:当我们最后分离的时候,我不会再苟活一天。啊!坏母亲!我刚才写下的是空洞的三个字,亲爱的于连。我体会不出这三个字的意义,现在在我心里念叨着的,就只你一个人。我把它们写下来,是不让你责备我。现在,我看着我将要失去你的时候,遮遮掩掩有什么意义呢?是的,你会觉得我的心太狠,但是不要让我在自己心爱的男人面前说谎吧!我在生活中受过太多的骗。听说,如果你不再爱我了,我也会宽恕你。这封信,我已经来不及再看一遍。那些在你的怀中度过的快乐日子,就是要拿我的生命来换,我也无怨无悔。你会明白,我将要为此付出更大的代价。

第二十一章

和主人的对话

> 这都是我们生性脆弱的缘故,不是我们自身的错处:因
> 为上天造就我们是哪样的人,我们就是哪样的人。
>
> ——《第十二夜》

于连怀着孩子般的快乐,把这些词凑在一起,整整用了一个钟头。他刚从房里走出来,就撞见他的学生和他们的母亲。她自然而勇敢地接过信,她的镇静让于连害怕。

"胶水干了吗?"她问。

"这就是那个被悔恨搞得颠三倒四的女人吗?"于连心里想道,"她此刻有什么打算?"他太骄傲了,当然不屑问她,但是,也许她从来没有像现在这样讨他喜欢。

"这件事弄得不好,"她说话的口气,还是那么镇静,"我的一切,都不再属于我。这盒子,你到山里找个地方埋好;也许哪一天这就是我唯一的生活来源了。"

她交给他一个用红摩洛哥皮做的、装满了金子和几粒钻石的首饰盒子。

"现在去吧。"她说道。

她亲了亲孩子,对最小的一个亲了两遍,于连很木然地望着。她转身走开,脚步很快,看都不看他一眼。

自从拆开匿名信那一刻起,德·雷那尔先生的生活变得可怕极了。1816 年,他差不多要和一个人进行决斗,但是自从那次未遂的决斗以来,他从未像现在这样激动过,说句公道话,当时挨枪子儿的下场,也不会像今天这样使他痛苦。他拿着信,翻来覆去看个没完:"这不是女人的笔迹吗? 如果是,又会是哪个女的写的

呢?"他把韦里埃他所认识的女人全都考虑了一遍,始终无法确定他怀疑的人。"也许是个男人口授了这封信?那是谁呢?"同样没有把握;大部分认识的人都嫉妒他,也许还恨他。"应该问问妻子。"这是他的习惯,一边思索着,一边从深陷其中的椅子上站了起来。

他刚刚站起来,"伟大的天主啊!"他拍着脑袋说,"我应在尤其应该防备的就是她呀,她如今是我的敌人。"说完这话,他气愤得掉下了眼泪。

心灵冷酷是外省人为人处世的基础,这种为人之道反过来实施合理的报复,结果是:德·雷那尔此刻最恐惧的两个人正是他最知心的朋友。

"除他俩之外,我也许还有十个朋友。"他把他们逐个想了一遍,估计着从每一个那儿能得到多少安慰。"都一样!都一样!"他嚷道,火冒三丈,"我可怕的遭遇会让他们高兴不已。"还好,他理所当然地认为别人十分嫉妒自己。他在城里拥有一幢豪华的住宅,承蒙国王陛下在宅中住过一夜,因而使它永世无上光耀。除此以外,他还把在韦尔吉的城堡也修葺一新,正墙刷成白色,窗子安上了漂亮的紫色护窗板。想起如此美好的一切,他感到短暂的安慰。方圆三四里都可以看到他的城堡,是那些所有的乡村住宅或周围所谓的城堡没法相比的。它们年久失修,如今灰暗寒碜。

德·雷那尔先生只能指望会有一位朋友同情他,那就是教区的财产管理委员,不过此人是个笨蛋,遇事只会掉眼泪。然而,也就这点指望了。

"还有什么不幸可以与我相比!"他嚷了起来,"真是太孤独了。"

"这可能吗?"这个十分可怜的人自言自语道,"我身处逆境时,竟没有一个朋友可与之商量商量?我现在有些头脑不清醒,自己都能感觉到!啊!法尔科!啊!迪克罗!"他痛苦不堪地喊道。这是童年时代的两个挚友;1814年,自己因傲慢而渐渐疏远了他们。他俩不是贵族,是他要改变与他俩从小就开始保持的平等关系。

俩人当中,叫法尔科的那位,人很聪明,心地善良。他在韦里埃做纸张生意,曾在城里买来一家印刷厂,办起一份报纸。后来圣会使他破产:查封报纸,吊销印刷执照。落到这般惨境。在相隔十年之后,法尔科破天荒地头一次给德·雷那尔先生写求援信。韦里埃市长认为理应采用古罗马人那种强硬的态度答复:"如果国王的内阁大臣赐予荣誉,来征求本人意见的话,我将这般回答:'丝毫不要怜悯,让外省所有的印刷厂主破产,把印刷业收归国有,像烟草一样实行专营。'这封写给童年知交的信,当时确实得到韦里埃全城的称赞。今天德·雷那尔先生想起来却觉得毛骨悚然。"谁能料到,以我的地位、财富和荣誉,竟会有后悔的一天!"他捶胸顿足,时而责备自己,时而埋怨人家,过了惨痛的一夜。不过,幸亏他没有想到要去窥探妻子的动静。

"我跟露易丝过惯了,"他暗想,"她知道我所有的事情。如果明天我还有机会再结婚的话,一时倒难找到可以替代她的人。"想到这里,他稍觉宽慰,认为他妻子是清白的;这种念头,使他觉得不宜意气用事,不如见机行事。妻子遭人污蔑这类事,也不曾少见。

"怎么!"他突然叫出声来,走路也不稳,"把我当一个受气包,任她与情夫捉弄,像一个废物一般,跟要饭的差不多!难道要让整个韦里埃来挖苦我的无能吗?人家对夏尔米埃(当地人人都知道的受骗丈夫)什么话没说过?一提到他的名字,不是个个嘴边都露出讥笑吗?他虽然是个好律师,可又有谁提到过他雄辩的口才呢?噢,夏尔米埃!人家都叫他夏尔米埃·德·贝尔纳,这是让他感到耻辱的名字。"

"感谢老天,"德·雷那尔先生在另一些时候说,"我没有女儿,我惩罚母亲的方式不会影响儿子们的前途。我可以当场抓住这个小农民和我老婆,把他俩都杀了;这样,事情的悲剧色彩也许会免除人们的讥讽。"他觉得这个想法不错,并深入思考每一个细节。"刑法对我有利,而不管发生什么事情,圣会及陪审团里的朋友会救我的。"他去检查那把十分锋利的猎刀,但想到血,他又害怕了。

"我可以把这个无礼的教师痛打一顿,然后把他赶走。可这在韦里埃、甚至在全省将引起多大轰动啊!法尔科的报纸被罚停刊以后,当那主编从监狱出来时,我让他丢掉了每月能带给他六百法郎进账的工作。据说这个舞文弄墨的家伙,居然重又在贝桑松露面了,他可以巧妙地攻击我,并且使我无法把他送上法庭。把他送上法庭,……这个无耻之徒会想尽办法暗示他说的是实话。一个像我这样出身高贵又有社会地位的人总是受到所有平头百姓的嫉恨。我会看到自己的名字出现在巴黎那些可怕的报纸上;啊,我的天主!真是险恶!眼看雷那尔古老的姓氏,落入嘲笑的泥淖……如果出门旅行,我得更名换姓;什么!放弃这个使我获得荣耀和力量的姓氏!真是倒霉透顶!"

"假如我不杀死妻子,只把她羞辱一番然后扫出门,她在贝桑松的姑妈会把所有财产不经任何手续直接传给她。她会去巴黎和于连生活在一块儿;韦里埃的人会知道,我仍将被看作一个受骗的丈夫。"灯光微弱,这个不幸的人发现天开始亮了。他到院子里呼吸点新鲜空气。这时,他差不多决定任何人都不惊动,因为他考虑到倘若事情张扬出去,会使韦里埃的那些好朋友高兴得不得了!

在院子里散散步,他稍微平静了些。"不,"他喊道,"妻子不能丢,她对我太有用了。"他设想,家里要是没有妻子将成何体统。除 R 侯爵夫人,没有第二个亲戚,可是这位侯爵夫人,不但年高,而且愚笨、凶狠。

一个意义重大的主意浮上他的心头,但实行起来,需要有相当坚强的意志,却远非这个可怜的男人所能胜任。"我要留住我妻子,如果哪一天她惹恼了我,我就责备她行为不检,我知道自己会这么做的。她自尊心很强,我们会翻脸,但事情发生得早了一点,她还没继承到姑妈的财产。这一下,人们会笑我愚不可及!我妻子喜欢孩子,最后会把所有财产留给他们,而我却成了韦里埃的笑料。'怎么,连教训老婆都不会!'看来疑心归疑心,不必去打破砂锅问到底。但这样一来,不是束缚住了自己的手脚,以后倒不便去责骂她?"

过了一会,雷那尔先生被伤害的虚荣心又发作了,把在韦里埃娱乐场或贵族俱乐部玩弹子游戏时听到的种种说法,努力回想起来;经常有爱说话的家伙在游戏间歇时把某个戴绿帽子的丈夫取笑一番。现在想来这些戏言,觉得好不残忍。

"天哪!我的妻子为什么不死去呢?那么我就不会被人当作笑料来攻击了。我怎么不是个鳏夫!那样我可以去巴黎最显赫的上流社会呆上半年。"鳏夫的想法给他短时间的欢乐以后,他重又回到了了解实情的念头上去了。是不是应该在半夜三更,在于连的门前撒上一层薄薄的麸皮?第二天早晨天亮时,便可看见脚迹。

"不过这个办法行不通!"他忽然疯狂地嚷道,"爱莉莎这个坏家伙会发现的,于是全家人马上知道我是个嫉妒的丈夫了。"

在游乐场里,还讲过这样一个故事:有个丈夫,拿根头发丝,用一点蜡,像贴封条似的分别粘在妻子和风流浪子的门上,从而证实了他这桩倒霉事。

在犹豫了很长时间以后,他觉得上面这个查明真相的方法最好,他决定采用这个办法,但是在小路拐弯处碰到那个他恨不得她死的妇人。

她是从村里回来。她去韦里埃教堂望了弥撒。有一个传说,冷静的哲学家认为很不可靠,她却深信不疑;依据这一传说,今天人们使用的那座小教堂,是韦里埃老爷当年城堡的小教堂。德·雷那尔夫人在打算去这个教堂祈祷时,这个想法一直缠着她。她不断想象她的丈夫趁打猎时仿佛疏忽杀死于连,然后晚上让她吃他的心。

"我的命运,"她自语道,"将取决于他听完我说的后怎么想。这要命的一刻钟过后,或许我再没有机会跟他说话了。他不是一个明智和讲道理的人。所以,凭我这点理性预料到他将做什么或者说什么。他将决定我们共同的命运,他有这个权利。不过这命运也取决于我的机智和如何驾驭这个反复无常的人的思想,愤怒已使他丧失理智,连事情的另一半都看不到。伟大的主啊!我需要才智和冷静,可是到哪儿去寻找呢?"

她回到花园,从远处望见丈夫时,竟出奇地冷静下来。他蓬乱的头发和乱糟糟的衣饰表明他一夜未睡。

她把一封已经拆开,但信纸重又叠好的信递给他。他并不看信,只是两眼直勾勾地盯着妻子。

"这封信真恶毒,"她对他说,"我从公证人的花园后面走过,有个面目可憎的人交给我的,他说他认识你,还受过你的恩惠。我只求你一件事,就是把那位于连先生打发回家,越快越好。"这句话,德·雷那尔夫人说得匆忙了点,或许说得稍微早了点,因为要摆脱那种非把它说出不可的恐惧心理,那就早说早完事。

看到丈夫的反应,她心头大喜。从他注视她的眼神中,她知道于连全猜对了。她想:"遇到这桩确确实实的不幸而不感到悲伤,这需要多大的本领,需要多么巧妙的才智!可他现在还不过是个刚出道的年轻人!日后还有什么事情他办不到呢?唉!那时候他的成功会使他忘记我。"

对他所崇敬的人这点敬佩,使她完全摆脱了愁绪。

她对自己的行为也颇为满意,"我没有丢于连的脸。"她想,心中充满说不出的温柔的快意。

德·雷那尔先生害怕惹事,一声不吭,正在仔细看第二封匿名信,如果读者还有印象的话,这些信是用一些印好的字粘贴在一张浅蓝色的纸上的。"大家用各种手段嘲弄我!"德·雷那尔先生已经疲乏之极,自言自语地说道。

"又是一番污辱需要查明,而且都因为我的妻子的缘故!"他正要用最粗俗的语言辱骂他的女人,但一想到贝桑松的遗产又勉强止住。他必须找点事给自己出出气,就把那信揉成一团,大步走开,他需要离妻子远一点。过了一阵,他回到她身边,比刚才态度平静些。

"要拿定主意,把于连打发走,"她马上对他说,"不管怎么说他也不过是个农民的儿子罢了。给他几个埃居赔偿损失就行了,再说他有学问,另外找个职位也容易,例如到瓦勒诺先生家里,或者在莫吉隆专区区长府上,他们都有孩子。这样你也不会给他带来损失……"

"你是个傻瓜,尽说傻话。"德·雷那尔先生用可怕的声音叫道,"能指望女人有什么高明的见识? 什么事有道理,什么事没道理,你从不关心;怎么能懂点什么呢? 你什么都漫不经心,懒懒散散,只知去捕蝴蝶! 软弱无能的女人,真是家门不幸! ……"

德·雷那尔夫人任凭他说下去。他说了许久,用当地人的说法,是在出口恶气。

"先生,"末了,她说,"我要说的话,是任何一个女人在名声——也就是她最珍贵的东西,受到伤害时都会说的。"

在这次难堪的谈话中,德·雷那尔夫人始终十分冷静,她是否能与于连在一起相处就取决于这次谈话。她努力寻找着最能驾驭她丈夫无名怒火的主意。对他冲自己发出的辱骂的话,她无动于衷,因为根本没听,心里在想于连:"我这样子,他会感到满意吗?"

"这个乡下小伙子,我们待他仁至义尽,送了他不少礼,也许真是清白的。"她末了对他说,"可他并不因此没给我带来我受的第一个侮辱……先生! 刚才看到那封恶毒的信,我就已经发誓,不是他,便是我,我俩总有一个要离开这个家。"

"你难道想闹个天翻地覆,让你我两人全都脸面丢尽不成? 好叫韦里埃人看我们的笑话?"

"是的,一般人都眼红您的管理才智,给你、你的家和你的城市带来的兴旺发达……那好! 我去劝于连向你请个假,上山到木材商,这个小木匠的好友那儿去过上一个月。"

"什么也别做,"德·雷那尔先生说,态度相当冷静,"我对你的第一个要求,就是不要跟他交谈。你说起来会发火,会弄得他和我失和。你知道,这位先生年纪轻轻心眼却很小。"

"这个年轻小伙子一点不知分寸,"德·雷那尔夫人又说,"他或许很有学问,这一点你明白;可说到底不过是个地地道道的乡下人。至于我,自从他拒绝娶爱莉莎以来对他就再没有好印象了,那可是一笔稳当的财产;他的借口是爱莉莎有时秘密地去拜访瓦勒诺先生。"

"啊!"德·雷那尔先生眉毛一扬说道,"怎么,这事是于连告诉你的吗?"

"不,不全是这样,他经常对我讲起他要为宗教献身的心愿,但是,请您相信我,对这些下等人来说,第一个愿望就是要有碗饭吃。他清楚地向我暗示过,他知道一些这种秘密的来往。"

"但是我,我却不知道!"德·雷那尔先生雷霆大怒,咬牙切齿地说,"在我家中发生的事情,我竟然不知道……怎么! 在爱莉莎和瓦勒诺之间有过这种关系?"

"唉! 这都是老话,亲爱的朋友,"德·雷那尔夫人笑道,"或许没发生什么龌龊事情。那时你的好朋友瓦勒诺先生还不会感到有什么不快。韦里埃人认为他和我之间已经产生了一种完全柏拉图式的小小恋情。"

"有一回我也这么想过,"德·雷那尔先生愤怒地拍着自己的脑袋,想要找到一些新的发现,"你对我一直守口如瓶!"

"为了我们亲爱的所长一点小小的虚荣心,就应该让你们伤了朋友和气吗?他对哪一个上流社会的女人,没有写过几封十分风雅、甚至有点献殷勤的信呢?"

"他是否给你写过?"

"写了不少。"

"马上把这些信给我瞧瞧,这是命令。"德·雷那尔先生似乎猛然长高了六尺。

"这种事情我绝对不会做,"她回答,声音的轻柔简直到了漫不经心的程度,"等到你变得更听话的哪一天,我才能把信给你看。"

"马上就给我,见鬼!"德·雷那尔先生嚷道,不过十二小时以来,他还没有像眼下这般高兴过。

"你能发誓吗?"夫人十分庄重地说,"永远不会为这些信和收容所的所长吵架。"

"不论是否吵嘴,我总可以不把那些弃儿交给他管理。但是,"他怒冲冲地补充道,"我现在就要那些信。它们在哪里?"

"在我写字台的一个抽屉里,可我绝对不会把钥匙给你。"

"我要砸开它。"他一边嚷一边朝他妻子的房间跑去。

他果然用一把凿子把那张有轮纹的桃花心木宝贵写字台弄坏了,这桌子是从巴黎运来的。平时只要看到上面有点污迹,就不惜用衣襟擦拭。

德·雷那尔夫人爬了一百二十级阶梯,一气跑上鸽楼,在小窗的铁栏杆上,扎上一条雪白的手绢。此刻,她是世上最幸福的女子。她朝山上的那片树林望去,眼里噙着泪水。"毫无疑问,"她心里想,"在一颗茂盛的山毛榉树下,于连正等待着这幸福的信号。"她久久地侧耳细听,咒骂枯燥的蝉鸣和鸟啼。没有这些讨厌的声音,肯定会有一阵快乐的呼声从大岩石那边一直传到这儿来。她贪婪的眼睛望着这片暗绿色的、像草地般平坦的、密密麻麻的树梢构成的斜坡。"他怎么如此死心眼,"她想,万般柔情涌上心头,"怎么没想到给我一个信号,告诉我他和我一样快乐呢?"只是因为怕丈夫找上来,她才从鸽楼上下去。

她发现丈夫正怒火冲天,还在看瓦勒诺先生信里无味的语句,这些话很不习惯让人怀着如此激情拜读的。

德·雷那尔夫人趁丈夫暂停喊叫的间隙,插了句话:

"我仍是那个主意,让于连外出旅行一次为好。不管拉丁文方面有多大才能,他毕竟是个乡下人,时常表现粗俗,有失分寸。每天,他自以为很有礼貌,每天恭维我时都特别夸张,很不得体,话大概是什么小说上背下来的……"

"他从来不看小说,这我知道,"德·雷那尔先生喊叫道,"你以为我这个一家之主双眼失明,连自家发生的事都不知道?"

"算了!这些可笑的恭维之辞,若不是看来的,而是自己想出来的,这对他就更糟。他会用这种口气在韦里埃说起我……而且,话不必扯得太远,"德·雷那尔夫人的神态装得好像突然有什么发现一般,"他会在爱莉莎面前这样说,那就差不多和瓦勒诺先生说了一样。"

"啊!"德·雷那尔先生喊叫道,同时在室内写字台上猛地砸了一拳,这在先前还从来没有发生过,"印刷字匿名信和瓦勒诺的亲笔信,用的都是同一种信纸。"

"好啦!……"德·雷那尔夫人想。她装出被这一发现惊呆了的样子,没有勇气再多说一句话,走到客厅深处,远远地坐在长沙发上。

这一仗,到此已算打赢了。对这假想中的匿名信作者,德·雷那尔先生要找上门去理论,她费尽心机,才劝阻住。

"你怎么没想到,没有足够的证据就去指控瓦勒诺先生,这是最笨拙不过的事呢?你遭人嫉妒,先生,这是谁的过失?是怪您的才智,你过人的管理才能,你那些高品位的住宅建筑,我给你带来的嫁妆,尤其是我们有希望获得我姑妈那宗巨额遗产,而那数目又被人家无限夸大。这一切使您成了韦里埃的第一号人物。"

"您忘记了出身。"德·雷那尔先生脸上露出一点笑容来。

"你本是本省绅士中最出色的一位,"德·雷那尔夫人连忙说道,"如果国王得闲,要为出身门第评定优劣的话,你一定会被列为贵族院的议员。你有了这样尊贵的地位,难道还愿意给嫉妒者制造事端引起众人的议论吗?"

"你要是去和瓦勒诺先生谈他的匿名信的话,无异于向韦里埃全城,甚至是向贝桑松,向全省宣称:这个微不足道的小市民,一时不慎被德·雷那尔先生认为的好友,居然找到办法来侮辱德·雷那尔先生了。你刚搜到的那些信,如果证明我对瓦勒诺先生的求爱有过什么表示的话,你就可以杀死我,即使千刀万剐也不为过。但千万不要对瓦勒诺先生生气。你应该考虑到,周围那些人只等有个借口,就会对你的优越地位群起而攻之。再要想一想,在 1816 年,你曾插手的几桩逮捕案件,那个逃到屋顶上的家伙……"

"我认为你现在对我既不尊重,也不友爱了,"德·雷那尔先生被回忆所激动,不胜感慨地说道,"我还没有当上贵族院议员呢!……"

"我想,我的朋友,"德·雷那尔夫人微笑道,"我将来会比你有钱,嫁给你也十二年了,就凭这个名分,我总该能说句话吧,尤其在今天这件事上。你如果喜欢于连先生胜过喜欢我,"她装出掩饰不住的恼恨补充说,"我准备去我姑妈家过一个冬天。"

这句话,说得非常成功,坚定而又礼貌,足以说服德·雷那尔先生。但是,他照外省人的习惯又讲了半天,把所有理由又重提一番。德·雷那尔夫人让他说去,他语调里仍有火气。此人已发了整整一夜脾气,再加上这两个小时的废话后感到精疲力竭了。他确定了他将对付瓦勒诺先生、于连以及爱莉莎等人的行动方案。

在这场紧张的斗争中,有一两次,德·雷那尔夫人对这男人真实无假的不幸,几乎要感到些许同情,因为彼此厮守的十二年中,他不失为自己的朋友。但是真正的爱是无私的。况且,她时刻盼着他供认昨夜收到的匿名信,可他总也不承认。对德·雷那尔夫人的安全来说,还需要弄明白那封信给握着她命运的那个男人暗示了些什么。因为,在内地,凡是方针大计都是丈夫拿的。一个做丈夫的只会抱怨,会成为笑料,但这种情况的危险性在法国日渐减弱。可是妻子呢,假使丈夫不给她钱,她就要沦落为工人,每天挣十二个小钱,而且那些善良的人要雇用她,也是有顾虑的。

一个土耳其后宫里的嫔妃可以全力爱她的苏丹,苏丹是万能的,她想要点手段窃取他的权力,那是白费心机。主人的报复是凶猛的,凶狠的,然而也是有军人气概的:一刀下去就了结一切。而在十九世纪,一个丈夫是用公众的轻蔑来杀死妻子的,只要所有的客厅都对她把大门关上就是了。

德·雷那尔夫人回到卧室,警觉起来,感到了危险,她大吃一惊,室内一片凌乱。她的那些美丽的小盒子的暗锁都被砸烂,细木嵌花的地板也有好几块撬起来了。"看来他对我毫不留情了!"她暗自说道,"他竟然这样毁坏这些彩色细木地板,可他原是多么喜欢呀!他的孩子谁要是穿着湿鞋进了房间,他总是气得脸通红。现在全完了!"看到这种粗暴,她方才为很快取得胜利而对自己的谴责很快就消除了。

在午饭钟声前不多大一会儿,于连带着孩子们回来了。饭后,仆人们都退了出

去,德·雷那尔夫人很冷淡地对他说:

"您曾经向我表示想去韦里埃呆半个月,德·雷那尔先生已经准了假。您任何时候启程都可以。不过,为了不让孩子们浪费时间,他们的作业每天都会送给您批改。"

"当然了,"德·雷那尔先生用一种很不愉快的声调补充道,"我给您的假不会超过七天的。"

于连发现他满面愁容,好像一个内心受了重创的人。

"他还没拿定主意。"她对她的情人说,他们有一会儿单独在客厅里。

德·雷那尔夫人向他匆匆讲述了从早晨起她做的一切。

"今晚再详谈吧。"她笑着补充道。

"这就是女人的邪恶啊!"于连想,"是什么样的欢乐,什么本能驱使着她来蒙骗我们呀!"

"我发现,爱让您眼明心亮,同时又有点盲目糊涂,"于连冷淡地向她说道,"您今天的行为值得佩服,但是,想要今晚相见,能说是谨慎的吗?这房间里,可以说到处是敌人,请您考虑一下爱莉莎对我那种强烈的怨恨。"

"那种怨恨,可以比之于您对我发狠的冷漠。"

"即便冷漠,见到您因我而身陷窘境,我自有责任伸手救您。万一德·雷那尔先生和爱莉莎谈起,只要他一谈起,爱莉莎就会一五一十全部说出来。怎知您丈夫不手持利刃,躲在我房门周围呢?"

"怎么!居然连这点勇气都没有了!"德·雷那尔夫人说话时,那种贵族小姐的倨傲神态溢于言表。

"我永远不会下贱到吹嘘自己的勇气,"于连冷冰冰地说道,"那才卑鄙可耻呢。事实归事实,让人们去说吧。不过,"他捏着她的手补充说道,"您不能想象我是多么眷恋您,而在这次残酷的分手之前,能够前来向你郑重道别,这对我又将是多么大的快乐。"

第二十二章

1830 年的作风

语言是给人用来掩盖思想的。

——尊敬的神父马拉格里达

于连刚到韦里埃，就自责起他对德·雷那尔夫人的不公平。"假如她由于软弱而把她与德·雷那尔先生的那场戏演砸了，我会把她当作一个柔弱女子而加以蔑视。她像外交家一般灵活，而我却同情起那个失败者来了，他本是我的敌人呀。我的表现里有市民的心胸狭隘；我的虚荣心受到伤害，因为德·雷那尔先生毕竟是个男人！我和他同属这一杰出而庞大的团体；其实我不过是个笨蛋。"

谢朗先生已被解职，只好从本教堂教长住宅里搬出来。当地有名望的革命党人都争着把房子让给他住，但他没有接受。他自己租的两间房子都堆满了书。于连为了让韦里埃人见识见识神父是何等样人，就去他父亲家里取了十二三块松板，亲自扛在肩上，沿着大街送过去。

然后又在他的一个老朋友那儿借来木匠的工具，很快就为谢朗先生做好了一个书橱，把谢朗先生的书摆在里面。

"我以为你被世俗社会的虚荣侵蚀了呢。"老人高兴得流着眼泪说，"现在看来，这可以和你前次参加仪仗队时穿一身漂亮制服的孩子气功过相抵，虽说你曾因此招致许多敌人。"

德·雷那尔先生吩咐于连住在他家中。无人怀疑发生的事情。于连到达后的第三天，看见专区区长莫吉隆先生。他乏味无聊地说了两个钟头的废话，如人类的险恶，管理公款人员不廉洁，可怜的法兰西面临种种危机，等等。只是在这之后，于連終于发现其来访目的。当时他们已来到楼梯平台,这个可怜的半失宠的家庭教师,很有礼貌地送着某个幸运省份的未来省长。这位未来省长突然来了兴趣,关心起于连的命运来,并赞扬他在处理个人利益时的稳重态度。最后莫吉隆先生还用慈父般亲热的神情,把于连抱在怀里,建议他离开德·雷那尔先生,去另一个有孩子要接受教育的政府官员家去。这个官员,如同国王菲利普一样,必将感谢上苍,不是因为他赐给他许多孩子,是因为他让他们生长在于连先生生活的附近地区。"当他们家的家庭教师,年薪可得八百法郎,还不是逐月支付,这样做不够贵族气派。"莫吉隆先生补充说,"而是一季一付,并且预付。"

现在轮到于连答话了。他等这个机会已等了一个半钟头,都快不耐烦了。其答复可谓完美无缺,尤其是冗长得如主教的训谕,暗示一切,却什么也不说明白,里面似乎有对德·雷那尔先生的尊敬,有对韦里埃公众的尊重,也有对卓越的区长的感激。区长发现他比自己更狡猾,吃惊不小,他想套一句确凿的话出来,却白费了半天力气。于连得意之下,觉得机不可失,应抓住机会锻炼自己,把他的回答换个说法重复一遍。还没有一个能言善辩的内阁大臣,看到议会大会要重新活跃起来,独自滔滔不绝说了一大堆话,却滴水不漏没什么内容。等莫吉隆先生刚出门,于连就乐不可支地大笑起来。为了施展一下伶牙俐齿的谈锋,当即给德·雷那尔先生写了一封长达九页的信,向他报告刚才人家给他说的一切,并谦卑地请教。"那位礼贤下士的家伙叫什么名字,莫吉隆这混蛋竟然没告诉我!"他暗想道,"肯定是瓦勒诺先生,看到我被流放到韦里埃,想必看出他的匿名信已经生效了。"

这封快信发出后,于连快活得像在晴朗的秋日一早就钻进猎物丰富的原野的猎人一样,出门去叩见神父,想听听他的高论。但在到神父住所之前,上天有意让他快活一回,让他半路上碰到瓦勒诺先生。他毫不隐瞒这桩痛心事:一个像他那样的穷孩子理应矢志于上天感召他的圣职,但在这人世间志向并不能解决一切。为了使自己有资格在救世主的葡萄园里耕作,和那几个学问渊博的同行共事两年而不至于完全不配,他需要接受充分的教育,而要进贝桑松修道院,两年的花费不少,这就需要有点积蓄,拿按季付的八百法郎的年薪当然要比按月支付的六百法郎年薪容易得多。不过,从另一方面说,上苍把他安插在德·雷那尔家的少爷身边,尤其使他对他们产生了一种特殊的感情,这不是向他表明放弃这一教育工作而去接受另一教育工作是不适宜的吗?……

雄辩术代替了帝国时期的迅速行动,在此类雄辩中,于连已达到十分完美的程度,结果他听了那声音连自己都厌烦了。

回家时,于连看见瓦勒诺先生家的仆人,身穿华丽的号衣,正拿着当日午餐的请柬,跑遍全城到处找他呢。

此人家里于连从未去过,仅仅几天前他还考虑如何能用木棍狠狠揍他一顿,而不致被送上轻罪法庭。午餐定在一点钟,可于连觉得,为表示恭敬,最好在十二点半就到贫民收容所所长先生的书房里。于连来到时,所长神气十足地坐在一大堆文件夹中间。他那又黑又粗的颊髯,头发非常浓密,希腊式的无沿软帽斜戴在头顶上,口衔一支大烟斗,脚穿绣花拖鞋,纵横交叉在胸前的金链,以及一位外省银行家用来表示自己正走红运的所有的装饰品,都没有引起于连对他的重视,反而使于连更加想去将他痛打一顿。

于连希望能有幸给引见瓦勒诺夫人;但夫人正梳妆,不能接待他。作为弥补,他得以亲眼看见所长瓦勒诺先生梳妆打扮。随后,他们来到瓦勒诺夫人的房里,她含着眼泪把几个孩子介绍给于连。她是韦里埃最受人尊重的夫人之一,生就一张男子汉的宽脸庞,为了今天的盛宴,她还涂脂抹粉,特地打扮一番。她把母性的所有感人技巧全展现在脸上。

于连想起德·雷那尔夫人。他多疑的性情只能接受由对比唤起的回忆,但在这种时候,他往往感动得热泪盈眶。面对贫民收容所所长的住房,他的这种心情变得更为强烈。主人领他参观房子,一切陈设都是上好的,崭新的,还把每件家具的价钱报给他听。但于连觉得这其中有些卑鄙龌龊,透着一股财路不正的气味。包括仆人在内,这里所有的人看上去都那么自负,不把外界的轻视放在眼里。

收税人、间接税收的税收官、宪兵军官以及其他两三个官员,带着他们的妻子都来了。在他们后面还跟着几个有钱的自由党人。仆人通知宴席已经摆好了。于连心里早已很不舒服,忽然想起那些现在就在餐厅隔壁可怜的被收容的人。购买所有那些人家向他炫耀的、庸俗的奢侈品,或许就是克扣他们口粮上的钱购买的。

“他们现在也许正在挨饿。”于连暗自想道。他喉咙发紧,根本吃不下饭,而且几乎连话都说不出来。一刻钟以后,这种情况变得更糟,大家听到断断续续的歌声,那是一首多少有点下流的民歌,是一个囚犯唱出来的。瓦勒诺先生向他的一个穿制服的仆人看了一眼,这个仆人走开了,不大一会儿歌声消失了。这时,一个仆人给于连在一个绿玻璃杯里斟上莱茵葡萄酒,瓦勒诺夫人还特意告诉他,这酒在产地也要九法郎一瓶。于连端着绿色酒杯,对瓦勒诺先生说:

"那首下流歌曲没人再唱了!"

"当然啰!我看决不会了。"所长先生得意地回答道,"我已经命令这班穷鬼安静一会儿。"

这句话对于连太刺激了,他的举止虽说和其处境相符,但是他的心肠还不能和它相适应,顾不得平时常玩虚伪的手段,这时他觉得有颗很大的泪珠落到脸颊上。

他试图用绿酒杯挡住,但他无论如何也不能赞赏这莱茵葡萄酒了,"我的天!你竟容忍了!"

幸亏没有人发觉他这不合时宜的感情用事。税收官哼了一支皇家歌曲。在大家合唱曲子里的叠句时,掀起了一阵闹哄哄的声音。"是啊!"于连的良心感叹道,"你用肮脏手段,捞到的肮脏,也只配在这种场合,跟这批狐朋狗友一起享用!你说不定能谋到一个两万法郎的差事:你大吃大喝的时候,非得下令不准可怜的囚徒唱歌,你举行宴会用的钱是从他可怜的口粮中偷来的,你大饱口福时他将更为悲惨!啊,拿破仑!在你那个时代,靠打仗出生入死,以博取荣华富贵,那多痛快!如今却去加重穷人的灾难,多么卑鄙!"

于连在这段独白中表现出的软弱使我对他产生了不好的看法。他可以做那些戴黄手套的阴谋家的同伙,他们声称要改变一个国家的全部存在方式,却不愿意让自己的脸面受一点损害。

于连的灵魂,突然给唤了回来,他有他的角色要扮。人家请他参加这样高朋满座的午宴,不是让他来胡思乱想一声不吭的。

一位退休的印花布制造商,同时也是贝桑松学院和乌泽斯学院的通讯研究员,从餐桌的另一端和于连交谈。他问于连大家都说他对《新约全书》的研究取得很大进展可是真的?

一下子都不说话了,一本拉丁文的《新约全书》神奇地出现在这位两个学院的研究员手中。根据于连的回答,他随便翻开书来,念了半句拉丁文。于连接着背下去,他的记忆力始终如一,精确可靠。大家啧啧称赞,那种喧闹劲只有在宴会结束时才会有。于连看了看几位太太的红扑扑的脸儿,其中有的长得还算漂亮。他特别注意会唱歌的税务官的妻子。

"在各位夫人面前说了这么久拉丁文,我实在感到惭愧。"他望着她说。"如果吕比尼奥先生(就是那位两个学院的研究员)他愿意随便念一句拉丁文,我可以不用拉丁文原话回答,而是即席把它翻译出来。"

这第二个检验,使他的荣耀达到了顶点。

席间有几位富有的自由党人,但他们是幸福的父亲,他们的孩子有可能获得奖学金,所以最后一次布道以来,突然改变了信仰。尽管他们表现出这种政治的精明,德·雷那尔先生仍不愿在家中接待他们。这些老实人只是耳闻于连的大名,而在国王驾临韦里埃那天又看见他骑在马上,于是此时就成为于连最热烈的捧场人了。"《圣经》文章的风格,实在说他们一窍不通,"于连想,"不知要到什么时候才能听得够呢?"于连想。恰恰相反,正是它奇特古怪,他们才觉得它有趣,为之发笑。可于连已经厌烦了。

钟敲响六点时,他严肃地站起来,谈论利戈里奥的新神学里的一章,这是他今天要读熟的,为了明天背诵给谢朗先生听的。"因为我的职业,"他风趣地补充道,"是要别人背书给我听,我也背书给别人听。"

顿时哄堂大笑,赞不绝口,这种机趣,正对韦里埃人的胃口。于连没有坐下,大家也不顾礼仪地纷纷站了起来,这就是天才的威信。瓦勒诺太太把他多留了一刻钟,请他务必听听孩子们背诵教经;他们背得颠三倒四,滑稽有趣,当然只有他一人听得出,不过懒得去纠正。他想:"连基本教义都不懂,天晓得是怎么学的!"他最后郑重告别,以为可以脱身走了,但不,还得硬着头皮听他们背一篇拉封丹的寓言诗。

"这是一个不道德的作家,"于连向瓦勒诺夫人说,"他在一篇寓言诗中,提及让·舒阿尔大人时竟敢对最可敬畏的事,也极尽嘲谑之能事。他这一点历来受到最优秀的批评家的严厉谴责。"

于连在离去前收到四五份午餐请帖。"这小伙子确实能为本省增光!"欢快的宾客异口同声地嚷道。他们甚至谈起用公决的方法,从公共的资金里拨出一笔津贴,让他去巴黎深造。

正当这个贸然提出的主意在餐厅里引起反响时,于连已迅速地迈出大门。"啊,流氓!流氓!"他连着低声喊了三四次,尽情地呼吸着新鲜空气。

此刻他觉得自己完全是个贵人。长期以来,他在德·雷那尔先生家中,透过人们对他的所有礼貌表现,看出他们的倨傲微笑和尊贵感背后,隐藏着对他的蔑视,他的自尊受到很大伤害。他不由自主地感到了巨大差别,"忘掉钱是从可怜的被收容人身上刮来的,还禁止他们唱歌!德·雷那尔先生何曾考虑过要对他的客人报出他拿出来的每瓶酒的价钱?可是这位瓦勒诺先生呢,他在反复列举他的财产时,只要他夫人在场,每次谈起他的房子,他的田地,总不忘强调你的房子,你的田地!"

"这位太太喜好财产之心一眼就可看出,她刚才吃饭时把一个仆人恶狠狠地骂了一通,因为他打碎了一只高脚酒杯,使她成套的酒杯不全了,但这个仆人也很不客气,用最无礼的语言回敬了她。"

"这两口子配得多合适呀!"于连暗想道,"即使他们把偷来的财物分给我一半,我也不愿意跟他们一起生活。有朝一日,我会暴露的,不能不让对他们的蔑视之情表现出来。"

不过,依照德·雷那尔夫人的吩咐,于连还要参加许多类似的宴会。于连已经是风云人物,大家都能原谅他上次穿仪仗仗服的事。或者不如说,倒是这件冒失事儿,他才真正走红起来。不出几天,韦里埃人最关心的,只不过是要知道,在德·雷那尔先生和贫民收容所所长之间争夺年轻学者的斗争,究竟谁胜谁负。这两位先生和马斯隆先生形成三头政治,多年来残酷地统治着韦里埃。人们嫉妒市长,自由党人抱怨他,但他毕竟出身高贵,生来就与众不同,至于瓦勒诺先生,他的父亲给他留下的存款还不到六百法郎。在年轻时,他老穿一身苹果绿的旧衣服,他就是从那种叫人怜悯的境地爬到了今天骑骏马,佩金链,身着巴黎买来的衣服,繁荣发达这一被人钦慕的地位上来的。

这个社会,对于连是全新的。在滚滚人流中,他相信发现了一个正派人:此人是几何学家,名叫格罗,被认为是雅各宾派。于连因为决心扮演伪君子,只说谎话,也就人云亦云,坚持了对格罗先生的怀疑。他收到从韦尔吉来的大包大包作业练习。人家还劝他常去看看父亲呢,他履行了这倒霉的义务。一句话,他把他的名声恢复得差不多了。一天早晨,他觉得有人用两只手蒙住他的眼睛,他被惊醒了。

原来是进城来的德·雷那尔夫人。她快步奔上楼梯,把几个孩子留在下面,照应他们带来的小宠物——一只小兔子,因而抢先一步来到于连的卧室。这一刻是甜蜜美妙的,遗憾的是太短促了点。等孩子们带着小兔子上来给他们的大朋友看时,德·雷那尔夫人已经闪开了。于连对他们每个人都热情相迎,甚至连兔子也不例外。他觉得好像是与家人久别重逢;他感到他喜欢这群孩子,乐意叽叽喳喳地和他们说话。他们柔和的声音,单纯而高贵的模样儿,都让他感到惊奇。在韦里埃,他是在粗俗的行为方式和令人不快的思想中呼吸,他需要把这一切从他的想象中清除出去。这里总有对贫穷的恐惧,总有奢侈和贫困的斗争。请他去家里吃饭的那些人,说起桌上的烤肉,有些话真教说的人丢脸,听的人恶心。

"你们是贵族,的确有理由骄傲。"他对德·雷那尔夫人说。他把硬着头皮去参加宴会的事情,都讲了一讲。

"这么说来,你走红啦!"想到瓦勒诺夫人等于连去,非搽胭脂不可,不禁开怀大笑,"我认为她对你有情感上的企图。"她补充道。

早餐十分愉快。孩子们在场,看起来有些碍事,事实上却增强了俩人的欢乐。可怜的孩子们不知该怎样表达再次见到他的喜悦。仆人会不会告诉他们,有人多给他两百法郎,要他去教育瓦勒诺先生的孩子。

早餐中间,斯塔尼斯拉斯-格扎维埃,因为大病之后,脸色还有点苍白,突然问起他母亲来,他的银质餐具和喝水用的高水杯,一共值多少法郎。

"干吗问这个?"

"我想把它们卖了,卖的钱给于连先生,让他跟我们在一起不要上当。"

于连含着眼泪亲吻他。他的母亲失声痛哭起来。于连把斯塔尼斯拉斯抱在膝上,向他解释在这里不应用上当这个词,因为这种用法是当差的说话的口吻。于连看到自己已经博得德·雷那尔夫人欢心,便找些生动的例子来逗孩子,说明什么叫"上当"。

"我明白了,"斯塔尼斯拉斯回答,"就是那笨蛋乌鸦让嘴里的干酪掉在地上,被一只花言巧语的狐狸抢去了。"

德·雷那尔夫人一听乐坏了,连连吻着孩子,这样,身子就不免略略斜靠在于连身上。

冷不防门开了,原来是德·雷那尔先生。他严厉而愤怒的面容,与给他冲散的甜蜜而愉快的氛围,形成了尴尬的对比。德·雷那尔夫人脸色发白,觉得什么也否认不了了。于连抢先开口,高声向德·雷那尔先生讲述斯塔尼斯拉斯要变卖银高脚杯的故事,他确信这故事不会受到欢迎。首先德·雷那尔先生有个好习惯,一听"银子"两字就要皱眉头。——"提到这种贵重金属,"他常说,"那总是要我掏腰包的前奏曲。"

然而,这会儿,不仅仅是银钱出入,而是疑虑陡增。他不在时,家里一片欢乐祥和气氛,但这种愉快的气氛,碰到这个爱虚荣的人,绝非好事。他的妻子向他夸耀于连如何优雅巧妙地向他的学生们传授新思想,他却暗想:

"是啊!是啊!我知道,他这样做,无非是要孩子讨厌我。他很容易做得比我可爱百倍;而我,是一家之主,眼下这世道,什么想法都朝合法权威泼脏水。可怜的法兰西!"

德·雷那尔夫人继续细心观察丈夫对她的复杂态度。她已看出有可能和于连一起度过十二个钟头。她在城里有许多东西要买,而且明确表示一定要下馆子吃饭;不管丈夫横说竖说,她还是这个主意。孩子们一听到下馆子,都高兴得不得了,当今那帮假正经的人说起下馆子时多么喜悦呀!

德·雷那尔先生在他的妻子进入第一家时装店时就离开了她,因为他要去探访几个朋友。他回来时,脸色比早上更阴郁,深信全城人都注视着他和于连。其实,谁也没有暗示他去怀疑舆论中有损他尊严的那些议论。人们一再对他说的是这件事:于连是继续留在他府上拿六百法郎,还是接受贫民收容所所长的八百法郎。

这位所长在社交场合碰见了德·雷那尔先生,他冷落了他一下,但做得十分巧妙。在外省不大有莽撞的举动,引起轰动的新闻更是少得很,一旦有了,就会被传得沸沸扬扬。

瓦勒诺先生是距巴黎百里之外的人说的"混混儿"的那种人,那是一种生性无理而粗鲁的人。自从1815年以来,他时运亨通,把自己的事安排得更周全。他在韦里埃的统治,可以说是受德·雷那尔先生指挥的,但他却比市长活跃得多,他一点不觉害臊,到处乱钻,不停地来回奔走,写信,说话,忘记所受的侮辱,没有任何个人抱负,最后竟动摇了市长在教会当局的威望。瓦勒诺先生几乎是这样对当地杂货商说:"把你们当中最蠢的两个人指给我";对行医地说:"把你们当中最爱招摇撞骗的两个家伙告诉我。"他把各行各业的渣滓召集起来,对他们说:"这天下是咱们的了!"

这些人的作风让德·雷那尔先生甚感不悦。什么也不能触动瓦勒诺先生的粗俗,就是年轻的马斯隆神父当众揭穿他的谎言,他也是毫不在乎的。

但是在兴旺发达的过程中,瓦勒诺先生还需要让自己放心,干出一些无关紧要的无礼举动,来对付他感到人人都有权向他提出的合乎事实的指责。自从阿佩尔先生的访问引起他的恐惧以后,他的活动便大大增多了。他曾经三次到贝桑松去旅行,每次邮车来,他都写不少信,还让天黑后来他家的陌生人寄出另外一些信。他或许不该让人解除谢朗先生的职务,因为他的这一报复行径,使他在好几个出身高贵的虔信女教徒眼中,成了一个十足的坏蛋。此外,他在这件事情上得到代理主教弗里莱尔的帮助,使他完全服从代理主教的支配,从他那儿接受了一些奇怪的使命。正当他的政治生涯达到这一阶段时,他情不自禁地写了那封匿名信。不过,最难办的,是他太太扬言,要聘请于连来家,这至多只能说是她的虚荣心作怪。

鉴于这种处境,瓦勒诺预料到,跟昔日的盟友德·雷那尔先生难免要摊牌。德·雷那尔先生会说出难听的话来,这个他倒不在乎;但德·雷那尔先生可以往贝桑松甚至巴黎写信。某位大臣的一个亲戚可能突然来到韦里埃,把贫民收容所夺走。瓦勒诺先生于是想到接近自由党人,因此才有几位自由党人被邀请去参加于连即席背诵拉丁文《圣经》的宴会。如果他要反对市长,他是会得到他们强有力的支持的。但是选举可能就要举行;显然,保收容所和投反对票是水火不容的。这种政治上的明争暗斗,德·雷那尔夫人早已猜透了。当于连挽着她的胳臂从一个商店走进另一个商店时,就把这些情况讲给他听,说着说着,他们已经走到了"忠义大道",他们在那里消磨了好几个小时,差不多跟在韦尔吉时一样心情宁静。

在这期间,瓦勒诺先生尽量推迟和昔日上司间的决定性冲突,在他面前摆出无所畏惧的样子。当天这个办法就奏效了,但是市长先生却也更加愤怒了。

"根据我所看到的一切,我成了家中一个多余的人啦!"他进门时说道,并努力让声音显得很威严。

妻子没有回答,只是把他拉到一边,对他说必须让于连离开。她刚刚度过的幸福时光使她获得了为执行思考了半个月的行动计划所必需的自如和坚定。可怜的市长一听,更加惶惑了,因为韦里埃人公开拿他对现金的嗜好开玩笑。瓦勒诺先生像窃贼一般大方;可他呢,在最近为圣约瑟会、圣母会、圣体会等举行的五六次募捐中,表现得过于谨慎,不够慷慨。

在募集捐款的绅士的登记册上,韦里埃及附近的绅士们都按捐款数目被巧妙地加以排列,人们不止一次看到,德·雷那尔先生的大名被写在最后一行。他说他没有什么收入,也徒然无劳。在这类话题上教士是不开玩笑的。

第二十三章

一个官员的苦恼

> 整年让人昂首振奋的欢乐,要付出必不可少几刻钟的
> 代价。
>
> ——卡斯蒂

让这个微不足道的人物留在他渺小的烦恼里吧,他实际上需要的是一个仆人,谁让他把一个血性男儿请到家里来呢?只能怪他自己不善于识人!十九世纪通常的做法是:凡声势显赫的贵族,遇到有情有义的男儿,就杀害他,放逐他,监禁他,或者百般羞辱他,以致他因难受而死去。法国的小城和众多如纽约那样的民选政府的最大不幸乃是不能忘记世界上还存在着德·雷那尔先生那样的人。在一个两万人的城市里,是这些人制造舆论,而舆论在法治国家,更加可怕。一个品德高尚,慷慨豪爽的人,或许还是你的朋友,但住在百里之外,他评价你的依据,就是你那个城市的舆论,而这些舆论是由一帮蠢货制造的,他们出于偶然,碰巧生下来就高贵、富有、稳健。谁出名谁就活该倒霉!

吃完晚饭,一家老少立即返回韦尔吉。但第三天早晨,于连看见他们全家又回到韦里埃来了。

不出一个钟头,他就惊讶地发现,德·雷那尔夫人有什么诡秘之事隐瞒。他一出现,她就停止和丈夫的交谈,似乎希望他走开。于连十分知趣,不用人家做出第二次表示便走开了。他的表情冷漠而谨慎,德·雷那尔夫人已注意到这一点,但不急于解释。"难道她已找到替代我的人了?"于连想,"就在前天,还对我这么亲热!但人家说,那些贵妇人的行为历来如此。就如同帝王一般,一个大臣在受到前所未

有的宠幸后,回家却发现,宣布贬黜他的诏书正等着他呢。"

于连注意到,他一走近便停住的谈话中,常提到一座大宅子,属于韦里埃市政府的产业,房子虽已破旧,但却十分宽敞、舒适,位于最繁华的商业地段。"在这幢旧房子和新情人之间会有什么联系呢?"于连暗想。他满怀愁绪,吟诵着弗朗索瓦一世的两句美丽的诗,这两句诗,他觉得格外新鲜,因为那是不到一个月以前德·雷那尔夫人教给他的。然而在那时,多少山盟海誓,多少耳鬓厮磨,诗里的意思全不过是无稽之谈!

> 女人变化无常,
> 愚者信以为真。

德·雷那尔先生乘驿车上贝桑松去了。这次旅行,是在两个小时之内决定的,他像是有重重心事。回来时,他把一个灰纸包着的大包裹扔在桌子上。

"瞧,这就是那件蠢事。"他向他妻子说道。

一个钟头以后,于连看见有个张贴广告的工人把这个大包裹拿走了,他连忙赶了上去。"我在第一条街的转角处就可以知道其中的奥秘了。"

于连焦急地跟在贴广告的人背后。只见他用大刷子在广告背面刷上浆糊。广告刚一贴好,于连好奇心切,就把十分详细的广告看了一遍。情形写得很详细,说的是用公开招标的方式出租德·雷那尔先生和他妻子的谈话中经常提到的那座又大又老的房子。竞标时间定在第二天午后两点,地点在区公所大厅里,以第三支蜡烛熄灭为止。于连大失所望。他觉得期限太短了:怎么有时间通知所有投标者呢?此外,广告上写的日期是三个月以前,他虽然在三个不同的地方把广告又看了一遍,但仍然是什么也不明白。

他去看那幢待租的房子。看门人没有看到他走近,对一个邻居神秘地说:

"哼!哼!白费力气。马斯隆先生已经答应用三百法郎把它租下来,由于市长坚决不同意,他被代理主教弗里莱尔先生请到主教官邸去了。"

于连的到来像是惊扰了这两个朋友,他们一句话都不讲了。

于连没有失去参观竞租的机会。他看见一大帮人挤在一间暗淡的大厅里。但大家都用一种怪怪的神态彼此打量着。所有的视线集中到一张桌子上,于连看到上面有一个锡盘子,里面燃着三支小蜡烛。管理人叫到:"三百法郎,诸位先生!"

"三百法郎,太不像话,"一个低声对旁边的人说,于连正好站在两者中间,"至少值八百以上,我想压过这个提价。"

"别自讨苦吃。你跟马斯隆、瓦勒诺先生、主教和他那可怕的代理主教弗里莱尔先生以及他们这帮人作对,会有什么好处?"

"三百二十法郎。"另一人高声喊道。

"蠢货!"旁边那个人回答,"真巧,这里就有市长的一个奸细。"他指着于连补充道。

于连急忙回头,想要反驳这种言论,但是那两个法朗什—孔泰人根本没有注意到他。他们冷静的态度使于连只好保持冷静。这时,最后一支蜡烛已经熄灭,管理人拉长了声调报告这房子以三百三十法郎的租金成交,租给某省政府的一位官长圣吉罗先生。

市长一走出大厅,议论便开始了。

"这三十法郎,是格罗若的冒失行为给市里赚来的。"一个人说。

"不过德·圣吉罗先生不会饶他的,"旁人答道,"格罗若迟早会吃苦头的。"

"真是缺德!"于连旁边的一个胖子说,"这所房子我愿意花八百法郎租下来给我的工厂,而且不嫌贵呢。"

"唔!"一个年轻的自由党的小老板答道,"德·圣吉罗不是圣公会的人吗? 他的四个孩子不都得了奖学金吗? 真是苦命人呀! 所以韦里埃市政府开恩另外送他五百法郎津贴,就是这么回事!"

"据说这事市长都挡不住,"第三个提醒大家,"他是极端保王派,那不假,而且他不偷也不抢。"

"他不偷盗?"另外一个人接着说道,"不,倒是白鸽飞翔又偷盗! 一切好处全装进了公家的大钱袋里,年底瓜分干净。小索莱尔就在这里,我们走开吧。"

于连回来,情绪相当恶劣,他看见德·雷那尔夫人也十分不高兴。

"您去看投标了?"她对他说。

"是的,夫人,我在。那被人看成是市长的奸细,真是极为荣幸。"

"要是他听我的,他本该出门旅行去。"

这时,德·雷那尔先生来了,脸色阴沉。在晚饭之间,没人说过一句话。德·

雷那尔先生吩咐于连伴随孩子回韦尔吉去,这旅行无疑是沉闷的。德·雷那尔夫人劝慰她的丈夫说:

"我的朋友,这种事你应当习惯的。"

晚上,一家人默不作声地围在炉火旁,只能听见山毛榉在火中燃烧发出的呼呼的声音。这是最和谐的家庭也会有的悲伤一刻。一个孩子高兴地喊道:

"有人按门铃!有人按门铃!"

"见鬼!如果这又是德·圣吉罗先生借口道谢再来纠缠,我就直言不讳地说出我对他的看法。太过分了,他该去感谢瓦勒诺,我是受损害的一方。假如混账的雅各宾派报纸抓住把柄做文章,也用"九十五先生"来挖苦我,我能说什么呢?"

这时一个十分漂亮的蓄着黑黑的大络腮胡的人,跟着仆人进来了。

"市长先生,我是热罗尼莫。这是驻那不勒斯大使馆参赞博韦西骑士先生的一封信。我动身时他托我交给您的。这只是九天以前的事。"热罗尼莫先生热情地补充道,同时望着德·雷那尔夫人,"夫人,您的表兄,博韦西先生,也是我的好朋友,他说你会讲意大利文。"

那不勒斯客人的高兴,把这个郁闷的夜晚变成了一个愉快的良宵。德·雷纳尔夫人坚持要请他吃夜餐。她把全家人都发动起来。她要尽力排遣于连的苦闷,使之忘记白天两次听人喊他"奸细"的不快。热罗尼莫先生是个著名的歌唱家,很有修养,又生性快乐。在法国,这些品质一个人是难以兼得的。吃完夜宵,他与德·雷那尔夫人一起唱了一小段二重唱。还讲了几个有趣的小故事。到了凌晨一点钟,当于连吩咐孩子们去睡觉时,孩子们还是快乐得连声叫好。

"再讲一个故事吧。"老大说。

"那就讲一个我自己的故事,少爷,"热罗尼莫先生回答道,"八年以前我也像你们一样,是那不勒斯音乐学院的一个年轻学生,我是说,那时我和你一样大,可是没有作为漂亮城市韦里埃市长的儿子这种荣幸。"

德·雷那尔先生听了这话,叹了一口气,还望了望他的妻子。

"詹加雷利先生,"年轻的歌唱家继续说,稍微夸大了他的口音,逗得孩子们哈哈大笑,"詹加雷利先生是个非常严厉的老师。在学院里没有人喜欢他,但他偏要别人按他说的去做,好像别人特别喜欢他似的。我是一有机会,就私自出校门,上圣卡尔利诺小剧院去听天仙般的音乐。哦,天哪!怎样才能凑够八个子儿买张门票呢？那是好大一笔款子呀，"他一面说，一面看看孩子们，孩子们都笑起来了，"圣卡尔利诺剧院的经理乔瓦诺纳先生听我唱过歌。那时我十六岁。他说：'这孩子，真是个天才！'

"'想让我雇你来吗，我亲爱的朋友？'他来找我说。

"'那么，您打算给我多少钱呢？'

"'每月四十个杜卡托。'先生们，四十杜卡托，就是一百六十法郎。我当时仿佛看见天堂的门敞开了。

"'好倒好！'我向乔瓦诺纳先生说，'可怎么让詹加雷利先生放我走呢？''让我去办'！"

"让我去办！"老大喊道。

"正是这样，小少爷。乔瓦诺纳先生对我说：'亲爱的，首先签个合同。'我签了字，他给了我三个杜卡托。我从来没见过这么多钱，然后他告诉我该做什么。

"第二天，我求见可怕的詹加雷利先生。他的老仆人让我进去。

"'找我有什么事，你这个坏蛋？'詹加雷利问道。

"'老师！'我说，'我对我的过失感到后悔，我再也不翻铁栏杆离开学院了。我要加倍努力学习。'

"'要不是怕糟蹋我所听到的最美的男低音，我就罚你两个星期禁闭，只给你吃面包，喝白开水，你这调皮鬼。'

"'老师，'我说，'我将成为全院的模范，请相信我。但我向您请求一个恩典，如果有人来找我到外面唱歌，替我拒绝他。求求您，说您不能同意。'

"'你想有哪个倒霉的要你这个坏蛋？我怎么会让你离开音乐学院？你是不是在开玩笑？滚开！快滚开！'他一边说一边要朝我屁股上踢一脚，'不然的话，当心去啃干面包蹲监狱。'

"一小时以后，乔瓦诺纳先生来会见院长：

"'我来求您照顾一下我的生意，'他说，'请把热罗尼莫交给我，让他到我的剧院里去唱，我今年冬天要嫁我的女儿。'

"'您要这个坏家伙干什么？'詹加雷利先生对他说，'我不愿意，您得不到他，再说，就是我同意，他也不会离开音乐学院的，他刚对我发过誓。'

"'如果事情仅仅取决于他本人的意愿，'乔瓦诺纳先生郑重其事地说道，从口

袋里掏出我的合同,'有凭为证!这儿是他本人签字。'

"詹加雷利先生立刻暴跳如雷,拼命拉他的小铃:'把热罗尼莫赶出音乐学院去。'他气冲冲地叫道。于是我被赶出学院,乐得我仰天大笑。当天晚上,我就登台演出,唱了莫尔蒂帕利科咏叹调。波里希内拉要结婚了,扳着指头计算成家该置办些什么的,他每算必错,越算越糊涂。"

"啊!先生,请你就唱唱这曲子,让我们饱饱耳福。"德·雷那尔夫人说。

热罗尼莫唱了,大家笑得眼泪都出来了。直到凌晨两点钟,热罗尼莫先生才去睡觉,而他们还沉醉于他高雅的举止,亲切的谈吐和欢快的情绪之中。

翌日,德·雷那尔先生和妻子把他在法国宫廷需要的几封介绍信交给了他。

"看来,处处都有虚伪,"于连说,"热罗尼莫先生这样就可以带着六万法郎的薪金去伦敦了。如果当初没有圣卡利诺剧院经理那种善于取巧的才干,他的超凡的歌喉,也许要在十年以后才被发现,受到赞赏……真的,我宁愿做个热罗尼莫,不愿做德·雷那尔。热罗尼莫没有极高的社会声望,但也没有像今天这样招标的悲痛,他的生活十分快乐。"

有一件事,于连自己也感到惊奇:不久前回韦里埃,独自在德·雷那尔府中度过的几个星期,对他竟是一段美好的时光。他只有在别人请他吃饭时才会感到厌烦,才会有悲伤的念头。在这个清静的房子里,他不是可以宁静地读书、写字和思索吗?他可以陷入非分之想却不必总是研究一颗卑鄙的心灵并用虚伪的言行去应付。

"难道幸福就近在眼前?……这种生活的花费微不足道,我可以按我的选择,跟爱莉莎结婚,或者和富凯搭伙……一个出门在外的人爬上一座陡峭的山峰,坐在山顶休息,其乐无比。可要是强迫他永远休息,他会感到幸福吗?"

德·雷那尔夫人近来想的,常常和实际情况恰好相反。尽管她下决心守口如瓶,结果还是把投标一事的原因告诉了于连。"这么一来,他会让我忘记我的全部誓言!"她想。

如果她看到丈夫处于险境之中,她会毫不犹豫地牺牲自己,去救他一命的。这是一颗高尚而浪漫的心灵,对她来说,见义而不勇为,便会埋下悔恨的种子,像犯罪一样难过。于是,在有些不祥的日子里,她总也没法从头脑中排除一幅相当幸福的景象:她突然成了寡妇,可以嫁给于连了。

于连爱她的孩子,远胜他们的父亲。他管教严厉,孩子们却十分敬爱他。她十分清楚,嫁了于连,就得搬迁,而韦尔吉的绿荫芳菲确实让她不忍割舍。她似乎看到他们生活在巴黎,继续给她的孩子们以那种令人羡慕的教育。她的孩子们,她自己和于连,大家都过得相当幸福。

世界二十大名著
红与黑

十九世纪的婚姻所造成的后果是多么奇怪呀!在爱情高于婚姻时,婚姻生活的无聊无疑会扼杀爱情。然而,一个哲学家可能会说,在富裕得不必工作的人那儿,对婚后生活的厌烦很快带来对宁静快乐的厌烦。而在女人中,只有那些干枯的心灵才不会因厌烦而坠入情网。

哲学家的思索使我谅解了德·雷那尔夫人,然而韦里埃人不原谅她;她的私情丑闻成了全城人的唯一话题,只是她自己还毫无觉察。由于有了这件大事,这年的秋天不像往年那样枯燥无味了。

秋天和初冬,转眼就过去了。德·雷那尔先生全家也该离开韦尔吉的树林了。韦里埃的上流社会开始感到愤慨,为什么他们的批评对德·雷那尔先生只产生这么点影响。不到一个礼拜,那些以完成这类使命的欢乐作为补偿的道貌岸然的人,让他产生了最残酷的疑心,变得坐立不安,虽然他们的措辞都很有分寸。

瓦勒诺先生精心策划,把爱莉莎安置在一个十分受尊敬的贵族的家里,这户人

图文珍藏版

家有五个女人。据爱莉莎讲,她担心冬天没着落,所有对那家人只要市长家工钱的三分之二。这个姑娘还有一个相当美妙的想法,就是去向以前的教士谢朗,同时也向刚来的教士忏悔。这样她就可以把于连恋爱的详细情况统统告诉他们两个人了。

于连回来的第二天早上六点,谢朗教士就派人把他叫去:

"我不问您什么,"他对他说,"我只是请求您,必要的话,也就是命令您不要向我说什么。我要求您三天之内,离开这里到贝桑松的修道院去,或者到您的朋友富凯家里去,他随时愿意给您安排一种美好生活。我事先想到了一切,也安排了一切,但是您必须离开这里,一年之内不要再回韦里埃来。"

于连没有回答,他想了一下谢朗先生为他安排的这个计划,是不是应当看作是对他幸福的干涉,因为他毕竟不是他的父亲。

谢朗先生指望压服这个年轻小伙子,便滔滔不绝地讲了半天。于连的神情和姿态都十分恭敬,始终不吭一声。

最后,他走出来,跑去通知德·雷那尔夫人,发现她正陷于失望之中。她丈夫刚才相当坦诚地和她谈过一次。他生性软弱,加上希望得到贝桑松的那份遗产,便认定妻子完全清白无辜。他刚告诉她,韦里埃的舆论有点奇怪。错在公众方面,给一些心怀嫉恨的人引入了歧途,但这又有什么办法?

德·雷那尔夫人有一刻甚至还抱着幻想:于连完全可以接受瓦勒诺先生的聘请,留在韦里埃。然而这已不是去年那个单纯羞怯的女人了;她致命的激情、她的悔恨已让她变得聪明。她听着丈夫讲话,马上很痛快地说服了自己:一次起码是短暂的分别,已势在必行。"离开了我,于连又会陷入野心勃勃的计划,对一个一无所有的人,这本是理所当然的事。至于我呢,天哪!我这样有钱!可是我对自己的幸福是如此无能为力!他会忘了我的。像他那样可爱的人,会有人爱他,而他也会爱别人的,啊!我这个不幸的人……我能怨谁呢?苍天是公正的。我未能中止罪恶,将功赎罪,苍天剥夺了我的判断能力。我原可以用钱收买爱莉莎,这是十分容易的事。我甚至不肯想一想,对爱情的疯狂想象占去了我所有的时间,我完了。"

使于连感到惊异的是,当他把那可怕的离别消息告诉德·雷那尔夫人时,他并没有遭到任何自私的反对。很明显,她是在用最大的努力,不让自己的眼泪流出来。

"我们都应坚强一点,我的朋友。"

她剪下自己的一绺头发。

"我不知道以后会如何,"她说,"不过,我如果死了,答应我永远不要忘记我的孩子。在任何情形下,你都要想方设法把他们培养成为有教养的人。如果再发生一次革命,所有的贵族都要被砍头。由于他们的父亲帮助杀害过那个藏在屋顶上的青年农民,他可能会流亡国外。请关照我的家人……把手给我。别了,我的朋友! 现在是最后时刻。做出这个牺牲以后,我希望自己有勇气在公开场合考虑我的名声。"

于连原本等着种种绝望的表示。这番简单的话别感动了他。

"不,我不能接受您的告别。我要走,他们要我走,您也要我走。可是,我走后三天,我会夜里回来看您。"

德·雷那尔夫人眼前的一切顿时都发生了变化。这么说,于连是深爱着她的,他不是要自己找到办法再来看她嘛! 她的忧伤变成了一股快乐的强烈冲动,这在她还是前所未有的。一切对她都变得容易起来。有了重见情人的把握,这最后的离别也无悲痛的景象。从这一刻起,德·雷那尔夫人的行为举止如她的容颜一般,高贵,坚毅,完美,得体。

不久,德·雷那尔先生回来了,显得十分愤怒。他终于向妻子谈起两个月前收到的那封匿名信。

"我要把这封信带到游乐场去,当众宣布,这封信是瓦勒诺搞的鬼,这个坏蛋,我把他从贫困中拔了出来,使他成为韦里埃最有钱的人。我要当众羞辱他,然后与他决斗。真是欺人太甚了。"

"我可能成为寡妇,天哪!"德·雷那尔夫人想。然而差不多同时,她又自言自语:"我一定能阻止这场决斗的,如果我不阻止,我将成为谋杀自己丈夫的凶手。"

她从来如此巧妙地迎合过他的虚荣心。她在不到两个小时的时间内(并且总是为他着想),让他明白了应该对瓦勒诺先生表示更多的友情,甚至应该把爱莉莎重新请回家来。决定把这个给她带来种种不幸的姑娘重新请回来,是需要些勇气的。不过,这主意是于连出的。

经过三四次引导,德·雷那尔先生怀着破财的痛苦意识到,他最难堪的是让于连在全城议论的时候去当瓦勒诺的孩子们的家庭教师。显而易见,对于于连来说,接受贫民收容所所长的优厚聘金是有利的。相反,于连离开韦里埃去贝桑松神学院或第戎的修道院去静修。但是怎样使他做出这样决定呢?此后他又将怎样生活下去呢?

德·雷那尔先生看到自己马上就要牺牲金钱,心里比他妻子更加沮丧。这次会谈,对德·雷那尔夫人来说,仿佛处于一个勇敢者的地位,这人对生活感到厌倦,服了一剂曼陀罗;即使她今后有什么行动,也纯粹是惯性使然,自己已是万念俱灰了。正是由于这种情况,路易十四在临终之际才会说出:"当我为王的时候这是多妙的一句话呀!"

第二天一大早,德·雷那尔先生收到一封匿名信。这封信含有侮辱性。与其处境相适应的那种最粗俗的词语随处可见。这准是嫉恨他的某个下属所为。这封信又使他想起要与瓦勒诺先生决斗。他的勇气很快上来了,甚至想到马上就去行动。他独自一人出去了,走进枪械店,买了两把手枪,吩咐装上子弹。

"其实,"他自语道,"即便世上恢复了拿破仑皇帝的行政管理,我也没有一个钱是诈骗得来的,没有任何可受指责之处。充其量我最多是装作视而不见而已;但我写字台中的一大堆信可以说明这是不得已的。"

德·雷那尔夫人被丈夫憋着的满腔怒火吓呆了,又想到自己可能会成为寡妇,怎么也无法把这个不幸的念头从脑海里驱逐出去。她和他关在房里,谈了好几个小时,没有用处,新的匿名信已使他打定主意。最后,她终于把一种勇气转化成另一种勇气,把给瓦勒诺先生一个耳刮子转化成供给于连在修道院一年食宿费用六百法郎。德·雷那尔先生不知把那一天咒骂了多少次:那一天,他竟产生了请个家庭教师的该死想法。这样他也就把匿名信给忘了。

他有了一个主意,让他稍觉宽慰,但他还没向他妻子提起,那就是他很希望巧妙地利用年轻人浪漫的心理,用较少的聘金引诱他拒绝瓦勒诺先生的建议。

德·雷那尔夫人想向于连证明,他为了她的丈夫,放弃收容所所长公开开价八百法郎的职位,他就可以问心无愧地接受一点补偿。

"不过,"于连再三说道,"我从未——连一点儿也没打算接受他的聘请。你让我太习惯于优雅的生活,以致不堪流俗,那些人的粗俗让我难以忍受。"

穷,这个迫切的实际问题,以其无情的现实逼迫于连的意志降服。但是骄傲的心却为他提供了一个幻想:对于韦里埃市长送给他的这笔钱,只能作为贷款把它接受下来，而且应该签一张借条，写明五年以后，连本带息，一齐归还。

德·雷那尔夫人存有几千法郎，一直藏在一个小山洞中。她小心翼翼地提议把这笔钱送给他，但她深信会遭到愤然拒绝的。

"你想让我们的爱情回忆变得丑恶可憎吗？"于连对她说。

于连终于离开了韦里埃。德·雷那尔先生很高兴：正当要从市长手中接钱的当口，于连觉得这牺牲不堪承受，当即拒绝。德·雷那尔先生激动得热泪盈眶，扑上去拥抱了他。于连请他出具一份行为良好的证明，他在热情的冲动下，简直找不出足够美好的语句来赞扬于连。我们的主人公手里已有五个路易的积蓄，他还打算从富凯处再借上五个路易。

他非常激动，但是刚到离他留下那么多爱的韦里埃一里路远的地方，他心里就只念着他的幸福了：看看一座省府，一座像贝桑松那样重要的军事重镇。

在三天短暂的分别期间里，德·雷那尔夫人被爱情最残酷的幻灭所蒙骗。她的生活还过得去，在她和那极度的不幸之间，还保存着和于连最后一次相见的希望。她一小时一小时，一分钟一分钟地计算着她将同于连分开的时间。第三天晚上，她终于听见远处传来的约定的信号，于连在历尽千难万险之后，出现在她眼前。

这时，她心里只剩一个想法：这是我跟他的最后一次见面。即使她迸出一句话，说她爱他，也是笨嘴笨舌，几乎证明了恰好相反的意思。什么也不能让她摆脱永久分离的残酷想法。多疑的于连以为她已经忘记了他。听见他就此说的气话，她默默地流出了滚滚热泪，与他握手时肌肉几乎在痉挛。

"可是，天哪！您怎能让我相信您呢？"于连回答他的朋友时态度冷漠地抗议道，"您对德尔维尔夫人，对一个普通的熟人都会表现出百倍的友情呀。"

德·雷那尔夫人呆呆地，不知如何回答是好：

"不会有人比我更不幸了……我真希望一死了事……我觉得我的心已经冰冷……"

这就是于连从她嘴中所能得到的最长的回答。

当天色渐明，他不得不离开时，德·雷那尔夫人的泪水完全停止了。她看着他把一根绳子系在窗户上，一声不吭，也没有和他亲吻。于连枉然地向她说道：

"我们的关系，终于到了你所指望的地步。从今以后，人的生活可以无悔无憾。孩子们有点病痛，也不至于看到他们好像在坟墓里一样。"

"你不能和小斯塔尼斯拉斯吻别，我觉得是缺憾。"她冷冷地说。

　　于连临行对这具活死尸毫无热情的拥抱，深感震动。在几里行程中，他无法去想别的事情。他心里很难过。在越过山岭以前，频频回首，直到看不见韦里埃教堂钟楼的尖顶为止。

红与黑

图文珍藏版

第二十四章

省　会

多少喧哗的声音，多少奔忙的人！一个二十岁的青年
头脑里多少未来的盘算！这是对爱情怎样的干扰啊！

——巴尔纳夫

于连终于从远处山峦边望见许多黑色围墙，那就是贝桑松的城堡。"如果我是一名少尉，来到这座军事重镇，负责防卫，"他说着叹了口气，"那该是多么不同的景象啊！"

贝桑松不仅是法国的一座美丽城市，还拥有无数心地善良和才华横溢的人。可于连不过是个乡间农民，他根本无法接近那些上层人物。

他在富凯处找了一套城里人服装，就以这身打扮走过吊桥。脑子里尽想着1674年围城战的历史，想在被关进神学院之前看那些城墙与堡垒。有两三次，他差点被守卫的士兵抓住，因为他闯入了工兵部队禁止众人入内的地区，而那里的干草，每年出售，可以拿到十二法郎到十五法郎的收入。

高高的城墙，深深的壕堑以及可怕的大炮让于连流连忘返，消磨掉好几个钟头。最后，他走到一条大街上的咖啡店前看得呆了，虽说他已经清楚地认出咖啡店的店名，用大型字体写在两扇大门的上边，但他不敢相信自己的眼睛！他打起精神，克服羞怯心理，大胆走了进去。见是一个大厅，有三十四步长，天花板离地起码有两丈高。这天他见到的一切，对他都具有迷人的魅力。

两张桌子上，人们在打台球。侍者大声报着分数，打球的人围着球台转来转去，四周挤满了看客。他们嘴里喷烟吐雾，像蓝色的云一般将他们笼罩其中。这些

男人的高大身材,宽厚肩膀,笨重步伐,浓浓的颊髯,长及膝下的外套,吸引住了于连的注意,这些古代贝桑松的后裔们一说话就嚷嚷,做出一副赳赳武夫的模样。于连看呆了,他满脑海装的都是像贝桑松这样一个大都会的宏伟和壮观。他实在没有一点勇气向这些神气十足、唱着台球得分的先生们要一杯咖啡。

可是,待在柜台后面的一位小姐,发现了这个年轻乡村绅士的动人面容,他站在离火炉三步远的地方,腋下夹着一个小包袱,细心观看着上等石膏塑造的国王的洁白胸像。这位小姐是法朗什—孔泰人,长得十分匀称,服饰也和咖啡店的职务相称。她已经两回用只有于连一人才能听见的轻微声音叫他:"先生! 先生!"他抬头看见一双充满柔情的蓝色大眼睛,看出是在向他说话。

他急忙走近柜台和那个漂亮姑娘,如同向敌人走去一样。他动作太猛,包袱掉到了地上。

我们的这位外省人会引起巴黎的中学生怎样的怜悯啊,他们十五岁就气度不凡地进咖啡店了。然而这些孩子们,十五岁就已锻炼成熟,到十八岁时就已变得平庸了。外省人常内心热切而举止羞涩,但有时这种羞涩心理一克服,倒能让人懂得表现自己的意愿。

于连走近那位如此漂亮的姑娘。"我得跟她说实话。"他想。于连战胜了胆怯,变得勇敢了。

"小姐,这是我生平第一次来贝桑松,我要一个面包和一杯咖啡,我付钱。"

小姐嫣然一笑,脸蛋绯红。她为这英俊小伙担心,不要招那些打台球的家伙的讥讽与戏谑。一受惊吓,他就不会再来了。

"您坐在这儿,靠着我。"她指着一张大理石桌子说,这张桌子几乎完全被突出在大厅中的桃花心木柜台遮住。

小姐朝柜台外俯下身子,这使她有机会展现她那美妙的身材。于连注意到了,他的想法马上发生了变化。漂亮的小姐在他面前放下一个杯子,一块面包和一些糖。她没有立即叫侍者送来咖啡,因为她明白,只要侍者一来,她就不能和于连接耳交谈了。于连陷入沉思,心里在拿眼前这个愉快的金发美女和常常搅扰他心境的某些回忆做比较。想到自己曾那样地被人痴爱过,他的胆怯完全消失了。漂亮的小姐很快就从于连的眼睛里看出他在想什么。

"这烟味使您咳嗽,明早八点以前,您来吃早点,那时这儿差不多只有我一个人。"

"您叫什么名字?"于连说,脸上露出羞涩得惹人喜爱的温柔微笑。

"阿芒达·比内。"

"允许我一个小时后,给您送来与这一般大的一个包裹吗?"

漂亮的阿芒达想了一会儿。

"这儿耳目不少。您这要求可能会连累我。不过,我写个地址给您,您拿去贴在包裹上。放心送来好了。"

"我叫于连·索莱尔,"年轻人说道,"我在贝桑松没有亲人,也没有朋友。"

"啊!我知道了,"她愉快地说道,"您是来法科学校念书的?"

"唉!不是的,"于连回答道,"我是被送来进神学校的。"

阿芒达的脸色变了,蒙上一层最彻底的失望;她叫来一位侍者:她现在不担心了。侍者给于连倒咖啡,看都不看他一眼。

阿芒达在柜台后收款。于连对自己敢说话十分得意。一张台球桌上发生了争执。打球人的叫喊声和争辩声响彻在宽敞的大厅,由此造成的喧闹让于连不胜惊讶。阿芒达垂下眼皮沉思着。

"如果您愿意,小姐,"于连突然很自信地说,"我就说我是您的表亲。"

这轻微的专断神态,正中阿芒达的意。"这不是一个微不足道的年轻人啊。"她想。因为她正在注意是否有人走近柜台,她的眼睛也不去看他,急忙回答道:

"我是让利人,在第戎附近,您就说您也是让利人,是我母亲的表亲。"

"我不会弄错的。"

"在夏天,每个礼拜四下午五点钟,神学院的先生们要从咖啡店门前经过。"

"如果您还想着我,我经过时,您手里就拿着一束紫罗兰花。"

阿芒达惊讶地望着他,她的目光使于连的勇敢变成了莽撞,不过,她说话的时候脸还是红得厉害:

"我觉得我疯狂地爱上了您。"

"声音低一点儿。"她惊慌地对他说。

于连在韦尔吉时,曾见过一卷不全的《新爱洛伊丝》,他想记起其中的几段。他的记性帮了大忙;他一口气背了十分钟《新爱洛伊丝》,阿芒达小姐听得目瞪口呆。正当他为自己的勇敢沾沾自喜时,美丽的法郎什—孔泰小姐脸色突然变得一片冰冷。原来是她的一个情夫出现在咖啡店门前。

那人向柜台走来,吹着口哨,摇摆着肩膀,他向于连看了一眼。于连的想象力老是走极端,此刻只想着决斗。他的脸色惨白,推开杯子,显出一副坚定的神态,十分专注地看着他的情敌。正当这情敌低着头,熟练地在柜台上给自己斟酒的时候,阿芒达以目示意,叫于连低下头去,他就照办。在两分钟之间,他一动不动地呆在座位上,脸色苍白,神情坚定,一心想着将要发生的事情,在这会儿,他的神态实在是好极了。那情敌对于连的目光甚感惊奇,他把一杯酒一口气喝完,对阿芒达说了句话,两手往松松垮垮的礼服侧袋一插,吹着口哨,斜了于连一眼,便向球台那边走去。于连站起身子,气愤极了,因为受到侮辱,但却不知该如何动手。他放下他的小包袱,极力做出大摇大摆的样子,也向球台那边走去。

尽管他提醒自己要小心谨慎,但也是徒然,刚到贝桑松,就跟人决斗,那教士的前程就完了。

"那有何关系,可不能让人家说我惹不起一个狂妄无礼之徒。"

阿芒达看见了他的勇气,这勇气恰和他举止的天真形成有趣的对比;一时间她喜欢他更甚于那穿礼服的高个青年。她站了起来,眼睛像是盯着街上的行人。迅速地站在他和台球桌之间。

"不要斜眼看这位先生,他是我姐夫。"

"那又如何! 他看过我。"

"您是想让我难过吗?不错,他看过您,或许他甚至会来找您说话。我已经告诉他,您是我母亲娘家的亲戚,从让利来的。他是法朗什—孔泰的人,从未越过多尔,踏上去勃艮第的道路,因此您喜欢跟他谈什么就谈什么,一点也不要害怕。"

于连仍很犹豫,她是个坐柜台的女人,想象力为她提供了成堆的谎话。她迅速补充说:

"他是看过您,可那时他在问我您是谁。他对所有人都很粗鲁,并没有想侮辱您。"

于连的眼睛一直紧盯着那个冒牌姐夫,看见他买了一个号码牌,到两张球桌中较远的那一张上去玩。于连听见他那粗嗓门气势汹汹地喊道:"我来开球。"他急忙走到阿芒达小姐后面,朝台球桌走近一步。阿芒达抓住他胳膊。

"您先来给我付钱。"她对他说。

　　"对的，"于连暗想道，"她怕我不付钱就走了。"阿芒达和他同样的激动，脸色通红，慢条斯理地找钱给他，压低声音，反复叮嘱道：

　　"您马上离开咖啡店，否则我就不爱您了，其实我是很爱您的。"

　　于连服从命令出去了，但是步子缓慢得很。"我也吹着口哨盯着这粗鲁的家伙看，"他反复对自己说，"这难道不是我的责任吗?"他打不定主意，在咖啡店前的大街上徘徊了一个钟头；他看那个人是否出来，但他始终没出来，于是于连也就离开这里了。

　　他来贝桑松不过几个小时，已经有了感到后悔的事。那位老军医不顾身患风湿病，曾给他上过几次剑术课，这是于连可用来发泄怒气的全部本领。假如他知道除了打耳光之外还有别的方式表示愤怒的话，剑术欠佳也就没什么了；假如真的动起拳脚来，他那个大胚子情敌准能把他打翻在地。

　　"像我这样的可怜虫，"于连想，"既无靠山，又无钱财，进神学院和进大牢，也没多大差别。我应换上黑外套。万一我有机会从神学院出来呆几小时，我就可以相当方便地穿上我的普通服装去看阿芒达小姐。"这个见解是很高明的，但是于连从所有的旅馆前面经过，却一个也不敢进去。

　　最后，他往回走，重新经过钦差旅社，他恍惚不定的眼神与一个胖女人的眼睛碰个正着。那女人还算年轻，面色红润，神情幸福而愉快。他走到她身边，把自己的事告诉了她。

　　"当然可以，我漂亮的小教士，"钦差旅馆的女主人向他说道，"我一定替您保存您这套服装，并且经常刷刷上面的尘土。眼下这天气，毛料衣服放在那儿，没人管可不行。"她拿出了一把钥匙，亲自领于连到一间房子里去，吩咐他把要留下的东西记下来。

　　"哦，天哪! 你这模样多漂亮哪，我的索莱尔神父，"胖女人看他向厨房走去，嚷嚷道，"我这就去给您准备一顿好饭菜，而且，"她又低声说，"别人都付五十苏，您只要付二十苏；因为您得好好照顾您那小钱袋啊。"

　　"我有十个路易。"于连用骄傲的口气回答道。

　　"啊，天哪!"好心的老板娘急忙惊慌地说，"声音别那么高；坏人在贝桑松可多呢。您这些钱，转眼就会让人偷去，尤其是不要去咖啡店，那儿到处都是坏人。"

　　"真的!"这话于连听来，感触颇多。

　　"除了我这儿，别处都不要去，我会给你预备咖啡的。请记住，在这儿，你永远可以找到一个好朋友和一份十个苏的好饭菜，我希望，话就这样说定了。您在餐桌前坐下吧，我亲自来侍候你。"

"我实在吃不下，"于连说，"出了您的门我就要进神学院。"

只是在往他口袋里装满食物后，好心的女人才让他走了。末了，于连上路去那可怕的地方，老板娘则站在门槛上为他指路。

第二十五章

神学院

三百三十六分八十三生丁的午餐,三百三十六分三十
八生丁的晚餐,有权享用的人有巧克力;承包一次伙食,可
以赚多少钱呢?

——贝桑松的瓦勒诺

　　他老远望见门上镀金的铁十字架,他缓缓地走向前去,两条腿好像不大带劲了。"这儿就是那座进去就出不来的人间地狱了!"最后,他还是按了门铃。铃声好似在一个荒凉的地方回响。十分钟以后,一个面色灰白、穿黑袍的人,走来给他开门。于连看到这人,立即低头垂目。这个看门人,相貌很古怪。突出的绿眼珠圆如猫眼,表示不可能有任何同情心;半圆形的薄嘴唇裹在前突的牙齿上。不过,这脸孔显示的并非罪恶,而是十足的冷漠无情,远比罪恶更让年轻人害怕。在这张虔诚的脸上,于连敏锐的目光所能发现的唯一感觉便是:鄙视别人将要向他说起的一切不属于天国利益的话语。

　　于连鼓了鼓气,抬起眼来,说他想求见神学院院长比拉尔先生,那声音由于心跳而发抖。黑衣人不说话,示意跟他走。他们顺着有木头栏杆的宽阔的楼梯,登上了两层楼。阶梯弯曲变形,完全朝与墙相对的方向倾斜,仿佛随时有倒塌的可能。一扇小门,门上有一个公墓用的漆成黑色的白木大十字架。这扇门很困难地打开,看门人让他进入一个阴暗低矮的房间,墙壁刷了白灰,挂着两幅大画,因年久而发黑。于连孤独地等在那里,他的心剧烈地跳动,他怕极了,他恨不得大哭一场。整幢房子笼罩着死一般的寂静。

一刻钟以后,在于连感觉上像是漫长的一天,脸色阴森的守门人重又出现在屋子另一端的门口,话也懒得和于连说,只是示意他往前走。他进入一个房间,比刚才那间还大,光线很弱。墙也刷成白色,但是没有家具。于连只是在从门旁走过时,看见一个拐角处有一张木床,两把草垫椅子和一把没有垫子的冷杉木做的小扶手椅。屋子的另一端,有一扇玻璃发黄、摆有几瓶脏花的小窗子。于连看见在桌子前坐着一个男人,这人似乎在生气,面前有一大堆小方纸块,在那上面写了几个字之后,又把它整理好放在桌子上。他没有发现于连走到他的前面。于连立在屋子中央,呆若木鸡。守门人把他安置在那儿,关上门走了。

十分钟就这般过去了,穿着破烂衣服的人仍在写字。于连又激动,又害怕,觉得自己马上要倒在地上。哲学家见了可能会错误地说:"这是丑对天生爱美之心的强烈刺激。"

那写字的人终于抬起头来,于连一时没注意到,而且看到之后,还愣在那里,仿佛遭到那可怕的目光一击,几乎毙命一般。于连两眼模糊,依稀看见一张长脸,上面布满红色的斑点,只是前额还让人看见一片死一般的苍白。在通红的脸颊和苍白的额头之间,闪耀着一双足以让最勇敢的人也胆战心惊的黑色小眼睛。一片浓密平整的乌黑头发,把这前额宽阔的轮廓衬托得格外分明。

"您愿意走过来,还是不愿意走过来?"那人最后不耐烦地说道。

于连蹒跚地向前走了一步,好像就要摔倒,脸色变得一生之中从未有过的惨白,在离摆满方块纸的小桌前三步远处停下来。

"再走近点。"那人说。

于连再往前走,同时伸出手,像是要找什么东西好扶着。

"您的名字?"

"于连·索莱尔。"

"您来得太迟。"这人向他说道,重新用那可怕的眼睛把他全身打量了一下。

于连受不了那可怕的注视,伸手像要扶住什么,一下子直挺挺地倒在地上。

那人摇铃,于连只是眼睛不能看见他,身子无法动弹,但耳旁却听得见杂沓的脚步声走近。

别人扶他起来,按着坐进那硬木靠椅。他听见那可怕的人对守门人说:

"看样子,他患的是癫痫病,就只差这一手了。"

世界经典文库

世界二十大名著　红与黑

图文珍藏版

143

当于连睁开眼睛时,红脸人还在继续写字,守门人已不在场了。"应该拿点勇气出来。"我们的英雄暗自说道,"特别得把刚才的感触掩盖过去。"他这时突然一阵心痛,"假如我有什么意外,天知道人家会如何想。"最后,那人停下不写了,从侧面望着于连:

"您能够回答我的问题吗?"

"是的,先生。"于连回答的声音很微弱。

"啊!这就好。"

穿黑衣服的人半立起身子,咯吱一声拉开小杉木桌的抽屉,不耐烦地在里面找一封信。他找到信后,缓缓坐下,重新看着于连,那神情像是要把他仅存的一点生命力夺去似的。

"谢朗先生把您介绍给我了,他是教区最好的神父,世上仅有的有德之士,我三十年的朋友。"

"啊!我是在荣幸地和比拉尔先生谈话。"于连有气无力地说道。

"那还用得着说。"神学院院长顶了一句,生气地看了看他。

他那小眼睛突然加倍的明亮,嘴角的肌肉不由自主地动了动,那正是猛虎在体会吞吃猎物前的乐趣时会有的那种面部表情。

"谢朗先生的信很短。"他仿佛在自言自语似的,"明人不必细说,时下的人,都不善于写短信。"于是他高声朗诵着:

> "我向您介绍于连·索莱尔,他生长在我这个教区,二十年前,我为他施洗。他的父亲是个有钱的木匠,但什么也不给他。于连是天主的葡萄园里一名出色的园丁。记忆,悟性,都不错,还有点分析能力。他的志愿能持久吗?是真诚的吗?"

"真诚的!"比拉尔神父反复地念道,感到惊异;他看了看于连,不过神父的目光不像刚才那样毫无人性了,"真诚的!"他放低声音重复道,又念:

> "我请求您给于连一份奖学金;他会经过必要的考试而得到的。我教过他一点神学,即博叙埃、阿尔诺和弗勒里诸人撰写的经典神学。如果这

世界经典文库 世界二十大名著 红与黑 图文珍藏版

个人,您认为不合适,您可以再叫他回我这儿来。贫民收容所所长,这个人您是认识的,他愿意出八百法郎,聘请他做孩子们的家庭教师。——感谢上帝,我的内心很平静。我已经习惯于人间可怕的打击。再见,愿您爱我。"

比拉尔神父念到信尾签名,放慢了声音,念到谢朗两字,叹了口气。

"他是平静的,"他说,"的确,他的德行对得起这个酬报;但愿到了那一天,天主也能给我同样的酬报。"

他仰脸向天,在胸前画了个十字。看到这神圣的标志,于连觉得恐惧心理稍减了些;极度的恐惧,让他一踏进这所房子,心都凉了。

"在我这儿,有321个立志献身神圣事业者,"比拉尔神父向他说道,他的声音是严厉的,但并不凶,"其中只有七八位得到像谢朗神父这样的人物推荐;所以,在321人中,你是第九位。不过,我的保护不是偏袒,也不是姑息,而是格外的关心,对罪恶的更严厉的惩罚。现在您再把那扇门锁上。"

于连费了一把劲才能走动,没有摔倒。他发现入口门旁边,有一扇开向田野的小窗子。他望望外边的树,这景色让他感到舒适,好像看见多年不见的老朋友一样。

"Loquerisne linguam latinam?(您能够说拉丁语?)"当他锁好门转过身来时,比拉尔神父用拉丁语问他。

"Lta.parer optime.(是的,我尊敬的神父。)"于连用拉丁语回答道,神志清醒了一点。可以肯定,这半小时里,照他看来,比拉尔先生不比世界上任何一人更值得尊敬。

俩人就用拉丁语交谈下去。神父的眼睛里,表情渐趋柔和,于连也恢复了几分镇静。"我真软弱,"他想,"竟让这美德的外表吓住了!此人不过是马斯隆之流的骗子。"于连暗自庆幸把钱全藏在靴子里。

比拉尔神父就神学问题考了考于连,对他学识的渊博感到吃惊。特别问了一下《圣经》,更是感到惊讶。不过,问及宗派学说时,发觉于连一无所知,甚至连圣哲罗姆、圣奥古斯丁、圣博纳旺蒂尔、圣巴西勒等人的名字都不知道。

"事实上,"比拉尔神父心里想,"这就是我一向指责谢朗的致命的新教倾向。

对《圣经》的深入了解,过于深入的了解。"

那是因为于连刚跟他谈到《创世记》和《摩西五经》成书的真正年代,其实,比拉尔神父并没问他这个题目。

"这种对《圣经》的永无休止的研究,"比拉尔神父想,"如果不是导致各自解释,即是说可憎的新教教义,还会有什么结果? 除了这些轻率的学问之外,对于那些能够消除这种倾向的大师的学说却毫无所知……"

但是当神学院院长问到教皇权威的时候,原以为至多听到几句古代高卢教派的名言,没想到这个年轻人竟把德·梅斯特尔先生的《教皇论》全书背诵出来了。

"这谢朗真是个怪人,"比拉尔神父想,"他让他读这本书,难道是教他嘲笑它吗?"

他尽力想弄清于连是否真的相信德·梅斯特尔的理论,可是没问出什么结果。年轻人完全凭记忆回答。这时于连心情舒畅,觉得他已经能控制住自己了。经过长时间的考试以后,于连觉得院长先生对他的严厉态度,完全是矫揉造作。事实上,假如不是十五年来强加给自己一套严格要求学生的原则,这位神学院院长真想以逻辑的名义拥抱于连,他的回答那样清晰、明了和准确。

"这是个勇敢而健全的心灵,"他暗想道,"可惜体质太弱。"

"您常常这样摔倒吗?"他指着地板,用法文问于连。

"这还是第一回,看门人的面孔把我吓坏了。"于连的脸红得像个小孩。

比拉尔神父几乎要微笑了。

"这就是世间浮华所造成的结果。看来,您习惯看到微笑的面孔,那是谎言的舞台。真理是严肃的,先生。而我们在人世的任务不也是严峻的吗? 要注意让您的良知对这一弱点有所防范,不要太爱好外在的无谓的优美。"

"如果您不是谢朗神父这样一个人介绍来的,"比拉尔神父再次用拉丁语讲话,脸上露出笑容,"我完全可以用世俗虚伪的语言与您说话,我看您对世俗的社会已经过分习惯了。我可以告诉您,您所要求的全额奖学金是世间最难得到的东西。不过,如果堂堂谢朗神父在神学院谋不到一份奖学金,那么他五十六年信徒般的辛劳也所值无几了。"

说了这些话之后,比拉尔神父嘱咐于连,未得他的同意,不要参加任何秘密团体或会社。

"这我可用名誉保证。"于连说,像个正直的人那般神情大悦。

修道院院长第一次露出了微笑。

"这句话,在这里是不可以讲的,"他向于连说道,"它让人想起世俗人虚幻的荣耀,这种荣耀导致他们犯下种种错误,并且往往是罪恶。依据教皇五世谕旨第十七章规定,您对我要绝对服从。我是您在教会里的尊长。在这个神学院里,听着,我亲爱的孩子,就意味着服从。您钱袋里有多少钱?"

"我明白了,"于连暗想道,"原来叫我'亲爱的孩子'就是因为这个。"

"三十五法郎,我的神父。"

"要详细记下您这笔钱的用途,将来您还得向我汇报。"

这次艰难困苦的交谈持续了三个小时,最后于连才奉命叫守门人进来。

"去把于连·索莱尔安置在一〇三号房间。"比拉尔神父对看门人说。

他对于连特别照顾,把他安排在一个单人房间。

于连垂下眼睛,看见他的箱子恰好就在他面前。三个小时以来,他一直看着它,居然没有认出来。

到了一〇三号房间(这是这座房子最上一层的一个八尺见方的小房间),于连注意到小屋的窗子面对城墙,越过城墙,可以望见城区不远的杜河那边一片美丽的原野。

　　"多么宜人的景色啊?"于连叫了出来;他这样自言自语,但是感觉不到这些话表达的东西。在他来到贝桑松这段短短的时间里,他的感觉太强烈,把他的体力都耗尽了。他在窗口附近,小室里唯一一张木椅上坐下,立刻沉沉地睡去了。晚餐的钟声,晚祷的钟声,他一点都没听到。他被人忘记了。

　　第二天早晨,他被晨曦照醒时,这才发觉自己原来一直躺在地板上。

第二十六章

人世间或富人所缺

> 我孤独地活于世上,无人肯思念我。那些我亲眼看见
> 发财致富的人,都是无耻的,而且是我想象不到的硬心肠。
> 他们都因我过分善良而憎恨我。啊!我快死了,或死于饥
> 饿,或由于看到人是如此冷酷而悲痛地死去。
>
> ——杨格

他赶紧刷衣服,下楼,还是迟到了。一位学监严厉地责备他。于连并未设法为自己辩解,反而把胳膊往胸前一叉。

"Peccavi,pater optime.(我的神父啊,我犯了罪,我认错。)"

这个开端取得很大成功,神学院学生中,那些头脑灵活的人看出,他们要与之打交道的这个人不是块当神职人员的材料。休息的时候,于连看到自己成了众人注目的对象。然而他们从他那里得到的只是克制与沉默。根据他自己定下的格言,他把这三百二十一个同学,都看成是他的敌人,而在他眼中,神学院最虚伪的敌人便是比拉尔神父。

几天以后,于连需要选定一个忏悔神父,有人交给他一张名单。

"啊!仁慈的上帝!他们把我看做什么人啦,"他对自己说,"他们以为我不清楚语言是什么意思吗?"于是挑选了比拉尔神父。

他没料到,这竟是决定性的一步。神学院有一个小修士,年纪很轻,韦里埃人,第一天就说是他的朋友,告诉他假如选副院长卡斯塔内德先生,也许就更妥当些。

"卡斯塔内德神父是比拉尔先生的仇敌,"他挨近于连的耳边补充道,"有人疑

心比拉尔先生是詹森派。"

我们的主人公自以为谨慎,然而他进院后最初做的几件事,譬如挑选忏悔神父,就办得很鲁莽。富有想象力的人,往往很自负,而自负易导致迷误,把意愿当事实,比如他,就以为自己是十分练达的伪君子了。他甚至狂妄到责备自己,把自己的弱点表演得很成功。

"唉!这是我唯一的法宝!如果处在另一时代,"他暗自说道,"凭我在敌人面前的惊人举动,就可以解决我的面包问题了。"

于连对自己的行为感到满意,观察了一下他周围的人,发现到处都是最纯洁的道德表现。

有八到十个修士确实生活在圣洁的气氛中,都像圣德肋撒和在亚平宁山脉的韦尔纳山顶上接受五伤时的圣方各济一样,见过幻象。不过这是天大的秘密,友朋辈都替他们隐而不宣。这些被神感召的可怜的年轻人,差不多一直住在病房里。其他一百来人是在坚强的信念中孜孜不倦,苦修苦练。他们非常用功,甚至累得病倒了,不过所获不多。有三两个有才者比较出众,其中一个名叫夏泽尔,但于连疏远他们,他们也疏远他。

三百二十一个修士当中,其余的都是些粗俗的人,他们整天诵读拉丁文,可他们不一定懂。他们几乎都是农民的儿子,为了解决面包问题,他们甘愿来这儿念几个拉丁词而不愿翻地刨土。根据这番观察,在开始几天,于连自信能很快取得成功。"聪明人是各行各业都需要的,因为事情毕竟要人去做,"他自我安慰,"在拿破仑麾下,我能升军官;在未来的神父中间,我就得当大主教。"

"所有这些可怜虫,"他补充说,"从小就干粗活,来这儿以前,吃的是凝乳和黑面包。在他们的茅草屋中,每年只能吃上五六回肉。他们就像把战争当作休息的古罗马士兵,这些粗俗的农民对神学院的好饭菜似乎高兴得不得了。"

在他们黯淡的眼中,于连所看到的,只是饭后得到满足的心理上的需要和饭前迫切期待的生理上的快乐。他就应该在这样一些人中脱颖而出,然而于连不知道,他们也不肯告诉他,在神学院学习教义、教会史等不同课程,如果取得第一名,在他们眼中不过是一桩辉煌的罪恶罢了。自伏尔泰和实行两院制政治以来,由于互不信任和自我反省这种实质性倾向,使法国人形成了互相猜疑的坏习惯,法国教会似乎已经明白:书本是它真正的敌人。在它眼中,心灵的驯服便是一切。在学术研究中取得成功，即便是神圣的学术研究，对他来说，都是可疑的，而且还应如此。谁能阻止像西哀士和格雷古瓦这样卓越的人不走向另一方面去呢！惶恐不安的法国教会依附教皇，把它视为拯救自己唯一的希望。只有教皇才能尽力麻痹这种自我反省，用教廷中虔诚而盛大的典礼仪式，影响世俗人们苦闷病态的心灵。

于连对于各种实际情况，算粗略有个了解，但神学院中的一切言论都企图掩盖真相，所以他的情绪经常很压抑。他很勤奋，很快学到一些对一个教士很有用但他看来很虚假的东西，他很不感兴趣。他以为也没有别的事情可做。

"难道我被世人完全遗忘了？"他想，他不知道比拉尔神父已收到好几封从第戎寄来的信，看过后就扔在火里烧掉了。这些信虽说措辞十分得体，却也流露出最强烈的热情。严重的悔恨仿佛正在和这爱情搏斗。"也罢，"比拉尔神父心里想，"至少这个年轻人爱过的这个女人，不是个不信教的人。"

一天，比拉尔神父拆开一封信，信的一半好像被泪水浸湿过。这是一封诀别信，写信人对于连说："上天终于允许我憎恨了，但我憎恨的不是那个让我犯下罪过的人，他永远是我今生最亲的人；我憎恨的是我过失的本身。牺牲已然做出，我的朋友。不过，眼泪也流得不少，就像你能看到的那样。我对他们应该负责的那些人，也就是那些您百般疼爱过的人，他们彻底得救了。一个公正然而可怕的天主不会因他们的母亲犯了罪而对他们施行报复了。永别了，于连，公正地待人吧。"

结尾的字，几乎无从辨认。写信人留了一个第戎的通信地址，但希望于连千万别回复，至少复信的措辞，不要让一个幡然悔悟的女子听了脸红。

于连的忧郁，加上神学院八十三生丁一顿的午餐承办人提供的饭食很低劣，他的健康状况开始受到影响。这期间有一天，富凯突然在他的房间里出现了。

"我总算进来了。为了看你，我已经来贝桑松五次，这不怪你，总是碰钉子。为此，我派了一个人守在你们神学院的门口，真见鬼，你怎么老不出来？"

"这是我给自己的一种考验。"

"我发现你有了很大的变化。我们总算见面了。两个值五法郎的漂亮的硬币刚让我明白自己是个笨蛋，没有头一回来的时候就拿出来。"

两个朋友的话总也说不完。当富凯向他说到下面这些话时，于连的脸色马上变了：

"顺便问一句，你知道吗？你学生的母亲已经成了最虔诚的皈依者了。"

言者无意,恰好触动对方的心事;这种轻描淡写的口气却对那热情的灵魂产生了一种非常奇怪的印象。

"是的,我的朋友,她现在最虔诚不过了。据说她还朝山进香呢。但是,那个长期监视可怜的谢朗神父的马斯隆神父真丢脸,德·雷那尔夫人不愿意向他忏悔。她到第戎或贝桑松做忏悔。"

"她来贝桑松。"于连说,额头泛起了红晕。

"次数够多的。"富凯答道,带着不解的神情。

"你身边有《立宪主义者报》吗?"

"你在说什么?"富凯回答道。

"我问你,有没有带《立宪主义者报》,"于连的语气,极其平静,"这里每份卖到三十个苏。"

"怎么!在神学院里也有自由党!"富凯叫道,"可怜的法兰西!"他补充道,用的是马斯隆神父那样的虚伪声音和温和腔调。

于连来神学院第二天,韦里埃的小修士(在于连眼中他还不过是个孩子)向他说的一句话没有让他觉察到什么,那么富凯的拜访,在我们的英雄心里就会产生一种深刻的印象了。回想进神学院以来,他的行为可以说是错上加错,只有苦笑罢了。

事实上,他一生重要的行动都经过精心策划,可是他不太注意细节,而修道院中那些头脑灵活的人所注意的往往只是这些细节。因此,他已经被他的同学视作一个自由思想者。他已在许多细小的行动上暴露了自己。

在他们眼中,于连已被证实犯有一种大罪过:独立思考和判断,而不是盲目地跟随权威和先例。比拉尔神父未曾帮助过他,除在忏悔座以外,没跟他说过一句话;即使在忏悔座上,也是听得多,说得少。他当初要是选了卡斯塔内德神父,情形就会大不一样了。

于连一旦觉察到自己的愚蒙,便不再感到烦恼。他很想了解一下这罪恶究竟有多大,就多少摆脱一些他傲慢而偏执地疏远同学那种沉默。这样他们就开始报复他。他的亲善遇到了近乎嘲弄的轻蔑,他这才知道,自打他进入神学院,没有一个小时,特别是在休息时间,人们不再对他做出肯定或否定的评价,不是又增加了一些敌人,就是赢得几个有德行或稍斯文的修士的好感。需要挽回的损失太大,任务非常艰难。从今以后,于连得时时提起精神,保持警惕,他的任务是为自己塑造一个崭新的性格。

譬如说,眼神就给他惹了不少麻烦。在这种地方,垂下眼帘,不是没有道理的。"想我在韦里埃的时候,我是多么自负呀!"于连暗想道,"那时候我以为这就是生活,其实,仅是准备生活。现在我才算踏进这个世界,一直到我完成这个角色为止,始终被真正的敌人包围着。每分钟都要表现出虚伪,这真比登天还难!"他又想道:"连古代大力士海格立斯的功绩也不免相形见绌。现代的海格立斯就是西克斯特五世,他用谦逊的态度骗了四十个红衣主教整整十五年,他们曾见过他年轻时暴躁而高傲的作风。这么说,学问在这儿什么也不是啦,"他愤愤地自语道,"在教义、教会史等课程中获得进步,只是起点表面的作用。教的那些内容,给像我这样的傻瓜听了,正好掉到陷阱中去了。唉,我唯一的优点,是进步快,有法子掌握那些无聊玩意儿。那些废话有什么价值,难道他们心里不明白?说不定会跟我一样看法?而我还居然愚蠢到引以为骄傲!我老是得第一!这只能为我招来许多不共戴天的敌人。夏泽尔比我聪明,他总是在作文中说几句蠢话,使自己降到第五十几名;如果他得了第一名,那是他疏忽的结果。啊,比拉尔先生的一句话,仅仅一句,对我该是多么有益呀!"

于连自从看透了这种情况以后,那些长期的苦行修炼,例如每周五次数念珠、背诵圣心赞美诗等等,现在变成了他最感兴趣的行动时刻。于连严于律己,但做法上不求过分,不期望像院内那批模范修士,每时每刻都要做出带含义的举动,以表明自己是完美的基督徒。在神学院,有一种吃带壳的溏心蛋的方式,更表明在宗教生活中取得的进步。

读者可能会哭,我请他好好回忆一下,德利尔神父在路易十六宫廷的一位贵夫人家里午餐时闹出的种种笑话吧。

于连首先做到无罪,这是年轻修士的一种状态,其走路的姿态,胳膊的动作和眼神等,确实没有任何世俗意味;而又要表明他还不是一个为来世观念所吸引、完全看破今世生活的人。

在走道的墙壁上,于连总会看到用木炭写这类话语:"六十年的刻苦修行,同天堂里永恒的欢乐或地狱里沸腾油锅的永恒的痛苦权衡一下,又算得了什么?"他不再蔑视它们,知道应该时刻记住它们。"我这一辈子做的是什么事呢?"他自问自答,"无非是把天国里的一个位子卖给信徒们。怎样才能让他们看到它呢？那就得凭我的不同于尘世中人的外表。"

经过几个月不间断的努力,于连仍是一副思考的样子。他嘴唇的动作以及眼神仍未表明随时准备相信一切、支持一切,甚至不惜做殉教者。看到最粗俗的农民在这方面都超过了他,他心中充满怒气。他们不假思索的表情,当然是大有缘故的。

那种准备相信一切容忍一切的狂热而盲目的信仰的面容,我们在意大利修道院随时可以看到,奎尔契诺在教堂的壁画上,已为我们世俗凡人留下了完美的典范。

在重大的节日里,修士们可以有腊肠烧酸白菜吃。在于连旁边餐桌上的人,已经注意到他对这种幸福无动于衷;这便是他最主要的罪过之一。同学们把这看作是最愚蠢的虚伪的一种可恶表现,没有比这更让他不得人心的了。"请看这个城里人,请看这个傲慢的家伙。"他们说道,"他假装看不起最好吃的食物,腊肠烧酸白菜! 去他的,这无赖! 这目中无人的家伙! 该下地狱的家伙?"

"唉! 这些年轻的乡下人,算是我的同学,他们的无知倒是件大好事,"于连情绪抑郁时,感叹道,"他们进神学院,不像我带来那么多世俗的思想需要老师加以纠正,而且不管我去做什么,他们都会从我的脸上看出这些思想来的。"

于连用一种类似嫉妒的心理研究那些进神学院的年轻乡下人中最粗俗的人。有人让他们脱去其粗布短衫,穿上黑道袍时,他们所受的教育就仅限于无限地尊敬现钱,像法朗什—孔泰人所说的那样,"干爽流动的金钱。"

这就是对现金这个崇高观念一种神圣而英勇的表达方式。

这些神学院学生和伏尔泰小说中的主人公一样,他们的幸福首先在于吃得好。于连发现他们几乎人人对穿细呢料衣服的人有一种天生的敬意。有这种感情的人对惩恶扬善的司法,譬如法庭对我们的判决,进行恰如其分的估价,甚至低估其价值。他们私下里常说:"和一个胖子打官司能有什么好处呢?"

胖子是汝拉山区的土话,表示有钱人的意思。政府是最有钱的,他们究竟多么地敬重,大家判断吧!

一提到省长先生的名字,如不报以带有敬意的微笑,在法朗什—孔泰的眼中,那就是不谨慎,而穷人不谨慎就会受到没有面包吃的惩罚。

刚开始时，于连这种蔑视的心理把自己也憋得很难受。后来却有了怜悯之心：大部分同学的父亲在冬天的傍晚，收工回到茅屋，找不到一片面包，也没有板栗和土豆。"这又有什么可奇怪的呢，"于连心里想，"如果在他们看来，好福气，就是首先有好饭吃，其次是有好衣服穿！我的同学们有坚定的志向，这就是说，他们在教士这职业中看到了一种持续长久的幸福：吃得好，冬天有一件暖和的衣服。"

有一次，于连偶尔听到一个年轻修士，此人经常有些怪想法，对同伴说："为什么我不能当上教皇，像西克斯特五世那样？他也放过猪呀。"

"只有意大利人才能当教皇，"他的朋友回答道，"不过代理主教、议事司铎、甚至主教，这些职位，肯定可用抓阄来决定的。沙隆的主教 P 先生就是箍桶匠的儿子，正是我父亲干的那一行。"

一天，正上教义课，比拉尔神父打发人叫于连去。可怜的年轻人欢天喜地，他终于可以摆脱身陷其中的那种肉体和精神状态了。

但发现院长的接待与进神学院那天一样可怕。

"这张纸上写的是什么，你解释给我听。"他对于连说，并用让他无地自容的目光望着他。

于连念道：

"阿芒达·比内，长颈鹿咖啡店，八点钟前。说你是让利人，我母亲的表亲。"

于连看出危险的严重性。这个地址，是卡斯塔内德神父的密探偷去的。

"我来这儿那天，"他望着比拉尔神父的额头回答说，不敢正视他那可怕的眼睛，"我吓得浑身发抖。谢朗先生常对我讲，这个地方布满了密探和各式各样的人，监视和告密在学生中受到鼓励。这是上天的意愿，让年轻修士看看人生的本相，引起他们厌恶尘世，厌恶奢华。"

"你这混蛋！"比拉尔神父气冲冲地说道，"竟敢在我面前夸夸其谈。"

"在韦里埃，"于连冷静地继续说下去，"我的哥哥有什么嫉妒我的事时就打我……"

"言归正传！言归正传！"比拉尔神父嚷叫道，几乎要气疯了。

于连丝毫未被吓住，继续讲他的故事。

"那天我到了贝桑松，将近中午，我饿了，就进了一家咖啡店。我心中充满了对这种世俗地方的厌恶，可是我想在这儿吃饭要比在旅馆便宜。一位太太，像是铺子的女掌柜,看到我不懂人情世故的样子,就动了怜悯之心。她对我说:'贝桑松到处是坏人,我真替您担心,先生。万一遇上什么麻烦事,尽可找我帮忙,八点以前送个信来。如果神学院的看门人不肯替你跑腿,您就说您是我的表亲,生长在让利……'"

"您讲的一套话都要去核实。"比拉尔神父气得坐不安席,在室内大踏步地走来走去。

"让他回屋去!"

比拉尔神父跟着于连,随即把他锁在房里。于连立即检查自己的箱子,那张要命的纸片明明是好好地藏在箱子底下的。箱子里什么都不少,只是翻乱了一点;可这开箱子的钥匙从未离开过他自己身。"真是招了坏运气,"于连心里想道,"当我还蒙在鼓里时,我从未外出过,卡斯塔内德先生曾几次给我机会,他的那份好意,我如今才明白。只要我一不慎,换了衣服跑去见美人儿阿芒达,那我就算完了。当他们没法利用上面那种方式做文章,不免大失所望,因而就采用告发的方法了。"

两个小时以后,院长又派人叫于连去。

"您没撒谎,"他向于连说道,他的眼神已不似刚才那严厉,"不过把这样的地址留在身边是不慎重的举动,您想象不到事情会严重到何种程度。苦命的孩子!十年以后,也许它会给您带来麻烦。"

第二十七章

初尝人生

> 当今时代,圣明的主啊! 它是约柜。谁冒犯它,谁就
> 倒霉。
>
> ——狄德罗

有关这段时期于连的生活,请允许我们仅提供很少几桩清楚而确切的事实。当然,并不是因为事实的缺乏,而是恰恰相反。不过,于连在修道院所见过于黑暗糟糕,似与本文所想保存的温和调子不大一致。现在的人们常常会有一些痛苦的体验,回忆会让他们觉得讨厌和难堪,从而扼杀了其他兴致,甚至扼杀品味一部故事的兴致。

屡次尝试做虚诈的行动,鲜有成功,于连陷入了鄙薄厌弃之中,几乎彻底失望了。成功没有青睐他,而他还要继续这样一种卑鄙低劣的勾当。事实上,困难并不算太大,只要他人稍微帮他一把,便足够他重新鼓起勇气,振作起来。然而,他却孤单得像茫茫大海上的一叶弃舟,只能形影相吊,得不到任何帮助。"我哪怕就是成功了,"他想,"要是和这么一帮混蛋一辈子为伍,也太痛苦了。一帮贪婪成性的家伙。成天渴望着餐桌上的美味,要不就是卡斯塔内德式的神父们,在他们看来,任何恶德败行都不至于有多么卑下肮脏! 他们将会大权在握;然而,伟大的天主! 这会付出多大的代价啊。"

"人的意志是足够强大的,我可以看到此种表现的无所不在,可是仅靠它就能抵制这种厌憎吗? 伟人们的任务或许曾经是轻而易举地,困难挫折不论有多么大,

都让他们觉出美来;而在这里,除我而外,又有谁会理解我周围的一切有多丑陋恶劣呢?"

一生中最严峻的考验,对他来说,就在此刻。或许于他,加入一个驻扎在贝桑松的漂亮团队是很容易的事!或许他完全能胜任一位拉丁语教师,他并不需要太奢侈就足以过活!当然若是这样,他也就不会再有他曾想象到的前程和荣耀,那无异于死亡。于连在如此苦闷日子里的一天的详细情况就是这样的。

"经常暗自庆幸自己与农家子弟有所区别,我是多么愚蠢和自负啊!唉,足够的生活经验让我看清楚了仇恨产自于差别。"这天早上,他自言自语地说,"这是在他刚遭遇到一次最悲惨的失败后得出的一个伟大的真理。"他为了和一个带着圣洁气息的修士交好,不惜耗费了一星期的工夫。就在他俩在院子里漫步,他虔诚地听他讲那站着也能让人发困的荒唐之言的时候,天色突变,雷电交加,那圣洁的修士用力推开他,失声嚷道:

"听着,在这世界人人为己,我不愿遭雷劈,而你会让天主用雷劈死,如同对一个亵渎神灵、伏尔泰式的家伙那样。"

于连愤怒了,他咬牙切齿地望着雷电划过的苍穹,高声说道:"若我仍在暴风雨的时刻沉沦,我会被毁灭!就让我们再尝试征服另外某个学究吧!"

一阵铃声响过,卡斯塔内德神父的圣史课开始了。

卡斯塔内德神父这一天教导那些畏惧父辈的贫穷和艰苦劳动的农家子弟时,说:"他们眼里,十分可怕的东西是政府,它凭靠圣明的天主在尘世的代理人——教皇,才拥有真实合法的权力。"

"你们需用圣洁的生活和服从,努力获得承受教皇的恩典垂青的资格,你们要使自己成为他手里的一根棍子,"他补充说道,"这样,你们不久将拥有一个出色的职位,可以不受监督地指挥众生,控制一切;这是一份可以终生从事的工作,由政府支付薪俸的三分之一,受过你们的布道的信徒供给余下的三分之二。"

圣史课结束了,卡斯塔内德神父离开讲台,在院子里的时候,他在簇拥着他的学生们中间停住了脚步。

"就一个神父来说,我们这么下结论:有多大价值,就有多高职位,"他对身边的学生们说,"就我所了解的,一些山村教区的本堂神父,他们的额外收入超过了许多城里的本堂神父。除了同等的薪俸外,肥美的阉鸡、鸡蛋、新鲜黄油多的是,还有许多赏心悦目的小玩意。在那种地方,毋庸置疑,本堂神父是公认的第一号大人物,每一次丰美的酒宴他都将得到邀请,备受欢迎,等等。"

卡斯塔内德神父上楼回到他的房间不久,他的学生们就分成了好几拨了。哪一拨都没有接纳于连,好像他是一只长了疥癣的羊。他看见每一拨人中都有一个人把铜币抛向空中,若是有人预先猜中铜板落地时是正或是反面,那么同学们就断定,他不久将能谋得一个额外的收入颇丰厚的教区本堂神父职位。

跟着开始流传一些小故事。某一接受圣职将近一年的年轻教士,因为送给一个年迈的本堂神父的女仆一只家兔,而得以被提名为他的候补人——副本堂神父;没过几个月,老教士死了,这个收入丰裕的教区就非他莫属了。还有另一年轻教士,在老教士瘫痪之后,他每顿饭都去服侍他吃,还热心并细致地为他切鸡肉,因为这,他被指定为某个富裕大村镇的教区继承人。

神学院的这群学生,和其他行业的年轻人没有两样,他们同样热衷于把这类特殊的、异想天开的小手段夸大其词。

"我想我必须让自己习惯于这类交谈,"于连暗忖道,"他们若不议论香肠和殷实的教区,就会去畅谈教义的世俗部分,谈主教与省长的争执,以及市长与本堂神父之间的不和。"于连在这里看出了第二个上帝的存在,它比另一个更可怕,也更强大,那就是教皇。在确定不会被比拉尔神父听见后,他们相互压低了嗓音说,教皇不必费尽心思任命法国的所有省长和市长,因为他已把这事交给法国国王去办了,并封他为教会的长子。

这时候,于连觉得说出他对德·梅斯特尔先生的《教皇论》的研究心得是很合时宜的,足以博得别人对他的尊敬。事实上,他的见解的确让人刮目相看,但这对他却是另外一个不幸。因为他们的观点被他阐述得更完美,这让他们受不了。谢朗先生在此疏忽了一件事情,对他自己,更是对于连,因为他养成了于连正确推理、不说空话的习惯,却疏于告诉他,作为一个不受尊敬的人,这种习惯只能让他自取其咎,增加一项罪行,这是因为任何正确推理都是要得罪人的。

于是,能言善辩成了于连的一个新的罪咎。他的同学,费尽心机找到一个词足以表达对他的所有憎恶,叫他马丁·路德;他们指责说,他的恶魔般的逻辑让他如此狂妄自大。

神学院也有几个比于连还漂亮的学生,他们的面色更为新鲜白嫩,但于连的手太白净,又有着某些遮掩不住的酷爱清洁的习惯。然而他被卷入了这所阴森可怕的神学院里,这一优点也就不是优点了。和他朝夕相处的这些肮脏的农家子弟公开宣称,他的生活放荡。我们本不想让主人公的种种遭际使读者产生厌烦情绪。比方说,他的几个身体强健的同学就经常想乘机收拾他一顿,所以他不得不随身戴上一副铁圆规,并用手势宣布他会在必要时使用。因为在密探的报告里,手势就不如说的话那么有分量了。

第二十八章

迎圣仪式

> 每个人都受着感动。仿佛上帝已然来到这狭窄的哥特
> 式的街道,各处挂着彩色帷幔,细心的信徒还给地面铺上了
> 细沙。
>
> ——扬格

佯装谦卑,装傻装小也没能让于连讨人欢心,因为他的确与众有别。然而他暗忖,"所有这些老师都是千挑百选出来的精明人,他们难道也会不喜欢我的谦卑恭敬吗?"接着,他觉出,他的曲意迎合似乎只套住了一个人——大教堂的司仪长夏斯·伯尔纳神父。十五年前,有人许诺给他议事司铎的位置,他就一边耐心等待,一边在神学院讲授布道术。这在于连蒙在鼓里的那段时期,是他经常考第一名的课程之一。因此,夏斯神父对他很友好,逢到课下,常常很愿意挽着他的胳膊在花园里转上几圈。

"他意图何在?"于连自问。他觉得奇怪,夏斯神父大谈教堂的饰物,一讲就是好几个钟头。教堂里除了丧事用的饰品而外,共有镶着饰带的祭披十七件。某些人对吕邦普雷会长夫人抱有很大希望;这位已九十岁的老太太,在过去的七十年里一直将她的结婚礼服保存得好好的,那是用里昂最名贵的夹金线的料子做成的。"请想想,我的朋友,"夏斯神父突然站立,瞪大眼睛说道,"金子用了那么多,挂起来直挺挺的。贝桑松的人们普遍认为,会长夫人会留给教堂十多件祭披,这还没把四五件大节时用的法衣计算在内。我甚至相信,"夏斯神父压低声音补充说道,"会长夫人将留给我们八个精美绝伦的银质镀金烛台,据说那是勃艮第公爵——勇

猛的查理从意大利购来的,她有一个祖先曾是他的宠臣。"

"他究竟是什么意思?这个人给我讲了一大通旧衣古器的?"于连暗思,"这种巧妙的铺垫持续了一个世纪,可结果什么也没透露出来。他大概不太相信我!他比别人都精明,那些人的隐秘目的,十五天内我准能猜透。我算理解了,十五年来这个人的野心从未满足过!"

正上着剑术课的某个晚上,比拉尔神父叫来于连,对他说:"明天是 Corpus Domini(圣体节)。夏斯神父要您帮他装饰大教堂。您就去吧,必须服从命令。"

比拉尔神父又把他叫回来,颇体恤怜悯地补充了一句:

"您可以自己决定是不是乘便进城逛逛。"

"Incedo Per ignes.(我有敌人暗藏着呢)。"于连答道。

第二天清早,于连一路低眉顺眼前往大教堂。他目睹街道和城区已出现的热闹繁忙的景象,心里舒服了许多。为了迎圣体,各处都有人在房屋正面张挂彩幔。他这才发觉,在神学院所熬过的那段时间,此刻对他而言,不过是一瞬而已。他想起了韦尔吉,还有那个美人阿芒达·比内,他或许会遇见她,离这不远有一家是她的咖啡馆。他老远就望见夏斯·伯尔纳神父站在他那宝贝大教堂门前。那的确是一个有着一张快乐的面孔和开朗的神情的大胖子。今天,他得意极了。"欢迎,欢迎,我亲爱的儿子,我正在等着您呢,"他刚一望见于连就叫起来,"活儿不少,今天会很苦,让我们先去吃早点吧,肚子饱了,就有干劲,下顿饭大约在十点开,是在大弥撒期间。"

"先生,我希望每一分钟都和您在一起,"于连神情严肃地说,"烦请您记住,我是五点差一分到达这里的。"他补充说,与此同时,他指了指正在墙上的挂钟。

"啊!没想到神学院那帮小坏蛋让您这么害怕!您心真好,还考虑到了他们,"夏斯神父说,"一条道路,因为两旁的篱笆有刺就不那么美丽了吗?抛下那些可恶的刺,让它原地枯死,路人照样前行。行了,还是干活吧,我亲爱的朋友,干活吧!"

活儿的确不轻,夏斯神父说得没错。头一天,大教堂前刚举行过隆重的葬礼,事先任何准备都没做,所以今天上午要用一种长达三丈的红色锦缎套子把形成三个殿的那些哥特式廊柱罩起来。主教大人从巴黎用驿车请来了四名帷幔匠,但这些先生并不能干完所有的活,同时他们不但不去鼓励那些笨拙的贝桑松同行,反而

世界经典文库

世界二十大名著 红与黑

图文珍藏版

162

讥笑他们，这就让他们越发思笨了。

于连一看就知道必须是由他来爬高梯子了，他灵活的身手给他干这活的方便。他于是开始主动指挥本城帷幔匠。看着他从一架梯子跳到另一架梯子，夏斯神父满心欢喜。所有的柱子都披上了锦缎彩套，接着需要在主祭坛上方的大华盖上安放五个用羽毛扎成的巨型花球。那是一个繁复的木制镀金顶饰，由八个意大利大理石螺旋形大柱子支撑着。可是，它在圣体龛的顶上，要到达华盖的中心，必须经过一条古旧的木头飞檐，这段木头可能已遭虫蛀，并且离地面约有四十尺之高。

面对眼前的险路，刚才还眉飞色舞的巴黎帷幔匠也快活不起来了；他们议论纷纷，却只是站着观望，没有人敢上去一试。于连抓起羽毛花球，跑着上了梯子。不久羽毛花球被他稳稳当当地放在了华盖中心的冠状饰物上。他刚从梯子上下来，好心的夏斯神父紧紧地抱住了他，叫了起来：

"Optime（好极了），我定要向主教大人禀报这事。"

十点钟吃饭的时候，气氛很快活。夏斯神父从来没有觉得他的教堂如今天这样美丽。

"我亲爱的门徒，"他向于连说道，"我的母亲从前在这个可敬的大教堂里管理椅子的出租，所以我是在这座伟大的建筑里成长起来的。我们曾经被毁了，是在罗伯斯庇尔的恐怖时代，那时的我仅仅八岁，已经能在私人家里替人做弥撒，做弥撒的日子，他们给我饭吃。要说折祭披的手艺，没人比我更在行，金线饰带从没被折断过。后来拿破仑恢复了宗教信仰，从那时起，我有幸得以管理这座可敬的大教堂里的一切事务。一年中有五次，我亲眼看见大教堂被如此美丽的饰物装扮起来。然而它从来没有如今天这样富丽堂皇。锦缎从来没像今天这样挂得如此平整，紧紧贴着柱子。"

"他这次终于向我吐露他的秘密了，"于连心想，"他谈他自己，是要一吐衷肠了啊。但是这个明显处于兴奋之中的人却没有说出任何不谨慎的言语。但是，活儿他是干了不少，他是快乐幸福的，"于连暗想道，"上等葡萄酒也喝够了。他是个怎样的人啊！对我是个怎样好的榜样啊！他有点晕头转向了。"（这是他从老军医处学来的一句俗话）。

大弥撒的 Sanctus 开始的钟声响了。于连本想披上白法衣，跟着主教参加那庄严的圣体游行。

"还有小偷呀,我的朋友,要提防小偷呢!"夏斯神父嚷了起来,"您没有考虑到这一点吧,圣体游行开始后,教堂里就空了,我们俩要留下来看着。若是那围着柱脚的美丽金缎只少两奥纳,那就算我们的运气了。这个也是吕邦普尔夫人赠送的礼物,是从她的曾祖,那位赫赫有名的伯爵那里传下来的。它是纯金的,我亲爱的朋友,"神父显然很激动地贴着于连的耳朵,补充说,"没掺半点假!我委托您查看北面的侧殿,千万不要离开。我自己负责南面的侧殿和大殿。尤其注意那些忏悔座,小偷派出的女探子正是在那里窥视等待着我们转身的一瞬间机会。"

话音一落,十一点三刻的钟声敲响了。教堂的大钟跟着响起来。钟声接连响着,洪亮而极其庄严,于连被打动了。他的思绪已脱离人间,飘然远去。

神香的香味,和着装扮成圣约翰的小孩撒在圣体前的玫瑰花的幽香,让于连心旌摇荡,激动不已。

钟声庄严洪亮,本来应该使于连想到一个问题,那就是这份由二十个人来干的敲钟的工作,只能得到五十生丁的报酬,另外或许有十五到二十个信徒的帮助。他还应该想的是钟本身的危险,系钟绳和钟架年深日久而破损,它大约隔两个世纪就会掉下来一次。他也应该考虑怎样克扣敲钟人的薪金:用赦罪之法来补偿,或者是从金库提取其他圣宠来支付,只要不让教会受损失,当然这是绝对不会让教会的钱袋瘪下来的了。

然而有这些明智的思索,因为于连的灵魂正被这无比雄壮洪亮的钟声激动着,它迷失在想象的空间里。

他不会是一个好神父,也成不了一个精明的行政长官。如此易于激动兴奋的人,他至多可以成为一个艺术家。这个时候,自负在于连身上暴露无遗。神学院中他的同学们,因为公众的仇恨和有人告诉他们雅各宾派的人潜伏在每一座篱笆后面,从而使他们去注意现实的生活,他们之中或许会有五十个人,在听到庄严的钟声时,想到的只是敲钟人的工资问题。他们也许还会用巴雷姆的天才去研究公众受感动的程度,以及这与付给敲钟人的工钱是否等值。如果于连为大教堂的物质利益考虑,他就该越过想象中的目标,而去考虑怎样节省四十法郎用于大教堂的维修,放弃设法在敲钟人工资上少支付二十五生丁的机会。

这是一个晴朗的日子,在贝桑松,圣体游行的队伍正在缓慢地经过,不时在地方上有名望的人竞相搭建的辉煌的祭坛前稍驻停留,教堂里则一片沉寂肃穆。里面光线半明半暗，透着凉爽和宜人的气息，教堂依然笼罩在神香和玫瑰的香气之中。

长长的大厅里，静寂、幽独而凉爽，让于连有了更为温柔甜蜜的遐想。他用不着担忧夏斯神父会来打扰，因为他所负责的那一侧就够他张罗的了。于连的灵魂仿佛已离开了他的肉体，在归他看管的那一侧殿堂里漫游。在确定了只有几个虔诚的女人在忏悔座里后，他的心更加自由宁静；他只是毫无戒心地扫了一眼。

然而，他的漫不经心这会儿却被眼前的景象拉回了一半：跪在那里的是两个穿戴极讲究的女人，她们一个跪在忏悔座里，另一个紧贴着前一个跪在椅子上。他漫无目的地看了一眼。或许这时刻他模模糊糊地感到了责任，或许只是欣赏她们那高贵而淡雅的装束，他发现忏悔座内没有神父。"奇怪，"他想，"她们若是虔诚的信徒，这两位美丽的女士就没有理由不跪在祭坛前，当然，如果她们是上流社会的贵妇，就理所当然地应该舒服地坐在某个阳台的第一排。她们的裙子裁剪得真好！太雅致了！"为了多看她们几眼，他放慢了脚步。

在幽深的寂静中，那个跪在忏悔座里的女人因为听见了于连发出的脚步声，回头看了一眼。她突然轻叫一声，晕了过去。

这位跪着的女士，因为突然没了气力，朝后倒下来，她的紧挨着的朋友马上跳起来去扶住她。这时，于连看清了那个跌倒的女士的肩膀。接着，他的眼前出现了一串他所熟悉的用大颗精美珍珠穿成的绞线形项链。他开始认出那正是德·雷那尔夫人的头发，那是一种什么样的感觉啊！正是她。那个扶住她的头尽量不让她完全倒下去的女士，是德尔维尔夫人。这时，于连完全不能控制自己了，他一个箭步冲了上去，如果没有于连上去扶住她们，德·雷那尔夫人也许会把她的朋友一齐绊倒。他看见德·雷那尔夫人已经完全失去知觉，她的脑袋在肩膀上晃来晃去，脸色惨白。他跪在地上，帮着德尔维尔夫人把这迷人的脑袋靠在了一把椅子的靠背上。

德尔维尔夫人回过头来，认出是他：

"快走开，先生，快走！"她冲着他，充满了不可遏抑的愤怒，"不管怎样，您不要再让她看见了。因为您将让她备感恐惧和厌恶。没有遇到您之前，她曾经是那么幸福！您的手段真残酷。如果您还感觉得出羞耻的话，请您走开，走得远远的。"

这话说得如此强硬而威严，这时的于连却显得如此软弱，他不得不离开了。

"她一直都在恨我。"边想着德尔维尔夫人,于连边自言自语。

正在这时,迎圣体队伍前几排神父的鼻音很重的歌唱传到了教堂里,圣体游行的队伍回来了。夏斯神父一连叫了于连好几声,于连都没注意,后来神父从一根大柱子后面把他拉了出来。隐藏在那里,于连处于半死不活的状态。神父想在主教面前介绍他。

"您不舒服,我的孩子,"夏斯神父对他说道,见他脸色苍白,好像连路都走不了了,"您干活太累了,"神父挽着他的胳膊,"来吧,在我身后这张洒圣水人坐的小凳子上坐着,由我遮着您。"此时队列已来到了教堂的大门旁。"您先镇静一下吧,咱们足有二十分钟等待主教大人的莅临呢。尽快恢复您的精神,虽说我年纪大了点,身体仍很强壮,当他走过来的时候,我会把您扶起来。"

可是,在主教从面前走过的时候,于连浑身颤抖,于是夏斯神父放弃了为他引见的打算。

"您别难过,"他说,"我会找到别的机会的。"

当晚,他派人送给神学院的小教堂十斤蜡烛,据他说,这是由于于连的细心和熄灭蜡烛的迅速省下来的,这简直太虚假了。这个可怜的小伙子,自己也已熄灭;从再见到德·雷那尔夫人的那一刻起,他的脑子已停止了思考,一片空白。

第二十九章

初次升迁

> 他了解自己所在的时代,他熟悉自己所在的省区,他是
> 富有的。
>
> ——《先驱》

大教堂的那次遭遇之后,于连一直没有从苦思冥想中摆脱出来。一个早上,他被严厉的比拉尔神父派来的人叫了去。

"夏斯·伯尔纳神父的信在这里,他称赞了您几句。我对您的行为,总的说来是很满意的。虽然您还未完全表现出您的极不谨慎并冒失莽撞,但就目前来看,您是一个心地善良的人,甚至是高尚和慷慨的,您的聪慧超过常人。总而言之,我已经在您身上发现了不容忽视的一星火花。

"我在这里工作了十五年了,现在马上就要离开此地了。听任这群年轻的学生自由散漫,您在忏悔座里向我说起的那个秘密组织,既没有得到保护,也没有被破坏,这是我的罪责。在我离开之前,我愿意帮助您,您理应得到这种帮助;其实,我本来在两个月以前就打算办这事了,如果没有发生在您房间里找到阿芒达·比尔的住址那桩事的话。我现在正式任命您来担任《新约》及《旧约》的辅导教师。"

于连感动得有些控制不住,他真想马上跪在地上感谢上帝,但他没有那么做,而是表露出一种更为真实的感情,做了一个更亲切的动作。他走近比拉尔神父,举起他的手,送到自己的唇边。

"您在干什么?"比拉尔院长生气地叫了起来,可相对于他的行为,于连的眼睛表达了更多的东西。

世界经典文库

世界二十大名著 红与黑

图文珍藏版

仿佛多年以来已不再习惯看到细致的感情,比拉尔神父神情惊异地看着他。比拉尔神父的内心感情被这种表情泄露出来,他的嗓音也变了。

"好吧! 的确,我的孩子,我是爱你的。上帝明白这在我是一件不由自主的事。本来,我对任何人都应该是公正的,无爱亦无憎。你的前程和事业将是艰难痛苦的。在你身上,我发现了一种冒犯俗众的东西,嫉妒和诽谤将永伴你。不论上帝置你于何地,你的周围将永远有憎恨的目光。他们可能为了更可靠地出卖你,而伪装出爱你的假象。对此你只有一个办法,那就是向上帝求救,他惩罚你的自负,使你被他人憎恶,你要保持纯洁的行为,就我看来这是你唯一的出路和指望。只要你通过一种不可战胜的自我抑制的精神来拥抱真理,你迟早可以让你周围的敌人狼狈不堪。"

已经很长时间了,于连的耳边没再响起过这么友爱的声音,他感动异常,眼泪像决了堤一样,这种软弱是应该得到原谅的。比拉尔神父向他伸出胳膊,抱住了他,这时对他们两人来说都是非常温馨的。

于连内心狂喜,这一次是他的首次升迁,好处巨大,无法估量。要完全弄清楚这些好处,他就必须整整几个月没有片刻安宁地生活,成天和那么多至少惹人讨厌,而其中大部分简直是不堪忍受的同学保持密切联系。仅仅是他们的大呼小叫,就足以让一个脆弱的人忐忑不安。这些农民子弟,吃饱穿暖了,然后通过使出两肺全部力量叫喊来完全宣泄他们的快乐。

于连现在独自一人用膳,比其他学生约晚一个钟头。他有打开花园门的钥匙,每当园中无人,他就可以进去散步。

现在大家不像以前那样憎恨他了,这使于连大感奇怪,因为他原本等待的是加倍疯狂的仇恨。他不愿意别人和他交流,这种秘而不宣的想法本是显而易见的,并由此让他树敌太多,如今却不再标志一种可笑的自负了。他周围的粗鄙之人看来,这是他的地位赋予的一种合情合理的表现。特别是在那些成为其学生的最年轻的同学之中,仇视和憎恨显然地减少了,另一面他也很有礼貌地对待他们。甚至,他逐渐地有他自己的追随者,马丁·路德这一绰号对他已经过时了。

当然,明辨谁为敌,谁为友,这有什么意义呢? 这所有的一切是丑陋无比的,越描越黑。然而,他们都是当今民众道德的唯一教师,要是没有他们,民众会发展成何种模样呢? 新闻报纸将来难道可以代替神父吗?

自从于连就任新职以来，比拉尔院长装成没有第三者在场就决不和于连讲话的姿态。这是一种对师生都有好处的谨慎行为，但最重要是一种考验。比拉尔神父作为严格的詹森派教徒，其不变的原则是：一个人在您眼里是否有才能，就在他希望得到和所做的一切前面设置障碍。假如他真有才能，他就该善于排除或者绕过障碍。

正在狩猎的季节，富凯以于连父母的名义向神学院赠送了一只牡鹿和一头野猪。两只死兽在厨房和饭厅之间的过道里摆放着。所有去吃午饭的学生，都会在那里看见它们。于是都好奇地集中到了那里。死去的野猪，仍让那些年纪最小的学生感到害怕，他们摸它的獠牙。一个多星期，大家只谈论这一个话题。因为这份礼物，于连的家庭归入了应受到尊敬的社会阶层之中，这的确致命的打击了嫉妒者。财富使他获得了一种优越性。夏泽尔和一些最出众的同学都来主动接近他，他们几乎要抱怨他没有早将其父母的财富告诉他们，使他们犯了对金钱有所失敬的错误。

那段时间招募新兵的工作正在进行。作为神学院的学生，于连得以免征。他为此感叹不已。"如今这样的时刻就如此消逝了，假如早二十年，我会重新开始一种英雄的生活！"

独自一人在神学院的花园里散步的时候，他听见了几个修围墙的泥瓦匠的谈话。

"喂！又在招募新兵了，咱们该走了。"

"若是在那个人的时代，那有多好！泥瓦匠也能当军官，当将军，有人见过这种事。"

"你看看现在这个情况！穷得没法儿才去当兵，能混上饭吃的肯定待在家乡。"

"生来贫穷，一辈子都是穷光蛋，事情就这个样。"

"喂，大家都说那个人死了，是真的吗？"第三个泥瓦匠插话说。

"是有钱有势的那帮人说的，瞧，他们恐惧那个人。"

"真是不一样啊，在他的时代，干活多顺啊！他竟然被他的元帅们出卖了！不是叛徒谁会这么干呀！"

于连从这段对话中得到稍许安慰。他走开时，叹了口气背诵道：

"唯一一个还被人民怀念着的国王！"

世界经典文库

世界二十大名著

红与黑

图文珍藏版

考试如期进行。于连答得相当不错，他注意到夏泽尔也是全力以赴要把自己全部的知识表现出来。

第一天考试，那些由著名的代理主教弗里莱尔委派来的主考官们就甚为不满，他们一再不得不在名单上将于连的名字列在第一，抑或差一点也是第二，事先已有人向他们指出，于连·索莱尔是比拉尔神父最宠的人儿。神学院里的人赌咒说，于连一定会在考试总成绩榜上位列第一，这将照例让他获得与主教大人一同进餐的荣耀。然而就在关于教父们的问题的一场考试接近尾声的时候，一个精明而狡诈的主考官在于连回答了关于圣哲罗姆及其对西塞罗的喜爱问题以后，接着突然谈起了贺拉斯、维吉尔及其他一些不信上帝的世俗作家。同学们对此都无了解，于连却流利地背出了这些作家的许多段落。成功的狂喜让他昏了头，他居然忘记了自己正身在何地，在主考官的再次提问和诱导下，他激动异常地背诵了贺拉斯的几首短颂，并加上自己的意译。于连中了圈套，周旋了二十多分钟后，那主考官脸色突变，刻薄地指责他在这些亵渎神灵的作品研究上浪费时间，很多无用或罪恶的思想被灌输到了他的头脑里。

"我太笨了，先生，您说得有道理。"于连看出自己主动钻进了别人巧妙设计的圈套，他谦卑地说。

即使在神学院里，主考官的这种伎俩也被认为是卑鄙和不光彩的，可这并不能妨碍精明狡诈的弗里莱尔神父在于连的名字旁边注上 198 这个数字。弗里莱尔这个精明人，极其周密巧妙地在贝桑松建起了圣会组织，他往巴黎发的报告让法官、省长，直至驻军都心惊胆战。他感到莫大的喜悦，因为他这样侮辱并挫败了他的敌人詹森派信徒比拉尔。

他在这十年里，最大的心事就是要把比拉尔神父从神学院院长的位子上推下来。比拉尔神父本人真挚、虔诚，不要阴谋，忠于自己的职责和义务，他给于连规定的行为准则，他自己也是严格遵循的。可是上帝却在暴怒中赐予他暴戾易怒的性格，使他能敏锐而深切地感到侮辱和怨恨。他的火热的心灵里，从来不会轻易忘却别人对他的任何侮辱。无数次了，他想辞职，可是他仍然坚信留在上帝为他安排的岗位是有用处的。"耶稣会和偶像崇拜被我遏止了发展。"他告诉自己道。

考试的那一段，大约有两个月的时间，他没跟于连说过话。待他接到公布考试成绩的公函时，他发现一百九十八这个号码被写在了这个学生的名字旁边，为此他卧病八天,他可是视此生为神学院的光荣的呀。在这个严厉的人看来,设法监视于连的所有举动可以得到唯一的安慰。让他觉得欣慰的是,在于连的身上,他没有发现愤怒、怀恨和气馁。

于连在几个礼拜以后收到一封让他禁不住战栗的信。这是一封盖有巴黎的邮戳的信。"德·雷那尔夫人总算还记得她的诺言。"于连心想。一个自称是于连的亲属的署名为保罗·索莱尔的人给他寄来了价值五百法郎的汇票。信中还补充说,假如于连继续对那些优秀的拉丁作家的研究,并且获得成就的话,将每年予他一笔同样数目的汇款。

"是她,这是她的恩情!"于连心中满是感动,他暗叹道,"为什么她愿意安慰我却没写一句表示友好的话呢?"

于连把这封信弄错了。在好友德尔维尔夫人的劝导下,德·雷那尔夫人已完全沉浸在深刻的悔恨之中。她也时不时想到那个奇异不解的人,和他的相逢曾经给她的生活带来了狂澜,但她却坚决禁止自己给他写信。

用神学院的语言来讲,我们得承认这五百法郎汇款简直是个奇迹,而且可以认为是上天利用弗里莱尔先生其人把这份礼物赠给了于连。

追溯到十二年前,弗里莱尔先生刚到贝桑松,只带了一个小得可怜的旅行箱,据说,那里面装着的是他全部的家当,可如今他已是本地最富有的地主之一。在他发迹的过程中,他曾经买下了一块地的一半,其另一半通过继承遗产的方式落入了德·拉莫尔侯爵手中。两个大人物之间为此展开了一场激烈的诉讼。

尽管德·拉莫尔侯爵先生在巴黎声名显赫,生活奢华,并在宫中身居要职,但他还是觉得在贝桑松和一个被人认为有权左右省长任免的代理主教斗,并不是那么安全。本来侯爵先生可以某某名义,在国家预算的范围申请一笔价值五万法郎的赏金,而不用为了争那五万法郎和弗里莱尔神父打无把握的官司。但他却认为理由充分,不容怀疑!

然而,请允许我斗胆插一句:哪一个法官没有一个儿子或至少是一个亲戚需要在某个地方安插呢?

为便于使最糊涂的人也看得分明,在第一次判决书下来八天以后,德·弗里莱尔神父就亲自乘着主教大人的四轮马车把一枚荣誉团骑士勋章送到其律师处。对方的如此作法,使德·拉莫尔先生颇有些震惊,他认为他的律师很不得力,于是去谢朗神父那里求教,谢朗神父就向他介绍了比拉尔神父。

他们间的关系,在我们这个故事发生的时候,已持续了多年。比拉尔神父以其炽烈的情感投入这桩官司之中。他持续不断地会见侯爵的律师,推敲案情,确认侯爵一方理由充分之后,他就公开地作为德·拉莫尔侯爵先生的诉讼代理人,和炙手可热的代理主教交锋。代理主教非常恼火这种侮辱,尤其这还是出自一个小得可怜的詹森派教徒!

"就让我们拭目以待这位自负狂妄的宫廷贵族到底有多大本事!"弗里莱尔神父与他的亲信们说道,"对于他在贝桑松的代理人,德·拉莫尔先生连一枚可怜的十字勋章都给不了,而且眼看着他的代理人将被可耻地免职。然而,有人写信告诉我说,这位贵族院议员,不论在什么条件下,每个礼拜无一例外都要穿上他的礼服,佩上蓝绶带到掌玺大臣的沙龙去炫耀。"

尽管比拉尔神父倾尽全力,德·拉莫尔先生也和司法大臣交好,尤其是和他的下属关系密切,六年苦心支撑也只是得到个没有彻底输掉这场官司的结果。

在这个二人都热情投入的官司之中,侯爵和比拉尔神父不停地通信,最后侯爵喜欢上了比拉尔神父的性格和才智。尽管他们二人在社会地位上有距离,他们的通信却渐渐像是友人间的书信交往了。比拉尔神父向侯爵提起,有人采取了卑劣的手段以使其辞职。针对于连的可耻伎俩激怒了比拉尔神父,他向侯爵说起了这个年轻人。

虽然这位显贵非常富有,却毫不吝啬。他无法使比拉尔神父接受他的馈赠,即使为官司而支付的邮资,他也不接受。这回他想出一个办法,给他心爱的学生寄去了五百法郎。

德·拉莫尔先生还不辞辛苦为汇款写了封亲笔信,这使他考虑到了比拉尔神父。

一天,一封短笺送到了比拉尔神父手里,因为一桩急事,请他务必马上去一趟贝桑松郊区的一家旅馆。德·拉莫尔先生的管家在那里等着他。

"我奉侯爵先生之命驾了他的四轮马车来接您,"来人对他说,"他吩咐您读过此信后,能在四五天内前往巴黎。请您给我一个时间,这期间我需要去跑一趟法朗什—孔泰侯爵的领地。然后,我们将在您认为合宜的日子启程去巴黎。"

这是一封短信:

我亲爱的先生,请您抛开外省一切无谓的烦恼,到巴黎来享受一下宁静清新的空气吧。我的马车被派去接您,它将在四天内听候您的决定。我本人将在礼拜二之前恭候您的到来。我征求您的同意,先生,我将以您的名义,接受巴黎附近最好的一个教区。您未来教区内,最富有一位教民虽从未有幸与您谋面,但他对您的忠诚远远超过了您的想象,这便是德·拉莫尔侯爵。

严谨的比拉尔神父始料未及的是,他居然确实很爱这座遍布仇人的神学院,在此,他付出自己十五年的心血。德·拉莫尔先生的信正如一位要给他做必需而残酷的外科手术的医生。他将辞职是无可挽回了。他给了管家三天时间。

最后的四十八小时之内,他一直踌躇不定。最终他写了封回信给德·拉莫尔先生,接着他又写了一封稍嫌长了些但称得上是教会体杰作的信给主教大人。想找到比这更恰切而无懈可击、流露出最真诚的尊敬的表达,或许已是一件不容易的事了。在这封打算要使弗里莱尔先生在他的上司面前难受一个钟头的信中,列举了比拉尔神父六年以来不得不忍受的一切使人极端不满的理由,也进一步提到了一些卑鄙无耻的琐碎细节,这些最终使他不得不离开这个教区。

有人偷他柴堆上的木材,也曾有人毒害了他的爱犬,等等。

信写完以后,他差人去叫醒于连,和其他学生一样,于连八点就上床睡觉了。

"您清楚主教官邸具体地址吗?"他用优美的拉丁语问他道,"把这封信送达主教大人手里。我并不想隐瞒,我这是把您派到一群豺狼中去。您要当心看,注意听。在您的答话中不允许有一点谎言。您必须思考到,问话的人可能会体会到那种能毁掉您的真正的欣喜。我的孩子,能在离您而去之前给您这些许经验,我感到很欣慰,我很坦然地告诉您,这封让您送去的信是我的辞呈。"

于连僵立着,他爱着比拉尔神父,他慎重而无可奈何地对自己说:

"这个正直可靠的人走了以后,圣心派肯定会降我的职,可能不会让我再留在此地。"

他不愿只考虑自己。这时他感到了困难,他想说一句恭敬而合时宜的话,但没有能力办到。

"怎么！我的朋友，您不愿意去吗。"

"就我所知，先生，"于连有些羞于出口，"在您主持神学院的这么多年里，却毫无积蓄。我这正好有六百法郎。"

不自觉的泪水阻止他说下去。

"这笔钱以后也需要登记，"神学院前院长冷漠地说，"去主教官邸吧，时间太迟了。"

这天晚上弗里莱尔先生碰巧在主教官邸的客厅里值班，主教大人去参加省府的一个晚宴去了。所以，弗里莱尔先生得到了这封信，而于连并不认识他。

于连感到非常惊异，因为他看见这个神父居然公开拆阅了那封送给主教的信。代理主教那张漂亮的面孔上一会儿便流露出惊喜的神气，接着又变得倍加严肃。这张英俊的面孔吸引了于连，趁他读信的功夫，于连便细细地打量了一番。若非这张脸上某些线条显得极其精明，本会让人觉得更庄重一些；有着这么一张漂亮面孔的人，万一自己稍不留神，就会暴露出其奸险和狡诈来。然而，不幸的是，鼻子太挺，形成一条笔直的线条，这使如此优美的侧面看似酷似一只狐狸。另外，这位极感兴趣于比拉尔院长辞职的神父，穿着极其高雅，这是在其他神父那里没有发现过的。

后来于连才发现了弗里莱尔神父具有怎样的一种特殊才能。他深谙使主教开心之道。主教是一位可爱的老人，本该待在巴黎的，认为自己是被流放到了贝桑松，他的视力极不好，却偏爱吃鱼。于是每次吃鱼前，弗里莱尔神父先得为他把鱼刺挑干净。

于连默默地望着反复读着辞呈的神父，门忽然吱呀一声被打开了。急匆匆地走过来一个衣着华丽的仆人。于连转过身来刚向着那门，就已见着一个胸佩大十字架的小老头儿。他急忙躬身跪倒在地，主教朝他慈祥地笑了笑，便走了过去，那位漂亮的神父紧跟其后。这时于连得以在此独处，他可以不慌不忙地把这个圣洁客厅里的豪华的陈设欣赏一遍。

贝桑松主教已饱经风霜，但并未被流亡颠沛之苦所压垮，他仍然是个风趣的人；他已是七十五岁的人了，他没有兴趣探知十年内会发生的事情。

"刚才我进来时好像看见的那个眉目清秀的学生，他是谁?"主教问道，"这个时候，他们不是应该按照我的规定睡觉了吗?"

"这个人很清醒机警,我向您发誓,主教大人,他送来了一个重要的信息,那就是那个唯一在您教区的詹森派教徒的辞呈。这个可怕的比拉尔神父总算明白了说话的下场了。"

"好啦!"主教笑道,"只是我认为您不太可能找到一个可和他相提并论的人来接替他。为了让您看清此人的真正价值,明天我将请他共进晚餐。"

代理主教还想谈谈继任人选问题,可主教没有要谈公事的意思,向他吩咐道:

"在另一个人进来之前,咱们先了解一下这一个要离去的原因。把那个学生给我叫进来。真言往往出自孩子口中。"

于连给叫了进去。"我面对是两个审问者。"他暗想,他从未觉得自己像现在这样勇气十足。

在他进去的时候,两个穿得比瓦勒诺先生还华丽的身材高大的侍人正在帮主教大人宽衣。主教觉得应该先了解一下于连的学习情况,接下来再谈到比拉尔先生。他问及一点教义,颇觉惊异。接着他很快转入了人文学科的话题,谈起了维吉尔、贺拉斯以及西塞罗等人。"这几个人的名字,"于连思忖,"已使我落到了第一百九十八名。如今我不再害怕会失去什么了,就让我再炫耀一番吧。"果不其然,他大获成功,主教喜不自胜,他本人就是个了不起的人文主义者。

在参加省府的晚宴时,一位颇具盛名的年轻姑娘当众朗诵了一首名为《马大肋拉》的诗。主教正兴奋地谈着文学,他很快就把比拉尔神父和其他公事都抛到了脑后,和这个神学院的学生讨论起贺拉斯的贫富问题。主教背诵了好几首颂歌用以引证,不过有时他的记忆力不大好使,于连便马上态度十分谦恭地把整首颂歌背诵出来。于连始终用着那种平时闲谈的语调,他接连背了二三十首拉丁诗,就好像在闲谈神学院发生的事情一样,这使主教惊讶不已。最后,主教不得不大加赞誉起这个年轻的神学院学生了。

"没有比您学得更好的了。"

"主教大人,"于连说,"您的神学院还有一百九十七个人比我更配得到您的盛赞。"

"这是什么意思?"这个数字让主教感到不可思议。

"我可用官方的材料证明我将在大人面前陈述的事实。

"在每年一次的神学院考试中,我回答的正是刚才主教大人大加赞赏的那些题目,但我却是第一百九十八名。"

"啊!原来您就是比拉尔神父的宠儿!"主教笑着高声说道,并朝弗里莱尔先生望了一眼,"我们本应该早考虑到这一层的,这的确是正大光明的,我的朋友,"他又转而问于连,"您是被人叫醒后派到这里来的?"

"是,主教大人。我平生只在圣体瞻礼那一次单独走出了神学院,为了帮助夏斯·伯尔纳神父一起把大教堂装饰好。"

"太棒啦,"主教说道,"怎么,原来是您凭着那么大的勇气,把羽毛花球放在了华盖顶上?我每年都担心那些羽毛花束会送掉一条性命。我的朋友,您有光明远大的前途,我不愿让您在此活活饿死,阻挡了您必将辉煌的生涯。"

主教吩咐后,仆人马上送来了一些饼干和马拉加酒,于连吃得很畅快,弗里莱尔神父更不在话下,因为他深知主教喜欢看人吃得尽兴。

这位高级神职人员越来越满意于今晚的余兴。他又谈起了圣教史,发现于连并不懂,主教接着把话题转向了君士坦丁时代罗马帝国的道德风貌。由异教的末日而导致的不安和怀疑,使生活在十九世纪的精神忧郁厌倦的人们感到了悲观和失望。主教大人发现于连不仅对这一切均毫不知晓,甚至连塔西佗的名字都没听说过。

于连坦陈在神学院的图书馆里没有这位作家的藏书,这使主教颇感意外。

"我今天心情很好,"主教喜悦地说道,"您帮我摆脱了一大难题,刚才的十分钟内,我一直在考虑感谢您给我带来的这一个美好的夜晚,当然这件事是我始料未及的。我想不到我的神学院里会有您这样一位博学强记的学生。我要送您一套《塔西佗全集》,尽管这礼物有些不合教规。"

主教吩咐送来八册装帧十分考究的书,并在首本的标题上亲笔用拉丁语为于连·索莱尔题词。主教向来对他那优美的拉丁语书法十分满意,最后,他严肃地以一种完全不同于刚才谈话时的语气对于连说:

"年轻人,您如果是明智而谨慎的,您终将得到我辖区内的一个最好的教区,它距主教官邸不足一百里,当然您必须是明智而谨慎的。"

抱着那八册书,于连走出了主教官邸,他心中充满了惊奇,这时正好传来了午夜的钟声。

主教大人对比拉尔神父竟只字未提。主教对人如此平易而有礼,这更使于连

觉得意外。如此温文尔雅的风度和如此庄严的气派能自然地结合在一起,这实在出乎于连的想象。当他回到神学院见到正在焦急等待回音的比拉尔神父时,两相对比,给他留下了格外深刻的印象。

"quid tibi dixerunt?(他们说了些什么?)"比拉尔神父远远地望见他便高声问道。

于连在把主教的话译成拉丁文时,显得有些紊乱。

"就说法语吧!重述一遍主教大人的原话,毫无增删。"神学院前院长说道,口气粗暴,态度有些恶劣。

"这份礼物真奇怪,竟是以一位主教的名义送给一个年轻学生的!"他边说边翻着那套精美的《塔西佗全集》,他似乎对那烫金的切口十分恐惧。

听完详细的汇报时已是两点钟了,他这才让他所宠爱的学生返回自己的房间。

"请把《塔西佗全集》的第一卷留下给我,上面写有主教大人对您的赞词,"他告诉于连,"这一行拉丁文将在我离开后成为您继续留在这个神学院的避雷针。Erit tibi,fili mi,successor meus tanquam leo quaerns quem devoret(因为于您,我的孩子,我的下一任将是一头想吞噬猎物的狂暴的狮子)。"

到了第二天的早晨,于连发现,同学们在和他交谈时有些不寻常的地方。于是他更加谨慎而少说话。"瞧这样子,"他暗思,"比拉尔先生辞职的后果就是这样的。整个神学院都传遍了,而他们当我是他的宠儿。他们的这种方式肯定是想侮辱我。"可他又没有看出来。正相反,在寝室的走廊上碰见他的那些人的眼睛里并没有憎恨。"到底什么意思?没准是设好的一个圈套。我可得谨慎些呀!"直到最后,真情从韦里埃的那个小修士的笑谈中透露出来:"Cornelii Taciti opera omnia(《塔西佗全集》啊!)"

听到这个消息,几乎所有人都趋之若鹜地来讨好于连,不只是因为主教大人赠给他一份精美的礼物,也因为他有幸与主教大人交谈了两个钟头之久。对于这次谈话的种种细枝末节,他们几乎全知道。从此时起,于连面对的,不再是嫉恨,而是逢迎谄媚。前一天还无礼待他的卡斯塔内德神父,此时也来挽他的胳膊,并邀请他吃饭了。

因为性格中无法改变的弱点,于连丝毫没感到快乐,他曾经因为这帮人的粗暴无礼而痛苦万分,他们今天的屈膝阿谀也只能让他更觉得恶心。

近中午时,比拉尔神父作了他离开前对学生们的一次严肃的讲话:

"你们想获取尘世的荣誉、社会上的利益好处、发布命令、亵渎法律以及毫无顾忌地侮辱错待别人的快乐,还是愿意获取灵魂的得救呢?只要睁开眼睛,即使是你们中间最不长进的一个,也能分清这两条道。"

他刚一离开,小教堂里就有耶稣圣心派的信徒去唱 Te Deum。神学院中没人把这位前任院长的话当回事。大家到处议论,他的免职让他很沮丧。没有哪个学生会愚蠢到相信他是自动辞去这份可和许多富甲一方的大施主保持紧密联系的职位的。

比拉尔神父搬出去了,贝桑松最豪华的一家旅馆成为他的暂居之地,他要在此住一两天,借处理一些事务为由。

主教邀请他共进晚餐,他有意让比拉尔神父崭露才华,以打趣弗里莱尔先生。到用餐后甜点时,巴黎传来比拉尔已被任命为距巴黎仅四法里的有名的 N 教区的本堂神父的奇怪消息。善良的主教向他表示了诚挚的祝贺。他认为这是一个极其巧妙妥善的安排,觉得十分欣喜,他极高地评价了比拉尔神父的才能。他把一张拉丁文的华贵证书给了他,还示意欲表示异议的弗里莱尔神父不要开口。

主教大人当晚还带着他的赞赏专程拜会了吕邦普雷侯爵夫人。这是贝桑松上流社会里的一大新闻,这不同寻常的礼遇让人们百思不得其解。对于比拉尔神父,人们仿佛已经看见他当上了主教。一些好事的精明人则猜测德·拉莫尔先生当了大臣,于是他们在这一天都敢于嘲笑弗里莱尔神父的专横跋扈了。

次日早晨,当比拉尔神父为侯爵去求见法官时,街上差不多到处都有人尾随着欢送他,连商店里的人也纷纷站在了门前。这是他第一次受到这样隆重的礼遇。对这一切,这个严厉的詹森派教徒感到十分愤慨,在和他为侯爵挑选的那些律师进行了仔细的磋商后,他就启程前往巴黎了。临上车时,有两三个中学时代的老朋友陪送他,他们对四轮轻马车上的爵徽赞赏不已。比拉尔神父一时不能控制,竟告诉他们,他在贝桑松的神学院当了十五年院长,身边只有五百二十法郎的积蓄。朋友们洒泪和他拥抱告别,私下相互议论道:"这个善良的神父未免太可笑,他完全可以不编这个谎言。"

平庸之辈往往财迷心窍,他们又怎会理解,比拉尔神父六年来孤身一人反对玛丽·阿拉科克、耶稣圣会心、耶稣会教士以及他的主教,正是从他个人的真诚中汲取了必要的力量。

第三十章

野心勃勃的人

> 公爵头衔是如今仅有的一种贵族爵位；侯爵二字是可
> 笑的，一听见公爵二字，人们就回过头去。
>
> ——《爱丁堡评论》

德·拉莫尔侯爵高兴地接待了比拉尔神父，其高贵而平易的态度颇让神父惊奇。这位未来的大臣丝毫没有通常大人物常有的那些繁文缛节，这些琐碎礼节表面上彬彬有礼，但明眼人一看便知它是多么地傲慢无礼。那无异于浪费时间。而侯爵此时身负重任，没有时间可以耽搁。

半年来，一个意图使国王和全民都接受的内阁班子为他所精心策划着，为此，他将被加封为公爵。

侯爵多年以来一直要求他在贝桑松的律师就他在法朗什—孔泰的官司给他一个明确清楚的报告，但始终未果。既然那位名律师自己都没搞清楚，又怎能向他解释清楚呢？

比拉尔神父交给他一张小纸片，便使一切都清楚了。

"我亲爱的神父，"不到五分钟的时间内，侯爵说了一大堆客气话，并问及个人生活情况，然后说道：

"我亲爱的神父，在我的事业成功、飞黄腾达之中，有两件虽小却极重要的事情是我无暇顾及的，它们是我的家庭和我的私人事务。我关心整个家族的发展，我能使它有远大的前途，我还在意我的私人享乐，至少在我看来，这是所有一切中最重要的。"在附上这一句时，比拉尔神父眼中吃惊的神色没有逃过他的眼睛。

比拉尔神父虽然是一个通晓人情世故的人，但当一位老人在他面前坦陈自己的私人享乐时，他也不能不稍感惊奇。

"巴黎有的是愿意辛勤工作的人，"这位大贵人继续说道，"可他们都住在六楼上。有一次，我找到一个人为我工作，他很快就在三楼租了套房子，他的妻子也选日子在家待客，红了起来，后来他不再努力工作，一心当个上等人，充当交际家。在解决了衣食问题之后，他们唯一可做的事就是这些。

"具体说到我的官司，把每一件诉讼单提出看，我都有好几个累得快死的律师。其中一个就在前天死于肺病了。当然综合我的全部事务来看，三年来我都找不到这样一个人，他除了为我写点东西，还愿意认真思考一下他所做的工作，您能相信吗？当然，这么多话还只是一个开场序言罢了。

"我尊敬您，且敢于承认，虽然初次见面，我却很爱您。您愿意承担我的秘书工作吗？您的薪俸为八千法郎，还可加倍。我向您承诺，除此之外，我还是得到了我自己的好处。我将把那个好教区留给您，即使我们不再合作，您也有自己的去处。"

比拉尔神父没有答应。但他看见侯爵在结束谈话时确有些为难，他脑中冒出来一个想法，他说：

"我把一个可怜的年轻人扔在了阴暗的神学院里。如果我没估计错的话，粗暴的折磨会落在他的身上。他如果只是一个平庸的修士，早就 in pace。

"目前为止，只有拉丁文和《圣经》是他所熟悉的，但总有一天，他会表现出伟大的才干，可能是讲道宣教，也可能是引导灵魂。我并不十分清楚他将来的打算，但是他怀有神圣高洁的热情，他的前途无可限量。我们那位主教若是在待人处事上与您有一点相似之处的话，我本打算把这个年轻人托付给他的。"

"您的年轻人出身于什么阶层？"侯爵问道。

"听说是我们山区的一个木匠的儿子，可我更愿意猜他是某个富人的私生子。我看见过他曾收到一封附有五百法郎汇票的匿名信。"

"噢！您说的是于连·索莱尔。"侯爵接口说。

"您怎么知道他的名字的？"神父很惊讶。对此，侯爵显得有点不自在，就答道："这个我不能相告。"

"那好！"神父继续他的话，"您大可试试让他当您的秘书，他毅力强，脑子灵活，总的说来，值得您去试一下。"

"会有什么不妥吗?"侯爵说,"只是这个人是否会被警署署长或其他什么人收买来我这里充当耳目呢?这就是我的全部考虑。"

在比拉尔神父做出有力的担保后,侯爵拿出一张价值一千法郎的支票:

"这是将寄给于连·索莱尔的路费,让他马上来我这儿。"

"长期住在巴黎,看得出来您不能理解压在我们这些可怜的外省人身上的是怎样的一种专横残暴的统治,尤其是那些不以耶稣会士为友的教士们。他们不会放过于连·索莱尔,为此他们会编出一些巧妙的借口,可能说他病了,也可能谎称信件被邮局送丢了,等等。"

"那我在一两天内请大臣给主教写封信好了。"侯爵说。

"我还需提醒您应注意的一件事,"比拉尔神父说,"尽管出身低微,这个年轻人却有一颗高傲的心,假如您伤害了这颗心,他将失去用处,他会变得蠢笨。"

"我欣赏这种人,"侯爵说道,"我将让他成为我的儿子的朋友,这样行吗?"

没有多久,一封字迹陌生、盖有沙隆的邮戳的信被送到了于连手里,信内附有一张可在贝桑松一家商号取款的汇票和一份要他立即启程前往巴黎的通知。信上署的是化名,但打开信后,于连浑身一颤:在第十三个词的中间有一个叶状大墨痕,他和比拉尔神父私下约好的信号正是这样的。

一个小时不到,于连便被传到主教官邸,在那里,主教待他像慈祥的父亲。主教背着贺拉斯的诗句,同时巧妙地恭维他,祝贺他将在巴黎开始一个远大的前程。于连本应解释一下这番恭维话,可他的确一无所知,所以他什么也没说出来。主教官邸已有一个小修士写信通知市长了,一份签署好的通行证便由市长马上亲自送来了,上面只空着旅行者的姓名。

于连在当晚十二点以前来到了富凯家里,富凯明智冷静,他看待于连的前途,是非常惊异,而非高兴。

"你所能得到的,"这位自由党选举人说,"不过是内阁的一个职位而已,它使你不得不做出一些举动,而这将使你在报纸上遭人诋毁。我所得到的你的消息将来自你蒙受的辱诟。我希望你能明白,仅从经济方面考虑,我们也不要接受政府四千法郎的薪俸,就算那是所罗门王统治的朝廷,而宁愿自己独当一面,从一笔正当木材买卖中赚取一百路易。"

于连在富凯话中看到是一个乡村资产者的狭隘短浅的胸襟。他终于等到了要在伟大事件的舞台上崭露头角的时候了。他愿意生活多一些风险和波澜。他想象着巴黎到处都有玩弄阴谋,而表面却像贝桑松主教和德·阿格德主教一样文雅懂礼的伪善老手。在他的朋友面前,他并未飞扬跋扈,他的卑微试图让他的朋友相信是比拉尔神父的信让他失去了自我意志。

第二天他到韦里埃的时候已近中午,这会儿他觉得自己简直是世上最幸福的人了。他已准备去看看德·雷那尔夫人。他首先拜访的是他的第一个保护人——善良的谢朗神父。在那儿,他所受到的接待是严肃的。

"您以为我曾予您恩惠,要为我尽点义务吗?"谢朗神父说着,并不理睬他的致敬,"您将和我一道吃午饭,我派人在这段时间为您再租一匹马,饭后您必须马上离开韦里埃,任何人都不要见。"

"听到就是服从。"于连以一个修士的神情回答道,接着他们之间话题便只是神学和优秀的拉丁作品。

于连骑马走了大约一里路,在前面是一片树林,趁没人发现他,便钻进去了。傍晚日薄西山时,他托人把马送了回去。稍后,他进了一个农民的家里向他买一把梯子,那农民不仅答应了而且帮他扛了梯子,一直送到那个小树里,在那可以俯瞰韦里埃忠义大道。

"你可能是一个逃避兵役的可怜的人……抑或是一个走私犯,"告别时,那个农民对他说,"可管它干吗?总之我的梯子高价卖出,再说哪,这种事我这辈子也不是没干过。"

夜色很浓。于连背着梯子大约在凌晨一点钟时进了韦里埃城。他尽快下到一条湍急的河流中,这条河正从德·雷那尔先生家的美丽花园中穿过,它约十尺深,两岸竖着高墙。借助梯子,于连并不太费事就爬了上去。"我怎么对待那些看家狗呢?"于连认为最大的困难就在此。果然,他一走近,狗就叫着奔过来了。可它们很快就因于连轻轻地口哨声而转为向他摇头摆尾讨好了。

接着,他开始一个平台又一个平台地攀登,所有的栅栏门都紧闭着,但他并不是非常困难地就来到了德·雷那尔夫人的卧室的窗台下面了,这间屋子距地仅八尺到十尺,正对着花园。

护窗板上有一个心形小开口,于连对此非常熟悉。可此时开口没有透出室内守夜灯的光亮,他很失望。

"圣明的主啊!"他暗暗思忖,"德·雷那尔夫人今夜不在这间卧室里,她还会睡在哪呢?这些看门狗既然都在,那么他们全家都应在韦里埃。可是在这间没有守夜灯的卧室里,我若撞见的是德·雷那尔先生本人或是一个陌生人,那会是一件多么悲惨的事啊!"

最保险的做法是尽快离开,可于连讨厌这种想法。"我可以转身就跑,假如遇见一个陌生的人的话,丢下这个梯子;但果真是她呢,我将得到她怎样的接待呢?她正在极度虔诚地悔罪,这无须怀疑。不过她此前还给我写过信,她到底还记着我。"他经过这番论证拿定了主意。

他感到自己的心在颤抖,可他已下定了不看到她就死亡的坚定决心。几块小石子被他投向窗扉,可没有发生任何反应。把梯子靠在窗户旁,他开始敲护窗板,起先敲得很轻,敲到后来便越来越重了。"不论天色多黑,他们朝我开枪都不是件困难的事。"他想。到了这个地步,他的疯狂的企图演变为一个是否有胆子付诸行动的问题。

"今晚没人住在这儿,"他想,"否则不管是怎么样的人,这会儿也该醒了。所以,不必顾虑太多,只要没有惊醒睡在其他房间里的人就行了。"

他于是先下来,把梯子对着窗子放好后又爬了上去,通过心形小窗口,系在关闭护窗板的小钩上的铁丝很快被他摸到。他拉开铁丝,感觉到护窗板动了,心里一阵喜悦,稍用劲护窗板被他打开了。"要慢慢地开,让她辨认出这是我的声音。"他把头伸进开得足够大的护窗板里,低语:"是朋友。"他细心谛听,但他确实没听到有任何声音打破室内深沉的寂静。可是壁炉架上已确定没有守夜灯,别说半开着的了,这个事实的确不妙。

"小心被人开枪打死!"他琢磨了一会儿,随后便用手指去敲窗户:毫无反应,他敲得更重了。"就算玻璃被敲碎,我今天也要把这事干完呀!"他很使劲地敲着,好像在极度的黑暗中,他看见有一个白色的影子穿过室内。最后,他毫无疑问地确信,一个影子正慢慢地朝他走来。突然,在他眼睛凑得很近的那块玻璃上,他看见了有半个脸贴了过来。

他吓了一跳,稍稍后退了一点。可是今晚实在太黑了,在如此的近距离内,他还是无法确认那是不是德·雷那尔夫人。他担心有人示警或惊叫,他听到狗的低吠,它们正围着梯子转悠。"是我,"他重复说道,声音较高,"一个朋友。"没有回音,那个白色的影子不见了。"求您开开窗户,我要跟您谈谈,我太惨了!"他用力打窗户,玻璃都快被他敲碎了。

一个清脆的声音响了,拔开了窗户的插销,他顺势把窗户推开,便敏捷地跃了进来。

白色的影子闪开了几步,其胳膊却冷不防被他抓住,这无疑是个女人。他的种种勇敢无惧的想法顿时烟消云散。"真是她,她会怎么说呢?"从一声轻呼中,他听出她正是德·雷那尔夫人,这时他的激动无可比拟啊!他拥她入怀,她浑身发着抖,简直无力推开他。

"下流之辈,您来想干什么?"

她的声音颤抖着,于连却在她勉强说出的这句话中听出了她真正的愤怒。

"我是来看望您的,在残酷地分开了十四个月之久后。"

"走吧,马上离开我。啊!为什么谢朗神父要阻止我给他写信呢?我早该料到这可怕的事呀。"她用力推开他,力气大得有些惊人。"我为我的罪孽正在忏悔悔过,蒙主垂顾,为我指明道路,"她时断时续反复地说,"出去!您赶快走!"

"十四个月的痛苦煎熬,现在不和您谈谈我决不离开。啊!我对您的爱是那么挚诚,我可以这么要求您,您的一切我都感兴趣。"

不管德·雷那尔夫人怎样地不愿意,她的内心还是因于连强横的语气而受了影响。

于连激动地紧拥着她,不让她挣脱,后来他还是稍松了松胳膊。德·雷那尔夫人因此安定了些。

"我需要去把梯子收上来,"他说,"若有某个仆人惊醒了去巡逻的话,它会连累我们。"

"啊!正相反,您给我出去,出去!"她表现出毫不虚伪的愤怒,说道,"男人对我有什么重要的?圣主亲眼看见您在我面前演的这把戏,而我却要受惩罚。您真可耻,还想利用过去我对您曾有的感情,现在这感情已不复存在。您听明白了吗,于连先生?"

他把梯子慢慢拉上来,注意不发出声音。

"你丈夫住在城里了吗?"他脱口而出,并非故意去冒犯她,而是出自旧日的积习。

"不要对我说这样的话,求求您,不然的话我会去叫我的丈夫。我没能设法赶走您,我已经铸成大罪。我真是可怜您。"她接着说。故意去伤害他高贵的自尊,她了解他的骄傲的心是经不起这打击的。

于连爱的激情反而冲到了疯狂的地步,因为她拒绝你我亲密的称呼,并企图借此粉碎他还心存希望的如此温柔的联系。

"怎么!您怎么可能不再爱我了!"他说。听了他的肺腑之言,让人很难再保持平静而无动于衷。

她不予回答,他却伤心地哭了起来。

"那就是说,唯一曾经爱过我的人现在已经把我忘了!此后,我的存在还有何意义?"他不再畏惧会有撞见一个男人的危险了,他的勇气已彻底弃他而去;他的内心一片空白,除了爱情以外。

他哭了很久,很忧伤。他握起她的手,她想把它缩回来,可经过几次几乎痉挛的动作后,她放弃了。屋里黑极了,他俩肩靠肩坐在床上。

"和十四个月以前的情形比较起来,这是多么地不同啊!"于连一想到这个,眼泪更止不住了。"这么看来,分离是人类一切感情毁灭的根源之一!我会离开的。"

"请谈谈您自己。"沉默让于连痛苦,他终于抽泣着说。

"没有疑问,"用着一种无情地责备于连的语气,德·雷那尔夫人严厉地回答说,"您离开的时候,全城的人都知道我的失足了。您的举动是多么不谨慎啊!以后不久,在我彻底失去希望的时候,可敬的谢朗先生找到了我。在一段很长的时期内,他企图让我坦白真相,但没有成功。他有一天带我去了第戎教堂——我第一次领圣礼的地方。他在那儿主动地和我谈了起来……"德·雷那尔夫人泣不成声。"那时是多么羞耻的时刻啊!我坦白了一切。这个善良的人,他没有向我发泄他的愤怒,而是和我共同痛苦。这段时间,我每天都写信给您,却不敢把它们寄给您。信被我仔细地藏了起来,一当我痛苦得忍不住的时候,我就把自己关在卧室里重读那些信。

"谢朗先生后来终于说服我把信交给了他……其中有几封信,我寄给您,它们写得稍谨慎点,可从您那,我没有得到一封回信。"

"我连你的一封信也没从神学院收到过,我可以发誓。"

"主啊,谁截了这些信?"

"想想我是多么痛苦！甚至我还不知道你是否仍在世上,直到我在大教堂遇见你。"

"天主开恩,让我明白了我对他、对我的孩子、我的丈夫犯了怎样严重的错误。"德·雷那尔夫人接着说,"那时我以为我丈夫从未爱过我,而你是那样的爱我……"

于连扑到她怀里,确实没什么意图,只是一时冲动。但是德·雷那尔夫人推开他,非常坚决地说下去:

"我可敬的朋友谢朗先生让我明白,我和德·雷那尔先生结婚,就等于承诺把所有的感情交给他,甚至包括我不了解的,在一次不幸的关系之前从未感受过的感情……,自从把那些珍贵的信交给他后,我的生活即使不算幸福,至少还很平静。请你不要搅乱它,做我的朋友吧……最好的一个朋友。"于连吻遍了她的双手,她仍感到于连的哭泣。"别哭了,这真让我痛苦……该你说一下你的事情了。"于连说不出话来。"我想知道你在修道院里的生活,"她接着说,"然后你就离开吧。"

于连说到他起初碰到的无数的阴谋和嫉妒,后来又说到当辅导教师后较平静的生活,但他说得心不在焉。

"就在那时,"他接着说,"在很长的一段沉默之后,这沉默显然要让我明白我今天已经清楚的事:你已不再爱我,在你眼里我已不重要……"德·雷那尔夫人握紧了他的手。"就在那时,你寄来了五百法郎。"

"我从来没寄过。"德·雷那尔夫人说。

"那封信盖着巴黎的邮戳,署名是保尔·索莱尔,是为了避免人怀疑。"

他们就那封信的可能来历讨论了一番,精神状态为之一变。不知不觉中,两人都将严肃的语调换成了温柔的语调。黑暗中,他们彼此看不见对方,但说话的语气已经说明了一切。于连的一只胳膊伸过去,搂住情人的腰,这个动作有很大危险性,她试图摆脱,但于连巧妙地叙述一个有趣的情节,吸引她的注意力。于是那只胳膊仿佛被遗忘了,继续留在那里。

俩人就那封附寄五百法郎的信的来历作了种种揣测后,于连仍绕回了他前一个话题。说起过去,他让自己平定了一些,当然,以前的种种和眼下的情况比较起来,并不能激起他的兴奋。他的所有考虑都集中在如何结束今夜的会见。"您离开这吧。"她再三这样很坚持地对他说。

"被她驱赶走将是怎样的一种屈辱啊！我的一生就此被懊悔毁掉,"他暗想,"她将永不和我写信联系。天知道我还能否再回到这个地方!"于连想到这,心中所有圣洁的想法都消失得无影无踪了。这间曾让他感到那么幸福的卧室里,他坐在他心爱的女人身边,几乎拥她在怀。即使夜色昏黑,他也清楚地感觉到她一直没有停止哭泣,而且还从她胸脯的起伏上察觉到她的哽咽,然而这时的他却变得工于心计,沉着冷静,几乎和他在神学院发现自己成为一个比他厉害的同学的嘲笑的对象时一样,不幸成了一个冷酷的政客。于连接着叙说到他离开韦里埃以后的悲惨境遇。"这么看来,"德·雷那尔夫人心想,"离别的一年中差不多任何被怀念的迹象都不存在,他却一直没忘记在韦尔吉过的一段幸福的日子,可我忘记了他。"她的抽泣越发显得伤心和厉害了。于连看来,他的叙述是得逞了。他清楚施行最后一招的时刻到了,话题一转,他谈到了刚从巴黎来的那封信。

"我已向主教大人辞行了。"

"怎么,您永远离开贝桑松不再回来了! 您将永远和我们分离了吗?"

"是的,"于连不容置疑地回答说,"的确,我将和这个连我一生最爱的人也把我忘了的地方永别。我前往巴黎。"

"您要去巴黎!"德·雷那尔夫人高声叫了起来。

眼泪让她哽咽,她几乎说不出话来,其内心极度的混乱暴露无遗。于连要的就是这样一种鼓励。他接着要做出一个违心的举动;她惊叫前,他意识不到这一点,根本料不到他的话可能产生的结果。没有犹豫,担心悔恨之心控制了他,他站起来冷冷地说:

"是这样的,夫人,我要永远与您分离,祝您幸福,永别了吧。"

他走向窗户,几步之后他已把窗打开。德·雷那尔夫人奔过去投入了他的怀抱。

于是,在三个钟头的交谈后,于连又获得他在前两个钟头所渴望得到的一切。爱情复归,德·雷那尔夫人克服了悔恨,如果这一切提前来临,将是一种怎样无可比拟的幸福,现在是要手腕攫取了它们,也就不过是一种快乐而已。不顾情人的阻止,于连坚持要求点亮守夜灯。

"看来,"他对她说,"您是不想让我留一点见到您的记忆吗? 难道表现在您迷人眼眸中的爱情将永远消失在我的心底? 我将再也见不到您白皙漂亮的小手了吗？考虑一下吧，这一次，我会和你分别很久很久！"

长久分别的意念深深触动了德·雷那尔夫人，她的眼泪如雨水般落下，觉得什么也不应拒绝。可这时，黎明的曙光已开始清晰地勾勒出韦里埃城东边山上松树的轮廓。于连沉在欢乐的情感之中，他不愿意离开，而是请求德·雷那尔夫人允许他藏在她的卧室里过上一整天，而后第二天夜里才离开。

"有什么不可以的呢？"她回答，"这是我命里注定的第二次堕落，我的人格已毁，这将让我终生不幸。"她紧紧地拥着他。"我的丈夫已不像从前了，他怀疑我，他因为我在这件事上耍了他而对我相当恼火。假如有一点声响让他听到，我就全毁了，我会像一个坏女人一样被他撵出家门。"

"瞧啊！这是谢朗先生的话，"于连说，"在我去神学院的残酷离别之前，这样的话不会从你嘴里说出来，那时你是爱我的啊！"

于连冷静的语言很快得到了回报，他发现他的情人已然忘记她的丈夫突然出现的种种危险，而是一心想着另一个更大的危险：于连对她的爱情的怀疑。天很快亮了，室内通亮，又见到了怀里偎依着这个迷人的女人，她甚至就在他的脚边，于连感到了一种自尊获得满足的全部快乐，而此前的几个钟头里这个他唯一爱过的女人还完全被对天主的恐惧和家庭的责任心所控制。她坚持了一年的所有决心终被于连的勇气摧毁了。

很快，屋子里传来一点响动，德·雷那尔夫人为这意料不到的事感到慌乱。

"可恶的爱莉莎要进来，我们怎么处置这个笨重的大梯子？"她向着她的情夫说，"它能藏在哪儿呢？我把它弄到顶楼上去。"她忽然叫起来，神气是活泼快乐的。

"可仆人的房间是必经之道。"于连有些意外地说。

"梯子先放在过道，我再叫仆人来办这种事。"

"从过道经过时，仆人会发现梯子，你得先想好托词应付他。"

"好吧，我的天使，"德·雷那尔夫人边吻了他一下，边说，"我不在时，爱莉莎会进来，你呢，就得马上躲到床底下去。"

对于她这种突然而来的快乐，于连感到意外。"这么说，"于连思忖道，"她忘记了悔恨！一个临近的现实危险没有让她惊慌，反而让她兴致盎然。真是个高超的女人！啊！这是令人骄傲的，占有了这颗心！"于连极度高兴。

德·雷那尔夫人拿起了对她来说是太重了的梯子。于连走过去助她一臂之力,他欣赏着她那柔弱无力而优美的身段,但突然,她无须帮助像举一把椅子一样独自举起了梯子。很快地,梯子被她搬至四楼过道里顺楼放倒。她叫仆人,在仆人穿衣服的功夫,她登上了鸽楼。她再回到过道里时,五分钟已经过去,却不见了梯子。梯子哪去了?如果于连已离开了这所房子,这种危险她不会放在心上。但此刻,如果让她丈夫发现了这架梯子,可就太糟了!到处都被德·雷那尔夫人找遍了,最后才在屋顶下面发现它,原来仆人把它搬过去藏好了。这件不寻常的事若发生在往常,她早就惊慌失措了。

"二十四小时后再发生什么事有什么关系?"她心想,"反正那时于连已离开了。此后的一切,对我来说,不仍是恐惧和悔恨了吗?"

她仿佛朦胧地觉得,她的生命该走到了尽头,可那又有什么重要的?那次离别她就以为是永诀,可他又回到了她的怀抱,她又一次看见了他,并且他为了这次见面而做的所有举动表现出了那么强烈的爱情!

她告诉了于连有关梯子的事,并对他说:

"要是仆人把梯子的事告诉了我丈夫,我怎么应付他呢?"她思忖片刻,"要找到那个卖给你梯子的农民,最少也需要二十四小时,"她投向于连的怀抱,痉挛地搂紧他,"啊!死去吧,让我们就这样去死吧!"她喊起来,疯狂地吻着于连。"可你不能活活饿死。"她说着笑起来。

"来,让我先把你藏在德尔维尔夫人的房间里,它通常是锁着的。"她在过道的那一端守望着,于连便迅速跑过去了。"就算有人敲门,你也千万不要开门,"她一面把他锁进房里,一面叮嘱他,"当然不论怎样,这只能认为是孩子们玩的一场游戏而已。"

"你把他们叫到花园里的这个窗子下面来,"于连说,"能看见他们,我会很高兴,让他们互相交谈吧。"

"好吧,好吧。"德·雷那尔夫人边答应着边走开了。

很快,她转回来了,带了些橘子、饼干和一瓶马加拉酒,除了没偷着面包。

"你的丈夫现在干吗呢?"于连说。

"他在起草一份计划,是关于和农民做买卖的。"

八点钟的钟声响起来,屋里传来喧闹嘈杂的声音。若此刻还见不着德·雷那尔夫人,会有人四处找她,所以她现在只得先离开他。但不一会,她又回来了,冒失地带给他一杯咖啡,她怕饿坏了他。吃过早餐,孩子们被她弄到了德尔维尔夫人卧室的窗子下。他看出他们长高了不少,不过样子并不出众,也许是他的看法变了。

德·雷那尔夫人在他们面前提起了于连。老大怀着对从前老师的友情和遗憾回答着,可两个小的已几乎忘了他。

这天早上,德·雷那尔先生没有出门,他在房子里上上下下,忙着一笔将今年收获的土豆卖给几个乡下人的交易。德·雷那尔夫人在午饭前几乎没有时间去照顾被她因在屋子里的于连。午餐摆好了,钟声传来,德·雷那尔夫人这才想起为他偷一盘热汤。她小心端着汤向藏着他的房间的门口走去时,她冷不丁撞见了今早藏梯子的仆人。这时,他也正在过道悄悄走着,好像在干什么。或许是于连在房里走动不小心弄出了声音。仆人有些摸不着头脑地走开了。德·雷那尔夫人毫不畏惧地走进了于连的房间,于连见到她,身体禁不住抖了一下。

"你害怕了!"她朝他说,"我呢,我敢无畏地面对世上任何危险。只有一件事让我害怕,即在你走后我将是孤苦一人。"说完,她拔腿跑开了。

"噢!"于连很激动,禁不止喃喃自语,"这个崇高的心灵只畏惧悔恨!"

黄昏最终来临,德·雷那尔先生到俱乐部去了。

德·雷那尔夫人推说头痛得厉害,回房了,她打发了爱莉莎,便迅速起床去为于连开门。

于连真的饿得要死。德·雷那尔夫人去配膳室去找面包。一声大叫被于连听到。德·雷那尔夫人回来后告诉他,当她摸着走进漆黑的配膳室的面包柜前,正伸手去拿面包,却碰着一个女人的胳膊,原来是爱莉莎,她惊得大叫了一声,让于连给听见了。

"她在那干吗?"

"偷甜食,或许是在监视我们。"德·雷那尔夫人并不在乎地说,"还算运气,我得到了一块馅饼和一个大面包。"

"那是什么东西?"指着她的围裙口袋,于连问道。

德·雷那尔夫人差点全忘了,她的围裙口袋里从吃晚饭时起就已塞满面包了。

于连热情而疯狂地抱着她,她在他眼里从没有现在这么美丽过。"即使在巴黎,"他有些愧疚地想,"我也再见不到比这更伟大的人格了。她有着没干惯这类琐事的女人的种种笨相,又具有人的真正勇气,只畏惧一种更可怕的另类性质的危险。"

于连吃得津津有味,因为饭食简单,他的情人正开着他的玩笑,她实在受不了正正经经地交谈。这时忽然有人使劲推门,来的是德·雷那尔先生。

"为什么你要把自己关在屋子里?"他朝她喊道。

于连在如此短暂的时间里刚能钻到长沙发底下。

"噢!您还打扮得整整齐齐的?"德·雷那尔先生边说边进来了,"您把门锁着,您在里面吃夜餐!"

要在平时,德·雷那尔夫人会因这用夫妻间冷淡口吻讲出来的问题而惊慌失措,而此刻她的全部思维停止了,她的丈夫只要稍低头就可以发现于连,这是因为德·雷那尔先生一进门便坐在了正对着沙发的那把椅子上,这把椅子于连刚坐过。

头痛被用来解释一切。她的丈夫接着便详细向她叙述他在俱乐部的弹子房怎样赢得了全部赌注,"十九法郎一盘啊,的的确确!"他加上一句,她这时候才发现他们前面三步远的一张椅子上放着于连的帽子。她更加冷静沉着。她开始宽衣,不一会儿,她迅速绕到了她丈夫的背后,把她的长袍扔到了那张放帽子的椅子上。

德·雷那尔先生最后离开了。她请求于连再讲一遍他在神学院的情况,"我昨天几乎没把你的话听进去,你说话的时候,我只想如何让自己把你打发走。"

她实在太冒失了。他们说话的声音太大,直到凌晨两点钟,一阵猛烈的敲门声响起来,还是德·雷那尔先生。

"快打开门,家里藏着贼!"他说,"今天早上圣让发现了一把梯子。"

"全完了,"德·雷那尔夫人嚷道,一头扎进于连的胸怀,"他绝不相信有贼,他会杀死我们两个,我死在你的怀里,即使死也比我过去活着要幸福。"她毫不理会她的暴怒的丈夫,而是忘情地吻着于连。

"拯救斯塔尼斯拉斯的母亲!"他说,然后命令她,"我可以从盥洗室的窗子跳到院里,然后经花园逃走,那些狗熟悉我。你要尽可能快地把我的衣服打成包,然而从窗子扔到花园里。就让他们把门喊破吧。可说什么也不能承认,听我的,禁止承认,让他怀疑好了,不能让他有任何证据。"

"跳下去你会活不了的!"这是她仅有的回答,也是她唯一的顾虑。

他俩同时来到盥洗室的窗口,她迅速藏好他的衣服,接着她开了门,让她怒气冲冲的丈夫进来。他查看了寝室和盥洗室,离开时一句话也没说。于连拾起了扔下来的衣服,飞快地跑向杜河那边花园的低处。

　　他猛跑之时,听见呼啸而过的子弹声,接着枪声响了。

　　"并不是德·雷那尔先生,"他思考着,"他还没这水平。"守夜狗静静地跟着他跑,又一枪响了,看来击中了一条狗的腿,他在那嗷嗷惨叫。于连越过一座平台的墙垣,被掩护着跑了约五十步,然后改变方向逃去。他听到了吆喝的声音,看得很分明是那个仆人,他的敌人,正打了一枪;从花园的另一头,一个佃农也开始射击,但于连已到了杜河岸边,他这才穿好衣服。

　　一小时后,于连在去日内瓦的大道上走着,已离韦里埃一法里远了。"若有人疑心,"于连暗想,"就该到往巴黎的道上追我。"

下　卷

她不漂亮，
她未涂胭脂。

——圣伯夫

第一章

乡 居 情 趣

乡村啊！何时我才能够见到你！

——维吉尔

"想必先生是在等待去巴黎的驿车吧？"店主人问。这时，于连刚停下来在一家饭店用早餐。

"对我来说，今天的还是明天的驿车都行。"于连答道。

就在他处于满不在乎状态的时候，驿车却来到了。正有两个位子空着。

"哎呀！原来是你呀，我可怜的法尔科。"一个日内瓦旅客对和于连同时上车的另一旅客说。

"我还以为你已经安顿下来了呢，"法尔科说道，"在里昂近郊靠近罗讷河的一个迷人的山谷里吧？"

"安顿下来就好了。可我正在逃呢。"

"什么？你在逃？就你，圣吉罗！你长着一张老实巴交的脸，难道你还会犯罪吗？"法尔科笑着说道。

"说老实话，的确也差不离。可我逃避的是外省的可恶生活。我喜爱树林中的清新空气和田园的宁静意趣，你是了解的，过去你常指责我太过想入非非。听人家谈论政治，这是我一辈子也不愿做的事，现在我却被政治赶出来了。"

"你现在哪个党派？"

"正是因为我不属于任何党派，才倒霉了。瞧，我喜欢音乐，我爱绘画，对我来说，一本好书就是一件大事，这就是我的全部政治。我将近四十四岁了，我还能活

右侧页边竖排： 世界经典文库　世界二十大名著　红与黑　图文珍藏版

195

多少年呢？十五年，二十年，至多就三十年吧？又有什么用呢？三十年后的大臣，我猜测，应该会比现在能干精明些，可他们也将会是与当今的大臣们一样的正派人。我觉得英国的历史正如一面镜子，从中能看清我们的未来。总会有那么一位要求扩大自己的特权的国王；当议员的图谋，能挣几十万法郎的米拉波，会使外省有钱人寝食难安，他们称之为参加自由党和热爱人民。那些保王派会为想当贵族院议员的欲望所驱使而四处奔走。在国家这条大船上，谁都想得到报酬最多的掌舵人的职位。那么，一个平凡的乘客永远也别指望得到一个可怜的小职位吗？"

"应该有的，并且会让性情平和的你感到心情愉快。你是不是在最近一次选举中被赶出了外省的？"

"很久以前我就有此不幸了。四年前我四十岁时，我的收入有五十万法郎，而现在我老了四岁，我的收入却跟着减少了五万法郎，这正是我变卖我的蒙弗勒里城堡所蒙受的损失，这城堡位置极好，恰好在罗讷河畔。

"在巴黎，我已厌倦了这出没完没了的喜剧，也就是你们所谓的十九世纪文明的结果。淳朴简单是我所渴望的。所以在靠近罗讷河的山区，我买了一块地，这是天底下最美的一块地方。

"半年来，村里的副本堂神父和邻近的乡绅不断讨好我，我请他们共进晚餐，告诉他们，我是为了一辈子不谈政治，也不听别人谈政治，才离开巴黎的。你也知道，我没订一张报纸，我的信越少，我越开心。

"副本堂神父可不这么认为，不久我成了当地各种各样冒昧的要求和纠缠的大目标。我本打算每年向穷人施舍二三百法郎，可他们却要求我捐给宗教团体，什么圣约瑟会、圣母会啦，等等，我没有答应，为此无数凌辱加在了我的身上。我愚蠢得竟至恼怒了。早上我不再能出去享受山中美景，因为我的梦想总会被一桩桩麻烦事打断，以至让我不高兴地想起人及其恶毒行径。比如说，我很喜欢举行丰年祈祷会时游行队伍唱的歌，可他们因为副本堂神父说我是一个不信神的人，便不到我的田里来祝福了。一个虔诚的老农妇把她的一头母牛的死，归因于住在我这个不信神的、来自巴黎的哲学家的池塘附近的缘故，八天以后，我便发现池里的鱼都肚皮朝天，被人用石灰毒死了。各式各样的干扰纠缠着我。治安法官本是个正直无私的人，可也为了保住他的职位而总是判我无理。这样对我来说，平静的田园也成了可怕的地狱。

"因为副本堂神父、村里圣会头目抛弃了我,自由党的头目、一个退休的上尉也离我远去,大家便一齐扑向我,包括一年来靠我养活的那个泥瓦匠,甚至为我修犁的车匠也要敲我的竹杠。

"为了找个依靠,让我打赢几场官司,我成了自由党。可正像你说的,可恶的选举又来临了,大家要求我参加投票……"

"给一个不认识的人投票吗?"

"才不是,这个人我太熟悉了。我没有答应,这是多么不谨慎啊!从此,我又被自由党缠得焦头烂额,我的处境难以容忍。我确定,副本堂神父若是想控告我谋害了我的女仆,从两个党派里准会有二十个证人站出来作证,发誓说是亲眼看见。"

"你想生活在乡下,却不去讨好你的邻居,甚至也不理会他们无趣的话,这犯了多大的错啊……"

"所幸,错误正得到补救。如有必要,我宁愿损失五万法郎出卖我的蒙弗勒里城堡。可我仍然为能离开这个伪善和烦恼的地狱而感到开心。在法国,只有在巴黎爱丽舍田园大街临街的五层楼上,可以找到寂静和田园的和平,我将到那儿去居住。可我又多了一个顾虑,我会不会因给教区送圣餐面包而在鲁尔区又开始我的政治生涯呢?"

"若在拿破仑时代,你不会担心这一切。"法尔科说,此时他眼眸发亮,既有愤怒又满是惋惜。

"的确很好。但是为什么,你的波拿巴没能保住他的地位呢?我今天一切的苦痛,都拜他所赐。"

听到此,更加引起了于连的注意。从他的第一句话,于连就断定这个法尔科是个波拿巴分子,他正是德·雷那尔先生于1816年绝交的儿时老友,那个哲学家圣吉罗应该是某个很会经营的省府官长的兄弟,这个省府官长通过招标为自己廉价租到了公房。

"你的波拿巴造成了这一切的不幸,"圣吉罗接着说下去,"一个从不伤害他人的正派的人,四十岁了,并有五十万法郎,却不能安安静静地在外省过他的平静日子,这是那些教士和贵族驱赶他的缘故。"

"啊!禁止说他的坏话,"法尔科喊起来,"他在位的那十三年法国所受到的世界各民族的崇敬是以前一切时代所不可比拟的。因为,他那时所采取的一切行动

图文珍藏版

都是伟大的。"

"啊！你那个皇帝,见鬼去吧,"四十四岁的人又说道,"只有在战场上和1802年整顿财政的时期,他是伟大的。此后他所做的一切又有什么意义？他那帮侍从显贵、豪华的仪仗队以及在杜伊勒里宫中的召见礼,实际上全是君主政体愚蠢行为的翻版。这个经过修订后的版本可能会用上一两个世纪。贵族和教士想回到从前,却缺少将旧版本推销给公众所必要的铁腕人物。"

"的确,这种论调是属于一个老印刷厂厂主的!"

"谁把我从自己的地方上赶走的?"印刷厂主气咻咻地说,"是那帮教士。拿破仑签订协定,和罗马教皇和解,请他们回来,他不仅把他们看作公民,而且还去费心他们的谋生之路,并不像国家对待一般的医生、律师和天文家那样去对待他们。如果不是你的拿破仑封了那么多男爵和伯爵,今天哪来那么多蛮横不讲理的贵族？不,现在他们已经过时了。教士们除外,让我最烦的就是那群强迫我加入自由党的乡村小贵族。"

这种对话没有停止的意思,在法国这个话题可谈上半个世纪之久呢。圣吉罗不断强调外省的生活无法忍受,于连便小心谨慎地把德·雷那尔先生作为例子。

"好的,年轻人,您太棒了!"法尔科喊道,"不想做铁砧,就得把自己造成一把铁锤,甚至是把让人害怕的铁锤。不过在我看来,他无法对付瓦勒诺,这个坏蛋、您认识吗？这真是一个大坏蛋。您的德·雷那尔先生某一天若被解职,由瓦勒诺代替了他,他还有什么可说的呢？"

"他将面对自己的罪恶,"圣吉罗说道,"年轻人,看来您是了解韦里埃的啦？那么就这样吧,波拿巴,让他和他那些君主制的破烂一齐被埋葬吧,是他使得德·雷那尔和谢朗的掌权得以实现,而这进一步促成了瓦勒诺和马斯隆之流的得势。"

于连为这场就黑暗政治进行的谈话感到震惊,打断了他那些温情脉脉的想入非非。

巴黎已远远地映入眼帘,却并未在于连心中引起多大反应。刚在韦里埃度过的二十四小时的种种情景在于连心中留下的记忆,不得不与他对自己未来命运的幻想展开了激烈的斗争。对于他的情人的孩子们,他发誓将永不抛弃,教士们的蛮横无理若是造成了一个共和国,并因此造成对贵族的迫害的话,他将不顾一切去维护他们。

假如在韦里埃的那天晚上,他把梯子靠在德·雷那尔夫人卧室的窗户旁时,他发现是个陌生人或正是德·雷那尔先生在那间房子里,情况又会怎样呢?

可是,他的情人很认真地想赶走他而他在黑暗中坐在她身边为自己申辩的那最初的两个钟头,那又是怎样地甜蜜幸福啊!这种记忆对于连这种类型的心灵是永远不会磨灭的。十四个月前他们最初相爱的那段时光已与这次相会的其他情景融为一体了。

车停了,于连猛然从深沉的梦幻中惊醒,车刚进入卢梭路驿站的院子。

"我需要去往马尔梅松宫。"于连朝近旁一辆双轮轻马车说道。

"先生,您这个时候去那儿干吗?"

"这与您有什么关系?走吧。"

全部的热情都被他用来思念她。这就是我觉得激情在巴黎是可笑的原因,而总有人以为别人会多么真心实意地想着他。我将略去于连到马尔梅松时的激动兴奋。他落泪了,怎么!难道他看不见今年修的那些讨厌的白墙把花园分割成一小块一小块的吗?的确是这样的,先生,在于连及后来人看来,区别并不存在于阿尔科拉、圣赫勒拿岛和马尔梅松之间。

当晚,于连犹豫了很久才进了一家剧院,对这种使人堕落的地方,他有着许多奇特的想法。

他因一种深深的猜疑而无法欣赏活的巴黎,仅仅是他的英雄留下的许多纪念碑才能使他感动。

"这么说,我已经涉足阴谋和伪善的中心了!这儿的统治者就是弗里莱尔神父的保护人。"

第三天夜里,好奇心占了优势,他改变了在见比拉尔神父之前什么都去见识见识的计划。用着一种冷淡的口吻,神父向他说明了他将在德·拉莫尔先生家里度过的生活。

"假如几个月后,您仍显不出对他有什么用处;您将被遣送回神学院,当然应由正门进去。您不久将住到侯爵——法国最大的贵族之一的家里去。您要着黑衣,不像一个传道的教士,而像一个居丧的人。我要求您继续您的神学研究,我将介绍您去一个神学院,每礼拜去三次。您每天中午必须待在侯爵的图书馆里,写许多他托付您写的信件,它们可能是关于诉讼问题的,也可能是为了其他事务。在收到的每封信的空白处,侯爵都将注上回信的要点。我已经为您保证,不出三月,您就能写这些回信,而在您呈上去的十二封信中,应该有八九封信,他是可以签字的。您还将在晚上八点钟为他整理办公室,十点钟后您就自由了。"

"也许,"比拉尔神父接着说,"将来有某位老太太或某位态度温和的人为了想看一看侯爵收到的信,会让您隐隐约约看见巨大的好处,或者干脆把金钱送到您手里……"

"噢!先生!"于连大声喊起来,脸都红了。

"真怪,"神父苦笑着说,"您是这样贫穷,又在神学院耗了一年,竟还有这样的羞耻心。您真是个瞎子!"

"这难道是血统在作怪?"神父好像在自言自语地低声咕哝。"我真觉得很意外,"他接着说道,盯着于连,"侯爵知道您……这回事我也不清楚。您暂时只有100路易的薪金。这个人有些任性,这是他的缺点,他跟您作起对来会像个孩子。如果您使他满意,您的薪金将被提高到8000法郎。

"可你要了解,"神父又尖酸地说,"并不是因为您这一双美丽的眼睛,他才给您这么多钱,而是因为他用得着您。如果我是您的话,我将保持沉默,尤其对于我所不了解的情况。"

"啊,"神父继续说道,"我刚才忘了我曾为您打听的侯爵的家庭情况。他有一个女儿和一个十九岁的儿子,其子很高贵典雅,只稍许狂了点,是那种正午十二点从不知道午后两点会干什么的人。他有才有勇,上过西班牙战争的战场。我不知道侯爵希望您做这位年轻的诺贝尔伯爵的朋友的原因。我夸您熟谙拉丁语,或许您会被要求教其儿子几句从西塞罗和维吉尔作品中选出来的现成话。"

"如果换了我,我决不给这个漂亮的年轻人向我开玩笑的机会,他可能会温文尔雅地主动接近你,掺杂有嘲讽,我非得让他重复好几遍才会接受。

"我可以明确地告诉您,这位血气方刚的德·拉莫尔伯爵开始一定会蔑视您,因为您不过是个微贱的平民。他的祖先曾供职于朝廷,因一桩政治阴谋于1574年4月26日在格雷沃广场被光荣斩首。而您只是韦里埃一个小木匠的儿子,更不用说您只是他父亲雇来的人。您需要认真掂量一下这些差别,并从莫雷里的著作中了解一下这个家族的历史。到他们家参加晚宴的几乎所有谄媚者,在那儿都会不时投一下他们所谓的巧妙的暗示。

"您需要特别注意您回答诺贝尔伯爵先生的嘲笑方式。他是轻骑兵上尉,未来法国贵族院的议员,您事后请勿向我诉苦。"

"我的做法是,"于连红着脸说,"我不会搭理一个蔑视我的人。"

"您还不明白,这类蔑视是隐藏在夸张的恭维话中的。您如果真傻,就会受骗;如果您想发迹,就得受骗。"

"有一天我不能适应这一切了,"于连说,"我如果重回我那一百〇三号小屋,我会被认为是一个忘恩负义者吗?"

"毋庸置疑,"神父答道,"您将遭到所有对这个家庭献媚的人的诽谤,当然,那时我会站出来。Adsum qui feci。我会说是我决定了这件事。"

比拉尔神父的语气是尖酸的,甚至是凶狠的,于连意识到了这一点,也让他难过,他最后想要回答的话也因此没有说出来。

实际上,因对于连的爱而使比拉尔神父深感不安,他对于自己如此直接干预他人命运,是怀着某种宗教的恐惧的。

"您还会发现,"他仍旧继续刚才那种恶劣的腔调,像在完成一项艰巨任务,"您还会见到侯爵夫人。这是一个身材高大的金发女人,她虔诚,高傲,极有礼貌,但更为平庸而无可取之处。她的父亲是以其贵族偏见著称的肖纳老公爵。这位贵妇人突出体现了她那个等级的女人的全部性格。对于她的祖先曾参加过十字军东征,她毫不隐瞒这是她所重视的唯一光荣历史。您会奇怪她的家庭在此很久以后才发了财吗?我们已离开了外省,我的朋友。

"在她的沙龙里,您会发现许多贵人用一种轻慢的态度谈论我们的王子。每次当德·拉莫尔夫人提到一位王子,尤其一位公主的名字时,她总会因为表示敬意而压低嗓音。您听我的劝告,别当着她的面,说菲利普二世或亨利八世是怪物。因为他们是国王,他们便拥有受人尊重的权利,尤其是您我这种没有高贵出身的人更应该对他们表示尊敬。当然,"比拉尔神父补充说,"我们是教士,在她眼中,您也是教士,在这个意义上,我们成了她永生或不可缺的仆人。"

"先生,"于连说,"看来我在巴黎呆得不会太长。"

"好的,可你也需要明白,像我们这种职业的人要有前途必须得依靠这些大人先生们。至少在我看来,您的性格中有一种令人捉摸不透的东西,或者使您发达,或者让您受迫害,这对您没有折中。别胡思乱想,您会被看出您并不乐意别人向您

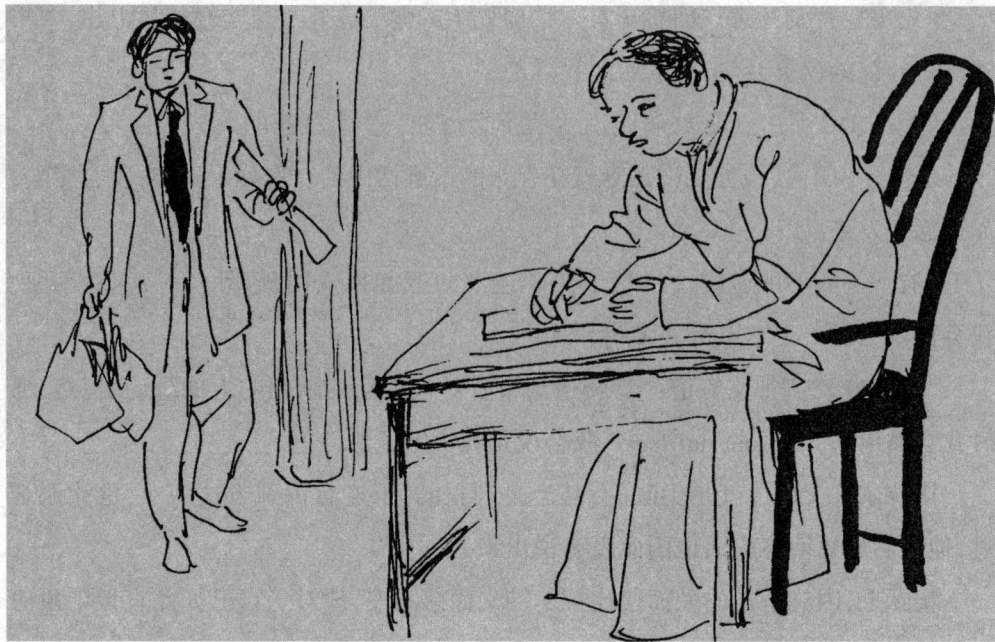

说话,假如您在这个社会中得不到他人的尊敬,便注定会倒霉。

"德·拉莫尔侯爵假如不是一时冲动想提携您,您想象得出您在贝桑松会成什么样子吗?您总有一天会明白他在您身上做了一件多么不寻常的事,您若不是一个没良心的人,您会对他和他的家庭一辈子心存感激。神父是多么可怜,他们的博学更甚于您,他们多年来一直生活在巴黎,过活全凭做弥撒得来的十五个苏和在索邦辩论赚的十个苏!……您是否还记得去年冬天,我讲给您的那个坏家伙杜布瓦枢机主教早年的状况。您应该不至于骄傲到认为您比他更有才干吧?

"以我为例吧,我这个人生性好静,才干平平,原本将会在神学院过完我这一生,我居然可笑到对它恋恋不舍。可好,我提出辞呈之时,人家早已伺机撤我的职了。您可知道我当时的财产状况吗?老本只有五百二十法郎,一个子儿也不少;我只有两三个熟识的人,除此之外,没有朋友。那时,我和德·拉莫尔侯爵素未谋面,可正是他向困境中的我伸出了援救之手;因他的一句话,人家就送了一个本堂区给我,那儿住的都是些富人,从来没有什么粗俗的勾当。我为我的收入感到惭愧,它和我的工作是不相称的。我在这儿反复和您唠叨,希望唤醒一下您,做事要小心。

"再补充说一句:不幸我这人脾气暴烈,将来你我之间很可能会变得冷漠无语。"

"假如高傲的侯爵夫人，抑或她那爱恶意取笑您的儿子，让您在这儿无法忍受下去，我建议您到距离巴黎三十里外的一个神学院修完您的学业，因为北方文明较多而不公较少，所以宁可向北也不要向南，除此以外，"他低声说，"我还应该向您说明，那些小暴君，就是接近巴黎的报纸也会感到恐惧。"

"您若不介意继续见面，而侯爵家又不合适您，我将把我的副本堂神父的位置留给您，我和您平分这个本堂区的收入。这是我应该还给您的，甚至还不止，"打断了于连的感激的话，他继续说道，"在贝桑松您给了我那样不同寻常的赠予。在那时我如果真除了那五百二十法郎外身无分文的话，您就是我的救世主啦。"

比拉尔神父说话的语气已不像先前那么冷酷严厉。于连居然都要掉泪了，为此他感到十分羞愧。他真想扑入他朋友的怀里；他不能控制地装出刚强的气概，对他说：

"从小我的父亲就憎恨我，我曾认为这是我最大的不幸，但现在我将不再为自己的命运抱怨，在您身上我又重新找到了一个父亲。"

"对，对，"神父有些不好意思，然后他想起了一句神学院院长经常说的一句话，"何时都不要说命运，我的孩子，您应该要永远说天意。"

马车停了，车夫下车拉起一扇巨大的门上的铜门环敲门：德·拉莫尔府邸！这几个字是被刻在大门上的黑色大理石上的，是为了不让行人起疑心。

于连对这种矫饰感到不快。"雅各宾派让他们如此害怕！在每一座篱笆后面他们都会看见有个罗伯斯庇尔和他押送死刑犯的车子，他们真让人觉得可笑，可他们还如此张扬他们的房子，便于坏人在暴动时很容易地认出它来，抢光它。"他告诉比拉尔神父他的这一想法。

"啊！我的孩子，您不久就是我的副本堂神父了。您怎么会产生如此可怕的念头呢！"

"我以为这比什么都简单。"于连说。

于连很赞赏守门人肃穆的态度，尤其是庭院的整洁。这一天，阳光明媚，晴空万里。

"多么宏伟壮丽的建筑啊！"于连对他的朋友说。

这座府邸建于伏尔泰逝世前，属于圣日耳曼区的府邸之一，它有如此平凡的正面。当今流行与美彼此隔得是这么遥远。

第二章

初涉上流社会

这种记忆可笑而动人:孤苦无依的十八岁,走进第一次
露面的客厅!一个女人看我一眼就足以让我感到胆怯。越
想讨人欢心,我越笨拙。对一切事物的理解,我都出现了严
重的错误,或者我毫无原因地轻信他人的好意,或者我又会
与人为敌,只因为他看我时目光严肃。可又得说,在羞怯产
生的种种可怕的不幸之中,一个阳光明媚的日子多么美
好啊!

——康德

于连站在院子当中,惊得目瞪口呆。

"您需要保留一点理智,"比拉尔神父说,"对于您的那些出格的念头,您仅仅
是个孩子呀!贺拉斯说 nil mirari(永不激动)上哪儿去了呢?您需明白,这群仆人
面对您的到来,会想法儿取笑您,您会被他们视为同等的人,您被置于他们之上是
不公正的。他们表面上礼貌周全,善待您,帮助您,实际却是想叫您出丑。"

"我才不在乎这些人!"于连咬着嘴唇说,对一切都感到了不可靠。

这两位先生在二层楼上穿过了许多客厅,才来到侯爵的办公室。啊!我的读
者,对于这些客厅,你们可能会感到它的郁闷正和它的华丽相配。假如这些客厅被
完好地送给你们,你们肯定不去住在里面,那里只适合打呵欠和发表无聊的议论。
可于连却被它们吸引住了。"在这样一个富丽堂皇的地方居住,"他思忖道,"人们
怎会不快乐呢!"

直到这座豪华住房中最平庸的一间,两位先生才止步:那里光线很暗,只有一个瘦而矮小的人在里边,他头戴金色假发,目光如炬。神父转身面向于连,向他介绍:这便是侯爵。于连看来,他的态度极其谦恭有礼,几乎看不出他就是侯爵。这已不是那位布雷·勒奥神学院的傲慢无比的大贵人了。于连觉得他所戴的假发的头发看上去有点多。他因为这种感觉也就不怎么紧张了。开始的时候,他还认为这位是亨利三世的朋友的后裔,举止不够大方,容易兴奋,他还太瘦削。但不一会儿,他感觉到侯爵的礼貌周全,和贝桑松主教相比较,他的谈吐让人觉得更舒服愉快。

会见不到三分钟。神父出来后对于连说:

"您像要作一幅画似的那么专注地瞧着侯爵先生。我对当地人所遵守的礼貌完全不熟悉,您很快就会比我了解得多,可我总觉得您那么放肆地注视有些失礼。"

又坐到了马车上,在林荫大道旁,车夫停了下来,神父带着于连进了几间大厅。于连发现这些大厅里没几件家具,他注意到了一座华丽但主题在他看来却很不雅的镀金摆钟。正巧这时,一位举止文雅的先生笑容可掬地走到他的身边。于连朝他略微鞠了个躬。

这位先生微笑着把手搭在于连的肩头上。于连惊了一下,退后一步,脸都气得通红。平时不苟言笑的比拉尔神父这时也情不自禁地笑了出来,这位先生原来是位裁缝。

"您有两天自由支配的时间,"出门的时候,神父交代他说,"您到那时才可以被介绍给德·拉莫尔夫人。换了另外一个人,在您最初住进这个新巴比伦的日子里可能会把您看守起来,就像看守一位年轻姑娘一样。如果您想自毁前程的话,您就去堕落吧,我也就省了时刻对您的操心。裁缝将在后天早上把两套衣服给您送来,您需要付给那个帮您试衣的徒工五个法郎。另外,您一定不能在这些巴黎人面前露出您的口音来。您一张口,他们就能找到取笑您这个外省人的秘密了。这就是他们的能耐。您在后天正午来我这儿……走吧,去堕落吧……我还要告诉您,按照这些地址您应该去定购长靴、衬衣和帽子。"

于连注意地看了看那些写好的地址。

"这是侯爵的笔迹,"神父说,"他是一个有远见的实干者,凡事愿意亲自着手而不愿去命令他人。您被他安置在身边就是为了省却这些麻烦事。只有半句话的提醒,您就能把这个精明人吩咐的事全部办妥,您有这个能力和才智吗?对于您的表现,大家拭目以待,您可要仔细呀!"

于连按地址走入那些铺子,他默默地注意到他们对他都很谦敬,尤其那些靴匠在登记簿上记下顾客名字时,他的名字被写成于连·德·索莱尔先生。

在拉雪兹神父公墓里的时候,有一位十分殷勤的先生,他的谈吐显示出他是个自由党人,他主动为于连指出内伊元帅的墓,这位元帅由于某些政治原因失去了树碑立传的荣幸。握手言别时,这位自由党人泪流满面,几乎紧拥于连在怀,可于连发现自己的表不知去向。到了第三天中午,他带着这个教训去见比拉尔神父,神父目含深意地凝视着他。

"可能您会变成一个自以为了不起的人。"神父严厉地对他说。于连着一身黑衣,像带着重孝,他确实年轻而仪表姣好,但好心的神父自己太乡土气了,居然没发现于连依然保持着在外省时那种讲究的耸动肩头的姿态。对于于连的风度,侯爵有着和神父截然相反的想法,他一看见便向他提出:

"于连先生去学跳舞,您有异议吗?"

比拉尔神父愣了一会,忙答道:

"不,他并非教士。"

侯爵一步两级爬上一座窄狭的暗梯,我们的英雄被他亲自安顿在一间窗子正对府邸大花园的美丽阁楼里。他询问他在内衣铺买了多少件衬衣。

"两件。"于连回答道。他对于这位官老爷问这样琐碎的问题而有点诚惶诚恐。

"很不错,"侯爵很严肃地接着说,但他的命令式的生硬口气引起了于连的思索,"很不错! 这是您第一季度的薪金,足够您再购置二十五件衬衣吧。"

侯爵从阁楼上下来后,叫来一个年老的仆人,吩咐道:"阿尔塞纳,今后由您服侍于连先生。"于连在几分钟后就孤身待在了一间豪华的图书室里了,这时他心中很喜悦。他藏在一个小角落里,不让别人发现他的情绪波动,在那儿,他喜滋滋地观赏着一排排发亮的崭新书脊。"这些书我都可以读呀,"他对自己说,"我在这儿怎会不开心呢? 侯爵先生刚才为我所做的百分之一,如果被德·雷那尔先生看到,他就会觉出自己永远不光彩来。"

当然,必须先抄写这些稿件。他把工作完成后,走近那些藏书。当伏尔泰全集展现在他面前时,他简直欣喜若狂。他跑着打开图书室的门,免得意外被人发现,接着便饶有兴致地翻开了那八十卷书中的第一卷本。这是伦敦最好的装订工人的杰作,装帧精美。别说这样的精美别致,其实若没达到如此地步也足以让于连赞叹不已。

侯爵一个钟头后来到图书室看于连的抄件,发现于连写 cela 多了一个 l,写成了 cella,他觉得很意外。一想到"神父就他的学问向我说的那些话难道都是谎言",侯爵感到很失望,可仍和气地对他说:

"对于您自己的拼写法,您还不是很确信的吧?"

"真是这样。"于连答道,压根儿没有考虑到这将给他造成的损害。他很感激侯爵的宽宏,耳边不禁回响起德·雷那尔先生粗暴的腔调。

"这个来自法朗什—孔泰的小教士干的这个事,"侯爵心想,"简直是白费功夫,而一个可信的人对我是多么重要呀!"

"cela 这个词只有一个 l,"侯爵对他说,"以后在您抄完以后,您可以查查词典证实一下您没有把握的拼写。"

侯爵六点时打发人去叫他,注意到于连的长筒靴,他显出了不快:

"我忘记提醒您在每天的五点半时应穿得整齐些,这是我的疏忽。"

于连不知所以然地望着他。

"我指的是您要穿上长袜。今天我向您道歉,以后阿尔塞纳会记得提醒您的。"

说完,于连被带进了一间富丽堂皇的大客厅里。德·雷那尔先生在类似场合总是加紧几步抢先第一个走进客厅。于连由于他的前东家的这点虚荣心而绊着了侯爵的脚,侯爵感到了钻心的疼痛,因为他患有痛风病。"啊!"他暗道,"原来他还是个笨拙的傻瓜!"于连被引见给了一个高大严厉的女人——侯爵夫人。于连感到了她傲慢的态度,觉得她的神气有点像那次参加圣查理节宴会的韦里埃专区区长莫吉隆的夫人。于连处在陈设得金碧辉煌的客厅里有些手足无措,他没听清楚德·拉莫尔先生说的话。侯爵先生仅随意瞥了他一眼。于连在客厅的几个男人中认出了年轻的德·阿格德主教,他难以形容他此时的喜悦,在布雷·勒奥神学院几个月前举行的典礼上,他曾有幸和这位年轻的主教交谈过几句话。于连胆怯地盯着他,目光很柔和,这就不免让他惊讶,他也就不愿去认清楚这个外省人了。

于连看来,这些聚集在客厅里的男人不免有点忧郁和拘谨。巴黎人习惯于压低声音说话,而且不一惊一诧。

一个个子瘦长的漂亮年轻人将近六点才走进来,他留着小胡子,脸色苍白,脑袋很小。

"您总让别人等待。"他吻侯爵夫人的手时,侯爵夫人对他说。

于连明白了这正是德·拉莫尔伯爵。初次相见,他就觉得他是一个可爱的人。

"这怎么可能是那个会用令人难堪的嘲弄把我从这里赶出去的人呀!"

于连细心打量着伯爵,发现了他的带着马刺的靴子,"我只得穿鞋,显然是低人一等。"于连心想。于是开始用餐了。于连听见从侯爵夫人那儿传来一句严厉的话,声音且稍稍提高了。几乎同时,他发现了一个有着金栗色头发、匀称的身材的年轻女孩走来,正巧坐在他的对面。他一点也不喜欢她,可细细注视以后,他心里认为这是一双比他曾见过的都要美丽的眼睛,只是有一种可怕的内在的冷酷从这双眼睛中透露出来。接着,这双眼睛让于连感觉出了厌倦的神气,它的观察是那种时刻提醒人望而生畏的表情。"德·雷那尔夫人,"他暗思,"她的眼睛也十分美丽,大家都赞叹,但前者与后者却无丝毫相同之处。"于连阅历少,他分辨不出,玛蒂尔德小姐(他听见别人如此称呼她)眼中放射出的是智慧的光芒,而德·雷那尔夫人,激动时眼里满是热情的火焰,或者是因一种邪恶行为,眼里出现了愤怒的光芒。于连直到晚餐行将结束时,才想出一个恰切的词来形容德·拉莫尔小姐眼睛美的类型,"它们的光芒是闪闪烁烁的,"他暗道,"还有,她是如此酷似她的母亲。"于连越来越失去对这位小姐的好感,最后他不再去注视她了。他反而觉得应该对诺贝尔伯爵的各个方面加以赞赏。于连几乎为他着迷,也就根本没有因他比自己富足高贵而去嫉恨他的念头。

侯爵的稍许厌倦让于连察觉出来了。

侯爵在第二道菜上来时,对他的儿子说:

"诺贝尔,我希望你关照一下于连·索莱尔先生,他新近成为我的参谋,如果这(cella)是可能的话,我愿意栽培他。"

"他是我的秘书,"侯爵对坐在他身旁的人说,"写 cela 这个字,他用了两个 l。"

所有人都来注目于连,他正俯首向诺贝尔伯爵致意,稍许过分了点。不过总体来说,他的眼神还是令人满意的。

侯爵肯定是提起过于连所受的教育,客人中便有人拿贺拉斯试试他。"我正是因为贺拉斯而在贝桑松主教面前露了脸,"于连心道,"他们可能只了解这个作家。"从这一刻起,于连恢复了自控,而且因为他决定永不把德·拉莫尔小姐看作女人,也就不难做到这一点。从神学院时起,男人被他看成最可憎的东西,他不让自己轻易被吓倒。饭厅的摆设若不是那么富丽,也许保持平静对他就更容易了。可是，还有两面各八尺高的镜子吸引他的注意力，从那里，他边谈，边可以时而看一下和他交谈的那个人。他的话，就一个外省人看来，不算太长。他的眼睛很美，他答得好时，那种战战兢兢和羞涩的快乐表情使它们光彩倍增。他让大家觉得很愉快。这样一个严肃的晚餐确实因这场考试增添了不少乐趣。侯爵用手示意和于连交谈的那个人继续考他。"他可能果真了解点儿什么吗？"他暗自思忖。

于连想到什么便回答，他已不像先前那样畏怯了，对一个并不长于运用巴黎语言的人来讲，这并非卖弄才干，而是他有些见解的确新颖独到，尽管说得不那么娴熟高雅，但他精通拉丁语这一点，大家都发觉了。

和于连较劲的是一位来自碑铭研究院的院士，巧的是他也懂拉丁文，他觉得于连很擅长人文科学，便不再担心于连的困窘，开始决定设法让他难堪。于连在舌战正酣的时候，终于把饭厅里富丽的陈设撇到了一边，谈出一些对方在任何书里也查不到的关于拉丁诗人的意见。对方也是位正直无私的人，他对这位年轻的秘书赞赏有加。这时幸亏有人讨论起了贺拉斯的贫富问题，讨论他是一个可笑的、享乐的、没有烦恼的诗人，正如莫里哀和拉封丹的朋友夏佩尔，写诗只为了自己的快乐；还是一个贫穷的宫廷诗人，专写一些点缀帝王生活的颂歌，追随宫廷，正如诽谤拜伦的骚塞。连奥古斯都大帝和乔治四世统治状况也被人们议论到了，这是两个贵族占有绝对统治地位的时代，可罗马的贵族却被麦凯纳斯剥夺了自己的权力，他仅是一个普通骑士而已。英国贵族则迫使乔治四世仅相当于一个威尼斯的总督。这种讨论仿佛把侯爵从晚餐开始后的麻木状态中解救出来了。

于连对诸如骚塞、拜伦、乔治四世等这些近代人物毫无所知，他还是初次听说这些名字。可每个人都发现了于连在关于罗马历史上的事迹（可从贺拉斯、马尔提阿利斯、塔西伦等人的作品中概括出这些知识来）上无可置疑的优势。他将与贝桑松主教辩论中学来的论点极其自然地据为己用，而人们最为欣赏的便是这些论点。

谈论诗人这个话题有些让人厌倦了，侯爵夫人才看了看于连一眼，她对一切让她丈夫感到高兴的事都表示赞赏，这是侯爵夫人规定的一个原则。"一个有学问的人也许就藏在这个年轻教士笨拙的外表下面。"侯爵夫人旁边的院士向她说道，于连仿佛依稀听见了这句话。这位女士的思想是和社会的潮流相投合的，她觉得这句话用在于连身上很合适，并暗自庆幸邀请院士共进晚餐。"德·拉莫尔先生由此得以消遣。"她心想。

第三章

最初的路

在这个阳光明媚和充满成千上万人群的巨大山谷里，我感到眼花缭乱。没有人认识我，所有人都强过我。我有些神志不清了。

——雷纳律师的诗

次日清晨，于连在图书室抄写他那些信件，这时玛蒂尔德小姐走了进来，她是从那扇用书脊掩藏得很好的通向过道的小旁门进来的。这种巧妙的设计让于连大为赞赏，玛蒂尔德小姐却因为在此碰到于连而深感意外，并很不高兴。这位带着卷发纸卷儿的小姐，在于连看来，是傲慢而严厉的，似乎带着一种男人气。德·拉莫尔小姐常乘父亲不在来此偷看书，这是她的秘密。今天早上因为于连的出现使她白跑了一趟，尤其她是来看伏尔泰的《巴比伦公主》第二卷的，这就使她相当不快，这是适用于杰出的王政教育和宗教教育的补充阅读著作，是圣心派当之无愧的卓越之作！这位姑娘才十九岁，就已经可怜到非得有一种精神上的刺激才能使她喜欢上一部小说。

诺贝尔伯爵将近三点才走进了图书室，他是来阅读一种日报以备晚上政治问题的讨论。他对于连的存在感到很愉快，可实际上他早把他忘了。于连觉得他的态度好极了，他请他一同骑马逛一圈。

"我父亲允许我们自由活动，直到吃饭的时候。"

对于这个"我们"，于连懂得它的意思，他觉得这个词很可爱。

"我的主啊！伯爵先生，"于连说道，"如果是应付一株高达八丈的树，把它锯开,制成薄板,我有把握做得很好;然而对于骑马,这一生我不过才骑过六次呢。"

"好呀,这回是你第七次骑马。"诺贝尔答道。

事实上,于连认为自己骑马骑得不错,他还记得某某国王驾临韦里埃的那一次。可是,他们自布洛涅树林回来的时候,他却跌了下来,弄得满身是泥,那是为了避开一辆正走向巴克街正中心的双轮轻便马车才造成的。他好在还有两套衣服,可以替换。晚餐中,侯爵很想和他谈谈骑马散步的情况,诺贝尔急忙抢过去搪塞了。

"我得到伯爵先生无微不至的关照,"于连继续说,"我对此深表感激,并能感受到它的全部好意。承蒙他把一匹最驯良漂亮的马给了我,可他终究没能把我拴在马上,结果待到靠近桥边那条特长的街道的正中心时,我不小心跌了下来。"

玛蒂尔德小姐禁不住笑出声来,接着她冒昧地问询整个经过。于连直话直说,简单说了一下,他的风度很优雅,却不自知。

"这个小教士的趋势已可以被我想出,"侯爵朝向院士说,"在此类情形下,他居然应付自如,的确是个外省人!以前没有,将来也不会有这种事了,何况还是在女士面前诉说他的倒霉事!"

听众们愉快地听着于连讲述他的灾难,直到晚餐吃完,话题才变了,玛蒂尔德小姐又朝他哥哥问了许多问题,都是关于这一不幸事件的。她问个没停,于连几次直视她的眼睛,即使问的不是他,他也有胆子直接回答,三人最后正像生活在林子深处的村庄里的三个年轻乡下人一样笑成了一堆。

第二天听完两堂神学课后,于连回来又抄了二十多封信件。他在图书室里发现一个衣着考究的年轻人就坐在他位子的旁边,可形象恶劣,带着嫉妒的表情。

侯爵走进来。

"您来这儿干吗,唐博先生?"用着一种严厉的口吻,侯爵问那新来的人。

"我还以为……"年轻人谄媚地笑着说。

"不是,先生,您不该以为……仅是一次试用,可很不幸罢了。"

唐博站起来,气冲冲地离开了。他是院士先生——侯爵夫人的朋友的侄儿,愿意做个文人。在已取得侯爵的同情后,院士让他当个秘书。本来唐博在一间较偏的房间里工作,因为想分得一点侯爵对于连的宠幸,便在早上把他的文具箱带到了图书室里。

午后四点了,经过一番踌躇后,于连斗胆去见诺贝尔伯爵。伯爵正准备骑马出去,因为他的礼貌周全,他感到为难。

"我想,"他对于连说,"不久您会去骑马场练习骑马,我将很愉快在几个星期后与您并辔而行。"

"我希望有此荣幸,感谢您的关照,请相信,我的先生,"于连十分严肃地说,"我十分了解您的关爱。我愿意今天再骑它一次,假使您的马并未因我昨天的笨拙而受伤而它现在正空着的话。"

"那好,我亲爱的索莱尔,一切由您自己负责。您应认为,为谨慎起见所能提出的各种反对意见,我都已向您提过。只是已四点钟了,我们现在没有时间耽搁了。"

于连一上马,就对着年轻的伯爵询问:

"怎样做才不会从马上摔下来呢?"

"技巧多着呢,"诺贝尔哈哈大笑,回答说,"例如把身体往后倾。"

于连催马前进。一会儿他们已在路易十六广场了。

"啊!莽撞鬼,"诺贝尔说,"这儿的车子这么多,赶车人又都是些冒失的家伙!一旦掉到地上,您身上立刻就会被他们的双轮马车轧过去,他们不会突然勒马而让他们的马嘴受伤。"

诺贝尔看见于连几乎有二十次将从马上掉下来,可总的来说这次骑马出游是平安返回了。

年轻的伯爵回家后,向他妹妹说:

"我介绍一位勇敢的冒险家给你。"

晚餐中,伯爵从餐桌的这一头向坐在餐桌那一端的父亲谈起于连的勇敢,他公正地评说于连值得称赞的骑马术就在于他的勇敢。早晨刷马的仆人在院子里拿于连坠马之事肆意嘲笑的时候,被年轻的伯爵听到了。

于连尽管有伯爵的照顾,可很快还是觉得他是这个家庭中的孤独者。在他眼里,一切习惯都那么古怪,并且动不动就出错,全府仆人都以他的过错取乐。

比拉尔神父已去他的本堂区了。"于连假若是株弱不禁风的芦苇,就随他枯死吧,"他心想,"但如果他是个充满勇气的人,那就让他孤军作战,走出一条路来吧。"

第四章

德·拉莫尔府邸

在这儿他干什么了？他在这儿开心吗？他想讨人欢
心吗？

——龙沙

假若于连对他在德·拉莫尔府客厅中高贵的一切都觉得古怪的话,那么反过来看,对于那些自愿屈尊注意他这个面色苍白、身穿黑衣的年轻人的人来说,于连也是古怪的。德·拉莫尔夫人建议她的丈夫,每当家中有贵客来共进晚餐的日子,就派于连出去办事。

"我希望能把这个试验进行下去,"侯爵回答道,"比拉尔神父说过,对那些在我们身边的人的自尊心的伤害是不对的。人类生存必须靠抵抗力。这个人没有什么碍事的地方,除了他那张生疏的面孔以外,何况他说话很少。"

"为了尽快熟悉,"于连心想,"到这个客厅来的所有人的名字我都应该记下,并用几句话简单地形容一下他们的性格。"

他首先记下的是五六个常来的,并认为他们是受感情冲动的侯爵保护的人并设法讨好他的这个家庭的朋友。这是些多少有些庸鄙无趣的穷人;可我们还是要颂扬一下还能在贵族客厅里见到的今天这个阶级的人物,他们中并非每一个人都那么奴颜媚骨。他们中有的人可以忍受侯爵的无礼和惩戒,却会对德·拉莫尔夫人的一句生硬的话表示反抗。

有着太多的傲慢和太多的烦闷充斥在这家主人们的性格中,由此他们尤其惯于凌辱他人而给自己解闷,以致他们得不到真正的朋友。当然,他们总让人觉得温文有礼,除了在雨天或极少的很烦闷的日子。

假若那五六个给予于连慈父般爱护的清客,不再踏入德·拉莫尔官邸,长久的孤独感便会困扰着侯爵夫人,孤独是可怕的,尤其在这种地位的女人看来,这标识着失宠。

侯爵对他的妻子无微不至,他保证她的客厅总有足够的客人,他们不是他的新同僚贵族院议员,因为他认为他们不够高贵,也不够有趣,不能作为属员来招待。

于连只是很长时间以后才把这些内情搞明白。资产阶级家庭的话题是当权派的政治,可在侯爵这一阶级的家庭中要谈及它,肯定已到了身处困境时。

即使在这百无聊赖的世纪,支配一切的仍然是娱乐的需要,这就导致了一旦侯爵离开客厅,即使那天有宴会,大家也都跟着逃之夭夭了。人们在那儿可以自由地讨论一切,只要不是拿天主、国王、教士、有权势的人、朝廷保护的艺术家以及一切既成事物开玩笑,不对贝朗瑞、伏尔泰、卢梭、反对派的报纸以及所有胆敢直言的人进行颂扬,尤其是绝口不论政治就行。

客厅的这种法规,即使用十万年金的收入和蓝绶勋带也不可能斗得过。一点稍有生气的思想都会被目为粗鄙的表现。每个人尽管态度和气,彬彬有礼,力求讨好别人,但仍能从各自的额头上看出烦倦的表征。前来尽义务的年轻人,均害怕说出什么让人疑心的话,或担心泄漏自己看过的什么禁书,所以通常说完有关罗西尼和今天天气的漂亮话后,便缄默无语了。

值得于连注意的是,两个子爵和五个男爵维持着客厅里谈话的活跃气氛,这些先生是在大革命流亡时期与德·拉莫尔侯爵相识的。他们每人每年收入达六千到八千法郎,其中四人支持《每日新闻》,三人支持《法兰西报》。他们中每天必得讲点宫廷故事的那一位,"可了不得"这个词在他所讲的故事中从未省略过。于连发现其他人一般只有三枚十字勋章,而他有五枚。

此外,人们可以看到,在候见室里有十个穿制服的仆人,整晚每隔一刻钟上一次冰冻饮料或热茶,半夜供应一顿带香槟酒的夜餐。

有时于连为此而一直待到最后,可他不能理解的是,一个人如何能在这样富丽堂皇的客厅里认真聆听那种平庸的交谈。有的时候,他注意望着说话的人,看看他们自己是否也发觉了自己无聊的谈话。"我能背诵我的德·梅斯特尔先生的作品,比起他们,我说的强过一百倍,"他心想,"可其实他也让人讨厌。"

并不只有于连一个人觉察到了这种精神上的烦闷窒息。为了自我解脱,有的人通过大量饮用冰镇饮料,有的人则在接近尾声的夜谈中讲:"我从德·拉莫尔府邸得知俄罗斯……"如此而已。

从一个献媚者那里,于连知道了,德·拉莫尔夫人在不到半年之前,曾特地把布吉尼翁男爵提拔为省长,作为他二十年来不懈追随的酬谢,而在复辟以来他只是一专区区长。

这些先生们的热情从这件大事上得到鼓励,从前为了一点小事就会生气的他们,如今不再生气了。虽然很少直接表现出对客人们的轻慢失礼,可于连已有两三次听到过侯爵夫妇间简短的交谈,这些话对他们身边坐着的这些人来说是不公平的。对于所有那些没坐过国王马车的人的后裔,这些大贵人从不掩饰自己真实的轻蔑态度。只有提起十字军这个词,于连才发现他们脸上表现出一种严肃表情,这是一种含着无限深沉的敬意的表情。而通常表现出来的敬意,则永远让人觉得带有讨好的成分。

于连处于这种华丽和烦闷中,尤对德·拉莫尔先生产生了很大的兴趣。有一天,于连欣喜地听到侯爵公开申辩他完全没有参与可怜的布吉尼翁的提升一事。于连从比拉尔神父处知晓事情的真相,这不过是向侯爵夫人献的一个殷勤。

某天清早,在侯爵的图书室里,神父和于连一起处理那桩没完没了的同弗里莱尔的官司。

"先生,"于连突然发问,"对于每天同侯爵夫人一起进餐,我应该认为这是一种义务,还是她对我的厚爱呢?"

"这是莫大的荣誉呀!"神父有点气愤地答道,"十五年来,N院士先生献尽殷勤,都未能为他的侄儿唐博先生争到过。"

"可这在我看来,先生,却是我的工作中最难的部分了。在神学院我都没这样烦闷过。有几次我都发现应该对此习以为常的德·拉莫尔小姐在打呵欠。我真担心我会发困。求您了,替我请求他们允许我到哪一家无名小店去吃四个苏的晚餐吧。"

比拉尔神父,此时作为一个暴发户,对于能同一位大贵人共进晚餐这份荣幸是相当敏感的。正当他尽力告诉于连他的这种心情时,传来一阵轻微的响动声,他们回过头来。于连发现了正在谛听的德·拉莫尔小姐。他的脸唰地红了。德·拉莫尔小姐是来这儿找一本书的，却没想到听到了他们的谈话。她有些尊重于连了。"这人，"她想道，"正像那个老神父一样，并非生来低贱。主啊！他的确很丑！"

于连在晚餐中简直不敢瞧德·拉莫尔小姐，可她却主动找他说话。她请求于连今天留下来，家里将要来许多客人。巴黎的年轻姑娘尤其不喜欢穿着随便的上了年纪的人。于连不动脑子就可以看出，留在客厅里的布吉尼翁先生的同僚们这时正巧成了德·拉莫尔小姐平日取笑的目标。这天晚上，对待这些讨厌的先生们，她的确不礼貌，不论她是否是故意的。

每天晚上在侯爵夫人的大靠背椅后面差不多都会聚集一个小团体，其中有克鲁瓦斯努瓦侯爵、凯吕斯伯爵、吕兹子爵和二三位年轻军官，他们或是诺贝尔的朋友，抑或是他妹妹的朋友，而德·拉莫尔小姐则是这个小团体的核心人物。一张蓝色大沙发上坐着这些先生们，于连则默默地坐在沙发另一端的一把矮小的草垫椅上，面对着光艳照人的玛蒂尔德，她坐在沙发的这一端。这个不起眼的位置让所有献殷勤的人都羡慕，诺贝尔把他父亲的年轻秘书安置在那里，偶尔和他交谈几句，一个晚上至少提起他一两次，这是合情合理的。德·拉莫尔小姐这天晚上询问他，贝桑松城堡所在的那座城堡究竟有多高，于连几乎答不出来，和巴黎城内的蒙马特尔比起来，那座山到底是高一些还是低一些。对于这个小团体里的言谈，于连有时会情不自禁地笑起来，可他认为，此类话他肯定想不出来。这就正如一种外语，他能听懂，却未必说得出来。

这一天，玛蒂尔德的朋友们老和来到这华丽客厅里的贵宾们较劲。因为更熟悉，来到府邸的客人首先被选作目标。在此可以想象得出，于连对此是多么感兴趣，他听得那么专心，对于拿来取笑的事物的底细和取笑的方式。

"啊！来的是德古利先生，"玛蒂尔德说，"他没戴假发，他是为显示他那充满了高贵思想的秃头，这是他自己说的，难道凭此他就可以进入省府吗？"

"这是一个对一切都很熟悉的人，"克鲁瓦斯努瓦侯爵说，"我叔父枢机主教那儿，他也常去。他的朋友有两三百之多，他却能连续几年在每个朋友面前编造谎言。他的才能就是善于培养友谊。冬天早晨七点钟时，他就像现在这个模样，早已浑身是泥地等待在一个朋友的家门口了。

"有时他也同人闹别扭，就写信与人和解，通常他写上七八封信来表达热烈的友情。他有着一种诚实的风度，能够心地无私地倾诉自己的秘密，这一点让他引人瞩目。使用这类花招通常是在他有求于人的时候。对于王朝复辟以来德古利先生的生活,我叔父那些代理主教中有一位能讲得非常精彩。以后我把他带过来。"

"算了吧,这些话才不值得我相信呢,这只不过是小人物之间职业性的嫉妒罢了。"凯吕斯伯爵说道。

"将永远被载入史册的名字中包括德古利先生,"侯爵接着说,"他会同普拉特神父、塔列兰先生、波佐·迪·博尔戈先生一起实现了王朝复辟。"

"这个人曾有几百万钱财经他保管,"诺贝尔伯爵说,"为什么他愿意来这儿听我父亲那些有时是很令人难堪的讥嘲,真是令人费解。我父亲有一次就是这样对着那一端的他说:'我亲爱的德古利先生,您的朋友被您出卖过多少次?'"

"他真的的确出卖过朋友吗?"德·拉莫尔小姐说,"但是又有谁没有出卖过朋友呢?"

"怎么!"凯吕斯伯爵对诺贝尔说,"圣克莱这个著名的自由党人今天也被你们家请来了,他来这儿有何贵干?别人都夸他富有才智,我该去他那儿,和他交谈,让他说出自己的见解。"

"可他将得到你母亲怎样的接待呢?"克鲁瓦斯努瓦先生说,"他的观念是那么超出常规,充满热情和无拘无束……"

"瞧着,"德·拉莫尔小姐说,"他抓住德古利先生的手鞠躬,腰都贴到地上了,这就算是他所谓的自由独立的人。我确信,那人的手都快要被他送到唇边去亲吻呢。"

"必定是德古利和当权者的密切关系超出了我们的意想。"克鲁瓦斯努瓦先生说。

"来这儿,圣克莱尔是为了那法兰西学院院士的位子,"诺贝尔发言说,"克鲁瓦斯努瓦,您注意他向 L 男爵致敬的姿势。"

"就算跪下来,也不会让他显得比这更低贱。"吕兹先生说。

"索莱尔,我亲爱的朋友,"诺贝尔向于连说道,"您很机灵,即使您来自山区,也请您注意,就算您面对的是天主,您也一定不要像那位大诗人一样行礼。"

"啊!这位是极其聪明的巴东男爵先生。"模仿着刚才仆人通报他的名字时的声调,德·拉莫尔小姐怪声怪气地说道。

"我看即使府上的仆人也在笑话他。这名字可真难听,拐杖男爵!"凯吕斯先生说。

"名字有何干？他有一天如此向我们说，"玛蒂尔德说，"第一次通报布荣公爵的名字，你可以设想一下当时的情形，我看这只是大家还没习惯而已。"

于连从大沙发的周围走开了。他还不大能体会一句平淡的俏皮话的细微动人之处，他以为一句笑话要能引人发笑必须是基于理性的。他对从这伙年轻人的谈话中所能感到的诋毁语气很反感。有一点，他是弄错了，即他以自己外省人或英国人的拘谨，甚至使他从中窥见了妒忌。

"诺贝尔伯爵，"于连暗忖，"曾为写一封二十行的信给他的上校而起了三次草稿，这是我亲眼所见，他一定高兴他这辈子能写出一页像圣克莱尔先生那样的文章。"

于连身份低微，他走过去并未引人注意，他接连走近好几圈客人，他远远地尾随着巴东男爵，想聆听他的谈话。于连注意到，这个颇聪明的人似乎有些坐立不安，说出三四句讥讽的话后，他才只是稍稍平静了一些。于连得出，一定的场所才会产生这种聪明。

为了展示才华，男爵不能说单字，他一张口至少得讲四个各长达五六行的句子。

"这个人并非在讲话，他在做文章。"于连听到背后有人这么说。

转身时，他因听到有人唤夏尔韦伯爵的名字而欣喜得脸都红了。这个人被认为是当代最具智慧的人。在《圣赫勒拿岛回忆录》及拿破仑口授的事迹片段中，于连经常发现他的名字。夏尔韦伯爵的语句快如闪电，确切、形象，常言简而意赅。我们可以看到，他一议论便很快地步步深入。他旁征博引，听他谈话让人觉得兴味盎然。可他在政治上却是一个不折不扣的无耻之徒。

"我的思想是自由的，我，"他明显地是在嘲弄一位佩带三枚勋章的先生，"我今天的观点为何要和六星期之前的一模一样呢？若是这样，我将被我的意见完全支配。"

四个在他身边的严肃的年轻人并不喜欢这类幽默，他们的样子很不高兴。伯爵发觉自己的言论过头了，幸亏这会儿假装正直的伪善者巴朗先生出现在他眼前。伯爵开始和他攀谈，客人聚了过来，大家都来看可怜遭了厄运的巴朗先生。虽然他相貌很难看，但他通过自己的品德以及一段处处生动的难以描述的社交生活。巴朗先生得到了一个很富有的女人,这个女人死后,他便又和另一有钱的女人结婚了,可在社交场中没有人见过这个女人。现在他极谦恭谨慎地享用着价值六万里弗的年金,身旁也聚集了不久献媚者。夏尔韦伯爵无情地谈了他的这一切。不一会儿,已有三十多人围在了他们周围。每一个人都笑了,甚至那几个所谓本世纪的希望的严肃的年轻人也忍不住笑了。

"他显然是受人揶揄的对象,为什么还要上德·拉莫尔府邸呢?"于连思考着,便走近比拉尔神父去问他。

巴朗先生已乘便溜开了。

"好!"诺贝尔说,"看,我父亲身边走了一个奸细,现在只有那个小跛子纳皮埃留在这儿了。"

"这就是这个谜的答案吗?"于连心想,"可如果是这样,侯爵又为何要接待巴朗先生呢?"

在客厅的一个角落里,站着绷着脸的严厉的比拉尔神父,他在听仆人通报客人的名字。

"这几乎成了个藏污纳垢的匪巢,"他引用巴西勒的话道,"我以为来的这些人都是些卑鄙可耻之辈。"

这些是缘于严厉的神父还不清楚上流社会的真实面目。然而,对于这帮人,他已从他的詹森派朋友处有了一个正确的定义,这帮人来到这个沙龙全靠他们为各党派奔走的极其狡猾的手段或他们已为众人所知的不义财产。这天晚上,他曾在起初的几分钟非常坦率地回答了于连的紧迫的问题,但后来他察觉到自己老说他人的坏话,并认为这简直是在犯罪,他突然打住了自己的话。他的生活本身不啻一场战斗,因为他是一个性情暴躁的詹森教徒,笃信基督的仁慈所负之义务。

"比拉尔神父有着一张多么难看的面孔啊!"于连走向大沙发时,德·拉莫尔小姐正说着。

于连对此很生气,可她也的确言之成理。毋庸置疑,这客厅里最正直的人是比拉尔先生,可此刻他那因内心痛苦而抽搐着的长满红疹子的脸真的让他非常丑陋。"难道应该被外貌所迷惑,"于连心想,"一点儿过失所引起的良心上的不安使比拉尔神父面目可憎,可在我们看来纯洁而宁静的快乐神情却出现在那个人尽皆知的密探纳皮埃的脸上。"可是,由于职务上的需要,比拉尔神父已让了一大步,他现在有了一个仆人,穿着也讲究起来。

客厅里的一件怪事引起了于连的注意:门口瞬时聚集了所有的目光,人声骤然消失。仆人通报了臭名远扬的托利男爵的到来,他因最近刚结束的选举而吸引大家的注意。于连走近去仔细审视了他。主持一个选区时,男爵想出了一个偷出某党派用小方纸片制成的选票,然后补进去同样多的上面写着他所中意的人的姓名的小方纸片的高明作法。不料几个选民看见了这种决定性的小动作,他们赶忙祝贺托利男爵。发生这件大事后,此公至今面无血色。有些人还故意搅局,叫嚷着服苦役这个字眼。他所得到的德·拉莫尔侯爵的接待是冷淡的。可怜的男爵不久便溜之大吉了。

"他着急逃离我们,恐怕是为了赶往孔特先生家。"夏尔韦伯爵揶揄道,每个人都被逗笑了。

这晚,几位说话不多的贵族和一帮机智而卑贱的阴谋家接连地造访德·拉莫尔府邸(侯爵将组阁的事被人提起过),那个小唐博在这群人中崭露头角。他说话很有力,足可弥补见解不够精辟这一不足。

"为何不判他十年监禁呢?"于连正朝他那群人走的时候,听到他说,"为避免它们的毒液散发而造成更大的危险,我们应该把这些蛇蝎扔进地牢的阴暗角落,让它们死去。就算罚他一千埃居又于他何伤? 他穷,更好,可以由他的党派替他付钱。他应受到五百法郎的罚金和十年的地牢监禁。"

"主啊! 这是说的哪个怪物呢?"于连暗忖。这位同僚铿锵的语调和激动的手势让他欣赏。这时,院士的宝贝侄儿的瘦小的脸是可憎的。很快于连就闹明白他说的是当代一位最伟大的诗人。

"啊! 可恶的家伙!"于连喊起来,声音并不高,热泪浸湿了他的双眸。"啊,坏东西!"他暗里说道,"我想你将为这番话付出代价的。"

"可实际上,"于连心想,"侯爵所领导的政党的敢死队正是这么一伙人! 受到他诋毁的那位名人,他如果背叛了自己,会得到多少勋章、多少闲差呢? 即使不是出卖给我所说的内尔瓦尔先生无能的内阁,而是投靠那些为我们所亲眼看见爬上高位的还可算作正直的大臣中的一位。"

远处,比拉尔神父向于连招手示意,德·拉莫尔先生才向他说了句话。当于连终于能摆脱刚才一位主教大人的哀叹走向他的朋友的时候,那个可恶的唐博却来纠缠比拉尔神父。因为怨他让于连得宠，这个小坏蛋便来讨好他。

"死神何时才让我们甩开这老朽的臭皮囊呢?"此刻小文人正用着如《圣经》般有力的词句谈论着可敬的霍兰勋爵，他刚匆匆评论了英国新政府治下有望掌权的每个人物。熟悉各类活人的生平，这一点正是他所长。

于连跟着比拉尔神父去了紧挨着的客厅里：

"唯一让侯爵反感的是拙劣的文人，我得提醒您，侯爵不喜欢这种人。他会尊敬您、保护您像对待一个学者那样，如果您精通拉丁文、希腊文。有可能的话，还需了解埃及历史和波斯历史。要是您用法文做文章，即使只写了一页，如果您是议论那些不属于您这个社会地位所能议论的严重的问题，您就会被他认为是拙劣的文人，那么厄运便降临到您身上了。住在一家大贵人的府邸，您怎么可以不清楚加斯特里公爵评价达兰贝尔和卢梭的一句名言：此人对任何事都好发议论，可是他连一千埃居的年金都没有！"

"任何东西都是藏不住的，"于连想，"这儿和神学院没什么两样！"他写过一篇差不多十页的赞颂那位老外科军医的历史的颂词，在那里面，他说他是被这位老外科军医教养成人的。"那本东西，"于连暗地思考，"一直是被锁起来的！"他迅速跑上楼烧掉手稿，而后回到客厅。此时那些颇有名声的坏家伙已经离开了，只留下那些佩勋章的人在客厅里。

在仆人们刚抬进来的准备好了的餐桌旁，围坐着七八位极高贵虔诚的夫人。她们有些故作姿态，年纪几乎都在三十到三十五岁之间。美丽的德·费尔瓦克元帅夫人走进来，为她的迟到表示抱歉。她在侯爵夫人身边坐下时，午夜已过。于连发现她的眼睛和注视人的神情像德·雷那尔夫人，心里非常激动。

那个以德·拉莫尔小姐为核心的团体还在原地，那个可怜的德·塔莱伯爵正被她和她的朋友们取笑着。他出生于著名的犹太人家庭，作为独生子，他的财富通过借贷给国王们反对人民而来，而这些财富给他带来了名气。这个犹太人不久前刚死，他的儿子从他那儿继承了每月十万埃居的进款和一个贵族头衔，这可是个有名的贵族头衔！处于这种不寻常的境遇之中的人需要淡泊的胸怀，或者强大的意志力。而这位伯爵先生是个老实人，他接二连三地听人蛊惑而煽起了各种欲望和野心。

德·凯吕斯先生说德·塔莱伯爵被人鼓励向德·拉莫尔小姐求婚。(此刻将会成为拥有十万法郎年金的公爵的德·克鲁瓦斯努瓦侯爵正在追求这位小姐。）

"啊！不要攻击他有这个想法嘛。"诺贝尔带着怜悯说道。

"这不幸的德·塔莱伯爵也许最缺乏意志的力量。有这一点,他就可以当国王。虽然他接连征询大家的意见,可没勇气将任何建议贯彻到底。"

"就他那副长相,"德·拉莫尔小姐发言道,"就足让他快乐无穷了。不安和失意奇怪地混合成这个样子,可尤其在他长得还不错、年纪不足三十六岁的时候,偶尔我们会很清楚地发现一种突然的骄傲自大和最富有的法国人所应有的果断口气。""他既胆小又自负。"德·克鲁瓦斯努瓦先生说道。他被凯吕斯伯爵、诺贝尔和两三个留着小胡子的年轻人肆意地取笑,而毫不自知,直到一点钟响过以后,他们才打发他回去:

"您那阿拉伯的名马,在这样的天气会在门口等着您吗?"诺贝尔问他。

"不是这样的,这是一对新买来的便宜得多的马,"德·塔莱先生答道,"左边一匹值五千法郎,右边一匹,我只花了一百个路易。可您应相信,这一匹只有在夜里才被驾上。因为它跑起来和另一匹一样快。"

伯爵因诺贝尔的意见意识到,他这种身份的人理应怜马,不该让他的马遭受雨淋。他离开后,那些先生也接着告别了,可仍在取笑他。

在楼梯上,于连听到他们的笑声,暗地思忖道:"终于让我明白了我的另一种处境! 我一年的进款不足二十路易,而和我站在一起的这些人一小时便有二十路易的进款,可他被他们嘲弄……此种耳闻目睹足以引起人的妒忌。"

第五章
感觉敏锐和一位诚信的贵妇人

那儿的人如此习惯平庸的言语,稍许独到的见解便被目为粗俗。谁语出新意,谁就得遭殃!

——福布拉斯

试用了几个月后,到第三季的薪水经府邸管家送给于连时,他已站稳了脚跟。他受德·拉莫尔先生之托去管理他在布列塔尼和诺曼底两地的地产。去那儿旅行,在于连是常事。有关和弗里莱尔神父之间的那桩有名的官司的通信工作也由他负主要责任,比拉尔神父已将这宗案子向他讲述过。

依据侯爵在他收到的各种文件的空白处写上的几句潦草的批语,于连写成的这些信已几乎封封可以得到签字了。

神学院的老师都认为他是最杰出的学生之一,虽然他们总说他不用功。于连用着一个野心受到压抑的人的全部热情处理各种各样的工作,工作过度使他那从外省带来的红润肤色很快消失了。在他的年轻的同学们看来,他苍白的脸色正表示一种品德;于连感到他们比他在贝桑松的同学要好得多,不会拜倒在一埃居面前;而他们却认为于连患有肺病。侯爵曾送了一匹马给他。因为担心骑马时撞见人,于连对他们说,骑马乃是遵照医生的嘱咐。比拉尔神父领着他接触了好几个詹森派团体。于连为宗教的观念和伪善的观念、发财的欲望密切联系在他的脑子里,而感到奇怪,他这时对于这些虔诚、严厉、竟能不考虑到钱的人,深表赞赏。于连成为好几个詹森派教徒的朋友,他们常忠告他。在这些詹森派教徒中,他看到了一个新的天地,他结识阿尔塔米拉伯爵,一个在本国被判死刑却笃信宗教的自由党人,身长近六尺。于连因为他们身上笃信宗教和热爱自由的奇异反差而深受打动。

年轻的伯爵有些疏远了于连。诺贝尔认为对于他的几个朋友的恶作剧,于连的回答太激烈了。有过一两次失礼后,于连下决心永远不和玛蒂尔德小姐交谈了。他始终受到德·拉莫尔府邸每个人的礼遇,可他总觉得自己低人一等。他引用外省人常识中一句谚语来说明这种现象:新的总是好的。

也许他比刚来时看得更清楚了一些,抑或是巴黎都会风情所引起的最初吸引力已荡然无存了。

他的工作一停止,他就感到了致命的厌倦。这种感情的低迷是那让人欣赏的礼貌的后果,巴黎上流社会的特色就在于此种礼貌,它极有分寸,因不同的地位而分为不同的等次。感觉稍敏锐一点者便能很快分辨出这种故作姿态。

我们当然可以斥责外省人有平庸的举止,或不周全的礼仪,但是他们的答话总还有那么一点点激情。于连在德·拉莫尔府邸从未伤过自尊心,可在结束一天时候他总有大哭一场的冲动。您走进外省的咖啡店时,若有意外,伙计会对你表示关心,可这意外如有伤您的自尊心,他又会一面安慰您,一面却反复咀嚼那句让您伤心的话。在巴黎,人们遇到这种情况就偷着乐,不过您终究是一个外人。

我将略去一大堆小事故不讲,于连若真称得上是个可笑之人,那么他在这些小事故中会显得更为滑稽。他因为过于敏感而出了不少岔子。全部的消遣他都用在了防范上:每天他都去练习射击,他是好些著名武术教师的得意弟子。他并不像以前那样,一有空便读书,而是到马厩去骑最烈的马。几乎每次他和骑术教师一同出去,他都会从马上跌下来。

他干活时的持久、沉默和灵活让侯爵很满意,慢慢地所有搁置的、难办的事便都交给他办理了。处理国家大事的空闲时间,侯爵便迅速地处理自己个人的事。他消息灵通,使他在交易所的公债买卖总是轻易成功。他购置了许多房产和树林,可他仍是易怒的。他会为几百个法郎和人打官司,却可以放弃几百个路易。有些通达的阔人,在经济纠纷中,他们要的是乐趣,而非结果。侯爵需要一个能把他的财务料理得清清楚楚、一听即明的参谋。

一向谨小慎微的德·拉莫尔夫人有时也嘲弄于连。贵妇人反感的便是过于敏感而生的意外举动,那正好违背礼仪。侯爵有两三次站起来为于连说话:在您的沙龙里,他或许可笑,可在他的办公室里,他举足轻重。在于连看来他已探知到了侯爵夫人的秘密。她只要听到仆人通报德·拉如马特男爵的名字,便感到了任何事的乐趣。这位瘦高而丑,脸上冷冰冰而毫无表情的男爵,整日生活在宫廷里。他一般不发表对任何事的意见,这是他的思维方式。他若能成为德·拉莫尔夫人的快婿,这将成为她一生莫大的幸福。

第六章

表达的方式

> 冷静地判断老百姓日常生活中的小事件是他们的崇高
> 使命。他们的智慧应能防止大发雷霆,这是因为一些很小
> 的原因或被一些有名望的人向远方传播时加以渲染的事件
> 造成的。
>
> ——格拉蒂于斯

生性高傲的于连由于新来乍到,又从不屑于过问他人私事,因而没有出过什么太大的乱子。有一天,为避一阵急雨,他进了圣奥诺雷街的一家咖啡屋,一个身着海狸皮小礼服、身材高大的人因为他沉闷的眼神而看了他一眼,那种目光和从前在贝桑松时阿芒达小姐的情人看他时没有两样。

于连不止一次后悔放弃了第一次的不敬,他无论如何不能忍受这一次的侮辱。他走上前去要求给予解释。穿小礼服的那个人便马上用最难以入耳的话骂他,咖啡屋所有的人都被吸引过来,连过路的人也停下来了。于连有着外省人的谨慎,身上总带着枪,他的手抖着,在口袋里紧捏着那把枪。可他仍是清醒的,他只不过重复对那人说道:您的地址?先生,我瞧不起您。

他不断重复的这几个字使围观者也为之一动。

"是!只顾嚷嚷的那个家伙应该给他地址。"穿小礼服的人在公众的不断催促下,便向于连扔过去五六张名片,还好一张也没打中他的脸。于连规定自己,不到他的身体受到侵犯的情况,他不开枪。那人边撤,边骂骂咧咧地回头用拳头威

胁他。

于连浑身发热。"我都快被这个最无耻的家伙气死了!"他对自己说,"如何才能摆脱这种屈辱呢?"

他打心眼里想马上上去和他拼了。但他又感到为难。在偌大的巴黎,上哪儿能找着一个证人呢?没有一个人是他的朋友。他曾和许多人交往,但每次在交往了六个星期后,他们就和他疏远了。"我的孤傲不合群现在让我得到严厉的惩罚了。"他心想。他终于想起了时常和他一起练剑的九十六团的一个叫利埃旺的前少尉,他去找这个不幸的人。于连把事情的前因后果告诉了他。

"我愿意给您当证人,"利埃旺说,"只需要您答应我一个条件:假如您没伤到您的敌人,您就必须当场再和我决斗。"

"可以,"于连高兴地和他握手,并答应了他的要求,接着按照地址,他们去找住在圣日耳曼区最远地方的德·博瓦西先生。

这天清晨七点钟。于连在仆人进去通报他的名字时,想起这人有可能是德·雷那尔夫人的一位年轻亲戚,以前他曾在驻罗马或那不勒斯大使馆工作过,曾写过一封介绍歌唱家热罗尼莫的信。

前一天那人扔过来的一张名片连同于连自己的被同时交给了一个高大的仆人。

等了三刻钟,他和他的证人才被带进一间装饰极为精美的房间。一个身材高大、身着玫瑰色、橙色、白色的小礼服而活像个洋娃娃的年轻人出现在他们面前,他的相貌具有完全的希腊美却空洞无意义。他的脑袋很小,美丽的金发烫得非常细致,隆起像一座金字塔,却无一根翘起。"这个可进地狱的自负的人,"九十六团的少尉诅咒道,"让我等这么久,原来只是要把他的头发卷成这副德性呀!"一切都合乎规矩,五颜六色的便衣、晨裤,即使绣花拖鞋,也几无疏漏之处。他有着一副高贵而空洞的面貌,予人适当和异常之感,这是理想中讨人喜欢的人,神情庄重严肃,反感出乎意料的行动和戏谑。

那样粗暴地向他脸上扔名片,而后又让他久等,九十六团的少尉向于连指出,这可说是罪加一等,于连当时便迅速闯入了德·博瓦西先生的房间。他想让人感到他的自负不逊,同时他又想让自己看上去很有教养和风度。

于连被德·博瓦西先生那温和的态度,那既矜持又高傲自得的模样,以及室内令人称羡的高雅陈设深深打动，他一转背就把刚才自负不逊的念头抛弃了。这人并不像昨天他所碰见的那一位。他为出现在他面前这个如此优雅的人而惊得说不出话来，这并不是他在咖啡屋里遇到的那个野蛮人。他递过去一张人家扔给他的名片。

"不错，这是我的名字，"衣着时髦的人说，他并没有注意到于连从早上七点就穿在身上的黑色衣服，"可我不清楚，我并不曾有此荣幸……"

他表达的方式又勾起了于连的怒气。

"我来是为了和您决斗，先生。"他接着一口气交代了事情的经过。

深思过后，夏尔·德·博瓦西先生很满意于连穿的黑色衣服的剪裁。"一看这手艺就知道是斯托布公司的，"他边想边听，"这是件别致的背心，漂亮的长筒靴子，可早上就穿这么一身黑衣不免让人觉得有些……当然或许是为躲避子弹的缘故。"德·博瓦西骑士心想。

这么想着，他又恢复了完美的礼貌，于连几乎被他完全平等地对待。问题很复杂，交谈的时间很长，后来于连不能不承认这个明白不过的事件，即他今天求见的这个如此彬彬有礼的年轻人必定不是昨天那个辱骂他的人。

于连不愿意就这样不了了之，他继续这种交涉。德·博瓦西骑士自称德·博瓦西骑士，对于于连随便称他为先生很是诧异，他的这种自负被于连注意到了。

他时时刻刻保持着的那种含有某种谦恭的自负的庄严态度，让于连赞赏不已。他说起话来很特别的舌头转动方式很让于连觉得奇怪。可在这一切中，他找不到要同他争吵的任何理由。

一个小时以来，九十六团的前少尉一直是两腿分开，两手架在大腿上，两肘向外突出的姿势坐着，当年轻的外交家十分有风度地提出决斗时，他断定是有人盗窃了这位先生的名片，很明显他的朋友索莱尔先生根本没理由找人家争吵。

于连气急败坏地走出来。德·博瓦西骑士的马车正停在院子的石阶前，于连偶尔抬头的时候，便认出车夫正是昨天侮辱他的那个人。

一刹那功夫，于连一瞧见他，便上前揪住他的长大衣，把他从座位上拖下来，然后鞭打他。两个仆人保护他们的同伴便让于连吃了不少拳头，他于是立即掏出手枪，装上子弹，向他们射击，他们抱头鼠窜。整件事的发生没超过一分钟。

德·博瓦西骑士正态度极其庄严地走下楼梯，有些滑稽，他那贵族老爷式的腔调重复回响:"发生什么事了? 什么事?"他很好奇,但囿于外交家的身份,他又不能表露出更多的兴趣。在明白了是怎么一回事后,他依然是那张略带微笑的冷静和高傲的外交家的面孔。

博瓦西先生也想决斗,这一点被九十六团的少尉看出来了,他也试图像个外交家那样替他朋友争取提出决斗的优先权,他喊起来:

"这一下可不缺理由决斗了!"

"和我想的一样。"外交家回应道。

"我驱逐那个无赖,"他向仆人说,"另找一个人来赶车。"

车门打开。于连和他的证人被骑士坚决请上了车。他们去找德·博瓦西先生的一个朋友给他们指定一个僻静处。一路他们的交谈很愉快。可外交家还穿着睡衣呢,仅有这件事让人觉得不正常。

"虽然这些先生们生来高贵,"于连思忖道,"却和那些来德·拉莫尔府吃饭的乏味的人完全不一样。我现在明白,"不一会儿他又想,"他们怎么敢这样冒犯礼节。他们谈论昨晚芭蕾舞会上公认的几个出色的舞女。"这些大人先生们还隐晦地叙述许多很刺激的故事,于连和他的证人对此一无所知。于连决不会蠢到强不知以为知,他谦恭地承认自己的见识浅薄。于连的率直为骑士的朋友所欣赏,他十分详细且生动地讲给于连这些故事。

于连对一件事感到意外。他们的车在大街的中心,一个为圣体节游行而设的休息所那儿停留了一会儿。这些先生们肆无忌惮地说着各种笑话,他们说本堂神父正是大主教的儿子。有个地方绝对不会有人敢说这种话,那就是在想当公爵的德·拉莫尔侯爵府邸。

很快便结束了一场决斗:于连手臂上中了一弹,他们用浸了烧酒的手帕为他包扎伤口。德·博瓦西骑士请求于连用他的马车送他回去,他很有礼貌。年轻的外交家和他的朋友在听到于连说出德·拉莫尔府邸的地址时,互相对望了一眼。其实,于连雇的马车就停在那儿,可他喜欢这群先生们的言谈,这比九十六团善良的少尉的言语要有趣得多。

"圣明的主啊! 一场决斗,也不过如此吗?"于连暗地想着,"我真运气,竟然碰上了那个车夫。假如我还要忍受在咖啡屋遭到的侮辱,那是一件多么不幸的事啊!"兴味盎然的交谈持续了整个路途。于连最后得出,外交家的故作姿态有时还是有用的。

"这么说,出身高贵者的言语,"于连暗道,"并非生来就让人觉得乏味的!他们对圣体节游行队伍的嘲弄,敢于讲出那些非常猥亵的趣闻及其生动的细节。他们说话时文雅的声调和正确的语言完全出色弥补了他们所缺乏的对于政治的理解。"于连完全为他们所倾倒。"我要能常见到他们,那是件多幸福的事啊!"

刚一告别,德·博瓦西骑士就开始探听消息,可得来的信息并不太好。

他对于对手的身份非常好奇,他能否体面合乎礼节地去拜访他?他所知的一点点情况却不能让人激动。

"这一切不太妙!"他对其证人说道,"我是不可能承认和德·拉莫尔先生的一个普通秘书有过决斗,更不必说还是我的车夫盗窃了我的名片造成的。"

"这件事确实会让人笑话的。"

当晚,德·博瓦西骑士和他的朋友就到处宣扬,索莱尔先生是德·拉莫尔侯爵一位密友的私生子,可他是个很不错的年轻人。虚假的舆论便这样传开了。当大家都相信了这一说法时,年轻的外交家和他的朋友便屈尊来拜访了于连几次,其时他还处于那十五天的养伤期间。于连说他生下来只去过一次国家歌剧院。

"这不可想象,"他们对他说,"此处是大家唯一可去的地方,您复原后的第一次出门就应该去观赏《奥里伯爵》。"

德·博瓦西骑士将于连介绍给了此时已获巨大成功的著名的歌唱家热罗尼莫。

骑士几乎成为于连崇拜的对象,其自尊、神秘的优越感和年轻人的高傲混在一起,让于连十分着迷。例如,骑士的些微口吃就是因为他时常荣幸地在一位大贵族身上看到这个缺点的存在。逗人开心的可笑和可怜的外省人所应模仿的完美仪态结合在了一个人的身上,这在于连是第一次接触。

人们时常可以看见于连和德·博瓦西骑士在歌剧院露面,大家因这种结交而常提起他的名字。

"很好!"有一天,德·拉莫尔先生对他说,"这么说,您真是我的密友的私生子,他是法朗什—孔泰的一位富有的贵族?"

于连正想说明他没有用任何形式来帮助这个虚伪谣言的传布,却被侯爵打断了。

"同一个木匠的儿子决斗,这在德·博瓦西先生是不可能承认的。"

"我明白,我明白,"德·拉莫尔先生继续说,"我现在该来证实这一传言了,我是合适于这一角色的。可您要答应我的一个请求,只需让您耗费三十分钟时间,每当歌剧演出那天的十一点半,上流人士都出现了,您就该到剧院的过道里去走动一下,露露面。我看您应该改掉那些外省人的举止;再说认识或至少是见过那些大人物,也是有好处的,我将来还要派您去和他们交涉。我给您送来了入场券,您该到票房去转转,让人们都认识您。"

第七章

痛风病又犯了

> 并非因为我的功劳而提升我,只不过我的主人的痛风
> 病又犯了。
>
> ——贝尔多洛蒂

如此随便的,几乎是友善的口气或许让读者觉得意外。这是由于我们疏于告知,侯爵因痛风病发生已待在家中六个星期了。

德·拉莫尔小姐和她的母亲去探访住在耶尔的外祖母了。诺贝尔伯爵不过偶尔来看望一下他的父亲,可并没有太多话说,虽说父子二人感情不错。只有于连朝夕陪伴着德·拉莫尔先生,于连竟有些思想,这让侯爵有些意外。于连应他之请为他读报。这位年轻的秘书不久便知道按他所感兴趣的片段来选择了。侯爵很不喜欢一种新版报纸,承诺将永不再看,可它每天都要被他谈到。这种权力和思想之间平庸的斗争使于连感到好笑。于连和这样一位大贵人整夜交谈容易失去的冷静,因侯爵的这种小气也失而复得。当前的岁月很让于连烦闷,他让于连以当场翻译为拉丁文的方式来诵读李维的作品。

侯爵有一天用着常让于连无法忍受的过于客气的语气,对于连说:

"我亲爱的索莱尔,请屈尊接受我送给您的一套蓝色衣服,您在方便的时候,穿上它来看我。您这时在我看来,便是雷斯伯爵的令弟,我的朋友老公爵的令郎。"

对于其中的含义,于连是不了解的,他在当晚便身着蓝色衣服去见侯爵,果然他被侯爵当作平等的人看待。于连对此种真诚的礼貌是感觉得到的,可他还不能分辨出礼貌上的细微差别。于连在侯爵萌生这个怪想法之前,决定他没有受到过

比这更甚的礼遇了。"这种睿智才干是多么令人赞赏呀!"侯爵在于连起身告辞时,因痛风病又一次发作,不能送别于连而深感抱歉。

一个奇怪的想法萌生在于连的心中:他是在耍弄我吗? 他便去问比拉尔神父,不像侯爵那么有礼貌。比拉尔神父用一声口哨作为回答后,便把话题引到了其他事上。次日早晨,于连一身黑衣,携带公文袋和待签的信件去见侯爵,他受到侯爵一如往常的接待。穿上蓝衣服的于连在晚上得到侯爵截然不同的招待,这和前一天晚上同样地彬彬有礼。

"您既然好心肠不厌其烦地来看望一个不幸的生病的老人,"侯爵对他说,"您该向他坦白您生活中的所有细微的故事,要明白而生动地说出来。我们人生需要轻松和快乐,"侯爵接着说,"快乐是人生中唯一真实的。不是每天都有人在战场上救我的命,抑或赠我百万家财;只要每天在我的长椅旁,有里瓦罗尔为我解除一个小时的疼痛和烦闷。我在流亡期间常在汉堡与他会面。"

接着,侯爵讲给于连有关里瓦罗尔和汉堡人的一些趣事,一共要有四个汉堡人才能听懂他的一句妙语。

侯爵企图让他的话题生动一些,因为他不得不和他朝夕相处。他谈到荣誉,激起于连的骄傲。于连在侯爵要听真话时,决定毫无顾忌地说出来,除了两件事:一是他所狂热崇拜而为侯爵所仇视的一个名字,二是他那完全的无神思想,这是不太合适于一个未来的本堂神父的。他与德·博瓦西骑士的那场误会正可为谈资。侯爵得知于连在圣奥诺雷街咖啡屋里被一个粗野的车夫辱骂,笑得都流出了眼泪,这时正是主人和被保护人的心离得最近的时候。

这个独特的性格让德·拉莫尔先生很感兴趣。他最先怜爱于连是为了自己取乐,不久,他感到,慢慢地纠正这个年轻人的某些错误看法,是更有趣而有意义的。"除他之外,外省人初到巴黎,会赞美巴黎的一切,"侯爵心想,"此人却对一切表示憎恨。那些人太过故作姿态,可他却太幼稚,他常被傻瓜们看成蠢材。"

严寒的冬季又让侯爵的痛风病拖了好几个月。

"既然漂亮的西班牙猎犬会惹人喜爱,"侯爵对自己说,"那么我宠爱这个小教士又有什么可非议的呢? 他个性独特,我视他如同自己的儿子,有什么不妥吗? 假如这个怪念头持续下去,我便要在遗嘱中留出一颗价值五百路易的钻石了。"

一旦明了被他保护的人所具有的坚韧性格后,侯爵便每天有一些新的事务交给他办理。

于连因察觉在同一件事上,这位大贵人常告诉他互为矛盾的两种处理意见,这让于连有些胆怯。

于连可能会因此受到严重牵连。从那以后,同侯爵并肩工作,于连总随身带一个记事本,记下侯爵的所有决定,并让他签上字。于连还请了一个助手抄录每件事的处理意见,这些意见集中在一个特殊的本子上,各种信件的抄件也同时保存在里面。

侯爵起初认为这个做法荒唐而讨厌之极。可不到两月,侯爵就发现它的好处显露出来了。于连还提出一个建议:雇用一个在银行干过的伙计登记于连所负责管理的地产的全部收入和支出,形成复式账。

通过这些措施,侯爵弄清楚了自己的财务,他所以有兴趣投机去做两三件生意,而不需要求助于代理人,他们照例是要揩他的油的。

"您取三千法郎用吧。"一天,侯爵吩咐年轻的助手说。

"先生,会有人诽谤我的做法。"

"那您想怎么做?"侯爵不快地问。

"请您将您做出的给我三千法郎的决定,亲手写在记事本上。何况,这完全是比拉尔神父提出的记账方法。"

侯爵亲手写下了这个决定,当时的表情正和德·蒙卡德侯爵听他管家普瓦松先生报账时一模一样。

于连晚上身着蓝色衣服见侯爵时,他们从不谈到经济事务的话题。我们的英雄永远痛苦着的自尊心很容易被侯爵的这番情意抚慰,他很快便情不自禁依恋起这个可爱的老人来。这并非如巴黎人所想的那样,于连看重情感,但自从老外科军医去世后,再没有一个人像侯爵这般和善亲切地与他谈心,于连并非是没有感情的怪物。侯爵礼貌周全地保护着他的自尊,这在老外科军医那儿是从来没有的,于连为此感到惊异。他最终明白,十字勋章对老外科军医要比蓝绶勋带对于侯爵来说重要得多,侯爵的父亲曾是一个大贵族。

一天早晨,身穿黑衣的于连与侯爵交谈某些事务,结束时,侯爵意犹未尽让他足足多逗留了两个小时,并硬要送给他几张钞票,这是他的代理人刚从交易所取来的。

"侯爵先生，请允许我说几句不致影响我对您的深深敬意的话。"

"请讲，我的朋友。"

"请侯爵先生答应，我拒绝接受这份礼物。这将彻底破坏您所给予蓝衣人的礼遇，它不该送给黑衣人。"

毕恭毕敬行了告别礼后，他头也不抬地离开了。

侯爵对此很高兴，他晚上告诉了比拉尔神父。

"我亲爱的神父，我承认，对于连的出身，我完全知晓，您可以不再为我保守秘密。"

"今早他的做法是高贵的，"侯爵对自己说，"我要让他成为贵族。"

不久，侯爵终于好得差不多，可以出门了。

"您将在伦敦待上两个月，"他对于连说道，"我收到的信件及我的批语将由特别信使和其他信使送给您。您将回信并附上原信一起带给我。计算一下，也不过延迟五天而已。"

在通往加来的大路上，于连毫无兴致，他感到他将去处理的那些所谓事务的确毫无意义。

我将略去于连踏上英国这块土地时所怀着的憎恨，甚至厌恶的情绪。我们都了解他狂热地崇拜拿破仑。每一个英国军官都被他视为赫德森·洛先生，每一个英国贵族都被他看成是巴黎斯特爵士，他们为当十年的内阁大臣而可耻地制造了对圣赫勒拿岛的诋毁。

于连在伦敦彻底了解了贵族社会的清高孤傲。他所结交的几个俄国的年轻贵族给他指点英国社会生活门径。

"您生而得天独厚，我亲爱的索莱尔，"他们对他说，"您对于现实似乎毫不在乎的天生的冷静态度，是我们怎么也学不来的。"

"您还不是太懂您的时代，"科拉索夫亲王对于连说，"您所永远该坚持的是与别人对您的期待相悖的事。这实际上是当今唯一信条。我忠告您，勿疯勿伪，它正是他人对您的期待，否则您就与以上训诫背道而驰了。"

菲兹福尔克公爵邀请于连和科拉索夫亲王共进晚餐的那一天，于连在沙龙里大出风头。此前人们等候了一个小时。至今驻伦敦大使馆的年轻秘书们仍意犹未尽地回顾着于连在二十多个等候的人当中妙不可言的举止仪态。

撒开他所结识的那些花花公子的阻止,于连坚持去探望从洛克以来英国唯一的哲学家菲利普·范。于连在他七年监禁期满之时见到了他。"这个国家的贵族是不说玩笑话的,"于连告诉自己,"况且范已是名声扫地,遭人耻笑和诽谤……"

贵族阶级的狂怒反而让他忧愁全无,于连觉得他劲头十足。"不错,"离开监狱时,于连心想,"他是我在英国发现的仅有的快活人。"

"上帝神权观念是于暴君最有价值的思想。"范曾这样告诉他。

他的其他的不登大雅之堂的不恭理论,我们在此略去。

"从英国回来,您带给我怎样的有趣的想法呢?"回到巴黎,德·拉莫尔先生问他。于连缄口不言。

"您带回来什么思想呢,有无趣味?"侯爵急切地追问。

"首先,"于连答曰,"英国人中即使是最明智者,每天也会疯上一个小时。国家之神是自杀魔鬼,他每天造访。"

"其次,踏上英国的土地,任何人的才智和能力将贬值百分之二十五。"

"第三,英国的风景强过世上任何一个事物,它值得称颂。"

"我接下来说吧。"侯爵接口道。

"首先,您为什么要在俄国大使馆的舞会上宣扬法国有 30 万二十五岁的青年渴盼战争呢?您以为君主们喜欢听这种话吗?"

"和你们这些大外交家们交谈,我无所适从。"于连说,"他们喜好正规的讨论。我们若重复报章言论,将被目为傻子。如果我们敢说些真实新鲜的东西又会让他们惊讶,不知如何应对,而他们会指派大使馆的一等秘书在第二天早晨七点钟告诉您说,您有失礼貌。"

"很好,"侯爵笑说,"不过,我敢断定,您并不知道您去英国的原因,有思想的先生。"

"请原谅我,"于连说,"我一礼拜到大使馆吃一次晚餐,他很有礼貌。"

"您是为寻觅这枚十字勋章的,瞧,它在这儿,"侯爵说,"您这身黑衣服,我并不愿让您脱掉,可蓝衣人谈话时那种更富情趣的语气已让我习惯。在我的新命令以前,您要记住:在我每次看见这个十字勋章时,您是我的朋友雷斯公爵的幼子,六个月前他已受命于外交界,可他本人并不清楚。务请您注意,"打断了于连的感恩,侯爵非常严肃地补充说,"我并不要让您改变身份,对于保护者和被保护者而说,这总会是一种过错和不幸。您何时厌烦了我的官司，或您不再为我所用，我会给您一个好教区，正如我们的朋友比拉尔神父现在这样，仅这么些罢了。"侯爵说话时态度生硬。

于连的自尊因这枚勋章而得到满足，说话也多于从前了。他感觉不像从前那样常被当作一些容易引起无礼的解释性语言的影射对象而受到侮辱了，这些言语在热烈的交谈之中并不是所有人一听就明白的。

因这勋章给于连带来了一次意料之外的造访，是瓦勒诺男爵来巴黎感谢内阁授予他男爵并密切关系而引来的。他将替代前市长德·雷那尔先生被任命为韦里埃的市长。

瓦勒诺先生告诉他，不久有人揭发德·雷那尔先生竟是个雅各宾派，这不禁让于连哑然失笑。事情是这样引起的：这位新男爵是即将举行的议员选举中内阁提名候选人，而德·雷那尔先生却在实际极端保王派控制的选民大会上得到来自自由党人的支持。

于连想打听一点有关德·雷那尔夫人的消息未果，男爵只字未提，似对旧怨还未忘怀。最后，他请求于连说服他父亲在将举行的大选中投他一票。于连答应给家写信。

"骑士先生，您该让我拜见德·拉莫尔侯爵先生。"

"确实，我本该这么做，"于连心想，"可他这么个流氓……"

"实际上，"于连敷衍他道，"我哪有这个资格，我只不过是德·拉莫尔府邸的一个小伙计而已。"

当晚，于连把事情都转告了侯爵，他向侯爵提到瓦勒诺的希望，并述说了他自1814年的一切行为和表现。

"不但您明天要介绍这位新男爵给我，"德·拉莫尔先生一本正经地说，"而且后天我邀请他共进晚餐。他将成为我们新任命的一个省长。"

"这么说，"于连冷漠地说，"我就该为我的父亲争取贫民收容所所长的位子了。"

"很好，"侯爵重又恢复了高兴的神气，说，"我答应，我正等着您说教仁义道德，您在慢慢走向成熟了。"

从瓦勒诺先生的口中，于连又得知韦里埃的彩票局局长已去世。于连曾在侯爵卧室中见到过请求录用的德·肖兰先生的呈文,于连觉得把这个位子给这个老笨蛋是件很有意思的事情。于连讲述那份呈文时,侯爵正在签署向财政大臣请求这个职位的信,他听了于连的陈述乐得哈哈大笑。

德·肖兰先生接到任命,于连才知道省议会曾请求把这一职位给格罗先生。这是一位著名的几何学家,他每年从自己的收入中拿出六百法郎帮助死者养活家小,虽然他每年自己也只一千四百法郎的收入。

于连惊异于自己的所作所为。一想到"这个死者的家庭如何撑下去?"他就很难受。"这也算不了什么,"他又思考道,"我要有所成就,就要做许多不公平的事,同时要学会用漂亮话掩饰它们。可怜的格罗先生,他才配得上这个勋章,可我实际上得到了这枚勋章,我的所作所为便谨遵给我这枚勋章的内阁的意旨。"

第八章

使人与众有别的勋章是什么？

渴了的天神说："虽然你的水没能让我感到清凉解渴，
可这却来自整个迪亚尼克尔最清凉的一口井。"

——佩利科

于连有一天从风景怡人的维勒基埃回来，德·拉莫尔先生很关心这块塞纳河边的地产，在他所有的地产中，唯有这一块是属于博尼法斯·德·拉莫尔家族的。这天，侯爵夫人和她的女儿也正从耶尔回来，于连看见了她们。

如今的于连已经变成了一个花花公子，他熟悉巴黎的生活艺术。对德·拉莫尔小姐，他一直是冷冷的。似乎那段她曾那么快乐地向他询问他从马背上轻巧地跌下来的详细情形的时光根本不曾有过。

德·拉莫尔小姐注意到于连个子长高了，脸色也苍白了。他的身材、举止已摆脱了外省人的习惯，可他的谈吐却差了些：人们觉得他的谈话过于严肃，实在的东西太多了。虽然这些都是讲得通的，可他的自尊使他的谈话没有作为一个下属的特征，大家并不认为很重要的事情，他仍然视为严重的，当然他说话算数，言必有据，大家都熟知这一点。

"他很聪明，可风度欠潇洒。"德·拉莫尔小姐对她父亲评说，并打趣她的父亲，因为他送于连一枚十字勋章。"我哥哥可是拉莫尔家族的人，可他向您要求一枚十字勋章已长达十八个月了！"

"不错，可于连有着您所说的拉莫尔家族的人从未有过的意外遭遇。"

这时，仆人通报了雷斯伯爵的到来。

　　看到他，玛蒂尔德不由地打了一个哈欠，她由此重新认识了那些她父亲客厅里古老的镀金装饰品和常来的旧客。她懂得巴黎那种十分无聊的生活又要降临到她身上。可她在耶尔的时候却想念巴黎。

　　"我十九岁了呀！"她心想，"所有切口涂金的蠢材都会说，这是一个幸福的年龄。"客厅的小桌上堆着她到普罗旺斯旅行时买的新版的八到十本新诗集，她望着它们。很不幸，她的聪明强过了德·克鲁瓦斯努瓦、德·凯吕斯、德·吕兹先生和其他朋友。她知道他们会和她谈论诸如普罗旺斯的美丽天空、诗歌、南方，等话题。

　　如此美丽的这双眼睛，流露出深深的烦闷的神气，更糟的还是它对于追寻快乐的绝望神情，可它在于连身上徘徊。"这个人至少与众不同呀！"

　　"索莱尔先生，"她带着那种完全属于上等社会的年轻女人常用的活泼、简捷、毫不羞涩的语气对于连说，"您今晚参加德·雷斯先生家的舞会吗？索莱尔先生。"

　　"小姐，我还不曾有此荣幸被介绍给公爵先生。"（这个如此高傲的外省人说出这句话和这个头衔时简直是咬着嘴的。）

　　"是他要我哥哥带您上他家去的，而且在那儿，您可以告诉我一些有关维勒基埃的具体情况，春天我们或许会去。对于那里的城堡是否适宜居住，其周围的风景是否如所说的那般秀丽，我都很感兴趣。世上沽名钓誉的事情太多了。"

　　于连不予回答。

　　"和我哥哥共同去参加这个舞会吧。"她坚持补说了这句话。

于连毕恭毕敬地鞠了一躬。"也就是说,舞会上我也需要向这家人汇报工作。我不就成了雇来的代理人了吗?"然后他气愤地说:"我跟女儿说的谁知道会不会和父亲、哥哥、母亲的计划发生冲突! 这是一个真正的专制朝廷,每个人在那儿都必须是一个毫无用处的人,可同时又要让每个人都满意。"

"我真不喜欢这个大个子女孩子!"他暗说,这时她的母亲叫她去认识她的那些女友,德·拉莫尔小姐走了过去。"她太新潮,她的衣衫让她整个肩头裸露……她看上去比她旅行前还苍白……她金栗色的头发已淡得看不出颜色! 让人觉得阳光都能闪耀其间呢! 她几乎是一副王后的作风! 瞧她行礼,瞧人的样子,多高傲呀!"

她哥哥正要走出客厅,她叫住了他。

诺贝尔伯爵走到于连身旁,对他说:

"我亲爱的索莱尔,您愿意我在哪儿找您参加半夜时分开始的舞会呢? 他托我把您带去。"

"因为谁我才获此殊荣,这一点我很清楚。"他深深地鞠了一躬,回答道。

于连在诺贝尔那句礼貌甚至可说是关切的话语中挑不出毛病,他心里很不好受,把气都发泄在他那句答话里,从那儿他觉出了卑贱。

晚上,当他来到舞会却为雷斯府邸的富丽奢华而激动不已。一块用深红色细布做成的巨大的帐篷覆盖了府邸前院的上空,那上面缀满了金色的星星,雅致极了。帐篷下面的树林满是正在开花的橘树和夹竹桃树。这些花树好像是从土里长出来的,其实是由于花盆被很小心地埋得很深。马车必经之道都铺有一层细沙。

所有这一切在外省人看来都不同凡响。他想象不出世界上会有如此的豪华,瞬间,他那兴奋的想象力抛开了他曾经的恶劣情绪。诺贝尔在赴舞会途中兴高采烈,于连感到的是悲哀,而这会儿他们走进了院子,俩人心情为之一转。

在这般的隆重豪华之中,诺贝尔注意到仅仅被忽略的细小处。他计算着这些东西的价值,当总数达到相当高的时候,他脸上满是近乎嫉妒的神气,还有些怒气,这些于连都看出来了。

而他却被迷住了,走进人们正在跳舞的第一间客厅,他左顾右盼,几乎激动得有些怯懦。第二间客厅挤满了人,于连在如此众多的人中寸步难行。这是一间仿阿尔汉布拉宫布置的客厅。

"毫无疑问,那就是舞会王后!"一个蓄小胡子的年轻人说,他的肩顶着了于连的胸部。

"富尔蒙小姐整个冬天,在这儿都是最美的,"他身旁的一个人答道,"她看起来明白自己已退居第二,瞧她神色多怪吧。"

"不错,她想方设法讨人喜欢。瞧她跳对舞时,独自出场,她笑得多迷人。真是千金不换,我担保!"

"德·拉莫尔小姐似乎在抑制她的胜利的喜悦,她分明觉察出了自己的胜利。她几乎是害怕那个和她攀谈的人喜欢她似的。"

"很好呀!这才是诱惑人的艺术呢!"

于连渴望瞅瞅这迷人的女人,可七八个比他高大的男人挡住了他的视线,他白费半天工夫,却什么也望不到。

"这高贵的矜持神情确实俏得迷人。"小胡子年轻人评说。

"还有那双蓝色的大眼睛,似乎要流露真情的当口,便慢慢地垂下来了。"身边的人说道,"是的,这再巧妙不过了。"

"瞧,美丽的富尔蒙小姐在她身旁显得多么平庸!"第三个人插进来说。

"她矜持的神情仿佛是说:您如是我爱的男人,我将予您多少可爱的柔情啊!"

"配得上高贵的玛蒂尔德的是谁呢?"第一个人说,"一位君王或许可以,年纪不超过二十岁,英俊、机智、身材匀称,是战场上的英雄人物。"

"俄国皇帝的私生子……这场婚姻,会给他创建一个君主国;或许干脆就是一副衣冠楚楚农夫相的塔莱伯爵……"

这时门口松多了,于连走了进去。

"她值得我研究一番,因为她在这些小丑眼中如此出色。"于连暗忖,"我明白这些人的审美眼光、审美角度。"

他眼望着她的时候,发现她也正看着他。"我肩负的责任在召唤我。"于连这么想着,脸上的表情仍不大自在。好奇驱使他迎上去,他的快乐因玛蒂尔德那种领口很低的衣衫而增强了,可这于他的自尊心并不十分光彩。"她的风情洋溢着青春的魅力。"他暗地想。于连和玛蒂尔德之间被刚才说话的那几位隔开了,他认出了他们。

"先生,您在这儿待了一个冬天,"她问他道,"在这样的季节,今晚这个舞会该是最漂亮的吧?"

他缄口不言。

"我觉得库隆的方形舞很不错,这些夫人们舞技娴熟。"

年轻人都回过头来看谁是最幸福的男人,她坚持要得到他的回应。可他的答话真让人扫兴。

"我不够担当一个高明裁判员的资格,小姐,我是靠抄抄写写过日子的,我初次来到这样豪华的舞会。"

蓄小胡子的年轻人为于连的失礼甚至有些愤怒了。

"索莱尔先生,您是一位哲人,"她接口说道,更感兴趣了,"您以一个哲学家的眼光如卢梭那样看待所有这些舞会与庆祝会。您为这种种疯狂而惊诧,可它们的媚惑吸引不了您。"

于连的所有想象被这一句话摧毁了,驱逐了他心中所有的幻想。一种有些夸张的轻蔑表情出现在他的嘴角。

"卢梭,"他答道,"我以为他不过是个蠢材,尤在他胆敢谈论上流社会时。他理解不了上流社会,却把一个暴发户的仆人的心带到了那里。"

"他的著作有《社会契约论》。"玛蒂尔德用尊敬的口气说道。

"他虽然宣扬共和政体,反抗君主专制,可这个暴发户又会为一位公爵改变饭后散步的方向陪伴他的朋友而欣喜若狂。"

"啊!不错,在蒙莫朗西,卢森堡公爵曾陪伴一位名叫库安德的先生往巴黎方向走去……"德·拉莫尔小姐为初次指教他人而快乐欢畅地回答说。她为自己的学问而陶醉,其兴奋正如一个法兰西院士发现了费尔特里乌斯国王的存在。于连看着她的目光锐利而严肃。玛蒂尔德的兴奋因对方的冷漠而很快消失,她十分尴尬。原本她是一贯喜爱在别人身上造成这种后果的,她现在惊讶于自己也尝到了这种滋味了。

德·克鲁瓦斯努瓦侯爵这时正匆匆走向德·拉莫尔小姐。可人太多,无法走过,他在离她两三步远的地方停了一会儿。他因这阻挡而微笑着望着她。玛蒂尔德的表姊妹正在他身边,她是年轻的鲁弗雷侯爵夫人。她正挽着她新婚只有十五天的丈夫的胳膊。鲁弗雷侯爵具有一种年轻人幼稚的痴情,觉得他的妻子是个美人儿,这使他能接受的一桩全由公证人安排的基于利益关系的婚姻。鲁弗雷先生在他年老的伯父死后，就可以晋升为公爵了。

克鲁瓦斯努瓦侯爵无法穿过人群而笑盈盈地望着玛蒂尔德，她那双美丽的蓝眼睛左顾右盼着她周围的人。"这群人再平凡不过了！"她心想，"看那个想娶我的克鲁瓦斯努瓦吧，他和鲁弗雷先生一样温文尔雅，举止谈吐无可挑剔。这些先生们要不让人感到厌倦时，倒也可笑。他也将自得地跟着我出席舞会。结婚一年后，我的车辆，我的马匹，我的衣服，我那离巴黎二十里路的别墅，这所有的都是会让一个像德·鲁瓦维尔的伯爵夫人那样的暴发户嫉妒得要命，可以后怎样呢？……"

对这一切未来，玛蒂尔德感到厌倦。待克鲁瓦斯努瓦侯爵最终走近她，和她说话时，她正在内心思忖，根本没有听。在她看来，他说话的声音混在舞会上的嘈杂声中。她的目光机械地追随着于连，他已离开了她，神情恭敬却高傲和不快。玛蒂尔德注意到已在他的国家被判处死刑的阿尔塔米拉伯爵，他待在一个远离来往人群的角落里，对于这一点，读者并不陌生。在路易十四时代，他的家族曾和孔蒂亲王结过亲，这多少可以保护他免遭圣会暗探的迫害。

"我总算明白死刑可使人名声远播，"玛蒂尔德对自己说，"这个是金钱唯一买不到的。"

"啊！刚才我的那句话简直绝妙的俏皮！只可惜它说得不到时候，没能让我当众炫耀一番。"玛蒂尔德要求太苛刻，不愿在谈话中使用事先有所准备的俏皮话，可她又很虚荣，不可抑制地要流露出自得的快乐。在她充满厌烦的脸上，这时显现出一种幸福的光芒。克鲁瓦斯努瓦侯爵以为成功在即，继续他的说话，并且更加带劲了。

"会有哪个坏蛋反驳我的俏皮话呢？"玛蒂尔德思忖道。"我会如此回敬批评我的人：子爵、男爵可通过购买得到，十字勋章可以通过赠送得到，我的哥哥不是刚弄到一个吗？他有什么成就呢？头衔、官阶是可以弄到手的。像诺贝尔一样，有十年的兵营生活，或者是陆军大臣的亲戚，就可以当骑兵上尉。一笔庞大的财产！……这当然最不容易得到，所以价值最大。真够奇怪，书上所讲与这恰恰相悖……好吧，想发财吗？让路特希尔德先生的女儿嫁给您就成。

"我说的的确深不可测。死刑仍是人们唯一不敢追求的东西。"

"阿尔塔米拉伯爵，您认识吗？"她问克鲁瓦斯努瓦先生道。

她仿佛梦呓一般，性格和善的克鲁瓦斯努瓦也感到难堪了，这个问题和五分钟以来可怜的侯爵一直喋喋不休地和她谈地扯不上任何关系。幸而他是个以智慧著称的机智的人。

"玛蒂尔德真是有些性格古怪,"他对自己说,"这肯定是个不足,可她能带给她的丈夫一个可观的社会地位啊!我真搞不懂德·拉莫尔侯爵是怎样和各党派维持如此良好的关系的,他是一个永不会倒台的人物。何况,古怪的玛蒂尔德被认为是天才。如此高贵的出身,巨大的财产,天才便显得如此与众不同而不惹人嘲笑呀!而且只要她愿意,她就能做到集才华、个性和机智集于一身,这时她是可爱至极……"因为想着这心事,侯爵显得无精打采地,像背书一样地回答玛蒂尔德:

"会有谁不认识这不幸的阿尔塔米拉呢?"

接着他向她讲述他那个荒唐可笑却未果的阴谋。

"真是荒唐!"玛蒂尔德仿佛在自言自语,"可他毕竟有所为。请您把他领来,我要见识一个有男子气概的人。"她这么对侯爵说时,相当不快。

阿尔塔米拉伯爵也公开赞美德·拉莫尔小姐,他欣赏她那高傲得近乎无礼的举止,她在他的眼中是巴黎最美丽的人儿。

"要是她坐在王位上,会有多美呀!"他向克鲁瓦斯努瓦先生赞叹道,并很干脆地随他走过来了。

没有比搞阴谋更有伤风雅的了,那是一种雅各宾派的作风,世上许多人都想证明这一点。还有什么比失败了的雅各宾分子更让人憎恶的呢?

和克鲁瓦斯努瓦先生一样,玛蒂尔德也用嘲讽的目光看待阿尔塔米拉的自由主义,可她却喜欢他的言论。

"一个阴谋家出现在舞会上,这种对照是有趣的!"她想着,她注意到,这是一个留着小黑胡子,拥有一张休息中的狮子的脸的人,可不久她发现他仅有的想法:实用和实用崇拜。在年轻的伯爵看来,除了在他的国家成立两院制政府外,其他任何事都不重要。他看见一个秘鲁将军进来了,于是愉快地从玛蒂尔德——舞会上最具诱惑力的人儿身边走开了。

可怜的阿尔塔米拉因对欧洲的失望使他这么想:南美各国假如强大起来,那么米拉波送去的自由便会重归欧洲。

玛蒂尔德身边拥过来一群留小胡子的年轻人。她为阿尔塔米拉不曾被迷住而离去感到不高兴。她看见他的黑眼睛熠熠发光。在她和秘鲁将军交谈时。德·拉莫尔小姐以一种任何竞争对手也模仿不来的深邃严肃的目光望着这些法国年轻人。"在他们之中,"她暗思,"有哪一位心甘情愿被判死刑,即使让他拥有一切最好的机会呢?"

不太聪明的人因她古怪的目光而受宠若惊,其他人却为此深感不安。玛蒂尔德讥讽的话语和难以回答的问题让他们恐惧。

"高贵的出身给人千百种长处,这些缺点的缺乏会令我生气,这可以于连为例。"玛蒂尔德心想,"可能使人被判死刑的那些精神优点也会因高贵的身世而衰退。"

这一刻,正有人在她旁边说:"阿尔塔米拉伯爵是圣纳扎罗·比蒙泰尔的次子,1268 年被斩首的康拉丹曾被他的祖先企图营救过。这个家族是那不勒斯一个最高贵的家族。"

"看吧,"玛蒂尔德想,"我的格言得到了绝妙的证明!性格力量会被出身的高贵所毁,可一个人若无此性格力量便无胆量接受死刑判决!今晚我会要发表许多悖论了。可我是个女人,和别的女人没有两样,那好,我去跳舞吧。"她妥协了,接受了一个钟头以来几次请求她跳一次加洛普舞的克鲁瓦斯努瓦侯爵的请求。

为了摆脱陷于哲学思考的烦闷,玛蒂尔德尽全力让自己迷人,克鲁瓦斯努瓦侯爵先生快乐极了。

可玛蒂尔德仍无法心情舒畅,无论是跳舞还是设法取悦于宫廷里一个最漂亮的青年的愿望都无法使她摆脱烦恼。她没有比这更成功的了。她知道自己是舞会王后,可她对此反应冷淡。

一小时过后,他送她回到原来的座位上。"假如和克鲁瓦斯努瓦这样的人生活在一起,我将忍受怎样的一种平凡无味啊!"她暗地里对自己说。"离开巴黎六个月之久以后,"她忧愁地心想道,"我在一个所有巴黎女人都渴望出席的舞会上仍寻不到快乐,那么还能在哪儿寻到呢?何况,这一群人都那么尊敬我,我不能想象还有比他们更好的人了。这儿并无其他平民,除了几个贵族院议员和一两个像于连这样出身于市民阶层的人以外。而且,她越来越自怨自艾了,"荣华、财富、青春,有哪一件优越的条件命运没有赋予我呢?唉!我拥有一切,唯独没有幸福。

"我的条件中,他们整夜都在向我谈论的那些最让我生疑。我确信我拥有智慧,他们很明显畏惧我。在他们胆敢谈一个严重的问题五分钟以后,他们便会紧张得透不过气来,仿佛在我一个小时以来所谈的事情上发现了什么重大问题。我长得漂亮,这是德·斯塔尔夫人不惜一切愿意换取的优点,可说实在的,我厌倦得自杀。可难道我把我的姓氏换成克鲁瓦斯努瓦侯爵的姓氏,我就不会像现在这样愁闷吗?"

"可是,我圣明的主啊!"她想着想着都快哭出来了,"难道这个当代教育培养出来的人物,他不够完善杰出吗?您只要看他一眼,他就会说一句可爱的,甚至机智的话给您,他是个可敬的人……不过这个索莱尔可够怪的,"她的眼里闪现的愤怒替代了忧郁,她对自己说:"他居然不再露面,我事先曾说过有话跟他讲的!"

第九章

在舞会上

> 奢华的服饰,辉煌的烛光,醉人的芳香,如此多迷人的
> 胳膊,漂亮的肩头! 团团花束! 让人激动的罗西尼乐曲和
> 西斯里的绝妙图画! 我几乎飘然若仙,灵魂出壳了。
>
> ——《于兹里游记》

"您在闹脾气,"德·拉莫尔侯爵夫人告诫她的女儿道,"这在舞会上是会被认为失礼的,我要提醒您一下。"

"我不过头有点痛,"玛蒂尔德有些轻视地回答说,"这儿真热。"

托利老男爵这时忽然昏倒了,仿佛正印证了德·拉莫尔小姐的话。大家都说他是中了风,这事可真扫兴。

玛蒂尔德毫不关心。她早想好了,决不搭理那些老人和一切爱谈论悲惨事故的人。

她以继续跳舞来回避有关中风的话题,可男爵第三天又出现了,他并未中风。

"索莱尔先生怎么总不出现呢?"跳完舞后,她寻思着。她四处找寻他,却突然在另一间客厅发现了他。他已不再是英国人的神气了,他好像没有了那种对他是如此自然的冷漠态度,这使玛蒂尔德感到吃惊。

"他在同阿尔塔米拉伯爵——那位死刑犯交谈!"玛蒂尔德对自己说,"阴沉的热情闪耀在他眼眸里,他就像一位乔装的王子,他的骄傲的目光更甚了。"

于连和阿尔塔米拉谈着话,渐渐走近她坐的地方,她盯着于连,琢磨他的长相,想从中找出一些高贵的、足以让人获得被判死刑的荣誉的特征。

他经过她身边的时候,他朝着阿尔塔米拉伯爵说道:

"的确,丹东是个男子汉!"

"我的主啊,他将会成为另一个丹东吗?"玛蒂尔德自言自语地说,"他长得如此高贵,丹东却丑得如同一个可怕的屠夫。"于连离她更近了,她不费踌躇地叫住他,故意很骄傲地提出了一个对于一个年轻姑娘来说很不寻常的问题。

"丹东难道不算是个屠夫吗?"她问他。

"不错,在某些人看来他是,"于连以一种掩饰不住的轻蔑态度回答道,他的眼里仍闪现着因与阿尔塔米拉谈话而出现的火花,"可遗憾的是,他在出身高贵的人看来,是一位来自塞纳河畔梅里地区的律师,也就是说,小姐,"他有些凶狠地补充了一句,"我在这儿见到的好几位贵族院议员的开始和他一样。的确,在美人眼里,丹东太丑了,这是他的巨大缺点。"

最后几个字,于连态度不同往常,说得很快,表现出很明显的无礼。

上身微向前倾,于连在那稍候片刻,神态谦卑却高傲。他仿佛表示:"我接受薪金必须回答您,我必须靠这吃饭。"甚至他不屑于抬头看玛蒂尔德。而她,倒像是他的奴隶似的睁着一双美丽的大眼睛注视着他。最后,沉默继续着,他好像一个为接受命令的奴仆一样抬眼望她——他的主人。玛蒂尔德一直以一种奇特的目光盯住他,后来他迎面对视玛蒂尔德的目光,匆忙地走开了。

"他长得的确漂亮,"玛蒂尔德仿佛大梦初醒,在心里想道,"却如此丑陋!毫无反悔的余地!他和凯吕斯、克鲁瓦斯努瓦完全不一样。索莱尔竟有点像拿破仑——我父亲在舞台上所竭力模仿的那种神态。"她这会儿把丹东抛到了脑后。"今晚毫无疑问,我很烦的了。"她那无可奈何的哥哥被她抓住了胳膊,被迫陪她在舞场绕圈子。她突然很想去聆听于连和那个死刑犯的交谈。

人群很拥挤,玛蒂尔德终于跟上了他们,阿尔塔米拉正走近离她两步远的一张茶盘,为取一杯冰水。他侧过去一半身子,和于连说话。拿取旁边的另一杯冰水的穿着绣金边衣服的胳膊上的刺绣吸引了他的注意力,他完全侧过身来看这胳膊是谁的。他那既高贵又真诚的黑眼睛这时立即流露出一丝厌恶。

"您瞧那个人,"他低声告诉于连,"他是阿拉斯利亲王——一个国家的大使。他在今早向你们法国外交大臣德·内尔瓦尔先生提出了引渡我的事。看,他在那儿玩牌呢。由于我们曾在1816年交给你们两三个谋反的人,德·内尔瓦尔先生本应该把我交出去的。他假如把我转交我的国王,我将在二十四小时内被处死。而正是这群留小胡子的漂亮先生中的一位把我抓起来。"

"可鄙无耻!"于连声音较高地说道。

玛蒂尔德听着,生怕漏掉一个字。她已摆脱了愁烦。

"无耻的还不止这,"阿尔塔米拉继续对他说,"为了给您一个深刻的印象,我才向您谈到我自己。您观察一下阿拉斯利亲王吧,他每五分钟便要看一下他的金羊毛勋章。看到它,他的欣喜无法形容。这其实是一个跟不上时代的可怜人。金羊毛勋章在百年以前是一种无上的荣耀,但那个时代他必定得不着的。在出身高贵的今人之中,迷恋金羊毛勋章的也就只有阿拉斯利这种人了。他为了获取它,可以牺牲全城人的性命。"

"他得到它付出了这个代价吗?"于连急切地追问道。

"并不完全是这样的,"阿尔塔米拉冷酷地答道,"或许他只是把三十来个人扔到了河里,他们是他的国家里被认为是自由党人的富有的产业主。"

"真是个恶劣无耻的人啊!"于连说。

德·拉莫尔小姐听得兴趣盎然,她靠于连很近,以致他的肩膀几乎碰着她的美丽的头发。

"您年纪不大!"阿尔塔米拉答道,"我曾在您面前提过,我有一个嫁到普罗旺斯去的妹妹,她是一个极好的家庭主妇,仍然美丽、善良、温柔,忠于职守,诚信而不做伪。"

"他想表达什么意思呢?"德·拉莫尔小姐思忖道。

"此时她很幸福,"阿尔塔米拉继续他的话,"在1815年她也是幸福的。我那时藏在她家,靠近昂蒂布的庄园里,可内伊元帅被处决的消息传来时,她却快乐得手舞足蹈了!"

"这可能吗?"于连非常惊讶地问。

"党派精神体现在此,"阿尔塔米拉继续他的话,"真正的激情在十九世纪不存在,因此法国的人们才如此烦闷。最残忍的事做过后,却没有产生残忍的感觉。"

"坏极了!"于连说,"犯罪至少也有其乐趣,犯罪仅此好处,我们甚而至于以此为犯罪辩解。"

德·拉莫尔小姐出了神,忘了自己身处何处,她几乎整个插在了阿尔塔米拉和于连之间了。她的习惯于听从她的命令的哥哥故作镇定,挽着她的胳臂,四面环顾厅里别的地方,以装出被人群阻挡作为掩饰。

"您是对的,"阿尔塔米拉说道,"人们毫无兴趣地做每一件事,事后便忘在脑后,犯罪也正如此。我在这个舞会上可以给您指出十个将被判处死刑的人。他们自己不记得了,人们也遗忘了这件事。"

"许多人会因为他们的爱犬腿部受伤而伤心流泪。人们在拉雪兹神父墓地,把鲜花抛到他们的坟墓前(巴黎人往往很有趣地这么说),有人会向您诉说,这些死者的身上集中了勇敢的骑士的美德,更有人把他们的活在亨利四世时代的先祖的丰功伟绩大谈出来。假如我没有被费尽心机的阿拉斯利亲王绞死,还能在巴黎享用我的财产,我情愿请您和八九个杀人犯共同进餐,你们是受人尊敬且毫不后悔的杀人犯。

"我们两个是这个宴席上血液最纯净的人,可我被看作残忍嗜杀、雅各宾式的怪物而遭人蔑视,甚至怨恨,而您也摆脱不了鄙视,只由于您出身低贱而闯入了上流社会。"

"再正确没有了。"德·拉莫尔小姐说。

阿尔塔米拉奇怪地看了她一眼,于连则不屑看她。

"请看一看由我领导搞的那次革命,"阿尔塔米拉伯爵继续说道,"它失败了,仅仅因为我不愿牺牲三个人的脑袋,并将七八百万分发给我们的党人,当时我掌握着存放这笔现金的钱柜的钥匙。今天渴望着绞死我的国王在暴动前却和我亲密无间,你我相称。我如果牺牲那三颗脑袋,把钱柜里的钱分发出来,他会颁给我一枚大勋章,由于我至少成功了一半,而我的国家也许存在这样一种宪章……世界就是一局棋,如此罢了。"

"那个时候,"于连眼里闪着火花,说道,"您还不会玩这种游戏,换了现在……"

"您是在想,我会牺牲一些人的头颅,并且我不会去当如您今天对我指出的一个吉伦特党人。……我要向您说明,"阿尔塔米拉满面忧虑地说道,"决斗中您杀了人,远比他被刽子手处决要强得多。"

"不错!"于连说道,"为达到目的,不择手段。我如果并非微贱而稍有权力的话,我将用三个人的性命换取四个人的头颅。"

真诚的良心的火焰和对世人虚妄判断的轻蔑充满了他的眼眸。这双眼睛和靠他很近的德·拉莫尔小姐的眼睛相遇,并未由轻蔑变为温雅有礼,反而变本加厉。德·拉莫尔小姐因这强烈的刺激而无法忘却于连,她生气地拉着她的哥哥走开了。

"我要喝些潘趣酒,然后愉快地跳舞,"她暗地里想,"挑选一个出色的舞伴,我要设法炫耀自己。那好,就选这个以无礼著称的德·费尔瓦克伯爵。"她接受了他的邀请,步入舞池。"我倒要瞧瞧,"她心道,"两个人中谁更无礼放肆一些,可要戏弄个够,必得让他先开口。"这样,对舞的后半场几乎是勉强撑下去的,谁也不愿漏听一句玛蒂尔德讽刺的俏皮话。德·费尔瓦克先生慌乱得很,讲不出一句有意思的话来,只好用一些风雅的交际辞令应付,满脸呆相。玛蒂尔德满肚子的气,对他冷酷得像对待仇敌。一直到天明,她才疲惫不堪地走出舞会。可在回去的车上,她仍用仅有的一点余力让自己感到悲哀和厌倦。她受到来自于连的轻蔑,而她却无法也同样对他表示蔑视。

于连感到了极端的幸福,不由自主地徜徉在了音乐、鲜花、美女和优雅的气氛中,他的想象尤让他梦想到了自己的独立性和一切人的自由:

"这个舞会是多么好啊!"他对伯爵说道,"在这儿不缺少任何东西。"

"缺一样——思想。"阿尔塔米拉伯爵答道。

伯爵脸上显示了由于礼貌需要掩饰而因此更为露骨的轻蔑神情。

"您是正确的,伯爵先生。谋反的思想存在着,难道不是吗?"

"因为我的姓氏,我可以出现在这里。可在这客厅里的人们憎恨思想。它只有限定在通俗歌剧里俏皮歌词的水平以内才会得到褒奖。可如果在一个有思想的人的言辞中表现出毅力和独特的见解,他就会被人们视为玩世不恭。这个称呼不正被你们的法官加在了库里埃头上吗?他和贝朗瑞一起被你们囚禁在监狱里了。圣会会把那些在精神上稍有价值的法国人交给轻罪法庭,上流社会便一片喝彩声。

"礼仪是你们这个古老社会所首先看重的……你们可以有缪拉,却永远超越不了军威武功,远产生不了华盛顿这样的人物。去法国我只能目睹虚荣。一个人说话时有点创见而锋芒毕露便让主人感到了耻辱。"

说到这儿,送于连回去的伯爵的车子停在了德·拉莫尔府邸前。于连为他的阴谋家着迷。阿尔塔米拉出一种深刻的确信,给了他一句如此漂亮的赞语:您身上不具有法国人轻浮的性格,您而且理解功利实用的原则。于连正巧前天晚上刚看过卡齐米尔·德拉维涅先生的悲剧《玛里诺·法利埃罗》。

"伊斯拉埃尔·贝尔蒂西奥只不过是军械厂里一个普通木工,难道这妨碍他比所有这些威尼斯贵族更富有性格吗?"我们这位具叛逆性格的平民暗自思忖,"可这些人的贵族血统可以上溯到查理曼大帝以前的一个世纪,即公元七〇〇年,而今夜在德·雷斯先生的舞会上,最高贵的血统也只能费劲地上溯到十三世纪。尽管如此,这些威尼斯贵族的出身如此高贵,人们怀念的却是伊斯拉埃尔·贝尔蒂西奥这个人。

"一切头衔均会被一次阴谋所摧毁,它们是社会偏见所给予的。经过这次行动,一个人将取得因他面对死亡而应得的社会地位。……智慧本身都失去了它的权威力量……

"丹东若在瓦勒诺和德·雷那尔这类人的世纪里,他会是什么人呢?恐怕还够不上一个国王的代理检察吧……"

"我说了什么?或许他会出卖自己投靠圣会,或许他会当大臣,这是因为这位伟大的丹东曾经偷窃过东西。米拉波也曾背叛过自己。拿破仑若非在意大利偷取了数百万,他可能成为皮什格鲁一样的贫困俘虏,毫无办法。仅拉斐德从未偷盗过。人应该有偷盗行为吗?他必须背叛自己吗?"于连暗地思考。他为这个疑问困扰住了。后半夜,他阅读大革命的历史。

当他第二天在图书馆写信时,他脑子里仍琢磨着阿尔塔米拉伯爵的话。

"实际,"他神游了一阵后自言自语道,"如果只是因为犯罪而牵连了人民,这些西班牙的自由党人或许不会这么容易被政府驱逐出境。这些清高孤傲而又夸夸其谈的孩子……正和我一样!"于连仿佛大梦初醒,突然叫了起来。

"我干过什么艰难的事业,我有资格评判这些不幸的可怜虫吗?他们在自己的生活中毕竟有所行动了。而我,只会如离开餐桌时的那个人那样喊一声:'我明天不吃饭了,可我并不会因此不如今天这般健壮、敏捷。'谁能料到,在一次伟大的行动中会遭遇到什么呢?……这类事,毕竟不像开枪那样轻而易举……"正当他陷入如此深刻的思考之中时,德·拉莫尔小姐意外出现在图书室里了。他满怀赞赏地思考着丹东、米拉波、卡诺这些征服不了的伟大性格,他的眼睛空洞地望着德·拉莫尔小姐,却因自己深深的思索没意识到是她的到来,他没向她行礼,甚至根本没看见她。最后他瞪着一双大眼睛意识到了她的存在,眼中的光芒便消失了。德

·拉莫尔小姐察觉到了这一点,心中一阵酸楚。

她仍请他取一部韦利的《法国史》,书放在最高的一层书架上,够不着,于连便去找一个较高的梯子来。于连上梯子取下她要的书,可仍没意识到是她。因为心思一直集中在自己心中的问题上,于连在搬走梯子时碰掉了书柜上的一块玻璃,玻璃咣当一声落在了地上,他这才从沉思中惊醒。他忙向德·拉莫尔小姐赔礼,努力显出周全的礼貌来,可也仅是礼貌而已。玛蒂尔德知道自己打断了他的思考。他不愿和她说话,更愿意继续思考在她来到之前的那个问题。她盯了他好一阵,而后慢慢离开了。于连目送着她的离开。对于她眼下的朴素打扮和前夜华贵的服饰所形成的对比,于连很是欣赏。二者之间的强烈差别给人很深的触动。在雷斯公爵的舞会上,这个年轻姑娘是那么骄傲矜持,而现在的她近乎显露出一种恳求的神情。"不错,"于连暗地里想着,"她的身材被这件黑衣衫衬托得更美了。她的风度称得上一位王后,可她为何要身着丧服呢?"

"我要是好奇地去问她为什么要戴孝,我或许又该出错了。"于连已完全从兴奋状态恢复正常。今天早上写的那些信,我该再阅读一遍,那里面天知道会出多少漏洞和模糊语句。"他开始勉强集中精力查看第一封信,可一阵绸裙的窸窣声打断了他,他迅速侧身一看,德·拉莫尔小姐又回到了距书桌两步远的地方,嫣然朝他一笑。于连因这二次打断而有些生气了。

玛蒂尔德呢,她已深知自己在这个年轻人眼里的无足轻重,这回她总算成功地用笑容掩饰了自己的尴尬处境。

"索莱尔先生,显然一件很有趣的事占据了您的思想。是有关阿尔塔米拉伯爵被送至我们巴黎的那件谋反事件吗? 请告诉我,是什么占据了您,我很想知道,我向您保证,我一定守口如瓶!"

听到自己的话,她都不得不诧异了。怎么! 她竟恳求起一个下人来! 她越发狼狈不安,于是很轻松地补充说:

"是什么把您从一个冷静严肃的人变成了一个充满灵感、一个像米盖朗琪罗那样的先知呢?"

于连被这尖锐而唐突的提问大大伤害了,他的全部疯狂被激发起来。

"丹东的偷盗是正当的吗?"他突然对她说,口气越来越恶劣,"皮埃蒙特的革命党人和西班牙的革命党人应该把人民牵连进一些罪行中去吗? 军队里所有职位和勋章都赠给了那些毫无战功的人,这应当吗？佩带这些勋章的人,他们不害怕国王的卷土重来吗？都灵的金库应该被洗劫一空吗？总的来说,小姐,"他说着,神色可怖地走近了玛蒂尔德,"难道从地球上驱逐出愚昧和罪恶的人,就该像暴风急雨一扫而过,而允许偶尔的作恶吗?"

他的目光让人难以忍受,玛蒂尔德恐惧地倒退了两步。她盯了他一会儿,因对自己的恐惧而感到的羞耻,使她快步走出了图书室。

第十章

王后玛格丽特

> 爱情啊！为了我们感到快乐，有什么出格的事你会办
> 不到呢？
>
> ——《葡萄牙书简》

于连曾阅了一遍他所写的书信。当晚餐铃声传来时，于连暗自思忖道："在这位巴黎美人看来，我的举动多么可笑！我竟把自己的想法原原本本地透露给她，我简直是疯了！可也可能并不显得那么疯狂。我在那种状态下，是完全应该吐真言的。

"为什么想要知道有关我的私事呢？她问得那样唐突，不合常规的人际交往。她父亲花钱雇我做的工作中绝不包括我要说出自己关于丹东的想法。"

走进餐厅，德·拉莫尔小姐一身重孝地出现，使于连怒气全消，而且这一家除她以外并无他人戴孝，这就让他备感惊奇。

于连晚餐后已完全从困扰了他一整天的兴奋之中走出来。那位通晓拉丁文的院士正巧也在其中。"假如我估计的没错的话，"于连心想，"我打听一下德·拉莫尔小姐为何一身孝服这件蠢事，并不会让这个人肆意取笑我。"

玛蒂尔德目光奇特地凝望着他。"就如德·雷那尔夫人向我说过的，这正是此地女人在卖弄风情，"于连对自己说，"我今早对她很失礼，我没有妥协，而和她继续交谈。因而在她眼中，我反而提高了身价。毫无疑问，恐怕只有魔鬼能咽下这口气。很快，我将遭到她那傲慢性格的报复。随她去好了。那一个我曾失去的女人是多么与众不同啊！她的个性多么可爱！多么纯洁啊！我在此之前知道她的想

法,我熟悉它是如何产生的,我在她心中只有一个对手,即她害怕她的孩子们的死亡。这种感情自然合理,甚至我认为也是迷人的,即使我曾为此痛苦。那时的我真愚蠢,巴黎予我的最初印象妨碍了我对这个高尚的女人的正确认识。

"如此巨大的差别啊,圣明的主啊!在这儿我发现了什么呢?高傲而空洞的虚荣心和千奇百怪的自尊心,如此而已。"

晚餐后,人们离席了。"不要让人拉走了我的院士。"于连心想。他在大家都去花园的时候,走近他,温顺谦恭地同情他对于《艾那尼》的成功表示的愤慨。

"我们若还处在密诏时代!……"他说。

"他就没胆子那么做了。"院士做出一个塔尔马式的夸张动作,高声说道。

说到花,于连就引用维吉尔《农事诗》中的句子,又说德利尔神父的诗无人可比。总之,他竭力取悦于院士。他然后用着最淡漠的语调说:

"我猜今天德·拉莫尔小姐是为她所继承的某位伯父而服丧戴孝吧。"

"什么!"院士停住了,向他说道,"您一直住在这个家里却不知晓她这个疯狂的举动吗?实际上,让人意外的是她母亲竟容允她做这样的事。同时,这家人并不都以意志坚强而出众,这仅是我们私下议论。玛蒂尔德小姐支配着家里每个人,她的意志抵得上这儿的所有人。今天正好是四月三十日!"说到这,院士颇有意味瞧着于连打住了。于连微笑着，神气很俏皮。

"在精神上控制全家人，身着丧服和四月三十日，这三者之间会有怎样的联系呢？"他暗忖道，"我肯定是笨到不能再笨了。"

"我可以承认……"他说，望着院士的眼睛充满了疑问。

"我们到花园去转转吧。"院士说道，欣然应允了这个叙述一个又长又风雅的故事的机会。"什么！这是真的吗？您并不了解1574年4月20日发生的大事。"

"地点在哪儿？"于连追问。

"格雷沃广场。"

这话不很明白，使于连更好奇了。他的眼睛因好奇心和对一个与他的性格如此相合的悲剧故事的期待，而发着亮光，这是说故事人最乐于看到的听故事的人。对于这对从未听过这个故事的耳朵，院士是很乐于服务的，他于是开始详细地讲：1574年4月30日，那时最俊俏的年轻人博尼法斯·德·拉莫尔和他的朋友阿尼巴尔·德·科科纳索——皮埃蒙特的一位绅士，将在格雷沃广场被处以绞刑。玛格丽特·德·纳瓦拉王后崇拜的情夫正是拉莫尔，您该引起注意，"院士接着说，"玛蒂尔德—玛格丽特正是德·拉莫尔小姐的名字。拉莫尔也是德·阿朗松公爵的宠臣，同时是自亨利四世时起就成为德·拉莫尔情妇的玛格丽特的丈夫德·纳瓦拉国王的密友。1574年狂欢节最末那天，人们都聚在圣日耳曼的宫廷里，陪伴着可怜的行将晏驾的查理九世。拉莫尔想营救他的朋友，即被卡特琳·德·美第奇王后囚禁的两位亲王。为此他带领二百骑兵进逼宫墙之下，可德·阿朗松公爵退缩了，拉莫尔落到了刽子手的手里。

"可玛蒂尔德真有所感的是，这是在七八年前她亲口对我说的，那是一个人的头颅，一个人头啊！……她那时仅十二岁。"院士抬头眼望天空，继续说道，"玛格丽特王后，藏在格雷沃广场上的一间小屋子里，竟有胆子向刽子手索要她情人的头颅，这让玛蒂尔德异常激动。她在次日午夜，捧着那颗人头，坐上车子，亲手把它葬在蒙马特尔山下的一座小教堂里。"

"这是真的吗？"于连大受感动，喊了起来。

"玛蒂尔德小姐蔑视她哥哥，他根本不关心那段古老的历史，这您也看到了，他在四月三十日并不戴孝。那次著名的行刑之后，这个家的所有男人为了纪念拉莫尔对科科纳索的亲密友谊便都用他的名字，这个科科纳索是意大利人，名叫阿尼巴尔。并且,"院士低声说道,"据查理九世本人讲,这位科科纳索是 1572 年 8 月 24 日最残酷的刽子手之一。我亲爱的索莱尔,但您却对此事浑然不知,怎么会呢?您是和这家人同桌共餐的人呀。"

"这就是我在餐桌上曾两次听到德·拉莫尔小姐称他哥哥为阿尼巴尔的原因了。当时我还以为我的耳朵出错了呢。"

"这是责备的意思。可侯爵夫人竟放任这种疯狂,真叫人琢磨不透……谁是这位大小姐的丈夫就会看到更好看的疯狂之举了!"

随着这番话的是五六句尖刻的讽刺。于连很反感从院士眼里闪现出的快乐和亲昵的神气。"我们这两个仆人专在这说主人的坏话。"于连心想,"可它出自一位院士口中,便不应让我觉得意外了。"

于连一天无意撞见这位院士为他的一个外省的侄儿谋一个烟草收税人的职位而跪在德·拉莫尔侯爵夫人面前。德·拉莫尔小姐的一个小侍女因爱慕于连,就像当年的爱莉莎那样,她在当晚对于连说,绝非为了引人注意,她的女主人才戴孝服丧,在她的性格中这种怪癖早已扎根。她诚心崇拜这位拉莫尔——当时最有才智的王后心爱的情人,为他的朋友的自由而奉献了自己的生命,并且这些人是多么高贵的朋友啊!王族的第一位王子和亨利四世。

德·雷那尔夫人在举止行动中表现出来的完美自然是于连所习惯并欣赏的,而他在几乎所有巴黎女人身上只看到了装腔作势和故作姿态。若他心情不好,他便对她们无话可说。德·拉莫尔小姐在此可说是个例外。

风姿高雅体现出来的那种美不再被他认为是心灵的空虚了。他和德·拉莫尔小姐长谈过几次,她常和他趁春季明媚的天气在花园里散步,那是沿着客厅敞开的窗子进行的。有一天,她跟他说,她在读欧比涅的历史著作以及布朗多姆的作品。"这么奇怪的书她也读了,"于连对自己说,"可侯爵夫人甚至不让她看司各特的小说!"

有一天,她刚在艾图瓦尔的《回忆录》里读到一段故事,便告诉了他:"亨利三世的一个少妇用匕首刺死了她的不忠的丈夫。"在她讲述的时候,其眼中闪烁的快乐的火花证实了她的真诚赞赏。

这让于连的自尊得到了满足。用院士的话说,一个如此可敬的、支配全家的人,和他说话居然用着一种几乎友好的口吻。

"我想错了，"于连转而又想，"这不是友好亲切，这不过因为她需要与人交谈，而我只是悲剧中的知情人罢了。我要去读布朗多姆和德·欧比涅的著作，还有艾图瓦尔的《回忆录》，我这样才可能去反驳她告诉我的那些故事。我不应该处于被动地接受他人谈话的地位。"

于连同这个举止严肃却又亲切的年轻姑娘的交谈，渐渐地越来越有趣了。他摆脱了他那反抗的平民的苦恼角色。他认为她有才华且通晓人情世故。在花园中她所谈的看法是不同于她在客厅里的意见的。她有时还非常有激情和这形成强烈对比的正是她平日里清高孤傲的态度。

"神圣联盟战争是法国历史上的英雄时代。"有一天她眼睛里闪耀着才智和热情地对于连说，"那个时代的每个人都为他所想往的东西而战斗，为了他的党派的胜利而战斗，并不像在您那个皇帝的时代，只为了平庸地攫取一枚十字勋章。您该承认，今天的人比那时要自私和卑微得多。那个时代正是我所爱的。"

"而博尼法斯·德·拉莫尔正是属于那个时代的英雄。"他对她说道。

"他最少也是被人爱着、崇拜着，而被爱可能是甜蜜的。如今摸着她情夫被斩的头颅，有哪个女人不胆战心惊呢？"

德·拉莫尔夫人唤走她的女儿。掩饰真像虚伪才有用，可正如我们所睹，于连已向德·拉莫尔小姐吐露了一半他的对于拿破仑的崇拜。

"这正是他们占优势的地方，"他独自在花园里思忖道，"他们先祖的历史使他们摆脱了世俗的情感，他们毫无生计的烦恼。这种苦难多么不幸啊！"他一阵心酸，"我没有资格发表对这些重大事件的议论。我看我是弄错了，一系列的伪善构成我的生活，我没有一千法郎的进款来维持生活。"

"您想什么呢，先生？"玛蒂尔德匆匆回来问道。

这个问题让人觉得亲切，她匆匆赶来，只为了和他说话。

于连厌倦了自我轻贱。他由于骄傲，坦陈了自己的思想。他对这个如此富有的人谈论自己的穷困时，感到有些不自在。他没法骄傲地表明自己的一无所求。玛蒂尔德发现了他的这种敏感和坦诚，于连在她眼中从没有这么英俊，他平时缺少的就是这一点。

未到一个月，于连在德·拉莫尔府邸的花园里思考，可他的脸就脱去了长期的自卑感留下的那种属于哲学家的严厉和骄矜。此刻，德·拉莫尔小姐声称她在和哥哥奔跑到花园里时扭伤了脚。所以于连把她送到客厅的门口。

"她靠在我的胳膊上,样子不同寻常!"于连心想道,"是我自命不同常人,还是她对我有兴趣呢?就是在我向她承认我的自尊心给我带来的种种折磨时,她听我讲话的态度也是温柔的!可她原本是那么骄傲地对待一切其他的人!人们会因在客厅里见到她这种神态而异常惊奇的。她的确没在任何别人面前表现得如此温柔善解人意。"

于连竭力不去人为地看重这种奇特的友谊。他将其看成武装交往。每次见面后,在头一天近乎亲密的口气恢复之前,他们几乎都要问自己一遍:"今天我们是朋友呢,还是敌人?"他们开始的交谈是漫无目的的。双方都只看重形式。于连知道一切都会毁灭,如果他有一次不去报复这位骄傲小姐给自己的侮辱的话。"假如闹翻了,我必须先维护我的自尊所要求的正当权利,假如我在稍微妥协而招致她对我的不敬之后再反抗,情况就会糟得多了!"

玛蒂尔德好几次在心情不好时,试图向他摆贵妇人的架子,她的尝试的确很巧妙,可每一次都被于连抵制回去了。

有一天,他突然打住她的谈话,说道:"德·拉莫尔小姐对她父亲的秘书还有什

么吩咐吗？听从吩咐并恭敬地实行，这是他应该做的，可如此而已，他已无可奉告了。向她谈思想绝不是花钱雇他来做的工作。"

于连的这种方式和他那奇特的疑心，驱散了前几个月他在这个华贵的客厅里所感到的烦闷，客厅里的一切本是让人恐惧的，而且对任何事开玩笑都是不妥的。

"要是我被她爱着，可有趣了！不论她爱还是不爱，"于连继续思考，"总算我的亲密知己是一位有才智的姑娘，我发现全家人都战战兢兢地面对这位姑娘，而克鲁瓦斯努瓦侯爵更畏惧得厉害。这个如此有礼、温柔、诚实勇敢的年轻人，还兼有家世和财富的种种优势，我只要其中一样便知足了！他对她的爱是那么狂热，他会像一个巴黎人能爱的那样娶她为妻。德·拉莫尔先生为了这份婚约，让我写了多少封信给两位公证人啊！而我，在今早手握笔管的时候是那样的微贱，可就在两个钟头以后的花园里，我战胜了这个多么迷人的年轻人，她的偏爱是那么明显。她恨他或许正因为她将嫁给他。她那过分的骄傲会让她做出那种事。而我只是作为一个下贱的心腹而得到了她对我的好感呀！

"不是这样的！我要么是疯子，要么就是她追求我，我在她面前越冷漠有礼，她越来缠着我。当然也许是事先有所准备而伪装的。可我发现她的眼睛会因我的意外出现而发亮。巴黎女人真的是伪装到如此地步吗？但这有什么重要的？她在表面上是喜欢我的，那我就享用这种表层的幸福吧。我的主呀！她真美！从近处看，尤其在她常那样注视着我的时候，她的那双蓝色的大眼睛真是讨人爱呀！今年的春天完全不同于去年的春天，那时的我靠自己的意志支撑着和三百个肮脏凶狠的伪善者生活在一起，是多么悲惨和不幸啊！我差不多恶毒得和他们没有两样了。"

在那些心存疑虑的岁月里，于连总是想着："这个姑娘是在耍弄我。她和她的哥哥一起串通好了来愚弄我。可她似乎轻视她哥哥的缺乏毅力。'他除了勇敢，一无是处，'她这样对我说过，'何况只有面对西班牙人的宝剑，他才是勇敢的。他畏惧巴黎一切可能被嘲弄的危险。他没有任何敢于反叛世俗的思想。'而我总是不得不站出来为他辩护。这只是一个十九岁的女孩子！一个人在这个年龄上可能时时刻刻遵守为自己规定的虚假手段吗？"

"另外，诺贝尔伯爵每当德·拉莫尔小姐瞪着那双蓝色的大眼睛表情奇特地注视着我时，他都会转身离开。这不得不让我生疑：他妹妹如此重视家里的一个下人，他难道不生气吗？我曾听到德·肖纳公爵这样提到我。"一想到这，愤怒便战胜了其他感情，"这老调正是这位有怪癖的公爵所喜欢的吗？"

"她的确很美呀！"于连继续思考着，目光凶狠如老虎。"我发誓要得到她，然后离开，谁妨碍我逃开，谁就会遭殃！"

这种想法整个占据了于连，他几乎想不到别的事。一整天，他就是这样一个钟头一个钟头地挨过。

他每次想做点正经事时，他便迷失在自己沉沉的梦想之中，一刻钟后清醒过来，心扑腾扑腾乱跳，脑子一片混沌，只有一个念头闪现在脑海之中："她是爱我的吗？"

第十一章

年轻姑娘的统治

我仰慕她的美丽,可她的才智让我害怕。

——梅里美

于连假如把他花在夸大玛蒂尔德美貌的时间,以及他激烈地反抗她与生俱来而已为他忘记的高傲的功夫,用来放在对客厅里发生的事的研究上,他一定会找出玛蒂尔德之所以能支配她周围的一切的原因。若有人冒犯了德·拉莫尔小姐,她懂得怎样用一句有分寸、得体的俏皮话去回敬他,这话表面上是恰到好处的,可事后叫人越琢磨越感到了难受。慢慢地,那颗受伤的自尊心便感到了残酷无情。她在别人看来是个冷漠自控的人,因为她并不看重家人所真心渴求的那些东西。贵族的客厅,在离开以后议论议论,还是值得称赞的,可除此之外并无别的可取之处。空洞的议论,尤其是取悦伪善的那些客套话的腐臭,真叫人受不了。礼貌本身只在起初的交往中像那么回事。对此,于连深有体会,紧随着开始的兴奋,诧异便产生了。"礼貌,"于连暗地对自己说道,"只不过是失礼所引起的愤怒停止时的表现。玛蒂尔德总体验到烦厌,她或许无时无处不感到烦闷厌倦。她的消遣之一和真正的乐趣之一便是用一句尖刻的挖苦话讽刺他人。"

她的长辈,那位院士和五六个向她献媚的下属除外,她为了找到更为有趣的牺牲品,她把希望给了克鲁瓦斯努瓦侯爵、凯吕斯伯爵和两三个出身特别高贵的年轻人。可在她眼里,他们不过是接受挖苦讽刺的新对象而已。

我们得承认我们爱玛蒂尔德,所以有些痛苦地透露,她曾收到过他们中几位的情书,且回过几次信。可我们很快地补充说一句,她是时代风尚的一个例外人物,就像一般而言,我们不能责备圣心修道院的贵族女学生的不慎。

一天,克鲁瓦斯努瓦侯爵交还一封玛蒂尔德头天写给他的信,这是一封可能会使她的名誉相当受损的信。在他看来,他的极其慎重的举动会大大有助于他的婚事。可在玛蒂尔德的通信中,正是这种不谨慎为她所喜欢。拿命运赌一把就是她的乐趣所在。这以后的六个礼拜,她没话和他可谈。

这些年轻人的情书被她当作消遣,可她认为它们不外乎都是最深沉、最忧郁的激情,一副索然无味的相同腔调。

"他们均是一样地完美无瑕,准备好了去巴勒斯坦朝圣,"她对她的一个表妹说道,"您还见过比这更乏味不过的事情吗?这些信就是我这一生将收到的。大约每二十年,随着当时潮流的不同,这种信会改变一次。在帝国时代,情书肯定不是如此索然无趣。那个时代上流社会的年轻人确实曾目睹或干过一些着实伟大的事业。N公爵——我的伯父就曾经历过瓦格拉姆战役。

"什么样的才智才有资格挥舞战刀呢?他们一旦经历过,便会讲述个没完没了!"德·圣埃雷迪泰小姐——玛蒂尔德的表妹说道。

"不错!我爱好这些故事。参加一次拿破仑那样真正的战争,一次牺牲成千上万名士兵,那才足以证明勇敢。那些崇拜我的人若通过一次危险,提高了灵魂,就会从陷入的苦闷中逃脱出来。这是一种会传染的苦闷。他们中有谁会想去干出点不平凡的事业呢?他们都盼望着做我的丈夫,这是件美事!我有大笔遗产,我的丈夫会得到我父亲的提携。唉!但愿他会得到一个稍有情趣的快婿!"

同我们发现的一样,玛蒂尔德以自己锐利、鲜明而生动的方式看待生活,不免影响到了她的言辞。在她的那些礼貌周全的朋友眼中,她常因某句话而显得美中不足。要不是她很新潮,她的朋友们几乎都会指责她言语激烈,少了女人该有的细腻。

可她的确对聚集在布洛涅树林里的那些英俊骑士们太不公平了。展望前途,她不是感到恐怖(那是很强的一种情绪),而是感到厌倦,在她那个年龄,这实在是不多见的。

她还想要什么呢?命运之神已把所有的这一切,诸如财富、身世、智慧、姿色都集中到她身上。

这位圣日耳曼区最令人艳羡的女继承人在发觉和于连散步的乐趣开始时的种

种想法便是这些。他的骄傲让她吃惊,这位小市民的才智令她赞赏。"将来他会当上主教,就像莫里神父那样。"她心想。

很快,她的心被我们的英雄对于她的许多思想的那种真实的而非伪装的反抗态度占据了。她总在想,她向她的女友讲述他们谈话的种种细节,可她觉察到自己怎么也不能道其全貌。

有一天,她突然悟到了点什么:"我拥有了爱的幸福。"她不可思议地兴奋而快乐地告诉自己:"我恋爱了,我恋爱了,这件事明白不过了! 一个在我这个年龄的美貌聪颖的年轻姑娘,除了在爱情里,还能在哪儿找到这种强烈的感情呢? 我几乎白费功夫,我永远也爱不上克鲁瓦斯努瓦,凯吕斯所有这些人。他们是完人,或许太完美了,一句话,我厌烦他们。"

如今她又把她曾在《曼侬·莱斯戈》,《新爱洛伊丝》和《葡萄牙修女的书简》里读过的一切有关激情的描绘回想了一遍。当然,伟大的热情,轻率的爱情是她所向往的,可这并不适宜于她这个年龄和这样出身的姑娘。在她看来,只有亨利三世时代和巴松皮埃尔时代的法国所表现的那种英雄感情才配称为爱情。"爱情是决不会屈膝让步给障碍的,正相反,它激励人们去完成一些伟大的事业。我觉得真遗憾啊! 现在已不存在卡特琳·德·美第奇或路易十三那样真正的宫廷了。我认为自己有勇气做出最勇敢、最伟大的举动。如果有一个像路易十三那样英勇的国王拜倒在我的石榴裙下,有什么非凡之举我不能让他做出来呢? 我把他领到旺代去,在那儿他会重新征得他的王国,正像德·托利男爵常说的那样,这便不再有宪章了……并且我还有于连的协助。什么是他所缺少的呢? 头衔和财富而已。他将会争取到头衔和财富的。"

"克鲁瓦斯努瓦什么都有,可他终其一生也不过是一个半保王党、半自由党的公爵,不走极端而永远以语言代替行动的犹疑不定的人,他因此无论在哪儿都只能退居二位。

"在开始一个伟大行动时,它怎么可能不走极端呢? 只有行动完成以后,一般人才觉得它也是可能的。不错,我的心灵被爱情及其一切奇迹支配着,我觉出了我在它的火焰中燃烧。上天不会白白将一切优势赐予我,它应该予我此恩。我有资格拥有我的幸福。我此后每一天的生活,都将不同于前一天我冷清的生活。我是伟大而勇敢的,我有勇气去爱一个出身如此低贱的人。走着瞧吧,他是否值得我继续去爱呢？我只要发现他身上有弱点，我将毫不犹豫地抛弃他。我不该像个傻丫头那样做事，因为我的身世及我为大家所公认的中古骑士的性格（此为其父的语言）。

"爱上克鲁瓦斯努瓦侯爵，在我岂不是件愚蠢的事？我将拥有我所极度蔑视的、我的那些表姐妹们所享有的一套幸福的翻版。我可以预知这个可怜的侯爵要对我说的话，以及我将给他的答话。这种让人发困的爱情能算作爱情吗？还不和出家当修女一样吗？我可能也会签一份婚约，就像我最小的表妹一样，长辈们若并不因为对方的公证人前一天晚上在婚约里又加了最后一个条件而窝火的话，他们应是非常受感动的了。"

第十二章

他是丹东吗？

> 需要一种忧伤，这是我美丽的姑母玛格丽特·德·瓦
> 罗亚性格的秘密；是对赌博的爱好。从十六岁起，她就经常
> 和她的兄弟们发生争吵，而后又和解，这都源于此。可一个
> 年轻姑娘可以拿什么当赌注呢？名誉和地位，这正是她一
> 生最可珍视的东西。
>
> ——查理九世的私生子
> 德·昂古莱姆公爵的《回忆录》

"于连和我之间，不需要婚约也不需要公证人为我们举行仪式，所有的一切都是英勇的、偶然发生的结果。这整个正像玛格丽特·德·瓦罗亚对当时最优秀的青年拉莫尔的爱情，如果于连拥有他正缺少的贵族出身的话。难道我是错了吗？坚决地崇尚礼仪的宫中的年轻人们，即算是最微不足道的冒险举动一进入到他们的脑海里，便让他们恐惧得脸色发白。他们看来，敢去希腊或非洲一趟便是最勇敢不过了，当然他们必须结伴而行才敢行动。他们一感到落了单就会畏惧起来，贝都英人的长矛并不是他们所怕的，他们怕的是成为别人嘲笑的对象，这会让他们疯狂的。

"我的小于连和他们截然相反，他只喜欢一个人行动。这是个特别的得天独厚的人，别人的支持和援助他从不放在心上！他蔑视周围一切人，而这正使我不能够蔑视她。

"于连假如出身贵族而贫穷，我的爱情便只是件庸俗的傻事，一桩门不当户不

对的世俗婚姻罢了;我需要的不是这样丝毫不具备伟大激情的特点的爱情,对于巨大困难的克服和无法预卜的变故正是伟大的热情的特点。"

这崇高美妙的推论一刻也没有离开德·拉莫尔小姐的头脑,她在次日竟浑然无觉地当着克鲁瓦斯努瓦和她哥哥的面称赞起于连来。她滔滔不绝的言辞,让他们很反感。

"这个精力充沛的年轻人需要提防!"她的哥哥高声喊道,"如果还有下一次革命,我们会被他送上断头台处死的。"

回避正面交锋,她立刻抓住因精力而引起的恐惧来取笑她的哥哥和克鲁瓦斯努瓦侯爵:事实上,这是对意外的恐惧,恐惧在意外来临之时手足无措……

"哎呀,先生们,害怕成为笑柄是你们的老毛病,可遗憾的是,这个怪物死于1816年。"

"一个国家存在两个政党,"德·拉莫尔先生说过,"那么便无可嘲笑了。"

他的女儿深谙此中含义。

"先生们,"她对于连的对手们说道,"你们看来一生都将处在恐惧之中,然后会有人告诉你们道:

'它并不是只狼,不过是夜幕降临时狼的影子而已。'"

玛蒂尔德立即从他们身边走开。她为她哥哥的话而感到恐惧和不安,可到第二天,她觉得,对于于连,再没有比这更好的颂扬了。

"他的旺盛精力让这个精力衰竭的世界里的他们战栗。我将为他转述哥哥的话,看看他的反应如何。为了不让他对我撒谎,我必须在他的眼睛亮起来的时候告诉他。

"他将变成一个丹东!"沉浸在茫无目的的幻想之中后,她又想道,"好吧! 再来一次革命。怎样一个角色会属于克鲁瓦斯努瓦和我的哥哥的呢? 明摆着的:完全的服从忍受。他们会成为一群默默听任侮辱宰割的英勇的绵羊。死到临头,怕有伤风雅仍是他们唯一的恐惧。恰恰相反,我的小于连将抓住逃走的任何希望,他必定会开枪打死前来捉拿他的雅各宾党人。他不害怕自己举止不雅,他!"

这最后的想法让她禁不住思索,痛苦的回忆涌上心头,她的全部勇气消失了。她由这句话想起了那些玩笑——德·凯吕斯、德·克鲁瓦斯努瓦、德·吕兹及她的哥哥的讥讽。他们都看不上于连既谦卑又虚伪的教士派头。

"然而，"她突然想到，"于连的确是我们这个冬天所见到的最出色的人，不管他们出发点如何，他们频繁的取笑恰恰证明了这一点。他的那些缺点，那些可笑之处，又有什么要紧的？他有自己的不凡之处，他们尽管平日都很善良宽容，可他们都对此不满。他贫穷，为了当教士而读书，这是事实；而他们当然舒适多了，他们无须学习，他们是轻骑兵上尉。

"可怜的孩子，他为了生计，必须总穿那件黑袍并装得像个教士，这对他很不利。可很明显的是，这些先生们怕于连的优势。而只要我们单独相处，他那教士面孔便不复存在了。难道这些先生们不是自以为说出了一句巧妙而惊人的言论后便马上去注视于连吗？这一点让我清晰地看到了。当然除非他被问，否则他决不和他们交换意见，对此他们也很明白。他只和我交谈，我被他认为是灵魂高尚的。出于礼貌，他在恰当地表达了不同于他们的意见后，便保持恭敬的沉默。他能和我一连谈上好几个钟头，因为我的小疑问而使得他对于自己的意见的坚持松弛下来。我们在这个冬天都不过是通过言语来吸引对方，并无争论。拿我的父亲来说吧，他出类拔萃，支撑着整个家运的亨通，于连能得到他的尊重。这儿其他的人都仇视他，可我母亲的教友除外，没人敢看轻他。"

德·凯吕斯伯爵花大量时间待在马厩里，他装出酷爱养马，还常在那儿用早餐。他因其不苟言笑的习惯及这种强烈的爱好得到了他的朋友的敬重：他成为这一圈人中的鹰。

次日，德·拉莫尔夫人椅子后的这圈人刚聚齐，趁于连不在场，德·凯吕斯在克鲁瓦斯努瓦和诺贝尔的怂恿下，便激烈地抨击玛蒂尔德对于连的偏爱，这个时机不妙，几乎他们一开始便目睹德·拉莫尔小姐的到来。她远远便窥出其中奥秘，心中暗喜。

"瞧！"她暗地对自己说，"他们为攻击一个天才而联合起来，他每月没有十个路易的进款，而且他们不问他，他便保持沉默。他身穿黑袍尚且让他们害怕。那么他佩上肩章，又会发生什么事呢？"

她再没有比现在更出色的了。舌战伊始，她便以诙谐的讥诮回敬凯吕斯及其盟友。当这些漂亮的军官偃旗息鼓的时候，她对德·凯吕斯先生说：

"如果明天于连被发现是法朗什—孔泰山区的一位乡绅的私生子，证明他的贵族出身并有几千法郎的进款，不出六个星期，他就会蓄起小胡子，和你们这些先生们没有两样。不出六个月,他也会成为轻骑兵军官,像你们这些先生一样,那时他的天才性格就不会是可笑的了。未来的公爵先生,我等着您马上说什么宫里的贵族胜过外省的贵族这类套语。那么我如果对您穷追不舍,我假如把于连的父亲杜撰成一位西班牙的公爵,他在拿破仑时代被俘于贝桑松,临终时才良心发现承认于连是他的儿子,您对此有何反应呢?"

德·凯吕斯和德·克鲁瓦斯努瓦眼里,这一切不合法的出身的假设都应遭到耻笑。他们对于玛蒂尔德的议论只能得出这些。

他妹妹的话太露骨了,不论诺贝尔有多沉得住气,这会儿也不得不显出满脸的严厉,我们应承认,这种严厉是不适合于他那微笑而和善的脸孔的。他竟大胆说出了自己的意见。

"您有病吗,我的朋友?"玛蒂尔德脸色严肃地答道,"您或许病得很厉害,要不怎么拿道德说教开玩笑。"

"道德说教,您!您是想当省长吗?"

玛蒂尔德不久抛开了恼怒的德·凯吕斯、纳闷的诺贝尔和绝望的德·克鲁瓦斯努瓦。她必须想清楚刚才抓住她心灵的要命的念头。

"于连诚实地待我,"她暗自思忖,"处于卑微地位的他,在这个年纪被惊人的野心折磨成现在这样,他需要拥有一个女友,而我或许正是他的这个女友。可他并没有对我表示什么爱情。他凭自己的胆量也早该向我说出他的爱情来。"

从此玛蒂尔德的所有时间便被这种迟疑和自我辩论占据了。她几乎每次都从于连与她的谈话中找寻为这种争辩有用的新理由;于是,平时纠缠着她的烦闷彻底远离了她。

德·拉莫尔小姐从前在圣心修道院当女学生时便是众人极力阿谀奉承的对象,因为她的父亲富有才智,将会荣任内阁大臣并将林产还给教士。这已成为无法补救的不幸。她凭自己的身世和财产等因素,应该享有比任何人都多的幸福,这是人们让她确信的。王亲贵族的烦恼及其种种疯狂行动的根源即在此。

这一观念的不良影响没能放过玛蒂尔德。一个人在幼年,不管有多聪明也抗拒不了全修道院对她的讨好献媚,而且表面看来,这些讨好献媚并非没有道理。

她从确定自己对于连的爱情那一刻起,便不再烦闷厌倦了。每天她都为自己已投身这种壮烈的感情之中而庆幸。"这东西险得很,"她想,"更好!不能再好了!"

"我从十六岁到二十岁这段人生最美好的岁月里,没有壮烈的感情而感到无聊烦恼。青春虚度,百无聊赖只好听我母亲的那些女友的胡说八道,据说 1792 年在科布伦茨,她们也并不会如现在她们所说的那么正经严肃。"

玛蒂尔德正受到对这些疑问的痛苦干扰时,于连对她注视目光仍茫然得不到答案。诺贝尔伯爵对他倍加冷淡,德·凯吕斯、德·吕兹和德·克鲁瓦斯努瓦则更加盛气凌人,这是于连感同身受的。对于这一切于连已习惯了。只要他有哪天晚上,他显露了超过他的社会地位所许可的程度的才华,他就会遭殃。要没有玛蒂尔德对他的特殊礼遇以及他对于这圈人的好奇,他才不会在晚餐跟着这些蓄小胡子的漂亮年轻人陪同德·拉莫尔小姐去花园呢。

"对,我不能再视而不见了,"于连对自己说,"德·拉莫尔小姐总那么古怪地盯着我看。可就算她用那双美丽的蓝色大眼睛毫不拘束地注视着我的那一刻,我也能从中看出探究的冷酷和狡黠来。这会是爱情吗?和德·雷那尔夫人的眼神对照,这是多大的差别啊!"

一次晚餐后,跟着德·拉莫尔先生去过书房后,于连又迅速回到花园里。他走近围着玛蒂尔德的那圈时,并未引起注意,几声很高的谈话钻进了他的耳朵。她的哥哥正受着她的指摘。于连也听见他们两次提到他的名字。他一出现,他们的谈话戛然而止,而不论怎样掩饰,他们也没能度过这一沉寂。德·拉莫尔小姐和她哥哥无话可说,刚才他们都过于激动,德·凯吕斯、德·克鲁瓦斯努瓦和德·吕兹以及他们的朋友都冷淡地看着于连,于是他迅速脱离他们这个团体。

第十三章

阴谋企图

> 断断续续的言语，不期而遇，在一个富于想象力的人看
> 来，都将是最显著的证据，假如他是一个有热情的人。
>
> ——席勒

　　他在第二天又无意中撞上诺贝尔和他妹妹在议论他。他的出现又造成了和前一天一样的死一般的沉默。于连的疑心便被触发。"他们这些可爱的年轻人是在竭力耍弄我吗？应该这么认为，比起德·拉莫尔小姐能给予一个贫穷的小秘书的所谓激情，这是更可能和更自然的。首先，是否这类贵人身上存在热情呢？他们的特长是愚弄他人。我的那点可怜的辩才让他们妒忌。他们的一个弱点便是善于嫉妒。这样一切都有了解释。德·拉莫尔小姐要在她的情人面前寻我开心，她才设法让我相信她爱上了我。"

　　于连的心理状态因这一冷酷的猜测而为之一变。这种想法迅速扼杀了他在自己心中发现的爱情的萌芽。这只是基于玛蒂尔德少有的美貌，或者她王后般的风度以及迷人的打扮上的一种爱情。这种想法正表明于连作为一个暴发户的本色。来到上流社会的富有智慧的乡下人，再没有比贵族社会的漂亮女人更让他感到惊异的了。前段时间，玛蒂尔德的性格绝不是于连所魂牵梦绕的。他很清楚，这不是他所了解的性格，他能看到的可能仅是表面现象罢了。

　　比如，玛蒂尔德几乎每天都要伴她母亲上教堂，她绝对不会在礼拜天的弥撒上缺席。假如一个身在德·拉莫尔府邸客厅的人，莽莽撞撞忘了身在何处而竟敢影射或讽刺一个针对王座或祭坛的真实或假想利益的话，玛蒂尔德的面孔便变得冰

冷严厉。她这时锋利的目光便是毫无一丝感情的高傲,和她家的那张古老画像没有区别了。

可于连相信她在房间里是经常阅读一两本伏尔泰最具哲学意义的著作。他自己也常偷几卷这种装潢华丽的书读。为使取出书籍不露痕迹,他每次取出一册书来,便把邻近的书挪松一点;可不久他察觉还有一个人在阅读伏尔泰,于是存心把几根鬃毛放在他觉得德·拉莫尔小姐可能感兴趣的书上面,这是他在神学院常耍的把戏。果如他所料,这几本书一连消失了几个星期。书店老板送来一些假回忆录让德·拉莫尔先生很恼火,他吩咐于连把所有带刺激性的书都买回来。为防止这些书的毒素在家中的传播,侯爵命令于连把这些书放在他本人卧室的一个小书橱里。这些书和王室及祭坛的利益相违背,可于连确定,它们不久便不翼而飞了。很明显,诺贝尔不读这些书。

由于太相信自己的观察,于连认为德·拉莫尔小姐是和马基雅弗利一样的口是心非者。这凭主观臆断而强加在她头上的险诈,他认为几乎是她思想上的唯一的可爱之处。他厌恶虚伪和说教,可这也让他走到了另一极端。

他更多的是在刺激自己的想象,而不是因为爱情的驱使。

于连对德·拉莫尔小姐窈窕的身材,精致的衣着,白嫩的手指,迷人的胳膊以及举手投足的 disinvoltura 神魂颠倒,为此他坠入爱河。他把她想象成卡特琳·德·美第奇,使其魅力更为强大。就算和世上最深沉最好险的人相比,他心中的这一性格也是无可比拟的。马斯隆、弗里莱尔和卡斯塔内德之流的野心正为年轻时代的他所羡慕,总之,正是他心中理想的巴黎人。

有什么会比设想巴黎人的奸诈伪善更有趣呢?

"这 tvio 或许是抱在一起耍弄我。"于连暗忖。如果注意不到他在回敬玛蒂尔德的目光中的阴郁冷漠的神情,我们是不能深刻了解他的性格的。玛蒂尔德惊异地发现,一种苦涩的讥讽拒绝了她两三次对他的友谊的大胆表示。

这个年轻姑娘原本就是冷静、忧郁、敏感而长于分析的性格,在于连这种古怪态度的刺激下,她恢复了生物的天性——充满了热情。可骄矜仍存在于玛蒂尔德的个性之中,因此一种黯淡的忧郁一开始便伴随着这种将自己的幸福寄托在他人身上的感情。

来巴黎以后,于连已有足够的经验判断出,这并非产生自苦闷的空洞的忧郁。

和从前不一样了,她逃避晚会、看歌剧和其他种种消遣,而不是厌恶。

　　玛蒂尔德非常厌烦法国人唱的歌,可在歌剧院散场时露面是于连的职责,他发现,她还是尽量随朋友到这种地方来。他注意到,她的举止有点失当,已没有了平日里那种完美的分寸感。她有时过于要强,回敬她的朋友的玩笑是带侮辱性的。德·克鲁瓦斯努瓦尤让她讨厌,这一点他也看出来了。"这年轻人一定是嗜财如命,才不对这位小姐放手,她多么富有啊!"于连思忖道。而他,则因她对于男性的侮辱而不满,对她的态度欲加冷漠,有时回答她的问话,他几乎是很失礼的。

　　玛蒂尔德对于连示好有时真是过于明显了,于连也开始睁开眼睛发现她罕见的美丽,因此不论他如何决心抵制玛蒂尔德表示好感的蒙骗,他有时也会为此慌得不知所措。

　　"作为一个缺乏经验的人,我迟早会屈服于这些上流社会的年轻人的手段和耐性之下,"于连暗自打算道,"我得离开,了结这一切。"正好侯爵交给他管理在朗格多克的许多地产和房产。为此有必要去一趟。他勉强获得了侯爵先生的应允。不谈他的野心,于连如今已改头换面了。

　　"我毕竟没有受他们的骗,"于连一边收拾行装,一边暗地思考道,"不管这位德·拉莫尔小姐开这些先生们的玩笑是真是假,或者仅是为博得我的信任,我也算是快乐解闷了好长一段时间。

　　"这要不是阴谋对付一个木匠之子,便无法说清楚德·拉莫尔小姐古怪的表现,可她对德·克鲁瓦斯努瓦的态度同样令人费解,总算和我所得到的是同等的。以昨天为例,她真的很不高兴,她为了我而迫使一个和我的卑微贫苦形成强烈反差的尊贵富足的年轻人做他所不愿意做的事。这在我是最大的成功,我将能开开心心坐在奔跑在朗格多克平原的驿车里的椅子上。"

　　他有意保密他此次的外出,可玛蒂尔德并不如他所认为的那样,她知道得比他还多,第二天他就该离开巴黎,而且时间并不短暂。她借口头痛病发作,抱怨客厅里太闷热更加剧了她的头痛,而后在花园里待了很久。她是那样尖酸刻薄地嘲笑诺贝尔、德·克鲁瓦斯努瓦、德·凯吕斯、德·吕兹及其他几个来府邸共进晚餐的年轻朋友们,使他们不能忍受而走开了。她凝视着于连,神情古怪。

　　"这种注视也许真是在演戏,"于连心想道,"可如此急促的呼吸,如此慌乱的神态又如何解释呢!呸!算了吧!"他自言自语地说:"我姓什么,配得上对这些事妄加评论吗？这位可是最高尚最细腻的巴黎女人之一呀！我几乎为这种急促的呼吸而着迷,她很可能是模仿她心爱的莱奥蒂纳·费伊吧。"

只剩下他们两个待在花园里了,谈话很明显撑不下去了。"不！我的感觉,于连丝毫不明白。"玛蒂尔德深感自己的可怜,暗自叹息道。

在于连向他辞行时,她抓住他的胳膊,非常用力地,并且对他说:

"今晚,您会收到一封我写的信。"她的嗓音变得几乎辨认不出来了。

此刻的情景深深打动了于连。

"我的父亲,"她继续对他说,"会公正地评价您为他所做的工作。您不该明天离开,寻找一个借口吧。"说完,她就跑着离开了。

她的身段太迷人了。她的迷人的脚实在再漂亮不过了。于连为她跑起来的那种优美的姿态而心旌摇荡。可谁又能想到,于连在她的身影完全消失以后,心里又在想什么呢？他觉出了侮辱,因为她刚才使用应该这个词所透露出来的命令语气。"将死的路易十五也曾因为他的御医使用了应该这个词而深感不快,可路易十五绝不是一个暴发户呀。"

一个钟头以后,于连收到仆人送过来的一封信,这事实上就是一封表白爱情的求爱信。

"文笔还算朴素,并非造作。"于连对自己说道,他企图用文字的评论来使这种喜悦得到控制,可这种喜悦让他的两腮痉挛,他禁不住笑了起来。

"我终于,"他无法控制自己激烈的热情,突然高声喊起来,"我,一个如此贫贱的乡下人,居然也可以收到一位贵妇人的爱情的表白！"

"从我这方面看,我做得还不坏,"他尽力抑制自己的喜悦,想道,"我深知维护我的性格的尊严。我从未对她说过我爱她。"接着,她研究起她的字体来了,德·拉莫尔小姐有一手漂亮的英国式的小字。他需要点体力劳动,以使他从那接近狂乱的快乐中摆脱出来。

"您要离开了,我不能不开口了……不能和您见面,我无法忍受……"

这时,他的脑海中闪现出一个想法,仿佛是一个重大发现,使他对于玛蒂尔德的书信的研究不得不中断了,而且让他备感快乐。"德·克鲁瓦斯努瓦侯爵被我打败了,"他叫起来,"我只可以谈那些严肃正经的事！可他长得那么俊美！他蓄着小胡子,身着帅气的军装;他的既聪明又俏皮的话总是选在最恰当的时候说出来。"

这片刻对于于连来说是美妙的,他狂喜着,在花园里随意地走来走去。

不久,他上楼走进他的办公室,让人通传求见德·拉莫尔侯爵,侯爵幸而正巧没有离开家。他给侯爵看了几份寄自诺曼底的公文,很简单就向他说明了,他为了这桩诺曼底的诉讼案件,不得不延缓一个礼拜再去朗格多克。

"我高兴您的暂缓离开,"谈完工作后,侯爵对于连说道,"见到您,我很快乐。"于连退出来,他为侯爵的话感到不舒服。

"而我,却打算去勾引他的女儿!也许将让她和德·克鲁瓦斯努瓦侯爵的婚事化为泡影,这桩婚姻曾为他视为未来最大的快乐,就算他封不上公爵,他的女儿却还可以有一个御前的座位。"于连突然打算如期前往朗格多克,抛开玛蒂尔德的爱情表白,也不顾刚向侯爵作的托词。可这丁点的道德观念很快就被抛到了一边。

"我的心地实在太好了啊!"他对自己说道,"我,一介草民,竟配得上可怜这个贵族家庭的遭遇!我,肖纳公爵叫我为奴仆!侯爵的财富是怎样迅速地增加起来的呢?他一在宫中获知第二天可能发生政变的消息,便马上预先把他的公债券全部抛售。可我,我被冷酷的上苍扔在了社会的最底层,它让我拥有高尚的灵魂,却没有赐予我一千法郎的年金,即没有面包,具体地说,就是没有吃的。我竟蠢到将呈现在我面前的欢乐拒之门外!在这个世俗炎热的沙漠里,我艰难地跋涉,却要将可以解渴的刚刚寻得的一点清泉拒绝掉!毋庸置疑!我根本不能那么蠢,每个人处在这个称为人生的自私的荒漠里都是为己算计的。"

此刻,他的脑海里浮现出德·拉莫尔夫人,尤其是她的那些贵族朋友们投向他的轻蔑的眼光。

打败德·克鲁瓦斯努瓦侯爵而带来的欢乐,让他的这点关于道德的记忆也消失得无影无踪了。

"我真很希望看到他发火呀!"于连自言自语道,"现在我肯定能给他一剑!"他做出一副击剑的姿势。"此前,我的身份只是个村学究,躲躲藏藏地自认为勇气可嘉。可今天的这封信让我成为与侯爵平等的人了。

"不错,"他内心充满欣喜地悠哉悠哉地想着,"比较我和侯爵的价值,得到的结果是汝拉山区的穷木匠胜了。"

"就这样吧!"他高声喊道,"我要在回信上落款。德·拉莫尔小姐,您别以为我会把自己的身份忘了。我要提醒您,并让您深有所感,您背弃了有名的曾跟随圣路易参加过十字军战役的居伊·德·克鲁瓦斯努瓦的后裔,只是为了投向一个木匠的儿子。"

快乐让于连难以自控。他忍不住下楼走进花园。他刚把自己锁在里面的那个房间,的确对他来说太狭窄了,让他喘不上气来。

"我,来自汝拉山区的一个穷乡下人,"他反复告诉自己,"命里注定永远也脱不下这身倒霉的黑衣服!唉!我如果早来世上二十年,一样也会穿上军服!在那个时代,我这类人,不是阵亡,就是在三十六岁上荣登将军之位。"他紧紧地揣着这封信,呈现出一个英雄的体态和身姿。"确实如此,现在是一袭黑衣,四十岁时便可以如德·博韦大主教一样拥有十万法郎的年金和蓝绶勋带。"

"不正如此吗?"他暗地里思考道,一种靡非斯特式的狞笑浮现在脸上,"我所拥有的聪明才智超过了他们,我懂得如何选择我们所处这个世纪的制服。"他的雄心以及对法衣的渴望在他觉得是强烈多了。"曾经出现过多少出身比我还低的枢机主教,他们都成了掌权的统治者!可以我的同乡格朗韦尔为例。"

激动的于连渐渐冷静下来,脑海中又冒出了谨慎的念头。他像他的老师达尔杜弗那样,暗自地背诵着以下台词:

"我害怕这是些巧妙的阴谋。
……
我不会轻信如此的甜言蜜语,
必须予我那些我期盼的好处,
我才能完全相信这番话。"

《达尔杜弗》第四幕第五场

"达尔杜弗也是毁在女人手里,可他并不是比某些人还要坏……我可能会被自己的回信所出卖……我们就照这样来应付,"他慢慢地,语带一点被压抑的凶狠,说道,"以引用崇高的玛蒂尔德的信中的几句最生动热情的句子为回信的开头吧。

"不错,德·克鲁瓦斯努瓦的四个家丁会扑向我,抢走原信。

"不会发生,我随身带着枪,我惯于把枪指向仆人,这是大家都知道的。

"就算那样吧!他们当中或许会有一个有胆子扑向我,这是有人答应他们一百拿破仑的缘故。他被我打死或打伤,那就有戏看了,自作自受! 我将被合法地囚禁在监狱,受审于公庭之上,经法官依法判决,我被送往普瓦西,陪伴着丰唐先生与马加隆先生。我在那儿将睡在四百个乱七八糟的穷鬼当中……我竟会可怜这些人!"猛地,他站了起来高声叫道,"对落入他们掌心的第三等级的人,他们会怜悯吗?"这句话抛弃了他对德·拉莫尔先生的感恩戴德,此前,他一直于心不忍地被他折磨着。

"慢着,贵族绅士先生们,你们那套小伎俩蒙不过我,马斯隆神父和神学院的卡斯塔内德先生也不会做得比你们更高明更漂亮了。一旦这封教唆的信被你们攫取,我便成了科尔马的第二个卡隆上校了。

"等一下,先生们,且让我包好这封致命的信,盖戳后交与比拉尔神父保存,这位诚信的詹森派教徒,决不会让金钱所诱惑。可他好拆他人信件,所以寄到富凯那儿更妥些。"

此刻应当说,于连目露凶光,面目可憎,让人感到的的确确的犯罪感。这是一个不幸者同整个社会抗争的表现。

"手拿起武器!"于连嚷开了。他从德·拉莫尔府邸门前的石阶一跃而下,走进街角一家代书人的店铺,代书人都为他的面目胆战心惊。他交给他德·拉莫尔小姐的那封信,说道:"请您把它抄下来。"

他自己趁代书人抄信的功夫,给富凯写信,请求他代为保存这件珍贵的物品。"可是,"他忽然停住笔,自言自语地说,"我的信可能会被邮局检查所拆开,然后交给你们那封正被寻找的信……想得美呀,先生们。"他立即前往一家新教徒开的书店购了一本大《圣经》,玛蒂尔德的信被巧妙地压在了书皮底下,打包之后,载客的马车便把它带给富凯的一个工人,在巴黎,无人知晓这个工人的名字。

诸事齐备,他轻松快活地返回德·拉莫尔府邸。"现在,该办我们这事了!"他高声嚷着走进卧室,锁上门,脱下外套,便马上给玛蒂尔德回信:

"什么! 小姐,竟然正是德·拉莫尔小姐假她父亲的仆人阿尔塞纳之手,送给汝拉山的穷木匠一封具有如此诱惑力的信,这不是明显地在开一个天真幼稚的人的玩笑……"接着,那封信中最明显地表达爱情的语句被转抄下来。

这封信中,他所表现出来的外交家的审慎态度,完全比得上博瓦西骑士先生。

此刻还刚十点，于连徜徉在幸福中，这种自我力量的迷醉感觉对于这个可怜虫是那么新鲜奇特。在意大利歌剧院，他的朋友热罗尼莫的歌声回荡在他的耳边，他从来没有让音乐激发得如此激动兴奋过，他几乎是个天神。

第十四章

年轻姑娘心中所想

> 几多让人迷惑之事！几多难眠长夜！主啊！我将让人人蔑视吗？他会看轻我。可他离开了远走了。
>
> ——阿尔弗雷德·德·缪塞

写这封信时，玛蒂尔德心中并非没有展开过斗争。她对于连的同情不管是如何开始的，总之这同情很快便战胜了她的骄傲，而自她记事以来，她内心一直为这种骄傲独霸着。这颗既冷酷又高傲的灵魂，还是首次为热情所激荡。可是，她的骄傲虽为热情所战胜，它仍旧习惯于服从于骄傲。她经过两个月的斗争和新奇的感觉，在精神上完全改变了。

玛蒂尔德认为幸福在望。这种充满勇气又具有高度智慧的灵魂以为，幸福在望正是拥有至高无上的权力的事情，可这还需要长久地抵抗自己的尊严和一切世俗的责任感。一天清早七点钟，她闯进她母亲的卧室向她母亲请求允许她到维勒基埃去隐居。侯爵夫人没搭理她就劝她回去睡觉。这是她最后一次为服从家规和尊重传统观念所做的努力。

在她的精神上，怕做错事，怕顶撞了凯吕斯、德·吕兹、克鲁瓦斯努瓦这类人视为神圣的观念并不形成多重的压力，她知道这种人生来没资格了解她。若只是购买一辆马车或一块土地，她会马上去征询他们的意见。于连不喜欢她才是她最恐惧的。

他或许也只是徒有其表之人！

没有个性是她所憎厌的，这也构成她不满于她周围那些漂亮的年轻人的唯一的理由。看到他们越是附庸风雅地讥讽脱离时代风尚或自以为是追赶时尚又跟不上时,她便越是瞧不上他们。

"他们勇敢,可仅此罢了。进一步来说,他们的勇敢表现在哪呢?"她在心里说,"表现在决斗中。可决斗也仅仅是形式上的东西。预先一切都是规定好的,甚至于决斗者跌倒时该说的话预先便有铺垫。手放在心口上,躺在草坪上,慷慨地饶恕对方,并留下一言给那片面相思中的美人儿,她却因怕惹人疑心而在您死去的当天依然去参加舞会。

"他们可以冒着生死的危险,率领一队盔甲闪烁的骑兵进击,可独自面对奇怪意外而极其可怕的危险时,他们又会有怎样的表现呢?"

"唉!"玛蒂尔德暗道,"个性和身世都伟大的人只存在于亨利三世的朝廷中啊!要是于连在雅尔纳克和蒙孔图尔都曾出过力,我还有什么可怀疑的。那个精力旺盛的世纪中,法国人不是让人耍弄的木偶。人们在战争的日子总是很少感到困惑。

"那个时代的人们,生活不是一成不变的,并不像裹在尸布里的埃及的木乃伊。的确是这样的,"她继续想道,"那时,夜里十一点,孤身一人走出卡特琳·德·美第奇住的苏瓦松宫回家,需要比今天去阿尔及尔一趟更多的真正的勇敢。人的一生在那时,由一连串的偶然构成。当今时代,偶然已为文明和警察总监所驱逐,预想不及的事已不再能从生活中发现了。它若在思想中露面,就会引出没完没了的讥诮话;它若在重大事件中露面,那么将出现的举动中没有比我们的恐惧更可鄙的了。这是可以宽容的,即出于恐惧而做出的任何疯狂举动。这是一个堕落而令人烦闷的世纪啊!博尼法斯·德·拉莫尔如果能伸出他在坟墓里被砍掉的头颅,亲眼看见 1793 年他的十七名后裔像绵羊一样任人宰割,两天之后即被送上断头台,他会想什么,说什么呢? 死就死吧,可自卫和干掉一两个雅各宾党人,将又是失于风雅的了。啊! 于连若在法国历史上博尼法斯·德·拉莫尔的英雄时代,一定会当上骑兵上尉,而我的哥哥,倒更像个合于时代潮流的眼中有智慧、嘴上满是大道理的年轻小教士。"

玛蒂尔德就在几个月前,还企盼着一个稍稍不同凡响一点的人会出现。她从自己和几个上流社会的年轻人之间的大胆通信中获取了些许乐趣。德·克鲁瓦斯努瓦先生,她的外祖父德·肖纳公爵及全肖纳府的人看来,一个女孩子做出这种有失体统,欠审慎的行为会辱及她的名誉,他们一定想知道这桩拟议中的婚姻濒于破裂的理由。那段日子,玛蒂尔德每写一封这类的信,便会辗转难眠,即使这些都不过是写给人家的回信。

可这一次,她居然敢说她爱上了。她主动(这字眼多可怕啊!)写信给一个处于社会最底层的男人。

若被人察觉了这类事情的发生,必将成为永久的耻辱。凡到她母亲这儿来的女人,有谁敢表示同情呢?她们可以说什么话来对付客厅里那可怕的蔑视的攻击呢?

嘴里说出来已够可怕了,何况写在纸上形成文字呢!"某些事是不应当形成文字的呀。"获悉拜兰和约的消息后,拿破仑如此高声说道。

可这一切又算得了什么,还有其他原因引起玛蒂尔德的忧虑。玛蒂尔德抛弃了自己本阶级,她顾不了对社会造成的严重影响,顾不了那将让她蒙受永不可洗刷的、备受蔑视的污点,她把那封信写给了那个和克鲁瓦斯努瓦、德·吕兹、凯吕斯身份悬殊的人。

于连城府极深,性格不易为人所了解,和他进行普通交往,尚使她胆战心惊,更何况她居然要他当情人,或许还要他做她的主人呢!

"终有一天,我被他操纵,那么什么疯狂的要求他提不出来呢?行吧!到时,我会如美狄亚那样告诉自己:'即使面对再多的危险,我还是我自己。'"

"于连丝毫不崇拜高贵的血统。"她想着,或许他丝毫也不爱她!

女性的骄傲而产生的种种思想,在这些可怕的疑虑充满的最后时刻浮现出来了。"我这样的姑娘,生来便该是非同凡响的啊!"玛蒂尔德烦躁不宁地高声喊道。就这样,她的自小便受到鼓舞的骄傲只有德行这唯一对手了。此时,事态因于连的启程而急转直下。

(如此性格所幸是极不多见的。)

深夜时分,于连有意把一只很重的箱子送到楼下门房那儿。他特意叫上被德·拉莫尔小姐的侍女看中的那个仆人帮他运箱子。"此举或许没有任何意义,"他暗地对自己说道,"可如果奏效,她会想我已经离开了。"他玩了这个把戏,得意入睡。可整夜玛蒂尔德都难以成眠。

次日一早,趁无人注意,于连溜了出去,可他又赶在八点前转回来了。

他刚踏进图书室,门口便站着德·拉莫尔小姐了。他把回信递给了她。他觉得该对她说句话,这很方便的了,可德·拉莫尔小姐不想听,便离开了。于连很满意,事实上他也不知道该说什么。

"假如这根本不是她和诺贝尔伯爵事先串通好的把戏,那么这位贵族小姐对我所抱的奇异的爱情便是我用极其冷酷的眼神点燃的。如果我便因此对这个金发大玩偶感兴趣,我就是个傻子!"思索到此,他变得比以前冷酷、有城府多了。

"这场还在酝酿的战斗,"他又想,"她和我之间的阵地即是出身的骄傲,这正犹如一座高地。在战斗中,我需要的是策略。继续留在巴黎对我来说是个大错,如果一切不过是一个玩笑,推迟行程便暴露了我自己,使我被人轻视。离开会有什么危险呢?他们如果开我的玩笑,我的离开也正开了他们一个玩笑。假如她对我的同情有几分真实的话,这种离开会让同情剧增。"

于连的虚荣心因德·拉莫尔小姐的这封信得到巨大满足,高兴归高兴,竟把离开的益处抛到了九霄云外。

在他的性格中,致命的弱点是他极端关注自己的失误。这一点让他极为不快,几乎让他忘了自己在这微不足道的挫折之前所得到的难以置信的胜利。德·拉莫尔小姐约在九点钟时,在图书室门口恰巧出现,抛给他一封信后,她逃离了。

"这大概会成为一本书信体爱情小说了,"他拾起那封信,自言自语道,"我将对敌人在行动上所犯的错误,回敬以冷酷和道德。"

她请求他的确切答复,于连内心的快乐因其口气的高傲而大增。他欣欣然地写了两页纸长的回信,要弄那些想取笑他的人,并在信的结尾又开了个玩笑,谎称他已决定次日清晨启程。

"写完了这封信,我将在花园里交信。"他想道,连忙走进花园。他眺望着德·拉莫尔小姐的窗户。

卧室在二楼,在她母亲的房间的旁边,但有一个夹层横在一楼和二楼之间。

二楼很高,于连持着信行走在菩提树的小路上,德·拉莫尔从二楼房间的窗子里并瞧不见他。她的视线被那些修剪得很好的菩提树所形成的穹顶遮挡住了。"怎么回事!"于连气愤地自语,"这一行动又是不慎的!他们若是打算好要取笑我,我在大家的注视之下手持信件,这不就给我的敌人帮了忙了。"

玛蒂尔德的房间上面便是诺贝尔的房间,于连若走出由修剪过的菩提树所形成穹顶,他的一举一动就会被伯爵和他的朋友看得一清二楚。

玻璃窗后面出现了德·拉莫尔小姐,他微微举了举信,她点了点头。于连连忙奔回自己的房间,正好在楼梯口碰见了美丽的玛蒂尔德,她眼含盈盈笑意,迅速接过了信。

"不幸的德·雷那尔夫人,"于连心里想道,"即使在六个月的亲密关系后,她若有勇气接受我的一封信,那眼睛里该有怎样的一种热情啊!我确信,我从未曾得到过她如此笑意盈盈的注视。"

他没有清楚地表现出其他反应。他是为其动机的百无聊赖而惭愧吗?"然而,"他对自己说,"她优美的晨衣,高雅的仪态,是多么与众不同啊!一个颇有眼光的人,三十步外看见德·拉莫尔小姐,就能猜出她在社会上的地位。这便是所谓的优点。"

于连在开玩笑,可仍不愿承认自己的全部思想。德·雷那尔夫人并没有一个德·克鲁瓦斯努瓦可以为她献身。他那时的对手只有夏尔科先生——那个可鄙的专区区长,他自称姓德·莫吉隆,这是这个姓如今已绝迹的原因。

于连在五点收到第三封信,它是从图书室门口抛进来的,德·拉莫尔小姐照例逃开了。"真奇怪,她写上瘾了!"他笑着说,"事实上,面谈如此方便!很明显,敌人想搞到我的信,同时还多要几封!"他并不忙于拆信。"必是些优雅的词句,"他想当然,可看下去,他的脸发白了。信只有短短八行:

> "我需要和您交谈,今晚必须谈。您在半夜一点敲响的时候,到花园来。将园丁的大梯子搬到井边,靠在我的窗户上,这样您可以爬到我的房里来。有月光,可没什么妨碍。"

第十五章

这是个圈套吗

> 啊！一项伟大的计划，从酝酿到实施，这其间的过程多
> 么令人焦虑！担受多少虚惊！经历几度彷徨！须知这事情
> 和生命攸关，还有比生命更为重要的——荣誉！
>
> ——席勒

　　"这下可严重了，"于连心想，"而且未免过于明显了，"他想了一会又补充道，"这位美丽的小姐完全可以跟我在图书室里谈，感谢上帝，在这里，我们享有充分的自由。侯爵担心我让他看账本，从不愿到这儿来。德·拉莫尔先生和诺贝尔伯爵，这两个唯一上这儿来的人几乎整天都不在家，他们什么时候返回府第，也是很容易知道的事。高贵优雅的玛蒂尔德，即使是一位君王向她求婚也不算太高贵，而她现在却要我去干这种愚蠢而冒险的事情！"

　　"很明显，他们是想毁掉我，至少是想捉弄我。起初，他们是想利用我的信，可我信里的言辞很谨慎；于是，他们就想让我去干一件大家有目共睹的事。这些公子王孙们把我看得太愚蠢、太自负了。让他们见鬼去吧！让我在最皎洁的月光里，用一架梯子爬上二十五尺高的二层楼！他们有足够的时间可以看见我，即使是附近宅子里的人也能看见。我爬在梯子上，就更好看啦！"于连上楼回到自己的房间，嘴里吹着口哨，开始收拾行李。他决定离开，甚至连信都不回。

　　但是这个理智的决定并不能使他恢复内心的平静。"假如，"他盖好箱子，突然寻思道，"万一玛蒂尔德是真心实意的呢？那么，我就在她眼中成为一个不折不扣的懦夫了。我没有显赫的出身，但我得有伟大的品德，这些品德可以兑现，不是

好听的假话,可以用响当当的行动来雄辩地证明……"

他翻来覆去苦苦思索了一刻钟。"否认有什么用?"他终于说道,"我在她眼里将会是一个十足的懦夫。我不但会失去上流社会一位最出色的美女,就像在雷兹公爵舞会上大家所称许的那样,而且还会失去一场极大的欢乐,再也看不见德·克鲁瓦斯努瓦侯爵为了我而被牺牲的好戏了。他可是公爵的儿子,以后他也会成为一名公爵。这个讨人喜欢的年轻人,他具备我所缺乏的一切优点:机智的大脑,高贵的出身,还有财富……

"坐失良机,我会抱憾终生的,倒不是为了她,天下的情妇多的是!

"……但是名誉只有一个! 正像年迈的唐·狄戈所说的那样。形势很明显,我在遇到的头一个危险面前退却了,上次与德·博瓦西先生决斗,我不过是逢场作戏罢了,现在可完全不同了。我可能会成为一个仆人射击的靶子,但这只是最小的危险,我极可能会名誉扫地。"

"这下可严重了,我的孩子,"他学着加斯科涅人的口吻快活地补充道,"事关名咧呀,一个被命运扔到像我这么低的地位的可怜虫,再也不可能找到这样的机会了;我以后还会交好运,但比这次总会差些……"

他沉思许久,迈着急促的步子踱来踱去,有时又突然停住。在他的卧室里有一尊德·黎塞留红衣主教的大理石胸像,不由地吸引住了他的目光。这尊胸像在灯光照耀下严肃地望着他,好像在责备他缺乏法国人性格中应该具备的那种大胆。"伟大的人啊,若是生在你的那个时代,我还会犹豫吗?"

"往最坏处考虑吧,"他最后想,"即使这一切是个圈套,那对于一位小姐来讲也是非常冒险和麻烦的。他们知道我不是个缄默不语的人。想让我不说话,除非把我杀了。这在 1574 年,在博尼法斯·德·拉莫尔的时代可以,但现在,没人敢这样做·德·拉莫尔小姐是如此的令人嫉妒! 明天,她的耻辱就会传到四百个客厅,而且是怎样的兴致勃勃!

"仆人们会私下叽叽喳喳地议论我是怎样得到宠幸的,我知道,我听见过……

"还有,她的信! ……他们或许认为我会随身带着。他们在她的卧室里抓住我,把信搜走。我大概一人要对付两三个人,谁知道呢? 但是他们去哪儿找这样的人呢? 在巴黎哪儿能找到守口如瓶的人? 法律也让他们畏惧啊……当然啦,一定是凯吕斯、克鲁瓦斯努瓦、吕兹他们自己来干。那时,我在他们面前露出的傻相,一定是他们最感兴趣的。注意阿拉贝尔的命运啊,秘书先生!

"好吧!走着瞧!先生们,我会让你们挂彩的,就像恺撒的士兵在法萨罗战场上所做的那样……至于信件,我可以把它们放在安全的地方。"

于连把最后两封信抄下来,藏在图书室一本精美的伏尔泰文集中,然后去邮局把原信寄走。

"我要干一件多么疯狂的事啊!"他回来后自语道,又惊又怕。他竟有一刻钟不曾考虑他当夜要采取的行动。

"但是,要是我拒绝,今后我会看不起自己的!这会成为我终生不断怀疑的事情,而这种怀疑又是人生中之最大不幸。对于阿芒达的那个情夫,我不是已经体验过了吗?一桩明白无误的罪行,我会比较容易地原谅自己,因为一旦承认了,我就置之脑后。

"怎么!我是在跟一个拥有法国最高贵姓氏的人竞争,而我却乐意甘拜下风!归根到底,我若不去,就意味着怯弱。这句话决定一切,"于连嚷着,站了起来,"再说,她长得多迷人啊!"

"假如这不是背叛,那她是在为我做出怎样疯狂的事情啊!……假如这是一个圈套,啊!先生们,是否认真对待这类玩笑,那就全在我了,而我是会认真对待的。

"不过,要是我一进去他们就捆住我的双臂呢;他们说不定已在里面装了巧妙的机关了!

"这就像一场决斗,"他笑着对自己说,"剑术老师讲过,有进招就有破招,可仁慈的上帝希望事情结束,就让一方忘记招架。再说,我可以用这个来回敬他们!"他从口袋里掏出手枪,尽管火药还有效,他还是重新换过。

还有几个小时要等,为了消磨时间,于连给富凯写了一封信:

> 亲爱的朋友:等你听说我碰到了什么奇怪的事,身遭不测,你才可以打开此信。到那时,把手搞上的专名涂去,照抄八份,分别寄给马赛、波尔多、里昂、布鲁塞尔等地报社。十天以后,你把这信稿印出来,第一份寄送拉莫尔侯爵;隔半个月,再把其余的几份趁黑散布到韦里埃的街道上。

世界二十大名著 红与黑

图文珍藏版

这一封用故事的形式写成的,除非发生意外富凯才能拆看的为自己辩白的回忆录,于连尽可能不牵连德·拉莫尔小姐,但他还是非常准确地描绘了他的处境。

于连刚封好邮件,晚餐的钟声敲响了,这钟声令他心惊肉跳。他的想象还被他刚才的故事纠缠着,全是悲剧性的预感。他仿佛看到自己被仆人抓住,捆绑起来,口中塞了东西,带进地下室。地下室里还有个仆人监视他。如果这个贵族家庭的荣誉需要这个冒险故事有悲剧的结局,那么使用毒药,这一切就会很快地、不留痕迹地了结掉;那时,人们可以宣布他死于疾病,然后把尸体抬回他们房间。

像一位悲剧作家一样,于连为自己的故事所打动,走进餐厅时,心里很害怕。他看着一个个身穿华丽号衣的仆人,研究着他们的相貌。"被选来执行今晚任务的是哪几个呢?"他想,"在这个家里,总是念念不忘亨利三世宫廷的往事,也被常常提起。一旦他们认为受到冒犯,行动起来比其他同样地位的人更为果断。"他望望德·拉莫尔小姐的眼睛,想从中看出这家人制定的计划。她脸色苍白,完全是一幅中世纪的模样。他从未发现她的气质如此高贵,她的确美丽而威严。他几乎要爱上她了。"预感到死亡,脸色苍白。"他对自己说(她的苍白宣布了她的伟大计划)。

晚饭后,他假装散步,溜进了花园,可是白费心机,等了许久也没见德·拉莫尔小姐露面。眼下这时候跟她谈谈,可能会释去他心头重负。

为什么不承认呢?他害怕。因为已决心行动,他就毫不顾忌地沉浸在这种感觉里。"只要行动时我能找到必需的勇气,"他对自己说,"现在是何感觉有什么关系?"他去查看地形,掂了掂梯子的分量。

"我命里注定要使用这种玩意!"他笑着自语道,"在这里就好像在韦里埃。可是差别太大了!那时候,"他叹了口气,"我不必怀疑那个我为之冒险的人。而且危险多么的不同啊!"

"我若是被打死在德·雷那尔先生的花园里,我一点都不会丢脸。人们很容易把我的死说成是死因不明。可是在这里,什么可恶的谣言不会编出来啊,在德·肖那府、德·凯吕斯府、德·吕兹的府第以及所有的其他地方。后一代人会把我看作怪物。"

"两三年后,"他继续笑着嘲讽自己,但是这个念头令他感到沮丧,"谁来替我辩白呢?即使富凯印出我的遗信,不过是又使我多了一种耻辱罢了。哼!一个家庭收留了我、热情款待我。无微不至地关怀我，我却用油印小册子，来抨击那里发生的事，败坏女人的名誉！啊！万万不可！我们宁愿受骗！"

这是个可怕的晚上。

第十六章

凌晨一点钟

> 这座花园很大,是不多年前设计出来的,精美别致。但是那些树木,都是百年以上的古树。在那里,别有一番田园风味。
>
> ——马辛杰

当十一点的钟声敲响的时候,于连正打算给富凯写信,取消原来的决定。他故意弄响他房门的锁,好像他自己已经待在里面似的。他轻手轻脚,去察看整座房子的动静,尤其是仆人们住的五楼。没有任何异样。德·拉莫尔夫人的一个女仆正在请客,仆人们欢乐地喝着潘趣酒。"如此欢乐的人,"他想,"想必不是执行今夜任务的人;不然,他们会严肃一些。"

最后,他来到花园,在一个黑暗的角落里站住:"如果他们要瞒住家里的仆人,他们就会叫那些抓我的人从花园的墙上跳进来。

"如果德·克鲁瓦斯努瓦先生冷静考虑过这事,他应该想到,考虑到他要娶的这位姑娘的名声,他让人在我进她的卧室前把我抓住更好些。"

他仔细做了一番军事侦察般的查看。"此事与名誉相关,"他想,"万一出错,我自己也会不原谅自己,说什么:'我当初没想到呀。'"

夜色晴朗得令人绝望。十一点,月亮升起;十二点半,朝花园的整座府第的正面房墙都被照得通明。

"她真疯了。"于连暗想。一点的钟声响过以后,诺贝尔伯爵的窗口里还亮着灯光。于连从来没有如此害怕过,他只看见这件事情的危险,没有丝毫热情。

他搬来那架大梯子，又等了五分钟，好给自己改变想法的时间。一点五分，他终于把梯子靠放在玛蒂尔德的窗沿上。他握着手枪，轻轻地往上爬，奇怪为什么没有遭到攻击。他挨近窗子，窗子便无声无息地打开了。

"先生，您来了，"玛蒂尔德说，她异常激动，"一个小时了，我一直注意着您的一举一动。"

于连非常局促，不知如何是好，他原本就没有爱情，尴尬中，他想到要大胆，便去试着拥抱玛蒂尔德。

"不！"她说着，把于连推开。

他非常高兴受到拒绝，急忙向四周扫了一眼：月光皎洁，投在德·拉莫尔小姐卧室里的阴影格外黑。

"阴影里很可能藏着人，只是我看不见。"他想。

"您的衣服侧兜装了什么？"玛蒂尔德问，很高兴找到了话题，她感到痛苦不堪，一个出身高贵的女孩子生来就有的羞怯和矜持在她身上占了上风，折磨着她。

"各种各样的武器和手枪。"于连回答，他也很高兴有话可说。

"得把梯子放下去。"玛蒂尔德说。

"梯子太沉，会把下面客厅或夹层的玻璃碰碎。"

"不能碰碎玻璃，"玛蒂尔德尽量用平常的语气谈话，可是不行，"我觉得您可以用绳子拴在梯子的第一级上,把梯子放倒。我屋里有一些绳子。"

"这是一个堕入情网的女人!"于连想,"她敢说她爱我!在这一切的安排中,她表现出如此的冷静,如此的有智慧,这足以让我明白,我并没有像我想象的那样战胜了德·克鲁瓦斯努瓦先生,我不过是接替他罢了。不过,这有什么关系:难道我真对她有爱情?侯爵会因为有一个接替者而大为生气,碰巧这个接替者就是我,会使他更加生气。只有在这个意义上,我是战胜了他。昨晚在托尔托尼咖啡馆看见我时,他是多么傲慢,竟然装作没看见我,后来他不得不跟我打招呼时,又是一副多么凶恶的神情!"

于连把绳子拴在梯子的最后一级上,轻轻地放梯子下去。他尽量把身子探出阳台外,免得让梯子碰到窗玻璃。"如果这时有人藏在玛蒂尔德的房间里,这倒是一个杀死我的好机会。"然而到处是一片沉寂。

梯子滑到地面,于连设法让它横卧在墙边种着奇花异草的花坛中。

"要是让我母亲看见她种的美丽的花草都压坏了,"玛蒂尔德说,"她会说什么呀!……得把绳子扔掉,"她用冷静的语气补充道,"如果让别人发现这绳子一直牵到阳台上,那才说不清呢!"

"那么,我该怎么出去呢?"于连用开玩笑的口气,学着克里奥尔语说道。(家里有个女仆出生在圣多明各)。

"您呀,您将从房门出去。"玛蒂尔德回答,她对这个主意感到高兴。

"啊!"她心里想,"这个人多么值得爱呀!"

于连把绳子扔了下去,玛蒂尔德抱住了他的胳膊。他以为自己被敌人抓住了,猛地转回身,抽出了匕首。她相信听到了一扇窗子打开的声音。他们屏住呼吸,一动不动,皎洁的月光洒在他们身上。那声音再没出现,他们松了一口气。

这时,尴尬又来了,双方都有同感。于连确定门闩已经插上,他很想再看看床底下,但又没有勇气,那儿极有可能藏着一两个仆人。最后,他怕将来会责怪自己不够谨慎,还是看了一下。

玛蒂尔德陷入了因极度羞怯而产生的忧虑中,她憎恶自己的处境。

"您把我的信怎么样了?"她终于问道。

"如果这些先生们在窃听,他们可该为难了,战斗也该避免了,这是多好的机会啊!"于连想。

"第一封藏在一本很大的《圣经》里,驿车昨晚已把它带到很远的地方去了。"

在说这些细节的时候,他的声音非常清晰好让可能藏在两个大木柜里的人都能听见,这两个柜子他没敢检查。

"另外两封也已交寄,寄往同一个地方。"

"哦!万能的上帝!何必要有这么多的戒备!"玛蒂尔德很是诧异。

"我为什么要说谎呢?"于连想,于是把他的疑虑和盘托出。

"所以你的信才那么冷冰冰的!"玛蒂尔德叫道,语气中疯狂多于温柔。

于连没有注意到这一细微差别。话中的"你"让他昏了头,或至少消除了他的疑虑,他觉得他的地位在自己眼中升高了。他大胆地把这位美丽而又令人无限敬重的姑娘拥进怀里。她也对他半推半就。

他又求助于记忆,像从前在贝桑松和阿芒达·比奈在一起时那样,背诵了许多《新爱洛伊丝》中的句子。

"你有男子汉的胆量,"她说,没有留意他的那些漂亮句子,"我承认,我想考验您的勇气。你最初的怀疑和你的决心,证明你比我想象的还要勇敢。"

玛蒂尔德努力用"你"称呼于连,显然她把注意过多地用在这种奇特的谈话方式上而忽略了谈话的内容。这种语调毫不亲切的你我相称没有使于连感到一点点幸福;他奇怪怎么一点幸福感也没有,最后,为了有所感,他求助于他的理智。他看到自己已受到这个如此高傲的姑娘的尊重,而这个姑娘又是从来不轻易称赞别人的,如此这般,他得到了一种自尊心满足所带来的快感。

的确,这并不是以前他有时在德·雷那尔身边得到的那种心灵的快感。"天呀!差异多么大呀!"从一开始,就一点儿柔情缠绵的东西也没有。那只是野心满足后的狂喜,而于连恰恰是有野心的。他重新谈起他怀疑的那些人,以及他设想出来的防范措施。他一边说话,一边寻思怎样充分利用他的胜利。

玛蒂尔德依然十分窘迫,她似乎被自己的行为吓坏了。现在找到一个话题,她又感到喜不自胜。她们谈到以后怎样见面。于连对自己在交谈中表现出的勇敢和智慧很是得意。他们需要对付的是异常精明的人,小唐博肯定是个密探,可他与玛蒂尔德也不是傻瓜。

为了在所有事情上协调一致,还有什么比在图书室约会更合适的吗?

"我可以在府上任何地方出现而不引起别人怀疑,"于连补充道,"甚至令堂大人的卧室。"要去她女儿的房间,必须经过母亲的房间。如果玛蒂尔德觉得还是爬梯子更好一些的话,他是会怀着欣喜若狂的心,来冒这小小的风险的。

玛蒂尔德听他说话,对他那种得意忘形的神情,感到不愉快。"他俨然成了我的主人!"她暗想。后悔他攫住了她的心灵。她的理智厌恶她刚刚做出的荒唐之极的蠢事。要是可能,她愿意自己和于连一起毁掉。当她用意志力量迫使懊悔平静下来时,羞怯的情绪和贞操感又使她感到十分痛苦。对于眼下面临的局面,她毫无思想准备。

"可是我必须跟他谈话,"她最后跟自己说,"跟情人交谈是理所应当的事。"于是为了履行职责,她情意绵绵地向他讲了他近来为了他所下的种种决心,但她的温情多半表现在她的语句中,而不是语气里。

她曾经做出决定:如果他敢于像她吩咐的那样,用园丁的梯子攀登到她房里来,她将完全属于他。但是从来没有人把这样情意绵绵的话,用她这样冰冷、客气的语调讲出来。到现在为止,他们的幽会一直是冷冰冰的。这简直是把爱情当作了憎恶。对于一个不谨慎的年轻女孩来讲,这是多么严重的道德教训啊!为了获得这样的一刻,牺牲掉自己整个的未来,值得吗?

经过长时间的犹豫,玛蒂尔德终于做了他可爱的情妇(在肤浅的人看来,这种犹豫也许是憎恶的结果,一个女人对自己的责任感,即使在一种特别坚强的意志下,也不是容易屈服的)。

事实上,他们的狂热有些勉强。与其说他们在倾心相爱,不如说他们在模仿恋爱。

德·拉莫尔小姐觉得自己是在对自己和情人完成一项义务。"可怜的孩子,"她暗想,"他表现出十足的勇敢,他应当享受幸福,否则就是我缺乏性格。"她简直愿意用永恒的不幸作代价,换取她现今面临的残酷需要。

不管她怎样强烈地克制自己,她还是完全履行了她的诺言。

没有受到任何遗憾和谴责的干扰,这一夜就这样过去了。对于连来说,这一夜与其说是幸福的,不如说是奇异的。和他在韦里埃呆的最后二十四小时相比,这一切是多么不同啊!"巴黎的这些高雅的方式,竟然巧妙地破坏了一切,甚至爱情。"他对自己说,感到了极端的不公正。

他站在一个大木柜里反复思考这一切,一听到隔壁德·拉莫尔夫人房间里有响声,他就钻在那里面了。玛蒂尔德跟着母亲望弥撒去了,女仆们也离开了屋子,于连在她们回来继续工作之前溜走了。

他骑上马,在巴黎附近的一片树林里找到一个最僻静的地方歇了下来。他的惊异多于幸福。幸福不时涌上他心头,就像一个年轻少尉做了一件惊人之事后,一下子被升为上校所感到的那种幸福一样,他觉得自己处在了很高的地位。前一天还高于他的一切,现在和他并列,甚至在他之下了。随着他越走越远,他的幸福感也越来越强烈了。

如果说在他心里没有丝毫柔情的话,那是因为玛蒂尔德对他的全部行为都是在完成一种责任,不管这话听起来多么奇怪。在那天晚上发生的所有事件中,玛蒂尔德没有找到任何意外的东西,除了羞愧和不幸,她没有发现小说里所描绘的那种完美的幸福。

"是我弄错了吗? 难道我对他没有爱情吗?"她暗暗想着。

第十七章

一把古剑

> 我现在要严肃起来——是时候了,因为如今"笑"被指
> 为太严肃,美德对罪恶的嘲笑竟成了罪恶!
>
> ——《唐璜》第十三歌

吃晚饭的时候她没有露面。晚上,她到客厅坐了一会儿,但眼睛不看于连。他觉得这种行为很奇怪。"不过,"他想,"我不了解她们的习惯,将来她会把这一切给我解释清楚的。"但是,强烈的好奇心弄得他坐卧不宁,他开始端详起玛蒂尔德的面部表情,他不得不承认她的表情冷酷,而且恶狠狠的。显然,她已经不是前天晚上那个女人了,那时她的狂热,抑或是假装出来的狂热太过分,不可能是真的。

第二天、第三天,她依旧那么冷淡;她不看他,甚至对他的存在浑然不觉。于连感到十分不安,第一天还激励着他的胜利感,现在已经是千里之遥了。"是不是突然又讲起道德来了?"但是,对于高傲的玛蒂尔德而言,这样讲未免太庸俗了。

"在日常生活中,她不怎么相信宗教,"于连心想,"她喜欢宗教是因为它对维护她那个等级的利益很有用。

"但是,单从女性的脆弱这一点来讲,她难道不会强烈地责备她犯下的过失吗?"于连相信自己是她的第一个情夫。

"但是,"随后他又寻思,"我应当承认,在她的所有举动中,没有任何单纯、天真和温柔的东西,我从未见过她比现在更高傲。她轻视我吗?只是因为我出身卑贱,她就应该责备她为我做的事。"

于连脑海里充满了各种从书本和韦里埃的往事中汲取的意见,沉湎于得到一

个贤淑情妇的幻想中。她从使情夫得到幸福那一刻起就不再考虑自己的存在,而这个时候,玛蒂尔德的虚荣却冲他爆发了。

两个月来她已不再感到厌倦,所以她也不害怕厌倦了;这一点于连丝毫没有注意到,他已经失去了他最大的优势。

"我给自己找了个主人!"德·拉莫尔小姐心想,她已经陷入了极度的悲伤,"他满心的荣誉感,这好极了,但是如果我刺激他的自尊心,他会报复,把我们的关系公诸于众的。这就是我们这个世纪的不幸,即使是最荒唐的迷雾,也无法医治我们的烦闷。"于连是玛蒂尔德的第一个情人,在这种情况下哪怕是最冷漠的心灵也会滋生一些温柔的幻想,她却陷入了苦涩的深思。

"他对我拥有巨大的权力,因为他治人的手段是恐怖,假如我把他逼向绝路,他就会残酷惩罚我。"单凭这个观念,就足以使玛蒂尔德去侮辱于连,因为勇敢是她个性的第一个特点。除了拿自己的一生作赌注来玩弄的想法外,再没有什么可以引起她的震撼,医治她那周而复始的无穷烦闷。

第三天,由于德·拉莫尔小姐仍固执地不肯看他,于连在晚饭后跟她进了台球室,这显然违背了她的意愿。

"好吧! 先生,您是不是以为您已经获得了支配我的强大权力,"她怒不可遏地对他说,"既然您不顾我明确表示的意愿,一定要和我说话? ……您怎么能如此强暴和无礼,非要与我说话不可? 您知道吗? 世界上还从未有人像您这样大胆?"

再没有像这对情人的谈话这么可笑的了,他们不觉间激动起来,相互间怀着强烈的仇恨。双方都没有耐性,但却都有上流社会的习惯,因此他们很快就明确宣布永远断绝来往。

"我向您发誓,永远严守秘密,"于连说,"我甚至还可以向您保证,只要您的名誉不因为这个过于显著的变化而受到损害,我可以永远不跟您说一句话。"

说完,他恭恭敬敬地鞠了一个躬就走了。

他轻而易举地就尽了他所谓的义务,他绝不相信自己是真的爱上了德·拉莫尔小姐。当然,三天前,当他被藏在大木柜里时,他还没有爱上她。但是,自从他看见他们永远断绝来往的那一刻起,他心灵中的一切都迅速起了变化。

他的记忆力竟如此残酷,所有那天夜里发生的情形都开始纤毫毕露地展现出来,那夜他心里很冷淡。

在宣布永远断绝来往的第二夜,于连差点发疯,他不得不承认他爱上了德·拉莫尔小姐。

跟着这一切发生而来的是痛苦的斗争,他的所有情感都被搅成了一团乱麻。

两天后,在德·克鲁瓦斯努瓦先生面前他不但不觉得有什么可骄傲的,而是想抱住他痛哭一场。

他习惯了痛苦,这给了他理性的启示。他决定去朗格多瓦,他收拾好行李,去了驿车站。

他到了驿车站售票处,人家告诉他碰巧第二天去图鲁兹的驿车上有个位置,他差点昏过去。他订下这个座位,回到德·拉莫尔府,向侯爵先生报告他的行程。

德·拉莫尔先生出门去了。于连没精打采地去图书室等他。哎呀,德·拉莫尔小姐在那里,这可怎么办?

看见他来了,她脸上现出恶狠狠的表情,这神情他决不会看错。

于连太不幸了,又被这意外的相遇冲昏了头,心一软,竟用发自内心的最温柔的语气对她说:"这么说,您不再爱我了?"

"我恨我委身于一个不负责任的人。"玛蒂尔德哭着说,她恨透了自己。

"随便什么人!"于连叫起来。图书室里有一把作为古董的古剑挂在那里,他朝剑冲了过去。

他以为在对德·拉莫尔小姐说话时自己的痛苦已达到了极点,待他看见她因羞愧而热泪滚滚时,他的痛苦又增加了几百倍。如果能杀了她,他就会成为世上最幸福的人!

他费了些力气,把剑从古旧的鞘里拔出来。玛蒂尔德为一种异样的感觉所吸引,骄傲地冲到他面前,眼里没有了泪水。

于连突然想到他的恩人——德·拉莫尔侯爵。"我要杀死他女儿!"他寻思道,"太可怕了!"他想扔掉剑。"看到这一戏剧性的动作,"他想,"她会哈哈大笑的。"这念头使他完全恢复了冷静。他装作好奇地注视着古剑的剑锋,像是在上面寻找什么锈斑,然后把剑放回鞘内,泰然自若地把剑挂回到闪着金光的铜钉上。

整个动作都进行得颇为缓慢,大约有一分钟之久。德·拉莫尔小姐惊异地望着他。"我差点被我的情人杀了!"她心里想。

这个想法,把她带到查理九世和亨利三世那个最美好的年代里去了。

她站在刚把剑挂好的于连面前，一动不动地望着他，眼睛里消失了仇恨。应当承认，此刻的她很迷人，肯定从没有女人比她更不像一个巴黎玩偶（这是于连对这个城市女人的最严重批评）。

　　"我又要向他屈服了，"玛蒂尔德想，"如果我跟他如此强硬地说话之后再次失足，他肯定又以为他是我的主人了。"于是，她跑了。

　　"我的上帝，她多么美哪！"于连望着她跑开，"不到一个礼拜之前，这个人儿还那么狂热地投入我的怀抱……这样的时刻一去不复返了！而且这是由我一手造成！在她采取一个如此不同寻常，对我如此重要的行动时，我居然无动于衷！……应当承认，我生来就有一个平庸倒霉的性格。"

　　侯爵来了，于连急忙向他告辞。

　　"去哪儿？"德·拉莫尔先生问。

　　"朗格多克。"

　　"对不起，不行，有更重要的使命需要您完成；如果要走，也是去北方……甚至我要用军事术语对您说：留在府里待命。您外出时间不要超过两个或三个小时，我可能随时需要您。"

　　于连向他致意后，一言不发地走了，把惊讶的侯爵一个人留在那里。于连完全说不出话来，他把自己关在房里。在那儿，他可以随意地向自己夸张命运的残酷。

　　"这么一来，"他想，"我是连离开这里都不行了！天知道侯爵会把我留在巴黎多少天！上帝呀！我会变成什么样呢？没有一个可征求意见的朋友，比拉尔神父连一句话都不会让我说完，阿尔塔米拉伯爵会建议我参与某个阴谋。"

　　"看来，我是疯了，我已感觉到，我疯了。"

　　"谁能来导引我？我会变成什么样子？"

第十八章

残酷时刻

　　她向我坦白了！连最小的细节都讲得清楚明白。她那双如此美丽的眼睛凝视着我的眼睛,流露出她对一个人所怀有的爱情!

——席勒

　　德·拉莫尔小姐兴致盎然,一心想着她差点被杀的幸福。她甚至自言自语道:"他配做我的主人,因为他几乎把我杀死。要把多少上流社会的漂亮青年熔在一起,才能产生这样一种充满激情的行动呢?"

　　"应当承认,当他登上椅子,把剑准确地挂回室内装饰师为它选定的那个别致位置时,他的确很漂亮! 说到底,我爱上他并不是做傻事呀!"

　　此时此刻,如果他能想出一种与她言归于好的体面方法。她会高兴接受的。于连用双道锁把自己关在房里,在沉痛的绝望中苦苦煎熬。他脑子里转着种种疯狂的念头,恨不得去扑倒在她的裙下。如果他不是躲在一个偏僻的地方,而是在花园和府第内到处转转,他极有机会在一瞬间把难以忍受的不幸变成最强烈的幸福。

　　我们责备他不够机灵,不过有了这点机灵,也许他就不会有拔剑的豪举,而恰恰是这一豪举使他当时在德·拉莫尔小姐眼中变得如此漂亮。这种对于连的反复无常的爱,使玛蒂尔德足足兴奋了一天,她把她爱他的短暂时刻想象得非常美好,并对它的逝去感到无限惋惜。

　　"其实,"她对自己说,"我对这个可怜的孩子的爱,在他眼中,只是始于那夜一点钟,当时我看见他侧兜里装着枪从梯子爬上来,到早晨八点也就结束了。一刻钟以后,听着圣瓦莱尔教堂望弥撒的钟声,我才意识到他会以为成了我的主人,完全可能用恐怖的方法让我顺从。"

晚饭后,德·拉莫尔小姐非但没有回避于连,反而主动跟他说话,还请他跟随她到花园里去,他顺从了。他缺乏这种经验。不知不觉中,玛蒂尔德又动了情,她重新爱上了他。跟他并肩散步,她感到说不出的快乐,她不断地好奇地望着那双早晨曾轻握住剑要杀死她的那双手。

有过这样的举动,发生过那一切之后,他们之间再不可能像从前那样谈话了。

玛蒂尔德逐渐跟于连说起知心话,谈起她的情感经历来了。她在这种谈话中发现了一种奇异的快感,她甚至向他津津有味地描述了她对德·克鲁瓦斯努瓦和德·凯吕斯等人曾经发生过的热情冲动……

"怎么!还有一个德·凯吕斯先生!"于连叫道,一个被冷落的情人所能感到的痛苦和嫉妒,全在这句话里爆发了出来,玛蒂尔德已经注意到这一点,可她并不生气。

她继续折磨于连,向他细细讲述她的旧情,讲得绘声绘色、真切动人。他看得出她在描绘她记忆犹新的往事,并痛苦地注意到,她在描述的同时有了新的发现。

由嫉妒引起的痛苦,已经到了无以复加的地步。

疑心自己的情敌被爱,已经是够残酷的事情;而且自己还在倾听心爱的女人在事无巨细地向自己坦白那些情敌唤起的爱情,那简直是痛苦到极点了。

啊,自认优越于凯吕斯和克鲁瓦斯努瓦许多倍的于连的那种骄傲,现在受到了怎样的惩罚啊!当他在内心把他们最微不足道的优点夸大时,他是怎样的悲哀!他又是怀着怎样一种热烈的诚意蔑视着自己!

玛蒂尔德在他眼里,实在是值得崇拜,任何语言都无法表达他对她的热爱。他走在她的身边,偷偷地望着她的玉手,她的双臂和她女王般的姿态。他完全被爱情和不幸击垮了,他几乎想跪在她面前高呼:"可怜我吧!"

"这个如此美丽又高高在上的人儿,曾经一度爱过我,然而她又会很快爱上德·凯吕斯先生了!"

于连并不怀疑德·拉莫尔小姐的真诚,在她描述这一切时,她的态度是那么坦率和明显。为了让他不失去任何体验痛苦的机会,有时玛蒂尔德过分注意了她对德·凯吕斯曾经有过的感情,谈起他来,就像是现在还爱他一样;这更使于连的痛苦无以复加了。她的语气里明显有爱的成分,这一点于连看得很清楚。

即使于连的胸腔里注满了熔化的铅,他也未必会如此痛苦。在极度的不幸中,他怎么能想到德·拉莫尔小姐正是因为同他谈话,才会饶有兴致地去回忆从前对德·凯吕斯先生或德·克鲁瓦斯努瓦先生有过的那种不痛不痒的感情呢!

于连的痛苦无法用语言表达。不几天以前,他还在这条椴树成荫的小径上等待一点的钟声敲响便爬进她的卧室。而现在,同样是这条小径,他却在听她详细地披露她对别人的爱情。一个人是无法承受再比这更强烈的不幸了。

这种残酷的亲密关系维持了整整八天。玛蒂尔德时而像在寻找,时而像是并不躲避跟他谈话的机会。两人似乎都在怀着一种强烈的快感来重新回到一个话题,叙述她对别人有过的感情。她给他描述她写过的信,甚至整段整段的把信上的话背给他听。最后几天,她怀着恶意的快感观察于连。他的痛苦,就是她莫大的快乐。

可以看出,于连没有任何人生经验,甚至没有读过小说。假如他不是那么笨拙,能冷静地去向这位如此热爱、而她却又向他如此奇异地吐露知心话的年轻姑娘说:"您得承认,虽说我比不上这些年轻的先生们,但您爱的却是我……"

或许她会因为自己的心思被猜中而感到高兴。至少,成功全在于于连表达这一态度时所持有的优雅态度和所选取的恰当时机。总之,在任何情况下,他都可以从玛蒂尔德快要感到单调乏味的环境中摆脱出来,而且这样做对他有利。

"您不再爱我了,可我是爱您的呀!"这一天,于连在长时间的散步之后,被爱情和痛苦刺激得昏头昏脑地说道。这差不多是他能干的最大的蠢事了。

这句话把德·拉莫尔小姐在对她屡述钟情的过程中所得到的全部快感都摧毁了。她开始觉得奇怪,在发生了那一切之后,他居然没有对她的叙述发火,她甚至在他说出这句蠢话以前,想象他已不再爱她了。"骄傲无疑已经扼杀掉了他的爱情,"她暗想,"他绝不是那种人,眼看自己被白白地置于凯吕斯、吕兹、克鲁瓦斯努瓦之下,虽然他承认他们的地位的确比他高得多。不,我不可能再看见他跪倒在我的脚下了!"

前几天,于连备受煎熬,常在她面前天真而真诚地称赞那些先生的杰出优点,有时甚至言过其实。这一微妙的变化没有逃过德·拉莫尔小姐的眼睛,她感到惊奇,但猜不出理由。于连那狂热的灵魂,在赞扬一位他认为仍被爱着的情敌时,正分享着他的幸福。

他的话如此坦率,也如此愚蠢,顷刻间改变了一切,玛蒂尔德确信他在爱她以后,又开始对他鄙夷不屑。

他们正并肩散步,他这句蠢话一出口,她立刻离他而去,临走前的一瞥流露出最可怕的鄙视。回到客厅,整个晚上,她没有再看他一眼。第二天,轻蔑的念头占满了她整个的心房,在过去八天中,她把于连当作最亲密的朋友而获得的快乐冲动也不见了,她看见他就觉得不痛快。玛蒂尔德的感情一变而为厌恶,每逢她看到他的时候,她眼神里那种极端的蔑视是无语形容的。

于连对玛蒂尔德的内心变化茫然无知,但他敏感的自尊心分辨得出蔑视。他很知趣,尽可能少的出现在她面前,而且从不看她。

然而,这种人为的隔绝,并非不让于连感到锥心刺骨的痛苦。他感到自己的痛苦还在加深。“一个男子汉的勇气不能再承受更多了!”他对自己说。他把时间消磨在府里顶楼的一扇小窗前,百叶窗仔细地关好。至少,她去花园时,他可以从那里看见她。

晚饭后,当他看到她和德·凯吕斯先生、德·吕兹先生或另一位她承认她动过情的先生一道散步时,他会是怎样的心情呢?

于连没有料到自己的痛苦会如此强烈,他几乎要放声大叫;这颗无比坚强的心灵终于被摧垮了。

一切与德·拉莫尔小姐无关的念头,他都觉得可怕,他连那些最简单的信都写不下去了。

“您像是疯了。”有一天侯爵对他说。

于连害怕被识破,佯言他病了,侯爵信以为真。值得庆幸的是,侯爵在晚饭时拿他即将旅行一事跟他开了几句玩笑,只有玛蒂尔德心里明白,这次旅行不会太短。于连已经躲避她好几天了。那些漂亮的年轻先生们,他们拥有这个被她爱过的、脸色苍白阴郁的人所没有的一切,此刻却再也没有能力使她从沉思遐想中摆脱出来。

“一个普通的姑娘,”她对自己说,“会在客厅里那些引人注目的先生们中间寻找自己的意中人;但是,天才的特点之一,就是不跟在普通人后面亦步亦趋。

“于连只缺乏我拥有的财富,能够有这样一个人做伴侣,我就可以继续引人注目,我这一生不会默默无闻的。我决不像我的表姐妹们那样,总是害怕革命,由于怕得罪百姓,连驾不好车的马车夫都不敢责备。我深信我会扮演一个角色,一个伟大的角色,因为我选择的男人有个性,有无边的野心。他缺少什么呢? 金钱? 还是朋友? 我都可以给他。"但在心里她还是多少待他当作一个下等人看待,只要她愿意,随时都可以让他爱她。

第十九章

滑稽歌剧

啊！青春的爱情多么像阴暗不定的四月天,阳光刚刚
还普照大地,转眼间就遮上了黑沉沉乌云一片!

——莎士比亚

　　玛蒂尔德醉心于她所想象的未来和她所希望扮演的独特角色,很快就对她从前和于连进行的那些枯燥而抽象的讨论感到遗憾了。由于厌倦了这种深刻的思想,她有时又惋惜她在他身边度过的幸福时光;这些回忆绝非没有悔恨的成分,而且有时悔恨带给她很大的压力。

　　"不过,如果说人人都有弱点的话,"她对自己说,"只是为了一个有才华的人才忘掉自己的责任,那也是值得的。将来人们不会议论,迷住我的是他那漂亮的小胡子和骑马的风度,而会说是他那关于法国前途的深刻的议论,他的关于将要降临到我们头上的那些事件可能与英国 1688 年革命类似的种种观点。我已被他迷住了。"她这样回答自己的悔恨,"我是一个软弱的女人,但我至少没有像一个玩偶那样被表面的荣华弄昏了头。"

　　"如果真的发生一场革命,于连为什么不能扮演罗兰的角色?我为什么不能扮演罗兰夫人的角色?比起德·斯塔尔夫人的角色,我更喜欢罗兰夫人。行为的不道德,在当今时代是个障碍。我决不会让人指责我第二次失足,否则我会羞愧死了。"

　　玛蒂尔德的梦想,并不像我们刚刚写下的思想那么严肃,这一点我们得承认。

　　她望着于连,觉得他的一举一动都充满了迷人的韵致。

"毫无疑问,"她暗想,"我已经彻底摧毁了他关于自己权利的一切大大小小的想法。"

"一个星期前,在花园里,当这可怜的小伙子向我表白爱情时,他那充满悲哀和激情的神情足以证明这一点。我会对这样一句流露尊敬和热情的话生气,应该承认我这样的人太少见了。难道我不是他妻子? 他的话发自内心,而且也应当承认,他很可爱。我很残酷地跟他谈论他所嫉妒的那些上流社会的无聊青年表示过的苍白无力的爱情,是由于我对生活的厌倦,而他听了后,居然依旧爱我。啊! 但愿他知道他们对他是多么的没有危险! 跟他相比,他们是多么苍白无力,就像一个模子造出来的。"

为了在母亲面前表示镇静,玛蒂尔德在思考这些问题时信手用铅笔在她的手册上乱画,其中有一幅侧面像,使她感到惊喜交加。因为它太像于连了,"这是上帝的启示! 是爱情的奇迹!"她喜不自禁地喊道,"我在不知不觉中竟画出了他的像!"

她跑回房间,把门锁上,想专心致志、认认真真地为于连画一幅肖像。但总是画不好,倒是刚才无意中画成的那张侧面像更像他。玛蒂尔德欣喜若狂,她从这里看出了伟大爱情的明证。她恋恋不舍,直到母亲派人来叫她上意大利歌剧院,她才放下手中的纪念册。她心里只有一个念头,那就是用眼睛寻找于连,好让母亲邀他陪她们一同去。

于连却没有出现,母女俩的包厢里全是一帮庸之辈。在第一幕演出期间,玛蒂尔德始终以最强烈的热情想着她热爱的那个人;但是演到第二幕,有一句爱情格言深深地打动了她,这格言的曲调无愧是契马罗萨的作品。剧中女主角唱道:"我应当受到惩罚,因为我对他过分崇拜,我爱他爱得太过分了!"

自从她听到这句无比优美的旋律起,世界上的一切对玛蒂尔德来说都消失了。别人跟她讲话,她不回答;母亲责备她,她也只能勉强抬抬头望望她。她心醉神迷,所能达到的狂热跟几天来于连对她的炽烈感情很相似。那句格言旋律美妙、宛如仙乐,正与她的心境契合,占据了她不曾直接想到于连的分分秒秒。因为她喜爱音乐,这天晚上便变得跟平时思恋于连的德·雷那尔夫人一样了。幻想的爱情比真实的爱情更理智,但它的热情不能持久,她太了解自己,时刻在审视自己,决不会把思想导入歧途,因为它本身就是思想的产物。

回家以后,不论德·拉莫尔夫人怎么说,玛蒂尔德谎称她发烧,她在钢琴上反复演奏那段美妙的旋律,度过了当夜的一部分时光。她不停地唱着那段使她心醉神迷的歌词:

> 我应当受到惩罚,我惩罚我自己
> 因为我爱得太深、太深。

这一样疯狂的结果,使玛蒂尔德相信自己已战胜了爱情。(这些文字将给作者带来不止一方面的损害。冷酷的心灵会指责他下流。他根本不曾侮辱那些在巴黎客厅中出风头的年轻小姐,因为她们中并没有一个人会做出有损于玛蒂尔德的性格的疯狂行为。这一人物纯属虚构,甚至是超乎社会习俗的想象;这些习俗将确保十九世纪的文明,在所有时代中占据一席之位。

为这个冬季的舞会增光添彩的姑娘们,她们缺乏的绝不是谨慎。

我也不认为人们可以指责她们过分地鄙视巨额的财产、车马、肥沃的田地以及可以保证在上流社会带来美好地位的一切。在这些好处中,她们绝非只看到了厌倦,一般来讲,它们正是最顽强的欲望所追求的目标,如果她们内心有激情的话,那就是对它们的激情。

同样,能给于连这样有些才干的年轻人提供前程的,也绝非爱情。他们紧紧地依附于一个集团,一旦这一集团发迹,社会上的一切好事都会落在他们身上。倒霉的是那些不属于任何集团的研究学问的人,他们那还毫无把握的微小成功都要受到指责,而德高望重的大人们则可以用盗窃的手段获取成功。请注意!先生,小说原是大路上一面移动的镜子;它映入您眼帘的有时是蔚蓝的天空有时是泥潭里的泥沼,而携带这面镜子的人,却被你们指斥为不道德。他的镜子照出了污泥,你们却要指责这面镜子!你们最好还是指责有泥潭的大路吧,或者是指责那些巡查道路的人员,他们为什么让积水留下来,形成泥沼呢?

既然我们同意,玛蒂尔德的个性在我们这个既谨慎又道德的时代里是绝不可能有的,那么我继续讲述这位可爱的姑娘的疯狂故事,就不会激怒别人了。)

第二天整整一天,她都在寻找确认她已战胜了那疯狂激情的机会。她的主要目的是让于连处处不高兴,但又密切注视着他的一举一动。

于连太不幸了,再加上心绪烦乱,看不透这种复杂的爱情诡计,尤其看不出其中包含的对他有利的东西。他反倒成了这种诡计的受害者,也许他的痛苦从没有如此深重过。他的行动已不受大脑支配,如果有哪位悲观的哲人告诉他,"赶快设法利用对您有利的条件吧!这种在巴黎常见到的幻想的爱情,至多维持两日。"他是无法理解的。无论他多么狂热,他毕竟保持着荣誉感。他的第一责任是小心谨慎,这一点他明白。向随便什么人倾诉痛苦,征求意见,这或许是一种幸福,就好像一个在酷热沙漠里穿行的人脸上忽然滴了一滴天上落下来的冰水一样。他意识到了危险,害怕会用滚滚热泪来回答一个冒昧的人的询问,他躲回了屋子。

他看见玛蒂尔德一个人在花园里久久地散步;她离开后,他马上下楼来。他走到一株玫瑰前面,她曾在那儿摘了一朵花。

夜色阴沉,他可以完全沉浸在痛苦中而不用担心被人看见。他觉得德·拉莫尔小姐很明显是爱上了那些年轻军官中的一位,她刚刚还在同他们谈笑。的确,她是爱过他,但她已经把他看得没有多大价值了。

"其实,我是没有多大价值!"于连深信不疑地告诉自己,"我只是一个很平常、很庸俗的人,令人讨厌,连我自己都讨厌自己。"他对自己身上的所有长处,对他曾经热烈地爱过的东西,都厌恶得要命;在这种颠倒的想象中,他还是用想象来判断生活。这是聪明人常犯的错误。

有好多次,于连产生了自杀的念头,那种情形充满了迷人的力量,就像是舒适愉快的休息,又像是赐给在沙漠里将要渴死热死的可怜人的一杯冰水。

"我的自杀会增加她对我的蔑视!"他喊道,"我会留下多坏的回忆啊!"

一个跌进痛苦深渊的人,唯一的办法就是勇气。于连还没有足够的天才对自己说:"胆子要大。"但是当他凝望玛蒂尔德房间的窗子时,他从百叶窗叶的缝隙中看见她正吹熄灯火。他想象着这间在他这一生里,唉!只见过一次的可爱的房间。他的想象无法再继续了。

一点的钟声又响了。听到钟声,他对自己说:"用梯子爬上去,哪怕只待一分钟!"

灵机一动,各种各样的借口纷纷涌来。"我还会更痛苦吗?!"他暗想。他跑去搬梯子,园丁用铁链把梯子锁住了。于连这时候好像有了一股超人的力量,他砸下小手枪上的扳机,用它把铁链上的一环拧断,不一会儿就扛走了梯子,把它靠在玛蒂尔德的窗子上。

"她会发火,会看不起我。可这有什么关系!我吻她一下,最后一个吻,然后回我房里自杀……我的嘴唇将在我临死前触到她的面颊!"

他飞也似的爬上梯子,敲着百叶窗。不一会儿,玛蒂尔德听见了,她想打开百叶窗,但被梯子顶住了。于连牢牢抓住用来固定百叶窗的铁钩,冒着随时摔下去的危险,拼力晃动梯子,把它挪开一点。玛蒂尔德终于打开了窗子。

他跳进卧室时,已是半死不活的人了。

"果然是你!"她说着已扑进了他的怀抱。

……

有谁能写出于连这种极度的幸福呢?玛蒂尔德也几乎同他一样感到幸福。

她对他说她的不是,她责怪她自己。

"惩罚我的傲慢和残酷吧!"她对他说,把他搂得喘不过气来。"你是我的主人,我是你的奴隶,我应该跪下求你饶恕,因为我居然想反抗你。"她放开他的胳膊,跪倒在地。"是的,你是我的主人,"她继续向他说,依旧陶醉在幸福与爱之中,"永远主宰我吧,你的奴隶若想反抗,就严厉地惩罚她吧。"

过了一会儿,她从他怀里挣脱出来,点亮蜡烛,要把整个一边的头发剪下来,于连费了好大的劲也没能拦住她。

"我要让自己记住,"她对他说,"我是你的奴仆,如果可恶的骄傲将我引入歧途,你就让我看这些头发,并且说:'现在已不是爱不爱的问题了,也不是您心里此刻感受到什么感情的问题了,您曾经发誓服从,为了荣誉,您就服从吧。'"

快乐和幸福达到此种程度,还是不写为妙。

于连的道德可以和他的幸福相媲美了。"我必须顺梯子下去了。"他对玛蒂尔德说,因为他发现花园东边远方的烟囱上已经现出曙光,"我强求自己做出的牺牲能配得上您,我要放弃一个人所能享受的最惊人的几个小时的幸福。这种牺牲是我为您的荣誉做出的。假如您了解我的心,您就会明白我对自己的克制有多粗暴。您会永远像现在这样对我吗?不过,有荣誉担保,这就够了。要知道,从我们第一次相会开始,所有的怀疑都不是针对小偷的。德·拉莫尔先生在花园里安置了一个守卫人。德·克鲁瓦斯努瓦先生周围布满了密探,他每天夜里做的事大家都知道……

听到这儿,玛蒂尔德忍不住哈哈大笑。她母亲和一个女仆都被吵醒了,突然,她们隔着门跟她谈话。于连看着她,她的脸都白了,大声申斥着女仆,却不跟她母亲说话。

"如果她们想到开窗,她们就会看见梯子了!"于连说。

他再一次拥抱她,然后飞快地跳上梯子,与其说是下,不如说是滑了下去,一小会儿就到了地上。

三秒钟后,梯子已被放回到椴树成荫的小径上,玛蒂尔德的名誉保住了。于连缓过神来,发现自己浑身是血,而且差不多是一丝不挂。他从梯子上滑下来的时候,不留神受伤了。

极度的幸福恢复了他全部的力量;这时如果有二十个人一起攻击他一个,也不过是使他多获得一种快乐而已。好在他的武艺没有机会表现出来。他把梯子放回到原来的地方,用链子又把它锁住,也没忘记抹掉玛蒂尔德窗前花坛上留下的痕迹。

黑暗中,于连用手在松软的泥土上抹来抹去,以便确信痕迹已被彻底除掉。他觉得有什么东西落在手上,那是玛蒂尔德整整一边的头发,她剪下来扔给他的。

她站在窗口。

"这是你的仆人送给你的,"她对他说,声音非常高,"这是永远顺从的标志。我不再要理智了,做我的主人吧。"

于连被彻底征服了。他真想再去搬梯子爬进她的卧室,但理智制止了他。

从花园回到楼里也不是一件容易的事。他用力撞开地下室的门,进到楼里后,又不得不尽可能轻地撬开自己的房门。他在慌乱中匆匆离开小卧室的时候,把衣服口袋里的钥匙都忘那儿了。"但愿她能想到把这些要命的东西统统藏好!"

最后,疲劳战胜了幸福,在太阳升起的时候,他进入了甜蜜的梦乡。

午饭的钟声好不容易才把他唤醒,他来到餐厅。接着,玛蒂尔德也来了。看到这位那么美丽、受到那么多人崇拜的姑娘眼里充满柔情蜜意,于连的虚荣心得到了极大的满足,但是紧接着谨慎又向他发出了警告。

玛蒂尔德谎称没有时间梳头,把头发整理得让于连一眼就看出她昨夜为他剪发所做出的巨大牺牲。如果有什么能破坏这张美丽的脸的话,玛蒂尔德已经做到了:她的美丽的金色秀发,一边整个儿参差不齐,只剩下半寸了。

吃午饭时,玛蒂尔德的一切举动,都与她最初的这种不谨慎行为相适应。她好像是在尽力告诉所有人,她对于连一往情深。幸好德·拉莫尔先生和夫人这天的心思全在议论频发蓝色绶带一事上,受勋人当中没有德·肖纳先生。快吃完饭的时候,玛蒂尔德跟于连说话,竟然称他为"我的主人"。于连被羞得面红耳赤。

或是出于偶然,或是德·拉莫尔夫人特意安排,玛蒂尔德这天没有片刻时间一个人单独待着。晚上,在从餐厅去客厅的时候,她终于找到机会,对于连说:

"您会认为这是我在找借口吗?妈妈刚刚决定让她的一个女仆住到我的套房里来。"

白天飞逝而去。于连的幸福达到了巅峰。第二天早上刚七点,他便坐进了图书室,他盼望德·拉莫尔小姐能来,他给她写了一封很长很长的信。

几个钟头过去了,吃午饭的时候他才看见她。这一天,她很细心地把头梳好,非常巧妙地把头发被剪掉的地方盖住。她瞥了于连一两次,但是目光平静而客气。也再不用"我的主人"这一称呼了。

于连惊异得透不过气来……玛蒂尔德几乎责备自己为于连做的每一件事。

经过深思熟虑,她断定他即使不是一个完全的平凡人,但也不够突出,配不上她大着胆子做出的那些奇特的疯狂举止。总之,她已经不那么想到爱情,这一天,她厌倦了恋爱。

至于于连,他的心翻腾得犹如一个十六岁的孩子。这顿午饭好像总也吃不完,可怕的怀疑、惊讶、绝望,轮番折磨着他。

当他能够不失礼仪的离开餐桌时,他便急速地冲向马厩,亲自动手装上马鞍,跃马飞驰而去。他怕自己的软弱表现出来而丧失脸面。

"我必须用肉体的疲劳来戕杀我的心灵,"他一边策马在默东森林里狂奔,一边对自己说,"我做过什么,我说过什么,竟遭到这样的不幸?"

"今天应当什么也不做,什么也不说,"他回房后想,"让肉体和心灵统统死去吧!"

他不再活着,还在行动的不过是他的躯壳而已。

第二十章

日本花瓶

> 他的心最初不知道他的痛苦有多强烈,他的慌乱更甚
> 于激动。但是伴随着理智的恢复,他感受到了他的不幸有
> 多么深重。对他来说,所有生的欢乐都化为乌有。他能感
> 觉到的只是撕心裂肺的痛苦和绝望。肉体的痛苦算得了什
> 么?哪一种肉体的痛苦能与他受到的痛苦相比呢?
>
> ——让·保罗

晚饭的钟声响了,于连匆匆穿好衣服。在客厅里他见到了玛蒂尔德,她正在说服她的哥哥和德·克鲁瓦斯努瓦先生,劝他们晚上不要到叙雷纳去参加德·费尔瓦克夫人家的晚会。

在他们眼里,她是无以复加的迷人、可爱。晚饭后,德·吕兹先生、德·凯吕斯先生和他们的朋友来了。我们可以说,德·拉莫尔小姐又重新开始恢复礼仪崇拜和手足之情了。当晚天气晴好,但她坚持不要到花园里去,她要求大家都待在德·拉莫尔夫人的安乐椅周围。如同冬天一样,那张长沙发就是他们这群人的中心。

玛蒂尔德讨厌花园,至少她觉得那儿乏味无趣,因为那儿令她想到于连。

厄运会降低人的智慧。我们的主人公做了蠢事,他居然走到小草垫椅子旁边停了下来,他虽然是往日辉煌的见证,现在却没有人理他,人们好像对他视而不见,而且情况更糟:德·拉莫尔小姐的朋友中,有几个靠近他坐在长沙发的这一端,他们好像故意把脊背对着他,至少他是这么想的。

"这就同在宫廷失宠一般。"他想。他要研究一下那些企图用蔑视制服他的人。

德·吕兹先生的叔父在国王身边担任要职,因此,这位英俊的年轻军官每逢与人交谈,开头总要加上一则有趣的消息:他的叔父在七点钟动身去了圣克卢,晚上还打算在那儿过夜。这个细节似乎是漫不经心地被提到的,但每次都要提到。

于连以不幸者的严厉眼光来审视德·克鲁瓦斯努瓦先生,注意到这位可爱而善良的年轻人相信神秘力量的巨大影响。假如他看见人们把某件稍重要的事情归因于一个简单而自然的理由,他甚至会伤心、生气。"这可像是有点发疯,"于连暗想,"这种性格跟科拉索夫亲王向我讲过的亚历山大皇帝的性格惊人的相似。"来到巴黎的第一年,可怜的于连刚刚走出神学院,这些年轻人优雅的风度在他看来是那样的新鲜,简直令他眼花缭乱,惟剩赞叹而已。现在,他们的真实性格才开始呈现在他眼前。

"我待在这里不合适,"他忽然想到,"现在的问题是如何离开这张小小的草垫椅而不露出窘态。"他想找个办法,向被别的事物占得满满的想象力要点新东西。应当求助于记忆,然而,应该承认,在他的记忆中这类知识的积累并不丰富。这可怜的小伙子还非常缺乏经验,因此他起身离开时窘态十足,人人都看在了眼里。在他的一举一动中,不幸表现得太明显。三刻钟以来,他一直扮演着一个令人生厌的下属人员的角色,人们甚至懂得掩饰对他的看法。

不过,他刚才对这些情敌们作的批评性观察毕竟阻止了他把不幸看得过于悲惨,还有前两天晚上发生的事情的回忆在支撑着他的自尊心。"同我相比",他暗想,"他们纵有千百种优点,玛蒂尔德肯屈尊俯就的却不是他们中的任何一个,而对我,却有两次。"

他的智慧到此为止。这个奇异的女子,他根本无法了解她的性格,是命运之神偶然使她成为他全部幸福的主宰。

第二天,他骑了一天的马,想用疲劳毁掉他自己。晚上,他不想走近那张蓝色长沙发了,玛蒂尔德仍旧坐在那儿。他注意到诺贝尔伯爵碰见他时,甚至不愿意看他一眼。"他一定是做了极大的努力来克制自己,"他想,"他一向彬彬有礼。"

对于连来讲,睡眠可能就意味着幸福。尽管身体多么疲惫不堪,对于过去的诱人回忆还是侵入了他的想象。他还没有那样的天才,看得出他在巴黎附近森林里的纵马驰骋,受影响的只是他自己,而对玛蒂尔德的情感或精神并无丝毫触动,他已把他的命运交付偶然去处理了。

　　他觉得只有一件事可以给他的痛苦带来永远的缓解,那就是同玛蒂尔德谈话。但是他敢对她说些什么呢?

　　一天清晨,七点钟,他正在沉思,忽然看见她走到图书室来了。

　　"我知道,先生,您想跟我谈话。"

　　"上帝呀!谁告诉您的?"

　　"这有什么关系?反正我知道。如果您缺乏荣誉感,您会毁掉我,或者至少可以试一下。不过,这种危险,我不相信会是真实的,它当然不能阻止我说真话。先生,我不再爱您了,我那疯狂的想象使我走错了路……"

　　于连被爱情和痛苦搅得狂乱不能自制,受此可怕的一击,他想为自己辩白几句。荒唐透顶。一个人能为自己的令人讨厌辩白吗?但他已经不受任何理智的支配了,一种盲目的本能促使他推迟对自己命运的决定。他觉得只要能跟她谈话,一切就没有宣告结束。玛蒂尔德听不进他的话,他的声音惹她发火,她没想到他竟敢打断她。

　　道德和骄傲带来的悔恨使她这天早上感到不幸。想到把自己的权利交给一个小小的神父、农民的儿子去支配,她简直无地自容。她在夸大自己不幸的时候对自己说,"这差不多就是失身于一个仆人,我应该受到责备。"

　　就一个勇敢而高傲的人来讲,从对自己生气到对别人发火,只是一步之遥;在这种情况下,泄愤乃是一种强烈的欢乐。

　　一时间,玛蒂尔德竟把最难堪的轻蔑加在了于连身上。她有惊人的才智,而这种才智在折磨别人的自尊,使之受到残酷的创伤这一点上,取得了胜利。

　　平生第一次,于连面对一个对他怀着强烈憎恨的才智过人者的攻击时投降了。此时此刻,他不仅压根儿没想到为自己辩护,反而谴责起自己来。他听了这些为了摧毁他的全部自信而精心编织好的刻薄话,他觉得玛蒂尔德做得在理,而且觉得她说得还不够。

　　而玛蒂尔德呢,为了几天前她对他的崇拜用这种方式惩罚自己和于连,她感到一种精美的骄矜的快感。

　　得意的、不假思索地说出那样的刻薄话,这在她还是头一回。她不过是在重复一周以来爱情的反对派对她说的话罢了。

　　她的每一句话都使于连的痛苦增加百倍。他想跑掉,德·拉莫尔小姐一把拽住了他的胳膊。

"请您注意,"他对她说,"您说话的声音太高,隔壁房里的人都会听见的。"

"那又有什么关系!"德·拉莫尔小姐骄傲的回答,"谁敢对我说听见我说话了?我要永远消除您那小小的自尊心对我抱有的种种念头。"

当他能够离开图书室的时候,于连感到惊奇,他居然不那么感到不幸了。"她不再爱我了!"他一遍又一遍地高声自言自语,好像要使自己明白自己的处境,"看来她不过爱了我八九天,而我呢,却要爱她一辈子!"

骄傲的快乐充满玛蒂尔德的心田,她终于可以永远地跟他一刀两断了!

如此决绝彻底地战胜了一种强烈的爱情,这使她变得非常幸福。"这样,那位年轻的小先生就会明白,并且是一劳永逸的明白,他现在或将来都不会有一丝支配我的权利。"她是那样的幸福,此刻真的没有爱情可言了。

若是换一个不像于连那样激情澎湃的人,经过如此残忍、如此令人屈辱的一幕后,爱情一定是不可能的了。德·拉莫尔小姐一刻也不偏离自己的责任,她对他说的那些令人难堪的话,虽然经过了周密的算计,但仍显得像是真心话,即使静下心回想,也是如此。

在这奇异的一幕之后,于连最初得到的结论是:玛蒂尔德的骄傲无边无际,他坚信他们之间一切都完了。可第二天吃中午饭的时候,他在她面前显得既笨拙又胆怯。在此之前,我们无法指责他有这样的弱点。大事小事,他都清楚地知道自己该做什么、想做什么,并且照此去办。

这一天,吃过中饭,德·拉莫尔夫人叫他把一本很具煽动性的、颇为罕见的小册子递给她,那是她的神父暗中带给她的。于连从靠墙的小桌子上拿起小册子时,不小心打翻了一个极为难看的蓝色旧瓷花瓶。

德·拉莫尔夫人伤心地叫了一声,站起来去察看她心爱的花瓶的碎片。"这是一个古老的日本花瓶,"她说,"是我从我的姑祖母——谢尔女修道院的院长那儿得来的,是荷兰人送给摄政王奥尔良公爵的礼物,他又送给了女儿……"

玛蒂尔德注视着母亲的一举一动,她感到非常高兴,自己一向讨厌的花瓶终于打碎了。于连默不作声,也不太恐慌,他看见德·拉莫尔小姐就在他身边。

"这花瓶,"他对她说,"永远地毁了,曾经一度作为我心灵主宰的那种感情也一样;我请求您的原谅,原谅我所做的那些疯狂的事情。"说完,他扬长而去。

世界经典文库

世界二十大名著

红与黑

图文珍藏版

315

"真可以这么说，"德·拉莫尔夫人在他离开客厅后说，"这位索莱尔先生好像对他刚才的行动感到很自豪很得意似的。"

这句话正说到玛蒂尔德心坎上。"不错，"她暗想，"我母亲猜得准，这正是他此刻的感情。"在这会儿，她前一天跟他吵架后的欢乐情绪才告消失。"看来一切都结束了，"她故作镇静地对自己说，"这对我是个很大的教训，这个错误是可怕的、令人屈辱的！它会让我在今后的生活中变得聪明起来。"

"难道我说的不是真话吗？"于连心想，"为什么我对这个疯狂女人的有过的爱情还在折磨我呢？"

这爱情，不但没有如他所愿的消失，反而更快地增长起来。"的确，她疯了，"他对自己说，"难道她就因此不可爱了吗？世界上难道还有比她更漂亮的女人吗？凡是最优雅的文明所能带给人的强烈欢乐，不是都汇集在德·拉莫尔小姐一人身上吗？"对往日幸福的回忆占据了于连整个的心田，并且迅速地摧毁了一切理智的成果。

理智只是徒劳地与回忆斗争，严厉的抑制更增加了往事的魅力。

日本花瓶被打碎二十四小时之后，于连无疑成了世界上最不幸的人。

第二十一章

秘密集会

　　我叙述的一切都系我亲眼看见；如果说我可能看错，但
我说给您听时肯定没有骗您。

——给作者的信

　　侯爵打发人来叫他。德·拉莫尔先生似乎年轻了，双眼炯炯有神。

　　"咱们来谈谈您的记忆力吧，"他对于连说，"据说神奇得很！您能否把四页纸的内容牢记在心，到伦敦去背给人听？但是要一字不差……"

侯爵生气地揉搓着当天的《每日新闻》，无用地试图掩饰自己十分严肃的神情。这种神态是于连从来没有见过的，即使在研究弗里莱尔神父事件的时候也没有。

于连已有了足够的经验，感到对侯爵这种轻松的口气，应该佯装相信。

"这份《每日新闻》或许不怎么有趣，但如果侯爵先生允许，明天早晨我将荣幸地把它全部背出来。"

"什么？甚至包括广告？"

"是的，而且一字不漏。"

"您敢保证？"侯爵突然严肃起来。

"是的，先生。只有对于食言的担心才能干扰我的记忆力。"

"这是因为我昨天忘记向您提这个问题了，我并不要求您发誓对您听到的事情守口如瓶。我太了解您了，不想让您蒙受这种侮辱。我替您担保，我要带您去一间客厅，那里有十二个人在场；您负责把每个人的话记录下来。

"您不必担心，那不是乱糟糟的谈话，大家轮流发言。当然，不是说有先后次序，"侯爵恢复了常态，神色自然、轻松、狡黠地补充道，"当我们发言的时候，您可以写下二十多页。然后，您跟我回这里，咱们一起压缩成四页。明天上午您要向我背诵出来的就是这四页，而不是那份《每日新闻》。随后，您立刻出发，像一个年轻人为了消遣而旅行那样去驿站。您要做到不被任何人发现，您将去见一个伟大的人物。到了那儿，您可要更机灵些了。要把他身边的人都瞒住，因为他那些仆人、秘书中有背叛的人，他们会沿途守候并拦截我们的使者。

"您随身带一封无关紧要的介绍信。

"那位大人物看您的时候，您把我这只表拿出来。就是这只，我把它借给您路上用。把它带在身上，总是有用的。现在把您的表给我。"

"公爵会在您口述时，亲自把您背熟的那四页东西记下来。

"这事办完后——千万注意，不是在这之前，如果公爵问您，您就把会议情况讲给他听。"

"您在路上是不会寂寞的，在巴黎和这位大人物的府第之间，会有不少人巴不得向索莱尔神父先生开上一枪。那样他的使命就结束了，而我呢，则会有一个长时间的等待。因为，亲爱的索莱尔，我怎么能知道您死了呢？您纵有再高的热情，也无法把这个消息告诉我们。

"立即去买一套衣服,"侯爵严肃起来,"按照两年前流行的式样穿戴起来。今天晚上您要不修边幅。但在路上,您要像平时一样。这一切令您惊异,您疑心到了什么吗?的确,我的朋友,您听到发言的那些可敬的人物中,很可能有一位把消息传出去。于是,某一个夜晚,在一间漂亮的旅馆里,您去吃夜餐,他们至少会给您送上鸦片。"

"最好是绕道多走上三十里,"于连说,"不要走直路,我想是去罗马……"

侯爵显出傲慢、不满的神情,自从在布雷——勒奥瞻仰圣骸以来,于连还不曾看见过他表现出这样的态度。

"我认为应该告诉您的时候,先生,我会告诉您的。我不喜欢人家提问题。"

"我不是提问题,先生,我发誓,"于连诚心诚意地说,"我是把心里话说出来了,我是在心里找一条最稳妥的路。"

"是的,看来您的心已走得很远。不要忘记,一个使者,尤其是像您这样年龄的,不应当有一种勉强可以信任的样子。"

于连感到了屈辱,他实在错了。他的自尊心想找一个借口,可是找不到。

"所以您要明白",德·拉莫尔先生又说,"一个人干了蠢事,要反躬自问。"

一小时以后,于连出现在侯爵的前厅,一副仆役的模样,旧式的衣服,一条不干净的白领带,整个外表有几分学究气。

看见他这模样,侯爵不禁哈哈大笑。只是在这时,他才觉得于连足可信任。

"要是这个小伙子出卖我,"德·拉莫尔先生心想,"那还有谁可以相信呢?只要采取行动,就必须相信一个人。我儿子和他那些同类的杰出朋友,都很勇敢、忠诚,可以抵得上十万人;如果需要战斗,他们会战死在王位前的台阶上,他们什么都会……只是缺少眼下需要的才能。要是我看见他们中有哪一位可以熟记四大页,走一百里路要不被人发觉,那才见了鬼呢!诺贝尔可以像他的先人一样战死,但这是一个新兵也应该做到的……"

侯爵陷入了沉思。"就说不怕死吧,"他叹了口气,"这个索莱尔也可以表现得和他同样出色。

"咱们上车吧,"侯爵说,像在赶走一个烦人的念头。

"先生,"于连说道,"当人们为我收拾这身衣服的时候,我把今天《每日新闻》

的第一版记下来了。

侯爵接过报纸,于连一字不差地背了出来,"好,"侯爵说,他今晚像是个外交家,"在这段时间里,这个年轻人不会注意我们都经过了哪些街道。"

他们来到一间外表阴沉沉的大客厅,墙上一部分装有护壁板,另一部分挂着绿色天鹅绒。客厅中央,一个仆人阴沉着脸,摆好一张大餐桌,又在上面铺了一块不知从哪儿弄来的墨迹斑驳的绿台布,把它变成了一张会议桌。

房主人身材魁梧,没有人提起他的姓名,从相貌和口才看,都像是个深谋远虑的人。

遵照侯爵的示意,于连坐在桌子的下方。为了显得自然些,他开始削羽毛笔尖。他用眼角数了一下,有七个人发言,但他只能看见他们的后背。他觉得,其中有两个人跟德·拉莫尔说话语气是平等的,其他的人就多少有些恭敬了。

又来了一位,但未经通报,"这可怪了,"于连想,"进这个客厅的人无须通报。难道是为了防范我吗?"众人都起身迎接这位新来者,他佩戴着一枚级别很高的勋章,跟客厅里已经来的三个人一模一样。他们交谈的声音非常低。于连只能凭借他的相貌和举止来评价这个新来者。这个人矮小粗壮,红光满面,双目炯炯有神,除了野猪般的凶狠外没有别的表情。

紧跟其后的是一个完全不同的人,一下子吸引住了于连的注意力。这个人又高又瘦,穿着三四件背心。他目光和蔼,举止和善可亲。

"这完全是贝桑松老主教的模样,"于连想,"这个人显然属于教会,看上去不超过五十五岁,没有人的神情能比他更慈祥。"

年轻的德·阿格德主教来了,他环顾四周,目光落在于连身上,不禁大吃一惊。自从布雷—勒奥的仪式以来,他还没有跟于连说过话。他的诧异的眼神令于连感到窘迫,不由得一阵火起。"怎么!"于连心想,"认识一个人会让我永远倒霉吗?这些我从未见过的大人物都丝毫不让我胆怯,这个年轻主教的目光却让我不知所措。应当承认,我这个人非常奇怪,非常倒霉。"

又过了一会儿,一个头发漆黑的矮个子风风火火地闯进来了,他一进门就说话,面色发黄,神情像个疯子。这个喋喋不休的家伙一到,厅里的人就三三两两地散开了,显然是避免听他的饶舌。

大家离开壁炉,朝于连坐着的桌子走来。于连越来越紧张不安,因为不管他如何努力,他还是无法不听他们谈话。虽然他缺乏经验,但也听得出他们毫不掩饰地说出的话多么重要,而他眼前的这些大人先生们,又是多么希望这些事不被外人知道。

于连尽可能用最慢的速度,但也已经削好了二十来支羽毛笔,这个办法快用到尽头了。他从德·拉莫尔先生的眼神中寻找命令,但没有结果,侯爵已把他忘在了一边。

"我在这儿的确可笑,"于连一边削笔,一边寻思,"然而这些人,相貌如此平庸,别人或他们自己把至关重要的事托付给他们,他们一定非常敏感。不幸我的目光含有询问的意味,不大恭敬,一定会惹他们生气。如果我老是低头不看他们,又好像是在窃听他们谈话。"

他的局促已经到了极点,但也听到了一些奇怪的事情。

第二十二章

讨　论

> 共和国——在今天，如果说有一个人愿意为公众牺牲
> 一切，就会有成千上万的人只知道他们的享乐和虚荣。在
> 巴黎，一个人能否受到崇敬，不是取决于他的品行，而是取
> 决于他的车马。
>
> ——拿破仑《回忆录》

仆人匆匆跑进来通报："公爵先生。"

"住嘴，你这个傻瓜。"公爵边说边走了进来。这句话说得那么好，那么有威风，于连不由想到，善于对仆人发火一定是这位大人物的看家本领。于连抬起眼睛，立刻又垂下去。他清楚地猜中了这个新来者的重要性，唯恐盯着他看不尊重。

这位公爵五十岁上下，穿得却像花花公子，走路好像踩了弹簧一般。他的脑袋很窄，鼻子很大，一张脸像钩子似的向前突出，很难找到比他的神情更高贵更没有意义的人了。他一到，会议就开始了。

于连正在观察那人的相貌，德·拉莫尔先生的声音猛地打断了他。

"我向诸位介绍索莱尔神父先生，"侯爵说，"他记忆力惊人，就在一小时以前，我才跟他谈了他可能担负的使命。为了证明他的记忆力，他背出了《每日新闻》今天的第一版。"

"啊！就是关于那个可怜的 N 的国际新闻……"房主人说道。他连忙拿起报

纸,竭力表示出自己的重要性,用一种很滑稽的神态看着于连,说:"背吧,先生。"

一片寂静,屋内所有的目光都射向于连。他背得极为精确,背到二十行的时候,公爵说道:"够了。"眼光像野猪的矮个子坐下来,他是主席。因为他刚刚坐好,就指着一张玩纸牌的小桌给于连看,并且做了个让于连把桌子搬到他身边来的手势。于连在桌后坐下,把书写用具放好。他数了一下,坐在绿台布周围的人共有十二个。

"索莱尔先生,"公爵说,"请您到旁边的屋子去,过一会儿有人请您进来。"

房主人显得颇为不安。"护窗板没有关好。"他低声对旁边的人说。"您不要看窗外。"他傻乎乎地对于连嚷道。"我现在至少已被卷入一个阴谋了,"于连想,"好在不是一个会把我送上断头台的阴谋。即使有危险,也主要由侯爵负责。但愿我有机会补偿我那些疯狂举动所带给他的所有痛苦!"

他一面想着自己的疯狂行为和不幸,一面打量着周围地方,想永远记住这儿。这时他才想起没有听见侯爵把街名告诉仆人,而且是雇马车前来的,他以前从不这样做。

于连沉思了很久。这间客厅挂着天鹅绒帷幔,帷幔镶了宽宽的金边。墙边茶几上放着一个高大的象牙十字架,壁炉上摆着德·梅斯特尔的《教皇论》,书边刷金,装帧豪华。于连打开书,装出不去听的样子,隔壁房间里有时说话的声音很高。终于,门开了,有人来请他。

"先生们,请注意,"主席说,"从现在起,我们是在公爵面前讲话。这位年轻人,"他指着于连,"是一位神父,忠于我们的神圣事业,他有惊人的记忆力,可以很容易地把我们的谈话复述出来。"

"现在请先生发言。"说着,他指了指那个态度慈祥,穿了三、四件背心的人。于连觉得称他背心更恰当些,他推开纸,记录了很多。

(作者本想在这一页里留下空白。但出版者说:"这样的做法不免不雅。对于一部轻松的作品来说,不雅就意味着死亡。"

"政治,"作者说,"是挂在文学脖子上的一块石头,不出六个月,就会把它勒死。在人们的想象中有了政治,就譬如在音乐会上放了一枪,虽声音不大,但很刺耳,因为它和任何乐器都不协调。这种政治必然会无可挽回地激怒一半读者,使另一半感到无聊,因为日报上的政治要更专门,有力得多……"

出版者说，"如果您的人物不谈政治，那他们就不是1830年的法国人了，您的书便也不像您说的是面镜子了"。)

于连的记录长达二十六页；下面是一段大为减色的梗概；因为依照惯例，应删去可笑之处，这类东西太多，而且令人十分生厌，也不大真实。（请参阅《法庭公报》——作者。）

穿着好几件背心、面色慈祥的人（可能是位主教）常常面带微笑，每当这时，他那包着松动眼皮的眼睛就放射出奇异的光彩，神情也不似平时那么迟疑不决。这位第一个被邀请在公爵（"哪位公爵呢？于连想）面前发言的人物，显然要陈述各种意见，充当代理检察长的职务。在于连眼里，说话犹豫不定，结论模棱两可，这是法官们经常会受到的指责。讨论过程中，公爵甚至也这样指责他。

在经过一番道德和宽容哲学的说教以后，背心先生终于说：

"在伟大而不朽的皮特的领导下，高贵的英国花费了四百亿法郎来阻止革命。如果今天的会议允许的话，我想坦率地提出一种令人不快的意见：英国还不大懂得，对付像波拿巴这样的人，尤其是在人们只有一大堆善良的意愿来抵制他的时候，除了特殊手段，没有什么策略具有决定性……"

"啊！又在赞美暗杀了！"房主人不安地插话。

"免了您那套感情的说教吧，"主席气愤地说，那对猪眼里射出凶狠的光，"说下去。"他对背心先生说，脸颊和额头涨得发紫。

"高贵的英国，"背心先生接着说，"今天已经被拖垮了。每位英国人在付面包钱以前，不得不先付那用来对付雅各宾党人的四百亿法郎的利息。它不再有皮特……"

"但它还有威灵顿公爵。"一位军人插话，面露不可一世的神气。

"先生们，请肃静，"主席喊道，"要是我们继续争论不休的话，我们请索莱尔先生进来就毫无意义了。"

"我们知道先生有很多意见。"公爵面带怒气地说，一面注视着那个打断他话的人，这个人从前是拿破仑帐下的一位将军。于连听得出这句话涉及个人的隐私，多少有些攻击侮辱的意味。大家都心照不宣地笑了，这位变节的将军像是要大发雷霆了。

"再不会有皮特了，先生们，"发言人继续说道，露出难以说服听众的沮丧神情，"即便英国再有一个皮特，也不可能用同样的手段欺骗一个民族两次……"

"所以，像波拿巴这样的常胜将军再不会在法国出现了。"那位插话的军人嚷道。

这一次，公爵和主席都不敢发怒了，尽管于连从他们的眼神中看出他们很恼火。他们垂下了眼睛。公爵沉重地叹了一口气，那声音大得人人都听得见。

但那位发言人忍不住了。

"有人希望我赶快讲完，"他恼火地说，把笑容可掬的礼貌和极有节制的语言扔在一边，（于连原来把这些当作他的性格特征）"有人急于看到我讲完，丝毫不考虑我为了不刺痛任何人的耳朵所做的努力，不管他的耳朵有多么长。好吧，先生们，我长话短说。

"我要用最通俗的语言对诸位说：英国再拿不出一文钱来支持你们的事业。即使皮特本人回来，用尽他的全部天才，也无法再蒙骗英国的小业主了。因为他们知道，短短的滑铁卢之战就花去了他们十亿法郎。既然有人逼我把话挑明"，发言人愈来愈激动，我可以告诉你们：自己帮自己吧！因为英国再拿不出一个基尼给你们；奥地利、俄罗斯、普鲁士，他们和法国作战，只能打一两次战役罢了。他们有的只是勇气，而没有钱。

"你们或许会希望，雅各宾党人征集的年轻士兵，在第一场、第二场战役里被击败；但是在第三场战役里，即使我在你们有偏见的眼中是一个革命者，我也必须说：在第三场战役里，你们面对的是 1794 年的士兵，而不再是 1792 年招募来的农民。"

说到这里，有三四个人同时打断他的话。

"先生，请您到旁边屋子里，去把记录的开头部分誊写清楚。"主席对于连说。于连十分遗憾地出去了。发言人刚才提到的种种设想，正是他经常深思的问题。

"他们担心我嘲笑他们。"于连暗想。再被叫回来时，德·拉莫尔先生正在发言，那股严肃劲儿，在熟知他的于连看来有些可笑。

"……是的，先生们，尤其是关于这些不幸的人们，我们可以这样说：

它会是神像、桌子还是脸盆？

我要把它刻成神像！寓言家高叫道。先生们，这句高贵而深奥的名言，应当由你们说出来。你们自己行动吧，伟大的法兰西将会再度出现，差不多就像我们先人所创建的那样，就像我们在路易十六逝世前所看见的那样。

"英国，至少英国贵族，像我们一样憎恶可恨的雅各宾主义：没有英国的黄金，奥地利、俄罗斯和普鲁士只能打两三仗。这足以导致一次有效的军事占领吗？就像德·黎塞留先生1817年极其愚蠢地糟蹋了的那次一样，我却不那么认为。"

这时有人插话，但被大家的嘘声盖住了。这次插话的仍然是那位帝国时代的将军，他企望获得蓝色绶带，在秘密集会的起草人中间占个位置。

"我不那么认为"，一阵骚乱过后，德拉莫尔先生又说。他把我字说得尤其重，那傲慢劲儿让于连很是高兴。"戏演得真高明，"于连暗自思忖，羽毛笔挥动得几乎跟侯爵说得一样快，"侯爵一句佳话，就使变节将军的二十次战役被抵消了。"

"我们不能把一次新的军事占领的希望，"侯爵字斟句酌地说，"完全寄托在外国人身上。《环球报》上写煽动性文章的青年中，足可以提供三四千名年轻军官，他们中或许会出现一批可与克莱贝尔、奥什、儒尔当和皮什格鲁相媲美的将领，不过最后一位心地不怎么善良。"

"我们没能给他们荣誉，"主席说，"我们本该使他们永垂不朽。"

"总之，法国应该有两个政党，"侯爵继续说道，"不是两个有名无实的党，而是两个壁垒分明的党。我们心里应该有数：谁是应当被摧毁的。一面是记者和选民，即舆论；青年以及一切赞赏青年的人。当他们被自己的空话搞得飘飘然的时候，我们便可以花费预算这一切切实实的好处了。"

话被人打断了。

"您，先生，"德·拉莫尔先生用令人赞叹的高傲而从容的语气对插话人说，"您不是花费——花费两字您或许觉得刺耳，您可是鲸吞了国家预算的四万法郎，还有您从王室经费里也弄到八万法郎。"

"好吧，先生，既然您逼我说，我就斗胆以您为例。您的高贵的先祖曾随路易参加十字军东征，为了这十二万法郎，您至少得拿出一个团、一个连，哪怕是只有五十个人组成的半个连也好。他们忠于我们的事业，肯出生入死。但您有的却只是仆人,若是发生暴乱,他们会让您也害怕。

"王位、教廷和贵族,明天都会完蛋,先生们,要是你们不能在每个省都建立起一支由五百个人组成的忠心的队伍。我所指的忠心,既要有法国人的勇武,还要有西班牙人的坚毅。

"这支队伍的半数,应当由我们的孩子、我们的子侄,总之是真正的贵族子弟组成。他们每个人身边,都要有一个人。这个人不应是夸夸其谈的、一旦1815年事件出现就戴上三色帽徽的小资产者,而应该是一个像卡特利诺那样既单纯又质朴的农民;我们的贵族子弟可以调教他,相处得好,就跟同胞手足一样。但愿我们之中的每一个人,都拿出我们收入的五分之一,用来在每个省建起一支由五百个忠心的人组成的队伍。在这样的情况下,你们才有可能寄希望于外国人的军事占领。外国军队要是不能在每一个省都找到五百友军,他们绝不会孤军深入、进占第戎。

"外国的君王不会听你们的话,除非你告诉他有两万贵族子弟随时准备拿起武器打开法国的大门。你们会说,这种效力很艰苦。但是,先生们,我们的脑袋是值得付出这个代价的。在言论自由和贵族的存在之间,是一场殊死的搏斗。要么沦为工厂主和农夫,要么拿起武器。你们尽可以胆小,但请不要愚蠢,睁开你们的眼睛吧!

"组织起你们的队伍,我要用雅各宾党人的歌词对你们说。有朝一日会有一位高贵的居斯塔夫—阿道尔夫,被君主政权面临的危险所激动,冲向离家园三百里以外的地方,为你们做出居斯塔斯为新教君主所做的事情。你们还要继续空谈但不行动吗?五十年后,欧洲将只有共和国的大总统而没有国王了。随着 RUI(国王)这三个字母的消失,僧侣和贵族也要一道灭亡了。我只看见一些候选人向脏污不堪的群众摇尾乞怜。

"你们说,法国现在没有一位人人爱戴、熟悉和信任的将军,军队只是为王位和祭坛的利益而组织起来,所有的老兵都被遣散了,而普鲁士和奥地利的每个团里都有五十个打过仗的下级军官,这些都没有用。

"小资产阶级中有二十万青年渴盼着战争……"

"不要再赘述这些不愉快的事情了。"一位表情庄重的人物用自负的口吻说。这人显然在教会里处于极高的地位,因为德·拉莫尔先生没有为他的打断而生气,反而讨好地笑了一笑,对于连来说,这可是个重大发现。

　　"总之,先生们,大家不要再赘述这些不愉快的事情了。让我们总结一下:有个人一条腿患了烂疽应该锯掉,他却对外科医生说:'我这条腿是好端端的。'这话一定很不合适。请允许我引用这条比喻,高贵的公爵,就是我们的外科医生。"

　　"最要紧的话终于出口了,"于连想,"我今天要赶去的地方就是……"

第二十三章

教士·树林·自由

> 万物的第一原则,是保护自己,是生存。播下毒芹,焉
> 能指望收获麦穗!
>
> ——马基雅弗利

那位神态庄重的人继续往下说,可以看出他颇为熟悉情况。他那温和而稳重的语调,于连十分感兴趣。

"第一,英国方面没有一分钱会用来帮助我们。节约和休谟学说正在那里风行一时。就是那些圣者,也未必会拿钱给我们用,布鲁汉姆先生也会嘲笑我们。

"第二,没有英国的金钱,欧洲的国王们不可能为我们打两场仗以上,而即使打两场仗,也显然对付不了小资产阶级。

"第三,必须在法国组织一个有武装力量为后盾的政党,否则,欧洲连两场仗也不敢打。

"第四,我要向大家明确提出来的是:

"没有教士,就不可能在法国组织起一个武装政党,这句话我敢说,因为我可以提出证据来。应该将一切给予教士。

"首先,因为教士们日夜操劳,而且指导他们的人能力极强,他们远离风暴中心,在离开国界三百里远的地方……"

"啊,罗马! 罗马!"房主人叫了出来。

"先生,是的,罗马!"红衣主教傲然回答,"不管您年轻时流行过什么有趣的笑话,我可以大胆宣告:在 1830 年,只有教士,受罗马教皇指导的教士,他们讲的话老

百姓才听。

"五万名教士,在他们领袖指定的日子里,说出同样的话来,而老百姓,说到底士兵毕竟出自他们群中,听到教士的声音所感动的程度,要比世上所有的歌词歪诗强多了……(这些话引起一番叽叽咕咕的议论。)

"教士的才能胜过你们,"红衣主教提高嗓门继续讲道,"为了这个目标,即在法国组织起一个武装政党,你们采取的一切行动,我们都采取过了。"说到这里他开始列举事实,"八万支枪,是谁送到旺代去的呢?……

"只要教士没有树林,他们就一无所有。一打仗,财政部长就会写信给办事员,除了教士们之外,没有其他人要给钱了。法国人不信教,他们喜欢的是战争。不管是谁,只要给他们战争,谁就备受欢迎。因为,用老百姓的话说,战争就是使耶稣教士挨饿;战争,就是使法国人这些骄傲的怪物摆脱外国干涉的威胁。"

红衣主教的发言,受到大家的一致赞许……他接着说:"我看德·内尔瓦尔先生,应该离开内阁,他的名字只是无谓的刺激而已。"

听到这话,所有的人都站了起来,议论纷纷。"他们又会赶我走了。"于连暗想,但是连理智的会议主席也忘记了他的存在。

所有人的目光都在寻找一个人,于连终于认出,那就是内阁首相内尔瓦尔先生;于连在德·雷兹公爵府舞会上曾经见过他一面。

这时,正如报纸谈论议会时所说的那样,一片混乱。足足过了一刻钟,一切才又重归安静。

于是,德·内尔瓦尔先生站起来,用信徒般的语调说:

"我不会做出担保,说本人对首相职务毫不留恋。

"既然事实表明,本人的名字引起众多温和派的反对,从而加强了雅各宾派的力量,那么,我愿意引退;但上帝的意向,只有少数人能够看清楚。我有一项使命,"他又补充说,双眼盯着红衣主教,"上天对我说:或者把你送上断头台,或者由你在法国恢复君主制度,把议会的作用削弱到路易十五时期高等法院的水平,而这件事,先生们,我要全力去做。"

说到这里,他打住了。屋内一片肃静。

"他真是一个好演员。"于连暗想。他又像往常一样错认为别人想得过于聪明了。经过一夜热烈的讨论,尤其是开诚布公的气氛,德·内尔瓦尔先生激情澎湃,对自己的使命深信不疑。这个人很有胆量,但缺乏头脑。

"我要全力去做",这句豪言一出,顿时一片寂静。只听见钟敲子夜十二点的声音。于连似乎听到钟的声音中有某种庄严神秘的东西,他心情很激动。

辩论重又开始,而且更加热烈,充满了令人难以相信的幼稚。"这些人会毒死我,"于连暗想,"他们怎么会在一个平民面前说出这些来呢?"

二点的钟敲响了,大家还在争论不休。屋主人早已打了半天瞌睡。德·拉莫尔先生不得不按铃,叫人来换蜡烛。首相德·内尔瓦尔先生是在一点三刻离开的,他曾几次从旁边的镜子中打量于连的相貌。他走后,大家觉得自在多了。

当仆人更换蜡烛时,背心先生低声向他旁边的人说:

"天知道这位先生会对王上说些什么!没准他会说我们的坏话,断送我们的前程。

"应该承认,他的自负真是少见,甚至有些厚颜无耻。他组阁以前常来这儿,可是首相职位一到手,什么都变了,一个人所有的兴趣都荡然无存了,他应该感觉出这一点。"

首相刚离开,拿破仑手下的那位将军便合上了眼睛。这时,他谈他的健康,他负的伤,然后看看表,走了。

"我敢打赌,"背心先生说,"将军去追首相了,去向他道歉,并且声称他在操纵我们。"

睡眼朦胧的仆人们换完了蜡烛。

"我们继续讨论吧,先生们,"主席说,"不要在试图去说服对方了,让我们考虑一下集会的内容记录。四十八小时后,它将被送到我们在外边的朋友那儿。刚才有人谈到各位大臣。既然德·内尔瓦尔先生已经离开,我们可以谈下去,大臣们有什么了不起?他们将来还要受我们摆布。"

红衣主教用会心的微笑表示赞同。

"我觉得,没有比概括我们的立场更容易的事了。"年轻的德·阿格德主教激动地说,他努力抑制着一个宗教狂热主义者的激昂情绪。

在这之前,他一直保持沉默。据于连观察,他的眼睛一开始是温和沉静的,但讨论一个钟头后,就变得兴奋热烈了。现在他的热情简直像维苏威火山的熔浆一样向外喷涌。

"从 1804—1814 年,英国只犯了一个错误,"他说,"那就是没有直接对拿破仑本人采取行动。从这个人封官赐爵、恢复帝制的那一天起,上帝赋予他的使命便告终结了。除了待他当作祭品宰杀外,别无他用。《圣经》中不止一处教导我们该如何铲除暴君。

"先生们,今天,要宰杀献作祭品的不是一个人,而是整个巴黎。全法国都在模仿巴黎,在每个省有一支五百人的武装有什么用?这是一桩冒风险的事,而且永无休止。何必要把法国和巴黎的事扯在一起呢?用报纸、客厅制造灾难的只是巴黎,让这个新巴比伦毁灭吧。

"祭坛和巴黎之间的战争应该结束了。这场灾乱也威胁到宫廷的世俗利益。为什么在拿破仑统治下,巴黎竟不敢吭声呢?去问圣罗克的大炮吧……"

……

直到凌晨三点钟,于连才与德·拉莫尔公爵一起离开那儿。

侯爵感到又疲惫又羞愧。他跟于连说话时,语气里第一次流露出恳求的意味。他要于连保证,永远不会向外人提起他刚才偶然看见的那种过度狂热——这是于连原话。"不要跟我们的国外朋友谈这些,除非他一定要了解我们这些年轻疯子的情况。内阁被推翻,跟他们有什么关系?他们将来都会当上红衣主教,去罗马避难。而我们呢?只有待在城堡里被农民杀死。"

于连所做的会议记录有二十六页长,侯爵把他整理成一份秘密记录,一直到四点三刻才完成。

"我累得要死",侯爵说,"从这份记录的结尾不够明白就可以看出来。我一生所做的事情中,没有一件比这个让我更不满意的了。好吧,我的朋友,"他补充说,"去休息几个钟头吧,为了防止有人打扰您,我把你锁进房间里。"

第二天,侯爵把于连带到一座离巴黎很远的偏僻城堡里。在那里看见了一些奇怪的人,于连觉得他们是教士。他们交给他一份护照,上面写着假名字,但总算注明了他一直假装不知道的这次旅行的目的地。他独自上了一辆马车。

对于连的记忆力,侯爵一点也不担心,于连已经把秘密记录给他背诵了好几遍了,他最担心的是于连中途被人劫持。

"要紧的是您要装作一个公子哥儿,出门旅行只是为了消遣。"他在于连离开客厅时友好地告诉他,"昨天在我们的集会中,可能不只混进了一个叛徒。"

旅行是迅速而凄凉的。于连一离开侯爵,便立刻忘记了秘密记录和神圣使命,心里只想着玛蒂尔德对他的鄙视。

在离梅斯几里远的一个村子里,驿站长告诉他马匹没有了。于连很生气,这时已经是晚上十点了,他让人准备晚饭,他在门前,不知不觉走过马厩,那儿果然没有马。

"不过,这个人的神情很古怪,"于连暗想,"他总拿粗鲁的眼睛打量我。"

很明显,他已经不那么相信这个人向他说的话了。他想在晚饭以后溜走。为了了解一下当地的情况,他离开自己的房间去厨房烤火。当他忽然见到著名的歌唱家热罗尼莫先生时,他真是高兴得难以形容。

那位那不勒斯人,坐在他让人搬到火炉旁的靠椅上,长吁短叹,一个人说的话,比围在他身旁的二十个张口结舌的德国农民还要多。

"这些人简直要毁了我,"他叫嚷着向于连诉苦,"我说好明天去美因茨演唱的,有七位亲王赶去听我唱歌。我们还是出去呼吸点新鲜空气吧。"他话里有话地补充说。

当他们在大路上走了百来步,估计不会被人听见谈话时,他对于连说:

"您知道怎么回事吗? 这个驿站长是个骗子。我散步时给了一个小顽童二十个苏,他全给我说了。在村子那一头的马厩里至少有十二匹马。他们想拖住一个信使。"

"真的吗?"于连装出傻乎乎的样子问道。

识破了圈套,事情并没有完,要紧的是赶快脱身。热罗尼莫和于连一筹莫展。等到天亮吧,"最后,歌唱家说,"他们怀疑我们。要暗算的可能是您,也可能是我。明天清晨我们要一份丰盛的早餐,他们准备饭的时候,我们去散步,那时就溜掉;租马赶到下一站去。"

"那您的行李怎么办呢?"于连想,说不定派人拦劫他的正是热罗尼莫本人。他得去吃饭,睡觉。于连还在睡头一觉,忽然被声音惊醒,原来有两个人正在他屋里毫无顾忌地谈话。

他认出其中一个是驿站长,他手里提着一盏昏暗的马灯,正照着于连叫人搬进屋的那个旅行箱。站在驿站长旁边的人,正在打开的箱子里不紧不慢地搜索着。于连只能看到他扣得紧紧的黑衣袖。

"这是教士的法衣。"于连暗想,他轻轻地抓起了放在枕头下的手枪。

"教士先生,您不必担心他会醒来,"驿站长说,"我们给他们喝的酒,是您亲自准备的"。

"连文件的影子都找不到,"教士回答,"内衣、香水、发蜡,乱七八糟的小东西倒不少,这是个懂得寻欢作乐的青年。或许信使是另一个,他故意装出意大利口音。"

两个人走到于连身旁,在他的旅行装的口袋里搜索。他很想把他们当强盗杀掉。"这不会有什么危险,"他很想这么做……"那我就成了一个傻瓜,"他想道,"我就会坏了大事。""这绝不是一个外交人员。"教士搜完他的口袋后说道。他走了,幸亏走开了。

"他要是到床上碰我,该他倒霉!"于连暗想,"他极可能是来刺杀我,我岂能让他得逞。"

教士刚把转过去,于连就半睁开了眼睛,这下他大吃一惊,原来这人是卡塔斯内德神父! 的确,尽管这俩人故意压低了声音,但从一开始,他就觉得其中一人的声音颇为熟悉。于连心中涌上一个强烈的冲动,他要让这个坏家伙在地球上消失!

"可我担负的使命呢?!"他又想道。

教士和他的同伙出去了。一刻钟以后,于连装作刚醒过来的样子,大声呼喊,全屋的人都被惊醒了。

"我好像中了毒,"他嚷道,"我难受得要命!"

他要找个借口去救热罗尼莫。他发现他已被酒里的阿片酊麻醉,处在半窒息状态。

于连对这类玩笑早有戒心,晚饭时他只吃了些从巴黎带来的巧克力。他没能把热罗尼莫完全叫醒,好让他离开这里。

"现在即使有人给我整个那不勒斯王国,"歌唱家说,"我也不愿意放弃我此刻的安眠。"

"但是那七位亲王呢?"

"让他们等着。"

于连只好独自走了,再没有出什么事,就到达了那位大人物的住处。他花了一上午的功夫,请求谒见那位大人物,但是没能成功。幸好,快到四点钟时,公爵想透透气。于连看见他走出来，就毫不犹豫地迎上去，请求布施，离大人物两步远的时候，他从怀里掏出了德·拉莫尔先生的表，故意让他看见。那位大人物并不正眼瞧于连，只是对他说："远远跟我来。"

走了大约四分之一里远的地方，公爵忽然拐进了一间小咖啡馆。在这间下等客栈的一个小房间里，于连光荣地向公爵背诵了他的四大页秘密记录。他背过一遍后，那人对他说："再背一遍，慢一点。"

亲王做了些记录。"走到邻近的驿站去。把您的行李和车子留在这里。愿意的话，您可以去斯特拉斯堡，本月二十二日（当天是十日）中午十二点半到这家咖啡馆来。半小时后再出去。别说话！"

于连听到的就是这几句话，这足以令他佩服得五体投地了。"一个人办事就该如此，"他暗想，"要是三天前这位大人物听到那些狂热的人喋喋不休，他该会做何感想？"

于连只用了两天工夫，就到了斯特拉斯堡，他觉得在那儿会无所事事，就故意绕了个大圈子。如果卡斯塔内德神父那个可憎的家伙认出是我，一定会紧盯不舍，不会轻易放过的……要是我不能完成使命，要是他能够嘲笑我，他该是多么高兴。"

卡塔斯内德神父，这个圣会安在整个北部边界的侦探的头目，幸好没认出他来。斯特拉斯堡的耶稣会士们虽然很热心，但根本没想到去注意于连，因为他胸前戴着十字勋章，身着蓝色小礼服，俨然是一副注重打扮的青年军官的模样。

第二十四章

斯特拉斯堡

魅力啊！您具备爱情的全部力量,也具备承受痛苦的
所有能力。唯有它那迷人的欢乐、它那甜蜜的享受在你的
势力范围之外,看见她熟睡时,我不能说:"她完全是属于我
的,连同她那天使般的美丽和那温柔的弱点! 现在她已在
我的权力之下屈服,好像仁慈的上帝特意创造她来迷惑一
个男人的心似的。"

——席勒《颂歌》

　　于连被迫在斯特拉斯堡待一个星期。为了排遣愁情,他只好想些建功立业、效
忠祖国的事情。他堕入情网了吗? 他并不知道,只觉得在自己痛苦的心灵里,只有
玛蒂尔德是他的幸福和想象的绝对主宰。他需要自己的全部性格力量的支持,以
免陷入绝望。一切与德·拉莫尔小姐无关的事,他都没有办法去想。以前,德·雷
那尔夫人激起的情感,用野心、用虚荣心等就可以排遣;现在玛蒂尔德把一切都吸
引去了,他感到他未来的生活中到处都是玛蒂尔德的影子。

　　在自己的未来中,于连看不到任何成功的迹象。我们在维里埃所看到的于连,
曾经是那样自负和骄傲,如今已完全陷入可笑的自卑中去了。

　　三天以前,他会欣然杀死卡斯塔奈德神父但如今在斯特拉斯堡,即使一个孩子
跟他争吵,他也会认为那孩子对。他重新想起一生中遇到的敌人和对手,他总觉得
是他于连不对。

　　现在,丰富的想象成了他可怕的敌人,而在从前,这想象为他描绘出的是辉煌

灿烂的前途。

旅行生活的孤独,更扩大了这黑色想象的力量。"朋友才是世界上最宝贵的呀!"但是,于连想,"难道没有一颗心为我跳动吗?即使我有一个朋友,荣誉不是也命令我永远保持沉默吗?"

他郁闷地在克尔郊外骑马徜徉,这是莱茵河畔的一个小镇,因为德塞和古维翁—圣西尔而著称于世。一个德国农民,把那些小溪,道路和河中的小岛一一指给他看,它们都因为这两位将军的勇敢而出了名。于连左手拉着马,右手展开了圣西尔元帅《回忆录》中所附的那张精美地图。耳畔响起一个快乐的声音,他抬起头。

原来是他在伦敦结识的科拉索夫亲王,几个月前,他曾经向他指出过装腔作势的基本原则。科拉索夫精于这门伟大的艺术,他昨天刚到斯特拉斯堡,一个钟头前来到克尔,这一辈子没有读过一行有关 1796 年攻城战的记载,这时却滔滔不绝地对于连大讲起攻城战来。德国农民惊异地望着他,他懂的法语使他足以听出亲王讲述中有多少荒唐的错误。于连的想法与这位农民完全不同,他惊奇地望着这位年轻英俊的亲王,欣赏着他那骑马的优雅姿态。

"多幸运的人啊!"于连暗想,"裤子多么合体,头发剪得那么漂亮!唉!我若也能这样,她就不会爱我之后,三天就转而生厌了。"

亲王讲完攻城的事后,对于连说:

"您的脸色就像特拉伯修会的修士,您夸大了我在伦敦告诉您的严肃原则。愁容满面可不是优雅,应该带些厌倦的神色才行。如果您满面愁容,这表明您还有些欠缺,有些事情您没有成功。

"这是表示自己的低下。相反,如果您露出厌倦的神情,低下的就是那个想讨您喜欢而不得志的那个人了。所以,亲爱的,您要明白,您的误解是多么严重!

那个农民听得张口结舌,于连扔给他一个埃居。

"好,"亲王说,"有风度,一种高贵的轻蔑!棒极了!"说着,他策马疾驰而去。于连紧随其后,心中溢满了愚蠢的崇拜之情。

"啊!要是我也能像他,她就不会爱克鲁瓦斯努瓦胜过爱我了!"他的理智越是受到亲王那些可笑之处的刺激,他就越发蔑视自己不能欣赏他们,因为自己没有这些而感到不幸。他对自己的厌恶简直到了无以复加的程度。

亲王见他的确很忧郁,就在返回斯特拉斯堡时对他说:

"啊,亲爱的朋友,您是丢了钱包,还是爱上了哪个小戏子?"

俄国人照搬法国人的风尚,总要落后五十年,现在他们刚在路易十五年代。

这种关于爱情的玩笑,使于连眼睛里涌出了泪水。他突然暗想:"我为什么不向这位可爱的亲王讨个主意呢?"

"噢,是的,我亲爱的,"他对亲王说,"我在斯特拉斯堡爱上了一个女人,堕入了情网,可又被人抛弃了。附近城堡里住着一位迷人的妇女,她在三天的热恋之后抛弃了我。这一变心简直要了我的命。"

他编了一个假名,向亲王描绘了玛蒂尔德的一举一动和性格特征。

"您不必把故事讲完,"科拉索夫说道,"为了让您对您的医生更有信心,让我把您的心里话说完。这位年轻女人的丈夫享有一笔巨大的财富,或者她本人属于当地最高贵的家庭。她一定在某些方面是值得骄傲的。"

于连点点头,没有勇气再说下去了。

"很好,"亲王说道,"我给您开三剂苦药,您必须立刻服用:第一,一定每天去看望那位夫人……您怎么称呼她?"

"德·杜布瓦夫人。"

"多么古怪的一个姓!"亲王哈哈大笑,"请原谅,这个姓在您看来是崇高的。

一定每天去看德·杜布瓦夫人，千万别让她看出您的冷淡和生气。要记住您这个时代最大的原则：故意与别人对您的期望背道而驰。您必须表现出蒙受她厚爱前一个星期时的情形。"

"啊？那时我心里平静得很哪！"于连失望地叫道，"我相信我那时是在同情她……"

"飞蛾扑火，"亲王继续说道，"一个同世界一样古老的比喻。

"第一，您以后每天去看他；

"第二，您要追求他圈子里的一位女人，可是表面不要露出热情来，明白吗？不瞒您说，您的角色不好扮演；您是在演戏，若是别人看出您在演戏，那您就没有指望了。"

"她聪明绝顶，而我又蠢不可及！我完了！"于连忧愁地说。

"不，您只是比我想象的更深地堕入情网罢了。像所有得天独厚的女人一样，上天给她们太多的尊贵。太多的金钱，德·杜布瓦夫人的精力都放在自己身上。她看见的只有自己而没有您，所以她并不了解您。在两三次爱情冲动中，她委身于您是由于想象的结果，她把您看作梦想的英雄，而不是真实的您……

"怎么！这都是些基本的常识，亲爱的索莱尔，难道您真的完全是个小学生？……

"噢！咱们进这家商店去。这是条迷人的黑领带，像是伯廷顿街约翰·安德生的产品。看在我的面子上，买下它，把您脖子上那根难看的黑绳子扔得远远的。"

当他们从斯特拉斯堡的这家高级服饰店出来后，亲王继续说道：

"德·杜布瓦夫人所交往的是些什么人物？天哪！多古怪的姓氏！请不要生气，亲爱的索莱尔，我这是不由自主……您想追求谁呀？"

"一个非常正经的女人，一位极其富有的袜商的女儿。她有一双让我无比喜欢的、世界上最美的眼睛；她在当地无疑是第一流的；虽然养尊处优，但一有人谈起买卖和店铺，她就满脸通红，甚至手足无措。不幸的是，她的父亲曾是斯特拉斯堡最著名的商人之一。"

"所以，如果有人谈起产业，"亲王笑着说"您就可以肯定，您的美人儿想的是她自己，而不是您。这一可笑之处真是神助，而且很有用。它可以使您在她那美丽的眼睛面前，没有一刻做蠢事的机会。您一定会成功。"

于连这时想的是常到德·拉莫尔府来的德·费尔瓦克元帅夫人。一个漂亮的外国女人,嫁给元帅一年后,就成了寡妇。她一生的唯一目的就是设法让人忘记她是工业家的女儿,为了在巴黎混出点名堂,开始带头维护道德。

于连真心欣赏亲王,为了听他那些可笑的谈话,还有什么代价不愿付出呢!这两位朋友的交谈没完没了。科拉索夫欣喜万分:从来没有一个法国人能这么长久地听他谈话。"看来,"兴高采烈的亲王暗想,"我已经能够做到使我的老师们听我讲课了!"

"我们就这样说定吧,"他第十次向于连重复道,"在德·杜布瓦夫人面前,也就是说,在同这位年轻美人儿、斯特拉斯堡袜商的女儿谈话的时候,您不要露出丝毫热情来。相反,写信的时候却一定要热情洋溢。对一个庄重的女人来讲,读一封写得好的情书,是最大的快乐,这是一种很好的休息。她不演戏,可是她勇于倾听自己内心的声音,所以,您每天要写两封信。"

"不行,不行!"于连垂头丧气地说,"我宁肯被人撕成碎片,也不愿意写哪怕是三句话的文章;我已经是一具行尸走肉,亲爱的朋友,不要再对我抱什么希望,让我死在大路边上吧。"

"谁让您自己做文章啦?我的包里有六卷手抄的情书,分别针对各种各样的女人,其中也有针对各种具有最高德行的女人的。您知道,卡利斯基不是曾在离伦敦三里远的里奇蒙——拉泰拉斯,追求过全英国最漂亮的贵格会派修女吗?"

于连在凌晨两点钟离开他的朋友时,已经不像一开始那样痛苦了。

次日,亲王亲自找来一位抄写人。两天后,于连得到了五十三封编了号的情书,都是专为最高尚、最忧伤的女性写的。

"没有第五十四封,"亲王说,"因为卡利斯基被拒绝了。但是,既然您只要影响德·杜布瓦夫人的感情,即使您受到袜商女儿的冷遇,这又有什么关系?"

俩人天天骑马出游,亲王发疯似的喜欢上了于连。他不知道怎样向于连表示他这突如其来的友谊,最终竟提议把他的表妹——莫斯科一位巨富的女继承人嫁给他。"结婚后两年内,"亲王补充道,"我的影响,还有您的这枚十字勋章,可以保您在两年内当上上校。"

"可是这枚勋章并不是拿破仑给的,逊色多了!"

"有什么关系,"亲王说,"那不是他创立的吗?它在欧洲仍然是无与伦比的第一勋章。"

　　于连差不多要接受了，但是他的责任又使他必须去见那位大人物，他离开科拉索夫的时候，答应以后给亲王写信。他取到对他送来的秘密记录的答复，便急速返回巴黎。可他刚刚单独待了两天，已经觉得离开法国和玛蒂尔德是一种比死亡还痛苦的折磨。"我不会同科拉索夫给我的百万资产结婚的，"他暗想，"不过，我要接受他的劝告。"

　　无论如何，诱惑别人是他的特长。十五年来，他只琢磨这件事，因为他已经三十岁了。不能说他缺乏智慧，他机敏、狡猾，诗意和热情在这种性格里是不存在的。他有检察官的素质，因此就更不易出错了。

　　"必须这样做，去追德·费尔瓦克夫人。

　　"也许她会令我厌倦，但我会看着她那双美丽的眼睛，它们是多么像世间最爱我的那个女人的眼睛啊。

　　"她是外国人，是一个值得观察的新性格。

　　"我疯了，我要淹死了；我应当听从一位友人的劝告，不要相信自己。"

第二十五章

道德的指责

> 但是，如果我需要这样谨小慎微地去追求欢乐，那么对我来说它就不是欢乐了。
>
> ——洛佩·德·维加

于连一回到巴黎，就会见了德·拉莫尔侯爵，他似乎对于连带回来的消息颇为难。于连离开侯爵，马上跑到阿尔塔米拉伯爵那里去了，这位漂亮的外国人，除了享有被判死刑的殊荣外，还非常严肃，并且是个虔诚的教徒。这两项长处，再加上比什么都重要的高贵的出身，很得德·费尔瓦克夫人的欣赏，所以，她常常见他。

于连郑重地向他承认，他很爱德·费尔瓦克夫人。

"她是个最纯洁、最有德行的女人，"阿尔塔米拉回答，"只是有些虚伪和造作。有时候，她用的每个词我都懂，但是连成句子我就不懂了。她常常使我觉得我的法语不像别人认为的那么好。认识她，可以使您出名，增加您在社交场的分量。不过，"阿尔塔米拉公爵是极有条理的人，"咱们还是去请教布斯托斯吧，他曾经追求过元帅夫人。"

唐·迪埃戈·布斯托斯一句话也不说，就像一位坐在律师事务所里的律师一样，静听他们把事情阐述清楚，他长着一张像修士一样的大圆脸，留着小黑胡子，神态无比庄重，此外，他还是烧炭党中的一员干将。

"我明白了，"最后他对于连说，"费尔瓦克元帅夫人有过情夫没有？您有没有成功的希望？这就是问题之所在。我应该告诉你，我是她的手下败将。我现在已经不再烦恼，我这样说服自己：何必去惹这样坏脾气的女人呢？我很快就跟您讲，她很爱报复。

"我不觉得她是什么胆汁质型,这种气质是天才的气质,会给行为涂上一层热情的油彩。相反,倒是由于她那荷兰人冷静安闲的天性,才造就了她的美貌和鲜丽。"

这位西班牙人的慢性子和无可更易的淡漠,使于连感到不耐烦,时不时地叹一口气。

"您愿意听我说吗?"唐·狄埃戈·布斯特斯严肃地问道。

"我正洗耳恭听呢,请原谅法国人的急性子。"于连说道。

"费尔瓦克夫人非常喜欢憎恨,她毫不留情地打击她从未见过面的人,比如律师以及像科莱那样写过歌词的穷文人。您知道吗?

> 我有一个怪癖
> 爱上了玛罗特……'

于连硬着头皮听完这首歌,西班牙人很为自己能用法语演唱感到得意。

这是一曲迷人的妙曲,还从来不曾有人听得这么不耐烦。一曲既终,唐·迪埃戈·布斯托斯说:"元帅夫人还下令让人把歌词作者解职,只因为他写过

> 一天情郎闯进酒吧里……

于连实在担心西班牙人又要唱下去了,好在他只是略加分析,实话说,这歌词有些渎神不敬,有伤风化。

"元帅夫人为这首歌发火时,"唐·迪埃戈说,"我提醒她说:一个像她那样有身份的女子,不该读那些无聊出版物。不管宗教的虔诚和风气的严正取得多大发展,酒馆文学会在法国永远存在。德·费尔瓦克夫人敲了那领半薪的穷鬼的饭碗,让他失去了一千八百法郎的差事。我于是对她说:'当心呀,您用您的武器打击了这个恶劣的诗人,他也可以用歪诗来回敬您,他会写诗讽刺德行。在华丽的客厅里,人们会同情您,可那些爱笑谑的人会反复诵读那些讽刺诗。'先生,您能猜到元帅夫人怎么回答我吗?'为了上帝的利益,全巴黎都会看见我走上殉教之路,那将是法国的新景象。人们会从这儿学会尊重道德。这将是我一生中最美丽的日子。'

她的眼睛从来没有像那时那样美丽过。"

"她的眼睛真是迷人啊!"于连叫道。

"我看您的确是坠入情网了……"唐·迪埃戈·布斯托斯继续庄重地说:"她不像是个爱报复的胆汁质的性格。如果她喜欢打击别人,那是因为她痛苦,我想那是一种内心的痛苦。她会不会是一个对自己的职业感到厌倦的假正经的女人呢?"

西班牙人讲到这里,默默地望着于连有一分钟之久。

"这就是问题的所在,"他严肃地补充道,"在这里您会找到一线成功的希望。在我充当她最谦卑的仆人的两年时间里,我在这个问题上想了许多,坠入情网的先生啊,您未来的一切,都取决于这样一个重大问题:她是不是一个厌倦了自己卫道士职业的伪善的女人,只是因为不幸才变得恶毒?"

"我不是对您讲过不下二十遍了吗?"阿尔塔米拉终于开口说话了,"或者是法国人的虚荣心在作怪? 正是对著名的布商父亲的回忆,造成了这个天生忧郁冷漠的女人的不幸。她只能有一种幸福,那就是在托莱多,去经受一个忏悔师的折磨,他每天都会告诉她,地狱之门是向她敞开着的。"

当于连告辞的时候,唐·迪埃戈更加严肃地对他说:"阿尔塔米拉告诉我,您是我们的人,有朝一日,您会帮我们重新获得自由,所以我想在这一小小的游戏中助您一臂之力。我看您要知道元帅夫人的文体才好,这里有她的四封亲笔信。"

"我抄下来,然后还给您。"于连大叫道。

"我们今天的谈话,一个字也不要让外人知道啊!"

"绝对不会! 我用荣誉担保!"于连嚷道。

"上帝保佑您。"西班牙人补充说,然后默默地把阿尔塔米拉和于连送到楼梯上。

这一幕使得我们的英雄不仅觉得有趣,而且觉得好笑。"瞧,"他心里想,"这位虔诚的阿尔塔米拉,竟帮助我去干这种勾当。"

刚才和唐·迪埃戈进行谈话的时候,于连曾注意听阿利格尔府内报时的钟声。

晚饭的时间到了,马上可以看到玛蒂尔德了! 他回到房间,换上礼服,特地修饰了一番。

"一回来就干了件蠢事,"他下楼时暗想,"亲王的嘱咐必须严格遵守。"

他重新上楼,回到自己房里,换上一身十分俭朴旅行服。

"现在，"他想，"最紧要的，是控制自己的眼神。"此时刚五点半，要到六点才开晚餐。他下楼到客厅里去，那儿空无一人。一看到那张蓝色的长沙发，于连顿时脸颊发烧，他亲吻着玛蒂尔德放过胳膊的地方，感动得几乎流下泪来。"真是多情得犯傻了，"他愤怒地对自己说，"必须摆脱这种敏感，它会暴露我的感情。"他拿起报纸，好显得镇定些，从客厅到花园，来回走了三四趟。

他浑身战栗，躲在一颗粗壮的大橡树后面，这才敢抬头望德·拉莫尔小姐的窗子。窗户紧紧地关着，于连差点闭过气去，在橡树上靠了半天。随后，他跌跌撞撞地走去看花匠的梯子。

梯子上的链环，唉，是在多么不同的情境下给他砸坏的，到现在还没修好。一时疯劲上来，他抱起它吻着。

在客厅和花园之间徘徊良久，于连感到十分疲乏。这种疲乏，他觉得便是成功的第一步。"过一会儿我的眼光会黯淡无神，这就不会露出马脚了。"吃饭的人陆续来到客厅，每次门开，都会在于连心里引起一阵极度的慌乱。

大家开始入席。德·拉莫尔小姐姗姗来迟，这是她的习惯。蓦然看到于连，她的双颊红得厉害，没有人告诉她于连已经回来，按照科拉索夫亲王的嘱咐，他看着她的手，见那手抖得厉害。他自己也慌得手足无措，幸亏可以用倦容掩饰过去。

德·拉莫尔先生赞扬了他一番。一会儿，侯爵夫人也同他谈起来，并询问了一番他的疲劳。于连时刻在寻思："我不应该过多地看德·拉莫尔小姐，但是视线也不能故意回避她。我在不幸发生一周前是什么样子，现在还应该做出什么样子……"他留在客厅不动，对自己的成功十分满意。他还是第一次对女主人表示出这样的关注，为了活跃谈话气氛，他竭尽全力地去与她的客人们谈话。

他的礼貌得到了回报。大约八点钟时，仆人通报德·费尔瓦克元帅夫人到。于连立刻溜走了，一会儿又穿得整整齐齐地出现在大家面前。德·拉莫尔夫人看见于连这样有礼貌，感到非常高兴，为了表示她的满意，她特意向德·费尔瓦克夫人谈到他的旅行。于连坐在元帅夫人身边，玛蒂尔德正好看一下他的眼睛，这样，他便得以按照恋爱艺术的一切规则，向德·费尔瓦克夫人表示自己极度的爱慕。科拉索夫亲王送给他的五十三封信的第一封，就是以一段热烈的爱情台词开始的。

元帅夫人说她要去歌剧院，于连便也急忙赶去。在那儿，他遇到了博瓦西骑士。骑士把他带到了宫廷侍从先生们的包厢，正好靠近德·费瓦尔克夫人的包厢。

世界经典文库

世界二十大名著

红与黑

图文珍藏版

于连一个劲儿地望着她。"我得写一份围城战日记,不然我会忘记进攻的。"回府的时候,他对自己说。他强迫自己以这个令人讨厌的题目为中心写了两三页。令人难以置信的是,这样做竟使他不再想德·拉莫尔小姐了。

在他旅行的日子里,玛蒂尔德差不多把他忘记了。"归根结底他不过是个凡人而已,"她想,"他的名字会让我永远记得我一生中所犯的一个最大错误。应该诚心诚意地回到一般人所谓的明智和名誉上去,一个女人若是失去了这些,就会失去一切。"她表示她和德·克鲁瓦斯努瓦侯爵之间商议已久的婚约可以定下来了。他欣喜若狂,如果有人告诉他,玛蒂尔德的态度深处有一种无可奈何的因素,他肯定会吃惊得可以。

看到于连,德·拉莫尔小姐的想法完全改变了。"其实,他才应该是我的丈夫,"她告诉自己,"如果我是真心实意地要回到明智的观念上去,要嫁的应该是他呀!"

她预想于连会纠缠,会表现出不幸的神情,她已准备好她的回答,因为吃过晚饭,他肯定会试图同她说几句话。恰恰相反,他一直待在客厅里,对花园望都不望一眼,天知道他这样克制自己有多难!"最好马上把事情解释清楚。"德·拉莫尔小姐想。她一个人走进了花园,但于连却没有出现在那儿。玛蒂尔德走过客厅的落地窗边散步,看见他正忙着为德·费尔瓦克夫人描述莱茵河畔的古堡如何为河光山色增姿添彩。在某些客厅里被称为才智的那种伤感而华丽的词句,他已经运用娴熟了。

科拉索夫亲王若是身在巴黎,肯定会大感得意,这次晚间聚会跟他预期得不差分毫。

接下来几天,于连的表现也一定会受到亲王的赞扬。

影子内阁的成员在私下商议,准备颁发几条蓝色绶带。德·费尔瓦克夫人坚持说她的叔祖应在受勋之列,德·拉莫尔侯爵也为他的岳父提出了同样的请求,他们于是共同努力,德·费尔瓦克夫人几乎每天都到德·拉莫尔府来。从她口中,于连得知侯爵快当部长了。他向王党提出了一个十分巧妙的设计,可以在三年内取消宪章而且不会引起震动。

如果德·拉莫尔先生进了内阁,于连就有希望成为主教;但是在他眼里,所有这些重大利益似乎都被蒙在一层薄纱下,他的想象力只能模模糊糊地看到,或者说只是远远地看到。惨重的不幸已把他折磨得发疯,他预计经过五六年的时间,他会重新获得她的爱的。

正如我们所看到的那样,这个如此冷静的头脑现在已完全陷入了混乱。

在过去使他与众不同的所有优点中,现在只剩下了一点——坚韧。他严格地执行着科拉索夫亲王给他制定的行动方案,每晚都坐在德·费尔瓦克元帅夫人椅边,但总找不到一句话可说。

为了让玛蒂尔德觉得他的创伤已经痊愈,于连强迫自己做出努力。这种努力几乎使他的所有精力都消耗殆尽。他待在元帅夫人身边,没有一点儿活力,就连他的眼睛也失去了全部的光芒,就好像处在极度的肉体痛苦中。

德·拉莫尔夫人的意见,向来都是能使他成为公爵夫人的丈夫意见的翻版,所以,几天来,她把于连的才干夸赞到了无以复加的地步。

第二十六章

道 德 之 爱

> 艾德琳的仪容里当然也有贵妇的娴雅,它从不会越出防线,而透露出天性要表现出的东西,正如一位中国官吏从不夸什么东西美妙至少,他的外表不会让人瞧得出他所见的事物令他兴高采烈;
>
> ——《唐璜》第十三章三十四节

"这家人对事情的看法,有点儿古怪,"元帅夫人想,"他们都被他们的那位年轻教父迷住了,其实他只知道听别人说话,不过,他那双眼睛倒是的确漂亮。

至于于连,他却在元帅夫人的仪态里,找到了"贵族式的沉静"这一近乎完美的典型,这典型的表现,除了一丝不苟的礼节,还表现为绝不会有任何感情的强烈冲动,举止突兀缺乏自制力,这会让元帅夫人发火,就好像在仆人面前失了面子。在她眼里,即使是最轻微的感情流露,也会被看作有损上等人尊严的、应该为之感到脸红的"精神失态"。她的最大快乐就是谈论国王的最近一次狩猎,她最喜欢的读物是圣西门公爵记叙宫闱琐事的《圣西门公爵回忆录》,尤其是关于族谱的那些章节。

于连知道在室内灯光下坐在哪个位置最能欣赏德·费尔瓦克夫人的娇美容颜。他总是预先入座,但又细心地转过椅子,避免跟玛蒂尔德打照面。她对他总是躲着自己的做法感到非常纳闷,有一天就故意离开长沙发,坐到元帅夫人近旁的一个小桌旁做女红,于连从元帅夫人的帽子上方,看到她就近在咫尺,那双支配他命运的大眼睛令他感到战栗,紧接着却把他从惯常的冷漠中拉了出来,他说话了,而且能言善辩,巧舌如簧。

他跟元帅夫人谈话,但唯一的动机是对玛蒂尔德的心灵产生影响,他讲得神乎其神,倒把元帅夫人搞得莫名其妙。

这算是初步的战绩。若是于连能够记得在谈话时补充几句德国的神秘哲学。高深的教理和耶稣会的教义,元帅夫人会立刻把他归入能重振时尚,召唤未来的英才之列。

"他和德·费尔瓦克夫人谈得那么久,那么起劲,可真有些古怪",玛蒂尔德心想,"我才不愿再听下去呢。"她在夜谈的后末段时间里就是这样做的,虽然并非不感到困难。

子夜的时候,她举着蜡烛伴母亲回房,当走上楼梯的时刻,德·拉莫尔夫人又把于连夸赞了一番。玛蒂尔德很恼火,她简直无法入睡。只有一个想法能使她平静下来:"我瞧不起的人儿,在元帅夫人眼里,居然还是盖世英才呢!"

而于连,既然已经采取行动,他就不再那么痛苦了,他的目光无意中落到那个俄罗斯羊皮文件包上,里面有科拉索夫亲王送给他的五十三封情书。于连看到第一封信下端有一小注:第一次见面后第八天寄出此信。

"我已经迟了!"于连叫道,"我遇到德·费尔瓦克夫人已有很长时间了。"他立刻抄写第一封情书,这封情书中充满了颂扬和道德的说教,令人厌烦,于连抄到第二页便沉沉睡去。

几小时以后,阳光把他照醒,他还趴在桌子上呢。这每天清早醒来的时刻便是于连一生中最痛苦的时刻之一,这时他总要意识到自己的不幸。这一天,他却几乎哭着把信抄完。他暗想,"难道有年轻人这样写信吗?"他数了一下,长达九行的句子就有好几个。在厚信下边,他看见一个用铅笔写的长注:

这些信必须自己送出:骑马,系黑领带,蓝色常礼服。把信交给门房时,要面带愁容,充满忧郁,若是遇见贴身女仆,要偷偷抹眼泪,并跟她说话。

这一切于连都一字不差地照办了。

"我真是大胆妄为,"于连走出德·费尔瓦克元帅府时想,"活该科拉索夫倒霉,竟敢给这样一位德高望重的女子写信！我将受到她极端的蔑视,但再没有比这个更让我开心的了！事实上,这也正是唯一能使我感兴趣的喜剧。是的,这个丑恶的家伙,叫我做的,让他成为嘲笑的对象,倒也会令我开心。我要是自以为是,为了消愁解闷,我会去闯祸的。"

一个月以来,于连生活中最幸福的时刻,就是把马牵回马厩去。科拉索夫曾经明确禁止他不要以任何借口去看抛弃了他的那个情妇。但是,玛蒂尔德熟悉那匹马的叫声,熟悉于连用马鞭叩马厩叫门的动作。这常常会把她吸引到窗帘后面来。窗帘是用很薄的轻罗做成的,于连可以隔着窗帘看见室内。从帽檐底下用某种方式望过去,可以看到玛蒂尔德的身形而不接触到她的眼睛。"这样,"他心里想,"她看不见我的眼睛,就不能算我看她。"

当日晚上,元帅夫人对他的态度,就跟没收到他早上用阴郁的口气交给门房的那封哲学的、宗教的、神秘的信一样。前一天晚上,于连偶然发现了侃侃而谈的诀窍,他于是选个方式坐着,能够看见玛蒂尔德的眼睛。她呢,则在元帅夫人来后离开长沙发:这是在疏远她那个圈子里的人。德·克鲁瓦斯努瓦对她的这一变化显然感到沮丧,他的痛苦似乎抵消了于连的最惨重不幸。

生活中的这一意外事件,使他说起话来像个天使,即使一个人的心做了最森严壁垒的道德天堂,自尊心也能溜进去,所以,元帅夫人在上车时暗想:"德·拉莫尔夫人是对的,这位年轻教士确有出色之处。前几日,他在我面前或许有些胆怯。事实上,在这个家里的人都很轻浮;我只看见一些因年老色衰才变得有德行的女人,她们非常需要的冷酷无情。这个年轻人或许看出了区别之处;他的信写得很好,但是我担心,他在信中请我指点迷津,实际上是一种不自知的感情流露罢了。

"但是,多少人皈依上帝就是这样开始的啊？这一次,让我对这个年轻人感到有希望的是,他的文体与我以前读过的那些年轻人的信截然不同。不得不承认,在这位年轻教士的信函里,有宗教的虔诚,罕见的严肃和坚定的信念,他日后会有马西荣那样的美德。"

第二十七章

教会中最好的职位

> 勤劳！才干！功绩！算了吧！您不如先加入一个
> 党派！
>
> ——《忒勒玛科斯》

这样，主教的职位和于连这两个概念，第一次在这位元帅夫人的脑子里连在一起，而法兰西教会的美差，迟早得由她来分派。这份恩情，丝毫不能令于连动心。此刻，他无法去想与他眼前的不幸无关的事：一切都在加深他的不幸，比如，看见自己的卧室，就会使他难受。每当晚上他拿着蜡烛回来，每一件家具，每一种小饰物，都好像发出声音，残酷地宣布他的不幸的新细节。

"今天，我干的可是苦活儿，"他回房时对自己说，很久以来，他都没有这样激动过了，"但愿第二封信同第一封信一样令人倒胃。"

第二封信的确更令人生厌。他觉得他抄的东西无聊透顶，最后只是机械地一行一行地抄，不去想它们是什么意思了。

"这些东西。"他暗想，"比我的外交学教授在伦敦教我抄写的《明特斯和约》还要夸张。"

他这时忽然想起德·费尔瓦克夫人写给那个严肃的西班牙人唐·迪埃戈·布斯托斯的信，他已经忘记把这些信的原件还给他。他把信找出来，它们几乎跟那位俄国贵族青年的信一样无聊晦涩。"真是含糊空泛，什么都要说，但又什么都没说。是文体中风吹的竖琴，"于连想，"在一大堆关于虚无、死亡和无限等的最玄妙的句子中，我看只有害怕别人轻视耻笑的恐惧才是真实的。"

我们刚才节录的那段独白,于连反复重复了半个月。晚上抄着类似《启示录》注释的东西昏昏睡去,次日满面忧郁地把信送去,怀着在刹那间看见玛蒂尔德身影的希望把马送回马厩,坐下来工作。如果德·费尔瓦克夫人晚上不来德·拉莫尔府,他就赶往歌剧院,这便是于连日复一日的单调生活。若是德·费尔瓦克夫人来到德·拉莫尔府,他的生活就较为有趣一些。他可以从元帅夫人的帽檐底下偷看玛蒂尔德的眼睛,说起话来也口若悬河。他那充满伤感的优美话语也变得更加动人、更加高雅。

他清晰地感觉到,他的话在玛蒂尔德眼里十分荒唐,但他想用优雅的言辞来引起她的注意。"讲的内容越是虚浮空泛,讲的方式就越要讨她喜欢。"于连想。于是,他会厚着脸皮,肆无忌惮地夸大某些自然景象。他很快发现,为了不给元帅夫人平庸的印象,一定要设法避免那些简单而理智的观点。他或者夸夸其谈,或者轻描淡写,完全取决于在他要取悦的两位贵妇的眼睛里,是满意还是不为所动。

总而言之,同那些无所事事的日子比起来,他的生活好过多了。

"不过,这些令人生厌的文章,我已经抄到第十五篇了,"一天晚上于连暗想,"前十四篇都准确无误地交给了元帅夫人的门房。她书桌上放信的格子都已被我塞满,可她对我还跟没写信时毫无区别!这一切会怎样结束呢?我的不懈努力,会不会让她像我一样感到厌烦呢?应当承认,科拉索夫的朋友,那位爱上公谊会漂亮修女的俄国人,当年准是个厉害的角色,哪里见过有他这样缠人的。"

正如一个平凡的人偶然遇到一位大将在指挥作战一样,于连一点也不了解这位年轻的俄国人对那位美丽的英国修女所发动的心理攻击战。前四十封信的内容,只是对自己冒昧写信一事请求原谅而已。这个温柔的人儿,她或许烦闷得要死,应当让她养成一种习惯,经常收到一些比它的日常生活略微有趣一点的书信。

一天早上,于连收到一封信,他认出了信封上德·费尔瓦克夫人的徽章。他怀着几天前不可能有的激动心情拆开封口:只不过一张晚餐请柬而已。

他急忙跑去查科拉索夫亲王的指示。不幸的是,在原来应当简单明了的地方,这位年轻的俄国人却要他像诗人多拉那样轻浮油滑;于连想不出他该以什么样的立场去出席元帅夫人的宴会。

客厅富丽豪华,金光闪闪,就像杜伊勒里宫里的狄安娜回廊一样,板壁上挂着大幅的油画,油画上有涂抹的痕迹。于连后来才知道,女主人认为有些题材不甚雅观，因此令人修改过了。"好一个道德的世纪！"于连暗想。

在客厅里，他注意到有三个人曾参加秘密记录的起草。其中一位，便是××主教大人，元帅夫人的叔父，他掌管着教士们的俸禄，据说对侄女有求必应。"我迈了多大的一步啊！"于连心想，不觉苦笑，"但这一步对我来说又是多么无所谓，我现在居然跟主教大人共进晚餐。"

晚宴平平常常，谈话更令人乏味。"这是一本拙劣著作的目录，"于连想，"人类思想的所有重大主题都被洋洋得意地提及。听上三分钟，人们不禁要问：'占上风的究竟是发言人的夸张，还是他那可怕的无知？'"

读者或许已经忘了那个名叫唐博的小文人，院士的侄儿，未来的教授，仿佛负有使命，专门被派来用卑劣的手段毒化德·拉莫尔府客厅的空气。

于连从这个小人物那里得到了这个初步的看法：虽然德·费尔瓦克夫人没有给他写回信，但她对他写这些信的动机看来是持宽容态度的。

唐博先生一想到于连成功，他的阴暗的灵魂就像被撕裂了一般。"不过，从另一方面看，一个有才能的人跟一个傻瓜一样，都分身乏术，如果索莱尔成了元帅夫人的情夫，"未来的教授心想，"她会给他安排一个教会的肥缺，那样我就可以在德·拉莫尔府里把他摆脱掉。"

比拉尔神父先生也为于连在德·费尔瓦克府上取得的成功，大大地把他训斥了一番。在严峻的詹森派教徒和道德高尚的元帅夫人之间，横亘着宗派之见。元帅夫人的客厅属于耶稣会派，是以改良风俗和巩固王权为最高追求的。

第二十八章

曼侬·莱斯戈

他一旦确信修道院长是愚蠢无知的,就不怕把白的说
成黑的,黑的说成白的,而且经常获得成功。

——里希滕贝格

按照俄国人的训示,绝对不能跟谈话对象发生任何争执。无论在什么情形下,
都不应放弃表示倾心羡慕这一角色,所有的情书,都是以此为出发点的。

一天晚上,在歌剧院德·费尔瓦克夫人的包厢里,于连把芭蕾舞剧《曼侬·莱
斯戈》捧上了天。他这样说只有一个原因:他认为这舞剧不值一提。

元帅夫人声称,这出舞剧远比不上普雷沃神父的小说。

"怎么!"于连又惊又喜,"一个如此有道德的妇女竟称赞起小说来!"德·费尔
瓦克夫人在一周内总有两三次要表示她对小说家的轻蔑,因为他们用庸劣的作品
来腐蚀年轻人,而年轻人,可怜得很,本来就很容易在官能方面犯错误。

"在这类不道德的、有伤风化的作品中,"元帅夫人接着说,"据说《曼侬·莱斯
戈》属于上乘之作,一颗罪孽深重的灵魂的软弱和所感受到的痛苦,据说都被描写
得很逼真且很有深度;不过,您的波拿巴仍在圣赫勒拿岛说这是一部为仆役写的
小说。"

这句话让于连的精神紧张的活动起来,"有人想在元帅夫人面前毁掉我,有人
告诉了她我对拿破仑的热情,这件事一定使她不高兴,所以她才有意让我知道。"这
一发现令他一个晚上都感到饶有兴味,人也变得乐呵呵的了。他在歌剧院向元帅
夫人告别时,她对他说:"记住,先生,一个人如果爱我,就不应该爱拿破仑。我们至

多只能把他看作是上天强迫我们接受的一种事物。而且这个人过于刻板,不会欣赏艺术作品。"

"一个人如果爱我!"于连暗自重复说,"这句话既不说明任何问题,也说明任何问题,这种语言的奥秘,是我们这些可怜的外省人所无法掌握的。"当他抄写一封给元帅夫人的长信时,他非常想念德·雷那尔夫人。

"这是怎么回事?"第二天元帅夫人用一种伪装的淡漠问于连,"您在信里谈到伦敦和里奇蒙,这信好像是您昨晚从歌剧院回家后写的。"

于连感到很尴尬,他只是一行一行的抄写,而没有考虑写的是什么,显然忘了把原信中的伦敦和里奇蒙等地名换成巴黎和圣克卢。他嗫嚅着说了两三句,可是没法说下去,他差点要大笑起来。最后,他灵机一动,想出了一句托词:"由于受到那个关于人类至高至大利益的灵魂的讨论的激奋,在给您写信的时候,我有一点走神。"

"我已给她留下了深刻的印象,"他暗想,"夜谈的后半部分,我不会烦闷了。"他一溜小跑,跑出费尔瓦克府。回到家里,他把前一天晚上抄写的那封信的原稿重读了一遍,很快便发现了俄国年轻人谈伦敦和里奇蒙的那些要命的地方,于连发现这封信写得情意绵绵,很是惊奇。

他的谈吐很轻浮,但他的书信却高雅且有着《启示录》般的深邃,这种对比使他成为一个出色的人物。元帅夫人特别喜欢那些长长的句子,这和伏尔泰这个不道德的人所提倡的那种轻快而支离破碎的文体是大不相同的。虽然我们的主人公在谈论中极力避免表现出各种理性,但仍然流露出反对君主和蔑视宗教的倾向,这一点没能逃脱德·费尔瓦克夫人的眼睛。她和身边的人都具有极高的品德,但整晚说不出一句有意义的话来,因此这位夫人对一切似乎有点新意的东西都特别敏感。但同时她也认为,她应该对它感到气愤,她把这种缺点称作保留了时代轻浮的痕迹……

但是像这样的客厅,只有在对它有所希求的时候才值得一看。于连因生活乏味而感到的厌倦,相信读者亦有同感。这便是我们旅途中的荒野地带。

在于连的生活被费尔瓦克夫人的插曲占去的这段时间里,德·拉莫尔小姐需要强迫自己才能不去想他。她的灵魂进行着激烈的斗争,有时候,她庆幸能够蔑视这位如此愁苦的年轻人,有时候,她又会身不由己地被他的谈话俘虏。尤其使她惊奇的是,于连竟有十足的装假功夫。他对元帅夫人说的句句是谎言,或者至少是他的思想的巧妙伪装,玛蒂尔德对这一点随时都看得很清楚。这种马基雅维里式的表现令她感到震惊。"多么深邃!"她暗想,"同唐博之流的胡吹的蠢材或平庸的骗子相比,他是多么的见解不凡啊!"

然而,有些日子对于连来说也是不好过的。他每天出现在元帅夫人的客厅里,只是为了履行一项最艰苦的任务。他为表演这个角色而费尽心机。夜晚穿过德·费尔瓦克宽阔的庭院时,他常常要凭借性格和理智的力量,才没有陷入绝望的深渊。

"我在修道院里战胜了绝望,"他对自己说,"但那时我的未来是多么可怕啊!成功也罢,失败也罢,无论哪种情况,当时我都觉得我必须和天底下最可鄙、最讨厌的人朝夕相处,共度时光了。谁能想到,只过了短短十一个月,第二年春天,我或许就会成为我的同辈中最幸运的一个。"

但是,这些美好的推理一遇到现实,往往起不到任何作用。每天午饭和晚饭时间,他都能碰到德·拉莫尔小姐。他从德·拉莫尔先生口授的许多信件中,知道她就要和德·克鲁瓦斯努瓦结婚了。这位英俊的先生已经每天两次来德·拉莫尔府上了;他的一举一动,都没有逃过一个失恋情人嫉妒的眼睛。

每当于连看到德·拉莫尔小姐对她的求婚者表示好感,回到自己卧室,他都要拿出手枪仔细端详一下。

"啊!"他暗想,"要是我去掉衣服上的标志,跑到距巴黎二十里远的树林里,找个僻静的地方结束我可憎的一生,那该是多么明智呀!当地没有人认识我,我死后半个月内不会有人知道,但是,半个月以后谁会关心我呢?"

这一推论是理智的。但是,第二天只要看玛蒂尔德的胳膊,只消袖口和手套之间那一段,就足以使我们这位年轻的哲学家沉溺到痛苦的回忆中,于是,他又留恋起生活来。"好吧!"他暗想,"我要按照俄国人的计划进行到底。这一切会怎样结束呢?"

"至于元帅夫人,在抄完第五十三封信以后,我当然不再写别的信了。

"至于玛蒂尔德,如此艰难地进行了六个星期的扮演,或是她的愤怒丝毫没改,或是给我带来片刻的缓解。天哪!那我会高兴死的。"他想不下去了。

长时间的幻想后,他又可以推理了。他对自己说,"那么,也许我会得到一天的幸福,但在这之后,唉! 由于我无法取悦于她,她的冷酷又会重新开始,那我也就毫无办法了。我完了,永远被毁掉了……

"像她那样的性格,能给我什么保证呢?唉!我一无所长,这就回答了一切。我的举止不够高雅,谈吐不够机敏。伟大的上帝啊!为什么我是我呢?"

第二十九章

苦　恼

为了自己的热情而做出牺牲，这还说得过去；但为了自己本没有的热情而牺牲！哦！可悲的十九世纪！

——吉罗代

德·费尔瓦克夫人读到于连的这些长信，起初并不快活，后来却逐渐产生了兴趣。不过这件事也使她感到懊丧："可惜索莱尔先生不是决心要当教士的人！不然私下倒可以往来。他胸前佩戴着十字勋章，衣着又与普通市民无异，那就很容易招来尖刻的议论，那该如何是好呢？"她想不下去了，"刁钻的女朋友会猜疑，甚至会散布谣言说他是我娘家的亲戚，一个小表兄弟，一个在国民军授勋的小商人！"

认识于连以前，德·费尔瓦克夫人最大的乐趣，就是在自己的芳名前写下"元帅夫人"四字。后来，新贵那种病态的、动辄会觉得受了唐突的虚荣又跟这刚刚产生的乐趣展开了斗争。

"让他当上巴黎附近某个教区的代理主教，"元帅夫人暗想，"这件事我办起来易如反掌！但是索莱尔先生没有任何头衔，而且还是德·拉莫尔手下的一个小秘书，真令人扫兴！"

这位恐惧一切的女性，心扉第一次为一种情绪而激动，而且这种情绪与她所追求的上流社会身份是背道而驰的。她的老门房也注意到，每当他把那个满脸愁容的英俊青年的信送上去，他就可以看到：元帅夫人平时看到仆人时总要故意摆出的漫不经心和不高兴的神情都会消失。

她盼望在公众中产生影响，但心灵深处并不为这种成功感到真正的快乐。自

从她心里开始想念于连以来,这种生活方式所带来的烦闷变得更加难以忍受了。只要她头天晚上跟这个奇特的年轻人聊上一两个小时,她的贴身女仆第二天一整天都不会受到虐待。他初步获得的信任,满可以顶住一些写得很巧妙的匿名信。小唐博向德·吕兹先生、德·克鲁瓦斯努瓦先生和德·凯吕斯先生提供了两三件巧妙的诽谤材料,但都没有效果,尽管这些先生们乐于散布而不管真假。元帅夫人的性格是不会公开抵制这些流言的,她只有向玛蒂尔德谈谈她的一些怀疑,而且常常得到安慰。

有一天,德·费尔瓦克夫人问了三次没有信送来之后,突然决定要给于连回信了。这是烦恼生活的第一次胜利。到了第二封信,她要亲手写上:德·拉莫尔侯爵府内,索莱尔先生收,她觉得实在不妥当,她差点儿要停下来不写了。

"您应当给我带几个上面有您姓名地址的信封来。"晚上她冷冷地对他说。

"我这是集情夫男仆于一身了。"于连想,他鞠了一个躬,故意做出一副老态,活像德·拉莫尔先生的老仆阿尔塞纳。

当天晚上,他就送去几个信封;第二天一大早,他收到了第三封信,那封信有四页,字很小,也很密,他只看了开头的五六行和结尾的三四行。

逐渐地，她养成了甜蜜的习惯，每天都要写信给于连。于连呢，依旧忠实地照抄俄国人的信稿作为复信，而这就是夸张风格的一大好处；德·费尔瓦克夫人对复信和她的信内容上并无多大关系也不感到惊奇。

假如小唐博自愿充当密探，监视于连的行动，告诉她那些信他都原封未动，而是随手扔在了抽屉了，她的自尊心该会受到多大的伤害啊！

有一天早上，门房把元帅夫人写给他的信送到图书室，玛蒂尔德碰上了，她看到了信和于连亲笔写的地址。门房出来后，她走进去；那封信还放在桌子边上，于连忙于写信，还没把它放进抽屉。

"我不能忍受！"玛蒂尔德抓住那封信嚷道，"您把我完全忘记了，我是您的妻子呀。先生，您的行为太可怕！"

说到这里，她骇然发现了自己的失态，骄纵的性格被自己失态的行为所惊醒，她泪流满面，再也说不出话来，很快于连觉得她快要停止呼吸了。

于连惊异、慌乱，竟觉察不到这一幕对他多么美好，多么幸运。他扶玛蒂尔德坐下，她险些倒在他怀里。

起初，他看到这一动作大喜过望，但紧接着，他想到了科拉索夫，"我可能因为一句话而失掉一切。"

他的胳膊僵硬了，策略迫使他付出的努力如此艰巨。"这个柔软而动人的身体，我甚至不能把它贴在我的心口，一旦如此，他就会蔑视我，粗暴对待我。她的性格太可怕了！"

在诅咒玛蒂尔德性格的同时，他又因这种性格而更加地爱她，他觉得自己拥在怀里的是一位王后。

德·拉莫尔小姐的自尊受到了伤害，她感到不幸撕扯着她的心灵。她再没有必要的冷静，想不到从他的眼睛里可以看到他此刻对她的感情。她没有勇气看他，她怕看到他那轻蔑的眼神。

她坐在图书室的大沙发上，一动不动，头转过去背对于连，忍受着自尊和爱情可能使一个人的灵魂感受到的最痛苦的折磨。她刚才的行为多可怕啊！

"多么不幸啊！我活该看见我那有失身份的逢迎也遭到拒绝！而且被谁？"这个痛苦得要发疯的人暗想，"我父亲的一个仆人！"

"我无法忍受这些！"她大叫道。

她狂怒地站起来,前面两步远就是于连放信的书桌,她拉开抽屉,简直被惊呆了。眼前放着的是八九封没有拆开的书信,和门房刚送来的一封完全一样。她认出那姓名地址都是于连的笔迹,显然故意有所变换。

"这么说,"她怒不可遏地大叫,"您不但跟她好,您还蔑视她。您,一个无足轻重的家伙,竟敢蔑视德·费尔瓦克元帅夫人!"

"哦!对不起,我的朋友,"她一下子跪倒,"如果您愿意,就蔑视我吧,可是请您爱我,没有您的爱我活不下去。"她真的昏了过去。

"这个骄傲的女人,她终于跪倒在我的脚下了!"于连暗想。

第三十章

滑稽剧院包厢

正如最黑暗的天空,预告着暴风雨的即将来临。

——《唐璜》第一章七十三节

在波澜澎湃的感情巨浪中,于连感到的惊奇多于幸福。玛蒂尔德的叫骂,正证明了俄国人的策略是多么高明。"少说话,少行动,这是我得救的唯一方式。"

他一言不发地扶起玛蒂尔德,把她按坐在沙发上。她的眼泪唰唰地流了下来。

为了掩饰自己的失态,她把德·费尔瓦克夫人的信拿在手中,慢条斯理地拆开。一认出元帅夫人的笔迹,她的身子神经质地抖动了一下。她只是翻看信,没有细读,大多数信都有六页长。

"至少,您得回答我,"玛蒂尔德根本不敢看于连,他用哀恳的语气说话。"您知道我,我很骄傲,这是我的身份、我的性格为我带来的不幸,这一点我承认,费尔瓦克夫人从我手中夺走了您的心……要命的爱情使我为您做出的全部牺牲,她也为您做了吗?"

于连的回答是一阵阴郁的沉默。他想:"她有什么权利,让我做正派人所不齿地泄露人家的事?"

玛蒂尔德本想看信,但她泪眼蒙眬,根本看不成。

一个月以来,她一直郁郁寡欢,但高傲的心使她始终不承认这是感情在作祟。一个偶然促成了她这些感情的爆发。嫉妒和爱情一时间战胜了骄傲。她坐在沙发上,离他很近,他望着她的秀发和白皙的脖颈。刹那间他忘乎所以,竟然伸出胳膊去搂她的腰肢,差不多把她紧抱在怀里。

她缓缓地转过头来。他震惊地看着她眼神里流露出的极度痛苦,他简直认不出平时的她了。

于连感到极度疲乏,那种强迫自己去做的勇敢的行为,实在太艰难了。

"如果这时候我抵不住幸福爱情的诱惑,"于连暗想,"一会儿,她那双眼睛里除了最冷酷的蔑视以外,就再不会有什么了。"这时,她却用微弱的声音和勉强能把话说完的力气,一再为那些由于过度自尊所采取的行动向他道歉。

"我也是骄傲的呀!"于连喃喃道,他的面部表情说明他的体力已衰弱到了极点。

玛蒂尔德猛地转过头来看他。听到他的声音就是一种她几乎已不敢企盼的幸福。此时此刻,她记起自己的高傲,只是为了诅咒这种高傲。她恨不得做出不寻常的、难以置信的行动,以向他证明自己多么崇拜他,又多么憎恶自己。

"也许正因为这种骄傲,"于连接着说,"您一度对我另眼相看;正因为我眼下有点男子汉应有的坚毅,您此刻才尊重我。我可能爱上了元帅夫人……"

玛蒂尔德的身子轻轻战栗了一下,眼睛里露出异样的神采。她就要听到对她的判决了。她的这一表现没有逃过于连的眼睛,他感到自己的勇气在消退。

"唉!"他一边想,一边听着自己的那些空话的声音,"要是我能在这如此苍白的脸上印满了吻,而她又感觉不到,那该多好!"

"我可能爱上了元帅夫人……"他继续说……声音越来越低,"但是,她是不是对我有意,我还没有任何确凿的证据。"

玛蒂尔德望着他。他经受住了这目光,至少他希望他的面容没有出卖他。

他感到爱情已渗透进了他灵魂的每一个角落。他从来没有像现在这样爱她:他几乎跟玛蒂尔德一样疯狂,如果她拿出足够的冷静和勇气来略施小计,他就会跪倒在她脚下,结束这场徒劳无益的游戏,他倒还有力气继续说话。

"啊!科拉索夫亲王,"他在心里喊道,"您要是在这儿该多好哇!我多么需要您来指导我的行动!"这时,他的声音却在说:

"不谈别的感情,单就感激这点而言,也足以让我眷恋元帅夫人。别人蔑视我的时候,她体谅我,安慰我……我可以不绝对相信某些表象,它们无疑令人极端愉快,但并维持不了多长时间。"

"啊,天哪!"玛蒂尔德叫道。

世界经典文库

世界二十大名著 红与黑

图文珍藏版

363

"那么，咱们谈谈，您能给我什么保证？"于连的语气坚定有力，好像要暂时放弃那种审慎的外交方式，"什么保证？哪位神明可以担保，您此刻对我的态度能维持两天以上？"

"我对您的极度的爱，以及您不再爱我时我的极度痛苦。"她握着他的双手，转过身来。

她刚才的猛一转身，把她的披肩甩开了一点，于连看见了她那迷人的双肩；她的零乱的秀发，勾起了他甜蜜的回忆……

他就要屈服了。"只要一言不慎，"他想道，"我在绝望中熬过的一段日子又会重新开始。德·雷那尔夫人是千方百计找出理由做她的心要她做的事。而这位上流社会的少女，只有在有充分的理由证明她的心应该被感动时，她才让她的心感动。"

他是在一瞬间看到这一事实的，同时也在一瞬间恢复了勇气。

他抽回被玛蒂尔德握着的双手，带着明显的恭敬，稍稍离开她一点。一个人不可能再有更大的勇气了，接着，他把散落在沙发上的德·费尔瓦克夫人的信一封封收起来，装出极有礼貌，此刻也极其残酷的态度说：

"请德·拉莫尔小姐允许我考虑这一切。"他立刻离开，走出图书室；她听见他陆续关上了所有的门。

"这恶魔一点都不动心！"她心里想。

"我在说什么！他明智、严谨、善良，是我错了，我犯了无法想象的错误。"

这种看法继续保持下去。玛蒂尔德这一天几乎感到了幸福，因为她在全副心神地爱着。简直可以说，这一冷静的心灵从没受过骄傲搅动，而且是怎样的骄傲啊！

晚上在客厅里，当仆人通报德·费尔瓦克夫人到时，玛蒂尔德紧张得不寒而栗；那当差的声音，听起来颇为不祥。她实在受不了元帅夫人的目光，便离座而去。于连对千辛万苦迎来的胜利，并不特别引以为荣，他害怕自己的目光会泄露真相，连晚饭都没在德·拉莫尔府吃。

他离战斗的时刻越远，他的爱情和幸福就越强烈，他已经开始责备自己了。"我怎么能去抗拒她呢？"他对自己说，"她若不再爱我了怎么办？一瞬间便可以改变这颗高傲的灵魂，应该承认，我那样对待她的确是太恶劣了。"

晚上，他觉得必须在喜剧院德·费瓦尔克夫人的包厢里露面。她特意地邀请过他：玛蒂尔德不是不知道，他是到场了还是无礼地缺席了。尽管理是这个理，他却没有勇气在夜场一开始就进入社交场合。他要是开口说话，就会失去一半的幸福。

十点了，他必须露面了。

幸好，元帅夫人的包厢里挤满了女士，他被安排到门边上，完全被女士们的帽子遮住。这个位置使他免于闹出笑话。卡罗琳娜在《秘婚记》里痛不欲生的演唱感人肺腑，于连感动得泪如雨下。德·费尔瓦克夫人看见了他的眼泪，这与他平日刚强坚毅的男子汉气魄形成极鲜明的对比，使得这位贵妇人也被打动了，尽管她的心早已被新贵的傲气腐蚀得坚硬麻木。她仅剩的一点女人心肠使她开口说话，他在此刻很想享受一下自己说话的声音。

"您看见德·拉莫尔夫人和小姐了吗？"她对他说，"她们在第三层。"于连立刻很不礼貌地靠在包厢前沿，探出身子。他看见了玛蒂尔德，她眼睛里闪着泪花。

"今晚不是他们看歌剧的日子呀，"于连想，"这么急切！"

尽管一个常来她们家献殷勤的女人急忙寻来的包厢不合她们的身份，但是玛蒂尔德还是说服母亲一起来了。她想看看，这天晚上于连是否陪元帅夫人一起度过。

第三十一章

令她恐惧

> 这就是你们文明创造的伟大奇迹！你们已把神圣的爱
> 情看得很平凡了。
>
> ——巴尔纳夫

于连立刻来到德·拉莫尔夫人的包厢。他首先看到玛蒂尔德泪水盈盈的双目，她也不加克制，一任自己流泪。包厢里都是一些地位较低的人：借给她们包厢的那位女友，她认识的几个男人。玛蒂尔德把手放在于连手上，仿佛忘记了对母亲的畏惧。泪水几乎让她不能呼吸，她只对他说了两个字："保证！"

"至少，我不要向她说话，"于连想。他也很感动，就借口灯光照着第三层包厢太亮而用手遮着眼睛。"我要是说话，她就不再怀疑我过分激动，我的声音会出卖我，我就一败涂地了。"

他的内心斗争比上午还要艰难，因为他的心已乱成一团。他担心玛蒂尔德虚荣心复发。他陶醉在爱情和幸福之中，却克制不跟她说话。

我认为这是他性格中最好的特征之一；一个人能这样努力克制自己，他一定会有似锦的前程，假如命运如此安排的话。

德·拉莫尔小姐坚持带于连回府。幸亏那时雨下得很大。侯爵夫人让他坐在对面，跟他说个没完没了。他没有一丁点跟她女儿说话的机会。甚至可以说，侯爵夫人是在帮于连保护幸福。他不必担心因为过分激动而全盘皆输，于是便疯狂的沉溺于热情了。

回到房间，于连跪倒在地，连连亲吻科拉索夫送给他的情书。我敢说出来吗？

"啊！伟大的人啊！一切不都是你的功劳吗？"他在疯狂中大叫。

他渐渐冷静下来，他把自己看作将军，刚在一场恶战中获得半个胜利。"我占有无疑的巨大的优势，"他对自己说，"可是明天形势会如何呢？一切仍会毁于一旦。"

他的手激动得颤抖，打开拿破仑口授的《圣赫勒拿岛回忆录》，强迫自己阅读了整整两个小时；他只是眼睛在看，但还是强迫自己读下去。在这奇异的阅读中，他的头脑和灵魂都升到了至高无上的境界，它们在不知不觉中活动着。"她的心与德·雷那尔夫人的大为不同。"他对自己说，不过并没想得更多。

"令她恐惧！"他忽然大嚷，把书扔得老远。"我越是令敌人恐惧，敌人就越对我驯服，到那时敌人就不敢再蔑视我了。"

他如获至宝，在屋里踱来踱去。事实上，在他的幸福里，骄傲多于爱情。

"令她恐惧！"他得意扬扬地反复对自己说，他确有理由自豪，"即使在最幸福的时刻，德·雷那尔夫人也怀疑我的爱情是否与她的一样深沉，现在要降服的，是一个恶魔，正因是恶魔，才非降服不可。"

他清楚地知道第二天早上八点玛蒂尔德会到图书室来，虽然他渴望爱情，但他还是熬到九点才去，他的理智还能控制他的心灵。他每一分钟都在想，"要让她永远摆脱不了这样的疑问：'他爱我吗？'显赫的身份、周围人的奉承，她太容易过于自信了。"

他发现她苍白、平静，坐在沙发上，似乎动都懒得动了。她向他伸出手：

"朋友，我的确冒犯过您，您可以对我生气……"

于连没有料到她的语调如此平常，他差点就要流露真情了。

"您不是要保证吗？我的朋友，"她停了一下，继续说道，"那是正确的。把我拐走吧，我们去伦敦……我将永远丧失名誉，被人耻笑……"她鼓起勇气把手从于连手里抽回来，捂住了自己的眼睛。所有持重的情操和妇女的贞洁观念又回到她心灵之中了……"好吧！让我身败名裂吧！"她终于叹了口气说，"这就是保证。"

"昨天我是幸福的，因为我有足够的力量严厉对待自己。"于连默念道。他沉默了片刻，获得足够把握来控制自己的心灵，以一种冷冷的口吻说：

"一旦前往伦敦，用您的话说，一旦丧失名誉，谁还向我保证您还爱我？谁又能保证坐在驿车里的我不让您感到讨厌？我又不是一个怪物，毁了您的名誉，我只不过又多了一个不幸。成为障碍的,不是您的社会地位,不幸得很,是您的性格。您能向您自己保证爱我一个礼拜吗?"

("啊! 让她爱我一个礼拜! 只要一个礼拜就行,"于连低声对自己说,"然后我便幸福地死去。未来与我有何干系? 生命与我有何干系? 这神圣的幸福,只要我愿意,立刻便可以开始,那完全取决于我。")

玛蒂尔德看他在独自沉思。

她握着他的手说:"这么说,我完全配不上您啦。"

于连抱住了她。然而就在这时,职责的铁手抓住了他的心。"如果她看出来我有多爱他,我又会失去她。"于是,他又恢复一个男子汉的全部尊严,推开了她。

当天和以后几天,他知道如何掩藏自己极度的幸福,他甚至连纤腰在抱的享受都放弃了。

但有时候,幸福的迷狂也会压倒谨慎发出的种种告诫。

花园里有一个遮掩梯子的金银花棚。于连常常跑到花棚那儿,远远张望玛蒂尔德的百叶窗,同时抱怨着她性格的反复无常。旁边有一棵粗大的橡树,树干正好挡住他,又不至于被那些好事之徒看见。

现在,和玛蒂尔德一起走过这地方,使他如此清晰地回忆起他那极度的不幸。往日的绝望与眼下的幸福,两相比照,对他的性格来说实在是太强烈了些。他含着泪水,把玛蒂尔德的手放在唇边吻着:"就在这儿,我曾思念着您捱过多少时光;就在这儿,我曾望着那扇百叶窗,等上几个小时,期待着那幸福的时刻,期待着这只手来打开窗子……"

他的心完全软了。他用真实的、绝非臆想的浓墨重彩,向她描述他那时的无比绝望,简短的叹词证实他现在的幸福已经结束了那可怕的绝望……

"天哪! 我在干什么?"于连突然清醒过来,自言自语道,"我这是在毁我自己。"

他紧张到了极点,觉得玛蒂尔德小姐的眼神里已没有那么多爱情了。这不过是幻觉,可他的脸色已大变,苍白的就跟死人一般。眼睛也顿时失去了光彩。高傲之中不无恶意的表情,已经取代了刚才那最诚挚最忘情的表白。

"您怎么了,我的朋友?"玛蒂尔德温柔的语调中透出不安。

"我在胡扯,"于连很生气,"在跟您胡扯。我为此自责,可是老天知道我有多敬重您,不该跟您撒谎。您爱我,忠诚待我,我不需要花言巧语去讨您欢心。"

"上帝啊! 两分钟前您说的那些动听的话,都是一堆谎言?"

"我为此深感自责,亲爱的朋友。那些话都是我为一个爱我却又厌烦我的女人编造的……这是我的性格弱点,我向您承认,并请您原谅。"

苦涩的泪水流满了玛蒂尔德的面颊。

"只要有一小点的刺激就让我陷入遐想,"于连接着说,"我那可恶的记忆力——此时此刻,我要诅咒它——就会给我提供机会,而我也就滥用了它。"

"难道我刚才无意中做了刺激您的事情吗?"玛蒂尔德带着可爱的天真说。

"我记得,有一天,您经过这儿摘了一朵金银花,吕兹先生要,您就把花给了他。而那时我与你们只隔两步远。"

"吕兹先生? 没有的事!"玛蒂尔德口气很傲,这于她原十分自然,"这不是我的作风!"

"我可以肯定。"于连语气也很激烈。

"好吧! 就算是真的,我的朋友。"玛蒂尔德悲伤地垂下了眼帘。她很清楚,几个月以来,她从未允许吕兹先生有这样的行动。

于连用难以言喻的温情看着她,心想:"我错了,她对我的爱并没有减弱。"

晚上,玛蒂尔德笑着责备于连对德·费尔瓦克的兴趣。"一个市民爱上一个新贵! 也许只有这种人的心,我的于连不能让其发疯。她把您变成了地道的花花公子。"她边说边玩弄他的头发。

在自认为被玛蒂尔德抛弃的那段时间里,于连成了巴黎最讲究穿戴的男人之一。不过,比起那类人,他有他的长处:一旦打扮完毕,他就不再想它。

有一件事让玛蒂尔德不高兴,于连仍然继续抄俄国人的情书,派人给元帅夫人送去。

第三十二章

老　虎

唉！为什么我遇上这些事而不是别的什么？

——博马舍

一位英国旅行家讲述他和老虎朝夕相处的故事：他把它养大，经常抚摸它，但他桌子上总时时刻刻放着一把装好子弹的手枪。

于连只有在玛蒂尔德看不见他的眼神的时候，他才让自己沉溺到那极度的幸福中。他克尽职责，不时对她讲几句严厉的话。

他惊讶地观察玛蒂尔德，在她的温柔和过度忠诚快要使他失去自制的时候，他就鼓起勇气离开她。

玛蒂尔德有生以来，第一次坠入了情网。

生活，在她以往看来，慢得总是跟乌龟爬行似的，现在却是在飞翔了。

然而，傲慢的情绪迟早是要表现出来的，她愿意大胆地去迎接爱情可能使她碰到的各种危险。这时，于连反而谨慎起来。只在有什么危险时，她才不依从他的意志。但是，因为她依从他到了卑躬屈膝的程度，她对家中其他人的态度就更为傲慢，不管是亲人还是仆人。

晚上在客厅里，他常会当着家中六十多人的面，她会把于连叫住，与他倾心长谈。

一天小唐博坐在他们身边，她叫他去图书室取一本斯摩莱特写的书，那里面涉及 1688 年革命，他显得有些犹豫。

"您对什么都不着急。"她那颇具侮辱意味的傲慢，对于连来说是个极大的安慰。

"您注意到这个小怪物的眼神了吗?"他向她说道。

"他伯父在这间客厅里当了十一二年的差,不然,我可以立即叫人把他赶出去。"

她在德·克鲁瓦斯努瓦、德·吕兹先生们面前,表面彬彬有礼,实则咄咄逼人。她狠狠地责备自己,不该对于连说那些心腹话,尤其是因为她不敢向他承认,她夸大了她对这几位作为垂青对象的先生们的兴趣。

尽管她的决心很大,但女性的骄傲仍旧每天都阻止她对于连说:"因为我是跟您说,我才觉得那是一种快乐,那次德·克鲁瓦斯努瓦先生把手放在大理石桌子上无意中碰了一下我的手,而我竟软弱地没有把手抽回来。"

但是今天,只要这些人中有哪位先生跟她讲上几分钟的话,她总有什么问题要问于连,通过这样的借口,让于连待在她身边。

她发现自己怀孕了,满怀喜悦地把这消息告诉于连。

"您现在还会怀疑我吗? 这就是保证。我永远是您的妻子了。"

于连大吃一惊,他几乎忘记了他的行为准则。"我怎么能故意以冷淡无礼的态度,去对待这位为我而毁掉一切的可怜姑娘呢?"只要她有一点点痛苦的样子,哪怕是理智仍在发出它那可怕的训示,他也再没有勇气对她说出残忍的话了。尽管他明白,这种话对于维持他们的爱情至关重要。

"我要写信给我父亲,"玛蒂尔德有一天向他说:"对我来讲,他不仅是父亲,而且是朋友。对他,即使是欺骗一分钟,也是不应该的。"

"上帝呀! 您要做什么呢?"于连惊恐地喊道。

"履行我的责任。"她回答,两眼闪烁着喜悦。

她比他的情人豁达多了。

"但是他会把我赶走,让我身败名裂!"

"这是他的权利,我们应当尊重他。我将让您挽着我的胳膊,我们一起在光天化日之下从大门走出去!"

于连吓呆了,求她推迟一个星期。

"我不能,"她回答说,"名誉发言了,我已经认清我的责任,我应该立刻执行。"

"那好吧! 我命令您推迟。"于连最后说,"您的名誉是安全的,我是您的丈夫。我们两人的状况将因为这一重大事件而发生变化。我也有我的责任。今天星期二,下星期二是德·吕兹公爵举行宴会的日子,德·拉莫尔先生晚上回府时,门房会把那封决定命运的信交给他……他一心让您当上公爵夫人,对此我深信不疑,您想想他的不幸有多大吧!"

"您的意思是说,想想他的报复会有多厉害?"

"我尊敬我的恩人,为伤害了他而感到痛心。但是我不怕任何人,现在不怕,将来也不怕。"

玛蒂尔德只好让步。自从知道新情况之后,于连还是第一次用强硬的语气跟她说话。他从未这样深爱过她。他心灵中的那份柔情就借玛蒂尔德的这种新情况为由,不再对她冷言相待。想到要向德·拉莫尔先生坦白,于连极度不安。他要同玛蒂尔德分离吗? 无论她看见他走时多么痛苦,一个月后她还会想他吗?

他也同样地害怕侯爵对他进行的公正的指责。

晚上,他向玛蒂尔德坦白了第二个恐惧的原因,紧接着,爱情使他昏了头,他把第一个原因也说了出来。

她的神情陡变。

"真的,离开我半年,对您是一种不幸?"她问。

"巨大的不幸。那是天底下我唯一怕看到的。"

玛蒂尔德感到无上的幸福。于连认真地扮演着他的角色,以致使她相信她是两人中得到更多的爱的一个。

决定命运的星期二终于到来了。子夜侯爵回府,看到有给他的一封信,注明在没有人时由他亲自拆阅。

父亲大人:

我们之间的所有关系都已破裂,只剩下了血缘关系。除了我丈夫之外,您是并且永远是我最亲爱的人,我眼含热泪,想着我给您带来的痛苦。但是,为了我的耻辱能不为他人所知,为了让您有充分的时间来考虑并行动,我不能再把应该向您供认的事情拖延不讲了。父女之情,我知道在您这方面是极深厚的,如果您愿意出于这父女之情而给我一笔小小的年金,我将同我的丈夫去您愿意让我们去住的地方生活,比如瑞士。他的姓氏如此卑微,将来不会有人认出索莱尔夫人,韦里埃一个木匠的儿媳妇就是您的女儿。这个姓氏我费了好大劲儿才写出来。我在替于连担心您的愤怒,看起来这愤怒是多么公正啊。我不会当公爵夫人,我的父亲;但是我爱上他时我就心中有数了,是我首先爱的他,是我引诱了他。我从您那里继承了一颗高尚的心灵,不会把注意力投向那些庸俗或我认为庸俗的事情上去。为了取悦于您,我曾考虑克鲁瓦斯努瓦先生,然而没有效果。为什么您要把一个真正有价值的人放在我眼前,我从耶尔回来后,您曾亲口告诉我:这个年轻的索莱尔是唯一让我感到开心的人。如果这封信会给您带来痛苦的话,这个可怜的年轻人和我一样伤心。我不能阻止您作为父亲的愤怒,但作为朋友,请像以前一样的继续爱我吧。

于连尊重我。他之所以跟我说话,是出于对您的感激之情。他生性高傲,除了在正式场合,他是不会理睬那些地位高的人的。对于社会地位的差别,他有一种天生的敏感。是我,我承认,我红着脸向我最好的朋友承认,而且这我永远也不会向其他的任何人说:我有一天在花园里抓住了他的胳膊。

二十四小时以后,您还对他生气吗? 我的过失无法补救。如果您一定要的话,那就由我来转达他对您的深深敬意和因使您生气而感到的歉意。您不会再见到他了,但他无论去哪里,我都会伴在他身边。这是他的权利,也是我的义务,因为他是我孩子的父亲。如果您好心赐予我们六千法郎维持生活,我将十分感激地收下。如果不,于连打算回贝桑松,以教授拉丁语和文学为生。不论他起点多么低下,我深信他能飞黄腾达。跟他在一起,我不会默默无闻。如果法国爆发革命,我敢肯定他会成为一流人物。在那些向我求婚的人中间,您说谁还能这样? 他们有良田财产! 就凭这个,我看不出有任何值得爱的理由! 就是在目前的制度下,我的于连也有高位可得,假如他有百万资产和父亲的庇护……

玛蒂尔德知道父亲是一个喜欢冲动的人,就把信写了长长的八页。

"怎么办?"于连在侯爵看信的时间里对自己说,"第一,我的责任是什么? 第二,我的义务在哪里? 我欠他的情太多。没有他,我只是个卑贱的下人,但没有卑贱到遭痛恨和迫害的程度。他把我培植成一个上等人。我的不能不干的无赖事将会更少些,至少,不那么卑鄙。这比给我一百万还要强一些,是他给了我这枚十字勋章,使我看上去像个外交人员,这外交人员的假象使我出人头地。

"如果他拿起笔来决定我的行为,他会写些什么呢?……"

德·拉莫尔先生的老仆来了,打断了于连的沉思。

"侯爵要立刻见您,不管您现在是什么穿着。"

仆人走到于连身边,低声补充道:

"侯爵气疯了,您小心点儿。"

第三十三章

偏爱的地狱

> 笨拙的饰匠在打磨钻石时，往往使最明亮的光泽消失了。在中世纪，怎么说呢？即使是在黎塞留时期，法国人也还是有意志力的。
>
> ——米拉波

于连发现侯爵大怒。这位大贵人，也许生平还是第一次这样顾不得文雅，他对于连破口大骂，凡是溜到嘴边的粗话，他都劈头盖脸地扔向于连。我们的英雄有些吃惊，也有些不耐烦，但感恩之情毫未动摇。这可怜的人，长久以来心底藏着多少美好的计划，眼看就毁于一旦了！"不过我应该回答他，沉默只会使他更加愤怒。"于连回答的是答尔杜弗这个人物提供的台词。

"我不是一个天使……我曾经勤勤恳恳地为大人办事，大人也给了我丰厚的酬劳……我感激不尽，但我只有二十二岁……在这个家里了解我的只有大人和那可爱的姑娘……"

"恶魔！"侯爵大叫，"可爱！可爱！你觉得她可爱的那天，就该滚蛋！"

"我试过，那时，我请求大人让我去郎格多克。"

侯爵气得走来走出，也许是累了，也许是被痛苦压倒，便倒进一把靠椅里。于连听见他自言自语："他倒也不是个坏人。"

"是的，我对您不是个坏人。"于连喊道，跪在了侯爵的身边。接着他感到这一行为极其可耻，便又站了起来。

侯爵实在气昏了头。看到于连跪下，又开始破口大骂。骂得又粗野又凶悍，与车夫无异。骂语的新鲜感也许能排遣一下他的愤怒。

"怎么！我的女儿被叫作索莱尔太太！怎么，我的女儿不是公爵夫人！"这两个念头一涌上脑际，拉莫尔先生就如受刑一般难受，他再也无法控制自己的情绪。于连担心会挨打。

侯爵清醒了些，也渐渐开始习惯他的不幸，便对于连提出一些较为合理的指责。

"您应该离开这里，先生……您的责任是离开……您是人类的渣滓……"

于连走到桌边，草草写道：

> "很久以来，我就觉得生活不堪忍受，现在是结束这一切的时候了。我请求侯爵先生允许我表达我的无限感激之情，并为我死在他府里可能带来的麻烦深感歉意。"

"请侯爵先生赏脸看看这张纸条，"于连说道，"杀死我吧，或者让您的仆人杀死我。现在是凌晨一点钟，我去花园，向后墙走。"

"滚！"他离去的时候，侯爵吼道。

"我明白，"于连想，"看到我不把死栽在他的仆人头上，他也许不会生气……但愿他杀了我吧，这样可以让他心满意足……可是，上帝呀！我热爱生命……为了我的儿子，我该活下去。"

这个念头，在充满危险感的头几分钟的散步以后，如此清晰地出现在他的脑际，把他的心灵完全占据了。

这一崭新的利害关系使他变成一个谨慎的人。"我得找个人商议如何应付这个狂怒的人……他完全失去理智，什么事都干得出来。富凯离得太远，而且，侯爵这种心情，他也未必理解。

"阿尔塔米拉伯爵……能保证他永远守口如瓶吗？找人商议，不应有副作用而把我的处境搞得更糟，唉！算来算去，就剩下阴郁的比拉尔神父了……詹森派的教义已使他心胸狭窄……倒不如耶稣会的坏蛋，因为他了解社会，对我有用……只要我一陈述我的罪恶，比拉尔神父就会揍我的。"

答尔杜弗的天才又帮了于连的大忙："对，我去向他忏悔。"他在花园里散步了整整两个小时,最后做出了重大的决定。他不再想他挨枪子什么的,睡神已把他俘虏了。

第二天一大早,于连就到了巴黎几里之外,去敲那严厉的詹森派教士的门。他很吃惊,发现这人对他的忏悔并不感到诧异。

"我也许该责备自己",神父对自己说,忧虑过于愤怒,"我早已猜到这份爱情……可怜的孩子,出于对您的友情,我没有告诉那位父亲……"

"他将会怎么做?"于连急忙问。

(此时,他很爱这位教士,而一场指责在他将是很难受的。)

"我觉得有三种可能,"于连继续说,"第一,德·拉莫尔先生命我自杀",他谈了他留给侯爵的那封宣布自杀的信。"第二,他可能让诺贝尔伯爵同我决斗,让我当枪靶子。"

"您会接受吗?"神父大怒,站起身来。

"您还没有听我说完呢。我当然不能向我恩人的儿子开枪。"

"第三,他可能会让我离开本地。如果对我说,'去爱丁堡,去纽约,'我会服从的。那时候,德·拉莫尔小姐的状况就会掩盖过去。但我不能容忍他们除去我的儿子。"

"这一点可以不必怀疑,这是那个道德败坏者的第一个主意……"

巴黎的玛蒂尔德正处在绝望之中。她在七点钟看过她的父亲。他把于连的字条拿给她看了,她担心于连会觉得结束生命是一个崇高行动。"而且没有经过我的允许!"她心想,痛苦转为愤怒。

"要是他死了,我也活不下去,"她对她的父亲说,"是您害死了他……您也许会感到高兴……但我对他的亡魂发誓,我立刻就戴孝,让所有人知道我是索莱尔的遗孀;我还要发讣告,请相信,我会这样做的……您既不会看到我的懦弱,也不会看到我的胆怯。"

她的爱情到了疯狂的地步。现在轮到德·拉莫尔先生呆若木鸡了。

他开始略微冷静地看待已经发生的事件。午餐时,玛蒂尔德没有露面。侯爵发现她什么都没有对她母亲说,不仅如释重负,而且颇为得意。

于连下了马,玛蒂尔德派人把他叫进去,几乎当着女仆的面扑进他的怀抱。对于她的这一狂热举止,于连并不感激。跟比拉尔神父长谈以后,他已变得很机警,很有计谋了。他的想象力因考虑各种可能性而消失了。玛蒂尔德含着眼泪告诉他，她已经看见了他的绝命书。

"父亲会改变主意的,我求您立刻去维勒基埃。骑上马,趁他们还没吃完饭,赶紧离开这里。"

看见于连一脸的惊讶和冷淡,她放声大哭了起来。

"我们的事让我来处理,"她激动地叫道,把他紧紧地搂住,"您很明白,我并不愿意跟你分开。把信寄给我的女佣人,信封请别人写,我会一封接一封地给你写长长的信。再见吧! 快逃。"

最后一句话刺痛了于连,但他还是依从了。

"命中注定,"他想,"就是在最好的时候,这些人也知道如何刺痛我。"

玛蒂尔德坚定不移地抵制父亲的所有谨慎计划。谈判的原则只有一个:她将来是索莱尔夫人,和她的丈夫在瑞士清贫度日,或者住在巴黎父亲家里。她断然反对秘密分娩的建议。

"那样的话,人们就会对我进行诽谤和侮辱。我在婚后两个月,跟丈夫出门旅行,那时候,我们不难说我们的孩子是在某个合适的日期出生的。"

她的坚定一开始引起侯爵的暴怒,后来竟使他变得疑惑难断了。

有一次,他心软了,对女儿说:

"瞧! 这是一份领取一万法郎年金的证书,给你的于连送去,让他快办,免得我后悔把它收回来。"

于连知道玛蒂尔德惯爱发号施令。为了依从她,他走了四十多里的冤枉路。去维勒基埃处理佃农账目。侯爵的恩赐使他得以重返巴黎。他请求比拉尔神父收留他。他不在的时候,这位教士是玛蒂尔德最可靠的盟友。每次侯爵向他征求意见,他总是证明,除了正式结婚以外,其他任何方法在上帝面前都是犯罪。

"幸好,"神父补充道,"世俗情理和宗教原则是一致的。德·拉莫尔小姐性子暴躁,连她本人都不愿意保守的秘密,谁又能保证这事不被大家知道呢? 如果不接受正式举行婚礼的话,上流社会对这桩门不当户不对的奇怪婚姻,将会长久地议论下去。所以应该把事情一次说清,表面也好,实际也好,不让它有一丝一毫的神秘。

"这话不错,"侯爵陷入沉思,"这样办了,如果婚后三天还有人议论,那就是没有头脑的糊涂蛋的嚼舌头了。应该利用政府采取重大的反雅各宾派措施的机会,让事情悄无声息地过去。"

德·拉莫尔先生的两三位朋友想的跟比拉尔神父一样。在他们看来,重大的障碍是玛蒂尔德的果断的性格。听了各种意见之后,侯爵私心仍不习惯为女儿放弃御前赐座的希望。

他的记忆和想象中充满了各种各样的阴谋诡计和欺骗手段,这在他年轻时是颇为奏效的。在他看来,屈从于需要,畏惧法律,对他那种地位的人来讲,是荒谬而丢脸的行为。十年来,他为他的宝贝女儿做的想入非非的美梦,如今付出了沉重的代价。

"谁能料到这件事呢?"他对自己说,"一个性格如此高傲,天资如此聪慧,对自己姓氏比我还要骄傲的女孩子,法国多少名门望族都来求过亲的女孩子,竟会做出这种傻事!"

"一切谨小慎微的行为,都该放弃!这个时代一切都乱了套,我们正在走向混沌。"

第三十四章

工于心计之人

> 省长大人骑马出游,心里想:"我为什么不能当大臣、首相、公爵?请看,这就是我的作战方式……用这种方法,我可以把那些革新者投进监狱……"
>
> ——《环球报》

任何理论都不能摧毁十年美梦所构筑起来的堡垒。侯爵不认为生气是明智之举,但也不能轻易下决心原谅。他有时暗想,"于连这小子若是出个事故,意外死亡什么的……"他的愁闷的想象,只有靠这种可笑的幻想才能得到安慰。这些幻想同时却又使比拉尔神父明智道理的影响不起作用。一个月过去了,协商无进展。

如同在政治事件中一样,侯爵在家庭事件中也常常会有明智的闪念,为此他会接连兴奋三天。这时,别人提出个行动计划就不会得到他的欢心,因为这一计划是建立在正确理由基础上的,而只有在有利于他偏爱的计划时,才能得到采纳。接连三天,他怀着诗人般的热忱投入工作,把事情处理到一定阶段,第四天就再不会管它了。

起初于连对侯爵的拖拉感到困惑不解,但是过了几个星期,他开始猜出,德·拉莫尔先生在这件事上一筹莫展。

德·拉莫尔夫人和府里的人都以为,于连是去外省处理地产了。他躲在比拉尔神父的宅子里,几乎天天都跟玛蒂尔德见面。而她则每天上午都去父亲那儿待上一个钟头,但有时,他们接连几个星期都闭口不提那件占据着他们全部头脑的事。

"我不想知道这个人现在何处，"一天，侯爵对玛蒂尔德说，"把这封信给他寄去。"

玛蒂尔德读道：

> 朗格多克的土地，每年收入两万零六百法郎。一万零六百法郎给我女儿，一万法郎给于连先生。当然，田产我也一并赠送。告诉公证人分别写两份赠予证书，明天就给我。从此，我们之间不再有任何关系。啊！先生，这一切难道是我应该想到的吗？
>
> 德·拉莫尔侯爵

"万分感谢，"玛蒂尔德欢快地说，"我们将去埃居翁城堡定居。那儿在阿让与马尔芒德之间。听说那里的风景同意大利一样美丽。"

这一馈赠出乎于连的意料。他再也不是我们过去认识的那个冷酷而严厉的人了。儿子尚未出生，其命运已经占据了他的全部身心。这一馈赠对于一个一贫如洗的人来讲的确是一笔出乎意料的巨额财产，于连不禁重又野心勃勃。他眼看着他的妻子，或者说他，每年可以有三万六千法郎的进项。至于玛蒂尔德，她的全部感情都融注到了对丈夫的崇拜之中。由于自尊，她一直称他为丈夫。她唯一的，也是最大的企图就是让社会承认他们的婚姻。她整天都在夸大她的高度审慎态度，将自己的命运同一个卓越人物的命运连在一起。个人价值现在占据着她的头脑。

于连几乎总不在家，事务那么繁忙，很少有时间谈情说爱，这一切使他从前所发明的策略收到了更好的效果。

玛蒂尔德总算真的爱上了于连，却又很少能见到他，她终于不耐烦了。

她在心情烦闷的时候，给父亲写了一封信，那信的开头简直就是奥赛罗的语气：

> "在上流社会为德·拉莫尔侯爵先生和女儿提供的种种欢乐和于连之间，我更喜爱后者，我的选择便是明证。地位和虚荣，对我来说都无任何意义。丈夫已有六个星期不在我的身边，这足以证明我对您的敬重。下星期四以前，我将离家出走。您的恩惠已经使我们富足。除了可敬的

比拉尔神父,没有人知道我的秘密。我将去他那儿,由他为我们主持婚礼。婚礼后一小时,我们便会前往朗格多克。不接到您的命令,我们将永不返回巴黎。但令我痛心的是,这一切将会变成耸人听闻的故事而用来攻击你我二人。愚蠢的公众的嘲讽,难道不会迫使我们善良的诺贝尔去找于连的麻烦吗?我了解他,在这种情况下,我丝毫约束不了他。我们会在他的灵魂中发现一个反抗的平民。哦,父亲,我跪下来恳求您,来参加我的婚礼吧!在比拉尔神父的教堂里,下星期四,那些可恶的传闻将锋芒顿失,您独子的生命,我丈夫的生命将因此而得到保障……"

女儿的信使侯爵陷入奇特的窘境之中。看来,是得拿个主意出来了。所有成为习惯的做法,所有往来相交的朋友,都已失去了影响力。

在这种不同寻常的境况中,他性格中那些年轻时代所形成的重大特征,统统恢复了它们的活力。苦难的流亡生活使他成为想象力丰富的人。他曾在两年中享有巨额的财富和宫廷的宠幸,但 1790 年的革命把他投入到了可怕的流亡灾难中。这所严酷的课堂改变了一个二十二岁青年的心灵。实际上,他置身于眼前的财富中却并不为其所制。然而,这一想象力即使他的灵魂没有被金钱腐蚀,也使他饱受着一种疯狂的激情的折磨,他希望他的女儿得到一个贵族的封号。

在刚刚过去的六个星期中,侯爵有时忽发奇想,觉得应该让于连变得富有,因为在他看来,贫穷就意味着卑贱,是对他德·拉莫尔先生的一种侮辱,他女儿的丈夫不应该是贫穷的,于是他抛出了大量的金钱。第二天他的想象又改变了方向,他希望于连会理解这种金钱上的慷慨所未明言的含义,他会改名换姓,逃到美洲去,给玛蒂尔德写信说他已经为她而死了。德·拉莫尔先生遐想这封信已经写成,猜测着它对女儿性格产生的影响……

玛蒂尔德的真实的信把他从这些幼稚的幻想中拉回到现实,那天他计划了很久如何让于连失踪或把他杀死,然后又策划如何让他有个辉煌的前程。他可以把他的一个采地的名称赠送给他作姓氏,为什么不能把自己的爵位传给他呢?他的岳父德·肖纳公爵先生,自从他的儿子在西班牙战死以后,曾多次跟他谈,表示要把他的爵位传给诺贝尔……

"必须得承认于连有着出色的办事能力,有胆量。甚至将来会很出色。"侯爵暗想……"不过在他性格的深处,我发现有某种非常可怕的东西。这是他留给大家的印象,因此这会是真实的(这种真实的东西越是难以琢磨,就越是让老侯爵那富于想象力的心灵感到害怕)。

"有一天我的女儿说她极巧妙(在一封没有引用的信里):'于连不属于任何一个客厅,任何一个集团。'他没有任何靠山来反对我,我若抛弃他,他毫无办法……可这能说明他对当前社会状况的无知吗?……有两三次我曾对他说:'只有客厅的候补人资格是真实而有用的……'

"不,他不具备检察官那种不失去一分钟、不错过一个机会的老奸巨猾的本领……他没有路易十一式的性格。另一方面,我常见他引用反对宽宏大量的格言……我真糊涂了……他用这些格言警句来筑起阻挡激情的堤坝吗?

"另外,还有一点非常清楚:他最受不了别人的轻视。我就在这点上掌握他。

"他对高贵的出身并不崇拜,真的,他并不是本能地尊重我们……这是个缺点。但一个修士所不能忍受的应该是享乐和金钱的缺乏,但他不大相同,他最不能忍受的是别人的轻视。"

在女儿来信的压力下,德·拉莫尔先生觉得必须做出决定了。"总而言之,这才是关键所在:于连胆敢追求我女儿,是不是因为他知道我爱女儿胜过别的一切,知道我每年有十万埃居的进款?"

玛蒂尔德的观点截然不同……"不,我的于连,在这一点上,我可不愿有任何幻想。"

"果然有真正的、突如其来的爱情吗?抑或是借机向上爬的庸俗欲望?玛蒂尔德看得很清楚,她预感到我会产生这种怀疑而毁掉他,所以他才承认是她先爱上他的……

"一个性情如此高傲的女孩子,竟会忘掉身份,主动做出庸俗的爱的表示!……借着夜色,在花园里抓起他的胳膊,多么可怕!难道真的想不出别的方式来表达自己的爱意?!

"欲盖弥彰,我不能相信玛蒂尔德……"这次侯爵的分析比往日更有结果。但是,习惯仍旧占了上风,他决定争取时间,先写信给女儿。在这座府邸里人们之间是互相写信的。德·拉莫尔先生不敢和玛蒂尔德面谈,他辩不过她。他怕突然来个让步,事情就全完了。

千万不要再干蠢事,这里是一张给于连·索莱尔·德·拉维尔耐骑士先生的委任状,委任他为轻骑兵中尉。您看得出我为他做了些什么。不要违背我,不要多问我。让他在二十四小时之内动身,到他的军队驻扎地斯特拉斯堡报到。这里还有一张银行取款支票,服从我吧。

玛蒂尔德感到爱情和快乐真是无边无涯了。她想乘胜追击,立即回信:

如果德·拉维尔耐先生知道您屈尊为他做的这一切,他一定会感恩不尽,诚惶诚恐地跪倒在您脚下。但是,父亲您如此慷慨大方,却把您的女儿给忘记了。她的荣誉正处在危险中,略微不慎,就会留下永久的污点,两万埃居的进款又何能弥补。如果您答应我,下个月我的婚礼将在维尔基埃公开举行,我才会把委任状送给德·拉维尔耐先生。恳求您不要延长这一时间,因为在这以后,我就只能用德·拉维尔耐夫人的名义在巴黎出现了。亲爱的父亲,我是多么感激您把我从索莱尔这个姓氏中解救出来啊……

出乎她的意料,回信是:

服从吧,不然我就收回成命。发抖吧,年轻的轻率的女孩子。我尚不知道您的于连是个什么样的人,您比我知道得更少。让他动身到斯特拉斯堡去,并且要按正道行事。十五天后,我会把我的决定告诉您。

回信的态度如此强硬,这令玛蒂尔德大吃一惊。"我尚不知道于连",这句话使她陷入沉思,随即便引起了许多奇异美好的遐想,她也认为这些是真的。"我的于连,他的精神上并未裹上那层紧身的客厅制服,父亲不相信他出类拔萃,恰恰因为事实证明他的确高人一筹……

"不过,若是我不依从父亲心血来潮的这个小愿望,很可能会公开大吵一场,那便会降低我的社会地位,那我在于连眼里也不那么可爱了。吵过之后,会是十年贫困。因为一个男人有才干而挑他做丈夫,这种没头脑的事一定会惹人笑话,除非你金玉满堂,富有四海。要是我跟父亲各自西东,像他这么大年纪的人,一定会把我忘了的。诺贝尔会娶一位精明可爱的女子,年老的路易十四还曾被勃艮第公爵夫人所引诱……"

她决定依从。但是没有把父亲的信交给于连。以他暴烈的性子,准会干出什么傻事来。

晚上,于连从玛蒂尔德口中知晓他已是轻骑兵中尉了,他喜出望外。我们不难从他一生的野心和对儿子的热忱中,想象他此刻的快乐程度。只是对于改换姓氏一事,他颇为不解。

"总之,"他想,"我的小说该到此结束,所以功劳皆属于我。我终于让这个骄傲的怪物爱上我了,"他注视着玛蒂尔德,一边想,"没有我,她活不下去;而没有她,她父亲活不下去。妙极了。"

第三十五章

风 暴

我的上帝呀,赐我以平庸吧!

——米拉波

他完全沉浸在思索中,对于玛蒂尔德对他表示的热烈感情,他只是虚应着。他一直阴沉着脸不说话。在她眼里,他从未显得如此高大和令人崇拜。她担心触动他敏感的自尊,又把整个局面搅乱。

几乎每天早晨,她都能看见比拉尔神父到府上来。从他那里,于连难道不能窥见父亲的意图吗?侯爵本人不会一时冲动写信给他吗?得到这样巨大的幸福以后,怎样解释于连这种严肃的态度呢?她不敢问他。

她不敢！她，玛蒂尔德！从此时起，在她对于连的感情里，多了一份渺茫、难以预料甚至令人恐惧的成分。这颗冷酷的心，现在已感觉到了一个在巴黎人所赞赏的过度文明中长大的人所能感受到的全部激情。

　　第二天一大早，于连来到比拉尔神父的住宅。几匹驿马拖着一辆从附近驿站租来的破车走近院子。

　　"这样的马车早已过时，"严肃的比拉尔神父不高兴地说，"这是德·拉莫尔先生送给您的两万法郎。他让您在年内花掉，但要尽可能别让人笑话（在神父看来，把这样大的一笔钱扔给一个年轻人，那就是多给了他一个犯罪的机会）。

　　"侯爵还说：'于连·德·拉维尔耐先生是从他父亲那里得到这笔钱的，没有必要用另外的说法。德·拉维尔耐先生或许认为应该送一份礼物给韦里埃的木匠索莱尔先生，因为是他把他抚养成人……'我会来负责办这件事，"比拉尔神父还补充道，"我终于说服了德·拉莫尔先生同意和那个狡诈的弗里莱尔代理主教讲和。他的影响实在比我们大得多。这个人统治着贝桑松，要让这个人默认您的高贵出身，是这次讲和的一个心照不宣的条件。"

　　于连高兴得忘乎所以，他拥抱神父，他已经看到自己的身份被承认了。

　　"呸！"比拉尔先生说道，把他推开，"这种世俗的虚荣有什么意思……至于索莱尔和他的儿子们，我将以我的名义送给他们每人每年五百法郎的赡养费，如果我对他们满意的话。"

　　于连这时已经恢复冷漠高傲的神情。他表示了感谢，但话说得含糊其词，好让自己不受任何约束。"我会不会是被放逐到山区里的某个贵族的私生子呢？"他暗暗设想，越想越觉得这极有可能是事实……"我对父亲的仇恨，可能就是一个明证……我将不再是恶魔了！"

　　这段独白后没几天，轻骑兵十五团，法国最精锐的轻骑兵团之一，在斯特拉斯堡的校场上演习作战。德·拉维尔耐骑士先生骑的是一匹漂亮的阿尔萨斯马，这匹马花了他六千法郎。他被接收为中尉，除了在一本他从未听人谈到过的团队名册里，他从未当过少尉。

　　他那面无表情的神态，他那严厉地闪着凶光的眼睛，他的苍白的脸色，从第一天起，就为他树起了良好的声誉。不久，他的几乎无懈可击的、周全的礼貌，他的运用娴熟的射击技能，都使他的同伴们放弃了嘲笑他的企图。在五、六天的犹豫之

世界经典文库

世界二十大名著

红与黑

图文珍藏版

后,团队的舆论开始公开赞扬他了。有些爱开玩笑的老军官说:"这个年轻人的身上什么都有,就是没有年轻。"

于连从斯特拉斯堡写信给谢朗神父——韦里埃的老教士,他已老得不成样子了

> 我想您已经知道了我的家庭使我变得富裕这件事情,您一定为我高兴。这里是五百法郎,我请求您不要提及我的名字,把它们悄悄分给那些像我过去那样贫穷而不幸的人。我相信您一定会帮助他们,就跟从前帮助我一样。

令于连陶醉的不是虚荣,而是野心,他把他的注意力仍大部分集中在仪表上。他的马,他的军服,他的仆人的号衣,全都整整齐齐,就一丝不苟的英国大贵族也不过如此。靠了别人的恩惠,刚刚当上两天中尉,他已经在盘算:为了像所有大将军那样在三十岁时统领一军,那么他在二十三岁时应该身居中尉之上。他满脑子都是荣誉和他的儿子。

正当他沉迷于狂妄的野心所带来的欢乐时,忽然收到了德·拉莫尔府的一个仆人送来的一封信,他感到诧异。玛蒂尔德在信中写道:

> 一切都完了。尽快回来,牺牲一切,甚至是开小差。到达后立即坐进一辆出租马车里等我,在花园小门附近的……街……号。我去找您谈,或者把您带进花园。一切都完了,恐怕无可挽回。相信我,您会看到我在逆境中仍旧忠诚而坚定。我爱您。

几分钟后,于连从团长那里得到准假,便立刻驱马飞奔,离开斯特拉斯堡。过了梅斯后,残酷的忧虑折磨着他,他实在没有力气继续赶路了。他跳进一辆驿车,以难以置信的速度来到约定地点:德·拉莫尔府花园小门附近。门一开,玛蒂尔德顾不得任何尊严,一头扑进他的怀抱。好在时间还是早晨五点,街上没有行人。

"一切都完了。父亲怕看见我的眼泪,星期四夜里就走了。去了哪儿没人知道。这是他的信,看看吧。"她跟于连一起上了马车。

我可以宽恕一切，唯独由于您有钱而诱惑您这一点我不能宽恕。可怜的女儿，这便是残酷的事实。我向您发誓，我决不同意您和这个人的婚事。如果他愿意远走他乡，离开法国，最好去美洲，我可以保证每年给他一万法郎。您看看这封信吧，这是我为了了解他的情况而收到的回信。这个无赖逼得我写信给德·雷那尔夫人。要是您的来信提到他，哪怕是一行，我也决不会看。我厌恶巴黎和您。对可能发生的事，请您保守秘密。痛痛快快地拒绝这个无耻的小人吧，这样您可以重新得到一个父亲。

　　"德·雷那尔夫人的信在哪儿？"于连冷冷地问。
　　"在这儿，我本想等你有思想准备后交给您。"

信

　　出于对神圣的宗教和道德的义务，先生，我不得不采取给您写信这个痛苦的行动。一条永恒的原则，命令我在这一刻去损害一个人，为的是避免一件更严重的丑闻。我的痛苦应该服从于责任感。的确，先生，您向我打听全部真相的这个人，他的行为看起来是无法解释或者是诚实的。我们原以为把真相隐瞒一部分是合适的，谨慎和宗教也要求我们如此。然而您想了解的这个人的行为太应该受到惩罚了，其恶劣程度远在我能形容的之上。这个人贫穷而贪婪，十足的伪善，专门诱惑软弱、不幸的女性，借以改变自己的身份、出人头地。我再补充一句，这也是我艰难的义务的一部分：我不得不认为于连先生是没有任何宗教信仰的。凭良心说，我不能不认为，他在一个家庭获得成功的方法之一，就是竭力诱惑这个家里最有影响力的女人。在一副无私的外表和满口漂亮的小说词句的掩盖下，他最大的和唯一的目的就是控制这家的主人和财产。他身后留下的则只有不幸和无尽的悔恨……

　　这封信很长，有一半字迹都被泪水浸透了，确是德·雷那尔夫人的笔迹，而且比平时写得还细心。
　　"我不能责备德·拉莫尔先生，"于连看完信后说道，"他是公正而慎重的。有哪位父亲愿意把他心爱的女儿给这样的一个人呢？再见吧！"

于连跳下马车，跑向等在马路那头的驿车。玛蒂尔德似乎被他遗忘了，她追了几步，然而这时商人们都已来到店铺门口，他们都认识她，他们的注视逼得她急急退回到花园里去了。

于连前往韦里埃。在匆匆的旅途上，他本想写信给玛蒂尔德的，但没有成功，因为他的手写在纸上的字根本无法辨认。

礼拜天的早晨他到达了韦里埃。他走近一家武器店，店主对他新近的发迹恭维了一番。这是当地最大的新闻。

于连费了好大的劲儿，才使店主人明白他要买两把手枪。店主人还根据他的要求，把子弹也装好了。

大钟连敲了三下，这在法国乡村里是人人皆知的暗号，它响在早晨各种钟声之后，标志着弥撒就要开始了。

于连走进韦里埃的新教堂。教堂里所有高大的窗子，都用深红色的帷幔遮起来了。于连站在德·雷那尔夫人后面离凳子几步远的地方。她好像正在虔诚地祷告。看到这个曾经那样热烈地爱过他的女人，于连的胳膊抖得厉害，他不能执行计划了。"我不能"，他对自己说，"我真下不了手啊。"

这时，辅助弥撒的年轻教士摇响了供奉圣体仪式的铃声。德·雷那尔夫人低下了头，刹那间，她的头几乎完全被披肩的皱褶遮掩住。于连不大认得她了，他向她开了一枪，没有打中；他又开了一枪，她倒下了。

第三十六章

可悲的细节

> 不要指望我会有软弱的表示。我已经复仇了。我理应
> 死亡,我就在这里。请为我的灵魂祈祷吧。
>
> ——席勒

于连站着不动,他什么也看不见了。略微清醒一点后,他发现信徒们纷纷逃出教堂,教士也离开了祭坛。于连跟在几个边喊边逃的女人后面,慢慢地往外走。一个女人想跑得比别人快些,猛地撞了他一下,他跌倒在地上。他的脚被人群撞倒的椅子绊住,起来时感到脖子已经被人抓住,一个身着制服的警察把他逮捕了,他本能地想拔出手枪,可他的胳膊被第二个警察给扭住了。

他被带到监狱,关进一间牢房,戴上手铐,孤零零一个人,门上加了两道锁;这一切进行得很快,他一点儿也没意识到。

"天哪,一切都结束了,"他清醒过来,高声说道,"是的,两个礼拜后上断头台……或是在那以前自杀。"

他无法继续想下去了,他感到自己的脑袋被猛力夹住,他睁眼看看,想知道是否有人抓他。过了一会,他便沉沉睡去了。

德·雷那尔夫人的枪伤并没有致命。第一颗子弹穿过了她的帽子;她转过头时,第二颗子弹已经射出。子弹打中了她的肩膀;说来奇怪,子弹打碎肩胛以后,竟被弹了出来,碰到一根哥特式的石柱,打掉了一块很大的石头。

在长时间的痛苦包扎医治后,神情严肃的外科医生对她说:"我担保您的生命没有危险,就像担保我自己一样。"她深感忧伤。

很久以来,她就真心想死去。给德·拉莫尔先生的信,是现在听忏悔的神父强迫她写的,它给这个长期不幸的衰弱不堪的女人以致命的一击。这不幸就是于连的不在身边,但她却把它称为悔恨,这位新的神父来自第戎,既有德行,也十分热忱,他的确摸透了她的心思。

"像这样死去,但不是出自我自己之手,就不是罪孽了。"德·雷那尔夫人暗想,"上帝也许原谅我在死亡面前感到高兴。"她不敢补上一句:"死在于连之手,这是我最大的幸福。"

外科医生和那些成群赶来看她的朋友刚走,她就叫人喊来了贴身女仆爱莉莎。

"监狱看守是个粗暴的人,"她满脸通红地对爱莉莎说,"他一定会折磨他,以为这会让我高兴……想到这儿我就无法忍受。您能不能像是出于您自己的意思一样,把这装有几个路易的小包交给看守?您告诉他,教父不许他虐待他……尤其让他不要谈起送钱这件事。"

正是由于我们上面谈到的情况,于连才受到韦里埃监狱看守的人道待遇。监狱看守仍然是那位努瓦鲁先生,忠于职责,我们曾看到过阿佩尔的来访曾经使他多么害怕。

一位法官来到监狱。

"我是蓄意杀人,"于连说,"我在一家武器店买了手枪,让人装好子弹。刑法第一三四十二条写得非常清楚,我应当被判死刑。我等待着。"

法官对这种回答方式感到十分惊奇,他提出一大堆问题,希望被告在回答中自相矛盾。

"难道您看不出吗?"于连笑着对他说,"我正如您所希望的那样承认自己有罪。走吧,先生,您不会失去您所追到的猎物的,您会获得判我死刑的乐趣的。请您离开这里。"

"还有一件讨厌的义务必须尽到,"于连暗想,"我应该给德·拉莫尔小姐写封信。"

他写道:

我已复仇。不幸的是我的名字将会出现在报纸上,我无法悄悄地逃离这个世界。我请求您的饶恕。在两个月内,我将死去。复仇是残酷的,一如与您生离死别的痛苦。从今以后,我禁止自己说起和写到您的名字。永远不要再提起我,即使是对我的儿子,沉默是纪念我的唯一方式。在常人看来,我是一个杀人犯……在这生死关头,我求您向我保证:您要忘掉我。我劝您对谁都不要再提及这场大祸,它需要好几年才能除去我在您性格里看到的浪漫冒险成分。您本就应该生活在中世纪的英雄中间,那就表现出如他们一样的坚强性格吧。让应该发生的事在暗中完成,不要影响您的名声,您可以考虑用一个化名,但不要有心腹之交。如果非需要朋友帮助不可,我把比拉尔神父留给您。

不要告诉任何人,尤其是属于您那个阶层的人,例如德·吕兹和德·凯吕斯。

我死一年后,您就同德·克鲁瓦斯努瓦先生结婚,我请求您并以丈夫的名义命令您这样做,不要给我写信,我不会回信的。虽然我自认为远没有伊阿古那样坏,但我却要像他那样说一句:"从今以后,我再也不说一句话。"

人们将再不会看见我说话和写信了,您现在得到的将是我最后的话和最后的爱。

于·索

信寄出以后,于连略微清醒了些,第一次感到非常不幸。"我就要死去"这句伟大的话粉碎了他心中的一个个充满野心的希望。在他看来,死亡本身并不可怕,他的一生不过是为不幸做长期的准备而已,他从来不曾忘记这个被认为是最大不幸的不幸。

"怎么!"他心里想,"假如我两个月后要同一个精于用剑的人决斗,我会软弱到总是想着这件事,并且竟心怀恐惧?"

他用了一个多钟头的时间,从这个角度认识自己。

当他看清了自己的灵魂,真相如同狱里的柱石一样清晰地呈现出来时,他悔恨了。

"为什么要悔恨呢?我受了最大的侮辱,我杀了人,我应当被处死刑,如此而已。在跟人类把账算清以后,我死去。我没有留下任何要尽的义务,我没有亏欠任何人,除了死在刑具之下外我的死没有任何可耻之处。不错,单是这一点就足以让我在韦里埃市民眼中蒙受耻辱;然而,从理智方面看,还有比这种偏见更可鄙的吗?我只有一个办法得到他们的尊敬,那就是在前往刑场的路上向民众抛掷金币。我的名字,和金子联系在一起,在他们看来就是光辉灿烂的了。"

又经过仔细考虑后,于连觉得问题已很清楚,"我在这个世界上再也没什么事情可做了。"他暗想,接着便沉沉睡去。

晚上九点钟,看守送饭来,把他叫醒了。

"韦里埃的人在议论些什么?"

"于连先生,我就任这个职务的时候,曾经在国家法院的十字架面前宣过誓,我只能保持沉默。"

他不开口,但也不离开。看到这种卑下的虚伪,于连感到很开心。"他想从我这儿得到五个法郎。我得让他多等一会儿,好让他出卖自己的良心。"

看守看到于连已经吃完饭,还没有收买他的意思,就假惺惺地、温和地对他说:

"出于我对您的友谊,于连先生,我非说话不可,尽管人家说这是有悖于法律的,因为这样您可以准备好为自己辩护……于连先生心地善良,假如我告诉您德·雷那尔夫人好些了,您一定会很高兴。"

"怎么!她没有死?"于连怒不可遏地大叫。

"怎么!您一点儿也不知道!"看守说,一脸的蠢相变成了兴奋的贪婪,"您先生应该对外科医生有所表示。按照法律和正义,他是应该保持沉默的。为了让先生高兴,我去过他那儿,他全跟我说了……"

"这么说来,她的伤并没有致命,"于连不耐烦地说,"你敢用你的性命担保吗?"

看守虽是个六尺高的大汉,看到于连的来势也有些害怕,他向门口退去。于连看出,自己急于了解真相却用错了办法,便重新坐下来,朝他扔了一个拿破仑过去。

看守的叙述证明德·雷那尔夫人的伤并没有性命之忧。于连听着听着,眼泪夺眶而出。

"滚出去。"他突然说。

看守乖乖照办了。门刚一关上,于连就高喊道:"上帝呀,她没有死。"他扑通一声跪在地上,热泪滚滚。

在这最后的关头,他开始笃信宗教,教士的伪善有什么关系?又怎能有损于上帝形象的真实和崇高?

只有在这时,于连才对自己所犯的罪行感到忏悔,也只有在这时,从巴黎赶往韦里埃一路上所感到的愤激情绪和半疯狂状态才算止息,这种巧合使他免于绝望。

他的泪水如泉水般涌出,对于等待他的是何判决,他毫不怀疑。

"这样,她会活下去,"他自语道,"为了宽恕我,爱我而活下去……"

第二天早上很晚了,看守才把他叫醒,他对他说:

"于连先生,您真勇敢,我已经来过两次,但都不愿惊动您。这里有两瓶美酒,是我们本区的神父马斯隆先生送给您的。"

"怎么?这无赖还在这儿?"于连说。

"是的,先生,"看守压低嗓门回答,"别那么大声,那会对您不利的。"

于连大笑起来。

"我到了这份上,只有老兄您才会对我不利,如果您对我不再关心,不再和善……将来我会重重谢您的。"于连说到这里又停住了,摆出一副高傲威严的派头。一枚银币的赏赐立刻证实了这一气概。

努瓦鲁先生又说起话来,把他所知道的德·雷那尔夫人的情况细细描述了一遍,只是略去了爱莉莎来访一事。

这人的卑躬屈膝算是到极点了。

此时于连脑中闪过一个念头:这个丑陋的大汉,每年的收入也不过三、四百法郎,因为牢里的犯人并不多。我可以许诺他一万法郎,假如他愿意跟我逃到瑞士去……困难在于让他相信我的诚意。但是想到要跟这样一个令人反感的家伙长谈,于连感到厌恶,便又转而想别的去了。

到了晚上,再没有机会了,半夜里,一辆驿车开来把他带走了。对于那些押送他的警察,于连倒是颇有好感。天亮的时候,他到了贝桑松监狱,人们很客气地把他安置在哥特式主塔楼最高的一层。他判断那是一座十四世纪初的建筑,典雅而轻盈,令人赏心悦目。越过一个很深的院落,从两道高墙之间的狭缝望过去,可以看到一片极美的风景。

第二天,有过一次审讯。此后几天,再没有人打扰他。他感到内心平静,觉得自己的案件十分简单:存心杀人,理应处死。

他的思想没有过多地为这一问题操心。审判、在大庭广众中受审的烦恼、辩护，在他看来只是一些小小的麻烦和讨厌的仪式，当天再想也有时间。死亡到来的时刻，他也不怎么去想：判决以后，再去想也不迟。人生对他来说一点也不烦闷，他开始从一个角度看待所有事物，他不再有野心了，他很少想到德·拉莫尔小姐。悔恨占据了他的身心，他的脑海中时常呈现出德·雷那尔夫人的身影，尤其是在夜深人静，只有高楼上的白尾海雕的啼叫响起的时候。

他感谢上帝没有让她受到致命伤。"真是奇怪，"他心想，"我本来觉得她用那封给德·拉莫尔先生的信永远摧毁了我的幸福，可是从那以后不到半个月，我再也不想那些纠缠我的事情了……一年两三千法郎的收入，平静地生活在像韦尔吉那样的山区里……那时我是幸福的，只是我身在福中不知福。"

另一些时候，他又会霍地从椅子上跳起来，"要是我把德·雷那尔夫人打死了，我会自杀的……我必须有这个信念，使我不至于对自己害怕。"

"自杀！这可是个大问题，"他暗想，"法官们死爱照章办事，他们揪住可怜的被告，为了获得一枚十字勋章，不惜把一个最好的公民绞死……我要设法摆脱他们的控制，避免他们用蹩脚的法语来辱骂我，只有外省的报纸才会称那种辱骂为好口才……"

"我大约还有五六个星期可活……"过了几天，他又换了个想法，"自杀？不，我的天呀，拿破仑还活下去了呢……"

"再说，生活是愉快的，这儿很安静，也不令人心烦。"他不禁一笑，然后他开了一张书单，让人从巴黎给他送些书来。

第三十七章

在主塔楼里

一位朋友的坟墓

——斯特恩

　　他听到走廊里传来很大的声音,通常这时是没有人来他牢房的。白尾海雕惊叫着飞走了。牢门打开,可敬的谢朗神父走了进来,他拄着拐杖,浑身颤抖,一下子抱住他。

　　"啊!天哪!这怎么可能……我的孩子……怪物!我应该这么说。"

　　善良的老人再也说不下去了。于连怕他跌倒,扶他坐在一把椅子上。岁月之手沉重地压在这个从前精力异常充沛的人身上。在于连眼里,他只剩了从前那个人的残存的影子。

　　他喘过气来,说道:

　　"前天我刚刚收到您从斯特拉斯堡寄给我的信,还有给韦里埃穷人的五百法郎,他们给我送到了山里的利维吕村,我退休后就住在那儿我侄儿的家里。昨天我听说您闯了大祸……天哪!这可能吗!"老人不再流泪了,好像也不再思想了,只是机械地补充道,"您会需要这五百法郎的,我给您带来了。"

　　"我需要看见的是您,我的神父!"于连深受感动地叫道,"我还有钱。"

　　但他已经得不到有条理的回答了。谢朗不时有几滴眼泪无声地从腮边滑下。后来他又望着于连,看见他拉着自己的手亲吻,有些莫名其妙的样子。这张脸过去是那样的神采奕奕,那样有力地表现出人类的高贵情感,而现在只剩了一片迟钝和麻木。很快,一位乡下人模样的男子来接老人"不能让他太累了。"那人对于连说,于连明白他是神父的侄子。这次见面使于连陷入了残酷的痛苦中，眼泪也不流了，眼前的一切都是惨苦的，而且无法安慰；他感到自己的心在胸膛里结成冰块了。

这一时刻是他犯罪以来，感到最残酷的时刻。他看见了死亡，真是丑陋极了。伟大的思想、慷慨的胸怀，就如云彩遇到暴风一样，统统消失了。

这种可怕的心境，延续了几个小时之久。精神中毒需要药物和香槟酒来治疗。可是于连觉得求助这些东西是怯懦的表现。整整一天于连都在狭窄的主塔楼中走来走去，在这可怕的一天就要结束的时候，他突然叫道："我真傻！在我将要和别人一样地死去的情况下，这位老人使我看到了可怕的悲哀；但是年富力强的时候迅速死去，却也使我正好避开了风烛残年的景象。"

无论怎样说服自己，于连还是动了感情。他觉得自己就跟懦弱的人一样了，谢朗神父的探访实在使他难过。

在他身上再也找不到严厉和崇高了，也没有了古罗马人的刚毅。死亡以一种异乎寻常的高度出现在他面前，好像不是一件容易办到的事。

"这就是我的温度计，"他想，"今晚，我上断头台的勇气降到零下十度了，今天早上，我还有这勇气。不过，无所谓！只要在必要的时候能回升就行了。"温度计的想法使他开心，终于得到了排遣。

第二天醒来，他对过去一天的事感到羞愧，"我的幸福和我内心的安宁发生危机了，"他几乎要写信给总检察长，要求禁止任何人来看他。"那富凯呢？"他心想，"要是他特意来到贝桑松，看不到我他会多伤心哪！"

也许已经有两个月没有想到富凯了。"在斯特拉斯堡时我真是个混蛋，我的思想就没有超出我的衣领。"想到富凯，使他放心不下，而且越来越感动。"我现在真正降到死亡水平以下二十度了……"他在屋里焦躁地走来走去，"如果这种软弱继续增长，我还是自杀算了。我要是像一个村学究一样死去，马斯隆神父和瓦勒诺那帮人该是多么兴奋啊！"

富凯来了，这个朴实善良的人痛苦得要发疯。他唯一的想法（如果他还有什么法可想的话）就是变卖他所有的财产，用来买通看守，救走于连。他跟于连谈了很久德·拉瓦莱特越狱的故事。

"您让我难过，"于连对他说，"德·拉瓦莱特先生是清白的，而我是有罪的。您无意中使我想到了二者之间的区别……"

"真的吗？怎么？您愿意卖掉您的全部财产？"于连说道，又突然显出观察和猜疑的样子。

看到他的朋友终于回答了他的主要想法，富凯很是高兴，就仔仔细细地把每项产业挣到的钱都一一算给他听，连几百法郎都算进去了。

"对一个乡下业主来说，这是多么崇高的努力啊？"于连想，"从前我见他那样节省，那样斤斤计较和吝啬，我还为他感到脸红呢，而且他却要为我做出全部牺牲！在德·拉莫尔府看到的那些漂亮年轻人，他们只会读《勒内》，却没有一个人会做这种傻事，除了那些还很年轻，可以靠遗产致富、尚不知道金钱价值的人以外，这些漂亮的年轻人哪个可以做出这样的牺牲？"

富凯所有语法上的错误、所有粗俗的举止，一刹那间都不见了，于连一头扑进了他的怀抱，比之巴黎，外省人从未受过比这更崇高的敬意，富凯从朋友的眼中看到了热情，高兴万分，还以为他同意逃走了呢。

目睹了富凯的崇高，于连又恢复了因谢朗先生的探访而消失的全部勇气。他还年轻，依我看，是一颗好苗子。他非但没有像大多数人那样从温和走向狡猾，年龄反而使他更善良、更易动感情，而且治好了多疑的毛病……哎，这些空话，又有何用？

尽管于连竭力反对，审讯的次数还是越来越多，他们所有回答都以简化诉讼为目的："我杀了人，至少是想杀人，是蓄意的。"每次他都这样回答，然而法官们最看重形式。于连的声明不但没有缩短审讯，反而大大刺伤了法官的自尊。他不知道法官们想把他转到一间可怕的牢房，多亏了富凯，他才得以继续待在一百八十层台阶高处的那所房子里。

富凯为一些重要人物供应木柴，弗里莱尔神父就是其中之一。这个善良的商人居然和最有势力的代理主教取得了联系。弗里莱尔先生告诉他，他被于连的良好品德和他从前在修道院的言行所打动，愿意在法官面前替于连求情，富凯听了，感到无法形容的快乐。他感到有了一线拯救朋友的希望，出来的时候，他跪在地下恳请代理主教在做弥撒时替他布施十个路易，以祈求被告能够获释。

富凯在这里犯了一个特大的错误。弗里莱尔先生决不同于瓦勒诺。他拒绝了他的钱，并且使这个善良的乡下人明白他最好留着自己的钱。看到要把事情讲清楚难免会讲出冒失的话来，便劝他拿这笔钱去救济那些一无所有的囚犯。

　　"这个于连真奇怪,他的行为难以解释。"德·弗里莱尔先生想,"对我来说,不应有什么难以解释的事情……或许可以让他成为一个殉教者……无论如何,我要弄清事情的究竟,也许能找个机会吓唬那位德·雷那尔夫人,她对我们没有一丝尊重,心里恨我们入骨……在这一切当中,我或许还有一个机会,那就是让我跟德·拉莫尔先生和解的条件大大有利于我,他对这个小教士好像特别偏爱……"

　　诉讼的和解已在几周前签字了。比拉尔神父离开贝桑松那天曾经提起过于连神秘的出身,也正在那一天,可怜的于连在韦里埃教堂枪击了德·雷那尔夫人。

　　在于连死亡之前,只有一件事让他不快,那就是他的父亲要来探监。他跟富凯商量,要写信给总检察长不许任何人来看望他。一个做儿子的害怕见父亲,而且是在这种时候,这让木柴商那颗诚实的心深感不满。

　　他开始明白为什么有那么多人憎恨自己的这位朋友了。但出于对不幸者的尊重,他隐瞒了自己的感情。

　　"无论如何,"他冷冷地回答于连,"即使有不准探监的命令,也不能用在你父亲身上。"

第三十八章

权势人物

可是,她的一举一动是那么神秘,她的身姿是那么优雅! 她会是谁呢?

——席勒

第二天,主塔楼的门很早就开了。于连猛地惊醒过来。

"啊! 上帝!"他想,"我父亲来了,多么令人不快的场面。"

就在这时,一个村妇打扮的女人扑进了他的怀抱,他简直认不出来了。原来她是德·拉莫尔小姐。

"坏家伙,我看到你的信才知道你在这里。你所说的罪行,不过是贵族式的复仇行为罢了,它使我看到你这胸膛里跳动的是一颗多么高贵的心,这些是我到韦里埃才知道的……"

尽管他心里对德·拉莫尔小姐怀有成见(他心里并不曾明确承认过),他仍然觉得她楚楚动人。在她的这种做法和说法中,又怎能看不见一种崇高无私的感情呢? 这感情要超过一个渺小平庸的人所能拥有的一切感情。他仍然觉得自己爱的是一位女王。过了一会儿,他用罕见的高贵思想和措辞对她说。

"在我眼里,未来已经勾画得很清楚。我死以后,您要跟德·克鲁瓦斯努瓦先生结婚,他娶的是一位寡妇,这位迷人的寡妇有一颗高贵而略带浪漫的心灵,在经历过一桩奇特的、悲剧性的、对她又很重要的事件以后,会感到震惊。震惊之后,便会转而崇拜普通人的谨慎,去屈尊理解年轻侯爵的很实在的优点。您会甘心享受普通人的幸福:尊敬,财富,高贵的身份……然而,亲爱的玛蒂尔德,要是您的贝桑松之行引起别人怀疑,那对德·拉莫尔先生将是致命的打击,那也是我永远无法原谅自己的,我给他造成的痛苦已经够多了!那位院士想必会说,他用自己的怀抱暖活了一条毒蛇。"

"我承认,我没有料到你会如此冷静、理智,如此考虑未来,"德·拉莫尔小姐有点儿生气,"我那个贴身女仆几乎跟您一样谨慎,她为自己弄了一张通行证,我就以米什莱夫人的身份乘驿车来了。"

"那么米什莱夫人怎么能这么容易地来到我身边呢?"

"啊!您还是我选中的那个出类拔萃的人。最初我见到一个法官的秘书,他不准我进塔楼,我就给了他一百法郎。拿到钱以后,那个正人君子叫我等着,向我问了一大堆难题。我想他是要敲诈我……"她停下不说了。

"后来呢?"于连问。

"请别生气,我亲爱的于连。"她拥抱他,"我只好把我的名字告诉了秘书。他原来把我当作一个巴黎的年轻女工,爱上了英俊的于连先生……这是他的原话。我向他发誓,说我是你妻子,他应该允许我每天来看你。"

"简直疯狂到了极点,"于连想,"我没能阻止她。总之,德·拉莫尔先生是显赫的贵族,舆论自会找个理由为将来要娶这个寡妇为妻的年轻上校开脱。我即将到来的死亡也会掩盖这一切。"他马上陶醉在玛蒂尔德的爱所带给他的欢乐里。那是疯狂,是心灵的伟大,总之是最离奇不过了。她还一本正经地提出,要陪他一道去死。

最初的狂热过后,她已经饱尝了和于连见面的幸福。她忽发奇想,要好好打量一下他的情人。她觉得他的气概远在她的想象之上,简直是博尼法斯·德·拉莫尔再世,而且更为英武。

玛蒂尔德拜访了当地所有著名的律师,她直截了当地送钱给他们,虽然有些唐突,但他们还是收下了。

她很快便弄明白了,在贝桑松凡是纠缠不清或关系重大的事件,德·弗里莱尔神父都能起作用。

用不为人知的米什莱太太这个名字,要见到圣会中最有权势的人物,真比登天还难。然而城里已经有了这样的传闻,一位年轻貌美的女商人疯狂地爱上了于连,她从巴黎赶到贝桑松,以安慰狱中的于连·索莱尔。

玛蒂尔德孤身一人在贝桑松的街道上奔走，她不希望被人识破身份。不过，她相信在老百姓中造成轰动对她的事情不会无益。她甚至疯狂地想到要鼓动他们造反，在于连赴刑场时把他救下。德·拉莫尔小姐以为她衣着俭朴，适合一个忧患中的女人的身份，但事实上她的穿戴依旧备受注目。

　　她成了贝桑松人人注意的目标，经过八天的请求后，她终于受到了弗里莱尔先生的约见。

　　在她的概念里，有势力的圣会成员，种种精心策划的罪行，这两者联系得如此紧密。尽管她那么勇敢，在拉主教府的大门时，她依旧吓得浑身发抖。她登上楼梯，在通往代理主教套房的时候，她几乎走不动了。主教府的空阔寂寥令她不寒而栗。"我坐在一张有扶手的靠背椅上，这椅子把我捉住，我就消失不见了。我的女仆将向谁去打听我的下落呢？宪兵队长决不会随便采取行动……我在这座城市里完全孤立无援呀！"

　　一看到主教的套房，德·拉莫尔小姐立刻放下心来。首先，给她开门的是穿着华丽号衣的仆人。她在等候召见的那间客厅豪华而典雅，和庸俗的富贵气大相径庭，就是在巴黎也只有那些最显赫的家庭里才能看到。当她看见德·弗里莱尔先生满脸慈祥地向她走来时，所有关于残酷罪行的想法都在她脑海里隐去了。在他英俊的面庞上，她甚至没有找到一点那种刚毅的、近乎野蛮的、令巴黎上流社会厌恶的道德印迹。这位支配着贝桑松的一切的神父的微笑，显示出他是一个有教养的人、有学问的高级神职人员、精明的行政官员。玛蒂尔德恍然间觉得自己身在巴黎。

　　没过多久，弗里莱尔神父就诱使玛蒂尔德承认，她正是他的劲敌德·拉莫尔先生的女儿。

　　"我的确不是米什莱夫人，"她说，同时也恢复了高傲的神情，"承认这一点，对我没有什么伤害。因为，先生，我是来请教您的看法，看德·拉维尔耐先生有没有越狱的可能。首先，他的犯罪是出于糊涂，他开枪射击的那个人，现在已经恢复健康。其次，为了安抚下面的人，我可以拿出五万法郎，甚至可以加倍。总之，为了对营救德·拉维尔耐先生的人表示感谢，我和我的家庭没有不能够做到的事情。"

　　德·弗里莱尔先生对这一姓氏感到惊奇。玛蒂尔德让他看了几封陆军大臣写给于连·索莱尔·德·拉维尔耐先生的信。

"您看,先生,我父亲正全力栽培他。因为我已秘密跟他结婚。我父亲希望,在宣布这一对于德·拉莫尔家族的小姐显得有点奇怪的婚姻之前,让他当上高级军官。"

玛蒂尔德发现,随着这些重大情节的出现,德·弗里莱尔先生脸上和颜悦色的表情不见了,取而代之的是极端的虚伪和狡诈。

"我能从这番奇特的密谈里得到什么好处?"他暗想,"刹那间,我便和著名的德·费尔瓦克元帅夫人的一位女友搭上了密切关系;元帅夫人是德·××主教大人极有权力的侄女,人们可以通过她当上法国主教。"

"原来我认为遥不可及的事情,现在突然便近在眼前了,这件事会使我实现所有梦寐以求的愿望。"

玛蒂尔德跟这个极有权势的人单独待在一间僻静的房子里,他表情的迅速变化起初令她惊骇。"什么!"她很快对自己说,"一个冷酷自私、拥有极大的权力并享尽幸福的神父,我若不能对他产生任何影响,那不是倒霉透了?"

通往主教职位的一条捷径立刻出现在德·弗里莱尔先生面前,他幸福得忘乎所以,再加上对玛蒂尔德的才华感到惊讶,他一时竟丧失了警惕。德·拉莫尔小姐看到他几乎要跪倒在她脚下了,勃勃野心使他激动得浑身发抖。

"一切都清楚了,"她想,"对德·费尔瓦克夫人的女友来说,没有什么是不可能的。"虽然忍受着嫉妒的痛苦,她还是很有勇气地补充说于连是元帅夫人的密友,他几乎每天都在元帅家里看到某某主教大人。

"将来要在本省居民当中,用抽签的办法选出三十六位最有名望的人担任陪审官,"代理主教眼中带着勃勃野心激发的光芒加重语气强调说,"在每一次的名单中,如果不能争取到八到十个朋友,而且都是那个名单上最聪明的人,我会认为我没有运气。我差不多总能获得多数,甚至是超过判决需要的多数。您看,小姐,使犯人得到赦免,对我是多么容易的事情……"

神父猛地停住话头,他被自己的声音吓住了;他供认了那些决不应该对外人说的事实。

然而,接下来又轮到玛蒂尔德大吃一惊了。他告诉她,在于连的这起离奇案件中,最令贝桑松社交界感兴趣的是:他曾引起德·雷那尔夫人对他的一片痴情,他也对她一往情深。德弗里莱尔先生很容易地看出,他的叙述引起了玛蒂尔德极度的慌乱。

"我可报复了!"他想,"终于有办法来对付这个坚强的小人儿了,我原来还担心她不会成功呢。"在他看来,高贵和不易驾驭的神情,越发增加了这位绝代佳人的魅力,他见她几乎要向他哀求了。他完全恢复了镇静,毫不手软地转动那把插在他心头的匕首。

"总之,"他漫不经心地说,"我不会感到意外,假如我听说索莱尔先生是出于嫉妒才向他从前热恋的女人开了枪。她绝非没有动人之处。不久前,她经常去第戎见一个名叫马基诺的教士,此人跟所有詹森派教士一样,毫无道德可言。"

德·弗里莱尔无意中发现了这个漂亮姑娘的弱点,就随心所欲地加以折磨,从中获取快感。

"如果不是恰恰因为他的情敌正在做弥撒,"他说,同时用火辣辣的眼睛注视着玛蒂尔德,"索莱尔先生何必要选择教堂这个地点呢?您所保护的那个幸福的人,大家都公认他非常聪明,也很谨慎。他对德·雷那尔先生的花园非常熟悉,若是藏在那里,事情不就再简单不过了吗?他差不多可以在不被发现、不被抓住、不被怀疑的情况下,打死那个他所嫉恨的女人。"

这一推论表面看来无懈可击,使玛蒂尔德痛苦得发狂。她的心虽然高傲,但是充满冷酷的谨慎,这种谨慎被上流社会视为人心的真实表现。她的心无法明白藐视一切谨慎乃是一种幸福,对一颗热情的心灵来说,这种幸福可以是很强烈的。在玛蒂尔德生活的上流社会中,热情只能在很少的情况下摆脱谨慎,从窗户往下跳的都是住在六层楼的人。

最后,德·弗里莱尔神父对自己的力量深信不疑。他让玛蒂尔德相信(他当然在说谎)他能任意控制那个对于连提出起诉的检察院。抽签决定了三十六位陪审官之后,他至少可以向其中的三十个进行直接的个人活动。

要是玛蒂尔德在德·弗里莱尔眼中不是那么娇美动人,他至少要在他们第五次或第六次会面时,才能把话说得如此清楚坦白。

第三十九章

深谋远虑

> 1676 年,加斯特尔——我住的隔壁房里,一个人杀死
> 了他的姐妹。这位绅士已经犯过一次命案。他的父亲偷偷
> 地送了五百埃居给那些推事,救了他的性命。
>
> ——洛克《法兰西游记》

走出主教府,玛蒂尔德立刻送了一封信给德·费尔瓦克夫人;虽然也有连累自己的一丝恐惧,但是她一秒钟也没有迟疑。她恳求自己的情敌去请某某主教大人亲笔写一封信给德·弗里莱尔先生。她甚至求她亲自来一趟贝桑松。对一颗高傲而嫉妒的心灵而言,此举颇有英雄气概。

她听从了富凯的劝告,为了谨慎,没有把她的一系列活动告诉于连。单是她在这儿就已经够他不安的了。死期越来越近,他也比一生中任何时候都正直,他觉得不仅对不起德·拉莫尔先生,而且也对不起玛蒂尔德。

"怎么!"他暗想到,"跟她在一起,我有时心不在焉,有时甚至觉得厌烦。她为我牺牲一切,我却这样报答她!我难道是个恶人吗?"当他野心勃勃的时候,他从没注意过这个问题,那时他认为,只有不成功才是他唯一的耻辱。

跟玛蒂尔德在一起,他的痛苦愈发强烈,因为此时的他引起了玛蒂尔德最奇异、最疯狂的爱。她只有一个话题,那就是为了营救他,她愿意做出种种奇特的牺牲。

一种她引以为豪的感情完全战胜了她的骄傲而激动着她,她简直无法看着自己生命中的任何一分钟平平过去而不做出一件异乎寻常的举动来。在她和于

连的谈话里,总是充满了最奇特、最冒险的计划。看守们接受了她大量的贿赂,让她在监狱中来去自由。她的计划不仅限于她的名誉,即使全社会都知道她的情况,她也毫不放在心上。跪倒在国王疾驰的御车前面、冒着被御车碾死的危险、恳求国王赦免于连,只是这个狂热而勇敢的心灵所创造出来的一个最微不足道的幻想。通过她那些在国王身边任职的朋友,她相信自己一定能够被允许进入圣克卢王花园里的禁区。

于连觉得自己配不上接受这样的忠诚。说实话,他对英雄主义已经厌倦了。此刻能够打动他心灵的只是那种单纯的、天真的、近乎羞涩的柔情。玛蒂尔德刚好相反,她那高傲的心灵,只注意着公众和别人的反应。

她为他情人的生命忧心忡忡,她不愿在他死后苟活下去。在这一切当中,于连感到他还怀有一种隐秘的渴求,她渴望用自己疯狂的爱情和崇高的行动来引起公众的震惊。

于连对自己居然没有被这种英雄主义打动而深感恼火。但是他若知道玛蒂尔德向他那个十分忠诚但也十分拘谨善良的富凯说出一大堆令他无法接受的疯狂计划,他又该如何生气呢?

富凯在玛蒂尔德的献身精神中,看不出有什么该指责之处;为了拯救于连,他也愿意牺牲自己的全部财产。玛蒂尔德的挥金如土,令他感到惊愕。最初几天,她的大量花销引他油然而生敬意。同所有外省人一样,他也十分崇敬金钱。

后来,他发现德·拉莫尔小姐的计划常常变动。使他大感快慰的是,他终于找到一个词来责备这种令他感到疲倦不已的性格——变化无常。从变化无常到外省人最厉害的咒语"标新立异",中间仅一步之差。

"真奇怪,"玛蒂尔德离开监狱后,于连暗想,"对于一种以我为对象得如此激烈的爱情,我都是这样的麻木!两个月前我是多么崇拜她!我在书中读到过,死亡的临近会使人对一切失去兴趣;然而可怕的是感到自己忘恩负义又无法改变。我难道是一个自私自利的人吗?"他为此狠狠地责备和羞辱自己。

勃勃野心在他心中已然死去,而另一种感情却又在灰烬中复燃,他把它叫作对谋杀德·雷那尔夫人的悔恨。

事实上,他在狂热地爱着她。当他独自一人、不用担心被人打搅的时候,他就会全身心地沉浸到他从前在韦里埃或者韦尔吉所度过的幸福回忆中。在那一段过得飞快地日子里,即使是一点最纤小的细枝末节,如今在他心目中,都有一种无法抗拒的清新迷人的力量。他再也不去回忆他在巴黎的成功,他对这些已经感到厌倦了。

这种心情迅速加剧,已被嫉妒的玛蒂尔德猜出几分。她清楚地意识到,她得跟他这种对孤独的爱恋做斗争。有时她怀着恐惧的心情提到德·雷那尔夫人的名字,她看到于连在发抖,于是她的爱情更加无边无际、无法克制了。

"如果他死,我就随他死去,"她真心实意地对自己说,"巴黎客厅里的人们,看到我对一个注定要死的情人爱到如此程度,会怎样议论我呢? 只有在那英雄的时代才能找到这样的感情。正是这种爱情使查理九世和亨利三世时代的人们怦然心动。"

在她激情澎湃的时候,他把于连的头紧紧搂在胸前,带着恐怖的心情对自己说:"怎么! 这颗迷人的脑袋注定要落地不成?! 那好!"她被一种并不缺乏幸福的英雄主义的激情鼓舞着,继续想道:"我的嘴唇正在亲吻着的这美的头发,也会在二十四小时内变得冰凉。"

这些英雄主义和可怕的情欲快感的回忆,紧紧缠住她不放。自杀的念头,竟是如此的诱惑人,原来还离这颗高傲的心灵十分遥远,现在却是深深地浸透了进去,很快便占据了绝对统治地位。"不,祖辈的热血,到我这儿还没有变凉,"她骄傲地对自己说。

"我有一件事请求您,"有一天她的情人对她说,"把您的孩子寄养在韦里埃吧,德·雷那尔夫人会监督乳母的。"

"您的话太残忍了。"玛蒂尔德的脸变得煞白。

"真的,我请求您千万饶恕我。"于连惊醒过来,他把玛蒂尔德紧紧搂在怀里。

他替她擦干眼泪,又去想他的心事去了。这次的谈话非常巧妙,他让自己的话充满了哲学的忧郁调子,谈到自己即将结束的未来。

"应该承认,亲爱的朋友,热情不过是人生中的偶然事件,但这种偶然唯有在出类拔萃的人们之间才会发生……我儿子的死实际上对您家族的自尊心是一大幸事,仆人们会看得出来的。被忽视将是这不幸和耻辱的孩子的命运……我希望在一个我虽尚无法确定但我的勇气还能隐约看见的时候,您能听从我最后的嘱咐:嫁给德·克鲁瓦斯努瓦先生。"

"什么！让我丧失名誉！"

"丧失名誉这个词不会和您这样身份的人联在一起。您将是一个寡妇，一个疯子的寡妇，如此而已。我还要进一步说，我的犯罪，也无所谓丧失名誉，因为那并无关金钱。也许会有那么一天，某个富有哲理的立法者会战胜同代人的偏见，废除死刑。那时会有人用朋友的语气来举例：'瞧，德·拉莫尔小姐的第一个丈夫是个疯子，但他不是坏人，也不是恶棍，砍那个人的头是荒唐不合理的……'那时我的名声一点也不可耻，至少在若干年后是如此……您的地位，您的财产，并且请允许我说，您的才能，都会使德·克鲁瓦斯努瓦先生，在成为您的丈夫之后干出一番事业来，而靠他单枪匹马是做不到这一点的。他有的只是门第和勇敢，单凭这些条件，在 1729 年还可以成为一个人物，但在一个世纪后的今天就不行了，只会使人产生一些狂妄的想法罢了。为了成为法国青年的领袖，还需要一些其他的因素。

"您要以坚定和大胆的态度去支持您让您丈夫加入的那个政党。您可以继承投石党谢弗雷兹和隆格维尔等人的事业……但是在那个时候，亲爱的朋友，燃烧在您胸中的热情之火便要冷却一些了。

"请允许我对您说，"说了许多作为准备的话以后，他补充道，"十五年以后，您将会把您从前对我的爱情看作一种可以原谅的疯狂，但只是一种疯狂行动而已……"

他突然打住，而且陷入了沉思。他又在考虑那个令玛蒂尔德不快的想法："十五年之后，德·雷那尔夫人依旧热爱着我的儿子，而您却早已把他忘在了脑后。"

第四十章

平　静

> 正因为我那时疯狂,所以现在我才理智。哦,只能看见
> 瞬间事物的哲人,你的目光是多么短浅!你的眼睛生来看
> 不到在暗中涌动着的激情。
>
> ——歌德夫人

这一谈话,被一次审讯给打断了,紧接着又需要跟辩护律师商议。这是他漫不经心和甜蜜遐想的生活中,唯一令他感到极为不快的日子。

"我犯了杀人罪,而且是蓄意的,"于连对法官和律师都是这样一个说法。"我很抱歉,先生们,"他又含笑补充道,"这样一来,你们的差使就轻松多了。"

"总之,"在终于摆脱掉这些家伙后,于连对自己说,"我要表现得勇敢,至少,我要比这两个人勇敢。他们把这场导致不幸的司法决斗看作最大的灾难和恐怖之王,我却要等到决斗那一天才去认真考虑它。

"这是因为我在生活中遭受到更大的不幸",于连像哲学家一样想下去,"我第一次去斯特拉斯堡时,我以为自己已被玛蒂尔德抛弃,我的痛苦要比现在大得多……那时我怀着那样的激情所渴望获得的完美亲密关系,今天却让我无动于衷!……其实,比起让这个漂亮姑娘来分享我的孤独,我一个人独处倒更高兴些……"

律师是个循规蹈矩,按章办事的人,他相信于连是疯了,与公众一样,他也认为于连是出于嫉妒才开枪行刺的。一天,他试着让于连明白,不管真假,这是一条辩护的好途径。可是被告的态度在顷刻之间变得激烈而尖锐了。

"以您生命的名义,先生,"他勃然大怒,吼道,"请您记住,再也不要散布这类可怕的谣言了。"

律师一时间感到恐怖极了,真怕他把自己杀了。

他在准备他的辩护词,决定性的时刻就要来临了,这一重大案件成了贝桑松和全省的热门话题,于连并不知道这些细节,因为他要求人们永远不要跟他谈起这类事情。

有一天,富凯和玛蒂尔德打算把外面的传闻告诉他,这些传闻,在他们看来,给人带来很多希望。但于连刚听到第一句话,就把他们拦住了。

"让我过我想过的生活吗,你们那些明争暗斗和琐细的生活细节,对我多少是种干扰,会把我从半空中拦回来的。每个人都有自己对死亡的看法,我呢,也只愿按我的方式去考虑死亡,别人跟我有什么关系?我和别人的关系就要了断了。求求你们,别再跟我提这些人了,看见法官和律师已经够我受的了。"

"事实上,"他暗想,"看来,我的命运是在梦想中死去。像我这样一个无名小辈,不出半个月,就会被人忘得一干二净。如果也要装模作样,那就太可笑了……"

"然而真是奇怪,直到死期逼近,我才晓得了生活的艺术。"

最后几天的时光,他一直在主塔楼高处的平台上踱来踱去。他一边散步,一边吸着玛蒂尔德派人从荷兰买来的上等雪茄,根本没有想到全城的望远镜都在等待着他的出现。他脑子里想着维尔尼。虽然他从来没有跟富凯提起过德·雷那尔夫人,但这位朋友不止一次告诉他,她的身体在迅速恢复健康,这话在他心里引起了强烈反响。

于连的心差不多整个沉浸在幻想世界里,而玛蒂尔德则在忙于实际事物,作为一个贵族,理应如此,她已经把德·费尔瓦克夫人和德·弗里莱尔先生间的通信提升到异常亲密的程度,以至于主教职位这四个字已经被提到了。

那位手握主教任免大权的高级神父,在他侄女的一封信中写了一个附注:"这位可怜的于连不过是个冒失鬼,我希望把他归还给我们。"

德·弗里莱尔看到这行字,简直欣喜若狂,他毫不怀疑自己能拯救于连。

"要是没有雅各宾党人提的那条法律,规定必须有一个数目众多的陪审员名单,其目的不过是要消除出身高贵的人们的影响罢了,我就可以左右判决,我曾经让 N 教士被赦免过……"

第二天,在抽签决定的陪审员名单中,德弗里莱尔先生高兴地看到其中有贝桑松圣会的五个人,外地人的名单中有瓦勒诺先生和肖兰先生等。"我首先可以保证这八位陪审员,"他向玛蒂尔德说,"前五位不过是些机器。瓦勒诺是我的代理人,肖兰是个什么都怕的笨蛋,穆瓦的一切都是亏了我。"

报纸把陪审官的名单向全省作了公布,德·雷那尔夫人表示要去贝桑松,把她丈夫吓得心惊肉跳。德·雷那尔先生得到了她的这一许诺:到了之后决不离开病床,免得发生出庭做证之类的不愉快事件。

"您对我的处境并不了解,"韦里埃前任市长对他的妻子说,"我现在是他们所说的脱党的自由党人。毫无疑问,瓦勒诺那混蛋会串通德·弗里莱尔先生,假借总检察官和审判官之手做出令我难堪的事来。"

德·雷那尔夫人毫不困难地接受了丈夫的命令。"要是让我出现在法庭上,"她暗想,"那就会像我要求复仇一样。"

尽管她允诺忏悔神父和丈夫会谨慎从事,但是刚到贝桑松,她就提笔写信给每一位审判官。

"先生,我不会在判决那天出现在法庭上,因为那会给索莱尔先生带来不利影响。我在世界上唯一的愿望就是他能得救,一个无辜者因为我而走上死路,这个可怕的念头会毁掉我的余生,缩短我的寿命。请您相信这一点,你们怎么可以判他死刑呢?我不是还活着吗?不,社会绝对没有权利剥夺一个人的生命,尤其是于连·索莱尔这样一个人。韦里埃人人都知道他有精神失常的毛病。这个可怜的年轻人遭到许多有权有势的人的嫉恨,但是在他们当中,又有哪一个能怀疑他那令人羡慕的才能和渊博的学识呢?先生,您将要判决的不是一个平常的人。在我们和他相处的十八个月的时间里,我们都深知他虔诚、理智、勤奋,但一年中总有两三次他会忧郁症发作,甚至达到精神错乱的程度。韦里埃的全体市民,我们在那儿度夏的韦尔吉的所有邻居,我的全家甚至专区区长先生本人,都可以证明他的虔诚堪称典范,他能背出整本《圣经》。一个不信教的人会长年累月地苦读《圣经》吗?我的儿子们将有幸把这封信给您送去:他们还是些孩子,请您屈尊问问他们,先生,他们会把有关这个年轻人的情况详细告诉给您。为了能使您相信判他死刑是野蛮的行为,这些情况还是很必要的。如果判他死刑,您不仅不是为我报仇,而且是置我于死地。

他的敌人能拿什么来反对这一事实呢?我的孩子们亲眼见过他们的家庭教师发狂的情形,我的伤正是他的这一行为的结果。我的伤根本没有什么危险,经过两个月的调养,我现在已经可以乘驿车到贝桑松来了。如果我知道先生,您还对把一个罪行轻微的人从野蛮的法律中解脱出来而有丝毫犹豫的话,我将离开这仅仅因为我丈夫的命令而躺在上面的病床,跑去跪在您的面前。

先生,请您宣告:此案并非蓄意杀人,这样,您就不会因为一个无辜者的鲜血而受到良心的谴责。

第四十一章

审　判

> 当地人会长久地记住这桩著名的案件。对被告的关心
> 甚至引起了社会的骚动,因为他的罪行是奇特的而不是残
> 忍的。即使它是残忍的,这个年轻人也确实太英俊了!他
> 那辉煌的前程即将结束,这就更加激动人心。"他会被判死
> 刑吗?"女人为她们认识的男人等待回答时,她们脸色惨白。
>
> ——圣勃夫

令德·雷那尔夫人和玛蒂尔德小姐心惊肉跳的一天终于到来了。

城里奇异的景象加剧了他们的恐惧,就连一向意志坚强的富凯也无法无动于衷,全省的人都涌向贝桑松来观看对这宗桃色案件的审判。

几天以来,所有的客店都已爆满。庭长先生处处被向他索要旁听证的人包围,全城的女士都想旁听这一审判,街头甚至有人叫卖于连的画像……

为了这一关键时刻,玛蒂尔德手中握有一封主教大人的亲笔信,这位高级神职人员领导着全法国的教会,而且可以任命主教,现在竟然屈尊请求释放于连。审判前夕,玛蒂尔德手持特函求见那位拥有特权的代理主教。

会晤完毕,玛蒂尔德泪流满面地离开,德·弗里莱尔先生好像也被感动,放弃了他那外交家的谨慎态度对她说:

"陪审团的意见,我可以担保。在负责审察您要保护的人的罪状是否成立、是否蓄意杀人这个问题的十二人中,有六个是我的忠实朋友,我已经告诉他们我能否升为主教,全要取决于他们。瓦勒诺男爵,是我让他当上韦里埃市长的,他完全控

制着他们两个下属:德·莫瓦诺先生和德·肖兰先生。当然,抽签也使我们碰到两个思想极不端正的陪审官,不过,他们虽然是极端自由党人,在重大问题上依旧要执行我的命令,我已托人告诉他们要投和瓦勒诺先生一样的票。我听说第六位陪审官是个工业家,极有钱,是个饶舌的自由党人,他正在暗中设法向陆军部门供货,毫无疑问,他也不想得罪我。我已让人告诉他,瓦勒诺先生那里有我最后的决定。"

"瓦勒诺先生是谁?"玛蒂尔德不放心地问。

"要是您认识他,您就不会对成功有所怀疑了。此人能说会道,胆子大,脸皮厚,是个粗人,天生就是领导傻瓜的料。1814 年使他交了好运,我还要让他当省长。要是其他陪审官不随他的意旨投票,他有办法打击他们。"

玛蒂尔德有些放心了。

晚上还有一番争论等待着她。于连不愿拖长一种令人难堪的,大局已定的场面,执意在法庭上一言不发。

"有我的律师的发言就很够了。"他对玛蒂尔德说,"我不愿长时间地在敌人面前亮相,这些外省人对我靠了您而迅速发迹感到恼怒。请相信我好了,他们没有一个人不巴望我判死刑的,虽然我赴刑场时他们也会傻瓜似的痛哭流涕。"

"他们希望看到您受辱,这是实情,"玛蒂尔德回答道,"但我不相信他是残酷的,我来到贝桑松,我的痛苦已经公开并引起所有女人对我的同情。剩下的将由您那张漂亮面孔来完成。只要您在法官面前说上一句话,所有听众都会站在您一边。"

第二天九点,于连从监狱下来,去法院的大厅,院子里人山人海,警察们费了很大的劲才把在院子中的群众推开,头天晚上,于连睡得很好,他镇定自若,对那些嫉妒他的人除了旷达的怜悯以外,并没有别的感情;而他们虽然并不残酷,却会为他的判处死刑而鼓掌欢呼。他在人群中受阻了足有一刻钟,他不得不承认,他的出现在公众中引起了一片怜惜之情,也没有听到一句刺耳的话,这是他始料不及的。"这些外省人倒没有我想象得那么坏。"他对自己说。

走进审判大厅,建筑的优雅令他不胜惊讶,正宗的哥特式,漂亮的小圆柱,全部都是精雕细刻。他仿佛置身英格兰。

然而很快,他的注意力被十二到十五个漂亮女子吸引住了。她们正对着被告席,坐在审判官和陪审官席位上方的三个楼座里。他转过身来面对公众席位,只见圆形大厅周围的楼座都挤满了妇女。她们大多都很年轻,而且于连觉得她们都很美,她们的眼睛亮晶晶的,充满关切。在大厅的其他部分,人群挤得水泄不通,门口甚至发生了斗殴事件,警卫人员简直无法让大家安静下来。

当所有寻找于连的眼睛发现他已经出来,坐在为被告准备的略微高一点的座位上时,人群中响起一片窃窃私语,有的充满惊讶,有的则满怀关切之情。

他那天看起来还不到二十岁,衣着虽然简单,但十分优雅。他的头发和前额十分迷人,是玛蒂尔德坚持要帮他打扮的。于连的脸苍白极了。他刚坐到被告席上,就听见四周有人议论:"天哪?他多么年轻!……他还不过是个孩子……他比照片上要好看得多!"

"被告,"坐在他右侧的法警对他说,"你看见坐在楼座上的六位太太没有?"法警把陪审官们落座的梯形审判台上方突出的小旁听席指给他看,"那是省长夫人,旁边是德·N侯爵夫人,她非常喜欢您,我听见她向预审法官为您说情,再过去是德尔维尔夫人……"

"德尔维尔夫人!"于连喊了一声,脸涨得通红。"她离开这儿后,"他想,"会写信给德·雷那尔夫人的。"他不知道德·雷那尔夫人已到了贝桑松。

证人的发言很快完毕,代理检察长宣读起诉书,刚念了几句,于连对面小旁听席上两位夫人的眼泪就下来了。"德尔维尔夫人的心不会这样软。"于连想。不过,他注意到她的脸通红。

代理检察长用拙劣的语法、带着悲天悯人的语气竭力夸张这种罪行是如何野蛮,于连注意到德尔维尔夫人旁边的几位太太露出一副不以为然的表情,有的陪审官,显然是认识这几位太太,同她们谈话,好像在安慰她们。"这一切都不失为好兆头,"于连暗想。

到这时为止,于连对所有来看审判的男人,都极为鄙视,代理检察长的控诉,平庸乏味,更增加了他的厌恶情绪。然而这时候,在面对这些以他为对象的同情时,他的心渐渐消融开来。

他对他的律师的坚定气概很是满意。"不要卖弄词句!"当律师要开始发言时,于连低声向他叮嘱。

"他们从博叙埃书中偷了许多夸张的词句,用来攻击您,倒是帮了您的忙。"那位律师说。

事实上,律师的发言还不到五分钟,几乎所有的妇女都把手帕捏在了手里。律师受到鼓舞,对陪审官说了一些极有分量的话。于连战栗着,觉得眼泪都要流出来了。"天哪!我的仇人们将会说些什么?"

他的心就要屈服在包围着他的同情里了,幸好这时他发现了德·瓦勒诺先生那傲慢的目光。

"这坏蛋的眼睛像要冒出火来,"他暗想,"对这个卑鄙的人来讲,这是多大的胜利啊!如果我的罪行造成了这种结果,就该诅咒我的罪行。天晓得他会对德·雷那尔夫人说我些什么!"

这个念头赶走了其他一切想法。随后,于连被公众赞许的表示唤醒。律师刚刚结束辩护。于连想起他应该与律师握手致谢。时间过得飞快。

有人给律师和被告送来了点心,于连这时才注意到,竟然没有一位妇女离开法庭,回家去吃晚饭。

"说良心话,我饿得要死。"律师说,"您呢?"

"我也一样。"于连答道。

"您看,省长夫人也在那儿吃饭呢,"律师指了指小看台说,"拿出勇气来,一切都很顺利。"审判重新开始。

当法庭庭长做总结时,午夜的钟声敲响了,庭长不得不暂停。在焦躁不安的寂静中,只听得当当当的钟声在大厅里回荡。

"我生命的最后一天开始了。"于连想。一会儿之后,他想到了责任,感到全身在燃烧。到此时为止,他一直控制着他的感情,并决心保持沉默,但是当法庭庭长问他还有什么话要补充的时候,他站了起来。他向前看,看见了德尔维尔夫人的眼睛。在灯光照耀下,这双眼睛闪闪发亮,"莫不是她也流泪了?"他想。

"各位陪审官先生:

"对轻蔑的憎恶,迫使我发言,这种憎恶,我原以为在面对死亡时是可以克服的。先生们,我没有荣幸成为你们那个阶级的一员,你们在我身上看到的是一个农民,一个起来反抗他的卑贱命运的农民。"

"我对你们不乞求任何恩惠,"于连说,口气变得更加坚定有力,"我不抱任何幻想,死亡正在等待着我,而且它是公正的。我企图枪杀一个最值得敬爱的女人。德·雷那尔夫人曾经像慈母一样地对待我。我的罪行是残忍的,而且是有预谋的。

因此我理当被判处死刑,陪审官先生们。但是,即使我的罪行不那么严重,我也会看见有许多人,不会因为看见我年轻值得怜悯而就此止步。他们仍要以我为榜样,来惩罚和摧残一个阶级的年轻人,永远让一个阶级的年轻人灰心丧气。因为他们虽然出身微贱,遭受贫困的压迫,却有幸获得良好的教育,敢于闯进有钱人引以为自豪的上流社会中去。

"先生们,这就是我的罪行,事实上,因为我不是受到我同阶级的人的审判,它将受到更为严厉的惩处。在陪审官的席位上,我看不到一个富裕的农民,而只有一些气愤不平的资产者……"

长达二十分钟,于连一直用这种语调讲话,他说出了他心中所有的一切。代理检察长正期待着贵族的礼遇,气得从座位上跳了起来。尽管于连的用语多少有些抽象,但在场的妇女依旧个个泪如雨下,连德尔维尔夫人也拿起手帕来擦眼睛了。在发言结束之前,于连又回过头来谈他的预谋、他的悔恨、他的尊敬,谈他在以往那段幸福的日子里,对德·雷那尔夫人怀有的儿子般的、无限的崇拜……德尔维尔夫人尖叫一声,昏了过去。

陪审官退庭合议的时候,时钟正敲着一点。没有一个女人离开座位,好几位男子眼里含着泪。交谈开始时很热烈,但是陪审团的决定久久不至,普遍的疲倦使大厅逐渐安静下来。这一时刻是庄严的,灯光也没有以前那样明亮,于连已经十分疲惫,他听周围的人议论这拖延是好兆头还是坏兆头。他高兴地看到大家都心向着他。陪审官还不出来,但是没有一个女人退席。

两点的钟声刚刚敲过,响起了一片巨大的骚动声,陪审官的小门开了。德·瓦勒诺先生迈着威严的台步走了出来,其他陪审官跟在后面。他咳嗽了一声,然后宣布说,他以灵魂和良心保证,陪审团一致认为于连·索莱尔犯有杀人罪,而且是蓄意杀人。从这里得出的结论必然是死刑。死刑是过了一会儿才宣布的。于连看了看他的表,想起了德·拉瓦莱特先生,此时是两点一刻。"今天是星期五。"他心想。

"是的,今天是瓦勒诺最高兴的日子,他判了我的死刑……我受到人们的严密监视,以至于玛蒂尔德不能像德·拉瓦莱特夫人那样来营救我……那么,三天以后,也是这一时刻,我会知道怎样来对待这一巨大的人生之迷了。"

这时,他听到一声叫喊,他的注意力又被拉回到人间的事务上来了。他周围的妇女都在哭泣呜咽,他看见众人的脸都转向一个小看台,这看台十分隐秘,就开在一根贴墙的哥特式的方形柱上面,他后来才知道,玛蒂尔德就躲在里面。因为那叫声没有再起,大家又开始望着于连,警察正为他在人群中打开一条通道来。

"我得小心,要做到不让瓦勒诺那个坏蛋笑话我,"于连暗想,"他宣布判处死刑的声明时,他的表情是多么虚假和尴尬啊!而那个可怜的庭长,虽然作法官多年,在宣布我的死刑时眼里倒含着泪水。从前为德·雷那尔夫人争风吃醋,瓦勒诺这次终于报仇!……我见不到她了!一切都完了!……我已经感觉到,我们之间就是连最后的诀别也不可能了……我要是能把我对我的罪行有多么深恶痛绝告诉她该多好啊!

"我只有这句话,我被公正地判决了!"

第四十二章

于连被带回监狱,关进一间死囚牢里。平日对最细小的事情也能察觉的他,现在居然没有发现他不是被带回到他的城堡主塔中去。他一直想假如在死前能够幸运地看到德·雷那尔夫人,他该对她说些什么呢?他想她会阻止他说话的,他却巴不得一上来就把自己内心的悔恨倾诉个够。在做了这样的事后,她还能相信我唯一爱的是她吗?因为说到底,我要杀她的原因不是出于野心,就是出于对玛蒂尔德的爱。

临睡时躺到床上,才发觉被单是用粗布做的。"啊?我是在死牢里,"他睁眼自言自语,"我是一个判了死刑的人。这是公正的……

"阿尔塔米拉公爵曾经告诉我,丹东在他临死前,曾用他粗暴的声音说:'真奇怪,斩首这个动词不能有各种时态变化,可以说,我将被斩首,你将被斩首,但不能说:我曾经被斩首。'

"为什么不可以呢?如果有来生的话。"于连又想道……"真的,假如我遇见基督教的上帝,我便完蛋了;他是一个暴君,因此,他满脑子复仇信念,他的《圣经》里讲的全是各种残酷的惩罚。我从来没有爱过他,也从来不愿相信有人真心爱他。他毫无怜悯心。"(他想起了《圣经》中的一些章节。)"他会用一些残酷的方法来惩罚我……

"我要是遇见费讷隆的上帝呢?他也许会对我说:'你将得到特大的饶恕,因为你真心爱过……'

"我真心爱过吗?唉!我爱过德·雷那尔夫人,但我的行为是残酷的。在这件事上和别的事一样,我放弃了简单质朴的品德去追求荣华……

"可是,那是怎样广阔的前景啊!……战时当轻骑兵上校,平日当使馆秘书,然后是大使……我会很快熟悉业务的……即使我只是个笨蛋,德·拉莫尔侯爵的女婿还怕有对手吗?我的任何蠢事都会被原谅,甚至还会被作为才华呢!有才华的人,在维也纳或伦敦过着最豪华的生活……

"不是这样吧,先生,三天后,你就要上断头台了。"

这句俏皮话使他开心地笑了。"其实,每个人身上都有两个自我,"他想,"见鬼! 谁曾想到这险恶的一面呢?"

"好! 是的,朋友,三天以后准上断头台,"他回答打断他说话的那个我,"德·肖兰先生将要租一个窗口,和马斯隆神父各付一半租金,好,在租金问题上,这两位可敬的人物将是谁占谁的便宜呢?"

他忽然记起罗特鲁的戏剧《旺塞斯拉斯》中的一段:

拉迪斯拉斯:……我的灵魂已经准备好了。

国王(拉迪斯拉斯之父):绞刑架也已经准备好;把您的头放上去吧。

"回答得太棒啦!"他想,然后就睡着了。早上有人紧紧地抱住他,把他弄醒了。

"怎么,时间已经到了?!"于连睁开惊骇的眼睛喊道。他以为他已经在刽子手的手中了。

原来是玛蒂尔德。"幸亏她没听懂我的意思。"这个想法使他完全恢复了镇静,他发现玛蒂尔德变了大样,好像是大病了半年,他都有些认不出她来了。

"弗里莱尔这个卑鄙的家伙背叛了我。"她对他说,气愤地绞着手,都哭不出来了。

"我昨天的发言不是很精彩吗?"于连这样回答她,"我那是即席发言,有生以来第一次! 当然也是最后一次!"

此时,于连在玩弄玛蒂尔德的性格,冷静得像一位高明的钢琴家在演奏……"显赫的出身这种优越条件,我是没有,"他说,"然而,玛蒂尔德的伟大心灵把她的情人抬到了她的高度。您认为博尼法斯、德·拉莫尔在审判官面前会有比我更出色的表现吗?"

玛蒂尔德这一天很温柔,没有一点矫饰,就好像一位住在六层楼上的可怜姑娘。然而她却不能从他那儿听到一句朴实的话。她从前让他受过种种折磨,他现在统统回敬给了她。

"没有人知道尼罗河的源头,"于连心里想,因为没有人能从一条普通的小溪看到长江大河之广;同样,人的眼睛也不会看到于连的怯弱,首先因为他并不怯弱。

但是，我有一颗易被打动的心；一句普普通通的话，只要用诚恳真挚的语气说出来，就能让我的语气变得温和，甚至让我流泪。有多少次那些冷酷的人因为这个而看不起我啊！他们以为我在乞求宽恕，这便是我不能忍受的。

"据说丹东在上断头台时，因为想念他的妻子而大为感动，但是丹东曾使一个到处是轻浮子弟的国家强盛起来，阻止敌人到达巴黎……只有我自己知道自己能做出什么样的事来…在别人眼里，我充其量只是个也许。

"如果现在在我牢房里的不是玛蒂尔德，而是德·雷那尔夫人，我还能保证我不动感情吗？我的极度绝望和悔恨，会被瓦勒诺之流和本地贵族视作是对死亡的可耻的恐惧。那些内心软弱的人，由于经济地位而使他们免受犯罪的诱惑，他们多么骄傲啊！德·穆瓦罗先生和德·肖兰先生这些刚刚判处我死刑的人会说：'请看一个木匠的儿子是什么下场！一个人可以变得博学多识、机智能干，可是心呢？……心是无可改变的。'即使是这个玛蒂尔德，她在哭，或者准确地说，她已经哭不出来了，"他想，同时望着她那哭红了的眼睛……他把她搂在怀里。面对她发自心灵的痛苦，不禁忘了自己的推论……"她也许哭了整整一夜，"她心想道，"然而有朝一日，她回想起来会羞愧得无地自容的。她会认为自己在青春年少时被一个平民的卑劣思想引入歧途……克鲁瓦斯努瓦这个人相当软弱，将来一定会娶她的，而且我认为他做得对。她会使他成为一个人物的。

> 一个坚定而有远大抱负的头脑，
>
> 具有支配庸夫俗子的权利。

"啊！这一点真有意思：自从我被判处死刑以后，原来背不过的诗全都记起来了。这是衰落的征兆……"

玛蒂尔德有气无力地对他重复道："他就在隔壁房间里。"他终于注意到她的话。"她的声音很微弱，"他想，"然而口吻中的专横性格丝毫未变。她是为了压住火气才放低声音说话。"

"谁在那里？"他态度温和地问她。

"律师，他等您在上诉书上签字。"

"我不要上诉。"

"什么！您不要上诉？"她站起来，眼睛里燃烧着怒火，"请问，为什么？"

"因为现在我有赴死的勇气，不至于太让人笑话。谁能知道，在两个月后，在这阴暗的地牢里长期监禁以后，我还会有这样好的状态？我预料还要和教士们见面，和我父亲见面……世界上再没有比这更让我心烦的事了。让我死吧。"

这一出人意料的冲突唤醒了玛蒂尔德的傲慢。在贝桑松监狱的牢房开门之前，她没能见到德·弗里莱尔神父，只有把一腔怒火发泄到于连头上。她崇拜他，但在此刻，她诅咒他的性格，后悔自己爱上了他。他又看见了从前在德·拉莫尔府图书室里毫不留情地辱骂他的那个傲慢的玛蒂尔德。

"为了你家族的荣耀，上帝本该把你降生为男人。"他对她说。

"至于我，"他想，"如果我还要在这个令人讨厌的地方过上两个月，被当作那批贵族老爷们任意诽谤辱骂的目标，而唯一的安慰就是这个疯女人的诅咒，那我才真叫傻呢……那好吧，后天早上，我将要和一个冷静、技艺高超的人决斗……"非常高超，"魔鬼的声音对他说，"他弹无虚发。"

"好，那太好了（玛蒂尔德依旧在咒骂不休），噢，不，"他对自己说，"我不要上诉。"

决心已定，他陷入幻想……六点，邮差经过，照例送上报纸。八点钟，德·雷那尔先生看完报纸，爱莉莎蹑手蹑脚地走来，把报纸放在她的床上。过了一会儿她醒来，读着报纸忽然惊惶起来，漂亮的手颤抖着，她读到了这样一句话：十点零五分，他离开了人世。

"她会哭成个泪人儿，我了解她，我想杀她这件事，无关紧要，她会很快忘记，只有我打算杀的这个人，才是真心实意为我死去而哭泣的人。"

"啊！多么鲜明的对比！"他想，在玛蒂尔德继续吵闹的一刻多钟里，他心里只想着德·雷那尔夫人，尽管他嘴里仍在回答玛蒂尔德的话，他始终无法把他的回忆从韦里埃的那间卧室解脱出来。他看见放在橘黄色被褥上的贝桑松的报纸，看见她那双白皙的手痉挛地抓住它，看见德·雷那尔夫人在哭泣……他仿佛望见每一颗泪珠从她那迷人的面颊上流落下来。

德·拉莫尔小姐无法从于连那里得到任何肯定的意见，只好把律师请了进来。幸好这人是 1796 年远征意大利军团的一名老上尉，马尼埃尔的老战友。

按照惯例，他反对这位被判死刑的人的决定。于连为了向他表示尊重，就向他逐条陈述理由。

　　"说实在的，您这样想也可以。"费利克斯·瓦诺先生（律师的名字）终于对他说道，"不过您还有整整三天的时间可以提出上诉，而且我的责任是每天来看您。要是两个月内有座火山从这监狱底下爆发，您是可以得救的。不过您也可能死于疾病，"他望着于连说。

　　于连和他握手。"谢谢您。您是个正直的人。我会考虑这些的。"

　　玛蒂尔德终于陪律师一起出去了，于连觉得自己对律师怀有比对玛蒂尔德多得多的友谊。

第四十三章

一点钟以后,他睡得正沉,觉得有泪水滴在他的手上,他醒了。"啊!又是玛蒂尔德!"他迷迷糊糊地想,"她忠于她的计划,又用泪水来进攻我的决心了。"他想到又会出现的悲怆场面,心中一阵厌烦,便没有睁眼。他想起了巴力腓多尔逃避自己妻子时写的诗句。

他听到一声奇特的叹息。他睁开眼,发现那是德·雷那尔夫人。

"啊!我在死前又见到您了,这不是做梦吧?"他喊叫着跪倒在她脚下。

"啊!对不起,夫人,我在您眼中只是个杀人犯。"他立刻说,完全醒了过来。

"先生……我来求您上诉,我知道您不愿意这么做……"她泣不成声,无法说下去了。

"恳求您宽恕我。"

"如果您真想得到我的宽恕,"她说着起身扑到他怀里,"那就立刻对您的死刑判决提起上诉。"

于连疯狂地吻她。

"在这两个月当中,你每天都会来看我吗?"

"我对你发誓,每天都来,除非我丈夫禁止。"

"我签字!"于连大叫,"怎么!你宽恕我了?这可能吗?"

他紧紧地拥抱着她,他疯了。她轻轻地叫了一声。

"没什么,"她对他说,"你把我弄疼了。"

"弄疼了你的肩膀。"于连泪如雨下。他向后退一点,在她手上印满灼热的吻。

"最后一次在韦里埃的卧室见你时,谁会想到会发生这样的事?"

"那时谁又能想到我会给德·拉莫尔先生写那封诬告信呢?……"

"你要知道,我一直爱你,只爱你一个人。"

"真的!"德·雷那尔夫人叫道,轮到她喜出望外了。她靠在于连身上,于连跪着,两个人泪眼相望,久久不语。

于连一生从未经过这样的时刻。

很久以后,他们又能开口说话时,德·雷那尔夫人说:

"那位年轻的米什莱夫人,不如干脆叫她德·拉莫尔小姐吧,我开始真的相信这个离奇的故事了!"

"它只是表面上的真事,"于连回答道,"她是我的妻子,但不是我的爱人……"

他们成百次地互相打断,好不容易把互相不知道的事情说出来了。那封给德·雷那尔先生的信,是听德·雷那尔夫人忏悔的教士写好,由她抄写的。

"宗教让我做了一件多可怕的事情啊!"她向他说道,"我还把信里最恶劣的词句改得缓和了些……"

于连的兴奋和幸福证明他已完全原谅了她,他从未爱得如此疯狂。

"不过我觉得我还是虔诚的,"德·雷那尔夫人接着说,"我真诚的相信上帝。我同样相信,我所犯的罪是可怕的。自从我看到你,即使是在你向我开了两枪之后……"

这时,于连不顾她的反对,接连吻她。

"放开我,"她继续说,"我想和你说清楚,免得以后忘了……自从我看见你,所有的责任都不见了,只剩下对你的爱,其实爱这个词还太轻了。我对你感到了我只应对上帝才能感到的那种东西:一种尊敬、热爱和服从兼而有之的感情……其实,我并不知道你在我心里引起的究竟是什么感情。要是你让我去给看守一刀,我会想也不想就去犯罪。在我离开这里以前,你把这给我解释清楚吧,我想看清楚我的心,因为两个月后我们将要分别……噢,对了,我们真的要分别吗?"她微笑着问他。

"我收回我的话,"于连叫着站了起来,"如果你想用毒药、刀子、手枪或者别的什么手段结束或缩短你的生命,我就不对死刑判决提出上诉。"

德·雷那尔夫人的表情蓦地变了,最温存的柔情让位于深沉的遐想。

"我们就这样死去怎么样?"最后,她对他说。

"谁知道另一个世界有什么?"于连答道,"或许只有痛苦,或许什么也没有。难道我们不能一起幸福地待上两个月吗? 两个月,那会是很多日子呢! 我永远不会那么幸福的!"

"你永远不会那么幸福的!"

"永远,"于连高兴地重复道,"我跟你说话,就像跟我自己说话一样。上帝不允许我夸大。"

"你这样说话就是在命令我。"她说,露出了羞怯而悲恸的微笑。

"那好! 你以对我的爱发誓,决不用任何直接的或间接的手段伤害自己的生命……"他补充道,"你要记住,你必须为我的儿子活下去,玛蒂尔德一旦成为德·克鲁瓦斯努瓦侯爵夫人,就会把我的儿子扔给仆人。"

"我发誓,"她冷冷地说,"可是,我要带走你亲笔写的,有你的签名的上诉书。我将亲自去交给总检察长先生。"

"当心,这会连累你。"

"在我来监狱看你之后,我将永远成为贝桑松和法郎什一孔泰省街谈巷议的女主角,"她神情悲痛地说,"严格的廉耻的界线已经越过……我是一个身败名裂的女人;真的,这是为了你……"

她的语气那么悲伤,于连拥抱着她,感到一种崭新的幸福。那已经不单是爱的陶醉,而是由衷的感激了。他第一次觉察到她为他做出了多么巨大的牺牲。

显然有个好心人通知了德·雷那尔先生,说他的妻子去监狱探望了于连,并待了很久。因为三天以后,他派车子来接她,要她立即返回韦里埃。

　　这残酷的分别,使于连这天一开始就很痛苦。有人在两三个小时后告诉他,贝桑松的一个神父一大早就来到监狱外的街道上,这个人诡计多端,但在耶稣会教派里并没有获得成功,雨下得很大,这个教士声称要为于连进行受难的祈祷。于连本来心情恶劣,这一愚蠢的行为更使他大为恼火。

　　早晨他已拒绝了这个教士的探望,然而他打定主意要听于连的忏悔,认为可以利用从于连那儿获得的隐情,在贝桑松的年轻妇女们中间博取名声。

　　他大声宣布,他将日夜守在监狱门口:"上帝派我来感化这个叛教者的灵魂……"老百姓总是喜欢看热闹的,他们很快便聚集起来。

　　"是的,教友们,"他对他们说,"我将要在这儿度过白天、黑夜,以及今后所有的白天和黑夜。圣灵跟我说过,我负有上天的使命,我要拯救年轻的索莱尔的灵魂。大家和我一起祈祷吧……"

　　于连最讨厌起哄和所有令他引人注目的事,他想趁这个机会,在不被人觉察的情况下悄悄离开人世,但是他仍抱着和德·雷那尔夫人见面的一线期望,他的确疯狂地爱着她。

　　监狱的门,开向一条异常热闹的街道。想起那个肮脏不堪的教士当众宣扬他的丑闻,于连心中备受煎熬。"他一定每时每刻都在提我的名字!"这时刻对他来讲比死还难受。

　　每隔一小时,他就把那个热心的看守叫来两三次,让他去看那教士是不是还在监狱门口。

　　"先生,他跪在泥水里,"看守每次都对他说,"他高声祈祷,为您的灵魂朗诵祷文……""这个该死的混蛋!"于连想。的确,这时他听见一片低沉的嗡嗡声,那是人们在回应祷文。他实在忍无可忍,因为他听见就连看守本人也在念念有词地背着拉丁文。"有人开始议论,"看守补充道,"您的心肠一定很硬,才会拒绝这位圣徒的拯救。"

　　于连气得发疯,"啊?我的祖国!你如今还如此野蛮!"他自顾自地慷慨陈词,丝毫不管身边的看守。

　　"这家伙想在报纸上有一篇文章,他肯定可以得到的。"

　　"啊?该死的外省人!在巴黎,我肯定不会如此受人侮辱,那里人的招摇撞骗要高明许多。"

"让那位圣洁的教士进来吧!"最后,他额上冒汗地对看守说。那位看守在胸前画了个十字,兴冲冲地出去了。

这位圣洁的教士奇丑无比,浑身泥巴。冰冷的雨水使牢房里更显阴暗潮湿。教士想拥抱于连,跟他没说几句话,自己先感动起来。这种卑劣的伪善也太明显了,于连还从未有过如此愤怒。

教士进来才一刻钟,于连便成了一个十足的懦夫。他第一次感到死亡的可怕,想到行刑两天后自己的尸体会开始腐烂……

他正要露出怯态,或者用锁链勒死教士,忽然想到,为什么不请这个圣洁的人为他举行一场四十法郎的弥撒,就在当日。

时间快到中午,教士才撤岗离去。

第四十四章

神父刚一出去,于连就失声痛哭起来,他因为死亡而哭泣。逐渐地,他对自己说,假如德·雷那尔夫人在贝桑松,他会向她坦白自己的软弱……

正当他因热爱的女人不在身边而深感遗憾的时候,他听见了玛蒂尔德的脚步声。

"坐牢最大的不幸,"他想,"就是自己不能把牢门关上。"玛蒂尔德对他讲的那一套,只能使他生气。

她对他说,审判那天,德·瓦勒诺先生口袋里已经装着省长的任命书,所以才不把弗里莱尔看在眼里,才称心如意地给他定个死罪。

"德·弗里莱尔先生刚才告诉我:'您的朋友居然会唤起和攻击那帮资产阶级贵族的虚荣心!为什么要谈起阶级问题?那无异于是向他们指明为了他们的阶级利益他们该怎么做。那些笨蛋,他们原来并不曾想到这一点,当时都快要掉眼泪了。阶级利益蒙住了他们的眼睛,使他们看不到死刑判决的残忍。应该承认,索莱尔先生处理事情还很幼稚。如果我们请求特赦还拯救不了他,他的死就可以说是某种方式的自杀……'"

玛蒂尔德还不可能把一件她尚不曾觉察的事情告诉于连,那便是:德·弗里莱尔神父已经看到于连没救了,便觉得若能成为他的继承人,那对实现自己的野心会大有益处。

于连感到愤怒,却又无能为力,再加上心情不快,简直要发疯了,就对玛蒂尔德说:"去看一场为我举行的弥撒吧,让我安静一会儿。"玛蒂尔德对德·雷那尔夫人探监已很嫉妒,刚才又听说她已离开了贝桑松,完全明白于连恼火的原因,于是失声痛哭起来。

"她的痛苦是发自内心的。"于连看出了这一点,反而更加恼火。他迫切需要一个人独处,但是怎样才能做到呢?

玛蒂尔德在对他进行百般劝说后,看他缓和下来,也便走了。可是与此同时,富凯又来了。

"我想一个人待会儿，"他对这位忠实的朋友说……见他犹豫，就又说，"我正在写一篇回忆录，供请求特赦用……还有……求求你，别再跟我谈死的事了。如果那一天我会需要特别的帮助，我会首先跟你说的。"

于连得以独自待着以后，比以前更烦恼、更脆弱。因为要对德·拉莫尔小姐和富凯掩饰他眼下的状况，这个虚弱不堪的心灵里所残存的最后一丝力量也消耗殆尽了。

傍晚时分，一个念头使他得到安慰：

"假如今天早晨，当死亡在我看来是那样丑恶的时候，有人通知我要执行死刑，观众的眼睛会刺激我的光荣感，也许我的步伐有点不自然，像一个胆小的花花公子初进客厅一样。要是这些外省人当中有几个头脑清醒的人的话，他们能猜出我的软弱……但不会有人看出我的软弱。"

他觉得自己的不幸已经减轻了许多。"我现在是个懦夫，"他唱歌似的重复道，"但是谁也不知道。"

一件更令他不快的事在第二天等待着他。他的父亲很长时间以来就说要来看他；这一天，于连还没醒，白发苍苍的老父亲就出现在他的牢房里。

于连感到虚弱，想到自己会受到最难堪的责备。

这天早晨，他因为自己不爱父亲而深感愧疚，他的痛苦到此已达到顶点了。

"命运把我们在这个世界上连在一起，"在看守对牢房略做收拾时于连暗想，"我们之间几乎是不遗余力地互相伤害着，在我临死的时候，他还要来给我最后的一击。"

牢房里刚刚只剩下他们两人，老木匠最严厉的责备就开始了。

于连控制不住自己的眼泪。"这软弱真丢人！"于连愤怒地骂自己，"他会到处夸大我没有勇气，这对瓦勒诺之流和所有统治韦里埃的最平庸的伪善者而言，又是一个多么辉煌的胜利啊？他们这种人在法国拥有很高的地位，享有各种特权。以前我至少可以对自己说：他们有钱，的确，他们拥有一切荣誉，但是，我拥有高尚的心灵。

"而现在有了一个人人都相信的证人，他将向全韦里埃证明我在死亡面前是软弱的，并且加以夸张！我在这个人人都明白的考验面前，变成了一个懦夫！"

于连近乎绝望了。他不知道怎样打发走这位老人。装假来欺骗这位精明的父亲,对现在的于连来讲已是力不胜任了。

他在脑海中寻找着各种可能的方法。

"我有一笔积蓄!"他突然高声说。

这话颇为灵验,立刻改变了老人的表情和于连的地位。

"我该如何处理呢?"于连继续说,他平静多了,那句话使他摆脱了一切自卑感。

老木匠心急火燎,生怕这笔钱跑掉,而于连似乎想留一部分给他的哥哥们。他兴致勃勃地谈了很久,于连现在可以嘲弄他了。

"好吧!至于我的遗嘱,上帝已经给了我启示。我给我的哥哥每人一千法郎,其余的全都归您。"

"好极了,"老人说,"剩下的都归我;既然上帝赐福感动了您的心,如果您想死得像个好基督徒,您最好是把您的债还上。还有我预先支付的您的教育费和伙食费,您还没想到呢……"

"这就是所谓的父爱!"等到最后他独自一人时,伤心的于连反复对自己说。不一会儿,看守来了。

"老人们探监以后,我照例要送给我的客人们一瓶好香槟酒,价钱略微贵一点儿,六法郎一瓶,但它可以令人心情舒畅。"

"请您拿三个酒杯来,"于连用孩子般的热情回答道,"并且请您把那两个在走廊里散步的犯人也叫进来。"

看守把两个苦役犯领了进来,这里两名惯犯,将被押到苦役牢里。这是两个快活的恶棍,精明、勇敢而冷静,的确非同一般。

"您给我二十法郎,"其中一个对于连说,"我便把我的经历详细讲给您听。那可是妙不可言啊。"

"不过,您也会撒谎吧?"

"不会,"他说,"我的朋友就在这儿。他看着我的二十法郎眼红。我要是撒谎,他会拆穿我的。"

他的历史令人厌恶。然而它表明这是个勇敢的人,在他心中只有一种激情,那就是金钱的激情。

他们离开以后,于连已不是原先那个人了,他不再对自己生气。自从德·雷那尔夫人离开以后一直折磨着他的剧烈的痛苦,现在已变成忧郁了。

"如果我能少受点表面现象的蒙蔽,"他对自己说,"我就能看到,在巴黎的客厅里充满了我父亲那样的正人君子,或者是像这两个苦役犯那样的恶棍。他们说得对,客厅里的那些人早上起床时绝不会有这样揪心的想法:我今天吃什么饭?他们却在夸耀着他们的廉洁!他们当了陪审官,便可以洋洋得意地把一个因为饿得发晕而偷了一副银餐具的人判处死刑!

"但是若要有一个法庭,专门审问关于内阁大臣的职务争夺问题,我们那些客厅里的正人君子们所犯的罪行,就会跟因吃饭需要的逼迫而使这两个苦役犯所犯的罪一般模样了……

"世界上根本没有什么自然法,这个词儿不过是古老的无稽之谈,对那天揪住我不放的代理检察长倒很合适,他的祖先靠没收路易十四的一笔财产而发了家。只是在有了由法律规定来禁止做某件事、违反了就会受惩罚时,方才有了所谓的法权。在法律产生以前,自然的东西,就只有狮子的力量,受饥寒折磨的动物的需要而已。一句话,需要就是一切……不,我们所尊敬的那些人物,不过是些没有被当场抓获的幸运的骗子罢了。社会派来指控我的那个起诉人,就是由于做了一件肮脏事而发财的。我犯了杀人罪,对我的处罚是公正的;但是除了这点以外,那个判处我的瓦勒诺,他对社会的危害要超过我一百倍。"

"好吧!"于连伤心但并不愤怒地接着想道,"虽然我父亲贪财,但还是比所有那些人要强一些。他从来没有爱过我,而我现在又要用不名誉的死亡来使他丢脸,也未免过分了些,这种对缺乏金钱的恐惧,这种人类劣根性的夸大表现,即所谓的吝啬,使他在我留给他的三四百路易上看到了宽慰和安全。某个星期天的晚餐后,他会把他的金币拿出来向韦里埃所有羡慕他的人炫耀。他会用目光告诉他们:若是有这样的好处,你们当中有哪一个人不愿意有一个上断头台的儿子呢?"

这种哲理或许是真实的,但它却使人情愿去死。漫长的五天就这样过去了。他看到玛蒂尔德被强烈的嫉妒折磨得怒火中烧;他对她又客气,又温柔。一天晚上,他正儿八经地想起自杀一事来。德·雷那尔夫人的离去使他陷入深切的痛苦,他的心灵开始枯竭。无论是现实生活,还是幻想世界,什么也引不起他的兴趣。因为缺少运动,他的健康开始受到影响,性情也变得和年轻的德国大学生般忽而软弱忽而狂热。他已经失去男人的高傲,这高傲可以通过一句厉害的骂人话,去推开恼人的不合时宜的想法。

"我热爱真理……可是真理又在哪里？……到处都是虚伪,至少也是招摇撞骗,连那些最有德行、最伟大的人也不例外。"他嘴上泛出厌恶的表情,"是的,人绝对不可以相信人……"

"在为孤儿募捐时,德·某某夫人曾对我说,某位亲王刚刚捐了十个路易,其实这是谎言。但是我能说什么? 拿破仑在圣赫勒拿岛上! ……宣布让位给他的儿子罗马王,这也不过是玩弄权术罢了。

"天哪! 如果是这样一个人,在灾难降临理应承担责任的时候,也会干出这种骗人的把戏,对其他人还能指望什么呢?……

"真理究竟在哪里? 在宗教里……是的,"他带着一种极端轻蔑的苦笑继续说道,"在马斯隆、弗里莱尔、卡斯塔内德们的口中……可能在真正的基督教里,他们的教士也许不比当年的使徒得到的酬报更多……可圣保罗得到了发号施令、夸夸其谈和让别人议论自己的快乐……

"啊! 假如有一种真正的宗教……我真蠢! 我看见一座哥特式教堂,一些令人敬重的花玻璃窗,我软弱的心,从那些玻璃窗上去想象一个教士……我的灵魂会理解他,需要他……我看到的却只是一个头发肮脏的坏蛋……除了赏心悦目的仪表打扮,他和博瓦西骑士没什么不同。

"但是真正的神父,马西荣、费讷隆……马西荣曾为杜布瓦祝圣,《圣西门回忆录》破坏了费讷隆在我心目中的形象,但是若能有个真正的神父……那样,温柔的心灵在这尘世就会有一个汇合点……我们将不再孤独……这善良的神父将与我们谈天主。但是什么样的天主呢? 不是《圣经》里的那个天主,一个气量狭小的、残酷的、渴望报复的暴君……而是伏尔泰的天主,正直、仁慈、包罗万象……"

他能把《圣经》倒背如流,对这部书的回忆搅得他心烦意乱……"可是,三位一体之神啊! 在被我们的教士可怕的滥用之后,谁还能相信天主这个伟大的名字呢?

"孤独的生活! ……这是多么大的痛苦……

"我变得疯狂而不公正了,"于连拍打着脑门对自己说,"我在这牢房里是孤独一人,但我在这世界上不曾孤独地生活过,我有强烈的责任感。我有为自己规定的责任,不管是对是错,就好比是一棵粗壮大树的树干,成为我暴风雨中的依靠,我动摇过,经受过撼动。说到底,我终究是个凡夫俗子……但是,我没有被卷走。

"是牢房中潮湿的空气使我想到了孤独……

"为什么在诅咒虚伪的同时自己还要虚伪呢？不是死亡，不是地牢，也不是潮湿的空气，而是因为德·雷那尔夫人不在身边令我烦恼。如果是在韦里埃，如果是为了看到她我不得不躲进她家的地窖里，我还会唉声叹气吗？

"同时代人的影响占了优势，"他高声说，苦笑了一下，"独自跟自己说话，距死亡只有两步之遥，我仍然还要虚伪……啊？十九世纪！

"……一个猎人在森林中开了一枪。猎物倒下了，他冲上去抓它。他的脚踢在一个两尺高的蚁穴上，毁坏了蚂蚁们的住处，将蚂蚁和它们的卵踢得老远……即使是蚂蚁中最富智慧的，也永远不会理解那个黑色的、可怕的庞然大物：猎人的皮靴，它以难以置信的速度闯进它们的住处，事先还发出轰然巨响，同时闪出微红的火光……

"……因此，死，生，永恒，对那些器官大到足以想象它们的人而言，都是些十分简单的问题……

"在酷热的夏日，一个蜉蝣上午九点出生，傍晚五点死亡，它又怎么能理解黑夜这个词的含义？

"让它再活五个小时，它就可以看到和理解什么是黑夜了。

"我便是如此，死于二十二岁。再给我五年的生命，让我跟德·雷那尔夫人一起生活。"

他像靡非斯特那样地笑了。"讨论这些重大问题，真是发神经！

"首先，我是虚伪的，就好像旁边有人在偷听我说话似的。

"其次，我剩下的日子已经不多了，我却忘记了生活，忘记了爱……唉！德·雷那尔夫人不能来了；也许她丈夫不许她再来贝桑松丢人现眼了。

"我之所以感到孤独，原因正在于此，而不是因为缺少了一位公正、仁慈、万能、不渴望报复的天主。

"啊！如果他存在……唉！我一定跪在他脚下。我对他说：'我罪该万死，但是，伟大的天主，仁慈的天主，宽容的天主，把我爱的女人还给我吧！'"

此时夜深人静。他平静地睡了一两个小时以后，富凯来了。

于连像一个洞察了自己灵魂的人，感到坚强而果断。

第四十五章

"我不愿意搞这种恶作剧,把那位可怜的夏斯·贝尔纳神父请来,"他对富凯说,"他会因此而三天吃不下饭的。你还是没法为我找一位比拉尔先生的朋友、不会耍阴谋诡计的詹森派教士吧。"

富凯正不耐烦地等待忏悔仪式的开始。凡是外省舆论所要求的事情,于连都处理得很得体。由于德·弗里莱尔神父的帮忙,尽管忏悔神父没有选好,于连在牢房里还是受到了圣会的保护;他若是精明一点,本来是可以逃掉的。但地牢的恶劣空气,使他的智力减退了。只有在德·雷那尔夫人再度到来时,他才格外感到欢欣。

"我的第一责任就是待在你身边,"她一边拥吻他一边说,"我是从韦里埃逃出来的……"

于连在他面前没有一点虚荣心,他把他的软弱一股脑儿讲给她听。她对他的态度,亲切而可爱。

晚上,她一离开监狱,立刻就去把那个死盯住于连不放的神父请到她姑妈家里。他一心想获得贝桑松上流社会年轻妇女的青睐,德·雷那尔夫人很容易就说服了他,请他去布雷·勒奥修道院做一场九日祷告。

任何语言都无法形容她对于连的爱到了何等疯狂的地步。

德·雷那尔夫人不惜金钱,利用她那出名的虔诚而又富有的姑妈的影响,获准每天可以去牢房看于连两次。

玛蒂尔德听到这一消息醋意大发,嫉妒得几乎要发疯。德·弗里莱尔先生向她承认,即使他利用自己的全部影响,冒犯所有的礼仪传统,也不能办到让她每天去看她的朋友超过一次以上。玛蒂尔德派人跟踪德·雷那尔夫人,以便了解她的一举一动。德·弗里莱尔先生则用尽一个头脑灵活的人所能使用的一切办法,向她证明于连不值得她去爱他。

但是,在经受过种种折磨后,她却更加爱他了,她差不多每天都要跟于连大闹一场。

对这位被他严重伤害过的可怜的姑娘,于连时刻都想对她真诚正直,直到生命最后一刻。可是他对德·雷那尔夫人的狂热的爱,每时每刻又都占着上风。当他用尽了理由也不能使玛蒂尔德相信她的情敌的探监是清白的时候,他便这样暗想:"看来这场戏快要结束了。如果我不能更好地隐瞒我的感情,那倒是我原谅自己的一个理由。"

德·拉莫尔小姐听说德·克鲁瓦斯努瓦先生死了。德·塔莱先生,这位腰缠万贯的富翁,竟然对玛蒂尔德的失踪说了些很不中听的话;德·克鲁瓦斯努瓦先生要求他辟谣。于是德·塔莱先生把一些自己收到的匿名信拿给他看,信里充满了极其巧妙地拼在一起的细节,可怜的侯爵不难不从中隐约看出事实的真相。

德·塔莱先生冒昧地进行了粗俗的嘲笑,愤怒和痛苦使德·克鲁瓦斯努瓦先生发了疯,他提出了极其苛刻的道歉条件,以致百万富翁选择了跟他决斗的办法。愚俗获胜了,一个最值得爱慕的巴黎青年,可怜还不到二十四岁,就这样死于非命。

这个噩耗,在于连日渐衰弱的心灵上留下了一种奇怪的、病态的影响。

"可怜的克鲁瓦斯努瓦,"他对玛蒂尔德说,"他对我们一直通情达理、真诚正直,您在您母亲的客厅里做出的那些轻率的举动,他本应恨我、找我麻烦,因为由轻视而引起的憎恨通常会使人拼命地……"

德·克鲁瓦斯努瓦先生的死,改变了于连对玛蒂尔德前途的一切设想。他用了几天的时间向她证明,她应该接受德·吕兹先生的求婚,"这个人胆小,但并不过分伪善,"他对她说,"他将来肯定会加入求婚竞争者的行列。比起可怜的克鲁瓦斯努瓦,他的事业心要更为沉着,坚韧些,他家中又没有公爵领地,娶于连·索莱尔的寡妇为妻不会有任何困难。"

"而且是一个蔑视伟大热情的寡妇,"玛蒂尔德冷冷地反唇相讥,"因为她有足够的生活经验。刚过半年,她就已经看到,她的情人爱的不是她而是另外一个女人,而这个女人正是他俩一切不幸的根源。"

"您这样说可不公平,德·雷那尔夫人的探监将向为我申请特赦的巴黎律师提供特殊的证据;他可以描述凶手如何受到被害人的关切,这会产生影响的,没准有一天,您会看到我成为一部情节剧中的主人公……"

一种狂暴而又无从报复的嫉妒，一种持续而又无望的厄运（因为，即使于连得救，又有什么办法可以赢得他的心？），一种眼见情人薄幸却又不能忘情于他的羞辱和痛苦，使德·拉莫尔小姐陷入了忧郁和沉默，不管是德·弗里莱尔先生的殷勤照顾还是富凯的坦率粗直，都无法使她从沉默中摆脱出来。

而于连，除了被玛蒂尔德占用的时间外，他完全生活在爱情中，几乎从不去想明天的事情。这种极端的、不带丝毫伪饰的热情，自然具有奇妙的作用，它使德·雷那尔夫人几乎也享受到了他那种无忧无虑的情趣和甜蜜的快乐。

"从前，"于连对她说，"我们一起在韦尔吉的树林里散步的时候，我未来可以是多么幸福啊，可是一种强烈的野心却把我带到幻想之国去了。你那可爱的胳膊就在我的唇边，我没有把它紧紧抱在我的怀里，那对未来的幻想，把我从你那里夺走了。为了成名和发财，我不得不进行无数次地战斗……不，如果不是您来监狱看我，我至死也不知道什么是幸福。"

两件事打乱了这一平静生活。于连的忏悔神父虽然是个地道的詹森派教士，但是却没能逃脱耶稣会派的阴谋，在不知不觉中充当了他们的工具。

有一天他来对于连说，除非他愿意犯可怕的自杀之罪，不然就必须采取一切行动争取特赦。教会一向对巴黎的司法部门有很大的影响，于是，就有一个很简单的办法那就是大张旗鼓地公开皈依宗教……

"大张旗鼓！"于连紧跟着反问，"啊？我也抓住您了，我的神父，您是在跟传教士一样地演戏啊！"

"您的年纪，"詹森派教士又严肃地说，"上天给予您的动人面孔，您那到现在还没有解释清楚的犯罪动机，德·拉莫尔小姐为了营救您而采取的勇敢行为，以及您的受害者对您表现出的惊人的友情，总之，这一切都使您在贝桑松妇女的心目中成为英雄。为了您，她们已忘记了一切，包括政治……

"您的悔悟会在她们心灵中引起震撼，留下强烈的印象。您可以对宗教做出无与伦比的重大贡献。我呢？难道会因为在这种情况下，耶稣教士会采取同样的行动这荒唐的理由而有所迟疑吗？所以，在这桩可以逃脱他们贪欲的特殊案件里，他们仍会为害作孽的！但愿事情不会如此……您皈依宗教而令人洒下的热泪，将会抵消十版伏尔泰的反宗教著作所产生的腐蚀作用。"

"那我这个人还剩下什么呢？"于连冷冷地回答，"要是我自轻自贱的话。我过去是野心勃勃,但我决不愿糟蹋自己;我的行为只是照时代的风尚办事。眼下,我是过一天算一天。但是,如果我做出什么懦弱的事情来,那我就是在众目睽睽下自取其辱……"

另一件事来自德·雷那尔夫人,这更让于连感到痛苦。不知道哪位诡计多端的女友,她居然把这位天真而羞怯的妇人说服了。后者相信自己的责任是到圣克卢去,去向查理十世求情。

和于连分开,这对她原本是一种牺牲,但是经过一番努力之后,抛头露面这种在别的时候可能比死还要可怕的事,在她眼里已算不得什么了。

"我要去见国王,我要公开承认你是我的情人,一个人的生命,特别是像于连这样一个人的生命,应该高于一切考虑之上。我要说,你是出于嫉妒才来谋杀我的。已经有过很多的先例,一些犯了这种案子的年轻人在陪审团的法外开恩或国王的宽大为怀下得救……"

"我不想再见到你了,"于连叫喊着,"我要叫人对你关上监狱的大门,如果你不向我发誓不做出任何使我们当众出丑的事,我明天就会在绝望之中自杀而死!到巴黎去,绝对不是你的主意。告诉我,是哪位女阴谋家让你起了这个念头……

"让我们幸福地度过这短暂人生中为数不多的最后几天吧!把我们的存在隐藏起来,我的罪行太显著了。德·拉莫尔小姐在巴黎很有影响,你应该相信她会去做一个人所能做到的事。在外省,所有有钱有势的人都跟我作对。你这样奔走下去,只会激怒那些有钱人,尤其是那些温和派。对他们而言,生活原本就是轻易不过的……不要让马斯隆和瓦勒诺之流以及无数比他们更高明的人嘲笑我们吧。"

牢房里的空气恶劣极了,于连已经觉得难以忍受。幸亏向他宣布行刑的那一天,阳光明媚,万物充满勃勃生机,于连也觉勇气倍增。在露天中行走,令于连陶醉,就好像漂泊已久的海员重新踏上陆地一样。"走吧,一切都很好,"他心里对自己说,"我一点儿也不缺乏勇气。"

这颗脑袋从来没有像它即将落地时那样地充满诗意。从前在韦尔吉树林里所度过的那些美好的时刻,此时纷纷涌进他的脑海。

一切都进行得简单而得体,在他这方面没有任何做作的表现。

两天前,他曾告诉富凯:

"至于情绪,我无法担保。恶劣阴湿的地牢,使我常常发烧,神志不清。但是说到恐惧,不,我决不会吓得面如土色。"

他事先已经做好安排,让富凯在行刑的那天早上,把玛蒂尔德和德·雷那尔夫人带走。

"用同一辆车把她们带走,"他特意叮嘱富凯,"要设法让驿马一直快跑。她们也许会互相拥抱,也许会不共戴天的互相仇视,不论哪种情况,都会减少一点这两个可怜女人心中的痛苦。"

于连曾要德·雷那尔夫人发誓活下去,以照顾玛蒂尔德的儿子。

"谁知道呢?"他有一天对富凯说,"或许人死后还有知觉。我希望自己能在俯视韦里埃的高山上的那个小山洞里安息,因为安息这字眼用在这里很合适。我曾跟你说过,我有好几次躲在那个山洞里,眺望远方那些法国最富庶的省份,野心燃烧着我的心,那时,我意气风发……总之,这个山洞对我是珍贵的。我们不能不承认,它的位置会让一个哲学家的灵魂也向往不已……对啦!贝桑松那帮十足的圣会分子什么都会拿来赚钱;如果你知道怎么做,他们会把我的遗体卖给你……"

富凯成功地完成了这桩悲惨的交易。他独自在自己的房间里,守着朋友的尸体度过黑夜。突然,他大吃一惊,因为他看见玛蒂尔德走了进来。不几个小时之前,他刚把她留在离贝桑松几十里远的地方。拉莫尔小姐神情恍惚,目光阴沉。

她说:"我想看看他。"

富凯没有勇气说话,也没有勇气站起来。只指了指地板上一件蓝色的大氅,于连的尸体就裹在里面。

她扑下去,跪在地上。博尼法斯·德·拉莫尔和玛格丽特·德·纳瓦拉生死相恋的故事给了她超人的勇气。她用发抖的手打开大衣。富凯把眼睛转向别处。

他听见玛蒂尔德在房内急促地走动。她点亮了几支蜡烛,当富凯有勇气看她时,她已经把于连的头放在面前的一张大理石小桌上,正在吻他的前额……

玛蒂尔德伴送他的情人一直到他生前所选定的墓地里去。一大群教士护送灵柩,谁也不知道,她单独乘坐着一辆披着黑纱的马车,膝上捧着那个她曾深爱过的男人的头。

队伍就这样前进,在深夜来到了汝拉山脉的一个高峰。在被无数支蜡烛照耀得通明的小山洞里,二十个教士正做着祈祷。送殡的行列经过许多小村庄,村民们为这奇特的仪式所吸引,也纷纷跟了过来。

玛蒂尔德穿着长长的丧服出现在他们中间。祈祷完毕后,她命人向人群抛洒了数以千计的五法郎银币。

她同富凯单独留了下来,她要亲手把情人的头颅埋葬。富凯痛苦得要发疯。

在玛蒂尔德的关照下,这个荒凉的山洞被用重金购买的意大利石雕装饰了起来。

德·雷那尔夫人坚守自己的诺言,她没有试图用任何方法结束自己的生命;但于连死后第三天,她拥抱着她的孩子们离开了人世。

书后附记

　　舆论虽然能带来自由,但其弊病是常常参与不相干的事,譬如说,别人的隐私。为了不涉及别人的隐私,作者虚构了一个小城——韦里埃;并且,当他需要有主教、陪审团、重罪法庭时,便把这一切都置于贝桑松——一个他从来不曾去过的地方。

TO THE HAPPY FEW
（献给少数幸福的人）